독립기념일 1

INDEPENDENCE DAY
by Richard Ford

이 도서의 국립중앙도서관 출판예정도서목록(CIP)은
서지정보유통지원시스템 홈페이지(http://seoji.nl.go.kr)와
국가자료공동목록시스템(http://www.nl.go.kr/kolisnet)에서 이용하실 수 있습니다.
(CIP제어번호: CIP2018032133)

세계문학전집
169

Richard Ford : Independence Day

독립기념일 1

리처드 포드 장편소설

박영원 옮김

문학동네

일러두기

1. 번역 대본으로는 Richard Ford의 *Independence Day* (Vintage Books, 1996)를 사용했다.
2. 주석은 모두 옮긴이주다.
3. 본문 중 고딕체는 원서에서 이탤릭체로 강조한 부분이고, 볼드체는 원서에서 대문자로 강조한 부분이다.
4. 장편소설과 기타 단행본은 『 』, 시와 희곡 등의 작품명은 「 」, 연속간행물, 방송 프로그램명, 곡명 등은 〈 〉로 구분했다.

차례

크리스티나

1

해덤에서는 나무로 온화해진 거리 위로 느긋하면서도 나른함에 겨운 신의 향긋한 로션처럼 여름이 떠다니고, 세상은 자신만의 신비한 송가에 장단을 맞춰간다. 이른새벽의 그늘진 잔디밭엔 정적과 습기가 감돈다. 바깥에서는 평화로운 아침을 맞이하고 있는 클리블랜드 스트리트에서 누군가 홀로 조깅이라도 하는지, 언덕에 올랐다가 아래쪽 태프트 레인을 향해 내달린 후 웨스트민스터 음대를 가로질러 축축한 잔디 위로 뛰어가는 발소리가 들려온다. 흑인들이 사는 골목에서는 무릎까지 바짓단을 걷어올린 사람들이 현관 층계에 앉아 서서히 달아오르는 기분좋은 공기를 느끼며 커피를 홀짝인다. 근처의 고등학교에서 진행되는 부부생활 향상 과정(새벽 네시부터 여섯시까지다)에 참석했던 이들은 다시 침대로 기어들어가기 위해 졸린 눈을 비비며 발걸음을 서

두른다. 미식축구 잔디구장에선 대학생 밴드부가 하루 두 번 있는 연습을 시작하며 독립기념일 준비에 박차를 가한다. "붐-해덤, 붐-해덤, 붐-붐-바-붐. 해덤-해덤, 힘차게 일어나라! 붐-붐-바-붐."

나는 알고 있다. 해안지대 하늘 위 어디에서나 안개가 보인다는 사실을. 더운 공기는 마을을 향해 차츰 전진하고 그 사이로 금속성 냄새가 콧구멍을 통해 밀려온다. 이미 여름 뇌우를 예고하는 첫번째 구름이 산등성이 부근에 잠복해 있다. 그것들이 사는 곳은 우리가 사는 곳보다 더 무덥다. 미풍이 부는 가운데 저멀리 간선철도가 있는 곳에서는 철도여객공사 소속의 '특별 화물선'이 필라델피아를 향해 질주한다. 이 미풍을 따라 바닷가 짠내도 차츰 이울어가는 철쭉 향기와 여름의 마지막을 장식하는 화려한 어제일리어* 향기와 뒤섞인 채 사방으로 멀리, 아주 멀리 퍼져나간다.

그러나 내가 있는 곳, 클리블랜드의 그늘진 첫번째 블록에는 달콤한 침묵이 가득하다. 한 블록 떨어진 곳에서는 누군가 집 앞 진입로에서 끈질기게 공을 튀기고 있다. 삐걱대는 소리…… 헐떡거리는 소리…… 이어 웃는 소리와 기침하는 소리…… "조오올았어! 바아아로 그거야!" 하지만 지나친 소음은 없다. 여기서 두 집 건너에 있는 줌브로스 씨네 집 앞에서는 장비를 가동해 다시 먼지를 피워올리기 전 조용히 담배를 피우던 인부들이 담뱃불을 끄는 중이다. 올여름 도로를 재포장하고 '선'을 새로 긋고 도로 중앙부에 잔디를 입히고 새 연석을 놓는 데 우리의 자랑스러운 세금이 지출되고 있다. 일꾼들은 모두 카보베르데** 출신

---

* 진달랫과 식물.

** 아프리카 서북부의 섬나라.

이거나 약삭빠른 온두라스인으로, 이곳 북쪽의 가난한 마을, 즉 서전트빌과 리틀 요크에 산다. 일꾼들은 대형 삽이 달린 노란색 적재기와 땅을 고르는 장비, 굴착기 옆에 앉아 카마로와 쉐비 로우라이더 등 자신들이 타고 온 맵시나는 자동차를 조용히 응시한다. 그들이 차를 세워둔 곳은 먼지가 날리지 않고 시간이 지나면 그늘이 지는 모퉁이다.

갑자기 세인트레오성당의 종소리가 들려온다. 댕, 댕, 댕, 댕, 댕, 댕. 이어 웨슬리*라도 와서 아침예배를 하는 중인지 늙은 사제의 달콤하고 쾌활하면서도 설교조인 목소리가 귀를 파고든다. "구원받고 싶은 자는 깨어 있으라. 영혼을 씻기고 싶은 자는 깨어 있으라."

하지만 이처럼 좋은 시작에도 불구하고 여기라고 모든 일들이 정확히 율법에 맞게 돌아가진 않는다. (모든 것이 정확히 율법에 맞게 돌아가는 때가 있기는 한가?)

우선 나, 프랭크 배스컴부터 지난 4월 하순, 저 위쪽에 있는 쿨리지 스트리트에서 습격을 받은 바 있다. 어둑해질 무렵 부동산 사무실에서 퇴근해 일종의 성취감을 만끽하며 가벼운 걸음으로 거리를 나섰던 나는 저녁 뉴스를 볼 수 있길 희망하며 로드레르 샴페인 한 병—나 때문에 돈을 좀 벌었던 업자로부터 감사의 선물로 받은 술이었다—을 겨드랑이에 낀 채 집으로 걸음을 재촉했다. 잠시 후 어린 녀석 셋이 소형 오토바이를 타고 인도를 따라 지그재그로 내려오더니 큼지막한 펩시콜라 병으로 내 머리를 가격하고는 굉음을 내며 달아났다. 그중 한 녀

* 영국 신학자이자 목사. 감리교회의 창시자이며 매일 새벽 다섯시부터 설교를 시작한 것으로 유명하다.

석은 아시아계로, 이름은 몰랐지만 전에 한번 본 적이 있는 것 같았다. 뺏긴 물건도 없고 다친 데도 없었지만 나는 그 충격에 힘없이 쓰러졌고 머리가 너무 어지러워 멍한 상태로 약 십 분가량 누구의 눈에도 띄지 못한 채 풀밭 위에 주저앉아 있었다.

이후 5월 초에는 한 주 동안에만 줌브로스 씨네 집과 다른 한 집에 두 번이나 도둑이 들었다(도둑들은 첫번째 범행 때 뭔가를 빠뜨렸는지 그걸 가져가려고 다시 돌아왔다).

다음엔 정말 놀랍게도 흑인이자 같은 직장 중개인이며 잠깐이지만 이 년 전 한때 나와 '긴밀한 관계'를 맺기도 했던 클레어 데베인이 5월에 살해당했다. 데베인은 자신이 매물로 관리하던 하이츠타운 근처 그레이트우즈 로드의 한 콘도에서 로프에 결박된 채 강간당하고 칼에 찔렸다. 중요한 단서는 전혀 찾을 수 없었고 그저 그녀가 직접 쓴 것으로 보이는 분홍색 메모지만 콘도 입구에서 발견됐다. "루서 가족. 막 물색 시작. 90년대 중반까지. 오후 세시. 열쇠 찾기. 에디와 저녁." 에디는 그녀의 약혼자였다.

그뿐 아니라 떨어지는 집값이 무색무취의 안개처럼 나무 사이를 타고 바람 한 점 없는 공기 중에 스며들고 있다. 모두들 그 공기를 들이마시고 모두들 그것을 느낀다. 새 경찰차, 새 횡단보도, 잘 다듬은 조경수들, 지하에 매설한 전기설비들, 재단장한 음악당, 7월 4일* 퍼레이드 계획 등 새로 마련된 흐뭇한 것들이, 공적 영역에서 할 수 있는 한 우리를 안심시키면서 설득하려 들지만 말이다. 우리의 걱정거리는 걱

---

* 미국 독립기념일.

정할 만한 게 아니라고, 적어도 우리 각자의 문제가 아니라 모두의 문제라고, 즉 누구의 문제도 아니라고, 하던 일을 계속해나가며 물러서지 않고, 돌고 도는 세상에 몸을 맡기는 게 이 나라에서는 대수가 아니냐고, 그렇게 생각하지 않으면 낙관주의를 몰아내고 피해망상에 빠져 다른 주州에서 값비싼 '치료'를 받아야 할 것이라고.

물론 한 사건이 다른 사건에 영향을 미치는 과정이 간단한 경우는 드물다는 사실을 기억해야겠지만 공개시장에서의 부동산 가격 하락은 한 마을에, 또 한 지역 주민의 정서에 중요한 무언가를 의미해야만 한다. (그게 아니라면 어째서 부동산 가격이 국민 행복의 지표가 된단 말인가?) 예를 들어 어느 건실한 석탄회사의 주가가 급락하면 그 회사는 즉각적으로 반응할 것이다. 그 회사의 '사람들'은 (당장 해고되지 않는다면) 어둠이 깔린 후에도 몇 시간 동안 야근을 해야 한다. 평소보다 더 지쳐 집으로 향할 것이고 꽃을 들고 가는 일도 없을 것이다. 보랏빛 저녁 어스름 속에 가지치기를 해줘야 할 나무들을 바라보며 전보다 오랫동안 서 있는가 하면, 자녀에게 따뜻한 말을 건네는 횟수도 줄어들 것이고, 아내와 단둘이 저녁식사를 하기 전에 핌스*를 한잔 더 찾게 될 것이다. 그러고는 이상하게도 새벽 네시에 잠에서 깬다. 딱히 무슨 생각을 하는 것은 아니지만 유쾌한 기분도 아니다. 그저 잠을 이루지 못하는 것이다.

그것은 여기 해덤도 마찬가지여서, 비록 여름이 도처에서 우리의 넋을 잃게 만들고 있지만, 주민들은 자신들이 가닿지 못하는 그 어떤 곳에 거친 세계가 존재한다는 새로운 자각을 하게 된다. 사람들 사이에

* 식전주로 애용되는 과일맛이 도는 술.

퍼진 이 가늠할 수 없는 근심들은, 내 생각이지만, 우리로서는 결코 익숙해질 수도 없고 죽는 그날까지도 받아들이기 힘든 것이다.

실상 어른의 삶에서 슬픈 사실 하나는, 결코 적응할 수 없을 것만 같은 일들이 당신에게 일어날 조짐을 보게 된다는 것이다. 당신은 그것들을 문제로 인식하면서 미치도록 걱정하고 따라서 대비하거나 주의를 기울이거나 또는 순응해보려 애쓴다. 그리고 행동 방식을 바꿔야만 한다고 스스로에게 다짐한다. 하지만 실제로는 그러지 않는다. 당신은 그렇게 할 수 없다. 어찌된 일인지 이미 늦어버린 것이다. 어쩌면 상황은 더 고약할 수도 있다. 저멀리서 다가오는 것은 진짜 문제, 즉 당신이 두려워하는 바로 그것이 아니라 그 여파일 수도 있다. 일어나지 않을까 당신이 두려워했던 일은 이미 일어났다. 이는 의학계에서의 모든 위대한 진전이 현재의 우리에겐 아무 이득이 되지 않으리라는 사실을 깨닫는 것과 유사하다. 그럼에도 우리는 그에 환호하고, 제때 백신이 개발되길 희망하면서 여전히 상황이 더 나아지리라고 생각한다. 그때도 이미 너무 늦었지만 말이다. 바로 이런 식으로 우리의 인생은 우리가 모르는 사이 끝나버린다. 우리는 인생을 놓쳐버린다. 시인이 말한 그대로다. "인생을 놓쳐버리는 여러 방식들, 그것이 인생이다."*

오늘 아침 나는 일찍 일어나서 지붕 바로 아래에 자리한 위층 사무공간에서 어젯밤 따낸 '전속' 부동산 중개 목록을 훑어봤다. 당장 오늘 늦은 오후에 기꺼이 사겠다는 사람이 나타날지도 모른다. 중개 목록은 이

* 미국 시인이자 아동문학가인 랜들 재럴의 시 「도서관의 한 소녀」의 한 구절.

처럼 자주 전혀 기대치도 않게, 신의 섭리처럼 나타나기도 한다. 즉 집주인이 맨해튼 칵테일을 몇 잔 걸치고 뜰로 내려와 옆집 쓰레기통에서 날아온 휴짓조각들을 치운다. 그리고 페퍼라는 이름의 나이든 달마티안을 묻은 개나리 아래에서 축축하게 썩어가는 작년 겨울의 낙엽들을 갈퀴로 긁어모은다. 그러고는 아주 오래전 신혼시절에 아내와 함께 울타리삼아 심었던 솔송나무들을 꼼꼼히 살펴보다가 상념에 잠겨, 직접 페인트칠을 했던 방과 한밤까지 열심히 회반죽을 발랐던 욕실을 서성거린다. 급기야 독한 술을 두 잔 더 걸친 집주인은 (계속 살아나가려면) 우리가 모두 놓아버려야만 했던, 오래전 잃어버린 인생을 생각하며 참아왔던 마음속 울음을 갑자기 펑 터뜨린다…… 그리고 쿵. 집주인은 이 분 후에 전화기로 달려가 집에서 평화로운 저녁식사를 즐기던 부동산업자를 방해하고, 이어 십 분 안에 모든 절차를 끝낸다. 진일보라 할 만하다. (운이 좋았는지 우연히도 내 고객인 조 마크햄 씨 부부가 바로 오늘밤 버몬트주에서 오기로 했다. 아무래도 만 하루 안에 매매를 완료할 수 있을 듯하다. 내 경우는 아니지만 부동산 매매에 소요된 최단시간 기록은 사 분이다.)

오늘 아침에 해야 할 또다른 일은 우리 회사의 월간 안내서 〈구매자 대 판매자〉(해덤의 납세자 명부에 올라 있는, 살아 숨쉬는 모든 부동산 소유권자에게 무료로 배달된다)에 칼럼을 쓰는 것이다. 이번달 들어 나는 곧 다가올 민주당 전당대회가 부동산 시장에 미칠 악영향에 대해 생각을 정리해보고 있다. 만약 그 사악한 '매사추세츠의 기적'*의 주역

* 1980년대 내내 매사추세츠주가 누린 경제 호황을 가리키는 말.

인 따분한 주지사 듀카키스*가 후보로 추대되고 11월까지 승리를 이어 간다면 나 개인적으로는 반갑겠지만, 해덤에 있는 대다수 부동산 소유자들은 공포로 얼어붙고 말 것이다. 그들 대부분은 골수 공화당 지지자들이라 가톨릭신자들이 교황을 흠모하듯 레이건을 열광적으로 따르기 때문이다. 한편으로는 부통령 부시를 자신들의 새로운 지도자로 받아들여야 하는 어처구니없는 상황에 당혹스러움과 배신감을 느끼고 있기는 하지만. 나는 에머슨의 『자기신뢰』에 나오는 유명한 구절 "위대해진다는 것은 오해받는 것이다"라는 말에서부터 논지를 펴나갈 생각이다. 이 구절을 바탕으로, 듀카키스 주지사는 대부분의 유권자들이 생각하는 것보다 더 많이 '순수 민생 문제들'을 염두에 두고 있으며, 경제적으로 불안정한 상황은 민주당에게 유리하게 작용할 것이고, 올해 내내 하강 일로에 있는 이자율은 설사 윌리엄 제닝스 브라이언**이 다시 대통령으로 선출되어 은본위제를 도입한다 할지라도 새해가 다가올 무렵이면 11퍼센트에 이를 것이라고 주장할 생각이다. (이와 같은 우려가 공화당원들을 거의 공황 상태로 몰아넣고 있다.) '아무러면 어떻습니까.' 내 논점의 핵심은 이것이다. '상황은 순식간에 악화될 수 있습니다. 지금은 부동산 시장이 어떻게 요동칠지 한번 시험해볼 기회죠. 그러니 파십시오! (아니면 사십시오).'

* 매사추세츠 주지사를 거쳐 1988년 대통령 선거에서 민주당 후보로 지명됐으나 공화당의 조지 H. W. 부시에게 패했다.

** 미국 일리노이주 태생으로 민주당 대통령 후보로 출마했으나 낙선했으며, 이후 윌슨 행정부 시절 국무장관을 지냈다.

이 여름날을 보내는 나의 삶은 (적어도 겉보기에는) 단순하기 그지없다. 나는 뉴저지주 해덤의 '프레지던트 구역'의 클리블랜드 스트리트 116번지에 있는 전처의 집에서 지내며 다소 정신없긴 하지만 마흔네 살 된 독신남의 행복한 인생을 누리고 있다. 직업은 부동산중개인이며 세미너리 스트리트에 있는 로런-슈윈델사社에 소속되어 있다. 지금 사는 집은 전처인 앤 딕스트라의 소유였는데, 앤은 이제 찰리 오델 부인이 되어 코네티컷주 딥리버의 스왈로 레인 86번지에 살고 있다. 아이 둘도 그곳에 사는데 얼마나 행복하게 지내는지 혹은 그래야만 하는 건지는 잘 모르겠다.

나로 하여금 부동산업에 종사하도록 하고 또 바로 이 집에서 살게 했던 내 인생의 여러 사건들이 다소 별나게 보일지도 모르겠다. 당신이 기대하는 인생의 표준이 금세기 초에 작성된 〈미들타운 보고서*〉 같은 것이나 인디애나주에 맞춰져 있다면, 일부 우익 두뇌집단—이 집단을 이끄는 이들 중 몇몇이 여기 해덤에 살고 있다—이 말하는 이른바 '이상적인 미국 가정생활'에 맞춰져 있다면 말이다. 하지만 그런 삶은 프로파간다에 불과하다. 충동을 억제하거나 향수를 자극하는 약물 없이는 누구도 도저히 그런 삶에 다다를 수 없다. 그나마 그들은 우리가 그와 같은 약을 손에 넣기를 바라지도 않는다(확신컨대 그들 자신은 몇 트럭이나 갖고 있으면서도). 사실 아무리 철저히 조사해도 상식이 있는 사람이라면 누구든 내 인생이 정상 범위에 든다고 말할 것이다. 내 인생은 우리 중 누구도 피해갈 수 없는 우발적이고 모순적인 사

* 미국 사회학자 린드 부부가 인디애나주의 도시 먼시를 심층 조사한 후 발표한 도시사회 연구물. '미들타운'은 이들이 미국 소도시 일반을 일컬어 붙인 이름.

건들로 가득차 있다. 이러한 사건들은 한 인간의 존재에 거의 해를 끼치지 않으며, 어차피 그런 사건이 없었더라면 아무도 그 사람의 존재를 알아차리지 못했을 것이다.

그러나 오늘 아침 나는 하나뿐인 아들과 주말여행을 떠날 참이고 이 여행은 내가 유지해온 그간의 일상에서 벗어나는, 인생의 중요한 사건이 될 것만 같다. 이상하게도 이번 외출을 앞두고 마지막이라는 묘한 감정이 엄습한다. 마치 나의, 그리고 내 아들의 인생에서 중요한 한 시기가, 완전히 닫히지는 않더라도 적어도 만화경 속 그림처럼 좁아지거나 뒤틀리는 순간이 다가오는 것만 같다. 이런 순간을 가볍게만 여긴다면 어리석은 짓일 테고, 가볍게 여길 생각도 전혀 없다. (문득『자기 신뢰』가 읽고 싶어진 것이 의미심장한데, 독립기념일 자체도 마찬가지다. 독립기념일은 내가 가장 좋아하는 휴일인데 일단 종교적인 휴일이 아니고, 우리를 있는 그대로, 그러니까 자유롭게 내버려두려는 것을 암묵적인 목표로 삼기 때문이다.) 이런 모든 상념은 내가 이혼에 합의한 그날이 가까워질 때마다 밀려온다. 이 시기에 난 우울과 공허에 휩싸여 칠 년 전 그 여름날을 곱씹어보며 시간을 보낸다. 그때 내 인생은 고약하게 방향을 틀었고 난 어쩌다보니 쩔쩔매면서 그 항로를 바로잡는 데 실패하고 말았다.

그러나 오후에 여행을 떠나기에 앞서 이곳 남쪽에 있는 저지 해안의 사우스 맨톨로킹으로 가봐야 한다. 보통 금요일 저녁에는 요즘 교제중인 여성(이보다 더 정중하고 적절한 표현을 못 찾겠다), 금발에 키가 크고 다리는 쭉 뻗은 샐리 콜드웰과 약속이 있기 때문이다. 비록 이 만남에서 또 어떤 말썽이 벌어질지 모르지만 말이다.

내가 볼 때 샐리와 나는 지금까지 열 달 동안 철저히 '너와 나 각자의 자리'를 지키는 연애를 해왔다. 즉, 넉넉한 우정과 (필요에 따른) 신뢰를 주고받고, 서로 분별 있게 의지했으며, 자극적이면서도 모든 것을 압도하지는 않는 황홀함을 공유했다. 그러기 위해선 이 모든 측면에 충분한 '여지'를 두고 철저히 (내게는 그리 쓸모가 없는) 자유방임주의를 따르며, 성인으로서 값비싼 대가를 치르고 얻은 교훈과 생생하게 각인된 일련의 과오들을 충분히 존중해야 했다.

물론, 사랑은 아니다. 정확히는 말이다. 하지만 대부분의 기혼자들이 보여주는 하찮은 선행보다는 더 사랑에 가깝다.

그럼에도 지난 몇 주 동안, 딱히 이유를 설명할 순 없지만, 오직 기묘한 어색함이라고밖에 할 수 없는 감정이 서로에게 생겨났고 그것은 우리가 격하게 나누던 사랑 행위나 만남의 횟수에까지 영향을 미치기에 이르렀다. 마치 상대의 관심과 애정을 붙잡던 힘이 변화를 겪거나 느슨해지는 느낌이었고 그리하여 상대방에 대한 새로운 이해, 보다 지속적이고 진지한 유대를 다지는 것이 우리의 새로운 과제로 떠올랐다. 하지만 둘 모두 이를 해낼 능력을 보여주지 못했고 우리는 그러한 실패에 당혹스러워했다.

간밤에 나는 한 시간 남짓 눈을 붙였다가 폴과의 여행 때문에 조바심이 나서 자정이 지난 무렵 베개에서 뒤척이며 두 번이나 잠에서 깼다. 나는 우유 한 잔을 마신 다음 텔레비전 기상예보 채널을 보다가 칼 베커의 고전 『독립선언』 중 한 장章을 읽었다. 부쩍 우울해하는 아들과 대화를 나누며 중요한 정보를 전해주기 위해 『자기신뢰』와 함께 핵심 '교재'로 생각하고 있는 책이다. 그때 샐리에게서 전화가 왔다. (이 책들은 결코 우리가 학창시절에 생각했던 것처럼 재미없고 지루하거나 딱딱하지 않다. 오히려 인생의 끈적한 딜레마들에 직접적으로, 혹은 은유적으로 적용시킬 수 있는 유익하고 통찰력 있는 교훈들로 가득하다.)

"안녕. 어떻게 지내?" 평소와 다름없는 샐리의 나긋한 목소리 속에 불안과 조심스러움이 묻어났다. 마치 한밤중 통화는 우리의 자연스러운 일상이 아니라는 듯. 물론 실제로 아니다.

"칼 베커의 책을 읽는 중이었어, 정말 대단한 사람이야." 나 역시 잔뜩 긴장한 채 말을 받았다. "칼 베커는 우리 국부들의 의도에 비추어보면 폭동은 잘못된 단어고, 독립선언은 전부 그것을 증명하려는 시도라고 생각했어. 독립전쟁은 단어 선택을 두고 벌어진 전쟁이었던 거지. 꽤 놀라운 이야기야."

샐리는 한숨을 내쉬었다. "그럼 올바른 단어는 뭔데?"

"아, 상식. 자연. 진보. 신의 섭리. 카르마. 열반. 그런 단어들은 제퍼슨이나 애덤스 같은 사람들에게는 다 같은 뜻이었어. 그들은 우리보다 똑똑했거든."

"그것보단 더 중요한 문제라고 생각했는데." 샐리는 말을 이었다. "인생이 뒤죽박죽된 것 같아. 오늘밤 갑자기 그런 생각이 들었어. 당신은 어때?" 내가 암호 메시지를 받았다는 사실을 깨달았지만 그 암호를 어떻게 풀어야 할지 전혀 감을 잡을 수 없었다. 아마 나를 다시는 만나고 싶지 않다고 선언하려고 수를 부리는 건지도 몰랐다. 뭐 이미 현실로 일어나고 있는 일이었다. ('뒤죽박죽'의 이차적인 의미는 '참을 수 없다' 아닌가.) "뭔가 자기를 주목해달라고 외치는 것 같은데 그게 뭔지 모르겠어." 샐리가 말했다. "하지만 당신과 나 사이의 일인 건 분명해. 그렇지 않아?"

"글쎄, 그럴지도." 내가 대답했다. "잘 모르겠어." 나는 내가 좋아하는 블록 아일랜드 지도 액자 아래에서 침대맡 램프 불빛에 의지한 채 베커의 주석이 달린 케케묵은 책을 가슴에 얹고 있었다. 창문에 달린 팬(나는 에어컨을 설치하지 않았다)이 한밤중의 선선하고 달콤한 교외 공기를 침대보 위로 실어날랐다. 그 순간 무언가 부족하다는 느낌은 전혀 들지 않았다. 잠을 제외하면.

"그냥 모든 일이 뒤죽박죽인 느낌이야. 뭔가 놓친 것 같고 그래." 샐리가 다시 말했다. "당신은 정말 그런 느낌이 안 들어?"

"뭔가를 놓쳐야 다른 걸 가질 수 있지 않을까." 바보 같은 대답이었다. 다시 잠들 수도 있을 것 같았지만, 내일이면 아마 이런 대화는 없었다고 스스로를 설득하며 힘든 시간을 보낼 거라는 느낌이 들었다. 내게 드문 일은 아니지만.

"오늘 꿈을 꿨어." 샐리가 말했다. "우린 해덤에 있는 당신 집에 있었어. 당신은 모든 걸 깨끗하게 정리하는 중이었고. 난 당신의 아내인 것 같았는데 깊은 근심에 잠긴 느낌이었어. 변기에는 파란 물이 차 있었는데 어느 순간 당신이 현관 계단에 서서 나랑 악수하고 있더라고. 나한테 집을 팔기라도 한 것처럼. 그러더니 그리스도처럼 양팔을 쭉 편 자세로 커다란 옥수수밭 한가운데로 휙 날아갔어. 꼭 일리노이주로 되돌아온 것 같았지." 일리노이주는 샐리의 고향으로 지루하고 기독교 성향이 강한 옥수수 산지다. "분위기는 평화로웠는데 전체적으로 엄청, 엄청 분주하고 어수선했어. 아무도 제대로 일을 할 수 없을 것 같은 그런 분위기 말이야. 그런 불안감을 바로 내 꿈에서 느꼈지. 그러다 잠에서 깼고 당신한테 전화를 하고 싶어졌어."

"전화해줘서 고마워." 내가 말했다. "하지만 절대로 나쁜 꿈은 아닌 것 같아. 나처럼 생긴 야생동물에게 쫓긴 것도 아니고 비행기 밖으로 튕겨나간 것도 아니니까."

"그래." 샐리가 말했다. 샐리는 내가 예로 든 불운에 관해 잠시 생각하는 듯했다. 저멀리서 기차 소리가 들려왔다. "지독한 불안감에 시달렸다는 것만 빼면. 아주 생생했거든. 그렇게 생생한 꿈은 아주 드문 편인데."

"난 꿈을 잊으려고 애쓰지."

"알아. 그걸 아주 자랑스러워하는 것도 알고."

"그렇진 않아. 하지만 꿈이 그렇게 불가사의하게 느껴진 적은 한 번도 없었어. 아주 흥미로운 꿈이라면 나도 기억하겠지만. 오늘밤 난 책 읽는 꿈을 꿨고 그래서 책을 읽고 있었지."

"내 얘기에 그리 흥미가 없나보네. 하긴 심각한 얘기를 나누기에 좋은 시간은 아니지." 샐리는 내가 자기를 놀렸다고 생각했는지 무안해하는 것 같았다. 사실은 그렇지 않은데도.

"어쨌든 목소리 들어서 좋았어." 그녀의 말이 맞다고 생각하며 내가 말했다. 한밤중이지 않은가. 뭔가를 시작하기에는 전혀 좋은 때가 아니다.

"깨워서 미안해."

"깨운 게 아니야." 하지만 난 그녀 모르게 램프를 끄고 서늘한 어둠 속에 메아리치는 기차 소리를 들으며 잠자리에 누웠다. "내 생각이지만 당신은 아직 얻지 못한 그 무엇을 원하고 있는지도 몰라. 그런 건

흔히 있을 수 있는 일이니까." 샐리에게 그 무엇이란 아주 많은 것들이 해당될 수 있다고 나는 생각했다.

"내가 말했던 그런 느낌을 받아본 적이 한 번도 없었어?"

"그렇지. 난 내가 아주 많은 것들을 갖고 있다고 생각하니까. 당신을 포함해서 말이야."

"그거 참 반가운 일이네." 하지만 샐리의 목소리는 그리 따뜻하지 않았다.

"참 반가운 일이지."

"내일 볼 수 있는 거지? 응?"

"물론이지. 기꺼이 들르도록 할게."

"좋아," 샐리가 말했다. "푹 자. 꿈은 꾸지 말고."

"알겠어. 꿈꾸지 않고." 난 수화기를 내려놓았다.

간밤에 샐리를 고심하게 했던 어떤 필요나 결핍을 나 자신은 느껴보지 못했노라고 가장하면 거짓말을 하는 셈이 될 것이다. 어쩌면 나는 그녀를 비롯해 어떤 이에게든 미덥지 못한 사람에 그칠지도 모른다. 로맨스 초기에 울리는 낭랑한 종소리를 좋아하면서도 그 달콤한 종소리가 어떤 중요한 것으로 발전할 조짐이 보이면 이를 진전시키기보다 그저 무시해버리고 마는 사람이 바로 나니까. 돌이켜보면 나는 중년기를 나름 성공적으로 보내왔는데, 이 시기를 '존재의 시기'로 명명하고서 싫어하는 것들, 꺼림칙하고 복잡해 보이는 것들이 나타나면 대부분 무시로 일관하거나 흘려보냈다. 하지만 샐리만큼이나 나도 '무언가'를 의식하고 있다. 이것은 어쩌면 우리가 더이상 서로를 '만나지' 않게 될 거라는 첫번째(아니면 서른일곱번째) 경고일지 모른다. 후회가 밀려든다. 우리가 놓친 그 무언가를 되살릴 방법이 있다면 찾고 싶다. 하지만 이런 생각도 잠시, 나는 지금까지 해왔던 대로 문제들을 기꺼이 내버려둔 채 무슨 일이 일어나는지 지켜본다. 혹시 사정이 더 나아질 수도 있지 않겠는가. 그렇지 않을 가능성도 있지만.

그러나 정작 가장 염려스럽고 또 중요한 문제는 열다섯 살 난 나의 아들 폴 배스컴이다. 약 두 달 반 전, 그러니까 납세일 직후이자 딥 리버에서 학기를 마치기 육 주 전에, 폴은 에식스에 있는 파이나스트 슈퍼마켓 진열대에서 4X 사이즈의 콘돔('매그넘'*이었다) 세 통을 훔친 죄로 체포되었다. 그의 범행은 남성용 위생용품 코너 천장에 숨겨진 무인 카메라의 '눈'에 찍혔다. 사람들의 주의를 돌릴 속셈으로 그레시언 포뮬러 염색약 한 병을 샀는데, 계산대를 지나자마자 체구는 왜소해도 정복 차림인 베트남계 경비원(여자였다)에게 덜미를 잡혔다. 아이는 도망치려 했지만 몸싸움 끝에 바닥으로 쓰러졌고 여자 경비원에게 "빌어먹을 검둥이 년"이라고 악을 쓰며 그녀의 허벅지와 입을 발로 찼고(입을 찬 것은 실수였을 것이다) 머리카락까지 한 움큼 뽑아버렸다. 여자 경비원은 경찰이 하듯 아이의 목을 죄어 제압한 뒤 약사와 다른 몇몇 손님들의 도움을 받아 수갑을 채웠다. (그리고 한 시간 후 전처인 앤이 와서 수갑을 풀게 했다.)

그 경비원은 당연히 시민권 침해는 물론 폭행과 구타 혐의까지 포함해 형사고발했고, 이에 대해 에식스 청소년법원에서는 '증오 범죄'라

* 콘돔 브랜드 트로잔의 대형 사이즈 제품군.

느니 '본보기를 보여야 한다'느니 하는 말까지 오갔다. (내 생각에는 선거를 앞두고 있는데다 지역 간 경쟁심까지 더해진 탓인 듯하다.)

그사이 폴은 사전 심리 절차를 겸한 수많은 면담에다가 인성, 태도, 정신 상태에 관한 복잡한 심리검사를 몇 시간에 걸쳐 받았다. 그중 두 번은 나도 참석했고 물론 결과는 아직 나오지 않았지만, 특별한 건 없어도 나쁘지 않아 보였다. 이러한 절차를 밟는 동안 폴은 변호사가 아니라 법적 문제 전문 사회사업가인 '옴부즈맨'의 도움을 받았다. 전처는 이미 그 사람과 얘기를 나눠봤지만 나는 만난 적이 없다. 아이의 첫번째 공판은 7월 4일 독립기념일 다음날인 다음주 화요일 아침에 열린다.

폴은 내게 모든 혐의를 인정했지만 그다지 죄책감을 느끼지는 않는다고 말했다. 여자가 뒤에서 너무나 무섭게 달려드는 바람에 혹시 자신을 죽일까봐 방어했을 뿐이라고 했다. 그리고 욕설은 하지 말았어야 했다고, 그것은 실수였다고 자책하는 한편 다른 인종이나 성에 대한 증오는 전혀 없다고 장담했다. 폴은 '배신감'을 느낀다고 말했지만 무엇에 배신당했는지는 말하지 않았다. 또 특별히 어디에 쓰려고 콘돔을 노린 것은 아니며(사실이라면 다행이다) 단지 엄마의 새 남편이자 폴도 나 못지않게 싫어하는 찰리 오델에게 짓궂은 장난을 하고 싶었을 뿐이라고 했다.

회사에서 휴가를 받아 딥리버 근처 콘도를 빌려 매일 폴과 만나며 지내볼까 잠시 생각해봤다. 하지만 전처가 이를 허락하지 않았다. 전처는 내가 주변에 머무르는 걸 원하지 않았고 실제로도 그렇게 말했다. 그녀는 사태가 더 악화되지만 않는다면 공판이 열릴 때까지 우리 생활을 최대한 '정상적으로' 유지해야 한다고 믿었다. 우리는 (해덤에서 딥리버에 이르기까지) 모든 문제들에 관해 많은 이야기를 나눴다. 전처는 이 모든 게 금방 지나갈 것이며 다른 사람들은 어떻게 생각할지 몰라도 아이는 그저 성장의 한 단계를 통과하고 있을 뿐 어떤 증후군이나 조증을 앓고 있지는 않다고 말했다. (전처가 인내를 진보와 동일시하는 이유는 그녀가 지닌 미시간주 특유의 금욕주의 탓이다.) 그러나 결과적으로 지난 두 달 동안 난 원했던 만큼 아들과 만날 기회를 갖지 못했다. 가을이 되면 당분간 해덤에서 폴과 같이 지내고 싶다고 말해뒀지만 전처 앤은 아직까지도 경계를 하는 눈치다.

하지만 앤도 제정신을 차리고 있었기에 뉴헤이븐에 있는 유명한 정신과의사에게 폴을 데려가 '사적인 검사'를 받도록 했다. 폴은 내게 아주 재미있는 경험이었다면서 심리검사 내내 해적처럼 거짓말만 늘어놨다고 말했다. 앤은 심지어 5월 중순께에는 큰돈을 들여, 버크셔에서 진행되는 건강 캠프인 와나피 캠프(여기에 간 아이들은 불행 캠프*라고 부른다고 했다)에 폴을 십이 일 동안 보내기까지 했다. 와나피 캠프에서 폴은 '너무 비활동적'이라는 진단을 받은 뒤, 마임 배우 분장을 하고 매일매일 보이지 않는 창유리를 앞에 두고 보이지 않는 의자에 앉아 지나가는 사람을 보며 웃거나 놀라거나 얼굴을 찡그리도록 주문받았다. (물론 이 모든 과정은 녹화되었다.) 캠프의 상담사들은 모두 사복 차림으로 활동하면서 드러나지 않게 '환경요법 치료사' 구실을 했는데, 헐렁한 흰색 티셔츠에 단단한 종아리를 드러낸 통 넓은 카키색 반바지 차림으로 도그 휘슬**을 매달아 걸고 클립보드를 들고 다녔으

* unhappy와 '와나피(Wanapi)'의 발음이 유사한 것을 이용한 말장난.

** 개를 조련시킬 때 쓰는 호루라기.

며, 흉금을 터놓는 대화에 유달리 능숙했다. 이들은 폴이 비록 나이에 비해 지적 능력은 앞서 있지만(스탠퍼드대학 차트에 의하면 특히 언어와 추리 능력이) 감정적으로는 발달이 더딘 상태이며(열두 살 수준이라고 했다) 바로 이것이 '문제'로 보인다고 지적했다. 따라서 벨로이트대학의 아너스 프로그램*을 이수하는 영민한 2학년생들처럼 약빠른 농담과 말장난을 즐기며 말하고 행동한다 해도(게다가 최근 폴의 키는 173센티미터까지 자라 웬만한 아이들보다 훨씬 컸다), 걸스카우트 소녀보다 훨씬 세상사에 서툴러 꼬마처럼 마음에 상처를 얻는다는 것이었다.

'불행 캠프'를 다녀온 후부터 폴은 갖가지로 유별나게 굴었다. 하품이나 재채기를 제대로 못하겠다고 불평하는가 하면 페니스 끝 부분이 알 수 없는 이유로 '따끔거린다'거나 자신의 치열 '생김새'가 마음에 안 든다고 불평해댔다. 또 이따금 분간하기 어려운 동물소리를 내거나(그러고는 체셔 고양이**처럼 웃었다), 며칠 동안 계속 입을 꽉 다문 채 목구멍 깊숙이 숨을 들이켜 작지만 분명한 목소리로 이이이크, 이이이킹 따위의 소리를 내며 불안한 표정을 짓기도 했다. 전처는 그런 소리를 내지 말라고 야단도 치고 정신과의사와 다시 상담을 하기도 하고(의사는 계속 치료를 받으라고 권했다) 심지어 찰리를 '나서게' 하기도 해봤다. 폴은 처음에는 자기가 볼 땐 모든 게 정상인데 왜 그런 얘기들을 하는지 모르겠다고 우겨대다가 나중에는 이렇게 말했다. 그런 소리를

---

* 우수한 학생들을 대상으로 한 심화 교육과정.

** 루이스 캐럴의 소설 『이상한 나라의 앨리스』에 등장하는 가공의 동물. 독특한 웃음으로 유명하다.

내면서 정당한 마음속 충동이 해소되었고 다른 사람들에게 피해를 주지도 않았다고. 그러니 다른 사람들도 그런 식으로 그들 및 폴의 문제를 극복해야 한다는 것이었다.

폴의 문제로 골치를 앓았던 몇 달 동안 나는 근원적인 해결을 위해 나 스스로를 옴부즈맨이라 생각하고 아들과 많은 시간을 가지려 애썼다. 이른아침에 전화를 걸어 아이와 대화를 나누기도 했고(오늘도 통화할 생각에 아침이 기다려진다) 아이를 데리고, 가끔은 여동생 클래리사도 같이 레드맨 클럽으로 낚시여행을 가기도 했다. 레드맨 클럽은 바로 이런 목적을 위해 내가 선택한 낚시꾼들만의 비밀스러운 장소다. 한번은 애틀랜틱시티의 트롭월드호텔에 멜 톰*을 보기 위해 아들과 함께 남자들만의 여행을 떠난 적도 있다. 해변에 있는 샐리의 집을 두 차례 방문하기도 했는데, 우리는 거기서 빈둥빈둥 놀며 시간을 보냈다. 물에 떠다니는 주사기와 단단한 배설물을 피해 다니지 않아도 되는 때에는 수영을 하기도 했고, 어둠이 깔릴 때까지 해변을 걸으면서 세상사와 폴 자신에 관해 자유롭게 이야기를 나누기도 했다.

이런 대화들을 통해 나는 폴에 관해 많은 것을 알 수 있었다. 가장 놀라웠던 건 아이가 특정 기억을 잊기 위해 치열한, 하지만 가망 없는 투쟁을 하고 있었다는 사실이다. 예를 들어 폴은 우리가 오래전 해덤의 핵가족으로 함께 지냈을 때 키웠던 개를 기억하고 있었다. 귀엽고 활달한 바셋하운드로, 이름은 미스터 토비였고 우리 가족 모두 애지중지하며 사랑을 쏟았던 개였다. 하지만 어느 여름 오후, 우리가 야외 파

* 미국의 재즈 가수.

티를 벌이고 있을 때 바로 우리집 앞에서 누군가가 미스터 토비를 치어버렸다. 미스터 토비는 호빙 로드의 보도를 간신히 기어와 죽을힘을 다해 폴에게 다가가서는 훌짝 뛰어올라 그에게 안겼다. 그리고 잠시 후 몸을 떨고 구슬픈 울음소리를 내더니 곧 숨을 거두었다. 지난주에 폴은 내게 당시(고작 여섯 살이었다) 자기는 그 사건이 계속 마음에 남으면 어떡하나, 남은 평생 그 기억에 쫓겨 제 인생을 망쳐버리면 어떡하나 두려웠다고 말했다. 몇 주 동안 방안에 틀어박혀 뜬눈으로 뒤척이며 미스터 토비를 생각했고 동시에 그렇게 미스터 토비를 생각하고 있다는 사실 자체도 걱정스러웠다고 말했다. 그 기억은 시간이 지나면서 사라졌지만 파이나스트 콘돔 사건 직후 다시 돌아왔으며 지금은 미스터 토비에 대해 '많이'(아마 끊임없이) 생각하며 지낸다고 했다. 또 미스터 토비는 지금 살아서 우리와 함께 있어야 하고, 그리고 그 연장선에서 라이증후군으로 죽은 불쌍한 랠프 형 역시 살아 있어야 하며 (아들은 분명 그래야 한다고 했다), 그리고 우리는 계속 우리여야만 한다는 것에 대해 생각한다고 했다. 폴은 나쁜 일이 일어나기 전의 옛날 일들은 대부분 '재미있었던' 기억으로 남아 있기 때문에 이런 생각을 하는 것이 그리 불편하진 않다고 덧붙였다. 그런 점에서 폴이 지닌 노스탤지어는 상당히 드문 종류에 속하는 것이었다.

폴은 또 최근 들어 생각이 일어나는 과정을 마음속으로 그려보기 시작했다면서 자신의 사고 과정은 훌라후프처럼 밝은색의 동심원들로 짜여 있는데, 그중 하나가 기억이라고 말했다. 하지만 아무리 노력해도 자기 생각대로 동심원들이 '착착 서로의 위로 포개지도록' 끼워맞출 수 없다는 것이었다. 잠들기 바로 직전의 예외적인 순간에만 잠깐이나마 모든 것을 잊은 채 행복을 느낀다고 말했다. 폴은 이 '생각하는 중이라고 생각하는 것'을 통해 머릿속 모든 생각을 지속적으로 살핌으로써 자신을 이해하고 자제력을 유지해 더 나은 인생을 만들려고 노력하는 중이라고(실은 그렇게 함으로써 자기를 괴롭히고 있지만) 했다. 어떻게 보면 아들의 '문제'는 간단하다. 아이는 인생을 이해하고 그 인생을 꾸려갈 방법을 찾아야 한다는 강박감에 너무 일찍 시달리게 된 것이다. 즉 속수무책의 수많은 위기들이 망가진 배처럼 자신을 스쳐가기도 전에, 또 그런 문제들에 여섯 번 중 하나 꼴로라도 손을 써볼 수 있다면 선방한 것이며 나머지 문제들은 그냥 떠나보내야 한다는—'존재의 시기'에 대처하는 데 유용한 기술이다—사실을 깨닫기도 전에.

이것이 좋은 해결책이 아니란 것은 안다. 아니, 사실은 나쁜 해결책이다. 그저 모순과 실망으로 질식할 것 같은 인생을 만들어갈 뿐이다. 바깥에 있는 한 인격이 기저의 다른 인격과 어떻게든 친하게 지내보려고, 아니면 그 인격을 통제해보려고 애쓰지만 결국 무위에 그치고 말 테니까. (아마 아들은 대학교수나 유엔의 번역가로 인생을 마감할지도 모른다.) 더구나 아이는 왼손잡이라 다른 이들보다 일찍 죽을 위험이 높다. 눈에 날아온 뭔가에 맞아 실명하거나, 뜨거운 기름이 담긴 팬에 데거나, 미친개에게 물리거나, 다른 왼손잡이가 모는 자동차에 치이거나, 제3세계에서 살기로 결심하거나, 홈플레이트 위로 일정하게 공을 던지지 못하거나, 엄마와 아빠처럼 이혼하거나 하는 따위의 고통을 겪을 가능성이 큰 것이다.

아들과 강제로 멀리 떨어져 있는 상태에서 아버지 구실을 하기가 결코 녹록지 않음은 두말할 필요 없다. 즉, 현재의 아들과 유년 시절 아들의 이질적인 두 자아를 중간에서 잘 구슬려, 마치 반목하는 두 분단국이 통일을 추구하듯 더 나은, 더 활발하고 더 외향적인 관계로 나아가도록 하는 구실, 자기에게 관대해지는 것을 미래 목표로 삼을 수 있도록 돕는 구실 말이다. 물론 이것들은 어떤 상황에서도 아버지라면 해야만 하는 일이고 나 역시 그러려고 노력해왔다. 이혼과 시간적 제약이라는 난관 속에서, 정확히 무엇이 문제인지도 모르는 채로. 지금와서 보니 앤이 생각하는 것처럼 분명 그동안 나는 전혀 성공하지 못했던 듯하다.

하지만 내일 상쾌하고도 이른아침이면 저멀리 코네티컷에서 아들을 태우고 나와 아들 둘 다에게 도움이 될, 허물없는 아버지와 아들 되기 여행을 시작할 작정이다. 그래서 사십팔 시간 안에 인력으로 가능한 선에서 스포츠 관련 명예의 전당을 최대한 여러 군데(그러니까 두 군데) 둘러본 후 그 유명한 쿠퍼스타운*의 유서 깊은 디어슬레이어모텔에 머물며 아름다운 옷세고 호수에서 낚시를 한 뒤 안전하고 건전하게 폭죽놀이를 하고 허겁지겁 배를 채울 것이다. 그리고 그러는 동안 어떻게든 오직 아버지만이 해낼 수 있는 기적을(희망사항이지만) 일으켜 보리라 다짐하고 있다. 요약하자면 이렇다. 만약 당신의 아들이 갑자기 급전직하로 추락한다면 당신은 사랑과 연륜이라는 구명줄을 아들에게 던져 제자리에 돌아오도록 해야 한다. (이 모든 일들을 뉴욕시에서 아들을 전처에게 다시 인계할 때까지, 그리고 내가 해덤으로 복귀할 때까지 해내야 한다. 나로서는 아무래도 익숙한 해덤에서 7월 4일

* 뉴욕주 중부의 도시. 1839년 애브너 더블데이가 이곳에서 야구를 창안했다 하여 현재 '야구 명예의 전당'이 건립되어 있다.

을 보내는 것이 최선이리라.)

그렇지만, 그렇지만 말이다. 아무리 좋은 아이디어라도 무지에서 출발한다면 일은 틀어지고 만다. 나는 이런 의문을 품을 수밖에 없다. 혹시 내가 구하려는 아들이 이미 손을 쓸 수 없는 지경에 이르러 아주 미쳐버렸거나, 무시무시한 결과를 향해 치닫고 있진 않을까? 혹시 아이의 문제는 신경전달물질 교란의 결과라서 오직 약물 투여로만 해결할 수 있는 것은 아닐까? (이것이 뉴헤이븐 병원의 의사 스토플러의 초기 견해였다.) 혹시 내 아들이 어두운 낯빛에 썩은 치아, 물어뜯은 손톱과 누런 눈자위를 한 음험한 은둔자가 되어 학교를 일찌감치 내쳐버리고, 나쁜 무리와 어울려 곳곳을 떠돌아다니거나 마약을 하다가 마침내 불행만이 자신이 기댈 유일한 친구라고 확신하게 되진 않을까? 그러다 어느 화창한 토요일에 전혀 생각지 못했던 뜻밖의 방식으로 불행조차 그의 확신을 배신하게 되고 그는 결국 교외의 총포상에 들러 총을 훔친 뒤 공공장소에서 소란을 피우진 않을까? (솔직히 그럴 가능성은 없다고 본다. 왜냐하면 폴은 살인자들의 어린 시절에 나타나는 주요한 세 가지 광기를 보여준 적이 없기 때문이다. 즉 불에 매혹당하거나, 약한 동물을 학대하거나, 야뇨증 증세를 보이지 않았다. 게다가 폴은 아주 부드럽고 쾌활한 성격이며 지금까지 항상 그랬다.) 그게 아니라면 최선의 시나리오대로, 내 아들은 우리 모두 그러했고 그의 엄마도 희망하고 있듯이 그저 성장의 한 단계를 지나고 있을 뿐이며 팔 주 후에는 딥리버고등학교의 2군 팀에 들어가려고 열심히 노력하고 있진 않을까?

오직 신만이 안다. 그런가? 신은 정말 알고 있을까?

아들과 대부분의 시간을 떨어져 지내는 내게 가장 견디기 힘든 부분은, 그 아이가 지금 자기한테 나쁜 일이 일어날 거라고는 절대 상상하지 못하는 나이라고 내가 믿고 있다는 점이다. 하지만 폴은 물론 상상할 수 있을 것이다. 해가 저물어 강물이 검게 물들고 바닥을 가늠할 수 없게 될 때쯤 저지 해안이나 레드맨 클럽 강가에 서 있는 아들의 사랑스럽고, 창백하고, 또 시시각각 달라지는 소년의 얼굴을 보면서 나는 아이가 불투명하게만 보이는 어떤 미래를 응시하려 애쓴다는 걸 알게 되었다. 어떤 면에서 아이는 미래를 떠올려보길 좋아하지 않지만 그래도 어쩔 수 없다고 생각하고 있다. 왜냐하면 당연히 그래야 한다고 믿기 때문이다. 비록 마음 깊은 곳에서는 자신과 아빠인 내가 서로 닮지 않았음을 알지만 그래도 닮은 점이 있길 희망하며, 그래서 그런 유사성이 자신에게 안도감을 가져다주길 원하기 때문이다.

당연한 말이지만 난 아들에게 설명해줄 게 아무것도 없다. 그저 아버지라는 사실만으로 설파할 만한 어떤 지혜를 갖게 되진 않는다. 그래도 여행 준비의 일환으로 『자기신뢰』와 독립선언문에 관한 책을 아들에게 보내준 후 미리 읽어보라고 말해뒀다. 아버지들이 흔히 건네는 것들은 아니다. 나도 인정한다. 하지만 나는 아들의 본성이 건전하며 마음만 먹으면 스스로를 도울 수 있고, 또 사실 독립이야말로 아이에게 결여되어 있는 것이라고 믿는다. 아들을 사로잡고 있는 모든 것, 즉 애써 맞서고 있지만 통제가 불가능한, 하지만 마땅히 통제해야 한다고 그가 생각하는, 어떤 기억이나 과거, 나쁜 일들로부터의 독립 말이다.

자녀의 문제가 무엇이고 잘되고 있는 건 무엇인지 파악하는 일에서 부모의 견해는 대개 커튼 사이 틈만으로 자녀의 삶을 완벽히 꿰뚫어보는 이웃들보다 부정확하다. 물론 나는 아들에게 인생을 어떻게 살아야 하는지, 더 낫게 행동할 수 있는 방법이 얼마나 많은지 말해주고 싶다. 마치 나 자신에게 이야기하듯이, 깔끔하게 '맞아들어가는' 일이란 전혀 없으며 실수는 하기 마련이고 나쁜 일들은 잊히기 마련이라고 말이다. 하지만 짧은 만남의 시간 동안 내가 할 수 있는 일이란 그저 아들이 피하기 전에 넌지시 조심조심 말을 건네는 것뿐이다. 아이를 몰아대거나 싸워서 일이 틀어지지 않도록 주의하면서, 치료사가 아니라 아빠 구실을 하는 것뿐이다. 따라서 나는 아들의 병을 절대 호전시키지 못하고 심지어 아들의 병이 정확히 무엇인지 짐작도 못한 채 그저 한동안 아들과 아픔을 같이하다가 헤어지게 될 것이다.

부모가 되는 것의 최악은 나의 운명, 그러니까 어른이 되는 것이다. 적절한 언어를 갖지 못한 채, 동일한 두려움과 우발적인 사건과 놓쳐버린 기회를 고민하지 않은 채, 많은 걸 알고 있음에도 불구하고 언젠가는 내 아이가 불빛을 발견하고 그 불빛이 말없이 건네는 밝음과 따뜻함을 향해 과감히 다가오기를 희망하면서, 불 밝힌 가로등처럼 서 있어야만 하는 운명 말이다.

바깥은 여전히 고요하고 조용한 아침이다. 차문 닫는 소리에 이어 (이른 시간이라 그런지) 소리 죽여 말하는 스킵 맥퍼슨의 목소리가 들려온다. 스킵은 길 건너편에 사는 이웃이다. 그는 이스트 브런즈윅에서 하키 여름리그 경기를 마치고(빙상경기장은 새벽에만 사용할 수 있다) 돌아오는 참이다. 나는 아침이면 패드를 넣은 운동복과 스케이트 차림 그대로 스틱을 인도에 올려놓은 채 조용히 맥주를 마시는 스킵과 회계사인 그의 대학 친구를 자주 보곤 했다. 스킵이 속한 팀은 붉은 피부의 인디언 전사를 팀 로고로 삼았고 1970년대 시카고 블랙호크스*처럼(스킵은 오로라** 출신이다) 격렬한 보디체크***를 하며 경기를 했다. 스킵은 또 자신의 영웅인 스탠 미키타****를 기리는 의미로 등번호를 21번으로 정했다. 가끔 일찍 일어난 내가 〈트렌턴 타임스〉를 가지러 문밖으로 나갈 때면 우린 거리에 서서 스포츠 얘기로 열을 올린다. 대개 그는 눈 위에 작은 반창고를 붙이고 있거나, 입이 퉁퉁 부어 있거나, 다리를 지지해주는 복잡한 무릎보호대를 차고 있다. 하지만 항상 쾌활함을 잃지 않고 마치 내가 이 세상 최고의 이웃인 것처럼 살갑게 대해줬다. 내가 부동산중개인이며 자기보다 연장자라는 것 말고는 아는 게 없는데도 말이다. 스킵은 1980년대 중반에 거액을 주고 '프레지던트 구역'에 주택을 산 후 집을 팔지 않은 채 유지보수를 해가며 자기 자본을 깔고 앉아 있으면서 부동산 시장에 활황이 찾아오기를 기다리는 전형적인 전문직 젊은이들 중 하나다.

나는 〈구매자 대 판매자〉 칼럼에서, 선거에서 누가 당선된다 해도 대부분의 사람들은 만족하지 못하겠지만 그중 54퍼센트는 내년 이맘때면 여전히 자신의 경제 사정이 더 나아지리라 기대한다는 사실을 거론했다. (그러나 〈뉴욕 타임스〉에 실린 또다른 관련 통계는 말하지 않았는데, 그 통계에 따르면 오직 24퍼센트만이 이 나라가 경제적으로 윤택해지리라고 생각한다. 왜 두 수치가 일치하지 않는지는 아무도 모른다.)

---

* 일리노이주 시카고에 연고를 둔 프로아이스하키팀. 아메리카 원주민의 옆얼굴을 팀 로고로 쓴다.

** 일리노이주에 위치한 도시.

*** 아이스하키에서, 퍽을 가진 공격자에게 방어자가 자기 몸을 부딪쳐 공격을 막는 일.

**** 1959년부터 1980년까지 시카고 블랙호크스에서 활약한 하키 선수.

문득 시계를 보니 일곱시 삼십분이다. 이어 전화벨이 울린다. 아들이다.

"아빠, 안녕." 폴이 맥없는 목소리로 인사한다.

"안녕, 아들." 나는 멀리 떨어져 사는 친근한 아버지 같은 목소리로 대답한다. 어디선가 음악소리가 들려와 창밖에서 공사 인부나 스킵이 내는 소리인가 생각하다가 곧 둥가-듕가-둥가-듕가 하는 무겁고 육중한 소리가 무엇인지 깨닫는다. 그것은 폴이 쓴 헤드폰에서 나오는 소리로 아마 폴은 자신이 좋아하는 매머드 데스나 그 비슷한 그룹의 음악을 들으며 나와 통화를 하는 중인 듯하다. "잘 지내고 있지, 아들? 별일 없고?"

"네." 둥가-듕가. "별일 없어요."

"준비는 다 된 거지? 내일은 오하이오주 캔턴에, 일요일엔 '카우걸 명예의 전당'에 갈 거야." 우린 스크랜턴의 '무연탄 명예의 전당', 위스콘신주 델러밴의 '어릿광대 명예의 전당', 미시시피주 그린우드의 '목화 명예의 전당', 텍사스주 비턴의 '카우걸 명예의 전당' 등 모든 명예의 전당이란 전당은 죄다 여행 목록에 올려놓았다. 이틀 동안 이곳들을 모두 들러보기로 했지만 물론 그럴 수 없을 것이다. 스프링필드(아들이 사는 집과 가깝다)에 있는 '농구 명예의 전당'과 쿠퍼스타운 정도만 갈 수 있겠지. 그 장소들은 정신적으로 중립인 인기 스포츠들을 이상화된 남성의 역사라는 맥락 속에 놓고 의미를 부여하는 곳들이다. 거기서 본래 부자간의 공통 관심사를 찾을 수 있으리라. (실제로 가본 적은 없지만 안내책자는 내 예상이 옳음을 말해주고 있다.)

"네, 준비 다 됐어요." 둥가-듕가-둥가-듕가. 폴이 음량을 키운다.

"여전히 가고 싶은 마음이 드니?" 다 돌아다니기에 이틀은 너무 짧다. 둘 다 그 사실을 알지만 모르는 척한다.

"네." 폴이 심드렁하게 대꾸했다.

"아직 침대에 누워 있는 거야?"

"네, 아직 침대예요." 그리 좋은 징조는 아닌 것 같다. 하긴 그래봤자 아직 일곱시 삼십분이니.

사실 매일 아침 통화를 하니 둘 사이에 특별히 나눌 얘기라고는 전혀 없다. 보통의 가정이었다면 오며가며 서로 마주치면서 때로는 농담을 건네고 때로는 심술을 부리거나 예의 없이 굴 것이다. 서로 가까이 가기도 하고 어떤 경우엔 상대에게 폐를 끼치지 않도록 자리를 피해주기도 하면서 다양한 감정을 느낄 것이다. 하지만 지금의 평범하지 않은 상황에서 우리는 추가적인 노력을 기울여야 한다. 비록 시간 낭비에 그칠지라도.

"간밤에는 좋은 꿈 꿨니?" 나는 의자 앞쪽으로 몸을 당겨 앉아 창문 밖에 있는 오디나무의 서늘한 잎들을 뚫어지게 바라본다. 이렇게 하면 대화에 완전히 몰두할 수 있다. 폴은 가끔 별난 꿈을 꾸기도 하는데 어쩌면 뭐라도 얘깃거리를 만들어보려고 그냥 지어낸 것들인지도 모른다.

"네." 폴은 여전히 심드렁하게 대꾸했지만 곧 둥가-듕가-둥가-듕가 소리가 현저히 낮아졌다. (어젯밤은 좋은 꿈을 꾸기 알맞은 밤이었나 보다.)

"어떤 꿈인지 말해줄래?"

"제가 아기였거든요?"

"그랬어?"

폴이 어떤 금속 물체를 만지작거리기라도 하는지 톡 하는 금속성 소리가 들린다! "근데 못생긴 아기였거든요? 정말 못생긴 아기요. 꿈속에서 제 부모님은 다른 사람들이었어요. 집에 날 버려놓고 파티에 다녔죠. 아주아주 호화로운 파티에요."

"어디서 그랬는데?"

"여기요. 잘 모르겠어요. 하여튼 어떤 곳이었어요."

"딥워터?" 딥워터는 딥리버를 가리키는 말로 폴이 찰리 오델을 최대한 불쾌하게 만들려고 지어낸 말이다. 아마도 폴은 내가 찰리를 싫어하는 것보다 훨씬 더 찰리를 싫어하는 것 같다.

"네. 딥워터. 바로 그랬다는 말입니다." 폴이 월터 크롱카이트*의 목소리를 완벽히 흉내내며 말한다. 정신과의사라면 폴의 꿈 얘기를 듣고 분명 공포와 두려움의 징후를 찾아낼 것이고, 또 그것이 옳은 판단일 거라는 생각이 들었다. 버려지는 것에 대한 두려움, 거세에 대한 두려움, 죽음에 대한 두려움 말이다. 모두 나도 경험한 바 있는 나름대로 근거가 있는 두려움이다. 어쨌든 폴은 그 꿈을 가지고 농담을 할 여유는 있는 듯하다.

"다른 일은 없니?"

"엄마와 찰리가 어젯밤에 크게 싸웠어요."

"저런. 뭣 때문에?"

"그래봤자 시시한 일이겠죠. 잘 몰라요." 〈굿모닝 아메리카〉의 기상캐스터 목소리가 주말에 좋은 날씨가 예상된다고 말하는 게 들려온다.

* CBS 방송 뉴스 진행자로 활약했던 인물. "바로 그랬다는 말입니다"라는 맺음말로 유명하다.

폴은 텔레비전 음량을 높인다. 엄마의 부부싸움에 대해서 더는 이야기하고 싶지 않은 모양이다. 이렇게 간단하게만 알려두고 여행하는 동안 필요할 때마다 유용하게 써먹고 싶어하는지도 모른다. 잠깐 동안 나는 (전남편만의 예민한 감각으로) 앤에게 어떤 문제가 발생했음을 감지할 수 있다. 때 이른 폐경기, 과거를 향한 그녀만의 때 이른 향수, 불현듯 찾아온 후회. 모든 게 가능하다. 찰리가 올드 세이브룩의 요트수리소 식당에서 일하는 가슴이 풍만하고 코가 납작한 종업원을 애인으로 두고 있어서일 수도 있다. 둘은 결혼한 지 사 년이 되었는데, 앤이 제정신이라면 애초에 찰리 같은 사람과 결혼했을 리 없다는 점을 감안할 때 사 년은 예상보다 훨씬 긴 기간이다.

"그래. 이 아빠는 오늘 아침에 집 한 채를 팔러 가야 한단다. 야구로 치면 만루 홈런, 낚시로 치면 대어일지도 몰라."

"디 오 볼렌테."* 폴이 말한다.

"맞아. 바로 노스캐롤라이나주 어퍼 하이 포인트에 사는 볼렌테 가문이지." 라틴어를 약 일 년 정도 배운 폴은 '디 오 볼렌테'라는 말이 부동산업자의 수호성인이며 착한 사마리아인처럼 칭송받아야 한다고 믿었다. 모든 집을 보여주고 최상의 거래를 제시하고 예의를 다하면서도 수수료를 요구하지 않게—그러지 않으면 불운이 닥칠 것이다—하는 말이라는 것이다. 콘돔 사건 이후 나와 폴의 인생은 농담과 재담, 말장난, 폭소로 도배되었고 물론 그 명분은 서로에 대한 사랑이었다. "오늘은 엄마의 친구가 되어주렴. 알았지, 친구?"

---

* D. O. Volente. 라틴어로 '신의 뜻이라면'.

"난 엄마의 친구예요. 엄만 나쁜 년이지만."

"그렇지 않아. 네가 믿건 안 믿건 엄마가 너보다 더 힘들어. 널 키워야 하잖아. 참, 동생은 잘 있니?"

"아주 잘 지내요." 둘째인 클래리사는 올해 열두 살로, 아직 미성숙한 폴에 비하면 아주 현명한 아이이다.

"내일 만날 수 있을 거라고 전해라, 알았지?"

갑자기 텔레비전의 음량이 급격히 높아진다. 마이크 타이슨이 마이클 스핑크스를 때려눕히고 구십일 초 만에 2200만 달러를 벌었다고 떠들어대는 남자 목소리가 들려온다. "그 돈의 절반이라도 받을 수 있다면 그에게 내 입술을 주먹으로 치라고 말하고 싶군요." 텔레비전 속 남자가 말한다. "아빠, 들으셨어요?" 폴이 말한다. "저 사람이 자기 입술을 빨아도 좋다고 말하고 있어요."* 아들은 이런 말장난을 아주 좋아한다. 꽤 재미있다고 생각하는 모양이다.

"그래. 어쨌든 내일 아빠가 데리러 갈 때쯤엔 출발 준비가 되어 있어야 해. 텍사스주 비턴까지 가려면 서둘러야 하니까."

"마이크가 먼저 주먹으로 맞은 거죠.** 아빠, 다시 결혼할 거예요?" 폴이 은근슬쩍 묻는다. 왜 이런 질문을 하는 걸까, 나도 모르겠다.

"아니, 절대. 아빤 널 사랑한단다, 알았니? 『독립선언』이랑 다른 글들은 좀 봤니? 알아서 잘했으리라 믿는다."

---

* '치다'를 뜻하는 단어 sock은 '빨다'라는 뜻의 suck과 발음이 비슷해, '입술을 빨다'처럼 들릴 수 있다.

** 텍사스주 비턴(Beaton)과 '주먹으로 맞다'를 뜻하는 beaten의 발음이 비슷한 것을 이용한 말장난.

"아뇨." 폴이 말한다. "하나 생각났어요." 농담 하나가 떠올랐다는 뜻이다.

"말해보렴. 고객한테 써먹어야겠구나."

"말 한 마리가 술집에 들어와서 맥주를 한잔 주문했어요." 폴이 짐짓 근엄한 어조로 말했다. "그러자 바텐더가 뭐라고 했게요?"

"모르겠는데."

"이봐, 왜 그렇게 우울해해?"*

그러고 나서 폴은 침묵을 지킨다. 그것은 우리가 서로 무슨 생각을 하는지 알고 있으며 각자 모든 웃음 중 가장 즐겁고 최고로 칠 만한 소리 없는 웃음을 터뜨리고 있다고 말해주는 침묵이다. 내 오른쪽 눈꺼풀이 종종 그러듯 실룩거리기 시작한다. 지금이야말로 이 소리 없는 웃음을 슬픔의 대척점삼아 애수에 잠기거나, 사라져버린 무언가를 곰곰이 더듬어보거나, 무엇이 중요하고 중요하지 않은지에 관해 인생에서 빚어지는 오해들을 재빨리 돌이켜보기에 딱 적당한 순간이다. 그러나 그 대신 내가 느끼는 감정은, 만족감에 기대는 것을 용인하고 막 시작되는 오늘에 희미한 기대를 거는 것이다. 거짓된 행복감이란 없는 법이다.

"정말 재미있구나." 내가 말한다. "정말 재미있어. 그런데 말은 술집에 뭐하러 간 걸까?"

"몰라요." 폴이 말한다. "춤추러 갔나."

"술을 마시러." 내가 말했다. "누군가가 꾀어서 말이야."

---

* 영어로 '우울한 표정'을 뜻하는 long face가 '긴 얼굴'을 뜻할 수도 있는 데 착안한 말장난. 말의 얼굴이 길다는 점을 이용한 것.

바깥 클리블랜드 스트리트의 점점 따듯해져가는 잔디밭에서 스킵 맥퍼슨이 외치는 소리가 들려온다. "슛! 고오오오올인!" 웃음을 참으며 킥킥대는 소리가 공중에 떠돌고 이어 딸까닥 맥주캔 따는 소리도 들린다. 곧 다른 남자 목소리가 말한다. "노련한 슬랩숏*, 슬랩숏입니다." 한 블록 아래쪽에서는 잠에서 깨어난 사자의 포효 같은 디젤 엔진 소리가 들려온다. 인부들이 휴식을 마치고 다시 일을 시작하나보다.

"나머진 내일 얘기하자." 내가 말했다. "알았지?"

"네." 폴이 대답했다. "내일 얘기해요." 우린 통화를 끝낸다.

* 아이스하키에서 스틱을 약간 흔들어 퍽을 강하게 치는 기술.

2

지금은 오전 여덟시 십오분, 주말이 가까워질수록 세미너리 스트리트에서는 독립기념일 분위기가 무르익어간다. 모든 일정이 독립기념일을 향해 움직이는 듯하다. 독립기념일까지는 아직 사흘이 남았지만, 아침이 본격적으로 시작되자 프렌치스 걸프 주유소와 펠처스 슈퍼마켓 주차장에는 자동차들이 꼬리를 물고, 마을 사람들은 세탁소에서 주류상인 타운 리큐어스에 이르기까지 곳곳에서 서로 큰 소리로 인사를 주고받는다. 많은 주민들이 이미 블루 힐과 리틀 콤프턴으로 출발했으며 이웃집 줌브로스 씨네처럼 시간이 넉넉한 사람들은 몬태나주의 관광 목장이나 아이다호주의 값비싼 송어 낚시터로 향하기도 한다. 어쨌든 모든 이들의 마음가짐은 이렇다. 사람들이 몰리는 곳을 피해, 남들보다 한발 앞서서, 길을 떠나, 전속력으로 차를 몰 것. 탈출이야말로 여기 해안 지역 사람들의 최우선 순위다.

오늘 내 첫번째 할일은 내가 세를 놓는 두 집 중 한 곳에 일찌감치 들러 세입자에게서 임대료를 받아오는 것이다. 다음엔 부동산 사무실로 재빨리 달려가 완성한 칼럼을 갖다두고 오늘 고객에게 보여주기로 한 펜스 넥에 있는 주택의 열쇠를 챙겨야 한다. 또 우리 회사의 만능공인 에버릭과 워델 루이스 쌍둥이 형제와 함께 월요일 독립기념일 행사에 참여하는 계획을 최종 확정해야 한다. 우리가 맡은 일은 공짜 핫도그와 루트비어*를 나눠주는 일이며 이를 위해 나는 내 소유인 핫도그 판매 트럭을 빌려주기로 한 터였다. (모든 수익금은 클레어 데베인의 고아가 된 두 자녀에게 전달될 예정이다.)

세미너리 스트리트 위쪽은, 비록 누구도 원했던 건 아니지만 한때의 호황을 타고 '고급 상점'이 늘어선 '중심가'가 되었는데, 지난 크리스마스 이후 한 번도 건드리지 않고 방치한 물건들을 '깜짝 세일' 상품으로 길가에 내놓느라 모든 상인들이 부산을 떨고 있다. 진열대에는 애국심에 가득찬 깃발과 열심히 번 돈을 흥청망청 쓰는 것이 미국적인 방식이라고 부추기는 요란한 선전물이 나붙어 있다. 버추얼 프러퓨전 꽃집에서는 피로에 전 사업가들이나 걱정 속에서도 축제를 즐기는 듯 보이려 애쓰며 집으로 향하는 신학교 학생들의 시선을 끌기 위해 상태가 좋지 않은 데이지와 붉은 수레국화 다발을 내놓았다("저렴한 가격의 꽃과 함께 고백하세요"). 신발가게 주인인 게이 브래드 헐버트는 사이즈가 하나밖에 남지 않은 괴상한 신발들을 상자에 담아 쇼윈도 앞에

* 나무의 뿌리나 껍질을 이용해 만든 비알코올성 탄산음료.

쌓아놓고는, 구릿빛 피부에 지겨운 표정을 하고 있는 어린 애인 토드를 야외 계산대 뒤 의자에 앉혀놓았다. 서점에서는 값싼 사전과 지도책, 이제는 팔리지 않는 1988년도 달력, 유행이 지난 컴퓨터게임 등 과잉재고품들을 끌고 나와 기다란 판매대에 수북이 올려놓았고, 내 아들처럼 손버릇 나쁜 십대 청소년들이 그 물건들에 호시탐탐 눈독을 들이고 있다.

내가 여기로 이사온 1970년 이래 처음으로 세미너리 스트리트에 빈 가게 두 곳이 생겼다. 그 주인들은 돈과 물건을 빚진 채 가게를 텅 비워놓고 야반도주했다. 그중 한 곳은 너틀리 쇼핑몰에서 새롭게 개장했지만 다른 한 곳은 아직까지도 감감무소식이다. 게다가 세일을 전혀 하지 않던 많은 고급 프랜차이즈 상점들이 다른 곳에 인수되거나 파산 신청을 했으며 세일을 당연시하는, 고급보다 한 단계 아래인 상점들에 자리를 내주었다. 올봄에는 고급 정육과 치즈를 취급하는 상점을 화려하게 재개장하려던 펠처스 슈퍼마켓이 일정을 연기했고, 27번 국도에 있던 일본 자동차 영업점 한 곳이 갑자기 도산해버려 지금은 텅 빈 점포만 남아 있다. 주말에 이곳을 찾는 외지인들의 면면도 달라졌다. 1980년대 초 해덤의 인구가 만 이천 명에서 이만 명으로 급증하고 내가 아직 인기 스포츠 잡지에 글을 쓰고 있던 무렵에는 주말마다 세련된 뉴요커들, 즉 특이한 옷차림을 한 소호 지역의 부자들이나 부유해 보이는 이스트사이드 사람들이 '시골'을 찾아 여기로 왔었다. 독특한 정취를 간직한 작은 마을인 이곳이 마치 오십 년 전의 그리니치나 뉴케이넌처럼, 아직 때가 묻지 않아 볼만하다는 얘기를 듣고 온 것이었다. 당시에는 이런 말이 어느 정도 사실이었다.

하지만 이제 그 사람들은 시멘트로 지어 방범창을 설치한 성냥갑 같은 집에 살거나, 도심 외곽 지역의 낡은 집을 리모델링해서 들어가거나, 자신의 지갑 상태에 맞는 다른 곳으로 이사를 갔다. 집을 팔아버리고 캔자스시티로 돌아가거나 새 출발을 하러 쌍둥이 도시*, 혹은 포틀랜드로 떠난 사람들도 있었다. 인생이 천천히 돌아가는 (게다가 물가도 싼) 그런 곳으로 말이다. 하지만 확신컨대, 어디를 가든 그중 많은 이들이 분명 외로움과 지루함에 시달릴 것이며, 너무나 따분해진 나머지 누군가 제발 강도짓이라도 해주길 바라고 있으리라.

여기 해덤에서 그들의 빈자리를 채우는 사람들은 대개 뉴저지주 거주자들로, 위쪽으로는 베일빌과 토토와에서 왔거나, 여기서 대각선 아래인 바인랜드나 밀빌에서 당일여행을 온 이들이다. 이들은 '단지 길이 어디로 향하는지 잊지 않기 위해' 206번 국도를 달리다가 요기를 하려고, 혹은 잠깐 구경을 하려고 이곳(불행히도 지역 의회에서 '즐거운 해덤'이라고 새로 이름 붙여버린)에 들른다. 내가 볼 때는—'사기가 오른' 주말이면 나는 사무실에 앉아 창문 너머로 이들을 구경하곤 했다—모두 그리 분명한 목적이 있어서 온 사람들 같진 않다. 이전 방문객들보다 더 시끄러운 아이들을 더 많이 태우고 외부 장식이 군데군데 사라진 낡은 차를 몰고 온다. 그러고는 장애인 전용 주차장, 진입로 한가운데, 자신들이 사는 곳에는 소화전이라는 게 존재하지 않는다는 듯이, 심지어 소화전 옆에다 거리낌없이 주차를 한다. 이들은 요거트 체인점에 몰려가기도 하고 초콜릿칩 쿠키를 한가득 사기도 하지만 더 투

* 미네소타주의 도시 미니애폴리스와 세인트폴을 이르는 말.

로어스 레스토랑에 들어가 제대로 된 점심을 사 먹는다거나 오거스트 모텔에서 하룻밤을 묵는 사람은 거의 없다. 또 주택에 관심을 가진 이들도 찾아볼 수 없다. 물론 그들은 이따금 즐겁게 상스러운 감탄사를 연발하며 이곳저곳을 둘러보느라 부동산업자의 반나절을 빼앗기도 하지만 그래봤자 자신들이 몰고 온 찌푸린 얼굴을 한 듯한 인상의 파이어버드나 몬테고 자동차를 타고 매너호킨 지역으로 돌아가면 금방 까마득히 잊어버리고 만다. (그래서 연로한 오토 슈윈델이 세상을 뜨자 회사를 넘겨받은 색스 머피는 한때 40만 달러 이상인 주택을 보여주기 전에 고객의 신용도를 확인하는 절차를 도입했지만, 이 때문에 한 록 스타가 우리에게 등을 돌리자 우리는 이 절차를 바꿔달라고 청원했다. 그 록 스타는 우리 회사가 아니라 센추리21사社에 200만 달러를 써버렸던 것이다.)

나는 휴가 차량들로 붐비는 세미너리 스트리트에서 빠져나와 시내 뒤쪽에 있는 컨스티튜션 스트리트로 차를 몰아 미끄러지듯 내려간다. 이어 신호등의 지시에 따라 플럼 로드를 건넌 뒤 도서관과 내 아들 랠프 배스컴이 묻혀 있는 묘지의 철제 울타리를 차례로 지나 해덤의료센터 방면으로 향한다. 의료센터에 다다라서는 에라토 스트리트로 좌회전해서 곧 클리오 스트리트로 들어선다. 바로 그곳 조용한 동네에 내 소유의 임대주택 두 채가 자리하고 있기 때문이다.

내 나이에, 나 같은 성격(모험을 꺼리는)을 가진 사람이 지극히 타산적으로 굴어야 하는 임대업에 몸담고 있다고 하면 별스럽게 여겨질 수도 있다. 임대업 하면 뭔가 수상하고 믿을 수 없는 세입자, 손실보상 보증금을 둘러싼 실랑이, 부정직한 수리공, 부도수표 같은 일이 수

두룩하니 말이다. 거기에 지붕이 샌다거나, 하수도를 교체해야 한다거나, 진입로를 수리해야 한다거나, 개가 짖는다거나, 히터가 불량하다거나, 벽에 금이 갔다거나, 혹은 이웃에서 시끄러운 파티가 벌어졌다거나, 그래서 경찰이 출동해 종종 소송전으로까지 이어지는 그런 문제로 한밤중에 갑자기 전화가 오기도 하니까 말이다. 이에 대한 나의 간단하고 즉각적인 대답은, 위에 열거한 잠재적인 악몽들이 내게는 일어나지 않으리라고 생각했고 실제로 내 추측은 틀리지 않았다는 것이다. 나란히 서 있는 내 소유의 집 두채는 시내의 아담한 중심가와 서쪽의 부유한 백인 거주지역 사이에 위치한 흑인 중산층 동네 윌리스 힐의 병원 뒤편 거리에 자리잡고 있다. 조용하고 잘 가꿔진 나무들이 늘어선 곳이다. 거주자들은 신뢰할 만하고 상대적으로 부유한 중년 이상의 흑인 가족들로, 이들은 밀집해 있는 소형주택들에서 수십 년을 살아왔다. 집들의 보전 상태는 평균 이상으로 좋으며 그 가치도 (정말 꾀죄죄한 몇 채를 빼면) 백인 거주지만큼은 아니지만 그에 버금가는 수준으로 꾸준히 상승했다. 최근 사무직종 고용률이 떨어지면서 야기된 집값 하락 사태에도 영향받지 않았다. 흑인이 많을 뿐, 이곳은 여전히 전형적인 미국의 마을이다.

거주자들 대부분은 배관공이나 엔진정비공 아니면 잔디관리원 등 블루칼라 전문직으로, 차고에 작업실을 두고 일하면서 세금을 회피하는 사람들이다. 열차 침대칸 승무원*으로 일했던 나이든 사람들이 있는가 하면 교사로 근무하는 워킹맘들도 있다. 은퇴자들도 많은데 이들은

* 1960년대 이전까지는 흑인들만 이 일에 종사했으며, 이들은 흑인 중산층 성장에 크게 기여했다.

융자금 상환을 끝낸 이들로 너무나 만족스러운 생활을 하고 있기에 다른 곳엔 절대로 가려 하지 않는다. 하지만 최근 들어 몇몇 흑인 치과의사와 내과의사, 그리고 법정변호사 부부 세 쌍이 이곳을 떠나기로 결심했다. 자신들이 성장기를 보낸 동네와 유사한 곳, 아니면 부모님도 변호사나 치과의사가 아니었다면 자신들이 성장기를 보냈을 동네로 옮기고 싶어한 것이다. 그들에게 이곳과 가까운 앤도버와 브라운은 목적지가 아니었다. 만약 (현재로선 전혀 그럴 기미가 없긴 하지만) 이곳 중심 지역의 재산 가치가 올라가고 따라서 이 지역의 모든 흑인 가족들이 큰 이윤이라도 얻게 된다면 이들은 자신들의 조상이 한때 재산의 일부로 취급됐던 애리조나주나 남부 지역의 주로 옮겨갈 것이다. 그럼 이 동네는 새로 들어오는 백인과 부유한 흑인들로 인해 고급 주택가로 변할 것이며, 그리되면 약간 골치를 썩이긴 했어도 나의 소규모 투자 역시 황금알을 낳는 거위로 변신할 것이다. (이런 인구 변동은 사실 안정적인 흑인 동네에서는 매우 느린 속도로 진행되고 있다. 왜냐하면 부유한 흑인 미국인들의 경우 이미 머물고 있는 곳보다 더 나은 곳을 찾기란 쉽지 않기 때문이다.)

하지만 이것이 전체 그림은 아니다.

이혼한 후로, 더 정확히 말하자면 이전의 내 삶이 갑자기 끝장난 후, 난 일종의 명백한 '초자연적인 무관심' 증상을 겪으며 간신히 삶을 이어갔고, 플로리다주와 저멀리 프랑스까지 연이어 떠돌았다. 그리고 썩 내키지 않는 한 가지 사실을 깨닫게 되었다. 나는 나 자신과 사랑하는 가족들을 위해서가 아니라면 진정 선한 일을 한 적이 없었다는 것이다 (심지어 가족들 중엔 이 부분에조차 동의하지 않는 사람도 있을 것이다). 스포츠 기사의 최대 효용이란 (그런 글을 한 번이라도 써보거나 읽어본 적이 있는 사람은 누구라도 쉽게 알 수 있듯이) 기껏해야 누군가가 아침식사로 시리얼을 먹을 때, 병원에서 시티촬영 결과를 기다리며 초조히 서성거릴 때, 화장실에서 잠시 혼자 시간을 보내며 덧없는 상념에 잠겨 있을 때, 잘 쓰지 않는 몇몇 뇌세포를 해롭지 않은 방식으로 활성화시켜주는 정도에 그친다. 내가 사는 곳에 관해서라면 나는 이따금 반쯤 죽은 다람쥐를 수의사에게 데려가거나 이웃에 사는 드페이스 노부부가 집 뒤편 베란다에 바비큐용 가스 그릴을 설치했다가 하마터면 불을 낼 뻔했을 때 소방서에 전화해주거나, 그저 그런 교외의 영웅적 행위 외에는 기여한 게 없다. 아마 바쁜 사람이 아주 나쁜 놈이 되지 않을 정도로만 공공복지에 기여한 만큼밖에 되지 않을 것이다. 그러면서도 십오 년 동안 그 두드러진 번영기의 해덤에 살면서 시민의 권리와 자녀교육에 관련된 혜택을 누렸으며 도로, 교통시설, 하수도 및 상수도, 경찰 및 소방 서비스 등 여러 부처의 노고 위에서 안녕을 얻었다. 그런데 이 년 전 어느 날, 아침부터 그다지 가망 없어 보이는 고객에게 주택을 보여준 후 밀려오는 피곤함에 거의 졸음운전으로 집에 가다가 그만 길을 잘못 들어 해덤의료센터 뒤쪽 클리오 스트리트에까지 오게 되었다. 그때 이곳에서는 8월 하순의 더위를 이기기 위해 동네 흑인들 대부분이 앞쪽 현관에 나와 앉아 부채질을 해가며 건너편 현관의 이들과 수다를 떨고 있었다. 발치에는 아이스티나 시원한 물을 담은 큰 병을 갖다놓은 채, 창문을 타고 코드를 연결해 작동중인 작은 선풍기가 바람을 일으켰다. 내가 차를 몰며 지나가자 흑인들은 (나만의 생각일 수도 있지만) 평온한 표정으로 나를 바라보았다. 나이든 여성 하나가 내게 손을 흔들었다. 길모퉁이에 나타난 한 무리 소년들은 헐렁한 운동복 반바지 차림에 농구공을 들고 있었는데 서로 어깨에 손을 걸친 채 담배를 피우며 떠들고 있었다. 누구도 나의 존재를 눈치채지 못한 듯했고 위협적인 태도도 전혀 느껴지지 않았다. 왠지 동네 전체를 한번 돌아봐야겠다는 생각이 들어 끝까지 차를 몰았다. 마지막에 마주친 나이든 여성은 마치 평생 처음 본다는 듯 나와 내 자동차를 바라보며 손을 흔들었다. 사실은 바로 이 분 전에 봤으면서도 말이다.

동네를 세 번이나 돌면서 나는 그때까지 해덤에서 보낸 십오 년 동안 내가 이 거리는 물론 해덤의 다른 네다섯 군데 흑인 구역을 최소한 오백 번은 지나쳤을 텐데도 아는 사람이 한 명도 없다는 사실을 깨달았다. 누구의 집에도 초대를 받은 적이 없었고, 사적으로 통화한 일도 없었으며, 이곳에서 집을 팔아본 적도 없었고, 아예 인도를 걸어본 적도 없는 것 같았다(나는 낮이건 밤이건 인도로 다니는 걸 두려워하지도 않는데 말이다). 하지만 나는 줄곧 이곳을 이 지역의 토대이며 일류 이웃들이 사는 곳이라고, 이곳 주민들은 해덤의 정당하면서도 자주적인 보호자들이라고 생각해왔다.

네번째로 동네를 돌기 시작해도, 당연히 누구도 내게 손을 흔들지 않았다(실은 두 사람이 현관 계단 제일 높은 곳에 서서 얼굴을 찌푸렸고 농구공을 든 소년들은 허리에 손을 얹은 채 나를 노려봤다). 그러던 중 나는 나란히 서 있는 똑같이 생긴 집 두 채를 발견했다. 단층 구조에 전통적인 미국 주택 양식을 따른 약간 낡아 보이는 집으로, 건반을 연상시키는 줄무늬 차양이 달려 있었고, 벽돌과 베니어판을 반씩 섞어 지은 전면에, 지붕을 갖춘 현관이 약간 높은 곳에 설치되어 있었다. 두 집은 울타리를 두른 좁은 길을 사이에 두고 있었는데, 양쪽 모두 트렌턴 부동산중개사에서 내건 **집 팝니다**란 팻말이 걸려 있었다. 나는 신중하게 전화번호를 메모한 후 곧장 사무실로 가서 전화를 걸었고, 가격을 문의하면서 두 주택을 동시에 구입할 수 있는지도 확인했다. 부동산업에 몸담은 지 오래되지 않았을 때였지만, 자산을 다각화하고 쉽게 꺼내 쓸 수 없도록 돈을 다른 곳에 떼어둔다고 생각하니 만족스러웠다. 만약 두 집을 좋은 조건에 구매할 수 있다면 그곳에 살고 싶어하는 사람들, 이를테면 고정 수입으로 살아가는 흑인 은퇴자, 아주 정정하진 않지만 자식에게는 부담을 주지 않을 만큼 자신을 건사할 수 있는 노인들, 저렴하면서도 튼튼한 집을 원하는 신혼부부 등에게 세를 놓을 생각이었다. 하늘 높은 줄 모르고 주거비용이 치솟는 상황에서 나는 그들이 여생을 보낼 요양시설에 들어가거나 처음으로 자기집을 구입할 때까지 편안한 주거를 보장해주리라 마음먹었다. 나로서는 적정 비용으로 입주 가능한 주거지를 제공하는 동시에 내가 이상적이라 생각했던 이웃 공동체를 온전히 지켜나감으로써 내가 사는 공동체에 재투자를 한다는 만족감을 얻을 수 있으며, 나 자신의 재정적인 취약성을 보완할 수 있음은 물론 이 년 전 앤이 딥리버로 이사한 이후 내게 결여되어 있던 어떤 유대감도 강화시킬 수 있으리라 생각했다.

나는 완벽하기 이를 데 없는 현대적인 집주인이 될 수 있다고 느꼈다. 즉, 뛰어난 교감 능력과 건전한 투자 안목을 겸비한 사람, 비록 언제나 순탄하진 않았어도 사려 깊게 이끌어온 삶의 세월에서 축적된 경험을 통해 뭔가를 기부할 수 있는 사람이 될 수 있다고 느꼈다. 누구나 내 차가 가까이 다가오는 것을 보면 기뻐하리라 생각했다. 내가 주방에 새 수도꼭지를 달기 위해서, 건조기 겸용 세탁기를 수리해주기 위해서, 아니면 단지 그렇지 않을 리 없지만 모두들 만족스럽게 잘살고 있는지 확인하기 위해서 들렀다는 걸 그들도 알 테니까. (자산을 다각화하려는 사람들 대다수는 회계사와 함께 자산 현황을 확인하며 손실 가능성을 제한하는 방편으로 마르코 아일랜드 해변에 있는 콘도를 하나는 자신을 위해, 또하나는 손자를 위해 구입한다. 그리고 나머지 돈은 투자신탁회사에 전부 맡겨버리고 4월*부터 다음 4월까지 자산관리는 완전히 잊어버린다.)

내가 이곳에 제공해줘야 한다고 생각했던 것은 바로 소속감과 영구성에 대한 분명한 인식이었다. 이야말로 해덤과 관련해 이 거리에 사는 사람들에게 전적으로 결여된(그들의 잘못은 아니다) 바라고, 하지만 우리가 천국을 갈구하듯이 이들 역시 그런 인식을 갈망할지 모른다고 나는 판단했다. 내가 아들 랠프의 출생을 앞두고 앤과 뉴욕에서 해덤의 호빙 로드에 있는 튜더양식 주택으로 처음 이사왔던 날, 우린 이주민이라는 불편한 느낌에 휩싸였다. 우리 둘을 제외한 모든 사람들이 콜럼버스 시대 이전부터 여기서 계속 살아온 것 같았고, 여기 사람들도 분명 우리가 그렇게 생각하기를 바랄 것만 같았다. 우리가 너무 늦게 나타났기 때문에 접근할 수 없는 비밀스러운 내부자 정보가 있으며, 같은 이유로 우리는 그 정보에 평생 접근할 수 없을 것만 같은 느낌이 들었다. (물론 실없는 망상일 뿐이다. 부동산 매매가 십오 분 만에 완료되는 데서 분명히 알 수 있듯이 대부분의 사람들은 어디에 살

* 미국에서 매해 세무신고 접수를 마감하는 달.

건 신참자 입장이다. 그럼에도 이런 거북한 느낌은 십 년 이상 앤과 나를 따라다녔다.)

나는 해덤의 흑인 거주지 주민들은 그곳이 어디건 친밀감을 느껴보지 못했을 거라고 생각했다. 그들이 일가친척과 함께 여기에서 백 년 이상 살아왔고, 그들이 한 일이라고는 손해를 보더라도 우리처럼 새로 이사온 백인들이 환대받는다고 느끼도록 해준 것밖에 없다고 하더라도 말이다. 내가 할 수 있는 일은 최소한 두 가정이라도 안락함을 느끼게끔 도와서 다른 이웃들도 이를 지켜볼 수 있도록 만드는 것이라고 생각했다.

그리하여 나는 비교적 적은 계약금으로 재빨리 클리오 스트리트의 두 주택을 구매한 뒤 새 주인 자격으로 두 집을 방문했다. 그리고 당황한 두 가족에게 이 집을 계속 임대주택으로 유지하며 신뢰와 책임을 철저히 지켜나가겠다고, 원하는 만큼 오랫동안 머물러도 되니 안심하라고 말했다.

첫번째로 들른 집의 해리스 가족은 곧장 나를 안으로 들어오게 하더니 커피와 당근 케이크를 대접했고 지금까지도 계속 좋은 관계를 유지하고 있다. 비록 이제 해리스 씨 부부는 은퇴해서 케이프 커내버럴*로 이주해 자녀들과 함께 살고 있지만.

아쉽게도 또다른 세입자인 매클라우드 가족은 해리스 가족과는 너무나 판이했다. 인종이 뒤섞여 있는 이 가족의 구성원은 남편과 아내, 그리고 두 자녀였다. 과거 전투적인 흑인 운동가였던 중년의 래리 매

---

* 플로리다주 연안의 도시.

클라우드는 젊은 백인 아내와 결혼했으며 잉글리시타운 부근에 있는 이동식 주택 건설업체에서 일하고 있다. 내가 처음 방문했던 날, 그는 스텐실로 최후의 쌍놈이 뒈질 때까지 계속 총을 갈겨라라고 쓰여 있는, 딱 붙는 붉은색 티셔츠를 입고 문간에 나타났다. 커다란 자동권총이 문 바로 안쪽 탁자 위에 놓여 있었지만 정작 나를 놀라게 한 건 따로 있었다. 래리는 왕년에 운동선수였던 것처럼(난 킥복서를 떠올렸다) 긴 팔에 이두박근이 울끈불끈했던 것이다. 래리는 자기한테는 잠잘 시간인데 왜 찾아와서 귀찮게 구느냐고 기분 나쁘게 묻더니 내가 이 집의 주인이라는 사실도 못 믿겠다며 그저 시비를 걸러 온 건 아니냐고 말했다. 집안을 잠깐 살펴보니 날씬한 백인 아내 베티는 소파에 앉아 세 아이와 함께 텔레비전을 보고 있었다. 셋 모두 야위었고 흐릿한 불빛 아래 언뜻 약기운에 취해 있는 것처럼 보이기도 했다. 집안에서는 특이한 냄새가 났는데 냄새의 정체는 알 듯 말 듯 했지만, 오랫동안 신발을 가득 박아둔 벽장 속 냄새를 연상시켰다.

래리는 계속 불도그처럼 화난 표정으로 걸쇠를 채워둔 방충망 문을 사이에 두고 나를 노려봤다. 나는 해리스 가족에게 했던 말을 정확히 다시 반복했다. 신뢰와 책임을 철저히 지켜나갈 것이며 등등, 그리고 다만 임대료를 꼬박꼬박 내달라고 부탁하면서 즉흥적으로 10달러를 깎아주겠다고 말했다. 이어 이 동네에 사는 사람들이 감당할 수 있는 가격에 적당한 주거를 제공함으로써 그들이 계속 머물러 살기를 원한다고 덧붙이면서, 만약 필요하다면 두 주택을 손보기 위해 자금을 투입할 예정이지만 그 때문에 임대료를 인상하는 일은 없을 거라고 안심시켰다. 또 이 계획에 따르면 나로서는 부동산을 최적의 상태로 유지하고, 내야 할 세금에서 비용을 공제받고, 세입자를 만족시켜주다가 아마 내가 은퇴할 준비가 되었을 때 집을 매각하기만 해도 현실적으로 순이익을 볼 수 있으리라 예상한다고, 물론 은퇴는 아주 먼 훗날의 일이라고 설명했다.

나는 방충망 너머 래리에게 미소를 지어 보였다. "으흠." 래리는 아내에게 이리로 와서 내가 하는 말을 통역해보라고 지시하려는 듯 고개를 돌려 한 번 뒤를 쳐다보긴 했지만, 할 수 있는 말은 그게 다였다. 시선을 다시 내게로 옮긴 래리는 곧 테이블 위에 놓인 권총을 내려다봤다. "등록된 총입니다." 래리가 말했다. "확인해봐도 좋습니다." 큼지막한 그 검은색 권총엔 기름이 잘 발려 있었고 탄환도 가득 장전되어 있었다. 순진한 이 세상에 돌이킬 수 없는 피해를 안겨주기에 충분한 무기였다. 나는 그가 왜 권총을 필요로 하는지 궁금했다.

"다행이군요." 내가 쾌활하게 말했다. "앞으로 자주 뵙게 될 겁니다."

"용건은 끝난 겁니까?" 래리가 말했다.

"네, 그렇습니다."

"그럼, 이만." 내 면전에서 문을 닫으며 래리가 말했다.

거의 이 년 전 이렇게 처음 만난 뒤로 래리 매클라우드와 나는 그다지 서로의 세계관을 풍부하게 해주거나 넓혀주지 못했다. 래리는 처음 몇 달은 임대료에 해당하는 수표를 우편으로 부쳐주더니 어느 순간 아무 이유 없이 이를 중단해버렸고 따라서 난 매월 첫날이면 임대료를 받기 위해 그의 집을 방문해야 했다. 래리는 집에 있을 때면 항상 나를 위협적으로 대하면서 언제쯤 집수리를 해줄 것인지 빠짐없이 물어봤다. 나는 막힌 상수도관을 뚫거나 밸브를 교체하는 데 절대 하루 이상 쓰지 않으면서 두 집 모두 항상 좋은 상태로 관리했는데도 말이다. 반면 어쩌다 베티 매클라우드가 문간에 나타날 때면 베티는 마치 지금껏 한 번도 만난 적이 없는 사람을 대하듯 내 얼굴을 쳐다보기만 할 뿐 어떤 대화도 나누려 하지 않았다. 베티가 임대료를 갖고 있던 적은 거의 없었기에, 방충망 문 뒤로 베티의 창백한 얼굴과 헝클어진 머리, 뾰족하고 작은 코가 유령처럼 드러났다면 그날은 운이 없는 날이다. 어떨 땐 둘 모두 아무 말도 하지 않는다. 그럴 때면 나는 현관에 서서 상냥한 표정을 지으려 애썼지만 베티는 내가 아닌 길 건너편의 뭔가를 응시하는 것처럼 그저 조용히 바깥만 바라볼 뿐이었다. 그러다 결국엔 베티가 고개를 몇 번 흔들고는 문을 밀어 닫아버렸고 이로써 나는 그날 임대료를 받지 못한다는 사실을 받아들여야 했다.

클리오 스트리트 44번지에 주차한 시각은 오전 여덟시 삼십분. 벌써 오늘 최고기온의 삼분의 일까지 올라갔고 공기는 뉴올리언스의 여름 아침처럼 바람 한 점 없이 끈끈하다. 도로 양쪽에는 차량이 줄지어 늘어서 있고 수십 년 전 공유지에 심었던 플라타너스에서는 새 몇 마리가 지저귄다. 에라토 스트리트로 이어지는 인도 저 아래쪽 모퉁이에서는 나이든 여자 두 명이 빗자루에 기댄 자세로 수다를 떨고 있다. 어느 방충망 뒤에서는 라디오 소리가 들려왔다. 보비 블랜드의 곡으로 대학 시절엔 가사까지 외울 정도였지만 지금은 제목조차 기억나지 않는다. 봄날 같은 무기력함과 동네의 사소한 다툼 소리가 뒤섞여 마치 장례식장의 애도가처럼 음울한 분위기를 자아냈다.

해리스 씨가 살았던 집은 여전히 비어 있고 뜰에는 우리 회사가 녹색과 회색을 넣어 제작한 **임대** 팻말이 세워져 있다. 방충망까지 보강해 새로 만든 삼중 창문과 역시 새롭게 설치한 하얀 금속제 벽판이 햇빛을 받아 나른하게 반짝거린다. 내가 굴뚝 아래와 처마 위 공간에 직접 설치한 방수용 알루미늄 패널 때문인지 집은 더 멋지고 신식으로 보인다. 하긴 그럴 수밖에 없는 것이 처마 환기구는 물론 단열재도 지붕 밑에 설치했고(열전도 저항값이 23까지 올라갔다) 마룻바닥은 거의 절반을 새로 깔았기 때문이다. 그뿐 아니라 세입자가 나타나는 대로 방범창까지 달아줄 생각이다. 해리스 씨가 떠난 지 벌써 육 개월이 되어간다. 임대주택을 구하는 게 만만찮은 일인데다, 내가 집세도 각종 요금을 포함해 고작 575달러로 매겨놓았는데 왜 세입자가 들어오지 않는지 솔직히 이해가 안 된다. 트렌턴에서 장례지도사 공부를 한다는 한 젊은 흑인 남자가 입주할 뻔했지만 그의 아내가 통근하기에 너무 멀다고 반대하는 바람에 무산되었다. 다음엔 로펌 비서로 일하는 섹시한 흑인 아가씨 둘이 찾아왔는데 무슨 이유에서인지 동네가 안전하지 않다고 말했다. 물론 나는 왜 이 동네가 해덤에서 가장 안전한지 설명할 준비가 되어 있었다. 비명을 지르면 들을 수 있는 거리에 흑인 경찰이 한 명 살고 있으며 세 블록만 걸어가면 병원이 나오고 동네 사람들은 서로 잘 알고 있어 당연히 이웃에게 깊은 관심을 기울인다. 일례로 어느 집에 도둑이 들자 주민들이 뛰쳐나와 도둑이 길모퉁이에 다다르기도 전에 붙잡은 적이 있었다. (나중에 그 도둑은 흑인 경찰의 아들로 밝혀졌지만 난 그 사실은 아가씨들에게 언급하지 않았다.) 하지만 설득은 통하지 않았다.

쉽게 접근하기 힘들었던 까닭에 매클라우드의 집은 해리스 씨가 살았던 집처럼 말끔하지 않다. 붙임벽돌은 여전히 지저분해 보이고 현관의 판자 몇 장은 손을 보지 않는다면 '풍화'될지도 모른다. 현관 계단 위로 걸어올라가니 집 옆면에 새로 설치해놓은 창유리가 울리며 소리를 낸다. (래리가 요구해서 교체한 이 창유리는, 사실은 우리 회사에서 관리중인 한 주택에서 빼내온 중고품이었다.) 집안엔 분명 사람이 있는 듯했다.

나는 초인종을 한 번 짧게 울린 후 한발 물러서서, 사무적이지만 친절한 미소를 짓는 것도 잊지 않는다. 다른 모든 이웃들처럼, 집안에 있는 사람은 밖에서 누군가 기다리고 있다는 걸 모를 리 없다. 난 주변을 잠깐 둘러보다가 덥고 그늘진 거리를 내려다본다. 두 여자는 아직도 빗자루를 세워두고 얘기하는 중이고 더위를 타는 어느 집 라디오에서 흘러나오던 블루스 음악도 여전히 귀에 들려온다. 그 곡의 제목이 보비 블랜드의 〈꿀벌〉임을 비로소 기억해냈지만 가사는 여전히 생각나지 않는다. 가만히 살펴보니 두 집의 잔디가 모두 길게 자란데다 색도 군데군데 누렇게 변해 있었다. 실베이니아 해리스 씨가 심고 떠나는 순간까지도 물을 줬던 조팝나무는 거무스름하게 시들고 말라버렸다. 뿌리는 썩어가고 있는지도 모른다. 나는 몸을 기울여 두 집 사이의 울타리 쳐진 옆뜰을 내려다본다. 벽을 따라 초라하게 피어 있는 붉고 푸른 수국이 가스와 수도 계량기를 덮고 있어 양쪽 집 모두 사람이 살지 않는 버려진 곳처럼 보인다. 이런 상태라면 도둑이 들 수도 있다.

문득 래리의 집에서 아무런 응답이 없었다는 생각이 들어 나는 다시 초인종을 누른다. 자칫 주말 이후에 또 찾아와야 할 수도 있고, 그러면 연체료가 붙어 받아야 할 돈은 더 늘어나게 될 것이다. 그뿐만 아니라 내가 깜박할 위험까지 있다. 이곳의 집주인이 된 이후 나는 늘 비용 절감과 노후 대비 차원에서, 또 인간관계에 대해 말로만 떠드는 게 아니라 실천으로 옮기는 한 방법으로, 클리블랜드의 집을 매물로 내놓고 여기로 이사오면 어떨까 고민해보았다. 내가 옆집에 산다면 매클라우드는 나를 보기 싫어서라도 다른 곳으로 가버릴 것이며 그러면 새로운 세입자를 이웃으로 둘 수 있다. (인종을 다양화하기 위해 몽족*계 미국인을 받아들여도 괜찮을 것이다.) 하지만 부동산 경기가 지금 같아서야 클리블랜드의 내 집은 몇 달 동안 텅 빈 상태가 될 수도 있고 그러면 가격을 내리거나 큰 재정 부담을 짊어져야 할 것이므로 아예 직접 중개인으로 나서 서류를 들고 뛰어야 할지 모른다. 괜찮은 단기 세입자를 찾아보는 방법도 있지만, 아무리 여기가 해덤이라고 해도 내 집처럼 큰 주택에서는 만만찮은 일이라 만족스러운 거래를 기대하기 힘들다.

나는 다시 초인종을 울린 다음 계단 맨 윗부분에 서서 안쪽에서 무슨 소리가 나지 않는지 귀를 기울인다. 발소리, 뒷문 닫는 소리, 나지막한 말소리, 아이들이 맨발로 뛰어다니는 소리 같은 것을 기대하면서. 그러나 정적만 흐를 뿐이다. 이런 일은 전에도 있었다. 분명 누군가 안에 있는데도 아무도 대답하지 않는 것이다. 갖고 있는 열쇠로 직접 문을 열고 들어가거나 세입자가 '걱정된다'는 핑계로 경찰을 부르지 않는 한, 일단 철수한 다음 나중에, 어쩌면 오후 즈음에 되돌아오는 수밖에 없다.

---

* 베트남, 라오스, 타이 산악 지역에서 살아온 소수민족. 베트남전쟁 때 미군 용병으로 복무했다가 미국이 패배한 이후 1970년대에 미국 등 서구 국가로 망명한 이들이 많다.

나는 북적거리는 세미너리 스트리트로 돌아와 로런-슈윈델 빌딩 앞에 주차한 후 사무실로 발걸음을 재촉했다. 비어 있는 책상들, 아무것도 놓여 있지 않은 콘솔 탁자, 복사기에서 휴일의 부동산 사무실다운 한가함이 묻어났다. 지금쯤이면 나이 어린 직원들까지도 다들 느긋하게 침대에 누워 평소보다 오래 시간을 보내고 있을 것이다. 대탈출이 일어나는 연휴에 고객이 연락해올 리 만무하며 급한 일이 있다면 집으로라도 반드시 전화하지 않겠느냐고 우기듯이 말이다. 눈에 띄는 사람이라곤 오직 에버릭과 워델 형제뿐으로, 둘은 주차장으로 통하는 뒤편 창고 문을 열어놓은 채 들락거리고 있었다. 두 사람은 **집 팝니다** 팻말을 들여오고 있었는데 동네 십대 아이들이 방에 걸어놨다가 싫증이 나서, 또는 더는 못 참겠다는 엄마의 성화에 떠밀려서 하수구나 근처 숲에 내다버린 걸 주워오는 것이다. (우리 회사는 팻말을 가져오는 사람 누구에게나 '포획값'으로 무조건 개당 3달러를 지급한다. 에버릭과 워델은 팻말을 찾으려면 어디로 가야 하는지 귀신같이 알고 있다. 그들은 오십대 후반이지만 아직 독신이고 큰 키에 체격은 호리호리하며 언제나 수심 가득한 얼굴을 하고 있다. 평생을 해덤에서 살아왔는데 흥미롭게도 트렌턴주립대를 졸업했다.) 루이스 형제는 내가 세를 놓고 있는 두 집 부근의 한 연립주택에 살고 있다. 부모님이 물려주신 집이라고 했다. 나는 두 사람을 잘 구별하지 못하는데 둘 다 아주 구두쇠에 꼼꼼한 건물주로, 네시애닉*에 있는 노인 주거시설 한 동을 통해 상당한 수익을 얻고 있다. 그럼에도 둘은 우리 회사에서 여전히 시간제로

* 뉴저지주 서머싯 카운티의 자치구.

일하는 한편 정기적으로 클리오 스트리트에 있는 내 집에 들러 간단한 유지보수까지 해준다. 이들은 맡은 일을 그야말로 심하다 싶을 만큼 완벽하게 해내서, 사정을 잘 모르는 사람들은 이 쌍둥이 형제가 자신들을 가혹하게 부리는 내게 분노를 품고 있으리라 생각할 것이다. 하지만 사실은 전혀 다르다. 왜냐하면 둘 모두 내가 미시시피주에서 태어났다는 사실 한 가지만으로도, 그에 따라붙는 무거운 짐에도 불구하고* 자신들과 같은 흑인을 진심으로 대하는 천성을 타고났으며 이는 북쪽에서 태어난 백인들은 도저히 따라올 수 없는 것이라고 종종 말했기 때문이다. 물론 그것은 절대 사실이 아니지만, 그들의 오래된 인종 의식은 확고한 진실의 힘으로 살아남으려는 근거 없는 '진리'를 끝없이 만들어내고 있다.

우리 회사의 접수원인 본다 러스크가 여자 화장실에서 나오더니 담배와 콜라를 집어든 후 늘어선 빈 책상들 가운데쯤에 자리를 잡는다. 아마 회사 문을 닫는 정오 무렵까지 지금처럼 다리를 꼬고 앉아 흔들면서 이따금 걸려오는 문의전화를 받거나 〈타임〉을 뒤적이며 시간을 보낼 것이다. 본다는 큰 체구에 키가 훤칠하고 가슴이 불룩한, 비꼬는 유머를 잘 구사하는 금발 여성이다. 화장을 진하게 하는 편이며 우스꽝스러울 정도로 꽉 죄는 밝은색 칵테일드레스를 입고 근무한다. 그로버스 밀스 부근에 살며 1980년에 그곳 고적대 대장이었다고 한다. 살해당한 클레어 데베인과 절친한 사이였던 본다는 나와 클레어 사이에 있었던 일을 눈치챘는지 '그 사건'을 두고 나와 자주 얘기하고 싶어했

* 미시시피주는 흑인 인구 비중이 무척 높으며, 미국 남부에서도 가장 인종차별이 심한 곳이었다.

다. "난 그들이 이 사건에 최선을 다하지 않고 있다고 생각해요." 경찰 수사에 대한 본다의 일관된 견해였다. "만약 희생자가 백인 여자였다면 엄청 달랐을 거예요. 이미 FBI가 출동했을 걸요?" 그 사건으로 백인 남자 세 명이 하루 동안 구금되었지만 풀려났고 이후 몇 주가 흐르도록 사건 해결에 진전이라곤 전혀 없었던 것이다. 클레어의 남자친구가 이 지역 저명 로펌의 인맥 좋은 채권 전문 흑인 변호사인데다, 그가 자기 동료들과 부동산협회와 함께 현상금 5천 달러를 내걸었는데도 말이다. 그러나 사실 FBI 요원들이 조사를 하긴 했고 클레어의 죽음이 연방범죄가 아닌 단순 살인사건이라고 결론을 내렸다는 것 또한 사실이다.

회사는 적어도 공식적으로는 범인이 잡히기 전까지 클레어의 자리를 공석으로 남겨둔다는 방침이었다(실은 그 자리를 채울 사람을 고용하기 힘들 만큼 회사 사정이 좋지 못해서이지만). 본다는 클레어의 의자에 검은색 리본을 매달았고 나뭇결이 그대로 드러난 빈 책상 위에는 어두운 색깔 화병에 장미 한 송이를 꽂아뒀다. 클레어를 잊어서는 안 된다는 경고인 셈이다.

하지만 본다는 오늘 아침만은 국제적인 문제에 관심이 있는 모양이다. 그녀는 시사 문제에 엄청난 관심을 기울이며 사무실에 비치된 잡지란 잡지는 다 읽는 편인데 오늘도 반쯤 접힌 〈타임〉을 심하게 노출한 허벅지 위에 올려놓고 있다. "이봐요, 프랭크. 당신은 단탄두파예요, 다탄두파예요?"* 본다는 무슨 재미난 일 없느냐고 묻는 것처럼 환한 미소를 지으며 큰 소리로 내게 말한다. 어깨가 드러나는 디자인에 붉

* 탄도미사일에 장착하는 탄두 개수를 둘러싼 당시의 논쟁. 민주당은 단탄두파, 공화당은 다탄두파였다.

은색과 흰색, 푸른색이 뒤섞인 기괴한 호박단 드레스를 입은 꼴이, 몸을 노출하지 않고는 작업대에서 떨어진 동전 하나조차 주울 수 없을 것 같다. 어쨌든 그녀와 나는 농담 외엔 아무런 할말도 없는 그런 사이다.

"난 여전히 단탄두파죠." 중개계약 서류 세 장을 들고 사무실 프런트로 향하며 내가 말한다. 에버릭과 워델이 나를 힐끗 한 번 쳐다본 후 뒤편으로 사라지는 바람에(드문 경우는 아니다) 난 할 수 없이 미리 적어둔 지시사항을 두 형제의 우편함에 집어넣는다. 다음주 월요일에 프랭크스에서 루트비어와 핫도그 판매 트럭을 끌고 와 해덤공원 옆 어느 곳에 언제 세워야 하는지 알려주는 내용이다. 프랭크스는 내가 소유한 루트비어 노점으로 마을 서쪽 31번 국도에 있다. 쌍둥이 형제는 이런 방식으로 업무지시 받기를 좋아한다. 간접적으로, 또 일정한 거리를 두고. "요즘엔 탄두가 너무 많아졌다고 생각되는군요." 문 쪽으로 향하면서 내가 말한다.

"어, 그렇다면 앞으로 곤란한 일을 많이 겪게 될지도 모른다고 〈타임〉이 그러네요." 본다는 황금색 머리카락 몇 가닥을 작은 손가락으로 붙잡아 비틀어 돌린다. 그녀는 충실한 민주당 지지자이며 나 역시 그렇다는 점을 알고 있었으므로 내 추측이 틀리지 않는다면, 우리 둘이서 재미있는 시간을 보낼 수 있을 거라고 생각하는 듯하다.

"나중에 한번 얘기를 나눠보죠."

"괜찮아요." 본다가 능글맞게 말한다. "많이 바쁘시잖아요. 그런데 듀카키스가 스페인어를 유창하게 구사한대요, 알고 있었어요?" 본다는 내가 아닌 가상의 청중을 대상으로 말하는 듯하다. 비어 있는 사무실이 마치 자신의 말에 흥미를 느낀 사람들로 가득차 있기라도 한 듯.

하지만 난 아무것도 듣지 못한 사람처럼 사무실 라 푸에르타*를 나서 서늘한 고요가 기다리는 나의 자동차 크라운 빅토리아로 최대한 발걸음을 재촉한다.

오전 아홉시, 나는 1번 국도에 있는 슬리피홀로모텔로 가기 위해 킹조지 로드로 들어선다. 조 마크햄과 필리스 마크햄을 태우러 가는 참이며 정오까지는 이 부부에게 새로 중개계약을 한 주택을 팔아버릴(내 희망사항이지만) 생각이다.

이렇게 숲길을 달리며 바라보면 해덤이 한창 집값이 떨어지고 있는 마을이라는 게 믿기지 않는다. 유서 깊고 부유한 주거지 해덤의 역사는 1795년부터 시작되었다. 퀘이커교도들이 자유로운 기질의 롱아일랜드 주민들을 견디지 못하고 떨어져나와 남쪽으로 내려와서 자신들의 이상에 맞는 마을을 만들었던 것이다. 해덤은 부유하면서도 그곳 시민의 기대에 확실하게 부응하는 마을인 듯하다. 이곳에는 19세기 제2제정 양식이나 그와 유사한 양식으로 지은 커다란 저택이 많은데(지금은 고액 연봉을 받는 변호사나 소프트웨어 CEO들이 소유하고 있다), 이 집들을 관통하는 건축적 언어는 연방주의자 시대의 요소가 깃든 그리스 양식이라 할 만하며 둥근 지붕, 전망대, 퇴창이 이를 강조해준다. 또 부채꼴 채광창을 갖추고 입구는 세로 홈을 낸 로마풍 둥근 기둥들로 장식한, 독립혁명 이후 시기의 석조주택 역시 많다. 아무리 늦어도 1830년 이전에 지어진 이 고택들은 그 당시 모두 고가에 거래되

* la puerta. 스페인어로 '문'.

었고, 매물로 나오는 경우가 극히 드물었다. 이혼한 이들이 제2의 인생을 즐기기 위해 다분히 보복에 찬 심정으로 한때 사랑의 보금자리였던 곳에 **집 팝니다**란 팻말을 박아버리는 경우가 아니라면 말이다. '마을 안'에 있는 소수의 조지 왕조 시대 연립주택들까지도 지난 오 년간 부유층 거주지로 변모하여 돈 많은 과부, 프라이버시에 극히 민감한 게이 부부들, 그리고 마취 전문 간호사와 잠시 즐길 교외 별장을 찾는 필라델피아 외과의사들의 소유가 되었다.

하지만 겉으로 보이는 모습은 실제와 다를 수 있으며 대개 그러하다. 호가呼價는 아직 저간의 변화를 반영하고 있지 않지만 서서히 자금 운용에 제한을 두기 시작한 은행들은 우리 같은 부동산업 종사자들에게 감정가에 대한 '문제들'을 문의해오고 있다. 한편 자식들도 버지니아대학을 졸업했으니 일찌감치 은퇴를 결정하고 오자크 호수나 혹은 '좀더 아늑한' 스노매스로 옮기려 했던 주택 판매자들이 이제는 관망세로 돌아서거나 아니면 자기집이 고액의 가치가 있다고 여기던 때보다 해덤이 실은 훨씬 살기 좋은 곳이라는 결론을 내리기도 한다. (나는 최적의 시기에 이 업계에 뛰어들었다고 하기는 힘들다. 오히려 최악의 시기에 발을 디뎠다고 할 수 있다. 우리의 배짱이 얼마나 큰지 시험했던 사건이 바로 지난해 10월*에 벌어지지 않았던가.)

지금까지는 다른 많은 사람들처럼 나 역시 긍정적인 전망을 하고 있으며 현재의 상황이 어떻게 느껴지든 부동산 경기가 다시 살아나리라 생각하고 있다. 해덤 빌리지는 해덤 타운십으로 통합되는 데 성공하여

* 1987년 10월 19일 뉴욕 증권시장 주가가 대폭락을 기록한 '블랙 먼데이' 사태.

조세 기반이 더욱 탄탄해졌으며 건축제한조치를 풀 수 있는 기회를 얻어 기반시설에 대한 재투자가 가능해졌다(내 집 앞에서 벌이는 굴착 공사가 그 좋은 예다). 또 1980년대 초에 주식중매인과 부유한 연예계 전문 변호사들이 이사해온 덕분에, 집주인이 너무 나이들어 선 시티*로 옮겨갔거나 아예 사망해서 다 허물어져가던 빅토리아 후기 시대 주택들이 사라져버리는 신세를 면할 수 있었다. 해덤의 몇몇 유명 건물들도 구제를 받았다. 한편 내가 마크햄 부부에게 계속 집을 소개해줬던 중저가 지역의 주택 가격은 금세기 초와 마찬가지로 조금씩 상승해왔다. 그러므로 해덤의 아프리카계 주민들을 포함해 소득 규모가 중간 정도인 사람들은 일단 높은 세금을 내지 않겠다고 결심하는 순간 바로 집을 팔아버림으로써 뿌듯한 성취감과 함께 어느 정도의 목돈을 챙길 수 있다. 그러고는 디모인이나 포르토프랭스**로 돌아가 새집을 사고 예금해둔 돈으로 생계를 해결하면 그만인 것이다. 호경기가 언제나 나쁜 소식인 것은 아니다.

킹 조지 로드가 끝나는 곳에는 마치 캔자스주의 푸른 목초지처럼 잔디 농원이 넓게 펼쳐져 있다. 거기서 나는 한때 시골이었던 퀘이커타운 로드로 차를 돌린 다음 좌회전을 해 다시 1번 국도를 타고 우회도로인 그레인저스 밀 로드로 들어선다. 슬리피홀로모텔로 날 데려다줄 이 도로를 이용하면 독립기념일 이전에 놀러 나가려는 차량들을 피할 수 있어 삼십 분 정도 시간이 절약된다. 오른쪽으로 눈을 돌리니 양 귀퉁이에만 차량 몇 대가 서 있을 뿐 텅 비다시피 한 넓은 주차장을 배경으로

* 애리조나주에 있는 은퇴자 주거단지.
** 아이티의 수도.

퀘이커타운 쇼핑몰이 황량하게 서 있다. 주차장에는 시어스백화점과 골드블룸 자산관리회사의 펼침막이 아직도 걸려 있지만 원래 이곳에서 사업을 추진했던 개발업자는 이제 규제가 덜한 미네소타주에서 사업을 하고 있다. 후미에 자리잡은 시네마 XII 영화관마저 달랑 영화 두 편만 상영하는 평범한 극장으로 전락한 상태다. 극장 입구의 간판에는 이렇게 쓰여 있다. B. 스트라이샌드: 스타 탄생 ★★ 리턴 인게이지먼트* ★★ 버티와 스태시, 축하해요.

아홉시 십오분에 만날 고객인 마크햄 부부는 저멀리 북동쪽에 있는 버몬트주의 작은 마을 아일랜드 폰드에 산다. 이들이 안고 있는 딜레마는 바로 오늘날 많은 미국인들이 직면한 딜레마이기도 하다. 1960년대 무렵 두 사람은 각각 당시의 배우자와 함께 지형이 평탄한 어딘가에서 그리 기대할 것 없는 평범한 삶을 살았다(조는 앨리퀴파**에서 수학 교사로 일했고, 포동포동하고 구릿빛 머리에 눈이 약간 튀어나온 필리스는 워싱턴 DC에 사는 평범한 주부였다). 둘 모두 좀더 밝고 역동적인 '세계관'을 찾기 위해 지대가 높은 버몬트주로 이사했다. 시간과 운명은 그들을 뻔한 인생으로 이끌었다. 배우자는 다른 이의 배우자와 바람을 피워 떠났고 자녀들은 마약 복용에 혼전임신, 결혼을 두루 거치더니 결국 캘리포니아주로, 캐나다로, 티베트로, 혹은 서독의 비스바덴으로 사라졌다. 이삼 년 동안, 조와 필리스는 각각 다양한 '세계관'을 지닌 이웃 친구나 사람들을 만났다 헤어지고, 새롭게 공부를 시작하고, 또 새 반려자를 찾는 등 불안한 삶을 이어가다가 마침내 그

---

* 각각 1976년 작 극영화와 1983년 작 다큐멘터리.

** 펜실베이니아주의 도시.

들이 할 수 있는 가능하고도 분명한 선택을 했다. 서로에 대한 진실한 사랑에 빠진 것이다. 조 마크햄은 내 또래 같았는데, 땅딸막한 체형에 작은 눈은 다소 공격적으로 보이고 팔은 짧았으며 등에는 털이 난, 밥 호스킨스* 스타일의 남자였다. 한때 앨리퀴파 파이팅 컵스 미식축구팀에서 수비수로 활약한 적도 있다. 분명 '창조적인' 사람으로 보이진 않는데, 필리스와 만난 직후 조는 예전에 그저 취미로만 손댔던 일, 즉 도자기와 추상적인 주물 공예에 본격적으로 뛰어들었다. 조의 이런 취미를 야멸차게 비웃던 전처 멜로디는 사회복지국 공무원이었던 조를 내버려두고 비버 폴스로 돌아가버렸다. 한편 필리스는 자신도 몰랐던 재능을 발견했다. 직접 만든 근사한 종이를 이용해 아주 매끈하고 호사스러워 보이는 소책자를 디자인할 수 있었던 것이다(필리스는 조의 첫번째 대량 우편 홍보물을 디자인하기도 했다). 그러다보니 어느새 조는 자신의 작품을, 그리고 필리스는 직접 만든 고급스러운 홍보 책자를 사방에 배달하고 있었다. 조의 도자기는 콜로라도주와 캘리포니아주에 있는 대형 백화점에 진열되기 시작했고 통신판매 카탈로그에서도 특별한 고가품으로 소개되었다. 거기에다 놀랍게도 조의 작품은 권위 있는 여러 공예 박람회에서 이런저런 상을 받고 있었다. 조와 필리스 모두 너무 바빠서 박람회에 참가도 못했는데 말이다.

부부는 곧 커다란 새집을 지었다. 천장은 캔틸레버** 구조에 성당처럼 높았고, 벽난로와 굴뚝은 멀리서 가져온 돌로 직접 만들었다. 오래된 사과 과수원 뒤편의 나무로 둘러싸인 사유도로 끄트머리에 자리잡

---

* 영국 영화배우.

** 한쪽 끝만 지지되고 다른 한쪽 끝은 받쳐지지 않은 채 구조물에서 돌출된 테라스.

은 숨겨진 곳이었다. 부부는 우울했던 시기에 자신들을 따뜻이 품어주었던 지역공동체에 보답하는 의미로, 런던주립대학교의 열의 있는 학생들을 대상으로 소규모 무료 강좌를 열었다. 그리고 마침내 둘만의 아이를 얻었다. 조의 크로아티아인 친척 중 한 사람의 이름을 딴 소냐였다.

두 사람은 자신들이 겪었던 시련과 그동안 저질렀던 실수들을 감안하면 행운을 누리게 되었음을 알고 있었지만 그렇다고 '버몬트 생활'을 종착지로 여기진 않았다. 두 사람은 직업에서 낙오한 사람들과 신탁금에 기대어 사는 히피들을 아주 못마땅하게 바라봤다. 새로운 아이디어를 필요로 하는 이 사회에서 전혀 생산적인 구실을 하지 않는 이들이라고 여겼다. "나중에 언젠가 이런 날을 맞고 싶지는 않습니다." 부부가 사무실에 처음 왔던 날 선교사처럼 초라한 차림에 눈을 부릅뜨고 있던 조가 말했다. "쉰다섯이나 처먹고도 이상한 두건에 짜증나는 귀걸이를 한 채 이렇게 지껄이는 것 말입니다. '나같이 괴상한 놈들이 우르르 몰려오는 바람에 여기 버몬트주가 엉망이 됐어.'"

둘은 소냐를 더 좋은 학교에 보내서, 결국엔 그보다 더 좋은 학교에 갈 수 있게 해야 한다고 결론지었다. 이전에 그들이 낳았던 자식들은 세라피*를 걸치거나 소렐** 부츠를 신고 다운재킷을 입고 근처 학교를 다니면서 학창시절을 보냈고 안타깝게도 그 결과는 너무나 좋지 않았다. 조의 장남인 셰이머스는 무장 강도짓을 저질러 이미 복역을 마쳤고 마약중독 치료소도 세 군데나 다녔으며 학습장애 증상을 보였다.

---

* 멕시코에서 남자가 어깨에 두르는 화려한 무늬의 천.

** 방한 부츠로 유명한 상표명.

딸 도트는 열여섯 살에 특공대원이라는 녀석과 결혼하더니 지금은 소식이 끊긴 지 오래다. 필리스의 아들 페데리코는 직업군인이 되었다. 이처럼 냉혹한 현실에서 교훈을 얻은바, 두 사람은 어린 소냐에게는 보다 나은 무언가를 주고 싶었던 것이다.

어느 학교가 가장 좋은지, 어디가 가장 살기 좋은지, 또 뉴욕시에 가까워 조의 작품을 팔기 쉬운 곳은 어딘지 면밀히 연구한 끝에 부부가 가장 적당한 장소로 지목한 곳이 바로 해덤이었다. 조는 해덤 곳곳에 편지와 이력서를 보내 하이츠타운의 신생 교과서 출판사인 레버리지 북스에서 제작 업무를 담당하게 되었다. 조의 수학과 컴퓨터 관련 경력이 도움이 되었다. 필리스는 해덤 지역에 제지회사가 여럿 있다는 사실을 알아냈다. 조는 신축이나 개축, 또는 임대로 작업실을 마련해 계속 도자기와 공예품을 만들고, 필리스가 제작한 창의적인 책자의 도움을 받아 작품을 팔 수 있을 터였다. 그러면서도 좋은 학교와 안전한 도로가 있는 화창한 마약 청정 지역에서 새로운 모험을 시작할 수 있었다.

그들의 첫 방문은 3월이었다. '무엇이든' 시장에 나오는 시기라고 정확히 판단했기 때문이다. 시간을 들여 전체 매물을 꼼꼼히 살피고 합리적인 결정을 내려 5월 1일까지는 새집을 구하고 독립기념일 즈음엔 잔디에 물을 주는 게 이들의 희망사항이었다. 하지만 필리스 마크햄이 내게 말한 대로, 그들은 당연하게도 '눈을 낮춰야' 한다는 걸 깨달았다. 그들이 버몬트주에 주저앉아 있는 동안 세상은 참으로 많이 변했기 때문이다. 돈은 예전만큼 가치를 지니지 못해 더 많은 돈이 필요했다. 두 사람 모두 버몬트주에서 행복한 삶을 꾸려왔고 지난 몇 년간 약간의 예금도 마련했으며 어떤 상황도—이혼, 어쩔 줄 모르고 홀로 방황하기, 자녀 문제—전혀 바뀌지 않았지만 말이다.

마크햄 부부는 직접 지은 새집을 최대한 빨리 팔기로 결심했다. 매수 희망자는 한 젊은 영화제작자로, 소액의 보증금을 걸고 십 년째가 되는 해에 만기상환하는 조건으로 집을 사기로 했다. 조는 일부러 돌아갈 곳을 없앴다고 설명했다. 부부는 몇몇 친구들의 창고에 세간을 맡겨두고, 휴가를 떠난 또다른 친구들의 집을 임시 거처로 정한 후, 구식 사브 자동차를 타고 어느 일요일 밤에 해덤으로 출발했다. 월요일 오전에 누군가의 사무실에 집을 사러 왔다고 나타날 생각으로 말이다.

하지만 결과적으로 마크햄 부부는 인생 최대의 충격을 받게 되었다!

나도 언젠가 그들에게 말한 적이 있지만, 마크햄 부부가 부동산 시장에서 원했던 바는 분명하기 이를 데 없었고 요구조건 역시 대단히 적절했다. 수수하면서도 매력적이고 세심한 손길이 느껴지는 방 세 개짜리 주택, 그리고 눈을 낮추더라도 교육여건만큼은 최우선이었다. 단단한 나무 바닥, 크라운 몰딩, 세공된 작은 벽난로 선반, 소박한 계단 난간, 중간 창틀이 달려 있는 창문, 가능하다면 창턱 아래에 걸터앉는 자리도. 케이프 코드식이거나 소금통형인 가옥. 어느 심술궂은 농부의 옥수수밭이나 작은 연못, 혹은 시내와 이웃한 조그만 땅, 그 위에 지어진 단아한 집. 전쟁 전이나 혹은 직후에 지어진 집. 길에서 약간은 떨어져 있는 집. 건강한 단풍나무와 어느 정도 큰 정원 식물들이 자라는 잔디밭, 그리고 필요하다면 보수를 해야 하는 차고가 딸린 집. 감당할 수 있는 수준의 약속어음이나 오너 파이낸스*까지. 거창한 조건은 전혀 없다. 방금 나열한 조건들은 어린 자녀와 함께 인생의 제3기를 새롭게 시작하려는 핵가족에게 딱 어울린다. 가격이 14만 8천 달러 이내이며 면적이 280제곱미터에 이르고, 가까운 곳에 중학교가 있으며 걸어서 갈 수 있는 식료품점이 있는 그런 주택 말이다.

그러나 이전에도 그랬고 지금도 그렇듯이 단 한 가지 문제는 마크햄 부부가 여기 타코닉산맥 부근을 뒤지며 열심히 찾고 있는 그런 집, 즉 작은 숲에 아늑히 자리한 지붕 있는 집, 이끼가 웃자란 돌담을 시골길이 휘감고 지나가는 신비하고 멋진 집은 컬럼비아 카운티에서는 이제 찾아볼 수 없게 되었다는 점이다. 그런 집은 이제 과거로 사라졌다. 진즉에 사라져버렸다. 또한 마크햄 부부가 희망하는 가격은, 조가 멜로디에게 작별을 고한 후 통통한 체구에 탐스러운 가슴을 가진 매력적인 필리스에게 관심을 쏟던 그 무렵에 이미 사라져버렸다. 아마 1976년쯤에. 혹시 그런 집을 발견하면 이젠 45만 달러는 불러야 한다.

물론 그와 비슷한 집을 찾을 수 있을지도 모른다. 예를 들어 구매자가 급히 서두르지 않아도 되는 형편이고 은행이 그의 주택 감정가를 호가보다 3만 달러나 낮게 불러도 질겁하지 않는다면, 매물을 내놓은 이가 집값의 25퍼센트를 계약금으로 요구하지도 않고 오너 파이낸스라는 제도도 잘 모른다면 말이다.

내가 마크햄 부부에게 보여줄 수 있었던 집들은 부부가 꿈꾸었던 집에 비하면 모두 한참 떨어지는 것들이었다. 해덤 지역에서 중간 가격대의 집들은 현재 14만 9천 달러 정도 나간다. 그 정도면 건설사의 식

* 은행이 아닌 부동산 판매자가 구매자에게 대금을 직접 융자해주는 매매 방식.

민지시대풍 설계로 이제 완공이 가까워진 데다가 다른 집과 그리 다닥다닥 붙어 있지도 않은 맬러즈 랜딩 단지에서 구매할 수도 있다. 180제곱미터짜리 주택에 차고와 침실 세 칸, 욕실 두 칸을 갖추고, 벽난로, 지하실, 카펫은 없으며, 열린 공간이라는 테마를 위해 15×60미터 부지에 '한데 모여 살며', 더불어 밑바닥에 섬유유리를 깐 '연못'이 내다보이는 곳이다. 이런 사정 때문에 마크햄 부부의 얼굴에서는 우울함이 떠나지 않았고 그렇게 삼 주 정도 지나자 이제 부부는 차에서 내려 내가 약속을 잡아놓은 집들을 구경할 의욕마저 잃어버린 상태였다.

나는 마크햄 부부의 예산 안에 드는 꽤 오래된 집도 몇 채 골라서 따로 보여주었다. 대부분 어두컴컴하고 작은 침실 두 개에 전면에는 그리스풍이 약간 가미된, 원래는 부자들이 거느린 하인들의 거처 용도로 금세기로 넘어오는 시기에 지어진 집들이었다. 지금은 신학교 예배당 건축에 석공으로 고용되어 뉴저지주에 온 시칠리아 이주민의 후손이나 서비스업 종사자들, 가게 주인들, 흑인들의 소유였다. 이런 집들은 대개 마을에 흩어져 있는 커다란 집들의 축소판이다. 십팔 년 전 앤과 함께 여기로 이사왔을 때 한번 살아본 적이 있어 잘 안다. 방은 천장이 낮은데다 창문도 몇 개 없고 전체적으로 조화롭지 못하며 안으로 들어가면 마치 싸구려 지압치료실에 들어갈 때처럼 답답해지고 신경이 곤두선다. 주방은 하나같이 구석진 데 있고 욕실이 두 개 이상인 곳은 거의 드물다(만약 그렇지 않다면 수리를 한 것이고, 가격은 당연히 두 배가 된다). 지하실은 축축하고 흰개미 때문에 곳곳이 부실하며 대대적인 개보수가 어렵고, 주철 파이프는 혹시 납 성분이 들어가 있지 않은지 의심스러운데다 전선도 표준규격이 아니다. 뜰은 우표만하다. 이러한 집인데도 당신은 콧방귀만 뀌어대는 집주인에게 전 재산을 지불해야 한다. 판매자들은 항상 현실에 마지막까지 맞서는 사람이면서 시장의 불가사의한 시세 조정력을 제일 먼저 감지하는 자들인 것이다. (구매자는 이들을 따라갈 수 없다.)

나는 소냐(내 딸과 동갑이다!)에게 두 번이나 집을 구경시켜주었다. 소냐가 뭔가 마음에 드는 것을 발견하고는(소냐의 방이 될 가능성이 높은 '핑크색 방', 비디오를 보며 놀기 좋은 방, 깔끔해 보이는 빌트인 부엌 같은 것들) 평생 꿈꾸던 집을 만났다며 엄마 아빠도 꼭 보셔야 한다고 재잘거리며 차로 돌아가지는 않을까 해서였다.

그런 일은 결코 일어나지 않았다. 내가 두 번이나 이런 속이 빤히 들여다보이는 짓을 하는 동안 소냐는 빈방을 쉴새없이 돌아다니며 탄성을 연발했고, 나는 열두 살짜리 애가 집을 살 수 없다는 사실을 깨달을 뿐이다. 커튼 사이로 밖을 힐끗 내다보면 내 차 안에서 소모적인 언쟁—하루종일 묵혀온 싸움이다—을 벌이는 조와 필리스가 눈에 들어왔다. 조는 앞쪽에, 필리스는 뒤쪽에 앉은 채 둘 다 전면을 응시하며 언성을 높이지만 서로 마주보는 일은 없다. 조는 고개를 빙빙 돌리는가 하면 위협적인 뭔가를 보고 으르렁거리는 오랑우탄만큼이나 강렬하게 작고 검은 눈에 힘을 준다. 필리스는 그 포동포동한 팔로 팔짱을 끼고는 증오에 찬 눈으로 집을 노려본 후 아무 말 없이 고개를 흔든다. 그러고 나서야 우리는 재빨리 그 집을 떠나 다음 목적지로 향했다.

불행히도 마크햄 부부는 무지와 고집으로 인해 부동산에 관한 진리를 파악하는 데 실패하고 말았다(이 진리를 입 밖에 냈다간 부도덕하고 냉소적인 것처럼 보이게 된다). 그 진리란, 바로 사람들은 자신들이 원한다고 말하는 그런 집을 결코 발견하거나 살 수 없다는 점이다. 내가 깨닫기로 시장경제란 그 누구에게도, 원하는 것을 얻을 수 있다고 아주 약간이라도 보장해주는 일이 없다. 다시 말하면 원하지 않는다고 생각했던 집이겠지만 손에 넣을 수 있는 게 그것뿐이니 어쩔 수 없이 받아들이고, 어떻게든 그 집을 좋아해보려 애쓰며 만족을 찾는 것이다. 이런 상황이 문제가 될 이유도 없다. 왜 원한다고 생각하는 것만 손에 넣어야 하는가? 왜 그저 계획에 불과한 상상에 구속당해야 하는가? 인생은 결코 그렇지 않다. 영리한 사람이라면 그런 태도가 더 유익하다는 걸 알아야 한다.

이 모든 문제들을 대하는, 아니 더 정확히는 마크햄 부부를 대하는 나만의 방식은 이렇다. 먼저 누가 나에게 보수를 지급하는가(판매자다)를 명확히 한다. 내가 할 일은 부부가 이 지역에 친숙해질 수 있도록 도우며 그들이 이곳에 정착할지 말지를 결정하도록 지켜보고, 그들이 정착하기로 마음먹는 순간 나의 축적된 선의를 이용해 그들에게 집을 파는 것이다. 또한 나는 누가 나한테 집을 팔 때 이렇게 해주면 좋겠다고 생각하는 대로 중개인 역할을 하려 노력한다고 마크햄 부부에게 분명히 말했다. 단순히 부동산 시장 동향만 알려주는 식으로 무성의하게 굴지 않겠다고, 나조차도 믿지 않는 억지 선전을 하지 않겠다고, 부부가 처음부터 싫다고 말한 집을 매물이 없다는 핑계로 들이밀어 보여주지 않겠다고, 쓰레기 같은 집인데도 '흥미롭다'거나 '전망이 밝다'고 포장하지 않겠다고, 그리고 마지막으로는 내 말을 믿도록 만들기보다는(내가 신용이 없다는 뜻이 아니라, 내가 어느 방향으로 유도하지 않겠다는 의미로) 그들이 가장 소중히 여기는 것, 자기 자신, 돈,

신, 항구성, 진보, 또는 그저 보고 반해서 눌러앉기로 결심한 집 같은 것을 믿고 그에 따라 행동하도록 조언하겠다고.

천천히 차를 몰면서 그저 차창을 통해서만 본 집들도 많았지만 어쨌든 마크햄 부부는 지금까지 마흔다섯 채의 집을 구경했다. 그사이 버몬트주를 오가는 두 사람의 얼굴은 점점 어두워져갔다. "저런 집에서는 도저히 살고 싶은 생각이 없어요." 조는 내가 안내하려던 집을 쳐다보며 짜증 섞인 목소리로 말하곤 했다. "여기서 시간 낭비하지 말아요, 프랭크." 필리스가 이렇게 말하면 우린 다른 곳으로 이동했다. 필리스는 뒷좌석에서 이렇게 말하기도 했다. "조는 스투코*를 싫어해요. 자기 입으로는 얘기하지 않겠지만 제 말을 들어요. 조는 앨리퀴파에 있을 때 스투코를 바른 집에서 컸답니다. 또 우린 진입로를 이웃과 같이 쓰고 싶지도 않아요."

하지만 내가 보여준 집들은 그리 나쁜 집들이 아니었다. '개조하면 괜찮을 만하다'거나 '수리하면 가치가 상승'한다거나 '그저 사랑이 필요할 뿐'이라고 포장해야 하는 집은 없었다(해덤에는 어차피 그런 집이 없다). 내가 보여준 집은 약간의 수고와 과하지 않은 수리 예산, 공간적 상상력만 있으면 이 가족 세 사람이 근사한 출발을 하기에 전혀 부족함이 없는 곳들이었다.

마크햄 부부는 3월부터 애를 썼지만 집을 구입하지도, 구매 제안을 하지도, 계약금을 지불하지도, 심지어 같은 집을 두 번 방문하지도 않았기에 한여름으로 접어들 무렵에는 아주 의기소침해졌다. 그동안 나

* 석회와 모래 등을 섞어 만든 미장 재료. 벽돌이나 목조 건축물 벽면에 바른다.

는 만족스러운 계약 여덟 건을 성사시켰고, 각기 다른 서른 명에게 서로 다른 집 수백 채를 안내했고, 주말에는 아이들과 저지 해안으로 수도 없이 놀러갔고, 대학농구대회 4강전과 리글리 필드*의 시즌 개막전, 프랑스 오픈, 윔블던대회 세 라운드를 (침대에서) 관전했다. 좀더 진지한 일로는 짜증나게 흘러가는 대통령 선거 캠페인을 지켜봐왔고, 마흔네번째 생일을 맞았고, 아들이 점차 자기 자신과 나에게 걱정과 고통을 안겨주고 있음을 깨닫게 되었다. 또한 여기서 멀리 떨어진 어딘가에서 제트여객기가 두 번 추락했고, 이라크는 쿠르드족을 독가스로 학살했으며, 레이건 대통령은 러시아를 방문했다. 아이티에서는 쿠데타가 일어났고, 미국 중부 지역이 가뭄으로 고통받고 있으며, 레이커스**는 NBA 챔피언 자리에 올랐다. 이렇듯 삶은 계속 흘러가고 있다.

한편 마크햄 부부는 꿈같은 집을 영화제작자에게 팔아서 얻은 계약금을 계속 '까먹고 있는' 처지였다(조는 그 제작자가 동네 십대 소녀들을 이용해 포르노 영화를 찍고 있다고 믿었다). 버몬트 사회복지국에서 받은 조의 퇴직수당이 덧없이 사라진 것처럼 그가 이번 휴가를 위해 모아놨던 돈도 바닥이 보이기 시작했다. 안타깝게도 필리스는 고통스럽고 또 불길한 징조를 보이는 여성질환을 앓기 시작해 주중에 벌링턴***에 있는 병원에서 검사를 받고, 조직검사를 두 번 하고, 수술에 대해 논의하고 왔다. 부부가 몰던 사브 자동차마저 필리스가 소냐를 매일 크래프츠버리의 무용 수업에 데려다주느라 혹사하는 바람에 이젠 털

---

* 미국 프로야구팀 시카고 컵스의 홈구장.

** 미국 프로농구팀 LA 레이커스.

*** 버몬트주에 있는 가장 큰 도시.

털 소리를 냈다. 그뿐만이 아니었다. 그레이트 슬레이브 호수로 휴가를 갔던 친구들이 곧 돌아올 예정이었으므로 조와 필리스는 이제 그들이 원래 살았고 또 한참 동안 신경도 쓰지 않았던, 그들의 이전 소유지에 있는 '집'으로 돌아가 복지수당을 신청해야 하는 건 아닌지 고려하기 시작했다.

무엇보다도 마크햄 부부는 주택 구매에 따라오기 마련인 미지의 일들과 대면해야만 한다. 그들에게 평생 영향을 미칠 것이며 부유한 영화배우나 롤링 스톤스의 키보드 연주자라도 빠져나갈 수 없는 그런 일들. 집을 사는 것은 결국, 아직은 알 수 없지만 앞으로 걱정하게 될 일들을 부분적으로 결정해준다. 창문 밖을 바라보며 어떤 위로를 얻게 될지(혹은 얻지 못할지), 어디서 다투고 사랑을 나눌지, 어느 곳 어떤 상황에서 인생의 쓴맛을 느끼거나 위안을 얻을지, 종국에는 (아무리 좋게 말한다 해도) 우리가 남기고 떠날, 영혼이 깃든 우리의 일부분이 어느 곳에 묻히면 좋을지, 어디서 죽고 병들 것인지, 어디서 죽음을 기다릴 것인지, 장례식을 치렀거나 바로 나처럼 이혼한 경우 어디로 되돌아갈 것인지 등등.

인생에서 알 수 없는 이 모든 사실들 다음에는 자신들이 여전히 집 자체에 대해 잘 모른다는 점을 고민해야 한다. 그들은 서류에 서명하고, 집안에 들어서서, 문을 닫고, 그래서 그 집을 소유하는 순간 집에 관한 그야말로 엄청난 사실들을, 어쩌면 통탄할 만한 확신과 함께 알게 된다. 나중에는 더 많은 엄청난 사실들을 알게 될 것이다. 어쩌면 안 좋은 일일 수도 있다. 그중 무엇도 자신이나 사랑하는 사람에게 해롭지 않길 바랄 테지만. 나는 가끔 사람들이 왜 집을 사는지, 왜 이런 문제에서는 안 좋은 결과를 가져올 게 뻔한 짓을 하는지 이해가 되지 않는다.

나는 마크햄 부부를 위해 임시 거처라도 찾아보려 애썼다. 아무것도 알 수 없다는 느낌, 이것을 다루는 게 내 일이다. 지루하고 불만족스러운 집들을 실컷 둘러보고 나면 대다수 고객들이 마음속으로 어떤 두려움에 떨게 되는지 나는 잘 알고 있다. 이 사람이 사기꾼은 아닐까? 내게 거짓말을 하고 돈을 빼돌리진 않을까? 이 거리가 혹시 상업지역으로 지정되고 부근에 호스피스 병원이나 마약중독자 재활센터가 들어서진 않을까? 나는 고객들이 '발길을 돌리는'(중개인이 무례하거나 터무니없이 멍청한 게 아니라면) 가장 결정적인 이유도 알고 있다. 중개인이 자신들의 소망에 별로 신경써주지 않는다는 의심에 빠져 마음을 다쳤기 때문이다. "이자는 못 팔고 남은 집이나 보여주고는 우리가 그 집을 좋아하게 만들려 애쓰고 있어." "이 여자는 우리가 관심 있다고 말했던 그런 집들은 결코 보여주지 않아." "이 사람은 우릴 태우고 동네를 돌면서 시간만 죽이고 있어. 점심이나 얻어먹을 꿍꿍이겠지."

5월 초에 나는 부르 스트리트에 있는 가구까지 갖춘 빅토리아풍 공동주택을 제안했다. 위치는 해덤극장 뒤쪽이었고 각종 설비가 완비되어 있었으며 옥내 주차장도 있었다. 월세는 1500달러로 다소 비쌌지만 가까운 곳에 여러 학교가 있어서 조가 일을 시작할 때까지 그곳에 머문다면 필리스에게 따로 자동차가 필요 없을 듯싶었다. 그러나 조는 1964년 듀케인대학 2학년 때 살아본 '더럽고 찬물만 나오는 아파트'가 차라리 낫겠다면서, 뜨내기 쥐처럼 남루한 집에 살면서 사치스럽고 신경과민인 교외지역 아이들이 우글대는 답답한 새 학교에 소냐를 보내고 싶지는 않다고 말했다. 또 여기서는 소냐도 오래 견디지 못할 거라면서 이 상황을 몽땅 잊어버리고 싶다고도 했다. 일주일 후 나는 거래가 성사될 가능성이 높다고 생각되는 집을 찾아냈다. 벽돌과 지붕널이 있는 단층주택으로 펠처스 슈퍼마켓 뒤쪽의 좁은 골목길에 위치한 집이었다. 물론 그리 넓은 집은 아니었지만 장기임대한 가구와 가족의 자잘한 살림이면 무리 없이 지낼 수 있었다. 모든 것이 너무나 아름답고 미래는 더 잘 풀릴 것이라고 생각했던 신혼의 앤과 나를 비롯해 다른 모든 사람들 역시 그랬듯이 말이다. 하지만 조는 자동차로 근처를 지나는 것조차 거부했다.

6월 초부터 조는 이전과 전혀 다른, 자신이 싫어하던 새로운 눈으로 세상을 바라보고 극히 방어적인 태세를 취하기로 했는지 갈수록 짜증이 늘고 못되게 굴었다. 한밤중에 필리스가 내게 전화한 적이 두 번 있었는데 한번은 울고 있었고 조와 같이 사는 게 쉽지 않다는 뜻을 은연중에 내비쳤다. 또 조가 자주 어딘가로 사라지기 시작했다면서 어느 여성 예술가 친구의 작업장에서 도자기를 던지는가 하면 과음을 한 후 자정이 지나 돌아온 적도 있다고 했다. 필리스는 자신의 걱정을 전하며 조가 모든 것들, 즉 이사, 소냐의 학교 문제, 레버리지 북스, 심지어 그들의 결혼생활까지 망각한 채 두 사람이 결혼하여 새 출발을 하기 이전의 무의미하고 일탈적인 생활로 되돌아간 것이 분명하다고 확신했다. 필리스는 조가 사랑하는 이와 성공뿐 아니라 근심도 함께 나누는 그런 진정으로 친밀한 관계를 견디지 못할 가능성이 크다고, 집을 사려고 애쓴 것이 결과적으로는 들어가고 싶지 않은 무섭고 컴컴한 복도로 향하는 문을 열어젖힌 셈이 되었다고 말했다. 필리스가 그 어두운 복도가 어떤 곳일지까지 얘기할 준비는 안 된 것 같아 다행이었다.

갖가지 고민 속에서 마크햄 부부는 육 개월 전에는 결코 상상할 수도 없었던 커다란 사회적, 감정적, 경제적 내리막길에 직면해 있다. 부부는 과거에 범했던 다른 중대한 과오들과 그로 인해 치러야 했던 값비싼 대가를 떠올리면서 이제는 그와 같은 실수를 반복하지 않기를 바라고 있을 것이다. 무릇 후회란 것이 다 그렇듯 그들의 후회 역시 별반 다를 게 없다. 비록 후회에 관한 최악의 사태란 결국, 어떤 후회든 그것이 인생 전체를 개판으로 만들어버릴 만한 잠재력을 갖고 있지 않다면 아무 의미도 없다는 사실을 당신이 막 깨달으려는 바로 그 순간, 당신으로 하여금 새로운 후회로 인해 겪을 고통을 피하게 해주는 것도 바로 후회라는 점이긴 하지만 말이다.

한적한 곳으로 들어서니 뉴저지주의 신선한 공기를 파고드는 자극적인 금속성 냄새가 코를 찌른다. 1번 국도를 달리는 자동차들의 과열된 엔진과 트럭 브레이크 탓이리라. 지금 지나는 곳은 어느 다국적 제약기업의 호화로운 사옥이며 그 옆으로 러트거스대학의 토양연구소에서 관리중인 넓은 밀밭이 펼쳐져 있다. 그리고 바로 그 너머가 이른바 맬러즈 랜딩 주택단지로(원목을 흉내낸 재질로 만든 식민지시대풍 팻말 속에서 오리 두 마리가 헤엄치고 있다*), 집들이 들어설 부지에는 얄팍한 널빤지들이 여기저기 흩어져 있고 잔디를 깔지 않은 탓에 맨땅은 붉은빛을 그대로 드러낸 모습이다. 도로 양쪽에서는 주황색과 초록

* '맬러즈(mallards)'는 영어로 '청둥오리'.

색 깃발이 나부낀다. "모델하우스 개장." "당신도 부담없이 누릴 수 있습니다!" "지금까지 알려지지 않은 뉴저지주의 비밀." 하지만 아직은 불도저로 아무렇게나 쌓아둔 목재와 그루터기들이 길게 늘어서 있고, 주민센터가 들어설 한쪽 길이가 약 183미터가량인 부지에는 터를 닦느라 불을 피웠다 끈 흔적도 보인다. 마치 폭풍을 예고하듯 두꺼운 구름이 몰려 있는 저 먼 곳, 즉 주택단지 후미로부터 약 400미터 지점에 위치하고 토착동물이라곤 찾아볼 수 없는 제3차 활엽수림 너머에는 커다란 기름 저장 창고들이 한데 모여 있다. 그리고 그 창고 위쪽에 놓인 커다란 통 두 개는 주변을 맴도는 갈매기와 뉴어크공항으로 날아가는 점보제트기를 향해 붉은색과 은색 불빛으로 피하시오, 피하시오*라는 글자를 깜빡깜빡 쏘고 있다.

마지막으로 우회전을 한 후 슬리피홀로모텔에 도착하자 여기저기 움푹 팬 주차장에 서 있는 자동차 두 대가 눈에 띈다. 그중 밋밋한 초록색에 녹슨 버몬트주 번호판을 단 자동차가 바로 마크햄 부부가 슬레이브 호수로 놀러간 친구에게 빌린 밝은 초록색 노바 자동차로, 진흙이 묻은 범퍼 스티커에는 이런 글이 적혀 있다. **마취의사는 방랑자들이다.** 빈틈없는 부동산중개인라면 일찌감치 전화를 걸어 예산 범위 밖에 있던 매물의 가격이 뜻밖에도 떨어졌다는 '좋은 소식'을 모텔 데스크에 남기고 고민을 유도할 미끼로 삼아야 한다. 하지만 사실 나는 그동안의 긴 순례 때문에 마크햄 부부에게 질릴 대로 질려버려서 그들에게 그다지 호의를 베풀고 싶지 않다. 그래서 주차장 한가운데에 차를 세

* steer clear, steer clear. 비행기의 회피 비행을 유도하는 신호.

우고 이렇게 희망한다. 나와 함께 모텔에 도착한 어떤 기운이 얇은 모텔 벽을 뚫고 들어가, 부부에게 감사하고 미안해하는 마음을 불어넣기를, 또 오늘 둘러볼 예정인 펜스 넥의 집을 보자마자 시원스럽게 계약금을 내놓도록 마음의 준비를 시킨 후 두 사람을 방문 밖으로 내몰아주기를. 물론 부부에게 그 집 얘기는 아직 말도 꺼내지 않은 상황이다.

7호실 방의 작은 사각형 창문 위로 얇은 커튼이 아주 약간 벌어진다. 슬픈 기색이 역력한 조의 둥근 얼굴이 자그마한 어둠의 바다에 떠올랐다. (어떻게 설명해야 할지 모르겠지만) 어쩐지 조의 인상이 달라진 것 같다. 그가 고개를 돌리고 입술을 움직인다. 내가 가볍게 손을 흔들자 커튼이 닫히더니 오 초도 지나지 않아 큰 소리와 함께 분홍색 문이 열리고 이어 필리스 마크햄이 갑자기 살이 찐 몸에 익숙하지 않은 여자처럼 다소 불편한 동작으로 발을 움직이며 오전의 더위 속으로 걸어나온다. 운전석에서 보니 필리스는 붉은 머리의 구릿빛을 더 진하고 어둡게 염색해 버섯처럼 한껏 부풀린 모습이다. 평균보다 부유한 교외지역의 성적 매력이 사라진 나이든 주부들이 선호하는 머리 모양이다. 그 머리 때문에 필리스의 안 그래도 작은 귀가 더 도드라져 보이고 목은 더 짧아 보인다. 헐렁헐렁한 카키색 통바지에 샌들을 신은 필리스는 허리 군살을 감추기 위해 멕시코풍의 두꺼운 다마스크무늬 스웨터를 입었다. 나처럼 사십대일 테지만 정확한 나이는 모르겠다. 내 쪽으로 다가오는 필리스의 모습은 마치 이 지구상에 진정 비통한 일이 일어났으며 오직 자신만이 그 일을 안다고 말하는 듯한 분위기다.

"다 준비되셨나요?" 나는 운전석 창문을 내린 후 이 폭풍전야의 필리스에게 미소를 지어보이며 말했다. 폴이 들려준 술집에 간 말에 관한 농담을 할까 말까 망설인다. 나는 고객한테 그 이야기를 써먹겠다고 말했다.

"그이가 안 가겠대요." 대답하는 필리스의 아랫입술이 짙은 빛을 띤 채 약간 부어 있다. 혹시 오늘 아침 조가 필리스에게 주먹을 날린 것은 아닐까 궁금하다. 하지만 필리스의 얼굴에서 입술은 그녀의 가장 매력적인 부분이므로, 조가 부동산에 대한 근심을 몰아내고자 아침부터 남자답게 멋진 키스를 해줬을 가능성도 있다.

나는 미소를 지우지 않은 채 묻는다. "무슨 문제라도 있나요?" 종잇조각들과 주차장의 모래 티끌들이 뜨거운 바람에 흩날린다. 백미러를 흘낏 보니 짙은 자줏빛 소나기구름이 서쪽에서 빠른 속도로 다가오고 있다. 하늘이 험상궂게 바뀌며 바람이 휘몰아친다. 한바탕 큰비라도 퍼부을 기세다. 집을 팔기에 그리 좋은 신호는 아니다.

"이리로 오는 내내 다퉜어요." 필리스는 눈을 내리깔더니 뒤쪽에 있는 분홍색 문을 불안한 기색으로 쳐다본다. 마치 당장이라도 조가 군복 차림으로 문을 박차고 나와 욕설을 퍼붓고 소리를 지르며 M-16 소총을 갈겨대면 어쩌나 걱정하듯이. 이어 필리스는 방어적으로 몸을 움츠리며 구름이 몰려오는 하늘을 바라본다. "그이와 얘기를 한번 나눠보시면 어떨까 해요." 필리스는 목구멍 깊숙한 데서 끌어올린 뚝뚝 끊기는 목소리로 간신히 말을 잇다가 눈꺼풀 아래로 눈물 두 방울이 대롱거리자 작은 코를 들어올리며 입술을 앙다문다. (나는 필리스가 조의 펜실베이니아주 서부 억양에 큰 영향을 받았음을 그동안 잊고 있었다.)

대부분의 미국인들은 어쩔 수 없이 자신의 소중한 인생 중 일부를 부동산중개인과 함께, 혹은 부동산중개인의 말과 행동에 따라 결정지어야 한다. 그리고 내 생각에 부동산 거래를 하려는 이들이라면 집을 보러 나서기 전에 자기들만의 다툼, 험한 설전, 감정적인 전투를 완전히 끝내야 한다. 나는 집을 보러 가기 전 사람들 사이에 오가는 철벽같은 침묵, 알아들을 수 없는 가시 돋친 귓속말, 눈동자의 재빠른 움직임, 반목하며 쏘아보는 시선, 무언의 시선에는 대체로 익숙하다. 하지만 훨씬 극적인 한밤의 손목 비틀기, 소리를 지르며 제대로 날뛰고 설친 불화 후에 드러난 모습을 보는 것은 편치 않다. 부동산중개인을 만날 때 고객들이 무엇보다 준수해야 할 행동 규칙을 들어보자면 바로 다음과 같다. 약속한 시간 동안은 모든 중요한 다툼을 삼가라. 그래야 내가 나의 직업적인 의무, 즉 축 늘어진 마음을 붙잡아 세우고, 예상 밖의 참신한 선택을 제안하고, 또 더 나은 인생에 몹시도 필요한 도움을 제공할 의무를 잘 이행할 수 있으니까 말이다. (차마 말은 못했지만 난 마크햄 부부를 거의 단념하기 직전이었고, 사실 차창을 올리고 후진한 다음 저 도로의 차량 대열에 합류해 저지 해안으로 차를 몰고 가고 싶은 충동을 강하게 느끼고 있다.)

나는 그냥 이렇게만 묻는다. “제가 어떤 말을 해주길 원하시는 거죠?”

“아주 좋은 집이 있다고만 해주세요.” 필리스가 패배자처럼 작은 목소리로 말한다.

“소냐는요?” 소냐가 아빠와 단둘이 있는지 궁금했다.

“집에 두고 와야 했어요.” 필리스가 고개를 저으며 슬픈 목소리로 말한다. “스트레스를 받은 기색이었거든요. 체중도 줄었고 그저께 밤엔 침대에 오줌까지 쌌답니다. 우리 가족 모두에게 아주 힘든 시간이에요.” (하지만 분명 소냐는 아직까지 어떤 동물도 학대하지 않았을 것이다.)

나는 마지못해 차문을 연다. 슬리피홀로모텔 주차장 한편에는 가시철조망 너머로 초라한 자동차 휠캡 가게가 하나 자리하고 있다. 사방에 걸려 있는 그 번쩍이는 은색 휠캡들이 다 같이 바람에 요란한 소리를 내면서 햇빛을 반사한다. 가게 안에는 나이든 백인 남자 두 명이 빛나는 휠캡으로 온통 장식된 덜그럭거리는 판자로 지어진 건물 앞에 서 있다. 한 남자는 커다란 배 위로 팔짱을 끼고는 몸을 좌우로 흔들면서 큰 소리로 웃고 있는데 반해 다른 남자는 듣는 둥 마는 둥 하며 나와 필리스가 수상한 거래라도 하고 있다는 듯 우리를 쳐다본다.

“그게 바로 제가 조에게 하려 했던 말입니다.” 난 다시 미소를 지으려 애쓴다. 지금 필리스와 조는 확실히 지칠 대로 지친 상황이라 자신들의 처지에 맞지 않는 새 출발을 꿈꾸며 이곳저곳을 전전하다가 결국 다른 부동산업자가 첫번째로 소개한 열악한 집을 덜컥 사버릴지도 모른다.

필리스는 내 말을 듣지 못한 것처럼 아무 말도 하지 않은 채 그저 시무룩한 표정으로 팔짱을 끼고 있다가 내가 분홍색 문으로 향하자 옆으로 한발 비켜선다. 이상하게도 등뒤에서 선들대는 바람에 기분이 밝아지는 듯하다.

이미 약간 열려 있던 문을 가볍게 두드린 후 밀고 들어가자 어둡고 따뜻한 실내에서 대마초 비슷한 냄새와 필리스가 쓰는 듯한 코코넛 샴푸 냄새가 풍겨온다. “계십니까?” 자신감에 가득차 있지는 않지만 적어도 가짜 자신감이 반쯤은 차 있는 목소리로 어둠 속을 향해 외친다.

불 켜진 욕실 문은 열려 있고 정돈되지 않은 침대 시트 위로는 여행가방과 옷 몇 벌이 아무렇게나 흩어져 있다. 혹시라도 조가 볼일을 보고 있어서 집 문제에 관한 진지한 대화를 욕실에서 나눠야 하는 건 아닌가 하는 생각이 든다.

하지만 그 순간 조의 형체가 눈에 들어오기 시작한다. 그는 비닐을 덮은 커다란 안락의자에 앉아 있다. 아까 나를 내다보던 그 커튼이 내려진 창문과 침대 사이의 그늘진 구석이다. 조는 청록색 플립플롭에 너무 꽉 죄어 은박지처럼 보이는 반바지, 운동복 같은 민소매 셔츠를 입고 있는 듯하다. 짧고 두툼한 팔은 안락의자 팔걸이에, 발은 약간 높이 설치된 발판에, 머리는 뒤쪽 쿠션에 단단히 기대고 있어, 마치 곧 망각의 세계로 자신을 안내할 첫 중력가속도 체험이라도 기다리는 우주인처럼 보인다.

"그으래," 조가 앨리퀴파 억양을 담아 비웃는 투로 말한다. "나한테 팔고 싶은 집을 찾으셨나? 쓰레기 같은 집이겠지?"

"꼭 보셨으면 하는 집이 있습니다, 정말이에요." 나는 조가 아니라 방 전체를 향해 말했다. 누구든 이 안에 있는 사람에게는 집을 팔 생각이다.

"어떤 집?" 조가 우주인 의자에서 꼼짝도 하지 않은 채 말한다.

"아, 제1차세계대전 전에 지은 집 같은 곳입니다." 조가 어떤 집을 원하는지 기억을 되살리며 내가 말했다. "측면과 뒤쪽에 뜰이 있어요, 앞쪽에도 있고요. 나무들은 이미 다 자랐죠. 물론 실내도 마음에 들 겁니다." 물론 난 그 집에 들어가본 적이 없다. 이 정보들은 회사 자료에서 얻은 것들이다. 하지만 다른 집을 안내할 때 몇 번 차로 그 집을 지나치며 본 적이 있다. 내부구조는 대부분 짐작과 그리 다르지 않다.

"그 말을 하는 게 당신의 거지같은 직업이지. 안 그래, 배스컴 씨?" 조는 전에 나를 '배스컴 씨'라 부른 적이 한 번도 없었고, 나는 그게 거슬렸다. 자세히 보니 조의 입 주위로 염소수염이 비죽비죽 자라 있다. 조의 작고 붉은 입술은 더 작고 붉게 보여서 마치 다른 기능을 하는 기관 같다. 조가 입고 있는 딱 붙는 셔츠 앞쪽에는 도공陶工들은 손가락으로 작업한다라는 문구가 스텐실로 찍혀 있다. 필리스와 조는 성격과 외모에서 급격한 변화를 겪고 있는 게 틀림없다. 주택 물색이 길어지는 동안이라면 그리 드문 일도 아니다.

나는 일부러 어두운 복도를 힐끗 뒤돌아본다. 등뒤로 뜨뜻한 습기를 머금은 거친 바람이 느껴진다. 우리가 왜 여기에 와 있는지 조가 제발 깨달아줬으면 좋겠다.

"내가 뭘 원하는지 알고 있나?" 옆쪽 탁자 위에 있는 뭔가를 만지작거리며 조가 말한다. 저가 담배 한 갑이다. 내가 아는 한 조는 오늘 아침이 되기 전까지는 흡연자가 아니었다. 하지만 그는 지금 작은 싸구려 플라스틱 라이터로 불을 붙이고는 어둠 속으로 큼지막한 담배 연기를 뿜어낸다. 그런 모습이 인기 있는 남자처럼 보이리라 여기는 게 틀림없다.

"집을 사러 여기까지 오신 줄 알았습니다만." 내가 말한다.

"내가 원하는 바는 현실을 직시하는 거야." 조가 라이터를 내려놓으며 잘난 체하는 목소리로 말한다. "난 여기 있는 내내 착각하고 있었어. 모든 걸 말이지. 내 빌어먹을 인생이 아무것도 아니었다는 걸 오늘 아침 똥을 누면서 비로소 깨달았지. 당신은 무슨 말인지 이해 못할 거야, 그렇지?"

"그게 무슨 소리죠?" 이런 식으로 이어지는 조와의 대화는 싸구려 점쟁이의 조언을 듣는 것과 비슷하다(실제로 그런 적이 있다).

"배스컴 씨, 당신은 당신의 인생이 어딘가를 향해 나아가고 있다고 생각하겠지? 분명 그런 식으로 생각할 거야. 하지만 난 오늘 아침 깨달았어. 머리로 화장실 문을 밀다가 문에 걸린 거울을 봤더니 바로 거기에 아주 비참한 처지의 나를 쳐다보는 또다른 내가 있더군. 대학 시절이었다면 창녀조차 데리고 올 생각을 못했을 이 지저분한 모텔에 있는 내가, 백 년이 지나도 결코 살고 싶지 않은 집들을 보러 다니는 내가. 게다가 그런 집을 얻으려고 빌어먹을 직장까지 들어가야 하고 말이야. 그게 내 현실이라고. 아주 달콤한 현실."

"아직 이 집은 보지 않았잖아요?" 내가 밖을 내다보며 말한다. 비가 내릴 것 같아서인지 필리스는 내 자동차 뒷좌석에 들어가 앉아 있었는데 시선은 차 앞유리창을 통해 나에게 고정돼 있다. 필리스는 좋은 집을 얻을 수 있는 마지막 기회를 조가 놓아버릴까 걱정하고 있다. 정말 그렇게 될지도 모른다.

갑자기 커다란 빗방울이 시끄러운 소리를 내며 자동차 지붕을 때리기 시작한다. 바람이 사납게 몰아친다. 집을 구경하기엔 나쁜 날씨다. 정상적인 사람이라면 폭풍을 맞으면서까지 집을 사지 않는다.

조는 과장된 동작으로 담배를 한 모금 빨더니 콧구멍으로 능숙하게 깔때기 모양 연기를 뿜어낸다. "주소지가 해덤으로 된 집인가?" 그가 묻는다(변함없이 중요한 전제조건이다).

내가 인생이 어딘가를 향해 나아가고 있다고 믿는 사람이라고? 나는 조의 말에 잠시 어안이 벙벙하다. 인생의 다른 시점에 그렇게 믿었던 적이 있긴 하다. 하지만 '존재의 시기'에 찾아오는 근본적인 편안함 중 하나는, 어처구니없는 소리로 들릴지 모르지만, 인생이 그렇게 흘러가든 아니든 별로 신경쓰지 않게 된다는 것이다. "아뇨," 정신을 차리며 내가 말했다. "해덤이 아니라 펜스 넥에 있습니다."

"알았어." 면도를 하다 만 상태라 우스꽝스러워 보이는 조의 붉은 입술이 어둠 속에서 오물거린다. "펜스 넥이라. 난 뉴저지주 펜스 넥에 살게 되겠군. 그게 무슨 의미지?"

"모릅니다," 내가 말했다. "당신이 원하지 않는다면 아무 의미도 없죠." (아니, 당신이 여기에 사는 것을 은행이 원치 않는다면, 당신이 그 심술궂은 파산 조항의 적용을 받게 된다면, 유죄판결로 중형을 선고받는다면, 트리니트론* 할부 대금을 자주 연체하고 만다면, 또 공교롭게도 심장판막 수술을 받아야 한다면 좀더 의미가 있을지도 모른다. 그런 경우 유일한 선택지는 버몬트주로 돌아가는 것뿐이니까.) "조, 지금까지 정말 많은 집들을 보여드렸습니다." 내가 말한다. "그중 마음에 들어하셨던 집은 하나도 없었죠. 하지만 제가 어떤 집도 강요한 적 없다는 걸 잘 알고 계실 겁니다."

"조언은 안 해준다, 그런 말인가?" 조가 안락의자에서 미동도 하지 않은 채 말한다. 그래야만 권위 있게 보일 거라고 생각하는 게 틀림없다.

"글쎄요. 적당한 융자 상품이 있는지 조사하고, 자금 상황을 확인하고, 실제로 낼 수 있는 돈보다 예산을 크게 잡지 말고, 낮은 가격에 사

---

* 일본 소니사가 판매했던 텔레비전 브랜드.

서 높은 가격에 팔아라. 그게 제가 할 수 있는 조언이죠. 나머지는 제 영역이 아닙니다."

"맞아." 조가 능글맞게 웃으며 말한다. "당신에게 보수를 지급하는 사람이 누구인지 잘 알지."

"언제나 호가보다 6퍼센트 적은 금액을 제시할 수 있습니다. 그건 당신에게 달린 일이에요. 물론 그렇건 아니건 전 보수를 계속 받습니다."

조는 다시 담배를 길게 빨더니 말한다. "알겠지만, 난 위에서 내려다보듯 모든 걸 알고 싶어." 더없이 기이하고 묘한 말투다.

"당연히 그러셔야죠." 비 때문에 요동치는 공기가 등과 목을 시원하게 훑고 지나간다. 향긋한 비 냄새가 나를 휘감는다. 1번 국도 위로 천둥이 으르렁대고 있다.

"당신이 아까 처음 들어왔을 때 내가 뭐라고 말했는지 기억하나?"

"현실을 직시해야 한다고 했던가요? 제가 기억하는 것은 그뿐입니다." 난 플립플롭과 은박지 바지 차림으로 어둠 속에 앉아 있는 조를 인내심 있게 바라본다. 집을 보러 갈 때의 옷차림은 분명 아니다. 손목시계를 흘낏 들여다보니 아홉시 삼십분이다.

"이젠 완전히 포기했어." 조가 씩 웃으며 말한다. "새롭게 뭔가를 발견할 가능성이 없다, 이 말이야."

"너무 단정적이지 않나 싶군요. 당신은 지금 플라스마를 연구하는 게 아닙니다. 그저 집을 사는 것뿐이에요. 제 경험상 더이상 나아질 수 없다고 생각할 때가 바로 일이 갑자기 잘 풀리는 때더군요." 이는 비록 내가 '존재의 시기'에 있긴 하지만 실제로 믿는 바이다. 지금으로선 소용없어 보이긴 해도 아들의 상황을 조금이라도 이해할 수 있게 된다면 아들에게도 이 말을 해줄 생각이다.

"프랭크, 내가 이혼하고 버몬트주의 이스트 버크에서 도자기를 만들기 시작했을 때는," 조가 짧은 다리를 꼬아 위엄 있는 자세로 고쳐 앉으며 말한다. "내가 뭘 하고 있는지 도저히 감을 잡지 못했어. 알아? 실제로도 거의 통제불능이었지. 하지만 곧 일이 잘 풀렸지. 필리스와의 만남도 그랬고. 우린 어느 날 정말 우연히 만났으니까. 하지만 이제 난 더이상 통제불능 상태가 아니야."

"어쩌면 당신은 당신이 생각하는 것 이상으로 더 괜찮은 사람일 수 있어요."

"아니, 지금은 통제가 너무 잘돼서 탈이야. 문제는 바로 그거야."

"조, 제가 볼 때 당신은 기존에 잘 알고 있던 것들에서까지 혼란을 느끼는 것 같습니다. 최근 일로 스트레스를 많이 받아서 그럴 겁니다."

"하지만 난 여기서 중요한 뭔가를 막 발견하려는 참이야. 그게 중요하지."

"그게 뭐죠?" 내가 말했다. "저는 당신이 테드 홀리한의 집을 보면 큰 흥미를 느끼리라 생각합니다." 홀리한은 펜스 넥에 있는 집의 주인이다.

"난 그 문제를 말하는 게 아니라고." 조가 작고 통통한 주먹으로 의자 팔걸이를 쾅 내리치며 말한다. 조는 지금 방향을 크게 착각하고 있는 것 같다. 저런 옷 따위를 입고 있는 걸로 봐선 거의 틀림없다. 이런 일은 사실 교재에도 나오는 얘기다. 고객들은 갑자기 지금까지와는 전혀 다른 시각으로 세상을 바라보기 시작하면서, 조금이라도 일찍 이렇게 눈을 떴다면 커다란 행복의 문을 향해 걸어갈 수 있었을 텐데 하고 생각한다. 그리고 (당연히 정신 나간 짓이지만) 불가사의하게도 그 문이 아직도 자신에게 열려 있다고 믿는다. 즉, 이번 한 번만큼은, 과거가 이전과 같은 방식으로 삶이 흘러가게 두지 않는다고 생각해버린다. 이번만큼은 다르다고 말이다. 이상하게도 중하위층 사람들만 이런 착각에 빠지며, 대개 그들이 겪게 될 일은 괴로움뿐이다.

조가 갑자기 의자에서 일어나 담배 한 모금을 깊게 빨더니, 플립플롭 끄는 소리를 내면서 어두운 방을 가로질러 욕실로 들어간다. 욕실 안을 들여다보고 나서는 창가로 이동해 커튼 사이로 필리스가 타고 있는 내 차 쪽을 쳐다본다. 이어 마치 우리에 갇힌 작은 고릴라처럼 몸을 돌린 조는 텔레비전을 지나쳐 욕실 문으로 다가가서는 내게 등을 보인 채 나무 창살이 달린 희끄무레한 유리창을 한동안 노려본다. 창밖으로는 모텔의 더러운 뒷골목이 내다보인다. 흰색 PVC 파이프들을 가득 실은 파란색 쓰레기차가 주차되어 있고 나는 조가 그 차를 의미심장한 눈길로 쳐다보고 있음을 알아차린다. 우리의 대화는 이제 인질극 상황과 비슷해지기 시작한다.

"그럼 무엇에 관한 거죠?" 내가 묻는다. 조가 궁지에 빠진 사람이라면 누구라도 찾으려 드는, 그 승인을 찾고 있음을 나는 알아챈다. 자신을 넘어서는 어떤 존재로부터 동의를 얻고 싶어하는 것이다. 조의 경우에는 첫눈에 보자마자 마음에 들고 또 자신이 구매할 여력도 있는 집이야말로 완벽한 승인이 될 수 있다. 이는 어느 공동체가 지금까지 다른 많은 공동체들이 뭔가를 받아들인 유일한 방식으로 그를 받아들인다는 신호다. 바로 재정적인 방식으로 말이다(공존 가능성 여부라고 세련되게 표현할 수도 있다).

"내가 말하려는 건," 문설주에 기댄 조가(자기 얼굴을 마주봤다는 거울은 바로 저 문 뒤에 걸려 있을 것이다) 욕실 창문으로 무심한 척 파란색 쓰레기차를 쳐다보며 말을 잇는다. "지난 넉 달 동안 우리가 집을 사지 못했던 이유는 내가, 젠장, 집을 사고 싶지 않아하기 때문이야. 그리고 내가 집을 사고 싶지 않아하는 이유는 죽어서야 빠져나올 수 있는 그런 더러운 인생에 갇히고 싶지 않아서고." 조가 나를 향해 몸을 돌린다. 푸줏간 주인처럼 털이 무성한 팔뚝에 마법사에게나 어울릴 법한 수염을 기른 땅딸한 남자. 대처할 방법을 미처 배우기도 전에 인생의 낭떠러지 앞에 갑자기 내동댕이쳐진 한 남자. 내가 바랐던 바는 아니지만 누구라도 그의 곤경을 이해하리라.

"집을 산다는 건 굉장히 중요한 결정이에요, 조." 공감하는 기색을 보이려 애쓰며 내가 말한다. "집을 사면 그건 당신 소유가 되니까요. 그건 확실하죠."

"혹시 나를 단념할 생각인가? 그래?" 조의 얼굴에 비웃음이 떠오른다. 마치 이제 내가 과시욕에 찌든 사람들에게만 관심을 갖는 비열하고 쓰레기 같은 부동산중개인임을 확인했다는 듯이. 조는 자신이 부동산중개인이었다면 어땠을지 생각하고 있는지도 모른다. 자신처럼 영리하고 사소한 데까지 신경쓰는 골치 아픈 상대를 다루려면 어떤 우월하고 천재적인 전략이 필요할까 하고. 이 역시 잘 알려진 신호이지만, 이것은 좋은 신호라고 할 수 있다. 고객이 부동산중개인의 눈으로 사물을 바라보기 시작하면 이미 반은 이기고 들어가는 것이나 다름없다.

물론 나의 바람은 오늘 이후로 조가 뉴저지주 펜스 넥에서 긴 세월을 보내게 되는 것이다. 비록 황혼까지는 아니더라도 말이다. 조 자신도 그렇게 되리라고 스스로 생각할 수도 있다. 그러므로 나의 할일은 매매계약을 체결해, 날뛰는 말에 매어둔 안장처럼 조의 남은 인생을 그에게 잘 고정시킬 수 있을 때까지 그를 계속 붙잡아두는 것, 다시 말해 프로 템포레* 승인을 제공하는 것이다. 하지만 이는 그리 쉽지 않다. 조가 지금 고립감과 두려움을 느끼고 있기 때문인데, 물론 이는 누구의 잘못도 아니고 조의 잘못이다. 따라서 나는 이런 현상에 기대보려 한다. 즉, 대부분의 사람들은 자신의 실제 행동과 정반대인 입장을 (어리석어 보일 만큼 내키는 대로) 지지하는 게 허용되기만 해도, 자신이 강압에 휘둘리고 있다고 느끼지 않게 된다. 이는 단지 우리가 무엇이든 통제할 수 있다는 허구를 창조해내는 또다른 방법 중 하나다.

"당신을 단념할 생각은 없습니다." 이젠 그다지 상쾌하게 느껴지지 않는 습기를 등뒤로 느끼며 나는 방안을 향해 조금 더 나아간다. 차량들의 소음은 빗소리에 묻혔다. "그저 제가 집을 살 때 원할 것 같은 방식대로 집을 파는 것일 뿐입니다. 열심히 집을 보여드리고, 약속 날짜를 잡고, 얼굴이 벌게지도록 이런저런 설명을 하겠지만 나중에 당신이 갑자기 거래를 철회한다 해도 저는 당신이 옳은 결정을 내렸다고 말해줄 준비가 되어 있습니다. 그게 제가 봐도 정말 옳다고 생각된다면요."

"이번엔 내가 옳은 결정을 내릴 것 같나?" 여전히 비웃고 있긴 하지만 조의 태도는 크게 달라졌다. 마침내 우리의 대화가 브래지어 후크 같은 접점에 이르렀음을 감지한 듯하다. 조는 내가 중개인의 입장을 벗어나 보다 전체적인 견지에서 무엇이 옳고 또 그른지 얘기하도록 그

* pro tempore. 라틴어로 '임시'.

냥 놔두면 된다. 다 듣고 난 후 무시해도 늦지 않으니까.

"주저하고 있다는 건 느껴지네요, 조."

"맞아," 조가 단호하게 말한다. "인생을 똥통으로 처박고 있다는 느낌이 드는데 당신이라면 선뜻 걸어들어가겠어?"

"아주 많은 기회가 있을 겁니다, 정말로 끝장이 나기 전까지는요."

"그렇지." 조가 말했다. 나는 다시 필리스가 있는 쪽을 바라본다. 내 차에서 꼼짝도 하지 않고 있는 필리스의 버섯 머리가 보인다. 그녀의 육중한 몸이 내쉬는 숨결 탓에 차창은 뿌옇게 흐려져 있다. "쉬운 문제가 아니야." 분명 조금 전 똥통이라고 했던 그 변기에 담배꽁초를 내던지며 조가 말한다.

"만약 가지 않을 생각이라면 부인이 저 차 안에서 질식하기 전에 나오도록 하는 게 낫겠군요." 내가 이어서 말한다. "저는 오늘 해야 할 다른 일도 있습니다. 아들과 함께 휴가를 가야 하거든요."

"아들이 있는 줄은 몰랐군." 조가 말한다. 물론 조는 지난 넉 달 동안 나에 대해 어떤 질문도 하지 않았다. 바람직한 일이다. 그가 알 바 아니니까.

"딸도 있습니다. 아이들은 엄마와 함께 코네티컷주에 살죠." 나는 당신이 신경쓸 바가 아니라는 의미로 친절한 미소를 지어 보인다.

"아, 그렇군."

"부인을 불러오죠." 내가 말한다. "아무래도 두 분이서 얘기를 나눠야 할 성싶으니까요."

"좋아, 하지만 그전에 한 가지만 물어보지." 조는 짤따란 팔로 팔짱을 끼고는 몹시 태평한 척하면서 문설주에 기대선다. (조는 이제 낚싯

바늘에서 벗어난 셈이니 그 자신의 자유롭고도 제대로 인정받지 못한 의지로 다시 미끼를 물 수 있는 것이다.)

"물어보시죠."

"부동산 시장에 무슨 일이 일어나리라고 보지?"

"단기적으로요? 아니면 장기적으로?" 떠날 채비를 하는 척하면서 내가 묻는다.

"단기라고 해보지."

"단기요? 제 예상으로는 큰 변동은 없을 것 같습니다. 가격은 천천히 내려가고 있고 금융기관은 대출 규모를 꽤 줄일 겁니다. 여름까지는 이런 상황이 이어질 것으로 보이고 그럼 노동절* 이후에는 금리가 아마 9~10퍼센트에 이르겠죠. 물론 값비싼 주택 한 채가 시세를 훨씬 밑도는 가격으로 거래된다면 전체 구조는 하룻밤 사이에 달라질 테고 따라서 우리 같은 부동산중개인들은 모두 아주 바빠지겠죠. 요컨대 이는 상당 부분 인식의 문제라고 할 수 있습니다."

조는 마치 자기도 이 문제에 대해 숙고해온 것처럼, 그리고 자신만의 중요한 데이터를 입력해 새로운 상황을 저울질하는 중인 것처럼 나를 빤히 쳐다본다. 하지만 조가 정말 영리하다면, 그는 자신이 다시 돌아가겠다고 우기는 세계—집을 사고 삼십 년 만기 채권에 돈을 묶어두고 그 단단한 벽 뒤에 몇 안 되는 딸린 식구를 안착시켜놓는 대신에—를 휘젓고 불안하게 만들 냉혹한 금융 사정에 대해서도 고려해야만 할 것이다. "그래," 수염이 까슬하게 덮인 작은 턱을 끄덕이며 조가

---

* 미국 노동절은 9월 첫번째 월요일이다.

차분한 목소리로 말한다. "그럼 장기적으로는?"

나는 또다시 필리스를 보는 척한다. 하지만 필리스는 보이지 않는다. 아무 차나 얻어 타고 1번 국도를 달려서 볼티모어로 향하는 중인걸까.

"장기적으로는 전망이 그리 좋지 않습니다. 그러니까 당신에게는 말이죠. 주택 가격은 내년 상반기 이후 크게 오를 겁니다. 확실해요. 금리도 많이 올라가리라 봅니다. 그리고 여기 해덤의 부동산 시세는 전반적으로 잘 하락하지 않습니다. 뭐든 솟아오르는 것 위에 올라타기만 하면 배들은 아주 높이 솟아오르기 마련이죠." 나는 부드러운 미소를 지어 보인다. 부동산 시장의 경우 그게 뭐든 솟아오르는 것 위에선 모든 배들이 정말로 솟구친다. 그러나 역시 부자가 되려면 적절한 선택을 하는 것이 중요하다.

조는 여태껏 저질러온 커다란 실수들을 오늘 아침에 하나하나 곱씹어본 게 틀림없다. 결혼, 이혼, 재혼, 딸 도트가 특전사 녀석과 결혼하도록 내버려뒀던 것에 관해서. 그리고 앨리퀴파에서 수학 교사직을 그만뒀어야 했던 게 아닌지, 해병대에 입대했다면 지금쯤 넉넉한 연금은 물론 퇴역군인 자격으로 주택융자를 받을 수 있었을 텐데 하는 생각에까지 이르렀을지도 모른다. 이는 나이가 들어가면서 자연스럽게 찾아오는 과정이다. 다시 말해 나이를 먹을수록 할일은 점점 줄어들고 반대로 그동안 저질렀던 모든 일들을 후회하며 가슴을 칠 기회는 많아진다. 하지만 조는 또다른 실수를 저지르길 원치 않는다. 또 큰 실수를 했다간 저 밑바닥으로 떨어지고 말 테니까. 그러나 조에게는 무엇이 치명적인 실수였고 무엇이 가장 탁월한 선택이었는지 판단할 분별력이 없다.

"프랭크, 내가 여기 서서 생각을 해봤는데." 조가 다시 더러운 욕실 창살 너머 바깥을 쳐다보며 말한다. 마치 누군가 그의 이름을 부르기라도 한 것처럼. 조는 지금 자신이 무슨 생각을 하는지 고민하고 있을지도 모른다. "어쩌면 세상을 바라보는 법을 바꿔야 할지도 모르겠어."

"조, 어쩌면 당신은 평원에서 세상을 바라보는 법을 배워야 할지도 모릅니다." 내가 말한다. "저는 언제나 이렇게 생각했죠. 당신이 말한 것처럼 상황을 위에서 내려다본다면 모든 게 다 똑같아 보여서 결정하기가 훨씬 더 힘들어질 거라고. 모든 건 그저 다른 것보다 크거나 작아 보일 뿐이에요. 다른 것들도 마찬가지일 거라고 생각합니다."

"어떤 걸 말하는 거지?" 조의 두 눈썹이 뜨개질하는 두 바늘처럼 찌푸려졌다. 그는 지금 나의 '시점' 비유를 집 없이 떠도는 자신의 처지에 맞춰보려 애쓰고 있다.

"펜스 넥에 있는 집을 잠시 둘러본다고 손해 보는 일은 없을 거라는 말입니다. 당신은 이미 여기에 내려와 있습니다. 부인은 당신이 그 집을 보지 않겠다고 고집을 부릴까봐 벌벌 떨면서 차 안에 있고요."

"프랭크, 나에 대해 어떻게 생각하지?" 조가 말했다. 상황이 엉망진창이 되어버리면 어느 시점에선가 모든 고객들은 이 질문에 대한 답을 간절히 알려고 든다. 하지만 거의 언제나 이는 진심이 아니며 결국 무의미해진다. 일단 볼일이 끝나고 나면 고객들은 다시 우리를 사기꾼이나 멍청이로 여기기 시작하기 때문이다. 부동산 일은 만만하지 않다. 그저 만만해 보일 뿐이다.

"조, 어쩌면 내가 지금까지의 모든 일들을 허사로 만들어버릴 수도 있습니다." 내가 말한다. "하지만 난 당신이 집을 구하기 위해 최선을 다했다고, 자신의 원칙에 충실했다고, 최선을 다해서 짜증을 참아왔다고 생각합니다. 다른 말로 하면 책임감 있게 행동했다는 거죠. 그리고 만약 펜스 넥에 있는 집이 당신이 원했던 바와 조금이라도 비슷하다면 과감히 결정을 내려야 한다고 봅니다. 이제는 수영장 난간을 계속 붙잡고 있지만 말고 뛰어들어야 할 때란 말입니다."

"그래, 돈을 벌려면 당신은 그렇게 말해야겠지." 여전히 욕실 안에 있는 조가 다시 뚱한 표정을 지으며 말했다. "아닌가?"

하지만 나는 이미 대답할 말을 가지고 있었다. "그래요, 당신이 내가 보여줄 집을 15만 달러에 사면 난 당장이라도 일을 그만두고 키츠뷔엘*로 이사갈 수도 있을 거고, 당신은 고마워서 크리스마스 때면 나한테 좋은 진을 한 병씩 보내주겠네요. 그렇죠? 계속 결정을 내리지 못하다가는 헛간 같은 데서 얼어죽을 뻔하고, 소냐는 학업에서 점점 뒤처지고, 부인은 빌어먹을 이혼서류를 내밀 수도 있었는데 정말 다행이라면서 말이에요."

"무슨 말인지 알겠어." 조가 우울한 얼굴로 말한다.

"더이상 깊이 들어가고 싶지 않습니다." 내가 말한다. 부동산 일은 그리 복잡한 문제가 아니라 더 파고들려야 들어갈 곳도 없다. "저는 부인을 펜스 넥으로 데려갈 겁니다. 부인이 흡족해하신다면 당신을 데리러 오죠. 그때 결정하세요. 부인이 그 집을 마음에 들어하지 않으신다 해도 어쨌든 다시 올 겁니다. 서로에게 득이 되는 제안이에요. 당신은

* 오스트리아의 스키 휴양지.

여기 남아 위에서 세상을 내려다보면 되지요."

조가 다소 미안해하는 표정으로 나를 쳐다본다. "좋아, 나도 같이 가지." 거의 반사적으로 조가 말한다. 그는 분명 자신이 찾고 있던 어떤 승인을 발견한 듯하다. 서로에게 득이 되는, 바보가 될 필요가 없는 그런 길을. "빌어먹게 멀리 왔으니까."

나는 축축해진 오른팔을 들어 필리스를 향해 엄지손가락을 들어 보인다. 필리스가 아직 차에 있기를 바라면서.

조는 서랍장 위에서 잔돈과 두툼한 지갑을 챙겨 반바지의 꽉 조이는 허리띠 안쪽에 넣는다. "당신과 필리스가 이 빌어먹을 일을 처리하는 동안 나는 개새끼처럼 꽁무니만 졸졸 쫓아다녀주지."

"아직도 위에서 내려다보고 계시는군요." 어두운 방 저편에 있는 조를 향해 미소 지으며 내가 말한다.

"그러는 당신은 모든 걸 그 망할 중간지점에서 쳐다보고 있지. 그게 다야." 조는 이렇게 말하며 점점 숱이 줄고 있는 뻣뻣한 머리카락을 더듬더니 뭔가 깜박한 사람처럼 방안을 둘러본다. 무슨 뜻으로 하는 말인지 전혀 알 수 없지만 그 역시 설명하지 못하리라 확신한다. "내가 당장 여기서 죽는다 해도 당신은 자기 일만 챙길 사람이라고."

"그것 말고 달리 할일도 없는 걸요?" 내가 말한다. "집을 팔지 못해 안타깝긴 하겠지만요. 그건 분명히 말씀드릴 수 있어요. 왜냐하면 당신은 여기 슬리피홀로모텔이 아니라 최소한 집에서 죽을 수도 있었을 테니까요."

"그 말을 저기 있는 내 과부에게도 전해주라고." 조는 이렇게 내뱉은 후 나를 지나쳐 문밖으로 걸어나간다. 나는 조 대신 문을 닫고 발이

젖지 않도록 황급히 차를 향해 뛰어간다. 무엇을 위해 이렇게까지 해야 하는가? 집을 팔기 위해서다.

3

에어컨을 가동한 채 1번 국도로 향하는 나의 크라운 빅토리아에 마크햄 부부가 타고 있다. 앞좌석에 앉은 조와 뒷좌석에 앉은 필리스는 마치 별로 친하지도 않은 친척의 장례식 행렬에 끼어 있는 사람들처럼 주룩주룩 비 내리는 아침 풍경만 뚫어져라 내다볼 뿐이다. 물론 언제나 그렇듯 여름 아침에 내리는 비는 우울한 소외의 씨앗을 품고 있다. 더구나 집에서 멀리 떨어진 곳에서라면, 개인적인 근심마저 떠나지 않는 상황이라면 마치 무덤에서 세상을 바라보는 듯한 기분에 잠기게 된다. 내가 잘 안다.

내가 볼 때 부동산 거래에 관한 두려움(마크햄 부부가 지녔던 그 순수하고 단순한 두려움)은 사실 주택 구매 자체에서 비롯된 게 아니다. 어찌 보면 주택 구매는 인생에서 가장 희망적인 선택을 하는 경험이 될 수도 있다. 비록 돈을 날려버릴 위험이 있긴 하지만 유독 부동산 거래만 그런 것도 아니다. 사실 진정한 공포는 모든 미국인들의 내면에 자리하고 있는 냉정하고도 달갑지 않은 어떤 깨달음이다. 우리 모두, 똑같은 소원을 소원하고 좌절된 욕망을 욕망하며 바보스러운 공포와 환상에 몸을 떠는 멍청이들과 다를 바 없다는 것, 판박이처럼 똑같은 틀에서 찍혀나온 존재라는 것. 그리고 계약서에 도장을 찍는 시점이 다가옴에 따라, 즉 거래가 마무리되어 법원에 기록이 남을 순간이 다가옴에 따라, 자신이 한 문화의 틀 속에 더 깊이, 더 익명화된 존재로 파묻히고 있다는 느낌에 사로잡힌다. 키츠뷔엘에서 살게 될 확률은 훨씬 희박해졌다고 느끼게 된다. 물론 우리 모두가 바라는 바는 최고의 선택지들이 가능한 한 오랫동안 우리에게 남아 있는 것이다. 너무 뻔한 선택은 피하고 싶어하지만 그렇다고 남들이 다 제대로 가고 있는데 혼자 엉뚱한 길로 들어서는 사태를 원하지도 않는다. 우리는 이런 독특한 근심에 빠져 그 고약한 세 갈래 길에서 실험실의 쥐처럼 궁지에 몰린다.

예를 들어 지금 비에 흠뻑 젖은 준교외지역과 차창에 물을 뿌리며 지나가는 짐차와 메르세데스 트럭들을 돌처럼 굳은 표정으로 노려보고 있는 마크햄 부부에게, 혹시 소박하고 아늑한 버몬트주를 떠나 이제 보다 안락하고 일반적인 삶을 선택하는 거냐고, 믿을 만한 소방 체계를 갖춘데다 쓰레기를 일주일에 세 번 수거해가는 동네를 택하는 거냐고 묻는다면 부부는 아마 화를 낼 것이다. 젠장, 그게 아닙니다. 두 사람은 소리칠 것이다. 그야말로 우리만의 잘난 필요 때문에 옮기는 거예요. 알고 보니 그것들이 이전엔 결코 들어본 적도 없는 교외의 미덕에 의해서만 충족될 수 있더란 말입니다. (좋은 학교, 좋은 쇼핑몰, 좋은 도로, 충분한 소방시설 등.) 실제로 마크햄 부부는 분명 자신들이 개척자가 된 것 같다고 느낄 것이다. 수년간 이 교외지역에서 당연한 듯 살아오며 지역의 평판을 망쳐버린 (나 같은) 사람들 틈바구니에서 땅을 일궈야 하는 기분이리라. 하지만 만약 부부가 이 동네 사람들과 한배를 타야 한다는 사실에 혐오감을 느끼기는 해도 너무 먼 곳—이 경우엔 너무 많은 극장들, 너무 안전한 거리, 너무 잦은 쓰레기 수거, 너무 깨끗한 물—까지는 모험에 나서지 않는, 개척자 특유의 보수적 태도를 취하지 않는다면 난 놀라고 말 것이다. 그 경우라면 두 사람이 교외지역에서 치러야 하는 경험의 비용이 머리가 아찔해질 만큼 치솟을 테니까.

그러므로 내가 할 일은—난 자주 성공하는 편이다—부부가 이곳에 좀더 친근한 감정을 느끼도록 돕고, 알려지지 않은 사실 그리고 분명한 사실 두 가지 모두에 대한 그들의 불안을 덜어주는 것이다. 다시 말해 자신들이 다른 주민들(모두 평범한 사람들이다)과 별로 다르지 않으며 그럼에도 행복할 뿐 아니라 결정적으로는 다른 사람들과 똑같지 않다고 느끼도록 해줘야 한다. 이 임무에 실패한다면, 즉 이 구매자의 개척자 같은 초조함에 눈감은 채 집만 팔고 만다면, 마크햄 부부는 마을에 정착하지도 못할뿐더러 조급해할 필요가 전혀 없는 사람들(즉 우리 주민들)처럼 느긋이 시간을 보내지도 못하고 3.86년 만에 마을을 떠나 다시 길 위를 헤매게 될 것이다.

1번 국도에서 빠져나와 펜스 넥으로 향하는 뉴저지 571번 도로로 들어선 나는 필리스와 조에게 훌리한의 집이 이 지역에서 어느 정도 수

준인지 알려주기 위해, 따끈따끈한 중개 서류 두 장을 나눠준다. 둘은 별로 말이 없다. 이른아침에 만든 감정적인 상처를 침묵 속에서 치료하는 중인지도 모르겠다. 필리스가 '라돈 문제'에 대해 질문을 던지며 다른 많은 버몬트주 주민들은 어떨지 몰라도 자신은 아주 심각하게 여긴다고 말한다. 필리스의 약간 튀어나온 파란 눈은 반쯤 감겨 있다. 마치 라돈 문제가 판도라 상자에 담긴 북부의 골칫거리와 두려움 중 하나이며, 그 문제들을 걱정하다 일찍 늙어버리기라도 한 것처럼. 필리스의 또다른 걱정거리들은 뭘까. 학교 난방시설에 쌓여 있을지 모르는 석면, 우물 안 중금속, 대장균, 장작 매연, 탄화수소, 광견병에 걸린 여우, 다람쥐, 들쥐, 파리떼, 살얼음, 얼어붙은 진흙 등등 음양의 이치처럼 극단에 위치한 개척자 생활의 문제들이다.

하지만 나는 뉴저지주 중부에서 라돈은 큰 문젯거리가 아니라고 필리스를 안심시킨다. 이 지역 땅의 모래 섞인 양토 때문에, 라돈 공포가 휩쓸고 지나간 1981년 전후로 대부분의 사람들이 라돈에 노출되지 않도록 바닥과 벽의 틈을 '채우고' 봉했다고 말이다.

조는 필리스보다 더 말이 없다. 571번 도로에서 빠져나갈 무렵이 되자 조는 사이드미러 속으로 멀어지는 도로를 쳐다보더니 펜스 넥이 어디에 있느냐고 중얼거리듯 묻는다. "해덤 권역에 있습니다." 내가 말한다. "하지만 1번 국도 건너편으로 기차역이 가까이에 있죠. 그것도 이점입니다."

조는 한동안 입을 다물고 있다가 이렇게 말한다. "난 권역 같은 데서 살기 싫어."

"어디서 살기 싫다고요?" 필리스가 말한다. 필리스는 내가 폴에게

주려고 가져온 초록색 표지의 『자기신뢰』를 훑어보던 참이다(대학 시절에 개인적으로 장정하여 보관중인 낡고 오래된 책이다).

"보스턴 권역, 세 개 주 권역, 뉴욕주 권역. 하지만 아무도 버몬트주 권역이라든가 앨리퀴파 권역이라고는 안 해." 조가 말한다. "지명만 말할 뿐이지."

"버몬트주 권역이라고 말하는 사람들도 있어요." 서류를 휙휙 넘기던 필리스가 말한다.

"D. C. 권역이라고도 하나?" 조가 힐난하듯 말한다. 필리스는 아무 말도 하지 않는다. "시카고 권역," 조가 말을 계속한다. "대도시 권역, 댈러스 권역."

"다시 인식의 문제라고 할 수 있겠네요." 펜스 넥이라고 적힌 금속 표지판을 지나치며 내가 말한다. 꼭 자동차 번호판처럼 보이는 그 표지판은 웃자란 주목에 가려 거의 보이지 않는다. "이제 펜스 넥입니다." 내가 말했지만 아무도 대꾸하지 않는다.

펜스 넥은 실제로 마을이라고 부르기 힘들고, 권역이라고 하긴 더더욱 어렵다. 차들이 분주히 오가는 571번 국도 양쪽으로 늘어선 중간 가격대의 산뜻한 주택가 몇 군데가 전부다. 571번 국도는 나무가 아늑하게 우거진 인근 해덤의 울창한 숲과 완만한 경사를 품은 해안평야를 이어준다. 경공업이 발달했고 인구밀도가 높은 이 평야는 주택 물량도 넉넉하고 가격도 적당하지만 마크햄 부부는 관심이 없다. 수십 년 전 네덜란드계 미국인 퀘이커교도들의 맵시나는 마을이던 시절에 이곳은 비옥한 옥수수밭과 잘 관리된 돌담, 단풍나무와 히코리나무 농장들로 둘러싸여 있었고 야생동물이 공생하고 있었다. 주택들은 마구 밀려

드는 현대화 물결 속에서도 아직 교외의 고풍스러운 매력을 간직한 채 버텨내고 있지만 그래봤자 더 크고 새로운 베드타운에 딸린 베드타운으로 낡아가고 있을 뿐이다. 중심가라고 할 수 있는 곳은 더이상 존재하지 않으며 다만 도로 바로 옆에 골동품가게 두 곳, 잔디깎이 장비 수리소, 식당을 겸한 주유소 정도만 남아 있다. 주민센터는 (미리 확인해보니) 1번 국도 아래쪽에 있는 다른 마을의 작은 쇼핑몰 안으로 옮겨갔다. 해덤부동산협회 모임에 참석했을 때 들은 바로는 주정부가 펜스 넥을 떼어내 카운티의 과세 대상으로 넘기면 세율이 좀 나아질 거라고 여기는 분위기가 퍼지고 있다고 한다. 지난 삼 년 동안 나는 이곳에서 주택 두 채를 팔았다. 그 두 집 사람들 모두 더 나은 일자리를 찾아 뉴욕주 북부로 떠나버리긴 했지만.

사실 이 펜스 넥의 집이 지금까지 마크햄 부부가 나를 조르며 내내 기다려왔던 그런 집이라서 소개를 하려는 것은 아니다. 무엇보다 부부의 예산으로 구입이 가능하고, 또 풀이 죽은 마크햄 부부가 쉽게 계약을 맺을 법도 하기 때문이다.

571번 국도에서 왼쪽으로 꺾어 좁은 프렌드십 레인을 달리다가 북쪽 방향으로 늘어선 몇몇 주택가들을 지난 끝에 채러티 스트리트에 이른다. 시끄럽게 귀를 울려대던 1번 국도의 차량 소음에서 벗어나자 커다란 나무들 사이에 오밀조밀 들어선 비슷비슷한 크기의 깔끔하고 조용한 집들이 눈에 들어온다. 잘 정돈된 관목, 스프링클러가 쉭쉭거리며 돌아가는 각진 잔디밭, 밤사이 불법으로 주차된 차가 없는 깨끗한 거리. 이 모든 광경이 우리 마음속 걱정을 서서히 밀어내기 시작한다.

채러티 스트리트 212번지에 있는 테드 훌리한의 집은 단정하고 그렇게 작지도 않다. 박공지붕을 얹고 개축한 이 미국식 농가는 무성히 우거진 관목 뒤편에 자리하여 오래된 활엽수 몇 그루와 좀더 어린 소나무들이 만드는 그늘 아래에 서 있다. 길에서 가장 멀리 떨어진 집인데다 지대 또한 높아서 지금보다 당당했던 한때를 짐작해볼 수 있다. 주변에 소를 키우는 목장과 농토밖에 없던 시절, 뀡이나 광견병과 무관한 여우가 순무밭을 헤집고 다니며 사유지라 하면 우편번호 하나를 독점할 정도로 넓었던 시절 '본연의 농가'였을 것 같은, 슬쩍 위화감마저 들 정도로 정말로 크고 멋진 집이다. 거기에 밝은 초록색 널빤지 지붕을 이고 현관 층계는 견고해 보이는 벽돌로 쌓아올렸다. 바깥벽을 마감한 흰색 널빤지는 다른 집들보다 한 세대나 더 나이를 먹은 듯했지만 재질 자체는 그 거리의 다른 집들과 비슷하다. 다른 집들은 좀더 작고 전형적인 농가식 단층주택으로 설계되었으며 조립식 차고가 딸려 있다. 집 앞에 난 작은 콘크리트 보도는 길가로 이어져 집집마다 세워둔 우편함과 만난다.

그런데 바로 이곳이 마크햄 부부가 원한 그 집일 수도 있다. 사실 나 역시 이 집을 한 번도 본 적이 없었기 때문에 깜짝 놀라고 말았다. 내가 결코 부부에게 소개해준 적이 없는, 마치 옛날이야기에나 등장할 것 같은 드문 집 말이다. 울창한 나무 덕분에 작은 케이프*라 부를 만했고, 한때 웅장했던 장원에 딸린 늙은 관리인의 사택을 연상시켜 '상상력'을 자극한다. 어떤 고객도 '예상'하기 힘든, '사연'이나 '유령'이 깃든 집일 수도 있지만, 마크햄 부부처럼 우스울 정도로 별난 사람들에

---

* 뉴저지주의 해안도시 케이프 메이를 가리킨다. 도시 전체가 국가 유적으로 지정되어 있고 숲이 많다.

게는 이 집이 주 느 세 쿠아* 매력적일 수도 있다. (이런 집들이 있기는 있다. 대개 코스타리카에서 의사 면허를 딴 단일전공 개업의들의 레이저시술 전문 산부인과 병원으로 개조되는데, 보통 오래된 간선도로 곁에 자리하여 펜스 넥 같은 마을에서는 찾아보기 어려울 뿐.)

가까이 가니 경사진 잔디밭 앞에 '로런-슈윈델사 담당' 팻말이 서 있고 줄리 루키넌이라는 담당 중개인 이름이 적혀 있다. 잔디를 새로 다듬고 관목들은 가지치기를 하고 진입도로 역시 뒤쪽까지 깨끗이 청소해놓았다. 폭풍이 휩쓸고 간 직후의 어둑어둑한 집안에서는 희미한 불빛이 새어나온다. 진입로에 구식 메르세데스가 서 있고 현관 방충망 뒤쪽 문은 열린 상태다(에어컨이 없는 모양이다). 벤츠는 줄리의 차일 수도 있지만 줄리는 나와 팀으로 움직이지는 않으니 아마 집주인 홀리한의 차일 것이다. 홀리한은 아마 지금 내게 양해를 구하고 데니스 식당에서 늦은 아침을 먹고 있을 것이다(줄리를 통해 약속을 잡아놓은 터였다).

마크햄 부부는 조용히 앉아서 차창 너머 집을 내다보는 대신 중개서류부터 들여다보고 있다. 보통 때면 조가 이제 다 봤으니 그만 가자고 말할 시점이다.

"이 집인가요?" 필리스가 물었다.

"네, 저희 회사 팻말이 보이죠?" 진입로 중간쯤에 차를 세우면서 내가 말했다. 비는 이제 그쳤다. 벤츠 자동차 너머, 즉 집 후미로 이어진 진입로 끄트머리에 독립된 목조 차고가 있고 뒤편 그늘진 정원에서는

---

* je-ne-sais-quoi. 프랑스어로 '더할 나위 없이 좋은'.

신록이 매혹적인 자태를 드러내고 있다. 창문이나 문에 방범장치는 전혀 없다.

"난방은 어떻게 하지?" 버몬트주 생활에 익숙한* 조가 중개 서류를 무릎에 내려놓은 채 차창 밖을 흘기며 말한다.

"뜨거운 물을 순환시키는 방식이죠. 지하에 전기설비가 되어 있습니다." 내가 중개 서류를 그대로 읽으며 말한다.

"지은 지는 얼마나 됐지?"

"1924년입니다. 홍수 피해가 없는 지역이에요. 측면 부지는 나중에 팔 수도 있고 그 위에 증축을 해도 됩니다."

조는 내가 반생태적 배신자라도 되는 듯 얼굴을 찌푸린다. 공터를 떼어 파는 것이 열대우림 파괴에 맞먹는, 꿈도 꾸면 안 될 중범죄라도 되는 것처럼. (돈이 달리거나 이혼이라도 당하면 조는 꿈꾸는 것 이상을 할 것이다. 물론 나는 항상 그런 꿈을 꾸며 지낸다.)

"앞뜰이 참 멋지죠?" 내가 말한다. "그늘이 많은 것도 숨은 장점입니다."

"무슨 나무들?" 조가 찡그린 얼굴로 옆뜰을 노려보며 말한다.

"어디 봅시다." 나는 몸을 기울여 털이 무성한 조의 두툼한 가슴팍 너머를 내다보며 말한다. "하나는 너도밤나무네요. 저건 단풍나무고요. 설탕단풍도 있는데 마음에 드실 겁니다. 적참나무에, 저건 은행나무 같군요. 토질을 생각해서 잘 섞었네요."

"은행은 냄새가 고약한데." 조가 미동도 않고 말한다. 필리스도 마

---

* 뉴저지보다 북쪽에 있어 기온이 더 낮은 편이다.

찬가지여서 둘 중 누구도 차에서 내리려 하지 않는다. "집 뒤쪽은 어디와 닿아 있지?"

물론 난 이미 알고 있지만 이렇게 말한다. "그건 살펴봐야 할 것 같군요."

"저 사람이 주인인가요?" 밖을 내다보며 필리스가 말한다.

누군가 그늘진 방충망 뒤로 다가와 목을 빼고 뭔가를 쳐다보고 있다. 체구가 그리 크지 않은 남자로, 셔츠에 넥타이 차림이었으며 재킷은 걸치고 있지 않았다. 그가 우릴 보고 있는지는 확실치 않다.

"가서 확인해봐야겠는데요." 주인이 아니길 바라면서 차를 앞으로 좀더 움직인 후 나는 속도를 줄이고 시동을 끈다. 그리고 차문을 열고 여름의 열기 속으로 걸어나간다.

일단 밖으로 나오자 필리스는 다른 때처럼 뒤뚱거리긴 해도 발끝을 살짝 치켜들고 팔을 흔들면서 빠르게 걸음을 옮긴다. 마치 조가 나쁜 소식으로 방해하기 전에 최대한 즐거운 기분을 만끽하려는 듯이.

그러나 은색 반바지에 플립플롭을 신고 추레해 보이게 딱 붙는 웃옷을 입은 조는 어기적어기적 나를 따라 나서더니 걸음을 멈추고 잔디와 거리, 이웃집을 살핀다. 모두 1950년대에 지어진 집들로 가격은 이 집보다 낮은데 유지비까지 저렴한데다 소박하고 잔디밭이 작아서 관리 부담도 적다. 사실 훌리한의 집은 이 거리에서 가장 좋은 집으로, 노련한 구매자라면 가격을 낮추자고 덤빌지 모르나 오늘은 아마 별문제 없을 것이다.

나는 클립보드를 챙긴 다음 뒷좌석에서 빨간 나일론 바람막이 재킷을 꺼내 입는다. 가슴팍에는 '사회발전에 힘쓰는 로런-슈윈델'이라는 문장紋章이 그려져 있고, 등에는 FBI 요원이 입는 옷처럼 하얀 글자로 큼지막하게 **부동산중개인**이라고 적혀 있다. 무더운 날씨에 이 옷을 입은 것은 마크햄 부부에게 암시를 주기 위해서다. 난 친구가 아니다, 이건 취미활동이 아니라 비즈니스다, 해결을 봐야 할 문제가 있다, 시간을 낭비하고 있다.

"역시 버몬트주와 다르군, 그렇지 않아?" 조가 이렇게 말하며 생각에 잠긴다. 아침나절 비바람의 끄트머리에 우리는 나란히 서 있다. 조는 기억하지 못하겠지만 그는 지난 넉 달 사이 숱한 집을 보러 다니는 동안 비슷한 상황에서 정확히 똑같은 말을 했다. 숨은 뜻은 이렇다. 젠장, 미치겠군. 버몬트주보다도 못한데 대체 왜 이런 빌어먹을 집을 보여주는 거지? 그러고 나면 우리는 대개 필리스가 정문에 도착하기도 전에 몸을 돌려 그 집을 떠났다. 필리스가 어서 들어가려고 서두르는 것도 그래서다. 하지만 솔직히 나는 조를 차에서 여기까지 끌고 온 것만 해도 기쁘다. 조가 나중에 어떤 구실로 퇴짜를 놓는다 하더라도.

"조, 여긴 뉴저지주예요." 난 항상 이렇게 말한다. "여기도 아름답죠. 당신은 버몬트주에 지쳤잖아요?"

그럼 조는 우울한 얼굴로 이렇게 대답한다. "맞아, 난 정말 바보 천치야." 하지만 조는 이번엔 "맞아요"라고만 말하며 감상에 젖은 얼굴로 나를 쳐다본다. 눈앞에 아른거리던 불빛이 사라지자 현실을 직시하게 된 사람처럼 그의 작고 납작한 갈색 홍채가 더욱 납작해진다.

"손해만 보는 일은 아닐 겁니다." 재킷 지퍼를 반쯤 채우며 내가 말한다. 슬리피홀로모텔에서 비를 맞고 서 있었던 탓에 발이 축축했다.

"반드시 이 집을 살 필요는 없어요." 물론 부동산중개인으로서 하고 싶은 말은 따로 있다. '이봐요, 당신은 이 집을 정말 사야 한다고요. 그게 신의 뜻이에요. 이 집을 안 사면 신이 화를 낼 겁니다. 부인은 당신을 혼자 남겨두고 딸과 함께 캘리포니아 가든 그로브로 가서 딸을 하나님의성회 학교에 보낼 거예요. 오늘 점심때까지 이 빌어먹을 집을 안 사면 딸을 영원히 못 볼 수도 있다고요.' 그러나 나는 경쾌한 목소리로 이렇게 말한다. "오늘밤 언제라도 아일랜드 폰드로 돌아가실 수 있습니다. 둥지로 돌아가는* 까마귀를 볼 수 있는 시간 안에는 도착할 겁니다."

조는 재치 있는 농담을 이해할 만큼 예민한 사람이 아니었으므로 이상하다는 표정으로 나를 올려다본다(몸집은 조가 좀더 크지만 키는 내가 몇 센티미터 더 크다). 그는 강약 없는 어조로 뭐라고 중얼거리다가(틀림없이 빈정거림이다) 입을 다물더니 줄지어 선 다른 수수한 주택들을 바라본다. 모임지붕에 전면은 벽돌로 장식했고(방범창을 설치한 곳도 있다), 모두 조가 십대 때 지어졌을 법한 집들이다. 그때 건너편의 채러티 스트리트 213번지 집에서 머리칼이 놀라울 정도로 붉은, 하지만 필리스보다는 좀더 밝은 빛깔인 젊은 여자가 나타난다. 여자는 독립기념일 전 마지막 수거일에 맞춰 바퀴 달린 커다란 검은색 플라스틱 쓰레기통을 길가 연석 쪽으로 민다.

젊은 엄마로 보이는 그 여자는 허벅지 중간까지 오는 짧은 청바지를 입고 양말 없이 테니스화를 신었으며 작업복 같은 푸른 셔츠를 아무렇

* '둥지로 돌아간다(come home to roost)'는 영어에서 '자업자득'을 뜻하기도 한다.

게나 걸쳐 입은 채 셔츠 끄트머리는 메릴린 먼로처럼 가슴 아래께에서 질끈 묶었다. 우편함 옆까지 플라스틱 쓰레기통을 밀고 가서는 우리를 보더니 우리가 누구인지 안다는 듯, 현재 주인보다 유쾌한 새로운 이웃 후보를 만났다는 듯 스스럼없이 손을 들어 반갑게 흔든다.

나도 손인사를 했지만 조는 가만히 있는다. 아마 평원을 가로질러 사물을 보는 것에 관해 생각하고 있을 것이다.

"여기로 차를 타고 오면서 이런 생각을 했는데……" 진입로로 돌아서서 텅 빈 간이 차고로 사라지는 메릴린을 지켜보며 조가 말한다. 쾅 소리와 함께 문이 닫힌다. "……당신이 오늘 나를 어디로 데려가든 그곳에서 여생을 보내겠다고." (내 판단이 맞았다.) "결정을 다른 사람 손에 내맡기자고. 내 판단을 더는 못 믿겠다고." (조는 이 집을 꼭 사지 않아도 된다는 말의 속뜻을 아직 눈치채지 못했다.) "뭐가 옳은 일인지 이젠 모르겠어. 내가 할 수 있는 일이란 엉망으로 선택한 일들이 정말 엉망진창으로 보이기 시작할 때까지 가능한 한 오래 버티는 것뿐이지. 적어도 그 순간이 닥치기 전까지 마음은 편할 테니까. 무슨 뜻인지 알겠나?"

"알 것도 같군요." 필리스가 문간에 서 있던 그 사람에게 인사하며 떠드는 소리가 들려온다. 난 여전히 집안에 있는 사람이 훌리한이 아니길 바란다. 얼른 안으로 들어가고 싶지만 깊은 생각에 잠긴 조를 빗물이 떨어지는 참나무 아래에 그냥 내버려두고 떠날 수는 없다. 이대로 두면 조는 결국 깊은 절망만 느낀 채 거래 기회를 날려버릴 것이다.

건너편 213번지에서는 방금 본 붉은 머리 여자가 저멀리 떨어진 침실에서 갑자기 커튼을 휙 제친다. 머리밖에 보이지 않았지만 여자는 분명 우리를 빤히 쳐다봤다. 조는 여전히 잘못된 판단을 할까봐 걱정하며 생각에 잠겨 있다.

"얼마 전 필리스와 소냐가 크래프츠버리로 떠났을 때였지." 침울한 얼굴로 조가 말한다. "전에 알던 여자에게 전화를 걸었어. 그냥 전화였지. 보이시 근처에 사는 여자. 첫 결혼이 실패로 끝난 후에 가볍게 만난, 아니 실은 그렇게 가벼운 만남은 아니었어. 정확히는 결혼이 끝나기 직전이었고. 나처럼 도자기를 만드는 사람이었지. 아주 세련돼 보이는 도기를 만들어 노드스트롬백화점에 물건을 판매했어. 옛날 일부터 시작해 한동안 이런저런 얘기를 하고 나니까 그녀는 어쩔 수 없이 전화를 끊어야겠다면서 내 전화번호를 알려달라고 하더군. 하지만 번호를 불러주자 그녀는 이렇게 말하며 웃었어. '세상에, 조. 옛날엔 당신 공중전화번호가 내 전화번호부에 여기저기 메모돼 있었는데 지금은 당신 이름의 첫 글자 M도 전혀 찾아볼 수가 없어.'" 조는 축축한 겨드랑이 사이로 팔짱을 끼고는 생각에 잠긴 채 213번지를 응시한다.

"무슨 특별한 뜻을 담아 그렇게 말하진 않았을 겁니다." 내가 대꾸한다. 빨리 집안으로 들어가고 싶은 마음이다. 필리스는 아직 집안 깊숙이 들어가지는 않았을 것이다. 이 집의 구석구석이 지금까지 본 것 중 가장 마음에 든다고 노래하듯 재잘대는 필리스의 목소리가 들려온다. "그 여자와는 괜찮은 분위기에서 헤어졌겠죠? 그러지 않았다면 전화도 안 했을 테니까요."

"오, 물론이지." 모든 기억을 꼼꼼히 확인이라도 하듯 조의 작은 염소수염이 이리저리 움찔거린다. "나쁜 일은 없었어, 전혀. 그런데 난 그녀가 다시 전화를 걸어 우리가 다시 만나야 한다고 말할 줄 알았지.

그럼 솔직히 그렇게 하려고 했고. 집 사는 일로 스트레스가 치솟았거든." 아내에게 말할 수 없는 중요한 일을 털어놓는다는 표정으로 조가 나를 바라본다.

"그렇죠." 내가 대답한다.

"하지만 그녀는 결코 전화하지 않았지. 했는데 내가 못 받은 게 아니라면." 조가 213번지에서 눈을 떼지 않은 채 고개를 끄덕인다. 전면의 벽돌 위쪽 목재에는 그리 밝지 않은 녹색을 칠했고 전혀 사용하지 않는 것 같은 앞문은 빛바랜 붉은색을 띠는 집이다. 침실 커튼이 휙 닫힌다. 조는 별로 신경쓰는 것 같지 않다. 이 나른한 순간, 이 장소, 가랑비, 혹은 저멀리 1번 국도에서 번지는 희미한 차량 소음이 조에게 큰 틀에서 되짚어 생각할 능력을 주는 것 같다.

"그게 그렇게 의미 있는 것 같지는 않습니다만." 내가 말한다.

"그 여자에게는 손톱만큼도 신경쓰지 않아." 조가 말한다. "나한테 전화를 걸어 벌링턴으로 가는 중이니 홀리데이모텔에서 만나 죽도록 뒹굴자고 했어도 난 무슨 핑계를 대서든 피했을 거라고." 조는 자기가 불과 일 분도 안 돼 딴소리를 하고 있다는 걸 깨닫지 못한다.

"아마 그 여자도 당신 생각을 짐작했기 때문에 전화하지 않았을 겁니다. 부담을 덜어주려고요."

"내 판단에 관해 고민이 되는 거라고." 조가 슬픈 얼굴로 말한다. "나는 그녀가 전화하리라고 확신했거든. 그게 다지. 그녀가 한 일이라고, 내가 한 일이 아니고, 심지어 옳은 일이기도 했지. 그렇게 모든 일들이 나 없이 일어났어. 지금 여기서 벌어지는 일처럼."

"이 집을 좋아하게 될지도 모르잖습니까?" 내가 덤덤하게 대꾸한다. 건너편 213번지를 쳐다보니 커다란 통창을 가리던 커튼이 걷혀 있고 붉은 머리의 젊은 메릴린이 창문 한가운데에 서 있다. 메릴린은 불쾌한 듯 찌푸린 얼굴이다. 무엇 때문에 화가 나서 저렇게 독기 서린 눈으로 쏘아보는 걸까.

"당신도 비슷한 일을 겪은 적이 있을 테지." 조는 내가 아니라 나의 왼쪽 어깨 너머로 시선을 고정시킨다. 그가 내게 말할 때 가장 선호하는 일반적인 자세다. "나와 비슷한 나이니까. 나처럼 이혼한 적도 있고. 여자도 많았겠지?"

"이제 들어가야 합니다." 내가 말한다. 한편으로는 그에게 연민을 느낀다. 자신의 판단을 신뢰하지 못한다는 것은, 더 나쁘게는 빌어먹을 어떤 실질적인 이유 때문에 자기 판단을 믿어선 안 된다는 걸 알고 있다는 것은 심각한 문제가 될 수 있으며 '존재의 시기' 내내 가장 골칫거리로 남을 수 있다. 신경써서 섬세하게 조정하지 않으면 안 되는 문제다. "그전에 한마디만 드리고 싶습니다." 나는 보험사의 손해사정인처럼 두 손을 교차시켜 바지 지퍼 위로 클립보드를 잡은 채 말한다. "이혼했을 때, 난 모든 일이 나한테 일어났다고, 난 아무것도 하지 않은 데다 겁쟁이에 쓸모없는 놈밖에 안 된다고 확신했습니다. 그게 맞는지 아닌지 누가 알겠습니까? 하지만 스스로 약속을 하나 했어요. 인생에 불평하지 않겠노라고, 그저 최선을 다해 살겠노라고. 물론 실수에 대해서도 말이죠. 판단의 문제든 아니든 일을 제대로 처리하려고 노력하는 것 말고 할 수 있는 게 없지 않습니까? 난 약속을 지켰어요. 당신도 실수를 피하려는 방식으로 살아가는 그런 사람은 아니라고 생각합니다. 당신은 선택을 하고 그 선택에 따라 살고 있어요. 어떤 것도 선택한 적 없다고 말하실지 모르겠지만요." 조는 말로 표현하기 힘든 아주 드문 칭찬을 들었다고 생각하는 듯하다. 나도 그러길 바란다.

조는 으레 그러듯 무의식적으로 수염이 거뭇거뭇한 입을 동그랗게 오므린다. 눈이 면도날로 그려놓은 금처럼 가늘어진다. "그만 닥치라는 뜻으로 들리는군."

"그저 이 집을 둘러보고 두 분이 하고 싶은 게 뭔지 한번 생각해보길 바랄 뿐입니다. 실수할 기회를 갖기도 전에 실수할까봐 걱정만 하지 말고요."

조는 고개를 가로젓고 비웃음을 흘리더니 한숨을 내쉰다. 내가 정말 싫어하는 조의 버릇이다. 바로 이 때문에 조가 이 집을 사고 집의 수챗구멍에 문제가 있음을 너무 늦게 알게 되길 희망한다. "듀케인대학에 다닐 때 한 교수님이 나더러 항상 너무 분석적으로만 생각해서 문제라고 했지." 조의 얼굴에 다시 비웃음이 스친다.

"바로 내가 하려던 말입니다." 내가 입을 떼자마자 213번지의 붉은 머리 여자가 실오라기 하나 걸치지 않은 알몸으로 통창에 불쑥 나타나 아래에서 위로 휙 움직인다. 커다랗게 불룩 솟은 흰 가슴이 출렁거린다. 여자는 팔을 이사도라 덩컨처럼 뻗은 채 보기 좋은 근육질 다리를 성큼성큼 뻗으며 뛰어오른다. 마치 골동품 항아리에 그려진 그림처럼. "이런, 저기 좀 보세요." 내가 말한다. 그러나 조는 자기가 얼마나 똑똑한지 감탄했다는 듯 다시 머리를 흔들더니 킬킬 웃으면서 어느새 여생을 보내게 될지도 모를 집의 계단을 올라가고 있다. 조는 방금 이웃이 이웃다운 친절로 보낸 신호를 놓쳐버렸다. 잠재적 구매자로서 장차 어떤 일을 맞닥뜨리게 될지 보여주는 신호를. 솔직히 말해 나는 그 광경 덕에 펜스 넥을 실제 가치보다 훨씬 높이 평가하게 됐지만. 미스터리와 뜻밖의 요소들은 정원 그늘보다 훨씬 소중한 이곳의 숨은 장점이다. 조가 이를 알아차렸다면 자신의 이익이 어디에 있는지, 그리고 정확히 무엇을 해야 하는지 알았을 것이다.

작은 아치형 현관을 지나 들어가니 저 안쪽에서 필리스의 목소리가 들려온다. 매미나방*과 버몬트주에서의 최근 생활을 아주 중요한 주제라도 되는 듯 얘기하고 있다. 상대는 분명 테드 훌리한이겠지만 사실 훌리한은 지금 집에 남아 이렇게 내 고객에게 쓸데없는 질문이나 하면서 소중한 부동산을 넘겨줄 상대가 '믿을 만한' 사람들(즉 백인)이라는 데 흡족해하고 있어선 안 된다.

탁자 위 모든 전기스탠드에 불이 들어와 있다. 마룻바닥은 광이 나고 재떨이도 깨끗했으며 라디에이터 윗부분과 바닥 몰딩은 물론 문고리까지 먼지 하나 없이 반짝반짝 빛난다. 새 주인을 환영하는 듯 왁스 냄새도 사방에 퍼져 있다. 정말 아무도 살지 않는 것처럼 착각하게 만드는 괜찮은 판매 전략이다.

조는 집주인에게 인사도 건네지 않고 곧장 제 방식대로 조사에 들어간다. 임무를 수행하는 빈틈없는 군인처럼 무뚝뚝한 표정으로 아무 말도 하지 않는다. 반바지 차림의 조는 거실부터 한 바퀴 휙 훑는다. 거실에는 새것이나 다름없는 50년대식 소파, 튼튼한 천을 덧댄 안락의자, 반질거리는 작은 탁자, 하늘색 러그, 기성품으로 보이는 다소 낡

* 나뭇잎을 갉아먹는 해충.

은, 사냥개 그림, 나무 위 앵무새 그림, 평화로운 숲속 호숫가 연인 그림이 있다. 조는 이어 주방으로 향해 팔인용 마호가니 식탁과 의자를 검사한다. 크라운 몰딩과 체어 레일*, 부엌 여닫이문도 의심스러운 눈초리로 살핀다. 다음엔 조도조절기를 돌려 샐러드 접시 같은 분홍색 전등을 밝게 했다가 어둡게 해보고는 뒤돌아서 다시 거실을 지나 중앙 복도로 간다. 역시 전등이 켜져 있고 보안장치가 설치돼 있었는데 키패드 위로는 나이든 사람들이 알아보기 쉽도록 확대 출력해 붙인 숫자가 보인다. 조는 나를 남겨두고 각 침실을 성큼성큼 돌아다닌다. 여전히 무표정한 얼굴로 주위를 휘둘러보고 붙박이장 문을 여닫거나 벽에 있는 콘센트 개수를 속으로 세어보기도 한다. 창문 곁으로 다가가 바깥 풍경을 살핀 후 창문이 제대로 달려 있는지, 혹시 아예 닫힌 채 고정됐는지 알아보려고 모든 창문을 일일이 조금씩 들어올린다. 다음은 욕실이다.

조는 분홍색 타일을 붙인 안방 욕실로 들어가 개수대 수도꼭지를 둘 다 한껏 틀어놓고 잠시 기다린다. 물이 잘 나오는지, 온수가 나오는 데 얼마나 걸리는지, 물은 잘 빠지는지 점검한 것이다. 변기 물을 내린 후 물이 다시 '차오를' 때까지 눈을 떼지 않았고 '작은' 욕실에 가서는 얇은 신식 베네치안 블라인드를 걷어올린 다음 공원처럼 잘 꾸민 정원을 역시 뚫어져라 쳐다본다. 마치 아프레 르 뱅**이나 한참 볼일을 볼 때 눈에 담게 될 경치를 관찰하는 것처럼 말이다. (독일 어느 지역 연구소의 저명한 경제학자인 한 고객은 정말로 바지를 내리고 변기에 앉은 적도 있다.)

---

* 의자 등받이에 벽이 손상되는 걸 막기 위해 벽에 덧대는 판자.

** après le bain. 프랑스어로 '목욕을 마친 후'.

조는 내가 동석한 가운데 거의 넉 달 이상 이런 식으로 집을 살펴봤고, 주요 결함을 세 가지 이상 발견하면 즉시 조사를 멈췄다. 너무 적은 콘센트, 두 곳 이상 삐걱거리는 마룻바닥, 천장에 방치된 누수 흔적, 각종 갈라진 틈, 이상하게 보이는 벽의 각도 등이 정착 아니면 '이별'을 결정했다. 조는 또 대개 입을 꾹 다물고 있다가 가끔씩 뜻 모를 말을 웅얼거리기도 했다. 페닝턴*의 어느 집에서는 건물 토대에 바짝 붙어 뿌리내린 보리수나무 때문에 보이지 않는 하자가 생겼을지 모른다고 강한 의심을 드러냈다. 해덤의 어떤 집에서는 물이 새는지 확인하러 대낮에 지하실로 들어가면서 '납 성분 페인트'를 칠했다고 중얼대기도 했다. 그러면서도 내게는 어떤 추궁도 하지 않았는데 나중에 그가 말했듯이, 두 집 다 가격부터 시작해 이미 결점들을 너무 많이 발견한 탓이었다. 조는 그 집주인들이 멍청한 착각에서 깨어나야 한다고 했다.

조가 지하실(나로선 따라가고 싶지 않은 장소다)로 내려가 스위치를 위아래로 움직이며 전등을 켜고 끄는 동안 나는 필리스와, 예상대로, 테드 훌리한이 서 있는 뒤뜰 유리문으로 걸어간다. 다른 공간이었던 곳에 짜넣은 듯한 휴게실 겸 작은 주방은 루아우**식 홰로 둘러싸인 깔끔한 벽돌 테라스로 이어진다. (이 지역 특징인) 대형 통창으로 밖에서도 들여다보이는 곳이다. 창틀은 누수로 변색되어 조가 봤다면 당장 지적하고도 남았을 것이다.

테드 훌리한은 최근 부인과 사별한 엔지니어로, 인근 주방기기 회사의 연구부서에서 근무하다 얼마 전 은퇴했다. 날카로운 눈에 머리

---

* 뉴저지주에 있는 자치구.

** 하와이 전통 연회.

는 희끗희끗한 이 일흔 넘은 노인은 색 바랜 치노 팬츠에 로퍼를 신고 보기 좋게 닳은 푸른 옥스퍼드 반소매 티셔츠에 파란색과 붉은색 사선 줄무늬 넥타이를 매고 있다. 이 펜스 넥에서 가장 행복한 사람으로 보인다. (사실 훌리한의 얼굴은 감미로운 목소리로 유명했던 옛날 밴드 리더 프레드 워링과 기이하리만치 닮았다. 나는 프레드 워링을 50년대에 무척 좋아했는데, 그는 유약함의 대명사로 알려져 있지만 실은 위협을 일삼는 엄격한 독재자에 가까웠다고 한다.)

부동산중개인 재킷을 입은 내가 나타나자 테드가 고개를 돌려 환한 미소를 짓는다. 우리는 초면이었고 테드가 이를 계기로 삼아 데니스 식당으로 가준다면 좋을 것이다. 바닥 아래쪽에서 쿵쿵쿵 소음이 들려온다. 조가 망치를 휘두르며 건물 토대를 부수기라도 하는 걸까.

"배스컴 씨, 막 마크햄 부인에게 안내를 해주려던 참이었소." 악수를 나누며 테드 훌리한이 말한다. 훌리한의 손은 호두처럼 작고 단단하지만 내 손은 탄력도 없고 왠지 축축하다. "지난달에 고환암 진단을 받았다오. 아들 녀석이 투손*에서 외과의사로 일하는데 직접 수술을 해주고 싶어하더군. 이 집을 팔아야 하나 말아야 하나 몇 달 동안 고민하다가 바로 어제 마음을 굳혔소. 더는 미룰 수 없다고 말이오." (맞는 말이다.)

암이라는 말에 필리스의 얼굴에서 핏기가 싹 가신다. (누군들 안 그럴까?) 그 말이 필리스 자신의 문제를 돌아보게 한 게 틀림없다. 이것이 바로 집주인을 고객과 떨어뜨려두려는 열네번째 이유쯤 된다. 거래

---

* 애리조나주 남동부에 위치한 도시.

를 하는 자리인데도 두 당사자는 우울하고 해결책도 없는 개인적 문제를 털어놓기 마련이고 그러다 결국 내 일이 틀어지는 경우도 흔하다.

영 잘못 짚은 게 아니라면 필리스는 이미 이 집에 푹 빠져 모든 게 마음에 드는 모양이다. 큰 나무들 주위로 수호초*가 진초록 카펫처럼 자라고 있는 뒤뜰은 바토**의 그림을 빼닮았다. 진달래, 등나무, 작약이 곳곳에 자라고, 잎이 무성한 커다란 참나무도 집으로 쓰러질 염려라곤 전혀 없을 만큼 튼튼하게 자라고 있다. 참나무 아래로는 아담한 단풍나무를 식재한 일본풍 바위 정원이 다소곳이 자리잡고 있는데 자태가 몹시 수려하다. 차고 옆에 세운 퍼걸러***는 위로는 포도덩굴과 인동덩굴이 빽빽하게 덮여 있고 아래로는 소박한 영국풍 철제 의자가 놓여 있어, 야외 결혼식의 꽃 장식 아치가 떠오른다. 화창한 늦여름 오후에 신성한 사랑의 맹세를 다시금 올리고 바깥 공기를 마시며 열정적으로 사랑을 나누기에 딱 좋아 보인다.

"테드 훌리한 씨에게 정원이 정말 아름답다고 말씀드리고 있었답니다." 평정을 되찾은 필리스는 아들에게 고환 절제를 맡기려는 남자가 앞에 서 있다는 데 생각이 미쳤는지 얼떨떨한 표정으로 살짝 미소를 짓는다. 아래층에서 울리던 조의 망치질 소리는 멈췄지만 이번엔 금속으로 금속을 긁는 소리가 들려온다. 여기저기 바닥을 헤집으며 살펴보고 있는 모양이다.

"1955년에 이 집을 샀을 때 집안과 뜰 곳곳을 사진에 잔뜩 담아뒀

---

* 나무 그늘에서 자라는 회양목과 식물.

** 18세기 프랑스의 로코코 회화를 대표하는 화가.

*** 덩굴식물이 감고 자랄 수 있게 지붕에 공간을 남겨둔 서양식 정자.

소. 아내는 그때껏 봐왔던 곳 중에 최고로 멋지다고 생각할 정도였다오. 밭도 있었고 커다란 돌로 만든 저장고, 소 우리와 우유 짜는 곳까지 있었소." 테드는 질긴 가죽처럼 보이는 손가락을 들어 집 뒤쪽을 가리킨다. 그곳에는 굵은 열대성 대나무들이 우거지고 뒤로는 판자로 만든 울타리가 높이 솟아 있다. 눈에 잘 띄지 않도록 짙은 초록색으로 칠한 울타리는 양쪽 이웃집 뒤편 보이지 않는 곳까지 쭉 뻗어 있다.

"지금은 울타리 뒤에 뭐가 있죠?" 필리스가 묻는다. 흥분한 듯 상기된 얼굴은 이렇게 말하는 듯하다. "바로 여기야, 여기가 내가 찾던 곳이야." 지하 계단을 오르는 조의 발소리가 들려온다. 긴 발굴과 탐험을 이제야 마쳤나보다. 조가 펜실베이니아 탄광 저 깊은 곳에서 쇠창살 승강기를 타고 수킬로미터를 올라온 광부라고 상상해본다. 흙덩이가 묻은 얼굴에 눈은 퀭하고 우람한 팔뚝으로 도시락을 든 채 헬멧 램프의 희미한 빛을 따라나오는 광부. 테드 훌리한이 들려줄 대답이 필리스를 조금도 당황시키지 않으리라고 나는 믿는다.

"오, 저 뒤에는 주정부에서 지은 작은 시설물이 있소." 테드 훌리한이 싹싹하게 말한다. "하지만 꽤 괜찮은 이웃이오."

"어떤 시설인데요?" 필리스가 웃으며 묻는다.

"어, 소규모 최소 경비시설이라고나 할까." 테드가 말한다. "골프장 정도라고 생각하면 됩니다. 크게 신경쓸 필요는 없어요."

"왜 그런 게 있죠?" 필리스가 물었다. 여전히 기쁨에 젖어 있는 목소리다. "어떤 종류의 경비시설이죠?"

"부인과 저 같은 사람들을 위한 게 아니겠소." 테드가 나를 쳐다보며 말한다. "그렇지 않소, 배스컴 씨?"

"뉴저지주 당국의 최소 경비 교도소입니다." 내가 덧붙여 말했다. "벌링턴시 시장이나 은행 간부, 테드나 저 같은 보통 사람들이 가는 곳이죠. 아, 조 같은 사람도요." 나는 공모자답게 미소를 지어 보인다.

"그게 저 뒤에 있다고요?" 필리스가 묻는다. 그때 조가 아래쪽에서 나타난다. 물론 석탄재를 뒤집어쓰지도 않았고, 헤드램프도, 도시락도 지니지 않았다. 플립플롭에 셔츠와 반바지 차림으로 허리띠에 지갑을 꽂고 있을 뿐이다. 조의 표정이 밝아 보인다. 마음에 드는 뭔가를 찾아서 구매 여부를 따져보고 있는 것이다. "프랭크가 한 얘기 들었어요?" 필리스의 도톰하고 둥근 입술에서 염려가 담긴 말이 흘러나온다. 무슨 이유에선지 필리스는 부풀린 붉은 머리 위로 손을 쫙 펴서 올리고 눈을 깜박인다. 마치 두개골 안에서 뭔가가 빠져나올까봐 붙잡고 있는 것처럼.

"아니, 못 들었어." 손을 비비며 조가 말한다. 정말 여기저기 뒤지고 다녔는지 조의 맨 어깨에는 검은 먼지 때가 묻어 있다. 우리 셋을 바라보는 표정이 행복해 보인다. 몇 주 만에 처음으로 보는 밝은 미소다. 아직도 테드에게 인사를 건네려고 하지는 않는다.

"저 울타리 뒤쪽에 교도소가 있어요." 필리스가 통창 너머를 바라보며 예쁘게 자란 잔디 건너편을 가리킨다.

"그래?" 여전히 미소 띤 얼굴로 조가 말한다. 그러면서 머리를 살짝 수그려 창 밖을 바라본다. "무슨 말이지?" 아직 누수 흔적은 발견하지 못했다.

"뒤뜰 너머에 범죄자들을 가두는 감방이 있다고요." 필리스가 이렇게 말하고 테드를 바라본다. 계약서에 부대조건("소유주는 집을 비우는 시점, 혹은 그 이전에 주립 교도소를 철거하는 데 동의한다")을 달아 해결할 수 있는 귀찮은 문제쯤 된다는 표정으로, 상냥하게 보이려 애쓰고 있다. "내 말이 맞죠?" 필리스의 파란 눈은 평소보다 더 커지고 진지해진다.

"알고 보면 감방이라고 하긴 좀 그렇소." 테드가 느긋하게 말한다. "거의 대학교 같은 분위기거든. 테니스코트, 수영장이 있고 강좌도 열린다오. 부인도 수강할 수 있소. 저기 있는 사람들은 대부분 주말에 집에 간다오. 교도소와는 좀 다르오."

"재미있군요." 조가 대나무 장막과 그 뒤로 보이는 초록색 울타리를 보고 고개를 까딱이며 말한다. "언뜻 봐서는 잘 모르겠는데, 그렇죠?"

"이 사실을 알고 계셨나요?" 필리스가 여전히 상냥한 눈빛으로 말한다.

"물론이죠." 난 이 대화에 끼게 되어 유감이었다. "여기 중개 서류에도 나와 있습니다." 손에 쥔 서류를 보며 내가 말한다. "북쪽으로 주소유 토지와 맞닿아 있다."

"그게 이런 뜻인지 몰랐어요." 필리스가 말한다.

"사실 저쪽에는 한 번도 가본 적이 없소." 언제나 낙관적인 테드가 말한다. "저 울타리 말고도 주에서 설치한 울타리가 따로 있소. 여기서는 안 보이지만. 저쪽 소리가 들리지도 않소. 종소리든 사이렌이든 아무 소리도. 크리스마스 때 멋진 종소리를 내긴 하지. 건넛집 여자도 거기서 일한다고 알고 있소. 펜스 넥에서는 가장 큰 일터니 말이오."

"우리 딸 소냐한테 문제가 될지도 모르겠어요." 필리스가 조용한 목소리로 모두를 향해 말한다.

"어떤 것에도, 누구에게도 해를 끼치지 않을 거라고 봅니다." 내가 말한다. 길 건너 메릴린 먼로가 매일 아침 육덕진 다리로 걸어서 출근하는 상상을 하면서. 수감자들은 무슨 생각을 할까? "제 말은 기관총 켈리*가 저곳에 살진 않는다는 뜻이죠. 우리가 투표로 뽑았던 사람들, 앞으로도 뽑을 사람들이 가는 곳입니다." 나는 미소를 지어 보인다. 지금이야말로 테드가 우리에게 집의 보안장치를 보여 줄 때다.

"시설이 지어진 후에도 이곳 주택 가치는 꽤 올랐소." 테드가 말한다. "나머지 지역은 많이 떨어졌소. 해덤을 포함해서 말이오. 그래서 사실 아주 안 좋은 시기에 여길 떠난다는 느낌이 든다오." 테드는 우리 셋에게 싱긋 웃어 보인다. 슬픔에 잠겼지만 계산은 빠른 프레드 워링처럼.

"분명 정말 좋은 집을 떠나시는 겁니다. 제가 한말씀 드리죠." 조가 자신에 찬 목소리로 말한다. "바닥 아래 들보와 골조를 봤어요. 이제는 버몬트주를 제외하고 그렇게 튼튼하게 만드는 곳은 별로 없죠." 조는 눈을 가늘게 뜬 채 필리스를 쳐다보며 이제야 마음에 드는 집을 찾았다고 공인하는 표정으로 인상을 쓴다. 설사 바로 옆에 앨커트래즈 교도소**가 있다 해도 괜찮다는 듯. 조는 지금 설명할 수 없는 신비로운 경로를 따라 주택 구입의 한 고비를 넘어섰다. "파이프와 배선은 모두 구리로 돼 있네요. 콘센트는 전부 구멍 세 개짜리고요. 오래된 집에서는 보기 힘든 것들이죠." 조가 흥분한 얼굴로 테드를 쳐다본다. 당장이라도 집안을 샅샅이 답사할 기세다.

---

* 1930년대에 미국에서 악명을 떨친 범죄자.

** 미국 연방법을 위반한 중죄수를 수용하던 감옥.

"아내는 모든 게 표준규격에 맞아야 한다고 생각했다오." 테드가 쑥스럽게 말했다.

"부인은 어디에 계시죠?" 조가 중개 서류를 꼼꼼히 살피며 묻는다.

"세상을 떠났소." 테드는 잘 자란 잔디, 하얀 작약, 주목, 그리고 퍼걸러와 등나무를 차례차례 훑는다. 반짝반짝 빛나는 작은 길들이 나타나 그 위를 거니는 듯한 표정이다. 저 너머 옥수수밭에서 테드와 아내는 그야말로 행복한 시절을 보냈던 것이다. (그 길은 내게도 낯설지 않다. 다만 내 '존재의 시기'를 지배하는 엄격한 규칙에 따라 아주 드물게 열릴 뿐이다.)

조는 뭉뚝한 손가락으로 서류를 짚어가며 날카로운 눈으로 세부 사항들을 읽는 데 열중해 있다. 분명 '부대 조항' '방 크기' '인근 학교' 등을 보고 있으리라. 작업실 공간이 몇 제곱미터나 될지 계산하면서 말이다. 이제야 조는 구매자로 돌아왔다. 거래가 성사될 가능성이 훨씬 높아졌다.

"여보, 훌리한 부인에 대해 당신이 물어봤잖아요. 돌아가셨대요." 필리스가 말한다.

"응?" 조가 말한다.

'훌리한 부인이 저 부엌바닥에 누워 있다고. 귀에 피를 흘리면서.' 나는 상념에 잠긴 테드를 대신해 이렇게 말해주고 싶지만 꾹 참는다.

"어, 그래. 정말 안됐군요." 조는 서류를 내려놓고는 필리스와 나, 마지막으로 테드를 쳐다보며 이맛살을 찌푸린다. 마치 곤히 자고 있는데 우리가 "그녀는 죽었어, 그녀는 죽었어, 젠장, 죽었다니까" 하고 소리라도 질러댄 것처럼. "정말, 정말 유감입니다." 조가 말한다. "언제

돌아가셨죠?" 그러면서 내게 의혹에 찬 시선을 던진다.

"이 년 전이오." 과거에서 돌아온 테드가 조를 바라보며 부드럽게 대답한다. 테드의 얼굴에는 서글프게 사그라지는 인생에 대한 감정이 고스란히 드러나 있다. 조는 인생에는 설명할 수 없는 게 있기 마련이라는 듯 고개를 흔든다.

"나머지도 봤으면 좋겠어요." 무거운 분위기에 지친 필리스가 말한다. "더 보고 싶네요."

"그러셔야죠." 내가 말한다.

"이 집에 아주 끌립니다." 누구에게 하는 말인지 모르게 조가 말한다. "제 마음에 드는 것들이 많군요. 정말 그렇습니다."

"저는 마크햄 씨와 여기에 남겠소." 아직 조와 인사도 나누지 않은 테드 훌리한이 말한다. "나가서 차고를 한번 보실까요." 테드는 유리문을 연 다음 달콤한 과거의 향기가 묻어 있는 뜰로 나서고, 이제 의미 없고 형식적인 절차만 남은 듯해 마음이 무거워진 필리스와 나는 집안으로 향한다.

예상대로 필리스는 작은 침실과 욕실을 건성으로 둘러보며 예의를 차리는 정도로만 관심을 보인다. 호의적인 표정이긴 하지만 플라스틱 세탁 바구니와 욕실의 분홍색 면 매트들을 흘낏 쳐다보고 새것 같은 욕조와 샤워부스를 두고 이따금 "그렇군요" "괜찮네요"라고 반응할 뿐이다. 복도 끝에 설치된 전화받침대를 보고는 "이건 정말 오랜만에 보네요"라고 말하기도 한다.

"관리가 잘돼 있네요." 필리스는 현관 문간에 서서 힐끔힐끔 뒤를 돌아본다. 조가 오전의 햇살 아래 대나무 장막 옆에 서서 짧은 팔로 팔짱을 낀 채 중개 서류를 들고 테드와 이야기를 나누고 있다. 필리스는 떠나고 싶은 듯하다. "처음엔 정말 마음에 들었어요." 필리스가 다시 정면, 그러니까 교도관이자 섹시한 메릴린이 쓰레기통을 갖다놓은 인도 쪽으로 시선을 돌리며 말한다.

"좀더 생각해보시라고 부탁드리고 싶습니다." 내가 들어도 힘없는 목소리다. 하지만 잠재적 구매자에게 어떤 집을 소유하여 행복해질 수 있는 아주 좋은 기회가 왔을 때 올바른 판단을 내릴 수 있도록 조언을 해주는 게 내 일이다. "부인, 제가 집을 팔 때 가장 신경쓰는 점은 고객이 그만한 가치가 있는 곳에 돈을 쓰는지 아닌지입니다." 내 진심이다. "물론 꿈에 그리던 집이나 정말 원하던 집도 중요하죠. 하지만 솔직히 부인의 돈을 가치 있게 만드는 것이 저한테는 제일 중요합니다. 특히 요즘 같은 경제 상황에서는요. 조정 시기가 찾아오면 가치에 따라 가격이 정해지게 됩니다. 그리고 이 집은," 나는 과장된 몸짓으로 두리번거리다가 천장을 올려다본다. 그곳에 내가 말하는 가치가 숨어 있기라도 한 듯이. "이 집은 그만한 가치를 지니고 있다고 생각합니다." 실제로 나는 그렇게 생각한다. (바람막이 재킷 속으로 열이 오르기 시작했지만 아직은 벗고 싶지 않다.)

"교도소 옆에서 살기는 싫어요." 필리스는 간청하다시피 말한 뒤 방충망 쪽으로 걸어가 두 손을 통바지 주머니에 찔러넣고 밖을 쳐다본다. (필리스는 주인인 것처럼 행동해보고 있는지도 모른다. 잠시 이 집 주인이 됐다고 가정하고 현관을 응시하면서 무엇이 '발목을 잡을' 것인지, 만약에, 탈세자들, 음탕한 목사들, 회사 연금기금으로 딴짓을 하는 최고경영자 같은 험악한 이웃들이 집 근처 어딘가의 텔레비전을 설치한 방에 모여 우글댄다면, 그 느낌이 과연 참을 수 없는 수준인지 가늠해보려 애쓰는 것이다.)

고약한 음식이라도 맛본 것처럼 필리스가 고개를 젓는다. "전 제가 항상 개방적이라고 생각했어요. 하지만 아닌 것 같네요. 특정 범죄자들을 위한 시설이 어딘가에 반드시 필요하긴 하겠죠. 하지만 그 옆에 살며 딸을 키울 필요는 없어요."

"나이를 먹으면 누구나 덜 유연하게 되죠." 필리스에게 콘도에서 살해당한 클레어 데베인에 대해, 길을 걷다 버릇없는 동양 아이들에게 얻어맞은 내 경험에 대해 알려줘야 했다. 어떻게 보면 집 근처 감옥시설은 그리 나쁜 이웃이 아니다.

조와 테드는 로터리클럽 회원들끼리 만나기라도 한 것처럼 뒤에서 웃음꽃을 피우고 있다. 조가 "호호호" 웃음을 터뜨린다. 부엌에서 기름에 전 가스 냄새가 밀려와 가구의 깨끗한 왁스 냄새를 밀어낸다. (조가 이를 놓치다니 놀라운 일이다.) 테드와 아내는 영문도 모르고 가스에 반쯤 중독된 상태로 수십 년간 이 부근을 돌아다녔을 것이다.

"저분은 고환암이라던데 어떤 병이죠? 심각한 건가요?" 여전히 차분한 얼굴로 필리스가 묻는다.

"전 의사가 아니라서요." 인생의 어두운 복도에 계속 서 있으려 하는 필리스를 데려와 교도소 옆에서 사는 것도 별일 아니라는 긍정적인 생각을 심어줄 필요가 있다.

"나이가 든다는 것에 대해 방금 생각해봤어요." 부풀린 머리 안쪽을 한 손가락으로 긁으며 필리스가 말한다. "얼마나 끔찍한 일인지 말이죠." 지금 필리스는 (가스 누출 탓인지) 하느님의 모든 자녀들이 사멸을 앞두고 있는 것처럼 느끼고 있다. 질병이 아니라 MRI나 생체검사, 초음파와 몸의 가장 깊숙한 곳까지 무례하게 파고드는 차갑고 투박한 도구가 죽음을 집행한다고 여기면서. "저는 아마 자궁적출수술을 해야 할 것 같아요." 필리스가 앞뜰을 바라보며 조용히 말한다. "아직 조한테는 얘기하지 않았답니다."

"유감입니다." 이 상황에서 적절한 위로인지, 필리스가 원하던 위로인지는 알 수가 없다.

"네, 그렇게 됐어요." 필리스는 침울하게 대꾸하면서 넓은 등을 보이고 돌아선다. 눈물을 찍어내고 있을까. 나는 잠시 얼어붙은 채 서 있다. 사람들은 잘 모르지만, 고객이 자연스럽게 떠올리는 병적인 걱정을 없애는 것도 부동산중개인의 임무다. 고객들은 집을 살 때 이전 주인이 남긴 곪은 상처나 숨은 골칫거리, 곤란한 일들을 떠맡을까봐 불안해한다. 이제는 인이 박인 오래된 문제 대신 새로운 난관에 부딪혀 죽을 때까지 그 뒤치다꺼리를 하는 신세가 되진 않을까 하고. 이런 두려움을 다스리는 수가 몇 가지 있기는 하다. 가치를 강조하기(방금 해봤다), 잘 지은 집이라고 강조하기(조가 해줬다), 오래된 집이라면 긴 수명을 강조하며 이제 그 집은 고통에 매듭을 지었느니 어쩌느니 떠들기(조금 전 테드가 한 일이다), 불안한 경제 상황을 강조하기(오늘 아침 내가 쓴 칼럼 내용이고 해질 무렵이면 필리스도 읽어볼 수 있을 것이다) 등등.

하지만 필리스를 사로잡은 고뇌와 불안에는 나도 답이 없다. 세상이 더 친절해지기를 바라는 수밖에. 난망한 일이다.

"프랭크, 온 나라가 정말 어지러운 것 같아요. 사실대로 말하자면 우린 더이상 버몬트주에서 살 수 없는 형편이랍니다. 하지만 여기서도 살 수가 없어요. 제 몸 상태를 생각하면 빨리 한 곳에 정착해야 하는데." 이제 눈물이 그쳤는지 필리스가 코를 훌쩍이며 말한다. "호르몬 탓인지 오늘 기분이 너무 오락가락하네요. 죄송해요. 모든 게 절망적으로만 보여서."

"부인, 저는 상황이 그렇게 나쁘다고만 생각하지 않습니다. 말씀드렸던 대로 이 집의 가치는 아주 높습니다. 여기서 조와 행복하게 살 수 있을 거예요, 소냐도요. 이웃은 전혀 걱정하지 않으셔도 됩니다. 교외에서는 누구든 이웃을 잘 모르니까요. 여기는 버몬트주와 달라요." 나는 혹시 화제를 돌릴 다른 소재가 없을까 싶어 중개 서류로 눈을 돌린다. '벽난로' '차고 및 수용 가능한 차량 대수' '세탁 관련 안내' 그리고 15만 5천 달러라는 적정 가격. 모두 든든한 근거들이긴 하지만 필리스의 감정 기복을 누그러뜨리기엔 역부족이다.

곤혹스러움에 사로잡힌 나는 필리스의 경계가 또렷하지 않은 둔부에 눈길을 주다가 문득 필리스와 조의 섹스는 어떨지 궁금증이 인다. 즐겁고 유쾌할까? 기도하듯 절제를 할까? 소리지르고 으르렁거리며 야단법석을 떨까? 필리스에게는 불분명하고 희부연 매력이 있다. 항상 중년 부인용 브랜드의 헐렁한 옷을 둘둘 감고 있는데다 눈은 볼록 튀어나와 있어서 언제나 눈에 띄지는 않겠지만, 아마 학부모의 밤 행사를 마치고 돌아가는 길에 초등학교 주차장에서 그 친밀하면서도 서늘한 공기를 맞으며 코듀로이 바지와 플란넬 셔츠를 입은 어느 외로운 아버지와 우연히 마주친다면 온순하며 아이 엄마답지 않은 풍부함을 발산해, 분명 남자를 홀렸을 것이다.

여기서 진실을 말하자면, 우리 부동산중개인들은 고객이라는 타인에 대해 잘 알지 못하며 아주 미미한 정보만 더 알아낼 수 있을 뿐이다. 고객과 동행하며 불평을 들어주고 함께 감정적인 변화를 겪고 집을 팔고 또 그들 자녀의 행복을 고민해주지만 자동차 문이 닫히는 순간, 한번 숨을 쉬는 아주 짧은 시간에 그들은 영원히 먼 곳으로 가버린다. 그리고 완벽한 타인이 된다.

하지만 이렇게 관심과 무관심, 친밀함과 덧없음이, 배려와 고집스러운 몰인정함이 훌륭하게 섞일 수 있다는 게 '존재의 시기'를 관통하는 핵심 중 하나다. 나는 아주 최근까지도 (언제부터 그러길 멈췄는지 모르겠지만) 이 원숙기의 균형이 세계가 작동하는 유일한 방식이라고 생각했다. 그런데 이제 어떤 것들은 거기에 들어맞지 않는 것 같다. 그러니까 완전한 무관심으로(가령 샐리와 관계를 끝내는 쪽으로) 기울어지거나 아니면 아예 그 정반대로(샐리와 헤어지지 않는 쪽으로) 가버리거나.

"저기 말이죠, 프랭크……" 눈물을 삼킨 필리스가 나를 지나쳐 훌리한의 거실로 향하더니 화초가 놓인 작은 테이블 옆의 창문 쪽으로 걸어가 앞집 붉은 머리 여자가 그랬던 것처럼 커튼을 활짝 열어젖힌다. 장례식장처럼 가라앉았던 거실의 무거운 분위기가 가신다. 따뜻한 오전 햇살이 들어와 깨끗한 소파와 여성적인 느낌을 풍기는 새것 같은 접시, 그 위에 올려둔 덮개, 먼지 한 점 없는 장식품을 환히 비춘다. 모두 테드가 감상에 젖어 치우지 못한 물건들이다. "저기 서서 이런 생각을 했어요. 아마 자기가 원하는 집을 손에 넣는 사람은 없을 거라고."

필리스가 거실을 훑어보며 말한다. 아침햇살은 좋지만 거실 가구들은 새로 정리해야겠다는 듯 애정과 관심을 담은 눈길이다.

"음, 제가 그런 집을 찾아낸다면 가능하겠죠. 물론 예산이 허락한다면요. 최대한 비슷한 집을 찾아서 정을 붙이려고 노력해보세요. 집이 부인께 주는 것만 기대하지 마시고요." 내 나름대로 상냥하고 기꺼운 웃음을 지어 보이며 말한다. 긍정적인 신호가 오는 것 같다. 서로 진정한 대화를 나누고 있다고 하긴 어려웠지만. 우린 그저 각자 견해를 내놓았을 뿐이며 결과는 누구의 견해가 더 설득적인가에 달려 있다. 내가 부동산업에 몸담으면서 익숙해진 일종의 전략적 허위 커뮤니케이션이다. (진정한 대화, 그러니까 전처와 아직 결혼생활을 하던 시절에 나누던 그런 대화는 바랄 수 없다.)

"살고 계시는 집 뒤에 교도소가 있나요?" 필리스가 무뚝뚝하게 묻는다. 그러고는 샌들 속 발가락으로 눈길을 돌려 새빨갛게 칠한 발톱을 내려다본다. 거기에 뭔가 중요한 의미라도 있는 걸까.

"아뇨, 하지만 저는 전처가 살던 집에서 살고 있습니다." 내가 대답한다. "혼자 살고 있죠. 아들은 간질을 앓아서 종일 미식축구 헬멧을 쓰고 있어야 합니다. 아들이 날 찾아올 때 낯설어하지 않도록 전처의 집에서 살기로 했죠. 아들의 기대수명은 그리 길지 않으니까요. 그렇게 저는 상황에 다소간 맞춰가며 살고 있습니다." 나는 눈을 깜박거리며 필리스를 쳐다본다. 사실 그녀를 염두에 두고 한 말이다.

예상치 못했던 대답이었는지 필리스는 깜짝 놀란 표정을 짓는다. 지금까지 그 모든 것들이 일반적인 판매술과 점점 화를 돋우는 일반적인 고객 신분일 뿐이었음을 별안간 깨달은 듯이. 이제 그녀에게 있어 모든 것은 다음과 같이 요약된다. 즉 자기들보다 더 시름이 큰 남자가, 더 잠이 부족한 남자가, 더 자주 병원을 찾아야 하는 한 남자가, 의사로부터 검사 결과가 좋지 않다는 우울한 소식을 들으며 전화기를 붙잡고 있어야 하는 한 남자가, 죽음에(본인의 죽음은 아닐지라도) 더 가까이 가 있는 한 남자가 필리스 자신과 조의 현실적인 문제를 위해 애써주고 있었다는 걸 인식한 것이다.

"프랭크, 난 상처와 멍을 비교하자는 게 아니에요." 필리스가 절망적인 얼굴로 말한다. "죄송해요. 모든 게 부담스러워서요." 필리스는 스탠 로럴*처럼 미소를 짓더니 역시 스탠처럼 고개를 떨어뜨린다. 이제 보니 표정을 자유자재로 바꾸는 그녀의 얼굴은 노스이스트 킹덤**의 대안 어린이 극장에 배우로 오르면 딱 맞을 것 같다. 펜스 넥에서 극단을 꾸려 〈피터 팬〉이나 〈판타스틱스〉를 ('겁탈' 노래는 빼고***) 공연해도 안 될 건 없다. 저 담장 너머에 있는 외롭고 도벽이 있는 전직 감사원장이나 의료 소송을 당한 의사들에게, 삶이 송두리째 무너진 것은 아니며 바깥에는 아직도 희망이 남아 있고 가능성도 많이 남아 있다는 느낌을 잠시나마 줄 수 있을 것이다. 현실은 그렇지 않다 해도.

뒤쪽 계단에서 조와 테드가 축축해진 신발을 바닥에 문지르고 매트에 툭툭 터는 소리가 들려온다. 조가 말한다. "이제 제대로 점검을 해보겠군요." 온화하고 영리한 테드의 대답이 이어진다. "제게 남아 있는

---

* 미국 코미디 영화의 명콤비 '로럴과 하디'로 활약한 배우.

** 버몬트주 북동부를 일컫는 말.

*** 뮤지컬 〈판타스틱스〉 삽입곡 〈당신이 얼마를 지불하느냐에 달렸지요〉. 반복 등장하는 가사 '겁탈(rape)'의 해석을 둘러싸고 큰 논란이 일었다.

시간 동안 필요 없는 것들은 다 털어버리려고 한다오."

"부럽군요, 제게는 힘든 일이죠." 조가 말한다. "저도 털어버리고 싶은 것들이 분명 있는데 말이죠."

필리스와 나 모두 조와 테드의 대화를 들었다. 조가 가장 털어버리고 싶은 것이 나와 필리스 둘 중 하나라는 사실을 우리는 알고 있다.

"필리스, 우리는 모두 각자 고통과 상처를 안고 있죠." 내가 말한다. "하지만 그것 때문에 기회가 왔는데도 멋진 집을 놓치는 실수를 해서는 안 됩니다."

"오늘 볼 수 있는 집이 또 있나요?" 낙심한 필리스가 묻는다.

나는 클립보드를 잡고 발꿈치 뒤쪽으로 무게를 싣는다. "새로 개발 중인 지역을 보여드릴 수는 있습니다만." 나는 불에 그을린 빈터에 겨우 두 채 정도만 완성됐을 뿐인 맬러즈 랜딩 주택단지를 떠올린다. 마크햄 부부는 깃발이 나부끼는 그 지역을 보자마자 발길을 돌리려 할 것이다. "개발사 사장이 아주 훌륭한 젊은이예요. 가격도 예산 범위 내에 있을 테고요. 하지만 새집은 원하지 않는다고 말씀하셨죠."

"네." 필리스가 기운 없는 목소리로 말한다. "프랭크, 조는 조울증이 있어요."

"아, 몰랐습니다." 클립보드를 쥔 손에 잔뜩 힘이 들어간다. (바람막이 재킷 때문에 찜통에 오른 양배추가 된 느낌이다.) 나는 내 생각을 고수하기로 마음먹는다. 조울증 환자, 유죄판결을 받은 중죄인, 온몸을 화려한 문신으로 도배한 남녀 모두 돈만 있다면 자기집을 가질 권리가 있다. 조가 조울증을 앓는다는 말은 새빨간 거짓말일지도 모른다. 자신이 부동산 거래에서 만만치 않은 적수임을 알려주려는 필리스의 책략일지 모른다(그럼에도 필리스의 질병은 여전히 사실인 것처럼 느껴진다). "필리스, 당신과 조 모두 이 집에 대해 신중히 생각해보셔야 합니다." 나는 필리스의 고집스러워 보이는 파란 눈을 물끄러미 쳐다본다. 그제야 필리스가 콘택트렌즈를 끼고 있다는 사실을 깨닫는다. 그녀 눈의 푸른빛이 자연적으로는 결코 나올 수 없는 빛깔이었기 때문이다.

창문 근처에 서서 작은 손을 앞으로 모으고 있는 필리스의 모습은 마치 멍청한 남학생에게 까다로운 문제를 내준 선생님처럼 보인다. "가끔 그런 느낌을 받지 않나요?" 주변을 감싼 밝은 햇빛 때문인지 필리스에게서 성인聖人 같은 기운이 느껴진다. "이제 누구도 당신을 보살펴주지 않는다는 느낌을요." 필리스가 희미하게 웃는다. 입가에 주름이 지면서 필리스의 볼이 움푹 팬다.

"매일 그렇죠." 나도 순교자 같은 표정을 지어보며 대답한다.

"저는 첫 결혼 때 그런 느낌을 받았답니다. 스무 살이었고 토슨대학교 2학년생이었죠. 그런데 오늘 아침 모텔에서 다시 그런 느낌을 받았어요. 몇 년 만에 처음으로." 필리스가 눈동자를 장난스럽게 굴린다.

조와 테드는 이제 평면도를 끼고 요란하게 두번째 탐방에 나선다. 테드가 구석에 박아뒀던 평면도를 꺼내온 것이다. 곧 두 사람은 나와 필리스의 대화에 끼어들 게 틀림없다.

"그런 느낌은 자연스러운 겁니다. 그리고 당신과 조는 서로 잘 챙겨주고 있는 것 같고요." 나는 평면도를 보고 있는 두 사람이 언제 올까 싶어 주위를 힐끔거린다. 두 사람은 지금은 쓰지 않고 있는 바닥 난방 장치 위쪽으로 걸어가며 다락방에 대해 얘기하고 있다.

필리스는 고개를 흔들고 짐짓 환한 미소를 지어 보인다. “물을 와인으로 바꾸는 비법이네요, 그렇죠?”

필리스가 무슨 뜻으로 한 말인지는 알 수 없지만 나는 어쨌든 이제 우리의 신경전은 끝났다는 의미로 변호사 같기도, 친오빠 같기도 한 표정을 지어 보인다. 만약 필리스가 저토록 조심스러운 여자가 아니었다면 그 통통한 어깨도 살짝 두드려줬을 것이다. “필리스, 들어보세요.” 내가 말한다. “사람들은 대개 일이 딱 두 가지 길로만 굴러간다고 생각하죠. 잘 풀리는 길, 그리고 안 풀리는 길. 하지만 제 생각엔, 대부분의 일이 그중 한 가지 길에서 출발한다 해도 우리는 그 일을 원하는 방향으로 끌고 갈 수 있습니다. 집을 살 때 어떤 느낌을 받는다 해도, 설령 이 집을 사지 않거나 아예 저를 통해서 집을 사지 않는다 해도 당신은 앞으로 반드시……”

여기서 우리의 대화는 끝난다. 조와 테드가 탐사를 마무리하기로 하고 우리가 있는 아래층으로 내려온 것이다. 둘은 ‘사라지는’ 접이식 계단을 타고 올라가 1958년 태풍 룰루가 지나간 직후 테드가 서까래에 덧댄 금속판을 살펴보려고 했으나 마음을 바꿨다. 당시 폭풍은 지푸라기가 나무 밑동을 뚫고 지나갈 정도로 거셌고 요트를 내륙으로 몇 킬로미터나 끌고 들어왔으며 테드의 집보다 큰 주택들을 부숴버렸다. 그리고 위층은 탐방을 하기엔 너무 덥다.

“신은 디테일에 있기 마련이죠.” 이제 제법 친해진 두 사람 중 한 명이 말한다. “아, 악마였던가요?”

필리스는 복도 입구를 차분히 바라본다. 다른 쪽으로 갔던 조와 테드가 거실에 있는 우리를 보더니 이쪽으로 다가온다. 평면도를 들고 있는 테드는 아주 만족스러워하는 표정이다. 염소수염을 거뭇거뭇 기르고 망측한 반바지와 앞면에 도공들은 손가락으로 작업한다라고 적힌 티셔츠를 입은 조는 흥분을 주체하지 못하는 것 같다.

"볼 만큼 다 봤어." 조는 기차 차장처럼 큰 소리로 외치더니 마치 이 거실은 난생처음이라는 듯 재빨리 한 바퀴를 돈다. 그러고는 흡족해하며 양손으로 깍지를 낀다. "내가 다 봤으니 결정만 내리면 될 것 같아."

"좋습니다," 내가 말한다. "그럼 일단 차를 타고 나가시죠." (중개사의 언어로는, 아침식사를 하면서 제시할 매매가를 정한 다음 한 시간 내에 돌아오겠다는 뜻이다.) 테드 훌리한에게는 안심하라는 의미로 고갯짓을 한다. 테드는 예기치 않게 분할 정복 전략을 성공으로 이끈 주역이 되었다. 테드가 간직한 추억, 가여운 아내, 결함 있는 고환, 프레드 워링처럼 유약한 세계관과 캐주얼한 옷차림, 바로 이 모든 게 최고의 영업 도구로 작용했던 셈이다. 그에게서 부동산중개인의 소질이 보인다.

"이 집은 매물로 그리 오래 남아 있지 않을 겁니다." 누가 듣고 있기라도 한 것처럼 조가 소리친다. 이어 주위를 휘휘 돌아보더니 마치 벌통을 건드린 사람처럼 흥분해 앞문으로 걸어간다.

"글쎄, 두고 봐야지요." 테드는 이렇게 말한 후 평면도를 둘둘 말면서 못 미덥다는 듯 나와 필리스에게 미소를 보낸다. "부인, 저기 있는 울타리 때문에 걱정이 많으신 줄 압니다. 하지만 전 오히려 그 울타리 때문에 여기가 더 안전하고 안심할 만한 곳이 됐다고 생각해요. 근처에 AT&T나 RCA*가 있는 것과 다를 바 없죠. 제 말이 무슨 뜻인지 잘

---

* 각각 미국 통신회사와 전기회사.

아실 겁니다."

"네, 알아요." 필리스가 딱딱한 얼굴로 말한다.

앞문을 지나 계단을 내려간 조는 이미 잔디밭에 가 있었고 거기 서서 지붕의 윤곽, 지붕과 이어진 벽면, 처마 안쪽을 유심히 살피고 있다. 마룻대의 처진 곳과 결빙 때문에 생긴 처마밑 손상 부위를 찾느라고 수염에 둘러싸인 조의 붉은 입술이 약간 벌어진다. 입술이 저토록 붉은 건 조울증 치료제 탓일 수 있다. 조는 관리가 필요한 사람인 것 같다.

나는 바람막이 재킷 주머니에서 부동산중개인, 프랭크 배스컴이라고 적힌 명함을 꺼내 거실 문 바깥쪽 우산꽂이 위에 올려놓는다. 지난 십 분 동안 필리스를 붙잡고 대화를 나눈 곳이다.

"다시 연락드리죠." 테드를 향해 내가 말한다. (역시 중개사의 언어지만 아까보다는 좀더 모호하다.)

"정말 그랬으면 좋겠소." 테드가 온화한 미소를 지으며 말한다.

필리스는 테드의 작은 손을 잡고 대충 악수하면서 참 예쁜 집이라고, 이런 집을 팔게 되어 얼마나 아쉽겠느냐고 말하고는 곧장 엉덩이를 흔들며 샌들을 탁탁 끌고 문을 나선다. 그러고는 시야를 가리는 것들과 씨름하며 관찰에 열중하고 있는 조에게 다가간다.

"저 부부는 이 집을 결코 사지 않을 거요." 문으로 향하는 내게 테드가 자못 비장한 표정으로 말한다. 하지만 뜻밖에도 실망한 빛은 보이지 않고 오히려 이제야 타인들이 사라졌다는 사실에 만족스러워하는 것 같다. 아직은 자기 소유인 이 집이 잠시나마 다시 편안하고 달콤씁쓸한 가정으로 돌아왔다고 여기면서. 조와 함께 있다가 떨어지면 안도감을 느끼는 게 당연하다.

"전 모르겠습니다, 테드." 내가 말한다. "다른 사람들 속은 알 수 없어요. 제가 그걸 안다면 다른 일을 하고 있겠죠."

"이 집이 다른 사람에게도 가치가 있다면 반가운 일이지. 기분좋은 일이오. 우리에게 확신을 주는 게 그리 많이 남아 있지 않으니 말이오."

"안타까운 일이죠. 그렇지만 그 확신을 주는 게 제 역할이기도 합니다." 고개를 돌리니 필리스와 조는 내 차 옆에 나란히 서서 마치 공해상에 나타난 대형 선박을 바라보듯 집 전체를 뜯어보고 있다. "당신 집의 가치를 과소평가하지 마세요, 테드." 그러면서 나는 다시 테드의 딱딱한 빵 같은 작은 손을 꼭 붙잡고 다짐하듯 흔든다. 누출된 가스 냄새가 다시 코를 찌른다. (조가 오 분 안에 이 문제를 거론할지 모른다.) "잠시 후에 저 부부의 제안서를 들고 와도 크게 놀라지 마십시오. 아마 여기만큼 좋은 집을 찾을 수 없을 겁니다. 분명히 말씀드릴 수 있어요."

"한번은 뒤뜰에서 낙엽을 쓸고 있는데 어떤 남자가 저 울타리를 넘어왔소." 테드가 말한다. "수전과 나는 그 남자를 집안으로 데려와 커피와 에그 샐러드 샌드위치를 대접했소. 웨스트 오렌지 의회 의원이더군. 너무 압박을 받았던 거요. 하지만 한 시간 동안 낙엽 치우는 일을 도와주고는 왔던 길로 되돌아갔소. 한동안 그 사람에게서 크리스마스 카드를 받기도 했다오."

"정계에 복귀했을지도 모르겠네요." 테드가 이 일화를 필리스에게 말하지 않은 게 천만다행이다.

"아마도."

"곧 연락드리겠습니다."

"난 계속 여기 있을 생각이오" 하고 말하며 테드가 문을 닫는다.

차 안에서 마크햄 부부는 나와 최대한 빨리 헤어지고 싶어하는 눈치다. 둘 다 호가에 관해 한마디도 꺼내지 않는 게 더 신경쓰인다.

진입로를 빠져나가던 우리는 앞뒤 좌석에 젊은 부부를 태우고 들어오다 멈춰 선 다른 부동산중개인의 차량을 목격한다(조수석에 앉은 여자는 테드 훌리한의 집 부근을 비디오카메라로 찍고 있다). 이 크고 번쩍이는 뷰익의 운전자석 문짝에는 **바이 앤드 라지 부동산**—뉴저지주 프리홀드라고 적혀 있다.

"해질 무렵이면 팔려버릴지도 모르겠군." 내 옆에 앉은 조가 무덤덤한 얼굴로 말한다. 이상하게도 조금 전까지 적극적이었던 그 모습은 사라지고 없다. 가스 누출에 관해서도 아무 말이 없다. 필리스는 아직 조에게 뭐라고 다그칠 기회조차 갖지 못했지만 표정만으로도 도시를 파괴할 수 있을 것 같다.

"그럴지도 모르죠." **바이 앤드 라지 부동산** 문구 옆에 그려진 칼 그림을 쳐다보며 내가 대꾸한다. 테드 훌리한이 우리 회사의 독점권을 어기고 다른 부동산회사에 연락한 걸까? 자동차 밖으로 뛰어나가 관련된 모든 이들에게 우리 회사의 독점권을 주장하고 싶은 충동이 치민다. 하지만 경쟁자들의 등장을 목격한 덕분에 마크햄 부부가 더욱 큰 부담을 느끼며 거래를 서두를지도 모를 일이다. 채러티 스트리트로 되돌아가려고 차를 돌리는 동안 두 사람은 입을 꾹 다문 채 새로 나타난 그 부부를 노려본다.

선글라스를 써서 배우처럼 보이는 필리스는 1번 국도로 향하는 길에 불쑥 교도소 주변을 '둘러보자'고 주장한다. 나는 차를 돌려 훌리한의 동네보다 그리 쾌적해 보이지 않는 주변 주택가와 새로 지은 셰러턴호텔, 널찍한 주차장이 차 한 대 없이 텅텅 비어 있는 커다란 성공회 교회를 지나는 정도로 적당히 돌아본 후 펜스 넥 북쪽 1번 국도로 진입한다. 800미터쯤 달리자 잘 정리된 풀밭이 나오고 풀밭에서 300미터쯤 들어간 곳에 낮고 눈에 잘 띄지 않는 밋밋한 녹색 건물들이 모여 있다. 그 건물들 주변에 울타리가 쳐져 있고, 안쪽으로 울타리가 한번 더 나오는데, 그것들이 모두 함께 그 거슬리는 '큰집'을 이루고 있다. 자세히 보니 농구 골대, 야구장의 마름모꼴 베이스, 펜스와 조명을 설치한 테니스코트가 눈에 들어온다. 거기에 올림픽 경기장 규격에 버금가는 수영장과 높은 다이빙대가 갖춰져 있고 구불구불하지만 잘 포장된 '산책로'가 너른 광장으로 이어진다. 몇몇 사람들이 광장에서 산책을 하거나 잡담을 하고 있었는데 몇몇은 연로해 보이고 다리를 절기도 했다. 모두 보기 싫은 죄수복 대신 평상복 차림이다. 조경용인 듯한 달걀 모양 연못 주위로는 캐나다 기러기들이 떼지어 몰려다닌다.

물론 나는 이곳을 수도 없이 지나쳤지만 관심을 기울인 적은 거의 없다(교도소 설계자들이 기대한 것도 골프장처럼 별로 눈에 띄지 않는 것이었다). 지금 보니 울창한 나무와 무성한 풀숲에 둘러싸인 저곳에선 수감자들이 밖으로 나가는 것만 빼면 원하는 건 뭐든지 할 수 있을 것 같다. 책을 읽든 컬러텔레비전을 보든 앞날을 생각하든 말이다. 일이 년만 지나면 사회에 진 빚을 별 주의를 끌지 않고 갚을 수 있을 것이다. 누구든 잠깐 복잡한 일을 정리하고 쓰레기 같은 생각들을 떨쳐버리기 좋은 곳으로 보인다.

"꼭 전문대학처럼 보이네." 조의 목소리는 여전히 우렁차지만 그래도 좀 차분해진 상태다. 우리는 교도소 맞은편 도로의 갓길에 차를 세우고 차들이 쌩쌩 지나가는 가운데 교도소를 유심히 바라본다. 은색과 검은색으로 만든 교도소 표지판이 눈에 들어온다. **뉴저지주 남자 교도소—최소 경비 구역** 그 뒤로는 뉴저지주의 주기州旗, 미국 국기, 교도소를 상징하는 깃발들이 각각 깃대에 꽂힌 채 습기 찬 미풍 속에 펄럭인다. 감시소도, 철조망도, 전기 울타리도, 소형 경기관총과 섬광수류탄, 탐조등을 갖춘 감시탑도, 다리를 물어뜯는 감시견도 보이지 않는다. 단출한 자동문에 단출한 스피커가 달려 있고 기둥에 소형 감시 카메라가 설치돼 있을 뿐이다.

"그렇게 나빠 보이진 않네요, 그렇죠?" 내가 말한다.

"우리집은 여기서 어느 쪽에 있지?" 조가 내 쪽으로 몸을 기울여 밖을 내다보며 여전히 큰 목소리로 말한다.

우리는 큰 나무들이 죽 늘어선 펜스 넥 방향을 뚫어지게 쳐다보지만 채러티 스트리트에 있는 훌리한의 집은 보이지 않는다.

"여기서는 안 보여요." 필리스가 말한다. "어쨌든 저 뒤쪽에 있겠죠."

"눈에서 멀어지면 마음에서도 멀어진다고 하지." 조는 이렇게 말하면서 수심에 찬 필리스를 힐끔 쳐다본다. 커다란 덤프트럭이 내 차를 흔들며 지나간다. "저 울타리에 요리법 쪽지를 주고받을 수 있는 틈이 있어." 조가 코웃음을 치며 말한다.

"줄칼을 숨긴 케이크일지도 모르죠." 필리스가 딱딱한 얼굴로 말한다. 나는 뒷거울로 필리스의 눈을 보려 하지만 보이지 않는다. "저는 보이지 않습니다만."

"나한테는 보인다고, 젠장." 조가 투덜거린다.

우린 삼십 초쯤 더 교도소를 노려본 후 다시 출발한다.

마땅한 대안이 없다는 사실을 확실히 보여주기 위해 나는 맬러즈 랜딩 주택단지를 지나는 쪽으로 차를 몬다. 단지 쪽은 땅만 좀더 축축해졌을 뿐 두 시간 전과 전혀 다를 바가 없다. 반쯤 지은 주택 안으로 움직이는 일꾼 몇 명이 보인다. 흑인 일꾼 한 무리가 평상형 트럭에서 축축한 뗏장을 내려 **모델하우스** 앞에 쌓고 있다. **개장**이라고 적혀 있지만 당연히 열려 있지 않았고, 마치 어느 영화 속 가상의 미국인 가족이 가상의 대출금을 지불할 세트장 같다. 나도 그랬지만 마크햄 부부도 그 건물들을 보며 틀림없이 방금 전에 봤던 교도소를 떠올렸을 것이다.

"부인께도 말씀드린 바 있지만," 내가 조에게 말한다. "현재 예산으로 여기 집들은 충분히 살 수 있습니다. 하지만 원하시는 그런 집은 아닐 겁니다."

"저런 쓰레기통 같은 데서 사느니 에이즈 환자와 살겠어." 조는 화를 내고서 뒷좌석에 앉은 필리스에게는 고개도 돌리지 않는다. 필리스는 조명을 밝혀둔 석유저장고와 이제는 불씨가 사그라든, 불도저로 밀어놓은 나뭇더미를 물끄러미 바라볼 뿐이다. 나는 여기에 왜 왔을까? 분명 이런 생각을 하고 있을 것이다. 기차를 타고 가면 버몬트주까지 얼마나 걸릴까? 지금쯤 독립기념일 파티에 가져가리라 마음먹은 '커다란 과일 화채'에 들어갈 깜짝 과일을 준비하기 위해 깨끗한 붉은색 스카프를 머리에 두르고 소냐와 함께 린던빌농민조합 매장에서 신중하게 과일을 고르며 유쾌한 시간을 보내고 있었을 텐데. 채소 진열대 위쪽에는 중국 연들이 묶여 있으리라. 누군가 덜시머*를 힘껏 연주하면서 성적인 암시를 담은 노래를 열창한다. 래브라도레트리버와 골든레트리버 대여섯 마리가 하나같이 화려한 두건을 두른 채 여기저기 야단스럽게 뛰어다닌다. 이 모든 게 어디로 사라졌을까? 그녀는 궁금하다. 내가 대체 무슨 짓을 저지른 걸까?

별안간 쾅 소리가 난다. 평화로운 하늘, 보이지 않는 어딘가에서 전투기 한 대가 포근한 화음과 꿈의 장막을 깨뜨리고 지나가는 바람에 산꼭대기부터 비탈을 따라 해안까지 소리가 울린다. 필리스가 화들짝 놀라 말한다. "깜짝이야. 무슨 소리죠?"

"미안해, 내가 방귀를 뀌었어." 조가 나를 보고 능글맞게 웃으며 말한다. 그리고 누구도 입을 열지 않는다.

슬리피홀로모텔에 도착했지만 내내 꼼짝도 않고 침묵을 지키던 마크햄 부부는 차에서 내리길 주저하는 눈치다. 초라한 모텔 주차장은 마크햄 부부가 친구에게서 빌려온 낡아빠진 노바를 제외하면 텅 비어 있다. 그 차는 타이어 짝이 안 맞는데다 그 바보 같은 마취의사 스티커에 그린 마운틴** 도로의 진흙이 말라붙어 있어 더 낡아 보인다. 작은 체구에 분홍색 유니폼을 입고 짙은 색 머리를 쪽찐 종업원이 7호실 앞 복도를 분주히 드나들며 하루가 지나 더러워진 시트와 수건을 빨래 바구니에 담고 깨끗한 비품을 들여놓는 중이다.

마크햄 부부는 자신들에게 허락된 그 어디로 가느니 차라리 죽는 게 낫다고 생각하는 듯하다. 문득 정말 무모하고 말도 안 되는 생각이 떠

---

* 서아시아에서 유럽으로 전해진 타현악기.

** 버몬트주의 속칭.

오른다. 저들을 내 집으로 데려가면 어떨까? 거기서 집 문제를 상의하며 주말을 보내게 하는 것이다. 클리블랜드 스트리트라면 안전하고 우울증에 걸릴 염려가 없으며 걸어서 극장에 갈 수도 있고, 오거스트모텔 식당에서는 푸른 생선 요리나 마니코티 파스타를 먹을 수 있다. 세미너리 스트리트에서는 쇼핑도 할 수 있다. 필리스가 해덤에서, 적어도 그 주변에서 꼭 살아야겠다고 결심하게 될 때까지 머물게 하면 어떨까?

별로 가능성 없는 시나리오지만 나는 자신을 꾸짖으며 가슴을 쓸어내린다. 그들 부부가 내 물건을 이리저리 뒤지고 다니는 것도 싫고(그러고도 남을 사람들이다, 물론 거짓말로 둘러대겠지만) 아직 우리는 제시 가격 얘기도 제대로 하지 않은 상태다. 이 부부가 제대로 된 선택을 하려면 시베리아 같은 곳에 고립당하는 게 나을 것 같다. 물론 언제든 돈만 내면 셰러턴호텔이나 캐벗 로지 같은 좋은 숙소로 옮길 수 있다. 그런 숙소에 묵어도 슬리피홀로만큼 우울한 일들이야 있겠지만. 스포츠 기자로 일할 때 나는 때때로 휴식은 물론 이국적인 로맨스를 찾아 그런 영혼 없는 은신처로 도망가기도 했고, 가끔은 잠깐이나마 원하는 것을 얻기도 했다. 하지만 더이상 그런 일은 없다. 전혀.

조는 중개 서류를 보며 마지막 남은 질문들을 던지더니 서류를 둘둘 말았다가 이내 접어버린다. 아까 보였던 확신에 찬 태도는 이제 서서히 사라지고 있다. "훌리한의 집을 임차로 거래할 순 없나?" 조가 묻는다. 우리 셋 모두 아직 차에 앉아 있다.

"안 됩니다."

"1550달러 깎을 수 있을까?"

"일단 제안해보시죠."

"훌리한은 집을 언제 비울 예정이지?"

"빨리 비울 수 있답니다. 암 때문에요."

"수수료를 4퍼센트로 낮춰줄 수 있나?"

(예상했던 바다.) "아뇨."

"요즘 은행 금리는 어떻지?"

(역시 예상했던 질문이다.) "삼십 년 만기 고정 금리로 10.4퍼센트입니다. 1퍼센트 가산될 수도 있고 신청 수수료는 별도죠."

우리는 조가 끌어낼 수 있는 질문들을 계속 검토한다. 그들을 내 집으로 데려갈까 하는 생각이 또다시 고개를 들자 나는 에어컨 바람을 내 얼굴 쪽으로 향하게 돌린다. 그러나 통계적으로 마흔다섯 채 정도 집을 보고 난 뒤라면 가망이 없다. 마크햄 부부는 오늘로 마흔여섯번째 집을 구경했다. 이쯤 했으면 고객들은 대부분 집 사는 걸 포기하고 다른 지역으로 떠나버린다. 아니면 아예 저멀리 바레인으로 가는 화물선에 오르거나 마터호른 등정을 시도하는 등 바보 같은 짓을 저지르든지. 게다가 이 부부는 우리집에서 나가지 않으려고 할 것 같았다. (사실 나는 마크햄 부부와 깨끗이 결별하고 앰보이스 지역을 물색해보라고 권할 각오가 되어 있었다.)

물론 마크햄 부부가 갑자기 이렇게 나올 수도 있다. "좋아. 그 빌어먹을 집을 사버리겠어. 이 지긋지긋한 짓은 이제 그만두자고. 이미 볼 만큼 다 본 것 같으니까. 어서 가격 제안서를 쓰지." 제안서라면 트렁크에 한 상자 가득 쌓여 있다. "여기 5천 달러 가져가. 우린 일단 셰러턴 타라 호텔로 옮기겠어. 그러니 당신은 당장 훌리한인가 하는 그 작자에게 달려가서 투손인지 뭔지로 짐을 꾸려 떠나라고 해, 아니면 둬져버리던지. 우리가 제안할 수 있는 금액은 15만 달러가 전부야. 그게 우리 전 재산이니까. 생각할 시간은 한 시간밖에 못 준다고 전하고."

충분히 가능한 일이다. 그렇게 즉석에서 팔리는 집들이 있다. 수표를 작성하고 에스크로 거래 계정*을 개설하고 호조**의 실외 공중전화에서 이삿짐센터에 전화를 건다. 그럼 일은 술술 풀린다. 하지만 그것은 텍사스 출신 부자나 턱뼈 전문 외과의사나 돈 문제 때문에 쫓겨나 근신하면서 재기를 노리는 정치인을 만날 때나 가능한 일이다. 열악한 버몬트주에서 문명사회로 복귀하려는, 도자기를 빚는 남편과 종이 제품을 만드는 통통한 아내가 그러기는 어렵다. 대개 지갑 사정은 여의치 않고 이 세계가 어떻게 돌아가는지 알지도 못하면서 어떻게 돌아가야 마땅하다고 이러쿵저러쿵 주관만 뚜렷하니까.

앞좌석의 조는 어금니를 갈며 귀에 들릴 만큼 크게 숨을 내쉬면서 외국인 직원이 걸레와 파인솔 세제로 자신들이 묵던 방을 흥건히 적셔 청소하는 광경을 지켜본다. 필리스는 어두운 얼굴로 생각에 잠긴 채 앉아 있다. 무슨 생각을 할까? 아무도 모른다. 하지만 이젠 더이상 물어볼 것도 없고, 걱정을 드러낼 일도, 굳은 결심이나 최후통첩을 선언할 일도 없다. 마크햄 부부에게 행동하는 것 외에 다른 대안은 전혀 없다. 아니면 행동하지 않기로 하거나.

그런데 세상에. 조는 그 집이 마음에 들었는데도 행동은커녕 달리

* 구매자와 판매자 외 제3자가 중계를 하는 매매보호 서비스. 미국에서는 부동산 거래시 에스크로 계정을 이용해야 한다.

** 북미 지역의 호텔, 모텔, 레스토랑 체인 '하워드 존슨'을 가리키는 말.

더 할말은 없을지, 다른 문제는 없을지 골똘히 생각하며 자리에 붙박여 있다. 다시금 '위에서 내려다보기'를 끌어들였거나, 어떤 위대한 발견을 노리고 있을 가능성이 크다.

"임차도 생각해봐야겠어요." 필리스가 공허한 목소리로 말한다. 자동차 거울에 비친 필리스는 남편을 여읜 과부 같았고, 그녀의 시선은 옆에 있는 휠캡 매장에 멈춰 있다. 비에 젖은 상점 앞마당엔 아무도 없이 번쩍이는 휠캡만 바람에 텅텅 부딪힌다. 필리스는 그 휠캡이 무언가의 메타포라고 생각하고 있을지도 모른다.

그때 갑자기 필리스가 앞으로 몸을 숙이더니 손을 뻗어 조의 털이 숭숭한 맨어깨를 부드럽게 어루만진다. 조는 칼에 찔리기라도 한 듯 움찔했지만 이내 그 손길에 담긴 유대와 배려를 느끼고 어색한 동작으로 필리스의 손을 맞잡는다. 이제 모든 검토는 끝났다. 곧 조와 필리스가 일치된 대답을 내놓을 것이다. 필리스의 손길은 두 사람의 결혼이 굳건하다는 신호다. 나는 이제 잃어버리고 만, 그래서 회한이 남는 그것.

"임차하기 좋은 집들은 대부분 신학교 학기가 끝나 사람들이 떠날 때쯤 나옵니다. 그게 지난달이었죠." 내가 말한다. "그중 어떤 집도 맘에 들어하지 않으셨고요."

"그래도 임시로 살 수 있을 만한 데가 어디 없겠어?" 조는 마치 병상에 누워 있는 환자를 대하듯 필리스의 포동포동한 손가락을 꽉 쥐고 있다.

"제가 소유한 집이 있긴 합니다." 내가 말한다. "하지만 원하시는 집은 아닐 겁니다."

"무슨 문제라도 있나?" 조와 필리스가 거의 동시에 의혹의 눈초리를 보내며 말한다.

"별문제 없습니다. 흑인 동네에 있을 뿐이죠."

"이런, 세상에. 그렇군." 마치 이미 오래전에 예견했던 일이 마침내 일어났다는 투로 조가 말한다. "아주 좋은 조건이네. 검둥이라니. 거 참 아주 좋은 집을 소개해줘서 고맙네." 고개를 가로젓는 조의 얼굴에는 혐오감이 가득하다.

"조, 우리 해덤에서는 흑인을 그런 식으로 대하지 않습니다." 내가 냉정하게 말한다. "제가 부동산을 거래하는 방식도 아니고요."

"뭐, 당신은 상관없겠지." 조는 화를 터뜨리면서도 여전히 필리스의 손을 꼭 붙들고 있다. 필리스가 아파하지 않을까. "당신은 그곳에 살지 않으니까." 조가 씩씩거린다. "아이도 없고."

"아뇨, 있습니다." 내가 말한다. "그리고 제가 다른 거처가 없었다면 그리로 이사해서 주민들과 어울리며 잘 지냈을 겁니다." 나는 이맛살을 찌푸리며 딱딱한 표정으로 조를 쏘아본다. 그가 아직 모르는 저 너머의 사실, 즉 그가 여전히 맴돌고 있는 1970년대는 빈껍데기만 남았다는, 이제 현실을 인정하고 받아들이지 않는다면 이곳 주민들로부터 어떤 공감도 끌어내지 못하리라는 경고를 담아서.

"그 집에 토요일 아침마다 임대료를 받으러 갈 때 어떤 총을 가져가시나?" 조가 기분 나쁜 어투로 묻는다. "내 아버지도 앨리퀴파에서 그런 사업을 하신 적이 있지. 중국인이 세 들어 살았어. 아버지는 누구나 볼 수 있도록 권총을 차고 갔지. 난 차에서 아버지를 기다렸고."

"전 권총이 없습니다." 내가 말한다. "그리고 저는 그저 질문에 답을 드렸을 뿐입니다."

"고마우니까 그만하지."

"그래도 어떤 집인지 가서 한번 봐요." 필리스가 조의 털이 숭숭 난 손을 꼭 쥐며 말한다. 조는 이제 위협적으로 주먹을 쥐고 있다.

"그래, 백만 년 후에 가자고. 그때 가봐서." 조는 잠금장치를 풀고 차문을 연다. 1번 국도의 뜨거운 공기가 차 안으로 밀려든다.

"훌리한의 집은 고려해보십시오." 나는 차에서 내리는 조를 향해 말하며 뒷좌석 필리스를 힐끗 쳐다본다.

"부동산 장사꾼들이 다 그렇지." 밖으로 나간 조가 말한다. 난 조의 반바지밖에 볼 수 없다. "그저 팔아치우는 데만 안달이란 말야." 조는 이렇게 내뱉고 여자 종업원이 있는 쪽으로 씩씩거리며 걸어간다. 조가 묵는 객실 옆에서 빨래 바구니를 든 채 서 있던 종업원은 이상한 사람이라는 표정으로(실제로 이상했다) 조를 쳐다본다.

"조가 고집이 좀 세요." 필리스가 조심스럽게 말을 꺼낸다. "복용하는 약 때문인지도 모르겠어요."

"조는 자신이 원하는 대로 선택할 권리가 있으니까요. 제 생각은 그렇습니다."

"알아요." 필리스가 말한다. "인내심 있게 우리를 대해주셨죠. 너무 폐를 끼쳐서 죄송해요." 그 빌어먹을 조에게 그랬던 것처럼 필리스가 내 어깨를 가볍게 토닥인다. 자신이 이겼다는 뜻이다. 나는 감사할 수가 없다.

"아뇨, 제 일인걸요." 내가 대꾸한다.

"어쨌든 곧 연락드릴게요." 필리스가 문을 열려고 애쓰며 말한다. 오전 열한시를 향해 가면서 바깥공기가 뜨거워지고 있다.

"그렇게 해주시면 고맙겠습니다, 필리스." 내가 말한다. "사무실에 전화해서 메모 남겨주세요. 아마 전 아들과 함께 코네티컷주에 가 있을 겁니다. 아들과 시간을 많이 보내지 못해서요. 하실 말씀이 있다면 전화로도 충분히 가능할 겁니다."

"우리도 노력하고 있답니다, 프랭크." 간질에 걸렸다는 내 아들 생각이 났는지 필리스는 연민에 차서 눈을 깜빡였지만 굳이 그 얘기를 꺼내려 하지는 않는다. "여기서 정말 나름대로 애쓰고 있어요."

"알고 있습니다." 나는 거짓말을 한다. 고개를 돌려 회한에 찬 미소를 보내자 필리스는 무슨 이유에선지 곧바로 차문을 열고 나가 다 쓰러져가는 모텔의 작고 뜨거운 주차장을 가로질러 가망 없는 남편을 찾아 나선다.

빨리 마을로 돌아가려고 1번 국도의 뜨거운 공기를 헤치며 질주하던 나는 곧 세미너리 스트리트로 가는 지름길인 킹 조지 로드에 다시 오른다. 예상보다 시간이 남아서 일단 매클라우드 집에 다시 들른 후 31번 국도에 있는 프랭크스를 거쳐 곧장 사우스 맨톨로킹 해변으로 달려갈 생각이다. 그럼 조금이라도 일찍 샐리를 만나 저녁식사를 같이하고 의미 있는 시간을 보낼 수 있을 것이다.

물론 일이 잘 풀려 사무실로 돌아갈 수 있었다면 더 좋았을 것이다. 그랬다면 지금 가격 제안서를 쓰고 있거나, 이미 테드 훌리한에게 제안서를 가져다주고 있거나, 업자에게 전화해 주택 구조 검사를 부탁하거나, 계약금 입금을 요청하거나, 흰개미 방제 계약을 조사하거나, 가든 스테이트* 저축은행의 폭스 매키니에게 전화를 걸어 융자금을 속히 받을 수 있도록 부탁하는 등 제반 업무를 처리하고 있었을 것이다. 매도자가 가장 반기는 것은 집을 내놓겠다 마음먹자마자 신속하고 확실한 답변이 오는 일이다. 철학적으로 볼 때 이런 과정은 테드가 말한 대로 이 세상이 우리가 생각하는 최선의 범주 안에서 움직이고 있다는 신호다. (사실 우리 대부분은 세상으로부터 다음과 같은 실망스러운 말을 듣는다. "이 제품은 지금 재고가 없어서 주문을 해야 합니다. 육 주쯤 걸릴 예정입니다." "그 상품은 1958년에 단종된 걸로 알고 있습니다." "그 부품은 주문 제작해야 합니다. 기술자가 한 사람밖에 없는데 지금 스와질란드 도보여행중이죠. 잠깐 쉬고 계세요, 다시 연락드리겠습니다.") 나아가 한 부동산중개인이 지금 막 중개계약을 맺은 최신 매물에 그런대로 괜찮은 가격을 제시한다면 거래가 순조롭게 성사될 가능성이 기하급수적으로 커진다. 판매자가 그 가격에 만족감과 자신감을 얻고 확신에 차, 무언가 의미를 발견한 듯한 느낌을 받기 때문이다. 즉, 거래가 정말로 성사된다.

마크햄 부부를 그 낡아빠진 자동차 노바 안에서 씩씩대도록 내버려두고 지금껏 자신들이 비웃었던 모든 집에 대해 곰곰이 돌아보도록 한 것은 결과적으로 괜찮은 전략이었다. 둘은 슬리피홀로모텔로 돌아가 낮잠을 청할 것이고 날이 저문 후 소스라치게 놀라 깨어날 것이다. 여기가 어디일까 당황하면서, 또 낙담하면서. 나란히 누운 부부는 지저분한 모텔 벽을 바라보며 도로를 지나는 자동차 소음을 듣게 될 것이다. 부부를 제외한 모든 사람들이 휴가철 약속을 위해 아늑한 해변으

* 뉴저지주의 별칭.

로 향할 테니까. 젊고 쾌활하고 치열이 완벽한 연인이 차가운 진이 담긴 커다란 병을 든 채 손을 흔들고 있는 불 켜진 현관들과 입구들로. (나 역시 그런 따뜻한 환대가 기다리는 곳으로 어서 달려가고 싶다. 마크햄 부부가 도저히 쫓아올 수 없는 어딘가에서 나를 간절히 기다리는 사람들과 함께 한껏 웃고 즐기며 행복하게 휴일을 보내고 싶다. 이 세상 걱정이 모두 사라져버린 기분으로. 아마 날이 밝으면 조가 새벽같이 전화를 걸어 정오까지 계약을 마무리하자고 성화를 부릴지 모른다. 전화가 오지 않을 수도 있다. 두 사람은 어쩔 줄 몰라하다가 결국 버몬트주로 돌아가 정부 지원에 기대게 될 수도 있다. 어느 경우든 나는 그 부부에게서 해방된다. 윈윈게임이다.)

조는 오늘 아침 거울에 비친 자기 얼굴에 놀랐다고 했지만, 마크햄 부부는 한동안 인생의 거울을 들여다보지 않은 게 분명하다. 결국 버몬트주의 신조란 것은, 자기 자신을 들여다보는 대신 다른 모든 것들만 최대한 날카롭게 응시하며 몇 년이고 시간을 보내라는 것 아닌가. 세상 모든 게 날 위해 존재하며 내가 뛰어난 사람이라서 세상도 그토록 훌륭하다는 착각에 빠져서 말이다. (에머슨은 이에 대해 생각이 좀 다르다.) 다만 집을 사는 게 목적인 경우, 자신에 대한 그런 관점으로는 얻을 게 없다.

예측이 빗나가지 않았다면 지금쯤 조와 필리스는 내 상상대로 불 꺼진 방에서 비좁은 침대에 옷도 벗지 않은 채 널빤지처럼 뻣뻣하게 나란히 누워 파리똥이 앉은 어두침침한 천장을 쳐다보고 있을 것이다. 시체처럼 고요하게 누워 있자면 도저히 자기 자신을 들여다보지 않을 수 없을 것이다. 마크햄 부부는 외롭고 불안에 떠는 사람들이다. (그들이 이제 어디로 가든) 조만간 여섯시 뉴스에 그들이 어느 진입로에 서서, 아니면 소파나 비좁은 테라스의 의자에 앉아 텔레비전 카메라를 힐끗거리며 인터뷰에 응하는 장면이 나올 것이다. 평범한 미국인이 아니라 주택난에 고통받는 사람으로서, 그들 자신은 속하길 원치 않는 존재감 없는 계층의 존재감 없는 사람으로서 인터뷰를 하는 것이다. 즉 좌절한 사람으로서, 불안한 상황에 내몰린 사람으로서, 고통받는 사람으로서, 건설업자의 딸이나 그 딸의 초등학교 친구들 이름을 따서 명명한 막다른 골목길에서 비참하게 살아가는 익명의 존재로서.

유일한 구제책은 그들이 자기 자신과 그 밖의 모든 것들을 다르게 생각해보는 길을 찾는 것뿐이다. 새롭게 불을 지피려면 구태를 떨쳐내야 한다는 믿음으로, 참신한 사고방식을 만들어나가야 한다. 자신을 고립시키는 어리석은 고집에서는 발을 떼되, 자아를 지키면서도 상대를 행복하게 해주려는 소망에는 더 깊숙이 발을 담가야 한다. 이것이 바로 애초에 마크햄 부부가 자신들이 저지른 멍청한 실수의 의기양양한 피해자가 되어 산골짜기에 머무는 대신 뉴저지주에 나타난 이유다.

물론 마크햄 부부가 이를 잘해내리라고 믿기는 힘들다. 일 년 후 이맘때에는 새로 풀을 베어낸 이웃의 목초지에서 하지夏至 기념 파티가 열릴 때 가장 먼저 찾아가는 사람이 조가 될 수도 있다. 집에서 만든 라거 맥주를 홀짝이거나 집주인이 채식주의자들을 위해 손수 화덕에 구운 라자냐를 접시 가득 담아 먹으면서 말이다. 아이들은 저녁 어스름 속에 벌거벗고 뛰어다니고, 공기 중엔 거름냄새가 떠다닌다. 시냇물소리와 가스 연소기 소리도 들린다. 조는 변화라는 주제에 대해, 그 변화를 따라가지 못하는 자의 비겁함에 대해 열변을 토할 것이다. 그

것이야말로 조와 필리스가 삶에서 부대끼며(이혼, 미숙했던 부모 노릇, 외도, 거만함, 주거 이동 등이 들어간다) 깨친 철학이기 때문이다.

지금 조가 미칠 지경에 이른 것도 바로 이 변화 때문이다. 마크햄 부부는 자신들의 이상을 내려놓는 타협은 하지 않겠다고 말한다. 하지만 그들은 타협을 하는 것이 아니다! 자신들이 품은 이상을 감당할 능력이 없기 때문이다. 감당할 수 없는 집을 사지 않는 것을 타협이라고 할 수는 없다. 이게 부동산 시장의 언어다. 한 발짝이라도 앞으로 나아가려면 같은 언어로 말하는 법부터 배워야 한다.

그럼에도 불구하고 마크햄 부부는 숨은 저력을 발견하게 될 수도 있다. 아까 차 안에서 시스티나성당의 〈천지창조〉 그림처럼 카시트를 가로질러 맞잡았던 두 손은 희망을 주는 신호다. 두 사람은 이번 주말 동안 스스로 이런 능력을 더 북돋워 높여야 한다. 내가 아직 마크햄 부부의 수표를 손에 넣지 못한 상황에서 그들에게 바라는 바가 있다면, 어디에서 살아야 할지 고민하되, 앞으로 더 충만한 삶을 살아가려면 그 신성한 첫걸음으로 자기 자신부터 들여다보기 시작하라는 것이다.

4

실패한 단편 작가에 스포츠 기자였던 내가 이러한 전직들과는 한참 동떨어진 부동산 전문가로 변신한 사연은 조금 흥미로운 이야기일 수도 있겠다. 요령 있게 사는 사람이라면 인생의 모든 중요한 순간들을 서로 연결된 몇몇 원칙과 사건들로 간단히 추려낼 것이다. 그렇게만 되면 십오 분 안에 설명을 마치기도 쉽고 직접 겪은 당사자가 아니고서는 이해하기 어려운 이야기를 하다가 할말을 못 찾고 쩔쩔매거나 해명을 할 필요도 없어진다. (사실 누구도 다른 사람의 일을 결코 '겪을' 수는 없는데 우리 모두 반드시 그래야만 할 때도 많으니 안타까운 일이다.) 그런 식으로 단순화해 요약해보자면 전처가 재혼과 동시에 코네티컷주로 이사했다는 사실이 나를 오늘에 이르게 했다고 말할 수 있다.

오 년 전, 힘겨운 시절이 끝나가던 무렵이었다. 나의 의사 친구 캐서린 플래어티는 그 시기를 '중대한 위기에 가깝다'거나 '스트레스를 주는 일이 끝나고 이어 막연한 무언가가 시작되는 때'라고 묘사한 바 있다. 뉴욕의 대형 스포츠 잡지사에서 일하던 나는 어느 날 사표를 던지고 플로리다주로 떠났고 이듬해에는 프랑스로 건너갔다. 한 번도 가본 적은 없지만 가봐야 한다고 생각하던 곳이었다.

프랑스에서 겨울을 맞았을 때였다. 앞서 말한 의사 플래어티는 당시 스물세 살이었고 아직 정식 의사는 아니었는데, 나와 같이 '한 철을' 보내겠다며 다트머스대학 의과 공부를 중단하고 파리로 건너왔다. 그녀의 아버지가 최선이라고 여긴 판단을 정면으로 거스르는 일이었다. (누가 그 아버지를 비난할 수 있을까?) 그녀에게는 자신과 내가 함께 미래를 꿈꾸는 걸 세상이 용납하리라는 기대가 눈곱만큼도 없었다. 그런 미래가 고려 대상에 오르리라는 생각조차 하지 않았다. 우리 둘은 푸조 자동차를 렌트해 유럽 지도를 보며 흥미를 끄는 곳이라면 어디든 찾아다녔다. 경비는 내가 갖고 있던 잡지사 주식의 수익금으로 충당했고 캐서린은 대신 복잡한 지도를 읽거나, 음식을 주문하거나, 길을 찾거나, 화장실을 찾거나, 전화를 하거나, 호텔 종업원에게 팁을 주거나 하는 모든 잡다한 일들을 도맡아 처리했다. 당연한 말이지만 캐서린은 초트 로즈메리 홀*을 졸업하기 전부터 최소 스무 번은 넘게 유럽을 다녀온 터라 기억을 되짚어가며 별 어려움 없이 도르도뉴강이 내려다보이는 '언덕 위 깔끔하고 아담한 레스토랑'으로 나를 이끌었고, 마드리드 왕궁 근처에서는 '늦은 점심을 먹기 좋은 식당'을, 헬싱키 외곽에서

---

* 코네티컷주의 명문 사립고등학교.

는 한때 스트린드베리[*]의 아내가 살았던 집을 찾아냈다. 캐서린에게 그 여정은 삶이, 그러니까 진지한 어른의 삶이 본격적으로 시작되어 재미란 게 영원히 사라져버리기 전에 향수어린 영광의 과거로 무모하게 회귀하려는 시도였다. 전형적이지 않은 '타인'과 함께 말이다. 반면 내게 그 여행은, 낯설지만 마음을 두근거리게 하는 외적인 풍경을 가로질러 불안한 도전을 하는 것이었다. 나는 임시 도피처를 찾는 심정으로 여행에 나섰다. 그 도피처에서 보람을 느끼고 활기를 찾을 수 있기를, 걱정을 덜 수 있기를, 허락한다면 행복과 평화까지 찾을 수 있기를 바라면서.

우리가 뭘 하고 다녔는지 일일이 나열할 필요는 없다. (그런 가짜 사랑 여행이 다 그렇고 그렇지 않겠는가.) 결국 우린 영국해협 쪽 피카르디[**] 지역에 있는 생발레리쉬르솜에 '정착'해 제법 큰돈을 쓰면서 약 두 달을 보냈다. 우리는 자전거를 탔고, 많은 책을 읽었고, 전투가 벌어졌던 지역과 성당을 방문했고, 운하에서 노를 저으며 놀았고, 오래된 강어귀의 풀밭 가장자리를 따라 사색하며 걸었고, 프랑스 어부가 농어 잡는 모습을 구경했고, 만을 따라 하얀 마을 르크로투아까지 걸어갔다가 다시 걸어 돌아와서 열정적으로 사랑을 나누기도 했다. 나는 대학에서 배운 프랑스어를 연습했고, 영국 관광객들과 수다를 떨었고, 요트를 멍하니 쳐다봤고, 연을 날렸고, 종종 모래알이 씹히는 홍합 요리를 먹었고, '전통적인' 재즈를 많이 들었고, 내키는 대로 혹은 내키지 않을 때도 잠을 잤고, 한밤중에 일어나 하늘을 뚫어지게 쳐다봤다. 마

* 스웨덴 출신의 희곡작가.

** 프랑스 북부의 지명.

치 반드시 뭔가를 봐야 하는 것처럼, 비록 그게 뭔지는 나도 몰랐지만 말이다. 더없이 편안한 느낌을 받을 때까지 이런 일과를 반복했다. 캐서린 플래어티와의 사랑이 아니라 불행하지 않은 상태를 좇으면서. 그래봐야 미국적인 분위기 속에 지내고 싶어하는 미국인들이 예정보다 오랫동안 유럽에 머무르게 되면 느끼는 암울하고 무기력하고 지루한 심정과 비슷하지 않을까(한 작은 마을의 관리가 절도죄로 펜스 넥 교도소에 들어와 형기 막바지에 받는 느낌과 비슷할지도 모르겠다).

그런데 프랑스에 머물면서 내가 느낀 감정은 사실 일종의 위장한 절박함인데(절박함이 종종 그렇듯 절박하지 않은 것처럼 위장한), 스포츠 기자 일을 그만두기 직전에 나를 사로잡았던 쫓기는 듯 어지럽고 마음 졸이는 불안감과는 딴판이었다. 그때 난 이혼을 당했고 후회로 가슴을 쳤으며 마음을 달래고 몽롱한 기분으로 재미나 보려고 여자에게 집착했다. 새로 찾아든 감정은 나와 다른 누군가가 아닌, 오직 나와 나하고만 관련되어 있었으며 이전보다 깊고 절절한 절박함을 띠었다. 돌이켜보니 아마도 고통 없이 회피하기보다는 정면으로 움켜쥐고자 하는 중년의 심오하고도 은밀한 울림이 아니었을까 싶다. (나라는 존재가 언젠가 이 세상에서 사라지고 만다는 현명한 깨달음을 얻고 싶다면, 지겨워 죽을 때까지 청춘에 대해 생각해보고 싶다면, 다른 인간과 '함께'한다는 것이 얼마나 어려운 일인지 우울하게 확인하고 싶다면 스무 살이나 어린 여자와 단둘이 여덟 주를 보내는 것만한 경험도 없다.)

어느 날 저녁, 그럭저럭 마실 만한 푸이 퓌메 와인 몇 잔을 곁들여 피셀 피카르드* 한 접시를 맛있게 먹다가 문득 이런 생각이 들었다. 벌꿀색 머리카락에 냉소마저 달콤한 매력적인 캐서린과 같이 있는 게 꿈만 같다고, 정말 늘 그리던 꿈속에 온 것 같다고. 하지만 이제 그 꿈이 날 붙들고 있을 뿐이라는 사실도 깨달았다. 막연하지만 내가 알아내야 할 그 무언가에 접근하지 못하도록 말이다. 캐서린이 나와 지내는 동안 못 견디게 지루했으리란 것은 두말할 필요도 없다. 그럼에도 캐서린은 마치 내가 매우 흥미롭고 특이한 버릇을 가진데다 '남자로서'도 매력적인 '아주 재미있는 아저씨'인 양, 생발레리에서 나와 함께 보낸 시간이 그녀의 청춘을 시작하는 데 매우 적절하고 다채로운 방식으로 중요한 영향을 끼쳤으며 앞으로도 이를 영원히 잊지 못할 것인 양 줄곧 행동했다. 그러나 그녀는 내가 떠나고 자신은 남든지, 아니면 둘이 함께 떠나거나 함께 머물든지, 어느 쪽이든 전혀 개의치 않아 했다. 게다가 이미 떠날 계획을 세우고는 알려줄 생각조차 하지 않았다. 하긴 그 어떤 경우든 내가 성인용 팸퍼스 기저귀를 차는 칠십대가 되면, 오십대가 된 캐서린은 과거에 놓치고 말았던 모든 것들이 떠올라 나를 더는 살갑게 대하지도 않을 것이다. 그때쯤엔 나도 그러길 바랄 테고. 그러니 우리 둘 다 오랜 시간을 함께할 마음은 전혀 없었던 것이다.

그런데 그 시간이 지나기 무섭게 바로 그날 저녁에 우리는 날 선 말 한마디 없이 입을 맞춘 후 캠프를 해산했다. 캐서린은 다트머스로 돌아갔고 나는……

해덤으로 돌아왔다. 그 무렵 나 자신을 위해, 가능하면 다른 사람을 위해 뭔가 중요한 일을 해야 한다는 목적의식과 열정이 갑자기 샘솟았

* 치즈와 버섯, 햄 등을 채워넣어 만드는 피카르디 지방의 팬케이크.

다. 게다가 나는 그토록 먼 곳까지 돌아다니며 찾아 헤매던 새롭게 태어난 듯한 느낌에 젖어 있었는데, 이는 곧바로 해덤 자체를 고향처럼 여기는 소속감으로 이어졌다. 해덤으로 돌아오던 거룩한 순간, 그동안 거쳐온 여느 곳과도 다른 내 영혼의 거처를 발견했다. 해덤이야말로 내가 열의에 차 본능적으로 돌아오게끔 되어 있는 장소였던 것이다. (길쭉하기만 한 지형만큼이나 그 자체로 단조로웠던 미시시피주 걸프 코스트* 같은 진짜 장소에서 자란 내가, 소박하기 이를 데 없는 단순한 환경의 해덤에서 다시 한번 그토록 큰 안도감과 친근하게 다가가고픈 편안함을 느꼈다는 게 그리 놀랄 일은 아니었다.)

이혼하기 전 스포츠 기사를 쓰며 지내던 시절에도, 그리고 이혼남이 된 후에도 나는 항상 나 자신이 유령 같은 존재라고 느꼈다. 강가에서 오가는 말소리가 들릴 만큼 둑과 가까운 곳에 닻을 내리고 싶어하면서도 절대 다가가지 않고 그저 안개 낀 강을 서성거리는 배 같다고 말이다. 그러나 해덤은 교외지역다운 넉넉한 인심(이 특별한 관용 덕택에 우리는 집터나 콘도 부지 같은 사물에게조차 그리움을 느끼게 된다)으로, 대단한 아웃사이더만 아니라면 모든 이를 포용해주기에 지금은 마을이 정말 친근하게 느껴진다. 나폴리 출신 채소가게 주인과 거리낌없이 지저분한 농담을 주고받고, 촌스러운 헤어스타일로 깎아줄 것이 뻔한데도 마을 이발소만 이용하고, 최소한 세 명 이상의 시장에게 투표를 해봤고, 또 어떤 일이 일어나기 전에는 마을 모습이 어땠는지 훤히 기억할 수 있다보니 결국 고향 같은 느낌을 받게 된 것이다. 물론 이런 느낌

* 멕시코만에 접해 있는 미시시피주 남부의 해안지대.

은 희망에 대한 각자의 감각과 그 실현 가능성에 좌우되기 마련이다.

인생의 모든 나이에는 각각 고유한 깃발이 나부낀다. 해덤으로 돌아왔을 때 나의 깃발은 정확히 양쪽으로 나부끼고 있었다. 한쪽에는 마음속에 품어온 일들이 동시에 실현되리라는 희망찬 기대감이 있었다. 한동안 잃어버렸던 두 아이와 다시 친밀해지거나 새로운 인생에 발을 디디거나 전처 앤과 다시 돈독해질 수도 있을 것 같았다. 마치 보이지 않는 빛에 인도되듯, 이 모든 소망에 내 인생을 걸어야 할 것처럼 여겨졌다. 이질적으로 느껴지는 것은 전혀 없었고 마음만 굳게 먹으면 그 무엇도 나를 방해하지 못하리라는 낙관에 사로잡혀 있었다. (내 아들을 담당하는 정신과의사들처럼 어떤 이들은 이런 감정에 대해 경고하며, 행복감이라는 독약에 취한 우리를 끌어낸 다음 마땅히 우리가 발딛고 서야 한다고 여기는 평평한 땅에 묶어놓으려 한다.)

한편 또다른 느낌이 이 감정을 상쇄했는데, 내가 고심하던 모든 것들이 한계를 지니고 있거나 최소한 '내가 존재한다는 명백한 사실'에 의해 제한받을 것이라는 자각이었다. 결국 나는 어느 나무둥치와 다를 바 없이, 초월적인 존재도 아니고 그저 한 인간일 뿐이라는 느낌이었다. 앞으로는 모든 일들을 할 때 현실의 무게를 감안하고 일반적인 고려사항을 따라야 하지 않을까 하는 생각이 들었다. 그러니까 이런 질문처럼 말이다. 이게 효과가 있을까? 나에게든 다른 사람에게든 과연 도움이 될까?

이제 보니 이 절박한 힘들 사이에서 균형을 잡으려는 시도, 즉 정상 상태를 유지하려는 줄타기가 '존재의 시기'를 시작하는 신호였던 듯하다. 커다란 투쟁이 심각한 파열로 끝난 후에 찾아오는 이 '존재의 시기'

에는, 우리에게 '나중에' 영향을 미치리라 짐작했던 것들이 실제로 영향을 미치게 된다. 그 시기에 우리는 대체로 자기 내면에 주의를 기울이면서 나름대로 만족스럽게 지낸다. 그런데 훗날 자기 인생에 대해 이야기할 때는 그 시기를 언급하려 들지 않거나 아예 기억조차 못할 수 있다. 그 시기에는 그저 자기 자신과 즐거운 시간을 보내기 위해 사소한 상상과 미세한 조정에 푹 빠져 있었을 테니까.

하지만 그 시기를 성공적으로 보내려면 반드시 중요한 뭔가를 포기해야 할 것 같았다. 한 시간 전에 테드 홀리한도 조 마크햄에게 비슷한 얘기를 했지만, 조는 흘려들은 것 같다. 대다수 사람들은 일단 특정 나이에 이르면 그때까지 자신을 이루던 어떤 것도 잃지 않기 위해 완전성이라는 개념을 좇으며 발버둥친다. 스스로 불러낸 삶의 허상을 유지하려는 안간힘이다. 그래서 우리는 보통 자신을 처음으로 '사로잡았던' 인물의 탄생일이나 처음으로 구입한 칼립소 음반, 혹은 1960년대의 삶을 압축한 듯한 「우리 읍내」*의 어느 신랄한 대사까지 기억해내기에 이른다.

하지만 완전성은 물론이고, 이런 것들 대부분을 포기해야만 한다. 왜냐하면 얼마 있지 않아 과거에 행했던, 사로잡혔던, 실패했던, 투쟁했던, 싫어했던 모든 것들을 발견하고 너무 당황한 나머지 한 발짝도 앞으로 나아가지 못할 것이기 때문이다. 달리 말하면 이렇다. 즉 당신이 젊다면 상대해야 할 적은 미래다. 하지만 만약 젊지 않다면 적은 과거와 과거에 행했던 모든 것들, 과거에서 빠져나오는 데 걸림돌이 되

* 미국 극작가 손턴 와일더의 희곡.

는 문제들이다. (내 아들 폴의 경우는 예외라 하겠다.)

내 경우에는 일, 결혼생활, 향수, 그 질척질척한 후회를 내던져버렸으므로 이제 당당히 어떤 가능성과 목적의식에 가슴 설렐 수 있는 사람이 되었다고 생각했다. 빙하 스키를 처음 배울 때와 비슷한 느낌이었을 것이다. 예민함을 더 날카롭게 벼린다거나 음습한 죽음의 유혹에 이끌리는 것이 아니라 단순히 인간의 정신활동에 대한 찬양이라는 차원에서. (물론 당시 나의 목적이 실제로 무엇이었는지는 알 수 없다. 어쩌면 그저 목적을 찾는 게 목적이었을지도 모른다. 어쨌든 두려움에 휩싸여 있었던 것은 확실하다. 아주 우스꽝스러운 방식으로라도 인생을 사용하지 않으면 아예 잃어버리고 말리라는 두려움. 어렸을 때 사람들이 내 자지를 두고 했던 말과 같다.)

나는 이 새로운 과제를 시작할 자격이 있었는데, 우선 과거의 일들이 어땠는지에 조금도 신경쓰지 않는다는 점이다. 어차피 우리는 과거 일을 틀리게 기억하는 경우가 많고, 제대로 기억하는 거라곤 과거에 지금보다 행복했다는 것뿐이다. 다만 그때는 그 사실을 몰랐거나 아니면 너무나 감상에 젖어 행복을 누릴 수 없었을지도 모른다. 이제 와 추억하는 것처럼 행복했던 적이 없었던 경우도 흔하디흔하다.

두번째 자질로, 친밀함이라는 것이 차츰 덜 중요해지기 시작했다. (결혼생활이 중단되고 다른 매력적인 대안들이 실패로 돌아가면서 친밀함이란 개념은 내게서 설자리를 잃어버렸다.) 나는 평생 단 한 사람과 (혹은 두세 명과) 나눌 수 있는 진정한 의미의 친밀함을 말하는 것이다. 그것은 어떤 설사약을 고를지, 치아에 어떤 문제가 생겼는지, 상대가 여성이라면 월경주기는 어떤지, 아니면 전립선에 어떤 문제가 생겼는지 거리낌없이 말하는 관계는 아니다. 이런 것들은 사생활 공유일 뿐 친밀함과는 거리가 멀다. 내가 말하는 진정한 친밀함이란 소리 없는 친밀함이다. 입 밖으로 나온 말, 고백, 약속, 맹세는 대부분 무의미하다. 열렬하게 이해와 공감을 나누는 친밀함은 '솔직한 사람'이나 진실만 말하는 사람인 것과 아무 상관이 없으며 모르는 사람과도 마음을 '터놓을' 수 있는 것과도 관련이 없다(어차피 별 의미 없는 것들이다). 사실 나는 이중 어느 것에도 매여 있지 않았으므로, 그 첫걸음을 어떻게 떼든 나의 새로운 모습을 향해 돌진할 만반의 준비가 되어 있었다.

마지막은 아니고 세번째로, 나는 내가 겁쟁이였다는 점을 전혀 개의치 않았다. (이는 내게 중요한 문제였고 지금도 마찬가지다.) 스포츠 기사를 쓰던 몇 년 전, 앤과 함께 닉스와 불리츠*의 야간경기를 보고 가든**에서 걸어나오고 있는데 어느 미친 녀석이 권총을 휘두르며 주변 사람들을 다 쏴버리겠다고 위협했다. 밀밭을 휩쓰는 폭풍처럼 말이 뒤로 퍼져나갔다. "총이다! 총을 든 사람이 있어요! 피해요!" 나는 총을 막아줄 콘크리트 벽을 찾아 남자화장실 문을 열고 재빨리 앤을 밀어넣었다. 다행히 뉴욕 경찰이 기민하게 대처해 총을 든 괴한은 이십 초 만에 제압당했으며 아무도 다치지 않았다.

그런데 뉴저지로 돌아가는 차 안에서 앤이 입을 열었다. 음울한 터널로 진입하려고 빗길에 대기하고 있을 때였다. "아까 그 괴한이 총을 휘둘렀을 때, 당신이 내 뒤로 숨었다는 거 알고 있어?" 앤은 피로해 보

---

* 미국 프로농구팀 뉴욕 닉스와 워싱턴 불리츠. 불리츠는 1997년 워싱턴 위저즈로 이름을 바꿨다.

** 뉴욕 매디슨 스퀘어 가든 경기장.

였지만 나를 동정하는 기색으로 미소를 머금고 있었다.

"그런 적 없어!" 내가 말했다. "화장실로 뛰어들면서 당신을 같이 끌고 들어갔잖아."

"맞아, 그건 사실이야. 하지만 당신, 내 어깨를 붙잡고 내 뒤에 숨었어. 비난하려는 게 아냐. 순식간에 일어난 일이니까." 앤은 김 서린 차창에 수직으로 물결 모양 선을 긋더니 아래쪽에 점 하나를 찍었다.

"그래, 정말 순식간이었어. 하지만 당신은 무슨 일이 일어났는지 착각하고 있는 것 같아." 나는 당황스러웠다. 정말 눈 깜짝할 새였고 나는 오직 본능에 따라 움직였으므로 기억나는 게 별로 없었다.

"당신 말이 사실이라면," 앤이 자신 있게 말했다. "그 남자가 유색인이었는지 백인이었는지 말해봐." 앤은 미시간주 출신인 장인처럼 인종주의적인 말버릇을 버리지 못했다.

"몰라." 커브를 돌아 타오르듯 빛나는 터널 속으로 들어가면서 내가 말했다. "사람이 너무 많았어. 그놈은 너무 먼 데 있어서 우린 볼 수 없었어."

"나는 봤어." 앤이 자세를 똑바로 고쳐 앉더니 무릎 위로 치맛자락을 반듯하게 당기며 말했다. "사실 그리 멀리 있지 않았어. 우리 둘 중 한 명은 맞힐 수 있는 거리였지. 체구가 작고 갈색 피부였어. 작은 검정색 리볼버를 들고 있었어. 만약 다시 그 남자를 만난다면 금방 알아볼 자신이 있어. 뭐, 그건 중요하지 않아. 당신은 올바르게 행동하려고 애썼으니까. 위험에 처했을 때 당신이 꼭 보호해야 한다고 여기는 바로 두 번째 사람이 나라는 게 너무 기뻐." 앤은 나를 향해 다시 웃어주고는 기분 나쁘게 내 다리를 토닥였다. 고속도로 9번 출구에 다다를 때까지

나는 아무 말도 떠오르지 않았다.

이 사건은 수년간 나를 괴롭혔다. (누군들 안 괴롭겠는가?) 평소에 나는 고대 그리스인들처럼 인생에서 가장 중요한 사건은 바로 물리적 사건이라고 믿었다. 그러니 가장 아끼는 이를 위해 몸을 내던질 수 있었던 마지막 기회(이제 와 깨닫지만)에, 겁먹은 똥개처럼 오히려 그 소중한 사람 뒤에 숨는 모습을 보였다는 게 너무나 힘들었다(비겁함을 따질 때는 그런 인상조차도 감점 요인이다).

그런데 앤이 나를 더이상 참지 못하고 마침내 이혼했을 때, 첫아들을 잃은 슬픔을 견디지 못해 일탈을 일삼던 내게서 도망쳤을 때(이보다 더 물리적인 일이 있을까), 나는 곧바로 내 비겁함에 대한 걱정을 그치고 앤이 착각한 거라 단정지었다. 설사 앤이 옳았다 해도, 비겁함에 대해 제대로 파악하고 극복할 방법을 찾는 게 내가 어느 정도인지도 모른 채 사는 것보다 더 용감한 선택이라고 생각했다. 덧붙여 이런 공상에 가까운 믿음을 간직하는 게 차라리 낫다고 생각했다. 골목에서 뛰쳐나온 강도가 가죽 벗기는 칼과 대구경 권총을 휘둘러 당신과 당신의 아내, 그리고 수많은 무고한 행인들(휠체어 탄 노인, 고등학교 시절 평면기하학을 잘 이해하지 못하는 당신에게 참을성 있게 가르쳐 인생을 영원히 바꾸어놓은 고마운 수학 선생님 미스 호손)을 공포에 몰아넣는 상황이 오면, 당신이(내가) 영웅적으로 행동할 수 있는 기회가 분명 있을 거라는 믿음("이봐요, 그 무기들을 정말로 쓸 만큼 당신이 어리석진 않을 거라고 봐요. 그걸 내게 넘겨주고 어서 여길 빠져나가는 게 좋을 겁니다"). 자신의 행운을 바라면서, (쉽지 않은 일이지만) 다른 사람들 역시 당신의 행운을 빌어주기를 바라는 편이 낫다.

그때 내가 어떤 노력을 했고 무엇을 시작했는지 늘어놔봐야 별 재미는 없을 것이다. 1984년, 바로 오웰의 그해였고, 레이건이 재선에 성공하여 이제 곧 끝날 임기를 시작한 해였다. 레이건은 그 임기 동안 전쟁을 일으키지 않을 때는 꾸벅꾸벅 졸면서 시간을 흘려보냈고 아니면 이에 대해 거짓말을 하면서 이 나라를 숱한 곤경에 빠뜨렸다.

처음 몇 달간 나는 일주일에 세 번 아침마다 WHAD-FM 라디오방송(98.6 주파수로 송출했다)에서 맹인들을 위해 책을 읽어주었다. 맹인들은 미치너의 소설과 『닥터 지바고』를 좋아했다. 나는 지금도 가끔 시간이 나면 이 일을 하는데, 그때마다 가슴이 뿌듯해진다. 법원 속기사를 해보면 어떨까 잠깐 고민하기도 했다(어머니는 이 직업을 항상 높이 평가했는데, 유익한 일을 하는데다 언제나 수요가 끊이지 않는다는 이유였다). 일주일을 통째로 투자해 중장비 운전을 배운 적도 있다. 흥미롭긴 했지만 교육과정을 끝마치진 않았다(나 같은 이력을 지닌 남자가 할 법하지 않은 선택을 하기로 결심한 터였다). 이어 인터뷰집을 내볼까 생각해봤지만 이전에 함께 일했던 에이전시는 별 관심을 보이지 않았다. 내가 특별히 주제를 정해둔 것도 아니었거니와 그 무렵 에이전시는 성공이 보장된 젊은 작가들에게만 관심을 쏟았기 때문이다. 중서부 지역의 싸구려 모텔과 레스토랑을 '뛰어나다'고 인증해주는 회사의 조사원으로 삼 주 정도 일하기도 했으나 차에서 외롭게 보내는 시간이 너무 길어서 그만뒀다.

동시에 나는 두 아이에 대한 책임을 다하느라 바빴다(그때 아이들은 각각 열한 살과 여덟 살이었다). 엄마와 함께 클리블랜드 스트리트에서 살던 아이들은 이혼한 가정에서 흔히 그러듯 두 집을 오가며 지냈고, 더없이 행복한 상황이야 아니었지만 차츰 적응해나가는 것 같았다. 이 기간에 나는 두 아이에게 자연의 풍부함을 가르치기 위해 큰돈을 내고 레드맨 클럽에 가입했다. 또 추억에 젖어볼 겸, 내가 다녔던 군사고등학교의 동창회에도 참석할 겸 미시시피주 여행도 계획했고, 캐츠킬산맥에서 살인사건 추리 게임*을 하며 주말을 보낼까, 애팔래치아산맥으로 하이킹을 하러 갈까, 가이드와 함께 배를 타고 워딩강을 따라 내려가는 투어를 해볼까 궁리도 하고 있었다. (앞서 말했듯이 나는 플로리다주로, 프랑스로 오랫동안 떠도는 바람에 좋은 아빠 노릇을 못했다는 점을 의식하고 아이들에게 더 잘해야겠다고 마음먹고 있었다. 사실 부모님 중 한 분이 내게 똑같이 행동했다 해도 난 아마 이해했을 것이다. 나를 사랑한다고 말하거나 두 분이 동시에 어딘가로 내빼지만 않는다면 말이다.)

이렇듯 나는 앞으로 다가올 좋은 기회에 대비하려고 고민했으며, 잠깐 동안은 오래됐지만 현명한 선택지로 재결합까지 염두에 두고 앤에게 다시 다가가볼까 생각하기도 했다. 그러나 6월 초순의 어느 저녁 앤은 직접 전화를 걸어와 찰리 오델과 결혼한다고 통보했다. 집을 팔고 일을 그만두고 아이들을 새로운 학교에 전학시키고 살림살이를 모두 처분한 후 덥리버로 이사해 다시는 돌아오지 않을 거라면서 내가 그 일 때문에 상심하지 않길 바란다고 말했다.

나는 느낌은 고사하고 백지가 된 듯 아무 말도 아무 생각도 떠오르

* 보통 파티에서 하는 놀이로, 참가자 중 한 명이 살인자 역할을 맡아 가상의 살인을 저지르면 나머지 참가자들이 범인을 추리해나간다.

지 않았다. 전화가 끊어진 것처럼, 치명적인 전류가 귀를 뚫고 뇌로 흘러들어와 정신을 잃은 것처럼 몇 초 간 수화기를 귀에 댄 채 꼼짝도 할 수 없었다.

당연히 누구든 이런 상황을 예상할 수 있었다. 나는 아이들을 데려다주거나 데려오면서 쉰일곱 살의 찰리 오델을(키가 크고 벌써 백발이 되었고 골격이 큰데다 큰 코에 큰 턱까지 딱 전형적인 건축가처럼 보인다) 몇 번 마주치긴 했지만 그 당시엔 그를 '위험 없음'이라고 판단했다. 오델은 설계회사를 세워 일인 기업으로 운영하고 있고 사무실은 딥리버에 있는 선원용 예배당을 개조한 것으로, 습지에 세운 버팀기둥 위로(!) 올린 건물이다. 찰리는 굳은살 박인 손으로 직접 완성한 7.5미터짜리 요트도 가지고 있다. 비발디 같은 그렇고 그런 곡들을 틀어놓고 밤시간을 이용해 만들었다고 했다. 어느 봄날 저녁 우리는 지금은 내 집이 된, 당시 앤의 집 현관에 서서 스칸디나비아를 유럽경제공동체에 끌어들이려면 어떤 외교 전략을 펴야 하는지를 놓고 삼십 분쯤 이러쿵저러쿵 떠들었다. 서로 진심이나 선의라고는 눈곱만큼도 내비치지 않았고, 사실 나로서는 알지도 못하는데다 전혀 관심이 안 가는 주제였다. "내가 답을 해보자면요, 프랭크. 덴마크야말로 북유럽 전체를 끌어들이는 데 가장 중요한 변수라고 하겠습니다." 그는 햇볕에 그을리고 울퉁불퉁한 한쪽 무릎을 현관 난간에 올리고, 크고 긴 발가락에 수제 보트슈즈를 걸친 채 짐짓 고심하는 척 그 큰 주먹으로 턱을 괴고 있었다. 찰리는 나비넥타이나 블레이저 셔츠로 차려입는 때가 아니라면 보통 넉넉한 흰 티셔츠에 캔버스 재질의 카키색 반바지를 입었는데, 예일대 졸업식에서 그런 반바지를 나눠주는 게 틀림없다. 그날 밤

나는 경청하는 척 진지한 눈길로 그를 바라보고 있었지만 사실은 치실이 잘 닿지 않는 어금니 한쪽에서 별난 맛이 난다는 걸 발견하고 연신 이를 핥고 있었을 뿐이다. 찰리가 제발로 사라지게끔 최면술로 암시를 건 다음 전처와 단둘이 시간을 보내는 상상을 하면서.

이혼했지만 여전히 서로 사랑하는 사람들처럼 우리 둘은 저녁에 조용하고 어두운 차 안에서 잠시 함께 머무는 순간들이 꽤 있었는데 앤은 마지못해 내게 응하지도, (수상하게도) 찰리에 관해 비꼬는 농담 같은 것도 전혀 하지 않았다. 다른 구혼자들에 대해서는 양복 취향이라든가 따분한 직업, 입냄새, 전처에 대한 험담을 농담삼아 들려주었지만, 찰리에 관한 한 앤은 오직 침묵만 지킬 뿐이었다. (연장자인 찰리를 존중해서 그러나보다 했지만 오판이었다.) 진작 주의를 기울여 찰리를 치워버렸어야 했다. 지각 있는 사람이라면 마땅히 그러고도 남았다.

하지만 결국 앤은 그 6월의 오후에 전화를 걸어 비보를 전해왔다. 바로 전남편이 지친 하루를 보낸 보상으로 칵테일을 마실 시간에, 즉 태양이 해덤 곳곳의 식기실 끄트머리를 비출 무렵, 전남편이 냉동실에서 얼음을 꺼내 크리스털 얼음통과 금속 텀블러와 날렵한 스웨덴식 피처에 붓고 베르무트 술을 꺼내와 쓴웃음을 지으며 노간주 열매향을 음미할 그 시간에. 나는 그야말로 머리를 세게 한 대 얻어맞은 기분이었다.

당연히 뼈아픈 배신감부터 들었다. 오랜 방황 끝에 '반환점'을 지나 제자리로 향하려던 그 중요한 순간에, 모든 죄악을 용서받고 모든 상처를 치유하고 삶을 차츰 회복해나가려던 출발선에서 말이다.

"결혼?" 나는 소리를 질렀다. 저 아래서 심장이 손에 잡힐 듯, 귀에 들릴 듯 쿵쾅거렸다. "누구하고?"

"찰리 오델." 대재앙을 알리면서도 앤은 담담했다.

"벽돌이나 쌓는 녀석하고 결혼을 한다고?" 내가 말했다. "왜?"

"세 번 이상 잔 사람이랑은 더 안 만났는데, 이제 그다음에도 계속 만날 사람이 있으면 좋겠어서." 앤은 또 조용히 이렇게 말했다. "당신은 프랑스로 가버렸고 몇 달이나 소식이 없었어." 이는 사실이 아니다. "우리 아이들은 정말 더 나은 인생을 누려야 한다고 봐. 난 해덤에서 죽고 싶지도 않고. 아침 안개가 깔린 코네티컷주도 보고 싶고 보트도 타보고 싶어. 좀더 전통적인 표현으로 하자면 그 사람과 사랑에 빠졌어. 당신은 어떻게 생각해?"

"퍽 말이 되네." 머리가 어질어질했다.

"찬성해주니 고마워."

"찬성한 게 아냐." 나는 방금 먼길을 달려온 사람처럼 숨을 헐떡이며 말했다. "아이들도 데려갈 거야?"

"그렇게 하면 안 된다는 조항이 우리 합의서에는 없었던 걸로 아는데?" 앤이 말했다.

"애들은 뭐래?" 아이들을 떠올리자 다시 심장이 쿵쾅거렸다. 정말이지 심각한 문제였고 이혼 그 자체보다 훨씬 중요한 사안이었다. 엄마가 재혼을 하면 아이들은 아빠를 어떻게 생각할까. (대부분 정말 딱한 처지가 된다. 이를 다룬 책들도 나와 있는데 결코 가볍게 볼 일이 아니다. 아이들은 아빠를 염소 뿔을 달고 오는 우스꽝스러운 사람으로 보거나, 아니면 엄마가 어쩔 수 없이 낯선 털북숭이와 결혼하도록 떠민 잔인한 배신자로 여긴다. 아이들에게 빈정대고 짜증을 부리며 공공연히 창피를 주는 그 낯선 이가 나타난 게 아빠 탓이라고 말이다. 어느 쪽이든 상처가 되는 모욕이 아닐 수 없었다.)

"아이들은 아주 멋진 일이라고 생각해." 앤이 말했다. "당연히 그래야 하고. 아이들은 내가 행복하길 바랄 테니까."

"물론이지, 왜 안 그러겠어." 난 여전히 정신이 하나도 없었다.

"맞아, 왜 아니겠어."

길고 차가운 침묵이 흘렀고, 우리 둘 다 알고 있었다. 그것이 영원한 침묵이라는 것을, 둘 사이를 갈라놓는 침묵이란 것을, 부당하게 나뉘어 내 몫은 돌아오지 않는 사랑, 미리 손을 쓰지 못해 결국 잃어버리고만 사랑에 지친 침묵이란 것을, 실제 죽음의 그림자도 만나기 전에 찾아오는 죽음의 침묵이란 것을.

"할말은 그게 다야." 앤이 말했다. 무거운 커튼이 잠깐 걷혔다 다시 닫히는 느낌이었다.

나는 실제로 호빙 로드 19번지 집의 식기실에 서 있었고, 선실 창처럼 생긴 작고 둥근 창을 통해 옆뜰을 내다보고 있었다. 저멀리 구릿빛 해변은 불길한 자줏빛으로 물들었고 푸른 잔디와 덤불 위로는 늦은 봄날 저녁의 땅거미가 내리기 시작했다.

"예정일이 언제야?" 난 거의 사과라도 하듯 물었다." 뺨에 손을 갖다대니 한기가 느껴졌다.

"두 달 안에."

"클럽은 어떡하고?" 앤은 한때 프로암 대회*에도 출전했던 프로 지망생이었고 크랜베리 힐스에서 시간제 골프 강사로 일했다. 찰리도 바

* 본대회에 앞서 프로선수들이 아마추어선수와 플레이하는 이벤트.

로 그곳에서 만났다. 찰리가 올드 라임 컨트리클럽에 출입할 수 있는 회원권을 앤에게 제공하면서 서로 친해진 것이다. 함께 있으면 편안하고 멋지게 나이든 사람, 앤이 찰리에 대해 말한 것은 (내 기억에) 이게 전부다.

"이제 여자들한테 골프는 충분히 가르쳤어." 앤이 경쾌한 목소리로 말하더니 잠시 뜸을 들였다. "집은 오늘 아침 로런-슈윈델사에 내놨고."

"내가 사야겠군." 나는 대뜸 이렇게 말해버렸다.

"정말 참신한 생각이네."

왜 그런 터무니없는 소리를 했는지 모르겠지만 아마 우스워 죽겠다는 듯 박장대소하거나 애타게 울부짖는 대신 무언가 대담한 말을 하고 싶었던 것 같다. 난 이렇게 말하고야 말았다. "이 집을 팔고 당신 집으로 이사하면 되겠네."

그 말을 입 밖에 내자마자 반드시, 서둘러 그렇게 해야만 한다는 확신이 들었다. 그래야 앤이 결코 나를 자기 삶에서 말끔히 지우지 못할 테니까. (이것이 우리 같은 보통 사람들에게 결혼이 의미하는 바가 아닐까. 죽기 전까지는 지울 수 없는 관계를 단 한 사람과 맺는 것이다.)

"아무래도 당신한테 그 집 처분을 맡겨야겠어." 곧 전화를 끊을 기색을 보이며 앤이 말했다.

"찰리도 거기 있어?" 마음 같아서는 당장이라도 달려가 찰리를 때려눕히고 티셔츠를 피로 적셔서 몇 년 더 늙어 보이게 해주고 싶었다.

"아니, 없어. 그리고 제발 부탁인데 여기에 올 생각은 하지 마. 나 지금 울고 있어, 이런 모습 보여주기 싫어." 그러나 우는 소리를 듣지 못했으니, 나는 앤이 나로 하여금 스스로 비열한 놈이라고 느끼게 하려고 거짓말을 한다고 생각했다. 비열한 짓을 한 건 내가 아닌데도 그런 짓을 저지른 기분이 들었다. 결혼을 하는 건 그녀다. 나는 불구자처럼 속수무책으로 남겨졌고.

"걱정 마," 내가 말했다. "재미 보는 걸 방해할 생각은 없으니까."

귀에 댄 수화기 너머로 앤과 나를 이어주는 전화선에 또다른 훨씬 무기력한 침묵이 내려앉았고, 문득 앤이 죽을 것 같다는 예감과 함께 날카로운 통증이 찾아왔다. 해덤에서 지금 당장, 또는 머잖아 죽음을 맞는 건 아니겠지만, 그리 먼 미래도 아닐 것 같았다. 앤이 나를 버리고 다른 이를 찾아간 대가로, 나로서는 알 수 없는 일련의 과정, 즉 의사와의 면담, 근심, 두려움, 불길한 검사 결과, 힘겨운 엑스레이 검사, 미약한 저항, 작은 승리, 일시적인 위안을 눈 깜짝할 사이에 거쳐 마침내 죽음에 이를 것만 같았다(인생이 만들어내는 암울한 우연이라 할 만하다). 그리하여 음성사서함이나 팩스, 전보로 이런 메시지가 당도하지 않을까 두려워졌다. "앤 딕스트라는 화요일 오전에 사망했으며 장례식은 어제였음. 알고 싶어할 것 같아 연락함. 위로를 전하며. C. 오델." 이후 내 삶은 무너지고 말 것이다. 송두리째! (새로운 사건이 내 소중한 여생을 망쳐놓으리란 느낌은 나이 탓이다. 이와 같은 감정은 서른두 살에는 결코 찾아오지 않는다.)

물론 이는 싸구려 감상주의에 지나지 않았다. 그런 삼류 사기꾼 같은 감정을 단죄하려고 올림포스의 신들이 눈살을 찌푸리며 복수의 신이라도 보낼 법하다. 아주 드문 일이지만 그 존재가 없어져버린다고 가정하지 않고서는 그 대상에 대해 아무 감정도 느낄 수 없는 순간이 있다. 내가 앤과 통화할 때 바로 그랬고, 결국 죽음으로 마감할 인생의 한 막을 시작하겠다며 앤이 떠나려 한다니 슬픔이 가득 밀려왔다. 앤이 그렇게 죽어가는 동안 나는 유럽에서 돌아온 이후 늘 그랬듯, 어떻게 보면 지난 이십 년 동안 그랬듯, 전혀 중요하지 않은 일로 빈둥대고 있을 것이다. 그리하여 나라는 사람은 결국엔 잊히거나, 최악의 경우에는 고작 이렇게 기억되는 데 그칠 것이다. "앤이 그런 남자랑 결혼했었지…… 지금은 어디에 있는지 몰라. 좀 이상한 사람이긴 했어."

하지만 앤의 인생에서 내가 차지하는 일부라도 잃지 않으려면 바로 그 순간 입을 열어야 했다. 앤의 전화를 받기 십 분 전만 해도 나는 아직 파괴되지 않은 내 인생을 낙관하고 있었는데, 얼마 떨어지지 않은 곳이지만 다른 동네에서(이혼의 지리학이다), 전화상으로, 내 집에 혼자 있는 바로 그 순간, 그야말로 순식간에 이혼한 남자다운 감정의 나락에 빠져버리고 말았다.

"여보, 그 사람이랑 결혼하지 마! 나랑 결혼해! 다시 한번! 이 쓰레기 같은 집들일랑 당장 팔아버리고 쿼디 헤드*로 가자. 거기서 내 주식 수익으로 작은 신문사를 하나 차리는 거야. 당신은 그랜드 매넌**에서 보트를 타면 돼. 아이들에겐 손으로 직접 활자를 만들어보게 하자. 바닷가니까 아이들은 배를 타며 자랄 테고, 랍스터 요리에 능숙해질 테고, 뉴저지주 억양은 잊고 다른 걸 배우겠지. 보든 칼리지나 베이츠대학교에 들어갈 테고." 영원 같은 침묵을 깨고 이렇게 외치고 싶었지만 꾹 참았다. 말할 기회가 지난 수년간 충분히 있었는데도 하지 않았다고 비웃음만 살 게 뻔했으니까. 뉴헤이븐의 스토플러 박사라면 내가

* 미국 메인주, 미 대륙 동쪽 끝에 있는 지역.

** 캐나다의 섬으로 메인주와 가까운 곳에 있다.

그렇게 말하는 것을 진정으로 원하지 않은 탓이라고 할 것이다.

대신 나는 이렇게 말했다. "상황은 다 이해하겠어." 베르무트는 건너뛰고, 내게 자신감을 줄 만큼 진을 따르며 나는 확신에 찬 목소리로 말했다. "그런데 말이지, 난 당신을 사랑해."

"제발," 앤이 말했다. "제발. 나를 사랑한다고? 그게 대체 무슨 소용이지? 어쨌든 난 할말 끝났어." 앤은 그런 사람이었고, 지금도 그런 부류다. 완곡하게 말하는 데 전혀 관심이 없는 확고한 문자주의자(가끔 나는 내가 완곡하게 말하는 데만 관심을 두지는 않는지 자문해보지만). 그러니 찰리 같은 사람과 결혼하기로 했겠지.

"근거가 빈약하다고 해도 중요한 진실을 숨길 이유는 없어." 내가 열없이 말했다.

"프랭크, 그건 당신 생각이지, 난 그렇게 생각하지 않아. 그런 얘기는 수도 없이 들었어. 당신은 별로 있을 법하지도 않은 일을 그저 붙잡아두는 데만 관심 있잖아?"

적당히 시원해진 진을 그제야 한 모금 삼켰다. 이런 대화를 얼마나 오래 기다려왔던가? 마음이 설레기 시작했다. 사실 이보다 괜찮은 느낌도 별로 없다. "어떤 사람한테는 말이야, 있을 법하지 않은 일이 긴 시간을 거쳐 마침내 진실이 되기도 해." 내가 말했다.

"그럴 일이 없는 사람도 있고 말이야. 혹시 찰리 대신 당신과 결혼해달라고 말할 참이면 그러지 마. 당신과는 결혼하지 않을 거니까. 난 그러고 싶지 않아."

"당신이 결혼한다는 말을 들으니 부질없어도 진실을 말하고 싶었을 뿐이야. 그뿐이라고."

"그럼 말했으니 됐네." 앤이 말했다. "아이들 저녁 차려줘야 해. 그런데 이거 한 가지는 말해야겠어. 우리가 이혼한 후에 재혼은 당신이 할 줄 알았어. 어떤 멍청한 여자하고 말이야. 내가 틀렸네."

"당신이 날 잘 모르는 거겠지."

"유감이네."

"전화해줘서 고마워." 내가 말했다. "그리고 축하해."

"뭐, 대단한 일도 아니니까." 앤은 작별인사를 한 후 전화를 끊었다.

하지만…… 대단한 일도 아니다? 대단한 일이 아니라고?

아냐, 정말 큰일이라고!

나는 씁쓸한 느낌을 씻어내기 위해 손을 부들부들 떨며 숨도 쉬지 않고 진 한 잔을 벌컥 들이켰다. 대단한 일도 아니라고? 실은 지축을 흔드는 일이었다. 상대가 딥리버 명문가 출신 찰리든, 목이 연필처럼 가냘프고 볼펜을 윗옷에 꽂고 다니는 벨연구소의 월도든, 저 아래 거리에서 세차 일을 하는 문신 새긴 로니든 차이는 없었다. 난 똑같은 심정이었을 테니까. 젠장!

그때까지만 해도 앤과 나는 작고 쾌적하며 위험한 데라고는 없는 마을에서 각자 자기집을 가지고 자기 삶을 꾸리며 적당히 원만하게 지내왔다. 내키는 대로 삶을 즐기거나 근심에 잠기거나 절망에 빠지거나 기쁨에 휩싸이는 등 조화와 어긋남을 반복하며 살아왔지만, 우리는 근본적으로 같은 처지였다. 결혼을 했다 이혼한 처지. 각자 균형을 유지하는 방식이 다를 뿐이었다. 비유하자면 한 태양계에서 궤도만 달리하는 똑같은 행성들이었다. 위기, 특히 자동차 정면충돌 사고로 생명 연장 장치를 동원하거나 오랫동안 항암 치료를 받아야 하는 등 정말 절박한 상황이 닥칠 경우, 나와 앤은 서로가 아니라면 곁에 있어줄 다른 사람을 찾을 수 없었다. 의사와 장시간 면담하거나, 간호사와 의견을 나누거나, 두꺼운 커튼을 적절하게 열고 닫거나, 길고 조용한 오후 내내 퀴즈 프로그램을 보거나, 호기심 많은 이웃을 비롯해 그간 왕래도 없었던 친척, 옛 남자친구, 옛 여자친구, 오래전 앙숙들을 복도로 물리치며 "곤히 자고 있답니다" "지금은 안정이 필요해요"라고 일러줄 사람 말이다. 그동안 환자는 깜빡 잠이 들고 병실의 필수 장비들은 딸깍딸깍 윙윙 쉭쉭거리며 돌아간다. 그렇게 우리는 단둘이 남는다. 비록 행복한 순간은 아니지만 상대방이 가장 힘든 시기를 보낼 때 곁을 지키는 것이다.

그리하여 마침내, 지금은 너무도 당연하게 여기는 인간의 기본적인 기능에(걷기, 숨쉬기, 소변보기) 다시 익숙해질 만큼 긴 회복기를 지나고 나면, 깊은 대화를 나누고 상대를 받아들이게 될 것이다. 앞서 가장 고통스러웠던 순간에 이미 침울한 마음으로 상대를 받아들인 것이 아니라면 말이다. 어쩌면 어떤 중요한 사실을 두고 화해에 이르러 새롭게, (이번에는) 단단하게 재결합할지도 모른다.

물론 그러지 않을 수도 있다. 다시 한번 헤어질 수도 있다. 그래도 상대와 힘든 시기를 함께 겪었으니 새로이 힘과 통찰력을 쌓고 존중하는 마음을 다졌을 것이다.

이 모든 가능성들이 스튜 냄비 위로 김이 빠지듯 사라져버렸다. 이런, 세상에! 1981년에 앤이 재혼하리란 것을 미리 알았다면 무기력한 성인군자처럼 한발 물러서 속앓이를 하는 게 아니라 바이킹처럼 이혼에 결사반대했을 것이다. 그럴 수밖에 없는 이유가 있다. 앤이 담보대출을 받은 집이 어디에 있건 간에 나라는 존재의 전제조건은 앤이었기 때문이다. 내 인생은 (오늘날까지도 어느 정도는) 늘 앤을 관객으로 두고 펼쳐졌다(앤이 내 무대를 의식하는지 아닌지는 상관없다). 나를 이루는 모든 품격과 이성, 인내, 사랑은 이처럼 일종의 실험극장, 즉 우리가 함께했던 지나간 인생 위에서 자라났다. 딥리버로 떠나는 앤은 다른 이의 손을 잡으며, 나를 이루는 그 요소들을 무너뜨리고 이 모든 환상을 조각내버린 셈이었다. 나는 닳아빠진 볼품없는 무대의상을 걸치고 홀로 연기를 하게 되었다.

당연하게도 나는 깊고 지독한 절망에 빠져 헤어나지 못하고 며칠 동안 칩거하며 누구에게도 연락하지 않았다. 진을 점점 더 많이 마셨고, 중장비 운전 학원에 다시 다닐까 고민해보기도 했다. 나는 사람들에게 불편하고 껄끄러운 존재가 돼버렸고, 어느 모로 보나 나 자신이 하찮은 존재로 전락한 것 같아 괴로웠다.

아이들과 두세 번 대화를 해봤지만, 찰리 오델과 엄마의 결혼을 대하는 아이들의 태도는 결국 돈을 잃을 게 뻔한 주식이 소폭 상승세를 타자 재빨리 마음을 바꾸는 소액 투자자와 같았다. 폴은 비록 나중에 정정하긴 했으나 찰리가 '괜찮은' 사람이라고 쭈뼛쭈뼛 말했으며 11월에 찰리와 함께 자이언츠의 경기를 보러 갔다고 고백했다(나는 그때 플로리다주에 머물면서 프랑스로 갈 궁리를 하느라 이 사실을 전혀 몰랐다). 클래리사는 엄마가 재혼한다는 사실보다는 결혼식에 관심이 있는 것 같았고, 별걱정도 없어 보였다. 자기가 뭘 입게 될지, 사람들이 다 어디서 묵을지(에식스에 있는 그리스울드모텔이었다), 아빠인 내가 결혼식에 초대될지(절대 아니었다), 혹은 나중에 내가 재혼하게 되면(클래리사는 그랬으면 좋겠다고 말했다) 자신이 들러리를 설 수 있을지 이런 것들이 클래리사의 관심사였다. 아이들은 같은 회선을 쓰는 전화기 두 대로 나와 함께 이런 문제들을 이야기했다. 나는 두려움을 진정시키고 앞날을 밝게 바라보며 나와 아이들에게 닥칠 수 있는 불행과 관련해 커져가는 당혹감을 단순화시키려 애썼다. 더이상 말거리가 없어질 때까지 통화한 후에야 우리는 작별인사를 했다. 다시는 똑같은 상황에서 대화를 나누지도, 그처럼 꾸밈없이 대화를 나누지도 못했다. 모든 게 사라졌다. 훅.

결혼식은 '동산'이라고 부르는 찰리의 별장에서 소박하지만 우아하게 '땅을 밟으며' 야외에서 치러졌다(별장은 낸터킷*의 시골집을 개조한 허세 가득한 집으로, 직접 손질한 원목으로 기둥과 들보를 놓았다. 엄청나게 큰 창문을 내고 노르웨이와 몽골에서 수입한 목재를 썼고, 하수시설은 전부 빌트인이며, 은촉이음 공법을 썼고, 태양전지판에 바닥 난방, 핀란드식 사우나까지 이것저것 많이도 갖추고 있었다). 앤의 모친은 미션 비에호**에서 비행기를 타고 왔고, 찰리의 노부모는 블루힐인지 노스이스트 하버인지 어쨌든 정재계 거물들이 사는 동네에서부터 무슨 수를 썼는지 자동차를 끌고 와 참석했다. 결혼식이 끝나자 앤과 찰리 부부는 앤의 부친이 물려준 회원권을 이용해 휴런 마운틴 클럽으로 날아갔다.

* 매사추세츠주에 있는 섬.
** 캘리포니아주의 도시.

앤이 새 결혼 서약을 하고 식을 올린 후 나는 벼르던 계획을 즉각 실천에 옮겼다(기운이 무르익은 사건이 동시에 일어나서 한 번도 잘된 적이 없었으므로, 앞서 말한 나의 현실감각에 의존해야 했다). 클리블랜드 스트리트에 있는 앤의 집을 49만 5천 달러에 구입하는 동시에, 호빙 로드에 있는 처마가 내려앉고 절반은 원목으로 지은 내 커다란 집은 팔아버렸다. 해덤에서 지내는 동안 내내 호빙 로드 집에서 살았고, 그 집에서 쭉 여생을 보내리라 생각한 적도 있지만 지금 와서 보니 그저 내가 머물렀던 또하나의 장소에 불과할 뿐이었다. 집이란 이렇듯 우리에게 작가적 권능을 휘두른다. 자기가 할 수 있는 것보다 오래 한곳에 머무는 것만으로도 인생을 망치거나 훌륭하게 가꾸는 듯한 느낌을 받을 수 있으니 말이다. (어느 경우든 그러한 힘을 물리치려는 시도는 가치가 있다.)

앤의 집은 그리스 부흥 양식*을 잘 간직한 타운하우스였고 관리도 잘되어 있었다. 근사하면서도 군더더기 없는 간결한 외관은 1920년대 뉴저지 중부지방의 건축 경향을 따른 것이다. 이혼 후 앤은 이 집을 (내 덕분에) 저렴한 가격에 마련해 현대식으로 부분 개조했다. (집 뒤편을 '개방형'으로 바꾸고, 채광창과 크라운 몰딩을 추가하고, 지하 버팀목을 보강하고, 삼층을 손봐 폴의 방을 마련하고, 외벽 널빤지에 새로 흰 페인트를 칠하고, 녹색 덧문도 달았다.)

사실 그 집은 내게 전혀 낯설지 않았다. 지난 삼 년 동안 아이들이 아프기라도 하면 그 집에서 밤을 지새웠고, 이혼하고 얼마 안 되어 슬

---

* 19세기 전반의 건축양식으로 고대그리스 디자인을 모방했다.

프고 어정쩡한 상태였을 때 내가 종종 몹시 술에 취하면 나를 가엾게 여긴 앤이 자고 가라며 소파를 내주었기 때문이다.

그러니 이미 내 집 같은 느낌이었다. 진짜 내 집은 아니었지만 아이들의, 소중한 사람의 집이었던 것이다. 반면 호빙 로드에 있는 진짜 내 집은 앤의 결혼 소식을 들은 후부터 왠지 누추하고 음울하며 거북스럽게 느껴졌고 귀에 거슬리는 소리까지 나는 것 같았다. 이상하게도 주인인 나조차 집이 낯설게 느껴졌다. 뜰에서 잔디깎이 기계를 돌릴 때도, 집 앞 굴뚝 밑에 새로 생긴 다람쥐 구멍을 막아놓고 진입로에 서서 엉덩이에 손을 얹은 채 그 부분을 올려다볼 때도. 당시의 나는 그 어떤 것을 위해서도, 심지어 나를 위해서도 아무것도 간수하고 싶지 않았다. 그저 시늉만 하면서 인생이 던져준 시련의 터널을 근근이 지나가고 있었다.

나는 바로 로런-슈윈델사를 방문해 두 가지 일을 한 번에 맡겨버렸다. 내 집을 팔고 앤의 집을 사겠다고 말이다. 혹시나 결혼 첫 주에 돌발사태가 발생해 찰리와 새 신부 사이가 틀어지면 내가 사들인 집에서 앤과 함께 새 출발을 하리라 마음먹었다(그런 다음 신혼부부가 된 기분으로 메인주로 이사할 수도 있겠고).

그래서 오델 부부가 신혼여행에서 돌아오기 전에, (결혼이 취소될 기미는 전혀 없었는데도) 클리블랜드 스트리트 116번지에 있는 앤의 집을 대출 없이 전액 현금으로 구매하겠다고 제안서를 넣었다. 내가 살던 집은 창업주 오토 슈윈델이 직접 수완 좋게 중개를 해준 덕에 대단히 유리한 조건으로 신학교에 매도할 수 있었다. 신학교는 내 집을 사들여 세계교회주의* 센터로 개조할 예정이었다. 투투 주교나 달라이 라마, 아이슬란드 교회연합 수장 등이 모여 전 세계 영혼들의 운명에 관해 고차원적인 대화를 나누고, 그러면서도 자정 이후에 야식을 먹으러 빠져나갈 수 있는 소박한 숙소로 운영한다고 했다.

그런데 신학교 이사회는 나의 세액 때문에 무척 예민하게 반응했다. 내 집의 평가액이 당시 정점에 이른 부동산 붐을 타고 무려 100만 2천 달러까지 치솟았기 때문이다. 신학교측 변호사들은 나에게 형식상 집을 기부하는 대신 건실한 연금에 들어주겠다고 제안했다. 거기서 나는 이자소득을 얻을 수 있고 나중에 폴과 클래리사에게도 물려줄 수 있었다. 세금도 상당히 감면받았고 신학교의 행정 업무에 '조언을 제공한다'는 명목으로 후한 보수까지 받았다. (세법의 이런 허점은 이제 사라졌지만 어쨌든 거래는 그전에 끝났다.)

8월의 어느 맑고 푸르른 날, 나는 현관문을 열고 계단을 내려왔다. 책을 비롯해 추억을 담은 몇몇 물건(블록 아일랜드 지도, 선창덮개로 만든 테이블, 내가 좋아하는 가죽의자, 혼수로 장만한 침대)만 자동차에 실었고 다른 모든 세간은 남겨둔 채 클리블랜드 스트리트에 있는 앤의 집으로 차를 몰았다. 나는 앤이 쓰던 가구를 그대로 둔 채 새집 생활을 시작했다. 내가 쓰던 전화번호는 그대로 쓸 수 있었다.

솔직히 말해 별로 달라진 게 없었다. 전에 살던 집에서 나는 자주 뜬눈으로 밤을 보냈고, 앤의 집에서도 온 세상이 잠든 밤에 방과 복도를 정처 없이 배회했다. 내게 맞는 곳은 어딜까, 내가 잘못한 게 뭘까, 어떻게 하면 내 유령 같은 자아에 숨결을 불어넣어, 장밋빛 나날을 누리게 된 그들이 보기에, 혹은 나 자신이 보기에도 그럴듯한 존재로 거듭

---

* 교파를 초월하여 전 세계 교회의 일치를 지향하는 운동.

날 수 있을까 번민하면서. 이런 내밀한 탐색을 하는 데 유리한 집이 따로 있지는 않다. 역시 시인이 옳았다. "날개 달린 공상이 배회하도록 하라/ 기쁨은 결코 집에 있지 않나니."*

내 집을 팔고 앤의 집을 산 뒤 자연스럽게 부동산업에 몸담을 기회가 왔다. 일단 정리가 끝난 다음 나는 클리블랜드 스트리트의 '집'에 앉아 새 직업에 대해, 또 새로 생긴 돈을 어떻게 굴리고 어디에 예치해 둘지에 대해 곰곰이 생각해봤다. 뉴샤론에서 소형 창고 대여업을 해볼까, 기차역에 랍스터 요리 식당을 열어볼까, 유지비가 저렴한 프랜차이즈 셀프 세차장을 차릴까 등등 온갖 궁리를 했다. 그러나 당장은 아무 일에도 손대지 않았다. 구상한 바를 행동으로 옮길 만한 힘도 의지도 생기지 않았고 여전히 맥없이 집에 틀어박혀 있었다. 앤과 아이들이 멀어지자, 마치 대낮 햇빛 아래로 걸어나온 등대지기처럼 무기력해졌고 외로움이 사무쳤다.

나 같은 사십대 독신남은 튀지 않게 배경에 잘 녹아들어야지 그렇지 않으면 자칫 크게 신뢰를 잃을 수 있다. 더구나 작고 보수적인 마을이라면 건전하지 못한 사람으로 오인받을 수도 있다. 해덤의 새 거처에서 나는 내가 그토록 되고 싶지 않았던 사람으로 변해가는 것 같았다. 이혼한 이후로 수년 동안 이런 사람이 될까봐 두려웠다. 미덥지 못한 독신자로 신비로움이라고는 찾아볼 수 없는 사람, 머리는 희끗하고 턱은 처지기 시작했는데 과하다 싶게 선탠을 하고 멋을 부린 중년, 싸구

* 영국 시인 존 키츠의 시 「공상」의 한 구절.

려 58년식 쉐보레 컨버터블을 반짝반짝 광을 내 타고 다니고, 선선한 여름밤을 항상 홀로 보내며 빛바랜 노란 폴로셔츠와 담갈색 면바지를 입고, 창문에 팔꿈치를 괸 채 프로그레시브 재즈를 들으며, 실은 챙겨야 할 일이 전혀 없는데도 모든 것이 뜻대로 되고 있다는 듯 미소 짓는 사람 말이다.

그런데 11월의 어느 아침, 로런-슈윈델사의 부동산중개인 롤리 먼거가 전화를 걸어왔다. 나와는 신학교에 집을 팔 때 알게 되었는데, 텍사스주 플레이노에 있는 페어리 디킨슨 대학 미식축구팀에서 수비수로 활약하기도 했던 사람이다. 그는 내가 새해에 챙겨야 할 납세 서류를 일러주기 위해 연락했다며, 한 가지 제안을 했다. 정부가 켄들 파크에 위치한 어느 부도난 아파트 단지에 리파이낸스 자금을 투입하는데 이에 관여할 '투자회사'를 설립하려고 '큰손'들과 의논중이라며 우선 투자할 기회를 주겠다는 것이었다(나는 관심 없다고 대꾸했다). 이어 지나가는 말투로, 자세히는 말할 수 없지만 수익이 짭짤한 일이 있다며 자기는 곧 시애틀에 갈 예정이라고 했다. 먼거는 나에게 함께 거기 가서 주택 전문가가 되는 것에 관해 사람들과 이야기를 좀 나눠보겠느냐고 물었다. 여러 자료에 내 이름이 '너무나도' 많이 등장한다면서 말이다(왜, 그리고 누가 날 거론했는지 짐작도 할 수 없었고, 결국 알아내지도 못한 걸 보니 순 거짓말이었던 게 틀림없다). 그는 업계에서 내가 '두루' 믿을 수 있는 사람이라는 평판을 얻었다고 했다. 내가 변화를 모색하고 있고, 돈이 궁하지도 않으며(어느 업계에서도 큰 장점이 된다), 이 분야를 잘 알고 있고, 독신인데다, 성격도 싹싹하다는 게 이유였다. 원숙미가 있다는 말도 덧붙였는데 마흔이 넘었다는 의미였을 것이다. 또 공동체에 대한 애착이 강해 보이지 않는다며 이것도 집을 팔 때 무척 유용한 장점이라고 했다.

나는 무슨 생각을 했던가?

롤리는 뉴브런즈윅에 있는 웨이볼트 부동산 연수원에서 석 달짜리 야간강좌를 들으면 훈련도 받고 서류 작성법을 비롯해 '웬만한 알짜 지식'은 다 배울 수 있으며, 수료 후에는 부동산협회에 정식으로 가입해 다른 중개인들처럼 부동산 판매로 큰돈을 벌 수 있다고 말했다.

나를 둘러싼 모든 것이 떠나버리고 나 역시 떠나왔기에 마음속에는 일말의 기대도 남아 있지 않았다. 그래서 내심 그 제안이 합리적이라고 생각했다. 그 세 달 동안 나는 그간 저지른 여러 경솔한 과오와 오판이 빚어낸 결과들을 헤쳐나가는 삶이란, 보상이라 할 만한 것은 물론 난관도 함께 겪는 일이라는 걸 깨달아가고 있었다. 비참한 심정에 빠지지 않고도 상실감에 푹 젖을 수 있는 사람, 그게 나였다. 일주일에 세 번 오후 낚시를 즐기러 홀로 레드맨 클럽에 드나들기 시작했는데, 나이든 회원들이 비를 피하는 간이 오두막에서 이따금 하룻밤을 보냈다. 책장을 넘겨보기도 했지만 나도 모르게 드러누워 캄캄한 어둠 속에서 귀를 기울였다. 커다란 물고기가 첨벙하는 소리, 방충망에서 앵앵대는 모기 소리, 멀지 않은 80번 주간州間고속도로에서는 차들이 굉음을 내며 밤을 달렸고, 동쪽의 고담시*는 이단자들이 불을 지른 사원처럼 환히 빛났다. 프랑스에서 돌아올 때 느꼈던 감정의 여운이 사라지지 않은 탓에, 나는 아이들이 어느 정도 안정을 찾으면 아이들을 미

* 뉴욕시의 속칭.

시시피주나 파인 배런스*로 데려갈 작정이었다. 미국자동차협회에 가입해 명소들을 색깔별로 표기한 지도책까지 구해놓은 터였다(쿠퍼스타운과 여러 명예의 전당도 나와 있었다).

하지만 사소한 일들이 자꾸 거슬렸다. 앤이 해덤에 살며 나와 짐을 나누던 시절, 내가 아직 꾸역꾸역 스포츠 잡지사에 다니던 시절엔 의식조차 못했던 일들이었다. 자질구레한 걱정거리가 떠나지 않았다. 이를테면 화요일에 자동차 수리를 맡겨야 하는데 몇 달 전에 테살로니키에 주문한 그리스식 러그를 수령하러 공항에 나갈 방법이 없을까 고민하는 식이다. 양탄자가 컨베이어에 실려나올 때 바로 챙기지 않으면 손버릇 나쁜 공항 직원들이 훔쳐가지 않을까? 차를 빌릴까? 다른 사람을 보낼까? 대체 누구를? 마땅한 사람이 있다 해도 과연 흔쾌히 가줄까? 나를 바보로 보진 않을까? 그리스 업자에게 선적을 늦춰달라고 전화할까? 화물회사에다 자동차 수리를 끝내고 하루 늦게 찾아갈 테니 안전하게 보관해달라고 부탁할까? 잠에서 번쩍 깨면 심장이 쿵쿵 뛰었다. 레드맨 클럽 오두막에서도, 새로 이사한 집에서도 사소하기 짝이 없는 백 가지 다른 문제와 씨름하느라 식은땀을 흘렸고 어느새 주먹을 꽉 쥐고 있었다. 하나하나 마치 내 건강만큼 중요한 문제인 것처럼. 하루종일 그런 하찮은 일로 전전긍긍하다니 얼마나 한심한가. 마음을 고쳐먹기로 했다. 운명의 힘을 믿자. 할 수 있으면 하고 못하면 그만이다. 빌어먹을 양탄자는 잊어버리고 차라리 낚시를 하러 가자. 그런데 이번에는 두려움이 찾아왔다. 모든 것을 그냥 놓치고 있는 게 아닐까,

* 뉴저지주의 숲이 울창한 해안평야.

인생의 방향을 잃고 우왕좌왕하고 있는 게 아닐까, 균형감각과 상식을 창밖으로 날려보내고 있는 게 아닐까. 몇 년이 지나 이때를 돌이켜보면 어떤 생각을 하게 될지 나는 곧 깨달았다. 이 시기가 '나쁜 때'였고 나는 '위태롭게 헤매어어어었으며' 침팬지만큼 기이하고 어처구니없는 행동을 일삼았다고, 그러면서도 전혀 자각하지 못했다고. (역시 가장 먼저 알아차리는 사람은 이웃이다. "꽤 좋은 사람 같긴 했지만 정말이지 혼자 있기를 좋아하는 사람이었죠. 이런 면은 상상도 못했어요!")

1988년 현재, 더 나은 희망을 안고 햇살이 비치는 해덤을 향해 차를 몰고 가는 지금은, 내가 그런 괴로운 상황에 빠졌던 원인을 알고 있다. 나는 온갖 실수를 저질렀지만 톡톡히 대가를 치렀고 장하게 살아남았으니 이제 덕 좀 보자는 심산이었다. 모든 것이 예상대로 흘러가기를, 항상 행복하기를 원했고 만약 그렇게 되지 않을 경우 자제심을 잃었다. 나는 그리스 양탄자 배달이 내 자동차 앞유리 와서 펌프 교체를 방해하지 않기를 바랐다. 캐서린 플래어티와 프랑스를 떠나 진취적인 선의를 품고 집에 돌아왔으니 큰 보상을 받기를 바랐다. 아내는 다시 한번, 더 나쁘게 나와 결별했고 심지어 아이들까지 나와 결별하게끔 했지만, 나는 이 상황에 무난히 적응하고 이를 최대한 활용하고 싶었다. 한마디로 너무 많은 것을 원했다(이것들은 빙산의 일각이다). 그런 위기를 넘기고 나서야 드는 생각일 수도 있지만, 사실 이 모든 것을 '심각한 위기'라고 말할 수 있는지도 잘 모르겠다.

그러나 무엇보다 이 괴로움에서 헤어나 뭐든 다른 일을 하고 싶은 마음이 간절했기에, 롤리 먼거의 제안은 솔깃했다(어차피 난 앞으로 한 발짝도 못 나가고 있었으니까). 내가 얼마나 행복한지 따지느라 늘

조바심칠 바에야, '자격이 있다'는 롤리 먼거의 호평을 진지하게 받아들이고 이 예상치 못한 길을 따라가보자 싶었다. 어쩌면 모든 근심과 불안이 바닷물에 떠다니는 나뭇잎처럼 저멀리 사라질 수도 있었다. 대단히 극적인 사건에 휘말리거나 경솔한 분노, 삶의 기쁨을 내팽개치는 짓으로 일을 그르치지 않는 한, 내게 허락된 소박한 행복의 최대치를 얻을 수 있으리라. 이런 행동 수칙은 자기방어에 최적이고 '존재의 시기'를 헤쳐나가는 데도 유익하다. 이 수칙을 잣대로 하면 부동산업은 이상적인 일이었다.

나는 너무 갑작스럽지만 진지하게 고려해보겠다고 롤리 먼거에게 대답했다. 롤리는 서둘러 결정할 필요는 전혀 없다면서, 직장 동료들도 이력과 나이가 제각각이라 비슷한 사람은 하나도 없다고 했다. 자신도 한때는 슈퍼마켓 개발업자였고 그전에는 자유주의 성향의 상원의원 후보의 정책 참모였다고 했다. 동료들도 미국문학 박사, 증권거래인, 치과의사 등 출신이 각양각색이라고 했다. 각자 독립적으로 일하고 필요하면 협력하는 데 다들 만족스러워했고, 지난 몇 년 동안 돈을 '쓸어담았'으며, 대대적인 조정기가 닥치기 전에('업계 전체'가 조정기의 도래를 직감하고 있었다) 또 한번 큰돈을 벌 수 있지 않을까 기대한다고 했다. 롤리는 자신은 돈벌이에 관심이 많다고 솔직히 인정하며, 돈을 벌려면 '돈을 만지는 사람들과 만나 핵심 요소와 자금조달 문제를 꺼내기만' 하라고 했다. 그들이 십이 개월에서 십팔 개월 동안 채무원리금 상환과 세금 납부를 감당할 수 있는 미개발 지역을 찾아놨다가 적시에 벼락부자 아랍인이나 일본인에게 팔아 이익을 챙기면 그만이라는 것이었다. 롤리는 말했다. "돈 만지는 사람들이 위험을 감당하게 해야 합니다. 당신은 그저 가운뎃자리에 바짝 붙어앉아 수수료만 챙기는 거죠." (물론 수수료를 받는 데 그치지 않고 직접 그 거래에 '참여'할 수도 있다. 롤리도 그런 적이 있다고 했다. 하지만 그런 노출은 중요한 문제가 될 수 있다.)

나는 롤리의 말을 즉각 이해했다. 부동산중개인들이 모두 각자의 관점을 가지고 일을 한다면 나 역시 나만의 관점을 찾아낼 수 있을 것 같았다. 집이 아니라 인생을 판다(전적으로 내 경험에 기초한 것이다). 이 개념으로 접근하면 나 자신뿐 아니라 타인에게도 이로워야 한다는 원래 목표에도 부합한다. 썩 괜찮은 구상이었다. 기대를 덜어내고 기꺼이 타협해 한 발짝이라도 나아가야겠다고 마음먹은 시기였으니까.

사흘 후 롤리의 사무실을 찾아 그곳 사람들과 전부 인사를 나눴다. 함께 일하기에 충분히 매력적인 동료들이었다. 페그라는 여자는 작은 키에 목이 단단하고 허리가 굵은 레즈비언이었는데, 비즈니스 정장에다가 윙팁 구두를 신고 있었다. 가슴은 뷰익 범퍼처럼 각졌고 치열교정기를 하고 있었고 머리는 탈색해 은발이었다(바로 그 미국문학 박사였다). 큰 키에 머리는 희끗희끗하고 파란 블레이저를 입은 하버드 출신 오십대 후반 남자도 있었는데, 바로 색스 머피였다. 색스는 증권 회사에서 은퇴하고 이 업계에 들어와 중개 회사를 사들였고 지금도 바이널헤이븐*에 주택 한 채를 소유하고 있다. 회색 플란넬 바지를 입은 색스는 책상들 사이 복도 쪽으로 긴 다리를 쭉 뻗어 발끝을 꼬고 앉아 있었다. 코도반 가죽 옥스퍼드화가 반질거렸다. 신사답게 수년째 술을

* 메인주의 소도시.

가까이해서인지 얼굴이 해질녘 서쪽 하늘처럼 불그스레했다. 색스가 악수를 청하느라 내려놓은 책이 군데군데 책장을 접어둔 『패터슨』*이어서 첫눈에 호감이 갔다. 그런 책을 읽다니 분명 올바른 관점을 지니고 살아왔으리라 생각했다. "프랭크, 이 바닥에서는 세 단어만 기억하게. 그럼 성공할걸세." 색스는 뭔가를 흉내내듯이 짙은 눈썹을 아래위로 꿈틀거렸다. "화법, 화법, 화법." 색스는 눈알을 굴리며 불그스레한 커다란 코를 과장되게 킁킁거리더니 다시 열심히 책을 읽기 시작했다.

그때 사무실에는 젊은 중개사 두세 명과 그 전직 치과의사도 있었는데 이제는 모두 회사를 떠나고 없다. 1986년부터 경기가 침체해 회복될 조짐이 안 보인 탓이다. 그들은 하나같이 마을에 특별한 연고가 없었고 여윳돈도 별로 없었다. 미시간주립대 수의학과에 진학한 사람이 있는가 하면 뉴햄프셔주의 고향으로 돌아가거나 해군에 입대한 사람도 있었다. 나중에 입사한 클레어 데베인은 불행한 최후를 맞았고.

창업자 슈윈델과 한 면접은 짧고 형식적이었다. 슈윈델은 음울한 인상에 머리숱이 적고 피부에 각질이 잔뜩 일어난 독재자형 노인으로 유행이 지난 시어서커 소재 정장을 입고 있었다. 수년간 해덤에서 그를 보아왔고 내가 신학교와 거래를 할 때는 막후에서 관리를 해주기도 했지만, 괴짜처럼 보인다는 것 말고 그에 관해 구체적으로 아는 바는 전혀 없었다. 뉴저지부동산협회의 회장이기도 한 슈윈델의 사무실 벽에는 서른 개가량 되는 명판과 그간 거래했던 영화배우, 군 장성, 프로권투선수와 찍은 사진들이 걸려 있었다. 더이상 공식 활동을 하지 않

---

* 미국 시인 윌리엄 카를로스 윌리엄스의 시집. 뉴저지주 패터슨을 주제로 한 시가 실려 있다.

는 슈윈델은 직원 사무실 뒤편에 있는 집무실에서 언제나 코트를 벗지 않은 채, 유리가 깔린 낡고 어수선한 책상 앞에 앉아 폴몰 담배를 피워대고 있었다.

"배스컴, 자네는 진보를 믿나?" 슈윈델이 연푸른 눈동자로 나를 올려다보며 물었다. 폴몰 담배를 달고 살았는지 긴 콧수염은 누런빛이었다. 양옆으로 잿빛 머리가 무성한 것은 물론 귓구멍에도 털이 나 있었지만 정수리는 머리털이 뭉텅이로 빠져 듬성듬성했다. 내게서 눈을 떼지 않던 슈윈델은 느닷없이 손을 뒤로 뻗더니 커다란 산소통에 연결된 플라스틱 호스를 잡아당겼다. 그러더니 머리에 쓰고 있던 고무밴드에 호스를 고정시킨 후 신선한 공기를 흡입할 수 있도록 코 안으로 작고 투명한 노즐을 집어넣었다. "그게 바로 우리 회사의 모토라네." 머리를 숙인 슈윈델이 그 생명선을 만지작거리며 숨을 한번 크게 들이쉬었다.

"롤리도 그렇게 말하더군요." 물론 롤리가 진보에 대해 말한 적은 없다. 위험 부담, 양도소득세, 위험 노출을 절대 피하라고 했을 뿐.

"지금 대답을 듣자는 게 아니니 걱정 말게." 산소가 시원찮게 나오는지 슈윈델은 산소통의 녹색 손잡이를 돌려봤지만 필요한 산소의 절반밖에 나오지 않았다. "여기 일에 익숙해질 때쯤," 슈윈델이 가쁜 숨을 내쉬며 말했다. "진보에 대한 자네의 정의가 뭔지 물어볼걸세. 틀린 답을 내놓으면 그 자리에서 자넬 해고할 거야." 슈윈델은 몸을 반쯤 돌리더니 누런 이를 드러내며 슬며시 비열한 미소를 흘렸다. 장치 때문에 입을 열기는 불편해 보였지만 어느새 호흡은 훨씬 편해진 듯했고 곧 숨이 끊어질 듯하던 모습도 가셨다. "어떤가? 타당하다고 보나?"

"네, 타당하네요." 내가 대답했다. "좋은 답을 드리려고 노력하죠."

"좋은 답은 필요 없네. 옳은 답을 달라고!" 슈윈델이 소리쳤다. "진보라는 개념을 알기 전까진 초등학교 졸업장을 주지 말아야 해. 안 그런가?"

"전적으로 동의합니다." 나는 정말 그렇게 대답했다. 비록 내 경우엔 진보하는 데 다소 어려움을 겪긴 했지만.

"그래, 그만하면 일을 시작하기에 충분하네. 너무 잘하려고 애쓸 필요는 없네. 이 동네에서 부동산은 저절로 팔리니까. 지금까지는 그랬지." 슈윈델은 코털이 빽빽한 콧구멍 안으로 호흡기를 정확히 넣으려고 씨름하며 신경질적으로 호스를 만지작거렸다. 그가 다른 말을 할까 싶어 잠시 기다렸지만 면접은 그것으로 끝이었다. 나도 그냥 방을 나와버렸다.

이제 실질적인 준비는 끝났고 순항만 남은 셈이었다. 롤리 먼거와 더 투 로여스 식당으로 가서 점심을 먹었다. 삼 개월은 '수습기간'이지만 그때도 급여는 지급된다고 롤리는 말했다(보험이라든가 다른 복지는 없었다). 또 MLS*와 전문용어에 익숙해지도록 사무실 동료들이 도와줄 것이라 했다. 이어 '뭐든 알아야 하니까' 집들을 '보쿠'** 둘러보면서 이런저런 사항을 점검해보는 연습도 하게 될 것이라고 했다. 이 기간 동안 사비를 들여 강좌도 수강해야 한다고 했는데 수강료는 '마스 오 메노스*** 300달러' 정도였다. 강좌가 끝나면 트렌턴의 라킨타에서 시험

---

* Multiple Listing Service. 미국 부동산 중개 시스템의 하나. 중개인들은 여기에 매물을 등록하고, 다른 중개인과 공동으로 매매 계약을 성사하면 수수료를 나눠 가진다.

** beaucoup. 프랑스어로 '많은, 많이'.

*** más o menos. 스페인어로 '약' '거의'.

을 보고 그후 본격적으로 부동산 업무에 뛰어들어 수수료를 받고 열심히 일하면 된다고 했다.

"빌어먹을 골치 아픈 문제가 하나 있다고 말해보고 싶지만 그런 건 전혀 없소." 롤리가 장난스레 말했다. "솔직히," 롤리는 턱과 짧게 깎은 머리를 가볍게 흔들며 말을 이었다. "그렇게 어려운 일이면 내가 왜 하고 있겠소? 그런 건 다른 멍청이들이나 하라고 해요." 롤리는 모조 가죽 의자에 방귀를 뿡 뀌더니 주변 손님들을 둘러보며 농촌 소년처럼 이를 드러내고 씩 웃었다. "우리 일에는 영혼이 개입하면 안 됩니다." 롤리가 말했다. "이건 부동산에 관한 일이죠. 진실은 또다른 문제예요.* 진실의 순간은 바로 당신이 태어난 날과 죽는 날입니다. 그 사이에 일어나는 일이 우리의 일이죠."

"그렇군요." 새 직업에 대해 나는 롤리와 생각이 달랐지만 길게 대꾸하지는 않았다.

그렇게 된 일이다. 내가 일을 시작한 지 육 개월도 채 못 되어 고령의 슈윈델은 캐딜락 드빌 자동차 앞좌석에서 뇌사에 빠지고 말았다. 안과 의사 부부를 태우고 베니션 웨이와 리피자너 로드 사이의 모퉁이에서 신호를 기다리던 중이었다. 일행은 내가 살았던 호빙 로드에 은퇴한 뉴저지주 대법관이 내놓은 집을 거래 완료 전에 한번 더 둘러보러 가던 중이라고 했다(거래는 당연히 무산됐다). 그즈음 롤리 먼거는 공동소유자들이 돌아가면서 이용하는 휴가용 주택을 팔기 위해 시애틀을 부지런히 드나들었고 대다수 젊은 직원들도 더 괜찮은 매물을 찾고자 먼 거리

* '부동산(realty)'과 '진실(reality)'의 발음이 유사한 것을 이용한 말장난.

도 마다 않고 돌아다녔다. 나 역시 중개인 면허를 딴 후 열심히 매물을 구하러 다녔다.

자금 경색과 세금 문제는 차치하더라도 이미 임차는 매매 시세의 절반 가격으로 가능해졌으며 많은 고객들이 차츰 이를 알아차렸다. 게다가 (지금 슬리피홀로모텔에서 깊이 고민에 빠져 있는 마크햄 부부에게 내가 참을성 있게 설명했듯이) 주거비 상승폭이 소득 상승폭보다 4.9퍼센트나 더 컸다. 다른 많은 경제지표들도 암울했다. 고용지수는 낮아졌고 경제성장지수는 적정치를 벗어나 있었다. 건축허가 신청도 급락했다. 색스 머피가 말하길, '나뭇가지 끝에 매달린 원숭이' 같은 꼴이었다. 선택의 여지가 없는 사람들, 또는 나처럼 선택권은 있지만 의욕이 없는 이들은 곧 겨울로 접어들 긴긴밤에 대비해 모두들 몸을 잔뜩 웅크렸다.

하지만 솔직히 말해 나는 기대했던 행복을 맛보고 있었다. 경제활동의 주변부에 머무는 내 위치에 만족했고, 스포츠 기사를 쓰던 시절에는 꿈에도 몰랐던 최신 경향을 늘 파악할 수 있다는 사실도 고무적이었다. 생계를 꾸리기 위해 땀흘리는 기분이 무척 마음에 들었다. 비록 돈이 급하지도 않았고, 지금도 여전히 그리 열심히 일하거나 큰돈을 만지는 것도 아니지만 말이다. 그리고 어느새 나는 '존재의 시기'에 더 깊이 감사를 느낄 수 있게 되었다. 그 시기를 삶의 우발적인 사건들을 정면으로 돌파하기보다는 마주하게 해주는 우호적이고 영구적이며 융통성 있는 전략으로 여기기 시작한 것이다.

얼마 동안 나는 부동산 경기 전망 토론회, 연방 주택청과 재향군인회의 간담회 등 부동산 시장 관련 세미나에 참석하거나 주에서 주최하는 부동산 토론회에 얼굴을 내밀었고 트렌턴에서 열린 주택 박람회 운영위원을 맡기도 했다. 또 크리스마스가 다가오면 노인들에게 선물을 배달하고 티볼* 팀 코치를 돕기도 하고, 광대 차림으로 서커스 차량을 몰고서 해덤에서 브런즈윅까지 왕복했다. 부동산중개인들을 사기꾼까지는 아니라도 바보나 패배자라고 업신여기는 대중의 인식을 바꿔보려고 노력한 것이다.

하지만 결국 다 시들해졌다. 내 뒤를 이어 입사한 몇몇 의욕 넘치는 젊은이들도 나처럼 광대 노릇도 불사하며 뭔가를 입증하고자 열정을 불태웠다. 반면 나는 더이상 무엇을 입증해 보일 의욕이 남아 있지 않았다.

그래도 고객들을 태우고 들뜬 마음으로 햇살이 비치는 단풍나무들 사이를 운전해 지나갈 때면 여전히 기분이 좋다. 실내가 바깥보다 더 서늘한 어느 여름 오전, 진지한 표정의 고객들을 낯선 길로 안내해 그들이 보고 싶어하는 곳, 즉 빈집으로 데려간다. 특별히 내세울 만한 구석은 없는 집이어도, 이미 스물아홉 번이나 소개한 집이라 해도, 은행이 일찌감치 담보로 잡아놓은 집이라 해도. 나는 타인의 방에 들어가고 여기저기 돌아다니는 게 좋다. 고객들이 만족스럽게 "아, 이것 봐. 이게 훨씬 좋은데?" 하고 탄성을 내지르길 기대하면서 말이다. 어떤 부부는 벽난로 주변에 새겨진 거위 모양 장식을 욕실 타일에서도 발견하고 놀라서 감탄을 쏟아냈다. 그 집의 사소한 특징에 대단히 흡족해하기도 한다. 아래층에서 위층 전등을 켤 수 있는 스위치 같은 것. 농

* 어린이들이 주로 하는 야구 비슷한 경기.

구를 싫어하는 아내가 진작 자러 간 후에도 쇼파에서 닉스 경기를 시청하던 남편이 깜빡 잠이 들었다가 깨어 비몽사몽 침실로 올라갈 때 다치지 않게 도와줄 테니까 말이다.

나는 이 년 전 클리오 스트리트 집을 산 이후로는 클리오 스트리트든 어디든 집을 산 적이 없다. 내 작은 핫도그 왕국도 잘 돌보고 있다. 잡지에는 칼럼을 기고하고 있고 항상 그랬듯이 업무영역 바깥에서는 친구를 거의 사귀지 않는다. 또 매년 열리는 주택 전시회에 우리 회사가 선정한 멋진 주택 목록을 들고 참석해 입구에서 환하게 웃으며 서 있다. 때때로 다른 회사의 남녀 혼성팀과 함께 세인트레오성당 뒤편에 있는 경기장에서 배구를 하기도 했다. 시간이 되면 레드맨 클럽에서 낚시를 했는데 규칙을 어기고 여자인 샐리 콜드웰을 데려가기도 했지만 들킨 적은 없다. 물고기 낚는 실력이 점점 늘었고, 고기를 잡으면 그 오팔빛에 감탄하다가 다시 강물에 놓아주었다. 두 아이에게는 아버지로서 보호자 의무를 충실히 다했다. 지금은 저멀리 떨어져 있고 시간이 지날수록 마음의 거리도 멀어지고 있긴 하지만.

간단히 말해 나는 기꺼이 할 수 있는 한정된 일들을 항상 마음속에 담아두고 놓치지 않으려 노력했다. 물론 가끔 곤경에 빠져 걱정거리나 뜻밖의 사고들이 주변을 떠다닐 때면, 내가 어디에 있는지, 무엇을 기대해야 할지도 짐작할 수가 없었다. 마치 공중에 붕 떠 있는 느낌이었다. 그러므로 어느 노래가 던진 질문에 내가 답할 수 있을지는 잘 모르겠다. "이게 다 무슨 의미지, 앨피?"* 하지만 비아냥대길 좋아하는 나

* 미국 가수 버트 바카락의 〈앨피〉의 가사.

이든 이들이 "네 삶을 즐겨"라고 말한다면, 나는 이렇게 대답하겠다. "저는 이미 제 존재를 찾았거든요, 감사합니다."

이것이 슈윈델 영감이 그리던 진보라는 개념과 딱 맞아떨어질 것 같다. 슈윈델에게 진보란, 시간 흐름에 따른 인류 발전을 운운하는 철학자들의 수수께끼 같은 말처럼 좁은 의미가 아닐 것이다. 수익과 손실을 따지는 경제학자들의 이론, 최대다수의 최대행복론도 아닐 것이다. 그저 내가 살아 있다는 것을 슈윈델 자신이 납득할 수 있게끔 말해주기를 원했을 것이다. 주택 판매를 포함해, 내가 무엇을 하든 그것을 통해 내 삶과, 삶에 대한 나의 관심을 확장하기를 바랐을 것이다. 삶에 대한 인내심과, 무고한 불특정 타인들에 대한 인내심을 기르길 바랐을 것이다. 그것이야말로 슈윈델을 '최고참'에 오르게 한 힘이자 삶을 지탱하는 원동력이었다. 슈윈델은 내가 매일매일 작은 행복을 느끼길 바랐다. 작은 것이면 충분했다. 베테랑스 스타디움*에 갔던 날, 원정 온 시카고컵스의 흑인 선수가 쳐낸 강속 타구를 우측 외야에서 맨손으로 잡아낸 뒤 느꼈던 그런 행복. 아들과 딸은 옆에서 감탄과 놀라움으로 말을 잃고 나를 바라봤다(손이 토마토처럼 부풀어오르는 동안 그 자리에 있던 모든 사람들이 일어나 박수를 보냈다). 나중에 이날을 돌이켜보며 그저 운좋은 날이었다고, 내 인생도 허탕만 치는 건 아니었다고 차분히 생각을 정리했지만, 당시에는 이보다 더 행복한 순간은 없을 것처럼 감격했다. 슈윈델 영감의 집무실로 들어가 이렇게 답을 주었다면 분명 흡족해했을 것이다. "어, 슈윈델 씨. 진보에 대해서는 잘 모르겠

* 미국 프로야구팀 필라델피아 필리스와 미식축구팀 필라델피아 이글스의 옛 홈구장.

습니다. 솔직히 말해 부동산업에 발을 들였다고 제 인생이 완전히 바뀌었다거나 그런 건 아니거든요. 하지만 제가 연기처럼 사라질 것 같다는 위기감은 이제 느끼지 않습니다. 드릴 말씀은 이뿐이에요." 틀림없이 슈윈델은 뒤돌아 나오는 내 등뒤로 박수를 치고 진심어린 응원을 보내며 나를 현장으로 돌려보냈을 것이다.

이것이 또한 '존재의 시기'가 진정한 독립의 조건을 완성하거나 부분적으로나마 그에 다가가는 데 기여하는 과정일지도 모른다. 이 시기에는 자기 본연의 모습이 드러난다. 자신은 물론 타인도 알아차리기 쉽지는 않지만 말이다. 그러면서도 이 시기에는 충분한 이성적 판단을 할 수 있고, 긴급함이 감소하는 시기인데도 용기를 품을 수 있게 된다. 자기 관심사를 향해, 반드시 도달해야 할 목표인 것처럼 전진할 수 있는 용기를.

1번 국도와 펜스 넥에 쏟아지던 비가 월리스 힐을 빠뜨리고 지나간 탓에, 더위에 달아오른 산뜻한 집들은 하나같이 창문을 단단히 걸어 닫고 있다. 열한시 삼십분에 후끈한 보도 위로 벌써 모락모락 김이 올라올 정도였으니 감히 나다니는 사람이 없다. 하지만 내가 사우스 만톨로킹 해변으로 향하고 처마와 플라타너스나무 아래로 점차 그늘이 질 무렵에는, 사람들이 저마다 현관에 자리를 잡고 앉아 동네를 웃음과 인사로 가득 채울 것이다. 오늘 아침 막 차를 몰고 나섰을 때처럼 말이다. 지금은 직장에 간 사람들, 여름학교나 감옥에 가 있는 사람들만 빼고 모두들 어둑한 방에 틀어박혀 텔레비전 퀴즈쇼를 보며 점심때를 기다리고 있겠지만.

매클라우드의 집은 여덟시 삼십분에 왔을 때와 달라진 게 없었지만, 내가 해리스의 집 앞에 세워놓은 **임대** 팻말을 세 시간 사이에 누가 가져가버렸다. 매클라우드 가족이 눈치채지 못하게 해리스의 집 앞에 조심조심 차를 세웠다. 끈적끈적한 더위 속으로 걸어나와 스포츠 재킷을 벗고 마른 잔디밭까지 다가가 주변을 살펴본다. 우선 집 양옆과 수국 아래쪽, 무궁화 덤불과 작은 현관 위쪽을 점검한다. 팻말을 뽑아다 그냥 던져놓고 가버렸을 수도 있기 때문이다. 에버릭과 워델은 흔한 일이라고 했다. 하지만 아무데도 없다.

다른 팻말을 꺼내려고 다시 차로 가서 트렁크를 연다. 트렁크에는 팻말이 여러 개 쌓여 있고(**집 팝니다, 구경하고 가세요, 가격 인하, 계약 진행중**), 가격 제안서 뭉치를 넣어둔 상자와 여행가방, 낚싯대, 프리스비 세 개, 글러브 두 개, 야구공, 플로리다주에 사는 친척을 통해 특별히 주문한 폭죽이 들어 있다. 모두 폴과 여행을 가기 위해 챙겨놓은 중요한 물건들이다.

나는 새 **임대** 팻말을 꺼내 잔디밭으로 돌아간다. 원래 팻말이 꽂혀 있었던 두 구멍을 찾아 새 팻말의 단단한 철제 다리를 양쪽 다 최대한 깊숙이 파묻고 주변 흙을 발로 꼼꼼히 다져 예전과 같은 상태로 만든다. 자동차로 돌아와 트렁크를 닫고 손수건으로 팔과 이마의 땀을 훔친 후 매클라우드네 현관으로 곧장 걸어간다. 당연히 초인종을 누를 생각이었지만 범죄자처럼 살금살금 옆으로 가서, 앞 창문부터 들여다본다. 낮인데도 거실은 해질녘처럼 어둑어둑하고, 매클라우드의 아이들은 소파에 붙어앉아 좀비처럼 넋을 잃은 채 텔레비전을 보고 있다(동생 위니는 조그만 손으로 토끼 인형을 꽉 붙들고 있다). 둘 다 나를 본 것 같지는 않았는데 오빠인 곱슬머리 넬슨이 고개를 획 돌리더니 또다른 텔레비전이라도 보는 양 창문을 뚫어져라 쳐다본다. 마치 내가 화면에 나오고 있는 것처럼.

나는 씩 웃으며 친근하게 손을 흔든다. 어서 일을 처리하고 아들과 샐리를 만나러 가고 싶은 생각뿐이다.

넬슨은 어두운 거실의 희미한 불빛 속에서 나를 계속 쳐다본다. 내가 몇 초 안에 사라져주길 기대하는 듯하다. 넬슨과 여동생은 윔블던 경기를 보는 중이다. 문득 창문을 들여다보고 있는 게 내 할일도 아닐뿐더러, 위험을 자초하는 짓이라는 것을 깨닫는다. 다혈질인 래리가 내 머리통을 쏴버릴지도 모르는 일이다.

꼬마 넬슨은 내게서 눈을 떼지 않다가 내가 다시 손을 흔들고 창문에서 물러나 현관 벨을 울리자, 맨발로 쌩하니 거실을 뛰쳐나간다. 넬슨이 게으른 부모를 데리러 침대로 달려갔기를 바란다. 안에서 쿵하고 문 닫히는 소리가 나더니 아주 멀리서 에어컨 소음에 섞여 말소리가 들려오지만 잘 알아들을 수는 없다. 뭔지는 몰라도 분명 나에 관한 얘기일 것이다. 나는 눈길을 돌려 거리에 늘어선 흰색, 녹색, 파란색, 분홍색 목조주택들을 바라본다. 초록색이나 붉은색 지붕을 얹고 아담한 정원을 갖춘 집들이다. 정원에는 너무 많이 자라 벽을 따라 올라가고 있는 토마토 줄기가 있는가 하면 격자창과 현관 기둥을 타고 올라간 스위트피 덩굴도 보인다. 미시시피 삼각주에서 볼 수 있는 전형적인 풍경이다. 비록 도로 가장자리에 서 있는 자동차들은 모두 근사한 밴인데다 포드와 쉐보레의 최신 모델이지만(사실 '국산품 애용' 구호를 가장 충실히 따르는 건 바로 흑인들이다).

바로 맞은편 집에서 몸집이 커다란 흑인 할머니가 노란 행주를 매단 알루미늄 보행기를 밀면서 방충망 문을 열고 성큼 걸어나온다. 매클라우드네 현관에 서 있는 나를 보더니 걸음을 멈추고 유심히 쳐다보는 게 느껴진다. 머를린 비버스. 1986년에 내가 이 동네에서 집을 사려고 차를 타고 돌아다닐 때 처음 두 번 따뜻하게 손을 흔들어줬던 그 여인이다. 남편 톰은 그해가 가기 전에 세상을 떴고 그때부터 머를린은—해리스가 편지로 알려줬다—기력을 잃어갔다.

"누구를 찾고 있어?" 길 건너편에 있는 나를 향해 머를린이 소리친다.

"래리를 찾아왔어요, 머를린." 나는 정답게 손을 흔들며 대답한다. 부인과 남편은 모두 당뇨병을 앓았고 부인은 백내장으로 시력까지 잃어가는 중이다. "저예요, 머를린." 내가 소리친다. "프랭크 배스컴이요."

"그러면 안 돼." 머를린이 말한다. 은발 머리는 온통 제멋대로 뻗쳐 있다. "그러면 안 된다니까." 그녀는 밝은 오렌지색 하와이풍 무무 드레스를 입었고 부풀어오른 발목에는 붕대를 감고 있다. 자칫 흥분하기라도 하면 넘어져 죽을지도 모를 일이다.

"아무 일 없어요, 머를린." 내가 소리친다. "그냥 래리를 만나러 온 거예요. 걱정하실 필요 없어요. 아무 문제 없다고요."

"경찰을 부르겠어." 비버스 부인은 이렇게 말하더니 다시 집으로 들어가려고 뒤뚱거린다. 보행기가 한발 앞에서 현관을 긁어댄다.

"안 돼요, 경찰은 부르지 마세요." 내가 외친다. 어서 길을 건너가 내 얼굴을 보여줘야 했다. 강도나 영장집행관이 아니라 그저 세를 걷으러 온 주인이란 것을 깨달을 수 있도록. 조 마크햄이 내게 말했던 대로 말이다. 해리스가 여기 살 때 머틀린과 나는 몇 번 화기애애하게 대화를 나누곤 했다. 차에서 내리고 타다가 현관에 앉아 있던 그녀와 인사하게 된 것이었다. 그런데 지금은 아무래도 심상치 않다.

경찰에 신고하려는 그녀를 막 말리러 가려던 참에, 집안에서 맨발로 쿵쾅쿵쾅 뛰어오는 소리가 들리더니 자물쇠와 걸쇠가 덜그럭덜그럭 풀렸고, 빼꼼 문이 열리고 넬슨이 나타난다. 연갈색 곱슬머리에 피부색이 그리 어둡지 않은 이 물라토* 꼬마는 재키 쿠퍼**를 쏙 빼닮았다. 방충망 걸쇠 못 아래로 넬슨의 얼굴을 내려다보고 있자니 내가 거인이 된 느낌이다. 넬슨은 아무 말도 하지 않는다. 작은 갈색 눈으로 나를 수상쩍다는 듯 올려다볼 뿐이다. 이 여섯 살 꼬마는 윗옷은 없이 자주색과 황금색이 섞인 레이커스 반바지만 입고 있다. 다시 땀이 삐질삐질 흐르던 얼굴 위로 에어컨 찬바람이 훅 끼쳐온다. "어드밴티지, 나브라틸로바." 영국인 여자 해설자가 차분하게 말하자 관중이 박수를 보낸다. (어제 경기를 재방송하는 모양이다.)

"넬슨, 잘 지냈니?" 나는 쾌활하게 묻는다. 우린 아직까지 이야기를 나눠본 적이 한 번도 없다. 넬슨은 마치 스와힐리어라도 들은 것처럼 나를 올려다보며 눈만 깜박인다. "부모님 안에 계시니?"

넬슨은 어깨 너머로 뒤를 쓱 돌아봤다가 다시 내게로 시선을 돌린다. "넬슨, 배스컴 씨가 현관에서 기다린다고 전해줄래? 응? 난 사람을 죽이러 온 게 아니라 월세를 받으러 왔다고 전하렴." 어린 넬슨에게는 적절치 않은 유머다.

---

* 백인과 흑인 부모 사이에서 태어난 사람.

** 미국 영화배우.

더는 안을 엿볼 마음이 들지 않는다. 사실 여기는 내 집이고 꼭 필요한 경우에는 당연히 내 집을 살펴볼 권리가 있다. 하지만 넬슨과 위니만 있을지도 모르는 일이었고, 집안에서 아이들하고만 있는 상황은 피하고 싶다. 머를린 비버스가 자기집에서 고래고래 소리를 지르고 있을 것 같아 영 뒤가 켕긴다. 대낮에 정체불명의 백인 남자가 래리 매클라우드네 집에 침입하려 한다고 말이다. "넬슨," 나는 셔츠로 땀을 훔치며 다시 입을 연다. 예상치 못한 덫에 걸린 기분이다. "내가 집안으로 몸만 좀 기울여서 아빠 이름을 불러봐도 되겠지? 응?" 나는 아이를 안심시키려고 고개를 끄덕끄덕하며 방충망 문을 당긴다. 놀랍게도 문은 잠겨 있지 않았다. 집안으로 얼굴을 밀어넣으니 시원한 바람이 밀려온다. "래리," 컴컴한 실내에 대고 꽤 크게 말해본다. "월세 받으러 왔습니다." 위니는 토끼 인형을 꽉 안고 잠이 든 것 같다. 텔레비전 화면은 올 잉글랜드 클럽의 짙푸른 잔디를 비추고 있다.

넬슨은 여전히 날 올려다보다가(바로 그 위로 내가 몸을 기울이고 있다) 몸을 돌려 소파로 가더니 다시 여동생 옆에 자리를 잡는다. 위니가 천천히 눈을 떴다가 다시 감는다.

"래리!" 한번 더 소리쳐본다. "안에 있어요?" 탁자 위에 래리의 커다란 권총이 없다. 래리가 들고 있다는 뜻이다.

뒷방에서 서랍 여닫는 소리가 들린다. 그다음엔 쾅 문 닫는 소리. 월세를 받으려다 휴일 전날 살인사건 통계에 기록되었다고 하면 이 사건 배심원을 맡을 흑인 여덟 명과 백인 네 명은 무어라 말할까? 분명 내 잘못이라고 할 것이다.

나는 한 걸음 뒤로 물러서서 잔뜩 경계하며 비버스 부인의 집을 돌아다본다. 방충망 뒤에서 머를린의 오렌지색 무무가 신기루처럼 휘날린다. 그곳에서 그녀가 나를 지켜보고 있다.

"아무 일 아니에요, 머를린." 내가 허공에 대고 소리쳤다. 무무는 곧 그늘 속으로 사라진다.

"무슨 문제가 있나요?"

얼른 몸을 돌려보니 방충망 뒤에 베티 매클라우드가 와 있다. 베티는 바로 걸쇠를 걸어 잠그고 귀찮다는 듯 인상을 찌푸리며 나를 쳐다본다. 분홍색 퀼트 실내복을 입은 베티는 뼈만 남은 손가락으로 물결 모양 옷깃을 붙잡고 있다.

"아무 문제도 없습니다." 나는 대답을 하며 고개를 흔든다. 그 꼴이 살짝 정신 나간 사람처럼 보였을 수도 있다. "비버스 부인이 저를 보고 경찰을 부른 것 같아요. 그저 월세를 받으러 왔을 뿐인데 말이죠." 재미있는 상황이라는 듯 표정을 꾸며보고 싶었지만 잘되지 않는다.

"남편은 지금 없어요. 오늘밤에나 올 테니 그때 오세요." 베티가 말한다. 마치 내가 면전에다 고함이라도 친 것처럼 불쾌한 내색이다.

"알겠습니다." 우울한 미소를 지으며 내가 말한다. "여느 때처럼 이번 달에도 들렀다고 전해주세요. 월세 낼 때도 됐고 말입니다."

"그이가 줄 거예요." 베티가 뚱한 목소리로 대답한다.

"아, 그럼 좋죠." 집안 깊숙이서 화장실 물 내리는 소리가 들려온다. 만만찮은 비용을 들여 파이프를 설치한 지 채 일 년도 안 되었기 때문에, 물소리가 어쩐지 시원스럽지 않긴 해도 일 년 전보다는 나았다. 래리는 오전 내내 뒹굴다 지금 막 일어나서 오줌을 누러 갔을 것이다. 내가 사라질 때까지 욕실에서 나오지 않을 게 틀림없다.

화장실 물소리가 들리자 베티 매클라우드는 나를 향해 시비조로 눈을 깜짝거린다. 얼굴이 뾰족하고 누렇게 뜬 베티는 미네통카* 부근의 농장에서 태어났고 그린넬대학을 졸업했으며 컬럼비아대학교에서 사회복지 석사과정을 밟다가, 지역 전문대학에서 직업훈련을 받던 래리를 만나 결혼했다. 래리는 그린베레**를 제대하고 지긋지긋한 그 도시에서 빠져나갈 궁리만 하던 참이었다(모두 해리스 부부가 들려준 이야기다). 시온루터교회 신자인 베티의 부모는 딸과 래리가 크리스마스에 넬슨을 요람에 뉘어 데리고 나타나자 당연히 펄펄 뛰었지만 나중에는 화를 누그러뜨리고 이들을 받아들였다고 한다. 하지만 해덤에 온 이후 매클라우드 부부는 점점 세상과 단절되었다. 베티는 하루종일 집안에 머무르고 래리는 이동식 주택 제조 공장에서 야간조로 근무하니, 가족 중 바깥에서 만날 수 있는 사람은 아이들뿐이었다. 사실 많은 사람들이 별반 다르지 않게 살아간다.

용기 있는 부부라고 생각해 베티와 래리에게 세를 내주었지만 사실 난 베티 매클라우드를 그리 좋아하지 않는다. 베티는 살면서 내린 중요한 결정들을 모조리 후회한다는 듯 늘 실망스러운 표정을 짓고 있으면서도, 자신이 매번 도덕적으로 올바른 결정을 내렸다는 우월감에 빠져 있는 듯 보인다. 전형적인 삼중 자유주의자 역설***이다. 자존심과 자기혐오가 뒤섞인 불안감. 언젠가 매클라우드 부부가 편집증에 빠져 자

---

* 미네소타주의 교외지역.

** 미국 육군 특수부대.

*** 인도 출신 경제학자 아마르티아 센의 경제이론으로, 경제학자들이 믿는 자유시장이란 존재할 수 없다는 역설.

신들의(나의) 집 앞에 바리케이드를 치고 이해할 수 없는 요구만 하다가 경찰에게 발포하고 아예 다 불살라 함께 죽어버릴까봐 무섭기도 하다. (물론 이런 걱정이 그들 가족을 쫓아낼 이유가 되진 않는다.)

"그럼," 이제 가보겠다는 듯 내가 계단 위로 물러나며 말한다. "집에 별일 없기를 바라겠습니다." 베티는 나를 나무라는 듯 쳐다보다가 갑자기 눈길을 옆으로 옮긴다. 베티의 시선을 좇아 돌아보니 흰색과 검정이 뒤섞인 신형 순찰차 한 대가 내 차 뒤에 멈춰 서고 있다. 차에는 경찰 두 명이 타고 있고 조수석에 앉은 경찰은 무전기에 대고 말을 하는 중이다.

"그 사람이 아직도 저기에 있어요!" 보이지는 않지만 머틀린 비버스가 집안에서 외쳐대고 있다. "저 백인이에요! 어서 가서 잡아요. 저 집에 침입하려 한다고요."

무전기로 교신하던 경찰은 운전석 동료에게 무언가 말을 건네고 함께 웃음을 터뜨리더니 모자도 쓰지 않고 차에서 내려 인도를 걸어오기 시작한다.

내가 해덤에 정착한 이후 죽 알고 지내온 발두치 경사다. 휴일이라 하루종일 걸려오는 성가신 신고 전화에 응대하고 있었을 것이다. 경사는 지역 경찰을 다수 배출한 시칠리아계 집안 사람인데, 정식으로 '만난' 적은 한 번도 없지만 길모퉁이에서 몇 마디를 나누거나 커피 스폿 카페에서 커피를 마시며 간단한 대화를 나눠보긴 했다. 주차위반 딱지를 떼지 말아달라고 대여섯 번 사정해보기도 했고(모두 소용없었다) 타운 리커스 근처에서 열쇠를 두고 내린 채 차문을 잠가버렸다가 도움을 받기도 했다. 경사는 주행중 도로교통법 위반으로 나를 세 번 소환했고 이혼하기 전 집에 강도가 들었을 때 수사를 하러 온 적도 있다. 이혼 후 얼마 지나지 않았을 때 내가 한밤중에 거리를 떠돌며 절망감에 가득차 소리를 질렀을 때 나를 불러 세워 몇 가지를 묻고는 어깨를 토닥여주기도 했었다. 경사는 겉으로는 한결같이 공무원답게 깍듯했지만 세금징수원처럼 영혼이 없어 보였다. (솔직히 난 그를 항상 바보 멍청이라고 생각했다.)

발두치 경사는 현관 계단까지 걸어오는 동안 나나 베티 매클라우드에게는 눈길도 주지 않는다. 경사는 경찰 장비를 전부 장착한 육중한 검정색 벨트를 허리춤으로 끌어당긴다. 최루탄 보관함, 무전기, 수갑, 열쇠꾸러미, 곤봉, 대형 자동권총이 주렁주렁 달려 있다. 다리미로 줄을 세운 푸른색과 검은색의 해덤 경찰 유니폼에는 군복을 연상케 하는 다양한 얼룩무늬가 그려져 있고, 표장과 계급장이 달려 있다. 묵직한 복부에는 그새 더 살이 붙은 것 같았는데 셔츠 안에 방탄조끼를 입은 것 같기도 하다.

경사는 한 번도 본 적 없는 낯선 사람을 대하듯이 나를 쳐다본다. 경사는 키가 177센티미터에 눈썹은 짙고, 얼굴에는 달 표면처럼 모공이 숭숭 뚫렸고 군인처럼 윗머리를 평평하게 깎았다.

“여기 무슨 문제라도 있습니까?” 발두치 경사가 반짝반짝 빛나는 경찰 신발 한쪽을 제일 아래쪽 계단에 걸치며 묻는다.

“아뇨, 전혀 문제없습니다.” 왠지 숨이 가빠온다. 마치 보이지 않는 곳에서 더 큰 일이 벌어지고 있기라도 한 것처럼. 물론 나는 애써 떳떳하다는 표정을 짓는다. “비버스 부인이 크게 착각하신 것 같습니다.” 지금 그녀는 독수리 같은 눈으로 이 상황을 주시하고 있을 것이다. 밑도 끝도 없는 망상 속에서 말이다.

"정말입니까?" 베티 매클라우드를 쳐다보며 발두치 경사가 묻는다.

"네, 아무 문제 없어요." 베티가 방충망 뒤에서 힘없이 대답한다.

"이 집에 누군가 침입하려 한다는 신고가 들어왔습니다." 공무원다운 깍듯한 목소리로 발두치 경사가 말한다. "부인은 여기 사십니까?" 경사가 베티에게 묻는다.

베티는 고개만 끄덕일 뿐 다른 쓸 만한 말은 하지 않는다.

"누군가 집에 침입했거나 침입하려고 시도했습니까?"

"아뇨, 모르는 일이에요."

"여기엔 무슨 일로 오셨죠?" 발두치 경사가 혹시 수상한 점은 없는지 마당을 둘러보면서 내게 묻는다. 깨진 유리창, 피 묻은 둥근머리망치, 소음기가 달린 권총 같은 것들 말이다.

"전 이 집 주인입니다." 내가 말한다. "일이 있어 들렀을 뿐이에요." 월세 받는 게 범죄라도 되는 양, 월세 받으러 왔다고 밝히는 것은 피하고 싶다.

"이 집 주인이시라고요?" 적당히 주위를 둘러보던 경사가 마침내 나에게로 눈을 돌린다.

"네, 저 집도 제 소유죠." 해리스가 살다가 지금은 비어 있는 집을 가리키며 내가 말한다.

"성함이 어떻게 되시죠?" 경사가 노란 스프링 수첩과 볼펜을 뒷주머니에서 꺼내면서 묻는다.

"배스컴입니다." 내가 말한다. "프랭크 배스컴."

"프랭크라……" 이름을 받아적으며 경사가 중얼거린다. "배스컴,

집주인."

"네, 맞아요."

"저와 구면인 것 같은데 맞습니까?" 경사가 나를 아래위로 천천히 훑어보며 묻는다.

"네." 대답을 하는 순간, 내가 면도도 안 한 성범죄 용의자들과 함께 특수 유리를 사이에 두고 베티와 마주서 있는 기분이 든다. 발두치 경사는 한때 나에 대해 많은 것을 알고 있었지만 지금은 다 잊은 듯하다.

"제가 음주소란 혐의로 당신을 체포한 적이 있던가요?"

"음주소란이 뭔지 정확히는 모르겠지만 절 체포하신 적은 없습니다. 딱지만 두 번 끊었죠." 실은 세 번이다. "호빙 로드에서 빨간불에 안 멈추고 우회전을 했다는 이유로요. 한 번은 사실이지만 한 번은 억울하게 걸렸답니다."

"뭐, 종종 있는 일이죠." 발두치 경사는 수첩에 메모를 하며 놀리는 듯 미소를 짓는다. 베티 매클라우드에게도 이름을 묻더니 역시 그 수첩에 적어둔다.

그때 머를린 비버스가 바닥 긁는 소리를 내며 현관으로 나온다. 손에는 노란 무선전화기가 들려 있다. 몇몇 이웃들도 무슨 일이 벌어졌나 보려고 자기집 현관으로 나온다. 그중 한 사람도 무선전화기를 들고 있다. 머를린과 통화하던 게 틀림없다.

"그럼." 발두치 경사가 i 몇 개에 점을 찍고 수첩을 바지 뒷주머니에 밀어넣으며 말한다. 여전히 비웃음을 머금은 얼굴이다. "확인해보겠습니다."

"그러시죠." 내가 말한다. "하지만 전 이 집에 침입하려 하지 않았습니다." 다시 숨이 가빠온다. "저 길 건너 할머니는 정신이 좀 이상합니다." 나는 두 집 아래 사는 이웃을 붙잡고 수다를 쏟아내고 있는 배신자 머를린을 쏘아본다.

"이 동네에서는 다들 서로서로 지켜보고 산답니다, 배스컴 씨." 발두치 경사는 짐짓 심각한 표정으로 이렇게 말하더니 곧 베티 매클라우드에게 시선을 돌린다. "그래야 맞지요. 매클라우드 부인, 혹시 곤란한 일이 있으시면 언제든 연락주시기 바랍니다."

"알겠어요." 베티 매클라우드의 대답은 이뿐이다.

"곤란한 일은 전혀 없었단 말입니다!" 베티를 원망스럽게 쳐다보며 내가 말한다.

내 집 앞 콘크리트 보도에 서 있던 발두치 경사는 제법 흥미롭다는 눈빛으로 나를 올려다본다. "아무래도 진정할 시간이 필요하시겠군요." 딱딱한 목소리다.

"전 충분히 진정하고 있습니다." 내가 화를 내며 말한다. "전혀 흥분하지 않았다고요."

"그럼 다행입니다." 경사가 말한다. "화를 못 참으시면 안 되죠."

내 혀끝에서 맴돌던 말은 바로 이것이다. "퍽이나 고맙군. 내 뒤나 한번 핥아보시지?" 하지만 파란색 짧은 소매에 두툼한 살라미 햄처럼 꽉 끼어 있는 짧고 단단한 팔을 보아하니, 발두치 경사는 쇄골을 부러뜨리거나, 경비원이 내 아들에게 한 것처럼 목을 졸라 제압하는 데는 선수일 것 같다. 나는 말 그대로 혀끝을 깨문 채* 클리오 스트리트의 건

* 영어에서 '할말을 꾹 참는다'는 뜻의 관용 표현.

너편에 서 있는 머를린 비버스를 우울하게 쳐다본다. 크리스마스 선물로 받은 싸구려 전화기에다 주절거리고 있는 그녀도 나를 바라본다. 아니, 희뿌연 악마를 보고 있다고 생각할지도 모른다. 느닷없이 화염에 휩싸여 유황불 속에 펑 터져버릴 악마. 부인의 남편이 먼저 세상을 뜬 것은 안된 일이다. 비버스 씨가 살아 있었다면 이 모든 상황을 깨끗이 정리했을 것이다.

발두치 경사는 주차해둔 플리머스* 순찰차로 느릿느릿 되돌아간다. 허리에서는 무전기가 의미 없이 지지직거리고 있다. 경사는 차문을 열고 몸을 숙이며 남아 있던 동료에게 뭐라고 말을 건넸고 둘은 동시에 껄껄 웃어댄다. 차에 탄 경사는 대시보드에 고정된 클립보드에 뭔가를 기록한다. "집주인"이란 말이 들리더니 또다시 웃음소리가 퍼진다. 곧 차문이 닫히고 순찰차는 천천히 출발한다. 두 거한의 거드름 피우는 말소리도 함께 멀어진다.

베티 매클라우드는 방충망 뒤에서 꼼짝도 하지 않고 두 물라토 꼬마는 엄마 양쪽에 바짝 붙어서서 두리번거리고 있다. 베티의 얼굴에는 동정도, 당혹스러움도, 비웃음도 드러나지 않는다. 방금 일어난 일을 전혀 모르고 있는 것은 아닐까.

"래리가 있을 때 다시 오죠." 나는 막막한 심정으로 말한다.

"그러세요."

나는 추궁하는 눈초리로 베티를 쏘아본다. "안에 누가 있습니까?" 내가 묻는다. "화장실에서 물 내리는 소리가 들려서요."

---

* 크라이슬러사의 자동차 브랜드.

"여동생이에요." 베티가 말한다. "무슨 상관이시죠?"

나는 딱딱한 표정을 짓고 있는 베티의 작은 얼굴을 유심히 살피며 진실을 읽어내려고 애쓴다. 레드 클라우드*에 사는 여동생? 아니면 호리호리하고 손이 큼지막한 시그리드가 윤리적인 언니를 위로하려고 제 걱정거리는 다 제쳐놓고 북유럽에서 휴가를 내어 달려온 걸까? 가능한 일이다. 하지만 그럴 것 같지는 않다. "아닙니다." 내가 고개를 저으며 말한다.

베티 매클라우드는 아무 기별도 없이 문을 닫아버린다. 나는 뜨거운 태양이 내리쬐는 현관에 빈손으로 남는다. 베티는 연달아 문을 잠그며 안으로 들어가고 나는 그 소리를 들으며 한참 동안 서 있는다. 비참한 기분이다. 더는 도리가 없었기에 내 차로 터벅터벅 돌아온다. 월세는 7월 4일 이후에나 받게 됐다. 그때도 무사히 받을 수 있을지 알 순 없지만.

머를린 비버스는 작고 하얀 자기집 현관에 아직도 서 있다. 스위트피가 기둥을 감으며 자라고 있는 집이다. 그녀는 젖은 머리를 아무렇게나 풀어헤치고, 보행기 손잡이를 롤러코스터 손잡이라도 되는 양 커다란 손으로 꽉 움켜쥐고 있다. 다른 사람들은 다들 집으로 들어가버렸는지 아무도 보이지 않는다.

"이봐!" 머를린이 내게 소리친다. "경찰이 그놈을 잡아갔나?" 그녀가 들고 있던 노란색 전화기는 플라스틱 옷걸이로 보행기에 대충 고정되어 있다. 언제든 엄마와 통화하려고 자녀들이 마련해준 게 틀림없

---

* 네브래스카주의 도시.

다. "누가 래리의 집에 들어가려 했다고. 당신이 와서 도망갔나봐."

"경찰이 잡아갔어요." 내가 말한다. "이젠 걱정 안 하셔도 됩니다."

"잘됐군!" 머를린이 의치를 드러내며 환히 웃더니 말한다. "항상 우리한테 좋은 일만 해주는군. 우린 다 감사한 마음이야."

"할일을 했을 뿐인걸요." 내가 대꾸한다.

"혹시 우리집 영감을 아나?"

차문에 손을 가져가던 나는 머를린을 측은한 마음으로 바라본다. 그녀는 걷잡을 수 없이 세상과 멀어지는 중이고, 곧 다른 곳에서 사랑하는 남편과 해후하게 될 것이다. "물론 알죠." 내가 대답한다.

"아주 멋진 남자였지." 비버스 부인이 내 생각을 그대로 가져가 말한다. 망인을 떠올렸는지 고개도 흔든다.

"모두들 그리워한답니다." 내가 말한다.

"그렇지." 그녀는 절뚝거리며 힘겹게 집안으로 향한다. "그래야 하고말고."

5

몬모런시 로드를 거쳐 해덤에서 말들이 뛰노는 동네, 우리의 작은 렉싱턴*으로 차를 몬다. 흰 울타리가 길고 네모반듯하게 이어져 있고, 비탈진 목장이 드넓게 펼쳐진 곳이다. 길들(리케츠 크리크 클로스, 드러밍 로그 웨이, 피콕 글렌)은 어두운 숲속으로 꼬리를 끌며 사라지고, 시냇물은 나무다리와 백양나무숲을 지나쳐 신록 속에 고즈넉히 자리잡은 부자들의 별장 쪽으로 흘러간다. 봄이 되면 수렵감시국에서는 하디사社 장비로 무장한 낚시 애호가들과 인근 주민들이 낚싯대를 드리울 수 있도록 부화장에서 송어를 데려와 조용히 방류한다. 태곳적부터 울창한 수림을 이룬 이곳 활엽수들은 독립혁명군이 진격하는 것을 보

---

* 켄터키주의 도시. 종마 사육과 경마로 유명하다.

왔고, 자유를 위해 싸운 이 초기 정착민들의 나팔소리와 함성, 저항의 외침을 들었다. 그러나 지금은 승마바지를 입은 황갈색 머리의 상속녀들이 점심 무렵 호젓하게 말을 타볼 요량으로 방목장으로 향할 때 지나는 길일 뿐이다. 가끔 이 길을 따라 고객에게 집을 보여주러 갈 때가 있는데, 그때 만나는 집주인들은 살찐 몸에 파라오처럼 치장을 하고서 항상 뚱한 표정을 짓고 있다. 이 대자연의 선물 앞에서라면 황홀경에 빠져 살 것 같은데 말이다. 내가 자신들의 '놀랄 만큼 멋진 집'을 소개해주러 갔는데도 마치 정원 일을 봐주러 온 일꾼을 대하듯 쳐다본다. 우리 회사에서 이 지역 거래는 대개 섁스 머피가 담당한다. 타고나길 냉소적인 머피는 그런 사람들을 대하는 일을 재미있다고 여길 뿐 아니라, 부자들을 야금야금 벗겨먹는 데서 가장 희열을 느끼기 때문이다. 반면 소박한 주택에 더 마음이 가는 나는 친근한 집들을 더 좋아한다.

거북스러운 매클라우드 부부를 떠올리자 내가 무슨 실수를 저질렀는지 이내 명확해진다. 매클라우드 집에 가자마자 부부에게 우리집 바비큐 파티에 오라고 초대했어야 했다. 테라스에 있는 야외용 의자에 둘을 앉혀놓고 더블 마르가리타를 내오고 목장풍 갈비 요리, 통옥수수, 토마토 양파 샐러드, 키 라임 파이를 대접했어야 했다. 그랬다면 일이 술술 풀렸을 텐데. 혹시 나중에 불화를 빚게 되더라도(세입자가 집주인에게 아주 고마워하거나, 집주인이 바보가 아니라면 늘 일어나는 일이다) 곧 의심을 털어버렸을 것이다. 불행히도 그 의심이 지금 나와 그 부부 사이에 자리하고 있다. 나는 왜 그렇게 하지 않았을까. 그건 모르겠지만 한 가지는 분명하다. 그런 일은 내 성향과 맞지 않는다는 것이다.

일 년 전 어느 여름밤, 나는 프랭크스 자리를 말 그대로 들이받았다. 레드맨 클럽에서 밤 열시까지 낚시를 즐기고 돌아오던 길이었다. 나는 피로에 절어 있었고 눈도 몹시 침침했다. 그 밤길에 '베미시의 버치비어* 저장소' 간판이 눈에 들어왔고 몹시도 유혹적이었다. 31번 국도에서 막 커브를 돌고 난 후였다. 눈은 무겁고 따끔거리는데다 입술마저 바짝 말라붙어 있었으니 나는 루트비어 한 잔을 들이켤 준비가 되어 있었다.

나이 마흔이 넘은 사람들은 누구나 (브롱크스** 출신이 아니라면) 그런 공간에 얽힌 단순하고 소박한 기억들이 있을 것이다. 오렌지색을 칠한 목재로 세운 낮은 창고 건물, 주문 받는 곳 앞에 있는 미닫이 방충망, 바깥에는 줄줄이 늘어뜨린 노란 전구, 나무둥치를 표백해 만든 의자와 쓰레기통, 주차구역을 표시해둔 흰색 타이어, 나무에 즐비하게 걸어둔 안내판. 바로 그곳에서 시냇가의 야외용 식탁에 앉아 얼음처럼 차가운 머그잔으로 루트비어를 들이켤 수도 있고, 어둠 속에 라디오 불빛만 밝혀 성스러운 분위기를 풍기는 57년형 포드로 기어들어가 금속 쟁반에 잔을 받쳐들고 애인과 한잔할 수도 있다.

가게 간판을 보자마자 주차장으로 운전대를 돌렸지만 순간 까무룩 잠이 들어버렸다. 내 차는 흰색 타이어 더미와 피튜니아 화단을 순식간에 지나 초록색 피크닉 테이블을 쾅 들이받았고, 테이블은 망가져버렸다. 가게 주인 칼 베미시가 대체 무슨 일인가 싶어서 종이 모자와 앞

* 자작나무 껍질 추출물로 만드는 음료. 루트비어와 맛이 비슷하다.

** 뉴욕시의 자치구. 거주환경이 열악하며 주로 유색인종이 산다.

치마를 걸친 차림 그대로 옆문으로 튀어나왔다. 틀림없이 술 취한 사람일 테고 경찰을 불러 체포해야 한다고 생각했을 것이다.

하지만 (정말이지) 어떤 불행한 사태도 없었다. 쾅 소리에 정신이 번쩍 든 나는 곧장 차에서 내려 과속해서 죄송하다고 사과를 했고 음주측정도 받겠다고 말했다. 그리고 파손된 기물값으로 300달러를 내밀며 프렌치타운의 술집에서 곤드레만드레 취할 때까지 마셔댄 것이 아니라 그저 낚시를 다녀오는 길이라고, 시냇물이 흐르고 멋진 전구 조명 아래 하얀 나무둥치가 늘어선 이곳이 너무나 아름다워 나도 모르게 차를 돌렸노라고 해명했다. 나는 여전히 루트비어 생각이 간절하다고 말한 뒤 괜찮다면 한 잔 살 수 있겠느냐고 물어보았다.

칼은 내가 건네준 지폐 뭉치를 앞치마 주머니에 넣고 나서야 화를 풀었다. 선한 본성을 믿는 칼은 내 해명을 수긍하며 살다보면 이런 일도 일어나기 마련이라고, 때로는 (드물긴 해도) 표면적인 이유가 진짜 이유일 때도 있다고 말했다.

루트비어 한 잔을 받아든 나는 싱글거리며 트렌들 천변의 부서지지 않은 식탁 앞에 자리를 잡았다. 오래전 1950년대에 저멀리 남부에서 아버지가 딱 이런 곳에 데려갔었다. 해군 구매 담당관으로 근무했던 아버지가 출장 때마다 나를 데리고 다닌 덕분에 어머니는 며칠이나마 밤낮 홀로 나를 보살펴야 하는 부담에서 벗어날 수 있었다.

잠시 후 칼 베미시가 전구를 한 줄만 남겨놓고 모두 끈 뒤 내 쪽으로 걸어왔다. 나에게 줄 루트비어를 한 잔 더 들고 제 몫의 거품 가득한 루트비어도 함께 가져왔다. 식탁 맞은편에 앉은 칼은 마침 혼자 있던 늦은 밤에 잡담을 즐기며 하루를 마무리하게 되어 반가운 모양이었다. 처음엔 수상해 보였지만 알고 보니 괜찮은 사람인 듯한 낯선 이와 말이다.

물론 거의 칼 혼자 떠들다시피 했다. (미닫이창을 사이에 두고 손님과 이야기 나눌 기회가 흔치는 않았으리라.) 칼은 홀아비였고 약 삼십 년 동안 태리타운*에서 인간공학 분야 일을 했다. 아내 밀리가 삼 년 전에 세상을 떠나자 은퇴를 결심하고 회사 주식을 팔아 창의적인 일(내겐 아주 친숙한 표현이다)을 찾기 시작했다고 했다. 칼은 내가 듣도 보도 못한 인간공학 방면에는 훤했지만 소매업이나 요식업 등 대중을 상대하는 일에는 무지했고, 한 창업 잡지에 나온 광고에 혹해 충동적으로 버치비어 가게를 인수했다고 털어놓았다. 어린 시절을 보낸 뉴욕주 북부의 폴란드인 지역에 온타리오 호수로 흘러가는 작은 개천을 끼고 있는, 꼭 이곳 같은 가게가 있었는데, 자연히 남녀노소 할 것 없이 '만남의 장소'로 인기를 끌었다는 것이다. 칼은 아내도 거기서 만났고 심지어 직원으로 일한 기억도 있다고 했다. 앞판에 진갈색 실로 이름을 새겨넣은 갈색 면 작업복을 입고 갈색 종이 모자를 쓰고서 말이다. 하지만 칼은 이제 와보니 자신이 그 식당에서 일했다는 구체적인 흔적을 전혀 못 찾겠다면서 과거를 아름답게 채색하려고 스스로 이야기를 꾸며낸 건지도 모르겠다고 토로했다. 그래도 그곳에서 보낸 시절이 인생의 가장 아름다운 한때였고 이 버치비어 가게도 그 추억을 기리는 일로 여긴다고 했다.

"당연한 말이지만 가게 일이 다 술술 풀리진 않았소." 칼이 끈끈한

---

* 뉴욕주 동남부 허드슨강에 면한 마을.

피크닉 테이블 위로 하얀 종이 모자를 내려놓으며 말했다. 부드럽고 윤이 나는 칼의 대머리가 가게 뒤쪽에 매달린 전구 불빛에 반짝거렸다. 예순다섯 살인 칼은 손이 큼지막하게 소시지처럼 생겼고, 귀는 자그마했다. 벽돌 운반공에 가까워 보이는 외모였다.

"제 눈에는 너무나 좋습니다." 나는 주위를 둘러보며 경탄을 금치 못했다. 구석구석 새로 칠하고 세척하고 정리해둔 모양새를 보니 병원 구내 빰칠 만큼 엄격하게 관리해온 것 같았다. "큰돈을 버셨을 것 같은데요." 나는 그렇게 말하고서 부드럽고 거품이 풍부한 루트비어를 입안 가득 머금고 만족스럽게 고개를 끄덕였다.

"처음 일 년 반은 괜찮았지. 아주 좋았소." 칼 베미시가 말했다. "전 주인이 관리를 못했다오. 내가 돈을 들여서 다 뜯어고쳤지. 근처 주민들은 옛 가게가 살아나니까 다시 활기를 찾았으면 좋겠다고 반기더군. 당신처럼 늦은 시간에 찾아오는 사람들도 있었고. 다시 만남의 장소가 됐고, 분명 첫발은 잘 뗐소. 그러고 나서 과욕을 부린 것 같소. 신이 나서 슬러시 퍼피* 제조기를 사들였지. 제법 모아둔 현금이 있었거든. 다음에는 요거트 제조기, 그다음에는 파티를 치를 수 있게끔 주방 설비를 갖춘 트럭을 샀고. 창업 잡지에서 아이디어를 얻어 오래된 열차의 식당차도 사들인 뒤 바로 여기에 설치했소. 식당으로 꾸미려고 말이오. 종업원도 고용하고 메뉴 구색도 갖추고 금속 집기도 들여놓고 진짜 식당칸 식탁에 화병, 카펫으로 단장할 생각이었소. 특별한 날에 잘 어울리게 말이오." 칼은 개천이 흐르는 쪽을 어깨 너머로 쳐다보

* 미국의 인기 슬러시 브랜드.

더니 이맛살을 찌푸렸다. "다 저기에 있소. 저 망할 것을 라카와나에서 사 왔소. 둘로 나눠 트럭에 실어온 다음 철길을 깔고 그 위에다 조립했다오. 그때쯤 돈이 바닥났소." 칼은 고개를 흔들더니 대머리 위에 앉은 모기를 쳐냈다.

"안타깝네요." 어둠 속을 바라보니 유난히 새카맣고 육중한 형체가 밤의 적막 속에 불길하게 자리잡고 있었다. 칼이 말한 실패의 원흉이었다.

"야심이 컸달까." 칼이 테이블 너머로 씁쓸한 미소를 보내며 말했다. 순진하게 일을 벌였지만 야심이 크면 실수도 커지기 마련이라고 말하는 듯했다.

"여전히 잘해나가고 있으시잖아요." 나는 이어서 말했다. "기반 자금을 재구축할 때까지는 확장을 삼가야겠죠." 부동산업에 발을 들이고 나서야 배운 표현이었다. 정확한 의미는 나도 몰랐다.

"빚이 꽤 쌓였다오." 그 빚이 납덩어리가 되어 심장에 박힌 듯 수심에 찬 얼굴이었다. 칼은 납작한 분홍빛 엄지손톱으로 테이블 위에 말라붙은 루트비어 딱지를 쿡 찍으며 말을 이었다. "어디 보자, 육 개월쯤 지나면 파산할 거 같소." 칼은 코를 킁킁거리며 운 나쁜 긴 여름 내내 잘 구워진 그 달콤한 딱지들을 긁어댔다.

"자금을 다시 모을 순 없나요?" 내가 말했다. "식당차를 팔고 담보대출을 받으면 되지 않겠습니까?" 역시 부동산 업계 용어다.

"담보로 걸 주택이 없소." 칼이 말했다. "게다가 여기 뉴저지주 중부에선 아무도 저 빌어먹을 식당차를 원하지 않아요."

얼른 집에 돌아가 제대로 된 술을 들이켠 다음 침대로 뛰어들고 싶었다. 하지만 나는 이렇게 물었다. "그럼 앞으로 어떻게 하실 생각이죠?"

"투자자를 구해서 빚을 청산할 생각이오. 다시는 사업을 그르치지 않으리라 믿고 내게 일을 맡겨준다면 좋을 텐데. 혹시 아는 사람 있소? 이러다가는 구제불능 머저리가 아니란 걸 제대로 보여주기도 전에 파산하고 말 것 같거든. 너무 괴롭다오." 칼은 폴처럼 농담을 하고 있는 게 아니었다. 나는 칼이 등지고 있는 오렌지색으로 칠한 버치비어 가게를 눈으로 훑었다. 나무마다 손으로 쓴 깔끔한 팻말이 걸려 있었다. '강아지 산책은 이곳에서만!' '쓰레기를 버리지 마세요.' '고객 여러분은 우리에게 가장 소중한 친구입니다.' '감사합니다, 또 찾아주세요.' '버치비어는 몸에 좋습니다.' 교외와 시골의 중간쯤 딱 적당한 곳에 있어서 충분히 지역 주민들의 호감을 살 수 있는 가게였다. 근처에는 소규모지만 알짜배기 밭을 가꾸는 농장들이 오랫동안 자리를 지키고 있었고, 희한하게도 어린이집 겸 사과주 제조소와 히피가 운영하는 몇십 년 된 도자기 공방, 나무가 거의 없는 그저 그런 골프장 한두 군데가 자리하고 있었다. 지금은 비어 있는 초원에는 곧 새집들이 들어서기 시작할 것이다. 518번 도로와 31번 도로의 교차로는 교통량이 상당한 편이라 벌써 양방향 정지 표지판이 설치되어 있었다. 차량이 계속 늘면 여기에 신호등이 설치될 가능성이 컸다. 북서부 지역 주거 단지에서 트렌턴의 주의회 의사당까지 이어지는 31번 도로는 이제 더는 주요 도로가 아니었지만 경치만큼은 여전히 빼어나기로 손꼽혔기 때문이다. 모두 돈이 되는 요소다.

칼 베미시에게 가장 절실한 것은 부채 탕감, 그리고 칼이 매일 영업을 하면서 재무관리를 협의하고 조언해줄 수 있는 동업자라고 나는 생각했다. 무엇 때문인지 모르겠지만(한 가지는 분명하다. 나는 향수어린 추억의 한 조각을 칼과 공유하고 있었다) 나는 소개할 사람이 없다고는 도저히 말할 수가 없었다.

모기가 사정없이 달려들어 우리 둘의 얼굴을 에워싼 가운데 나는 유칼립투스나무 아래에서 칼에게 말해버렸다. 내가 동업에 관심이 좀 간다고 말이다. 칼은 조금도 놀라지 않고 곧바로 몇 가지 구상을 들려줬다. 하지만 다 변변찮아 보여서 솔직하게 말해줬다. 내가 단호한 데가 있다는 것을 그에게(또 나 자신에게) 분명히 보여주려는 의도도 있었다. 한 시간가량 더 의견을 나누다보니 새벽 한시가 가까워졌다. 나는 명함을 건네며 다음날 사무실로 전화를 달라고 부탁했다. 그때도 여전히 내 생각이 바뀌지 않는다면 다시 만나 머리를 맞대고 영업 장부와 경영 실적을 검토하고, 자산 대비 부채, 수입과 현금 흐름에 대해 이야기해보기로 했다. 나는 세금 문제나 다른 블랙홀(음주나 도박 따위)이 없다면 버치비어 가게 지분 일부를 사들이겠다고 제안했다.

칼은 두루 흡족했는지 연신 고개를 주억이며 말했다. "알겠소, 물론이오, 좋소, 그렇지, 물론, 문제없소. 그럼, 그렇고말고."

누군들 기쁘지 않겠는가! 한밤중에 술 취한 듯한 남자가 자동차를 몰고 가게로 돌진하더니 피크닉 테이블과 피튜니아 화단을 짓뭉개버렸다. 먼지가 채 가라앉기도 전에, 남자는 당신과 동업자로 변신할 계획을 세우고 있다. 어리석은 낙관주의와 무능력, 욕심으로 진창에 빠진 당신에게 구원의 손길을 내민 것이다. 현관 코앞에 풍요의 뿔*이 현

* 곡식이나 과일을 담아두는 뿔 모양 바구니로, 그리스신화에서 풍요와 번영의 상징물로 등장한다.

현해 대미를 장식했다고 여기지 않을 도리가 있겠는가?

사실상 한 달이 지나기 전에 모든 게 자리를 잡았다. 나는 우선 3만 5천 달러에 칼의 사업체를 사들였고 칼은 매각 대금으로 빚을 청산할 수 있었다. 게다가—칼은 그야말로 파산 상태였으므로—나는 경영권까지 손에 넣었다.

우선 슬러시 퍼피 제조기와 요거트 제조기부터 앨런타운의 레스토랑 집기 도매상에게 팔아치웠다. 칼에게 식당차를 팔았던 라카와나에 있는 회사 더 프라이드 오브 버펄로에도 연락해 그 식당차를 대신 팔아주면 재판매가의 5분의 4를 주기로 합의했다. 물론 운반비는 회사가 부담하는 조건으로. 칼이 버치비어 외에 다양한 서비스를 제공한답시고 사들였던 복사기와 팩스도 팔았다. 찾는 사람이 별로 없는 고급 메뉴 몇 개도 정리해버렸다. 칼은 그 메뉴를 내려고 장비까지 구입하고도 공간과 자금이 모자라 활용할 엄두를 못 내던 터였다. 프론토 펍* 제조기, 그것과 거의 흡사하게 생긴 뉴올리언스식 베녜** 제조기(다른 기능은 없다)가 그렇게 놀고 있었다. 그런데도 칼은 다른 장비 카탈로그를 쟁여두고 있었다. 다이키리 칵테일 제조기라든가(주류 판매 면허를 받을 때를 대비한 것이다) 화구 여섯 개짜리 크레이프 스토브 등등 뉴저지주 중부에서는 듣도 보도 못한 기계들이었다. 아내와 사별한 후 신경쇠약에 시달렸거나 어쩌면 가벼운 발작을 몇 번 겪고 판단력이 흐려졌을지도 모를 일이었다.

나는 그저 상식적인 판단으로 일을 처리해나갔고 얼마 지나지 않아

---

* 꼬챙이에 끼운 소시지를 팬케이크 반죽으로 감싸 익힌 핫도그.

** 슈 반죽을 튀긴 음식. 뉴올리언스에서 슈거파우더 등을 뿌려 아침식사로 즐긴다.

상황을 통제할 수 있게 되었다. 장비 판매 대금은 칼과 나누어 가졌으며 내 몫 중 절반은 운영자금으로 다시 투입했다(푸드 트럭은 재미 삼아 일단 남겨뒀다). 칼에게는 내가 최근 부동산업에 몸담고 나서 새롭게 체득하게 된 것, 즉 상식에 바탕을 둔 비즈니스 감각을 심어주었다. 좋은 것을 따라 해서 두 배로 좋게 만들려는 충동(대부분 성공하지 못한다)이야말로 가장 큰 실수라고 나는 칼에게 말해줬다. 그리고 사람들이 단지 욕심을 부리다 실패하는 게 아니라는 것도. 사실은 일상적인 삶에, 하던 일에 싫증을 내기 때문이다. 좋아서 시작한 일이라 해도 말이다. 그래서 힘들게 번 돈을 그저 재미를 좇는 데 낭비하게 된다고, 칼에게 설명했다. 내 해법은 이랬다. 비용을 낮추고, 운영을 단순화하고, 권태라는 사치를 경계하고, 단골을 확보하라. 그다음에는 그 경영철학을 '더 좋게' 발전시키려다 파산할 수도 있는 바보에게 가게를 팔아치우라. (물론 이중 하나라도 내가 직접 해본 것은 없었다. 세놓을 집을 두 채 샀고 전처의 집을 사려고 내가 살던 집을 팔아봤을 뿐이지, 장사로 한마디할 자격이 있는 사람은 아니다.) 나는 이런 지침을 앨런타운 레스토랑 집기상에서 나온 덩치 큰 흑인 두 사람이 슬러시 퍼피 제조기와 요거트 제조기를 뒷문으로 끌어내 트럭에 싣는 순간 들려줬다. 그야말로 생생한 반면교사의 현장이었다.

사업 전략에서 내가 마지막으로 손댄 것은 상호를 '베미시의 버치 비어 저장소'(너무 길다)에서 '프랭크스'로 바꾸는 것이었다. 아포스트로피*는 제외했다(말장난도 좋고 꾸밈없이 솔직한 느낌도 좋았다). 나

* 영어권 국가에서는 주인 이름에 아포스트로피를 넣은 소유격을 상호로 삼는 경우가 많다. '프랭크스'는 프랭크 배스컴의 이름과 프랑크 소시지를 둘 다 뜻할 수 있다.

는 우리 간판을 보고 차를 세운 사람들이 사려고 할 것은 딱 두 가지라고 장담했다. 차가운 루트비어와 빵에 끼운 끝내주는 폴란드식 소시지. 허기를 참으며 그럭저럭 경치 좋은 물가를 지날 때 사람들은 다들 차를 세우고 그런 요깃거리를 꿈꾸고 바란다. 이제 구원받은 칼 베미시는 모노그램을 넣은 하얀 유니폼을 걸치고 윤나는 대머리에 종이 모자를 쓴 일꾼이자 숙련된 경영자로 변신했다. 너무 일찍 세상을 떠난 소중한 아내 때문에 방황했던 칼이 오랜 단골들과 시시껄렁한 농담을 주고받으며 마침내 일상으로 복귀한 것이다. 나에게는 이 모든 일들이 너무나 간단했고, 즐거웠다. 프랑스에서 돌아올 때부터 찾아 헤맸지만 찾지 못했던 것을 그 거래에서 만났다. 타인을 도울 기회와 제대로 선행을 할 기회, 자산을 다양화해서 괴로움 없이도 (시작 단계이지만) 수익을 얻을 기회까지. 우리는 정말 운이 좋았다.

해덤의 나무숲을 벗어나 31번 국도와 이어지는 교차로로 복귀하니, 주 당국에서 보낸 기술자들이 기중기를 동원해 내가 예견했던 신호등을 매달고 있다. 하얀 안전모와 작업복 차림인 기술자들은 마술사의 속임수를 캐내려는 사람들처럼 작업 과정을 주시하고 있다. 임시 안내판에는 이렇게 적혀 있다. '여러분이 낸 도로세를 사용중입니다, 서행.' 몇몇 차량이 조심스럽게 다가왔다가 남쪽 트렌턴으로 방향을 돌린다.

노란 도로 공사 트럭의 대각선 방향에 프랭크스가 있다. 거품이 넘쳐흐르는 갈색과 오렌지색 머그잔을 그려넣은 새 간판을 달고서. 아스팔트를 새로 깐 주차장의 한쪽에는 자동차 한 대가 주차되어 있고 운전자는 선팅한 유리창 너머에서 더위를 식히는 중이다. 칼이 모는 낡은 붉은색 폭스바겐 비틀 자동차가 뒷문 쪽에 서 있고 가게 창문에는 영업중 팻말이 내걸렸다. 나는 주차를 하고 가게를 보며 감탄을 금치 못한다. 이제 핫도그 판매 트럭으로 바뀐 푸드 트럭은 에버릭과 워델이 구석구석 닦아준 덕분에 주차장 한 모서리에서 반짝반짝 빛을 내고 있다. 월요일 이른 시간에 트럭을 해덤 시내로 옮길 예정이다. 딱 한 가지 기능만 하는 그 능률성과 경제성에 이동성까지, 푸드 트럭은 정말 그동안의 구매 목록에서 최고로 칠 만하다. 내 집을 포함하더라도 말이다. 물론 실제로는 이 트럭을 쓸 일이 거의 없으니 정말 아무 쓸모도 없어지기 전에 팔아치워야 마땅하다.

최소한 일주일에 한 번은 내가 가게를 점검하러 들른다는 데 칼과 암묵적인 합의를 한 상태다. 평소에도 즐기는 일이지만 마크햄 부부와 베티 매클라우드에게 번갈아 시달린 오늘 같은 날에는 기분전환거리로 딱이다. 오늘은 대개 유쾌하게 흘러가던 여느 날과 너무 달랐으니까. 같이 일한 첫 일 년 동안, 우리는 지난해 가을 경기 급락도 함께 겪었고(우리는 당황하지 않고 잘 대처했다), 칼은 나를 아이디어는 풍부하지만 약간 고집스럽고 제멋대로 구는 젊은 사장으로 대하기 시작했다. 칼은 괴짜 같긴 하지만 성실한 종신 직원으로 거듭나서, 월터 브레넌*처럼 기지 넘치는 조언을 하며 내가 올바른 길로 들게끔 돕는 것을 제 역할로 여겼다. (칼은 직접 가게를 운영할 때보다 직원으로 일하며 더 큰 기쁨을 누렸다. 오랫동안 인간공학 업계에서 근무해 그럴 것이다. 하지만 나는 내가 누군가를 부리는 사장이라고 생각해본 적이 절

* 서부영화에서 주인공의 유쾌한 단짝을 주로 연기한 미국 영화배우.

대 없다. 가끔은 나조차 내가 버거우니까.)

'직원 외 출입금지'인 옆문을 열고 들어서니 주문대 미닫이창 뒤에서 〈트렌턴 타임스〉를 읽고 있는 칼이 보인다. 예전에 제 손으로 몰트를 만들 때 썼던 붉은색 플라스틱 우유상자를 두 개 쌓아 의자로 삼았다. 주문대 뒤쪽은 찜통이나 다름없어서 칼은 해머커 슐레머사의 작은 고무날 선풍기를 얼굴 쪽으로 틀어놓고 있다. 여느 때와 다름없이 모든 것이 얼룩 한 점 없이 깨끗하다. 혹시라도 카운티 보건 공무원이 'C카드'*를 줄까봐 칼이 매일 밤 곳곳을 닦고 쓸고 걸레질하고 씻어낸 덕분에, 콘크리트 바닥에 앉아 네 코스짜리 식사를 해도 살모넬라균을 걱정할 필요가 없을 정도다.

"이거 슬슬 내 미래 재정이 걱정되는걸? 자넨 안 그런가?" 칼이 큰 소리로 코웃음치며 말한다. 독서용 플라스틱 안경을 쓴 칼은 그 말을 빼고는 내가 들어온 것에 별 반응을 보이지 않는다. 칼은 여름용 작업 복장이다. 짧은 흰색 반팔 옷을 입고, 소시지처럼 굵은 핏줄이 도드라진 종아리를 훤히 드러내고 깨끗하게 세탁한 흑백 체크무늬 반바지를 입었다. 거기에 짧은 나일론제 검정 양말과 검정 단화를 신었다. 낡은 라디오는 윌크스배리**의 하루종일 폴카***만 틀어주는 방송국에 주파수를 맞춘 상태이고, 〈천국에는 맥주가 없지〉가 나지막이 흘러나오고 있다.

"전 민주당이 다음엔 또 어떻게 난장판을 만들지 궁금하다니까요." 나는 이미 몇 시간쯤 대화를 해온 것처럼 자연스럽게 말을 받으며 뒤

---

* 미국 식당 위생 등급. ABC 순으로 매긴다.

** 펜실베이니아주 북동부에 있는 도시.

*** 19세기에 유행한 빠른 춤곡.

쪽으로 걸어가 신선한 공기가 들어오도록 개울가 야외석으로 통하는 뒷문을 연다. (평생 민주당 지지자였던 칼은 지난 십 년 동안 공화당에 표를 던지기 시작했고 그럼에도 자신을 여전히 비타협적인 잭슨*식 민주주의자로 여긴다. 그를 나쁜 시민이라고까지 말할 수는 없어도 내가 볼 때는 명백한 변절이다.)

오늘은 특별한 볼일 없이 들른 터라 나는 독립기념일 '폭죽 소시지 폭죽' 행사에 쓰려고 주문한 고기와 여분의 루트비어가 제대로 들어왔는지 점검하기 시작한다. 핫도그용 빵 상자와 양념 캔(다진 피클, 머스터드, 마요네즈, 케첩, 다진 양파) 수도 헤아려본다.

"주택 공급이 지난달부터 다시 주춤해졌군. 5월에 비해 12.2포인트나 떨어졌어. 멍청한 놈들. 이러면 부동산 경기에도 안 좋지 않나?" 칼이 글자를 곧게 펴서 보려는지 〈트렌턴 타임스〉를 탁탁 치며 말한다. 이렇게 칼은 가족 같은 분위기에서 이야기하기를 좋아한다. 함께 이미 오랜 세월을 보내 우리 사이에 체면치레는 필요 없다는 듯이(결국 내 우려대로 칼은 향수에 젖어 사는 노인이다). 칼은 신문 너머로 나를 올려다보더니 반원형 안경을 벗고 자리에서 일어나 창밖을 바라본다. 야외석 옆에 서 있던 그 차가 천천히 31번 국도로 진입해 북쪽 링고즈 방향으로 달리기 시작한다. 도로 공사 트럭이 후진하며 벨소리를 울렸고 이어 덩치 큰 흑인이 외친다. "뒤로! 좀더 뒤로!"

"매매 건수는 일 년 전과 비교하면 5포인트밖에 떨어지지 않았는걸요." 내가 아이스박스를 열고 폴란드식 소시지 팩을 세며 말한다. 냉기

* 미국의 제7대 대통령 앤드루 잭슨. 민주당 소속으로 선거권 확대와 공립학교 보급 등에 나서 큰 지지를 받았다.

가 밝은 빛처럼 훅 얼굴을 덮친다. "사람들이 기존 주택을 구입하고 있다는 얘기죠. 전 그렇게 생각해요." 사실 앞으로 그렇게 될 것이다. 마크햄 부부는 투 드 쉬트* 생각을 바꿔 내게 연락하는 편이 좋을 것이다.

"듀카키스가 매사추세츠의 기적 때문에 칭찬받는다면 당연히 택사추세츠**라는 오명에도 책임을 져야지. 그나마 내가 뉴저지주에 살아서 다행이지." 칼은 시큰둥하게 중얼대면서 새로 구획선을 칠한 주차장을 물끄러미 바라본다.

"그런가요." 나는 〈구매자 대 판매자〉에 쓴 칼럼을 인용하며 눈을 맞추고 대화하기 위해 칼을 향해 몸을 돌린다. 그러나 곧바로 눈에 들어온 것은 체크무늬 반바지를 걸친 칼의 엉덩이와 두툼하고 창백한 두 다리다. 영락없이 노인 같은 칼의 나머지 부분은 작업중인 사람들과 크레인, 새로 올라가고 있는 신호등을 유심히 살피고 있다.

"여봐란 듯 묘기를 부리고 있지." 나는 아무 말도 하지 않았는데 칼은 뭔가를 들었다는 듯 말한다. 무더운 날씨 탓인지 칼의 목소리에 힘이 별로 없어서, 유쾌한 폴카 음악이 좀더 선명하게 들린다. 언제나 그랬지만 이곳에 있는 게 나는 더없이 즐겁다. "어차피 다들 이번 선거는 안중에도 없는 것 같지만." 칼이 바깥에서 시선을 떼지 않은 채 말한다. "선거가 무슨 빌어먹을 올스타 게임 같아. 우 몰려들어 왁자지껄하지만 결국 아무것도 남는 게 없거든." 칼은 입으로 방귀 소리를 내어 제 말에 힘을 준다. "우리 모두 정부와 동떨어져 있다네. 이제 정부는 우리에게 아무런 의미도 없지. 연옥에 있는 것처럼 어정쩡한 상태라고

* tout de suite. 프랑스어로 '곧' '당장'.

** '세금(tax)'과 매사추세츠를 합쳐 높은 과세율을 비꼬는 말.

나 할까." 칼은 분명 이 분 전 〈트렌턴 타임스〉에서 읽은 어느 우파 칼럼니스트의 글을 인용했을 것이다. 칼은 정부든 연옥이든 관심 없는 사람이니까.

딱히 할일이 없는 나는 열린 옆문으로 주차장만 내다본다. 타이어를 새로 교체한 은빛 핫도그 트럭이 햇살을 받아 반짝반짝 빛난다. 초록색과 하얀색이 섞인 접이식 차양은 트럭 주문대 창 위로 얌전히 접혀 있고 차체는 콘크리트로 가득찬 190리터들이 기름통에 사슬로 묶여 있다. 그리고 기름통은 지면 위의 목판에 단단히 고정된 상태다(도난을 피하려고 칼이 짜낸 아이디어였다). 이렇게 서서 바깥을 보고 있자니, 특히 그럴싸하지만 어떻게 보면 정겨울 정도로 우스꽝스러운 핫도그 가판대를 보고 있자니 뜬금없이 내가 이곳을 제외한 모든 것에서 동떨어져 있다는 생각이 엄습해온다. 칼과 내가 서로에게 이 세상에서 기댈 수 있는 유일한 사람인 것처럼. (물론 이는 사실이 아니다. 칼에게는 그린 베이에 사는 조카딸들이 있다. 나 역시 코네티컷주에 전처와 두 자녀가 있으며, 지금 당장 몹시 보고 싶은 여자친구도 있다.) 왜 이런 느낌이 드는 걸까, 왜 지금일까, 왜 여기일까. 나도 잘 모르겠다.

"그거 아나? 어제 신문에서 읽었는데 말이야……" 칼은 카운터에 기대고 있던 육중한 몸을 내 쪽으로 돌리더니 손을 뻗어 폴카가 신나게 나오고 있는 라디오를 끈다. "새들이 줄어들고 있다더군. 다 교외지역 때문이래."

"그건 몰랐는데요." 칼의 매끈한 분홍빛 얼굴을 쳐다보면서 내가 말한다.

"정말이야. 자연이 훼손된 지역에서 포식 동물들이 너무 번성해서 새알과 어린 새들을 먹어버린다네. 비레오, 딱새, 솔새, 지빠귀 등이 아주 수난을 당하고 있다더군."

"그거 안됐군요." 나는 뭐라고 말해야 할지 몰라 이렇게만 대꾸한다. 칼은 사실에 몰두하는 사람이다. 그래서 이렇게 유익한 정보를 주고받다보면 전혀 생각지도 못했던 사실을 접하게 된다. 칼은 알려지지 않은 역사적 수수께끼는 물론, 뉴저지주의 재산세 과세율이 전국 최고라는 둥, 라틴아메리카 사람들 중 3분의 1은 로스앤젤레스에 살고 있다는 둥 반박할 수 없는 통계자료를 들이민다. 아무것도 설명해주지 않는 이런 이야기를 들으면 "그런 걸 어떻게 알았어요?"라든가 "이런, 큰일났네요" 같은 진부한 대답 외에는 해줄 말이 없는데도 칼은 대답을 요구하며 나를 쳐다본다. 오랫동안 인간공학 분야에서 일해왔는데도 실제적이고 사색적이며 즉흥적인 대화에는 구미가 당기지 않나보다. 이제 자리를 뜰 때가 됐다.

"있잖아," 이제 비레오들의 수난은 잊어버린 듯한 칼이 말한다. "우리가 범죄의 타깃이 되고 있는 것 같아."

"무슨 말이에요?" 핫도그 냄새가 나는 듯한 기름진 땀방울이 머리에서 왼쪽 귀 뒤쪽으로 흘러내린다. 나는 손가락으로 땀을 훔친다.

"어제 말이야, 밤 열한시경이었다네." 칼은 마치 자기 몸을 들어올리려는 것처럼 뒤쪽 계산대 가장자리에 양손을 걸친다. "손을 씻는 중이었지. 그런데 멕시코 사람 둘이 차를 몰고 들어오더군. 아주 천천히. 하지만 곧 31번 국도로 사라졌다가 십 분쯤 뒤에 다시 나타났어. 이번에도 천천히 차를 몰면서. 그러다 또 사라졌네."

"멕시코인이라는 걸 어떻게 알죠?" 내가 눈을 가늘게 뜨고 칼을 바라보며 묻는다.

“멕시코 사람이 틀림없어. 멕시코 사람처럼 생겼다니까.” 칼이 성을 낸다. “두 명인데 체구는 작고 검은 머리를 짧게 깎았어. 자동차는 차체가 낮은 파란색 몬자였고 말이야. 차창은 썬팅했고 번호판 주변에는 붉은색과 초록색 조명을 달았어. 그런데도 멕시코 사람이 아니라고? 좋아, 그럼 온두라스 사람이라고 해두지. 하지만 그런다고 달라질 건 없어, 안 그래?”

“아는 사람들인가요?” 나는 고개를 돌려 손님용 주문대를 걱정스럽게 바라보며 말한다. 마치 그곳에 의심스러운 외국인들이 있기라도 한 것처럼.

“아니. 하지만 한 시간 전에도 왔었다네. 버치비어를 사가지고 갔지. 펜실베이니아주 번호판이더군. CEY 146. 다 적어놨어.”

“경찰에는 알리셨어요?”

“진입로에 차가 못 들어오게 막는 법은 아직 없다는군. 하긴 그런 법이 있다면 우린 장사도 못할 테니까.”

“그렇군요.” 이번에도 나는 할말을 찾지 못한다. 새들이 감소하고 있다는 말과 별다를 바가 없다. 하지만 높이가 낮은 몬자를 타고 돌아다니는 수상한 자들은 분명 마음에 걸린다. 영세 자영업을 하는 입장에서 결코 듣고 싶은 뉴스는 아니다. “경찰에게 특별히 신경써달라고 말해두셨어요?” 기름진 땀방울이 다시 볼 위로 흘러내린다.

“그렇게 걱정되지는 않네. 그저 좀 신경이 쓰일 뿐이지.” 칼이 고무날 선풍기를 들어올려 내 얼굴 쪽으로 돌리는 바람에 더운 공기가 훅 덮친다. “놈들이 우리 가게를 털기로 작정한다면 날 죽이지 않길 바랄 뿐이네. 아니면 반쯤만 죽여주든가."

"혹시 그런 일이 생기면 있는 돈은 다 주세요." 나는 진지하게 말한다. "돈은 언제든지 벌 수 있어요. 영웅이 되실 필요는 없어요." 칼이 선풍기를 어서 치워줬으면 좋겠다.

"나를 보호할 수 있는 기회가 있길 바랄 뿐이네." 이렇게 말하며 칼은 주문대 창 너머로 바깥을 바라본다. 나는 아시아계 아이들에게 커다란 펩시 병으로 머리를 얻어맞기 전까지는 나를 보호해야 한다는 생각을 해본 적이 없었다. 그 일을 당한 후 다음날 저녁 같은 장소에서 권총을 들고 몰래 기다리다가 셋 다 처치해버리겠다고 마음먹었지만, 결코 가능하지 않은 일이었다.

칼의 뒤쪽을 쳐다보니 신호등을 설치하던 기술자들이 도로를 가로질러 삼삼오오 우리 가게 주차장 쪽으로 걸어오고 있다. 안전모와 두꺼운 절연장갑도 벗지 않았다. 몇몇은 바지에 묻은 먼지를 탁탁 털어냈고 몇몇은 웃고 있다. 흑인이 절반, 백인이 절반이었지만 아주 친한 친구들처럼 휴식시간을 함께 보내고 있다. "큰 소시지로 먹어야겠어." 누군가 말을 하자 다른 사람들이 웃어댄다. "'그 여자가 굶주린 듯 말했습니다.'" 다른 사람이 이렇게 말하자 일행은 다시 큰 웃음을 터뜨린다(너무 떠들썩하게 웃어서 진심으로 보이지 않을 정도다).

어서 여기서 나가 차에 올라탄 다음 에어컨을 최대한 가동하고 쇼어를 향해 전속력으로 달리고 싶다. 여기서 권총강도를 걱정하며 폴란드 소시지 핫도그를 만들고 루트비어를 나르는 상황에 몰리기 전에 말이다. 이따금 칼이 건강진단을 받으러 가거나 치과에 갈 때면 내가 가게를 지키기도 했지만 그럴 때마다 불편하기 그지없었다. 하지만 칼은 자기 '사장'이 종이 모자를 쓰는 걸 아주 즐거워한다.

칼은 벌써 냉동고에서 차가운 머그잔을 꺼내 늘어놓기 시작한다. "폴이 몇 살이지?" 멕시코 사람들은 이제 잊어버렸는지 칼이 묻는다. "여기로 데려와서 나랑 며칠 지내게 하라고. 내가 좀 손봐줄 테니." 칼은 폴이 콘돔을 훔치려다 재판을 받게 된 것을 알고 있다. 칼의 견해는 열다섯 살짜리 애들은 전부 손봐줄 필요가 있다는 것이었다. 폴이 여기서 자유롭게 이틀을 보낸다면 농담이나 말장난을 던지고 루트비어와 폴란드 소시지를 마구 먹어대며 칼을 괴롭히면서 시간을 낭비할 게 틀림없다.

그럴 수는 없다. 램버트빌의 독신자 아파트 이층에 있는 칼의 작은 집, 태리타운 시절부터 함께했던 오래된 가구와 사별한 부인과 찍은 사진, 성인 '남성용' 물건으로 가득찬 옷장, 레이스 깔개를 덮은 서랍장 위에 놓아둔 냄새나는 오래된 화장품, 초록색 배수구, 외롭게 살다 보니 생긴 버릇에서 비롯된 온갖 이상한 냄새가 들어찬 곳. 폴이 평생 그런 환경을 직접 경험하지 않고 살아갈 수 있다면 무척이나 감사할 것이다. 내가 두려워하는 것들은 수백 가지도 넘는다. 탁자 위에 '성인용' 사진이 널려 있을 수도 있고, 텔레비전 받침대 아래에 〈타임스〉나 〈아거시〉 같은 잡지들과 함께 '재미있는 잡지'들이 꽂혀 있을지도 모른다. 칼이 집에서는 '색다른 속옷'만 입고 다닐 수도 있고, 내 아들이 그 모습을 보고 자기를 '아주 멋진 사람'으로 생각할 거라고 착각할지 모른다. 혼자 사는 나이든 남자라면 그런 생각이 들기 마련으로 느닷없이 그런 상황에 처하고 만다. 자기도 모르는 사이에 아주 곤란한 지경에 빠지는 것이다! 나는 칼을 존중하며 동업을 하게 되어 기쁘게 생각하지만, 또 칼은 한 번도 못 미더운 구석을 내보인 적이 없었지만, 부모는 항상 경계를 늦춰서는 안 된다(물론 이 당연한 경계 의무를 내가 소홀히 했다는 데는 논란의 여지가 없지만).

주 당국 소속의 기술자들은 이제 가게 앞에 서 있다. 무슨 말이라도 해주길 기대하는 것처럼 닫힌 미닫이창을 뚫어져라 쳐다보고들 있다. 예닐곱 명쯤 되는 것 같다. 그들은 점심값을 찾으려고 주머니를 뒤진다. "일은 잘되어가십니까들? 핫도그 먹을 준비는 다 됐고요?" 칼이 작은 창 너머로 소리친다. 기술자들뿐만 아니라 나도 들으라고 하는 말 같다. 우리 둘 다 잘 알듯이, 이 가게야말로 노다지가 아니냐고 말이다.

"전 그만 빠져나가야 할 것 같네요." 내가 말한다.

"그래." 칼이 바삐 움직이면서도 밝게 웃으며 말한다.

"햄버거 있어요?" 밖에서 누군가 방충망에 대고 소리친다.

"햄버거는 없습니다. 핫도그만 있어요!" 칼이 방충망을 확 밀며 대답한다. "핫도그와 버치비어만 팝니다." 창가로 몸을 숙인 칼이 어느새 활기를 되찾고 말한다. 그의 커다랗고 축축한 엉덩이가 다시 위로 솟아오른다.

"또 봐요, 칼." 내가 말한다. "에버릭과 워델이 월요일 아침 일찍 여기에 올 거예요."

"좋아. 물론이지." 칼이 외친다. 내 말을 아예 못 들은 것 같다. 칼은 자신만의 매개물, 즉 핫도그와 달콤한 거품이 흐르는 음료를 준비하기 시작했고, 칼이 흥에 겨워 열중한 틈에 나는 자리를 뜬다.

이제 나는 해덤 아래 지역에서 남쪽으로 방향을 틀어 차들이 끝없이 이어지는 295번 도로로 들어선다. 필라델피아를 지나는 이 도로는 트렌텐을 우회하며 토크빌 아카데미도 스쳐간다. 토크빌 아카데미는 폴이 나와 함께 산다면 다닐 수도 있는 공립학교인데, 나는 공립을 선호했지만 폴은 별로 마음에 들어하지 않았다. 새로 개발중인 I-195 주택단지가 나타나자 나는 속도를 한층 올리며 넓게 펼쳐진 저지대의 주거지역을(임레이스타운, 잭슨 밀스, 스퀀컴 지역이 고속도로에서 한눈에 내다보인다) 총알처럼 지나쳐 쇼어로 내달린다.

얼마 지나지 않아 페전트 메도 위를 지난다. '낡은' 그레이트 우즈로드를 따라 멀리 뻗어나간 페전트 메도에는 소리굽쇠처럼 생긴 대형 은빛 고압 송전탑들이 들어서 있다. 도로변으로 고개를 돌리니 닳아빠진 표지판이 보인다. **매력적인 은퇴가 코앞에서 당신을 기다립니다.**

페전트 메도는 오래되진 않았지만 벌써 쇠락해가는 게 눈에 보이는 콘도 밀집 지역이다. 여기서 옛 동료이자 흑인인 클레어 데베인이 끔찍한 죽음을 당했다. 사건은 아직 미제로 남아 있다. 차를 몰면서 내려다보니 한때 농장이었던 자리에 갈색 상자 모양의 낮은 건물들이 들어서 있고 바로 그 옆으로 파스텔 색조의 병원 건물들과 반쯤 지어진 치치스*가 보인다. 문득 그 콘도들이 잃어버린 약속과 때 이른 죽음에 너무나 잘 어울리는 건물이라는 생각이 든다(내가 너무 냉혹한 사람인지도 모른다. 그리 멀지 않은 옛날에 전형적인 보통 미국 사람인 나 자신이 바로 저곳에서 구애에 매달렸으니까. 도배한 벽에 천장은 우둘투둘한 자그마한 방에서, 불빛이 어둑한 통로에서, 한적한 주차장에서 한

* 멕시코 음식 식당 체인.

멋진 텍사스주 출신 여자에게 말이다. 그 여자는 나를 좋아하긴 했지만 결국에는 나보다 더 현명한 결정을 내렸다).

클레어는 앨라배마주 탤러디가 출신으로 부동산 일에 입문한 지 얼마 안 된 젊은 여자였다. 스펠먼여대를 졸업한 클레어는 어느 유능한 컴퓨터 천재와 결혼했다. 모어하우스대학 출신으로 어퍼 다비*에서 공격적으로 영업을 하던 신생 소프트웨어 회사에서 성공가도를 달리던 남자였다. 클레어는 자신이 인생을 순탄히 살아가고 있다는 달콤한 믿음에 빠졌지만 결국에는 남편과 이혼하고, 부양해야 할 두 자녀를 떠안았다. 기숙사 관리 조교 경력을 빼고는 제대로 된 직업을 가져본 적도 없는 상황이었다. 그러나 나중에 '제타 파이 베타'라는 동호회에서 회계일을 맡아 창의성을 발휘한 덕분에 남는 돈으로 애틀랜타주의 불우아동을 위한 행사를 열기도 했고, 조지아공과대학의 오메가 동호회와의 교류를 성사하는 수완도 발휘한 바 있다.

1985년 가을 어느 일요일, '시골'로, 즉 해덤 주변을 어슬렁거리는 것까지 포함해서 오후 드라이브를 떠났던 클레어와 남편 버넬은 교회 예배를 마치고 나오는 차량들로 꽉 막힌 해덤 세미너리 스트리트 한복판에서 고래고래 소리를 지르며 싸웠다. 버넬이 차 안에서 데이터노믹스 회사의 여자 동료와 진정한 사랑에 빠졌다고 갑작스럽게 털어놨기 때문이었다. 게다가 바로 다음날 아침에(!) '그 여자와 함께' LA로 떠날 계획이라고 말했다. 그 여자가 DIY 집수리 산업을 겨냥해 자체 교육 프로그램을 고안해 자기 사업을 시작했다는 것이었다. 일의 형편에

* 펜실베이니아주 동남부 필라델피아 부근의 도시.

따라, 또 클레어와 아이들이 보고 싶어지면 몇 달 안에 다시 돌아올 수도 있으나 확신할 수는 없다고 했다.

클레어는 세미너리 스트리트와 뱅크 스트리트 사이의 교차로에서 정지신호를 받자마자 즉각 차문을 열고 밖으로 나왔다. 그곳은 제일장로교회(가끔 내가 '예배'를 보는 곳이다) 건너편이었다. 클레어는 거리의 쇼윈도를 쳐다보고 걸어가며 미소를 띤 채 계속 중얼거렸다. "죽어버려, 버넬. 당장 죽어버려." 회개하는 표정으로 지나가던 백인 장로교 신자들과 눈이 마주칠 때마다 클레어는 똑같은 말을 퍼부었다. (클레어는 이 얘기를 우리의 짧은 사랑이 가장 뜨거워졌던 시절, 애플비스 레스토랑에서 돌아오는 길 1번 도로를 운전하는 동안 나에게 들려줬다.)

그날 오후 클레어는 오거스트모텔에 숙소를 정한 뒤 필라델피아에 있는 시누이에게 전화를 걸어 버넬의 불륜을 폭로하고 두 아이를 베이비시터에게서 찾아 버밍햄으로 가는 첫 비행기를 태워 보내달라고 말했다. 탤러디가에 사는 어머니가 아이들을 데리러 공항에 나갈 거라고 하면서.

바로 다음날인 월요일 아침부터 클레어는 일자리를 찾아 무작정 거리를 전전했다. 클레어는 비록 해덤에는 자기처럼 생긴 사람이 거의 없긴 했지만 해덤이 그 어느 곳보다 마음에 들었고 인생의 올이 풀려버린 '형제애의 도시'*보다 경치가 훨씬 멋져 보였다고 했다. 그리고 계시를 제대로 읽어내 나쁜 일에서도 좋은 일을 이끌어낼 수 있는 능력이야말로 자신이 세상의 신뢰와 존중을 받을 만한 가치가 있는 사람임

* 필라델피아의 별칭.

을 증명하는 것이라고 했다. 여기서 계시란 남편 버넬을 곧장 인생에서 지워버리고 그녀를 해덤의 교회 건너편에 데려다놓은 어떤 강력한 힘을 말한다. 클레어는 그 힘을 신의 손이라 여겼다.

얼마 후 클레어는 우리 회사 접수원으로 취업했다(내가 입사한 지 일 년이 채 안 됐을 때였다). 몇 주 후에는 나처럼 웨이볼트 연수원에서 부동산중개인 과정을 밟기 시작했다. 두 달이 되기 전에 아이들을 다시 데려왔고 중고 혼다 시빅 자동차도 구입했다. 또 유잉빌에 있는 아파트에 적당한 셋집을 구했다. 유잉빌은 나무가 일렬로 늘어선 쾌적한 도로로 해덤과 연결되어 있고, 불경기가 닥친 후 예상치 못했던 새로운 가능성이 보이는 곳이다. 클레어는 완전히 자유롭지도 않고 또 빚도 있었지만, 제 나름대로 자유를 즐기며 생계를 꾸릴 수 있는 처지였다. 클레어는 곧 나와 비밀스러운 연애를 시작했고, 그 연애가 시들해질 무렵에는 지역의 훌륭한 로펌에서 근무하는 흑인 변호사를 만났다. 다소 나이는 많지만 괜찮은 사람이었다. 아내와는 사별했고 성격 고약한 자녀들은 다 커서 제 갈 길을 가고 난 후였다.

얼마나 바람직한 이야기인가. 진취적인 태도와 훌륭한 품성으로 시련과 못된 사람들을 극복해낸 한 인간이 여기 있다. 사무실 동료들도 모두 클레어를 누이처럼 대하며 아끼고 사랑했다(사실 클레어는 해덤에 매력을 느끼고 양떼처럼 모여드는 돈 많은 백인 고객들에게 부동산을 많이 팔지는 못했다. 하지만 우리 회사가 열세였던 임대업과 콘도 분야에서 두각을 나타냈다).

그런데 참으로 기가 막히게도, 보통 클레어가 담당해왔던 저 아래쪽 페전트 메도의 콘도 한 곳에서 사고가 일어났다. 클레어가 열 번이나 고객들을 안내해 데려갔던 곳으로, 그날 클레어는 콘도에 일찍 도착했다. 으레 그래왔듯 불을 켜고, 화장실 물을 내리고, 창문을 열어두기 위해서였다. 경찰의 추측에 따르면 클레어는 콘도에서 적어도 남자 세 명은 마주쳤다. (앞서도 말했지만 범인들은 백인이다. 물증은 없지만 말이다.) 콘도 열쇠에 접근할 수 있었던 에버릭과 워델이 이틀 내내 집중 조사를 받았지만 결백한 것으로 드러났다. 밝혀지지 않은 그 범인들은 클레어의 손과 발을 묶고 테이프로 입을 막은 다음 클레어를 강간하고 포장용 나이프로 목을 그어 죽여버리고 말았다.

처음에는 마약이 살인 동기로 떠올랐다. 물론 클레어가 마약과 연관돼 있다는 말은 전혀 아니다. 범인들이 코카인 벽돌을 포장하고 있을 때 운나쁘게 현장에 걸어들어간 게 아닐까 추정했다는 뜻이다. 경찰은 외진 곳이나 쇠락해가는 지역, 전성기가 지나가버렸거나 아예 전성기가 없었던 개발 부지에 있는 빈 콘도는 온갖 불법 거래의 천국이라고 했다. 마약 밀매는 물론 아이가 없는 부유한 미국인들에게 브라질에서 유괴해온 아기를 넘겨주는 현장이었고, 사체라든가 자동차 부품, 담배, 동물 등 각종 밀수품들의 저장고라고 했다. 돈만 된다면 그런 무명의 콘도에서는 백주대낮에도 무엇이든 거래된다면서. 회사 접수원인 본다는 콘도의 소유주들, 즉 뉴욕주에서 온 젊은 벵골인 사업가들이 사건의 핵심에 있을 거라면서 소유주들이 콘도 가격을 낮추는 데 비밀스러운 이해관계를 갖고 있다는 점을 지적했다. 콘도 가격이 떨어지면 세금도 줄어들기 때문이다(우리 회사를 비롯해 여러 부동산 회사들은 그 주변 부동산 중개를 그만둔 상태다). 클레어처럼 착한 사람을 꼭 살해해야만 목적을 달성할 수 있는 자가 있었다고 생각할 증거도 이유도 없었다. 그들이 저지른 일만 있을 뿐이다.

클레어가 살해당한 직후부터 우리 회사 여자 직원들뿐 아니라 주변에 있는 대부분의 여자 중개인들도 서로를 보호하기 위해 뭉쳐 다니기 시작했다. 출근할 때나 집을 소개하러 갈 때 권총이나 메이스*, 테이저 총을 휴대하기도 했다. 이제 여자 중개인들은 반드시 두 명씩 짝을 지어 다닌다. 몇몇은 무술반에 등록했고, 지금도 여러 회사에서 업무시간 후에 '상실의 슬픔에 대처하기' 시간을 마련하고 있다. (우리 남자들한테도 참석하라고 독려했지만, 사실 나는 이미 상실의 슬픔에 대해서 잘 알았고 그걸 견뎌내는 데도 익숙했다.) 심지어 여자 중개인이 집을 소개하러 갈 때 불안을 느끼면 언제든 남성의 에스코트를 요청할 수 있는 서비스 전화번호를 개설했다. 나 역시 혹시나 이상한 일이 벌어질까 싶어 여자 중개인과 두 번 동행한 적이 있다(걱정했던 일은 일어나지 않았다). 당연히 고객들에게는 이런 조치에 대해 일절 거론할 필요가 없었다. 조금이라도 위험하다는 낌새를 채면 고객들은 부리나케 떠나버릴 게 분명했기 때문이다. 두 번 다 나는 고객에게 그저 '관계자'라고 소개됐고 다른 설명은 붙이지 않았다. 아무 문제 없다고 판단되면 나는 슬며시 빠져나왔다.

5월 이후 해덤의 모든 부동산중개인들은 클레어 데베인의 유자녀 교육을 위해 기금을 모아왔다(현재 3천 달러를 모았으니 하버드대학에서 이틀 동안 공부하기에는 충분하다). 우울과 허무가 퍼졌고, 사람들은 '이런 사건은 언제든 일어날 수 있고 실제로 일어나버렸다'는 것

* 호신용 최루가스 스프레이의 브랜드명.

을 깨달았다. 범죄 통계와 동떨어져 살 수 없다는 것을, 그동안 얼마나 안전불감증에 걸려 지냈는가를 다들 실감했다. 하지만 클레어에게 유달리 관심을 쏟는 본다를 제외하면 이제는 아무도 클레어 얘기를 꺼내지 않는다. 클레어의 아이들은 버넬과 함께 캐노가 파크로 이사했고 약혼자였던 에디는 조용히 애도의 시간을 보내고 있다(클리오 스트리트의 내 집을 임대할 뻔했던 법무회사 비서들 중 한 명과 점심을 먹는 게 눈에 띄긴 했지만). 나도 오래전 클레어가 살아 있을 때 이미 깨끗이 결별을 했기에 평정을 되찾았다. 결국 다른 누군가가 클레어의 자리에 들어올 테고 업무도 계속될 것이다. 슬프지만 사실이다. 그리고 그게 모든 사람들이 바라는 바다. 내 마음은 이를 뒷받침하는 가장 내밀한 증거다. 벌써부터 클레어 데베인이 그 누구의 삶에도 온전히 존재하지 않았던 것처럼 느껴지니까. 클레어 본인을 제외하면 말이다.

요즘 일주일에 한 번은 샐리 콜드웰과 드라이브를 하며 달콤한 저녁 시간을 보내고 있다. 우리는 종종 영화를 보러 갔다가 항구의 한적한 변두리에서 방어 스테이크를 먹거나 마티니를 마시고 때로는 해변이나 방파제를 거닌 뒤 둘만의 시간을 보낸다. 대개는 달빛 아래 차를 달려 나 홀로 집에 돌아오고, 그럴 때면 심장이 규칙적으로 뛰기 시작한다. 나는 창문을 활짝 열어놓고 자기만의 거처에 든 한 남자로 돌아가, 생생하지만 순식간에 사라져버리는 추억 속에 푹 잠긴다. 혹시 이 늦은 밤에 (오늘 아침 같은) 전화가 걸려올까 걱정할 필요도 없다. 그리움과 혼란으로 가득찬 전화, 무슨 의도였는지 낱낱이 밝히고 당장 돌아오라고 요구하는 전화, 아무리 생각해도 내가 솔직하게 굴지 않았다고 비난하는 쓰디쓴 전화 말이다. (난 정말 솔직하게 행동한 적이 없었는지도 모른다. 솔직해진다는 것은 보기보다 대단한 난제다. 나한테는 의도라는 게 딱히 없는데다 있다 해도 항상 선량하지만 말이다.) 사실 우리 관계는 더이상 주제나 방향에 주의를 기울일 필요가 없는 단계에 이르렀다. 그러면서도 우리 관계는 앞으로 나아갔고, 최소한 자동조종장치를 장착한 듯 현상유지 정도는 할 수 있었다. 누구의 명령도 받지 않은 채 잔잔한 대양 위를 떠도는 작은 비행기처럼.

물론 이 관계가 최상은 아니다. 즉 인생의 틀이 완벽에 가깝게 직조된 상태는 아니다. 그저 이렇게 말해볼 수 있겠다. 지금 여기 영원히 머물러도 괜찮겠다고.

최상이라…… 글쎄, 캐서린 플래어티와 함께 강어귀가 내려다보이는 생발레리의 창문 많은 아파트에 머물렀던 겨울날은 지금 생각해도 좋았다(피카르디 해변 산책, 낚시하는 어부들, 안개 낀 만 너머 희끄무레한 풍경, 그리고 또 많은 것들). 또 페전트 메도와 바르네갓 파인스에 살았던 간호사 비키 아서놀트(현재 리노에서 가톨릭 신자이자 두 아이의 엄마로 살며 리노 세인트베로니카 병원에서 트라우마 치료팀을 이끌고 있다)를 짝사랑했던 초창기(물론 그후의 날들까지)도 좋았다. 심지어 스포츠 기자로 일했던 시절도 (한동안은) 좋았다. 그 시절 나는, 모호하고 한심한 사람들이 목소리를 낼 수 있도록 해서 산만하긴 해도 여전히 뭔가를 갈망하는 독자들이 고생스럽지 않게 기분전환을 할 수 있게 헌신했다.

모두 그럭저럭 좋았다. 때로는 신비로워 보이기까지 했고, 때로는 흥미롭다 못해 황홀하게 여겨질 만큼 복잡해보였다. 우리는 인생에서 이런 일들을 겪기 마련이며 이것이 우리가 영원히 겪게 될 일에 대비해 간직할 증서다.

하지만 최상은? 그런 순간이 있었는지 뒤돌아 살펴봤자 아무 소용없다. 최상이라는 개념은 당신이 결혼을 하고 그 결혼을 엉망으로 만들어버린 것과는 아무 상관이 없다. 다섯 살에 처음으로 바나나 스플릿을 맛보았을 때, 한 접시를 다 비우자마자 한 접시를 더 먹을 수 있었던 경험 정도가 최상의 순간이었을 것이다. 그러니, 최상은 잊어버려라. 이미 떠나버리고 없으니까.

요즘 만나는 여자친구 샐리 콜드웰은 나와 함께 걸프 파인스 군사고등학교를 다녔던, 지금은 죽고 없는 친구의 아내였다. 그 친구는 일리노이주 레이크 포레스트 출신인 월리 '족제비' 콜드웰이다. 그래서 샐리와 나는 마치 헤어졌다가 운명적으로 다시 만난 사연 많은 연인처럼 행동하기도 했지만 사실은 그렇지 않았다. 올해로 마흔두 살인 샐리는 그저 졸업 20주년 동문회를 기념해 제작한 회보 〈파인 보〉에서 내 작은 사진과 주소, 월리에 대한 짧은 회고담을 보았을 뿐이었다. 나는 동문회에 참석하지도 않았다. 그러니 샐리는 나와 벨라 루고시*의 유령도 구분할 수 없었다. 나는 아주 기발하고 재미있는 회고담을 꾸며내기로 작정하고 졸업앨범을 뒤지다가 월리를 희생양으로 점찍었다. 그리고 우스꽝스럽지만 애정이 담긴 짧은 이야기를 써서 보냈다. 월리가 술에 취해 양말을 소변기에서 빨았다는 내용이었다(물론 새빨간 거짓말이

---

* 영화 〈드라큘라〉(1931)에서 인상적인 연기를 펼친 루마니아 출신 할리우드 배우.

다. 사실 내가 월리를 골랐던 것은 학교의 다른 간행물에서 월리의 부고를 읽은 적이 있기 때문이었다). 바로 그 '회고담'이 우연히 샐리의 눈에 띄었다. 사실 월리에 대해 기억나는 건 거의 없다. 뚱뚱하고 안경 쓴 여드름 소년. 늘 파이프로 체스터필드 담배를 피웠다는 정도. 그게 전부다. 그 기억 속 모습마저도 월리 콜드웰이 아니라는 걸 나중에 알게 되었다. 약간 닮긴 했지만 이름도 전혀 기억나지 않는 다른 친구였다. 이 모든 속임수를 샐리에게 들려주었고 우리는 실컷 웃었다.

나중에 샐리는 월리가 베트남에 갔었다고 말해주었다. 내가 해병대에 입대하던 무렵이었다. 월리는 해군 부대에서 터무니없는 작전을 수행하다가 폭발로 거의 죽을 뻔했고 그 후유증으로 간혹 집중력을 잃게 되었다. 시카고로 돌아온 월리는(샐리와 두 아이가 오매불망 기다리고 있었다) 짐을 풀면서 생물학을 공부해야겠다고 샐리에게 말했다. 하지만 이 주 후 월리는 사라졌다. 흔적도 없이. 가버렸다. 그게 끝이었다. 탁월한 원예학자가 될 수도 있었던 한 멋진 남자가 영원한 미스터리로 남고 말았다.

샐리는 계산적인 앤 딕스트라와 달리 결코 재혼하지 않았다. 결국 세금 문제 때문에 월리를 사망자로 인정하고 어쩔 수 없이 이혼 수속을 밟긴 했지만 곧장 시카고 교외 호프먼이스테이츠로 이사해 홀로 아이들을 키웠다. 샐리는 어드벤처 여행사에서 상근직으로 일하는 한편 로욜라대학에서 마케팅 경영학을 수료했다. 레이크 포레스트에 사는 월리의 부유한 부모는 샐리에게 격려와 경제적인 도움을 아끼지 않았다. 아들이 미치광이가 된 것은 샐리 때문이 아니며 사랑의 힘으로도 이겨낼 수 없는 상황이 있음을 알았기 때문이리라.

세월은 그렇게 흘러갔다.

그러다 아이들이 품을 떠날 나이가 되자 샐리는 새로운 바람이 부는 쪽으로 몸을 맡기기로 했다. 1983년 차를 빌려 애틀랜틱시티로 여행을 떠난 샐리는 깨끗한 화장실을 찾아 가든 스테이트 도로로 들어섰다가 우연히 사우스 맨톨로킹 해변까지 오게 되었다. 그곳에서 바다를 마주 보고 있는 앤여왕시대 양식의 커다란 이층집을 발견했고, 친정과 시댁의 도움을 받아 결국 그 집을 사들였다. 이 집은 자녀들이 친구와 배우자를 데리고 언제든 즐겁게 방문할 수 있는 곳이 되었다. 샐리는 곧바로 새로운 사업에도 뛰어들었다. (샐리는 마케팅 이사로 시작했고 나중에는 회사를 사들여 소유주로 변신했다. 불치병 말기 환자들에게 브로드웨이 공연을 예약해주는 회사였다. 환자들은 〈올리버〉 재공연이나 런던 출연진이 그대로 나오는 뮤지컬 〈헤어〉를 관람하면 임박한 죽음으로 빛바랜 삶을 좀더 밝게 바라볼 수 있으리라 믿었다. 회사명은 '커튼콜'이다.)

샐리가 〈파인 보〉에 실린 나의 회고담과 약력을 읽게 되면서 나에게 행운이 찾아왔다. 샐리는 내가 뉴저지주 중부의 한 부동산 회사에서 일한다는 사실을 알아내고 연락을 해왔다. 더 큰 사무실을 구하는 데 도움이 될지 모른다고 판단했던 것이다.

그리하여 거의 일 년 전 어느 토요일, 나는 샐리와 만났다. 마른 체구였지만 샐리는 매우 예뻤고 백금발에 눈동자는 푸른빛이었다. 키는 몹시 크고 화려한 모델처럼 다리가 길었다(테니스를 치다가 부상을 당해 한쪽 다리가 약 2.5센티미터 정도 짧았지만 크게 신경쓰이지는 않았다). 버릇처럼 나를 곁눈으로 보길래 내가 하는 말이 대부분 멍청하기 짝이 없다고 여기는 게 아닐까 하는 생각이 들기도 했다. 나는 포인트 플레전트에 있는 조니 마타사 레스토랑으로 샐리를 데려가 점심을 함께 했으며 날이 어둑해질 때까지 업무와는 상관없는 이야기만 나누었다. 베트남에서 시작해, 다가오는 선거에서 민주당의 전망, 미국 공연예술계와 노인 의료 계획의 암울한 상황에 이르기까지 화제는 다양했다. 우리 자녀들이 마약중독자나 소송을 남발하는 변호사, 반사회적 소시오패스가 되지 않은 것이 얼마나 행운인지(내 운은 기울고 있는 것 같지만) 공감을 나누기도 했다. 그다음부터야 뻔했다. 필연적이고 일반적인 그 행위를 위생 문제를 신경쓰면서 했다는 말이다.

나는 로어 스퀀컴에서 빠져나와 뉴저지 34번 도로를 달리다 이어진 뉴저지 35번 해안도로에 들어섰다. 독립기념일을 맞아 일찌감치 길을 나선 차량행렬에 합류했다. 이들은 빽빽이 들어찬 차량들 속에서 꽃피는 동료애와 고통을 너무나 사랑한 나머지 해도 뜨기 전에 일어나 오하이오주에서 열 시간을 달려온 사람들이다. (이 벅아이* 주민들은 내가 볼 때 대부분 부시 지지자다. 독립기념일 정신을 볼품없게 왜곡하는 데 여념없는 치들인 것이다.)

베이 헤드와 웨스트 맨톨로킹 해안을 따라 펼쳐진 해안도로에는 애국심이 듬뿍 담긴 삼각기와 성조기가 휘날리고 방파제 너머 짧은 거리 아래 쪽의 아주 가깝게 보이는 눈부시게 파란 바다에는 돛배들이 무리를 지어 출렁거리고 있다. 하지만 애국적인 열기가 실감나지는 않고,

* 오하이오주의 별칭.

그저 여름날의 일상적인 소란으로만 보인다. 굉음을 내며 달리는 할리 오토바이와 모터 자전거, 서프보드를 실은 지붕 없는 지프차가 있고, **이 차를 한번 불태워봐요!**라는 범퍼 스티커 따위를 붙인 링컨과 프라울러 들이 빈틈 하나 없이 꼬리에 꼬리를 물고 늘어서 있을 뿐이다. 이글이글 달아오른 인도에는 요란한 비키니 차림의 십대들이 솔트워터 태피*와 스노 콘**을 사려고 줄을 서서 수선을 피우고 있고 해변에 나무로 지어 올린 인명구조 감시대에서는 우람한 남녀가 각각 팔짱 낀 자세로 무심히 파도를 바라보고 있다. 주차장은 꽉 찼다. 육지 쪽 모텔과 원룸, 이동식 주택은 이미 수개월 전부터 예약이 끝난 상태였고 용케 예약에 성공한 이들은 집에서 가져온 야외용 의자에 앉아 햇볕을 쬐거나 가장자리를 따라 서양호랑가시나무가 자라는 비좁은 현관 앞 공간에 몸을 뻗고 누워 책을 읽고 있다. 이도저도 아닌 사람들은 그저 1930년대식 셔플보드 게임*** 선이 그어진 바닥 위에 막대기를 들고 서서 의아한 표정으로 이렇게 중얼거린다. "한때는 이 여름이란 계절이 내면의 즐거움을 누리는 시간이 아니었던가?"

그러나 내륙의 오른쪽으로 눈을 돌려보면 구름이 잔뜩 낀 가운데 마을 뒤편의 소금기 머금은 강어귀를 따라 초원이 펼쳐져 있고 썰물이 진 자리에는 갯버들이 듬성듬성 싹을 내밀었으며 진흙 속에는 장미 열매와 뼈대만 남은 썩은 보트들이 처박혀 있다. 저멀리 앵초처럼 분홍빛으로 칠한 거대한 배수탑이 우뚝 서 있고 그 뒤로 집들이 촘촘히 모

---

* 뉴저지주에서 처음 만들어지기 시작한 부드러운 사탕.

** 북미에서 즐기는 셔벗 디저트. 보통 원뿔 모양 종이컵에 담겨 나온다.

*** 게임 구역 바닥에 놓인 원반들을 긴 막대로 밀면서 진행하는 게임.

여 있다. 오전의 폭풍이 지나간 이 실버 베이 위쪽 하늘에서 갈매기들이 거무스름한 날개를 펴고 바다로 미끄러져 내려간다. 나는 고장 난 오토바이에 몸을 기댄 채 너른 강어귀를 그저 바라만 보고 있는 어떤 가죽 재킷 차림 운전자 곁을 지나쳐간다. 운전자는 저 너머까지 어떻게 가야 하나 걱정하면서 도움의 손길이 오진 않을까 기대하고 있을 것이다.

잠시 후 사우스 맨톨로킹 해변에 접어든다. 이제 '집'에 거의 다 왔다.

해안도로를 달리던 나는 주류 상점 앞에 차를 세우고 1983년산 라운드 힐 퓌메 블랑 두 병을 산 다음 초코바 하나를 사 먹는다(여섯시 이후로 먹은 게 없다). 그리고 소금기를 머금어 짠내가 나는 바람을 맞으며 인도 한쪽에 있는 공중전화로 걸어가 내게 온 메시지가 있는지 확인한다. 마크햄 부부가 연락을 했는지 안 했는지 모르는 채로 계속 있고 싶지는 않다.

메시지 다섯 건 중 첫번째는 속수무책인 상황에 머리끝까지 화가 난 조 마크햄이 정오에 남긴 것이다. "배스컴 씨? 조 마크햄입니다. 전화 한번 주세요. 지역번호 609에 259-6834예요. 그럼." 찰칵. 말이 속사포처럼 쏟아졌다. 조를 좀 기다리게 해도 괜찮겠지.

두번째 메시지. 판촉 전화다. "배스컴 씨죠? 저는 프레드 쾨펠이라고 합니다. 아마 블랭컨십 씨가 제 이름을 말했을 텐데요." (블랭컨 뭐라고?) "그릭스타운에 있는 제 집을 매물로 내놓고 싶군요. 일을 빨리 진행시켰으면 좋겠어요. 어차피 판매자가 유리한 시장이라면서요? 함께 이 문제를 협의했으면 합니다. 공정한 수수료로 진행할 수 있다면 매물로 등록해주세요. 금방 팔리지 않을까 싶은데요. 필요한 서류 작업만 해주시면 될 거예요. 제 번호는……" 공정하든 불공정하든 수수료는 6퍼센트다. 찰칵.

세번째 메시지. "조 마크햄입니다." (요점은 같다.) "배스컴, 전화주세요. 지역번호 609에 259-6834예요." 찰칵. "아, 지금은 금요일 한 시쯤입니다."

네번째 메시지. 필리스 마크햄이다. "안녕, 프랭크. 어서 연락주세요." 목소리가 밝다. "궁금한 점이 있어서요. 아셨죠? 귀찮게 해서 죄송해요." 찰칵.

다섯번째 메시지. 혹시 래리 매클라우드가 아닐까 잠깐 생각하긴 했지만 내가 모르는 목소리다. "야, 멍청아! 나가서 뒈져버려! 알아들었어? 도대체 어디서 굴러들어온 놈이야?" 갑자기 다른 사람이 말하는 것처럼 목소리가 멀어졌다. "정말 진절머리가 나. 알아듣겠어? 이 빌어먹을 놈아!" 찰칵. 부동산업에 있다보면 이런 일에 익숙해진다. 전화를 걸어왔다면 위험인물이 아니라는 게 경찰의 견해다. 그리고 래리는 이런 메시지를 남길 위인이 못 된다. 내가 내 집에 사는 세입자에게 월세를 받으려 하는 게 아무리 괘씸하다 해도, 최소한의 품위는 지킬 사람이다.

다행히 앤이나 폴에게서 온 메시지는 없고, 더 언짢은 메시지도 없다. 에식스 경찰이 폴을 청소년 구치소로 끌고 가는 바람에 앤이 폴을 데리러 가야 했을 때, 나에게 전화를 준 사람은 바로 찰리 오델이었다. "프랭크, 다 제대로 밝혀질 거요. 침착해요. 우리 또 연락합시다." 제대로 밝혀져? 침착해? 그리고 우리? 다시는 찰리로부터 그런 다정한 말을 듣고 싶지 않았지만 그래야만 할지도 모른다고 생각하니 부아가치밀었다. 그러나 찰리는 더는 폴의 문제로 연락하지 않았고(분명 앤의 부탁을 받았을 것이다), 친부모끼리 이러쿵저러쿵하며 해결하도록 내버려뒀다.

물론 찰리도 제 나름대로 고충이 있었다. 뚱뚱한 거구에 머리는 칙칙한 금발이고 성격이 고약한데다 얼굴은 여드름투성이인 딸 아이비(폴은 아이브라고 불렀다)가 문제였다. 아이비는 뉴욕시에서 실험적 글쓰기 프로그램에 참여하고 있는 학생이고 예순여섯 살 된 교수(찰리보다도 나이가 많다)와 함께 살면서 자신이 열세 살 때 겪은 부모의 파경을 주제로 소설을 쓴다고 했다. 그 글의 첫 문장은 다음과 같다(폴이 아이비한테서 소설 일부를 듣고 알려줬다). "룰루는 오르가슴이란 신과 같다고 생각했다. 좋다는 말을 듣긴 했지만 실재하리라고 진심으로 믿지는 않았던 그런 것. 하지만 룰루의 아버지는 생각이 전혀 달랐다." 다시 태어나면 찰리를 가엾게 여길 수 있을지도 모르겠다. 그러나 이번 생에서는 아니다.

샐리가 사는 어수선한 외양의 진녹색 해변 주택은 비좁은 애스버리 스트리트 끄트머리에 자리잡고 있다. 나는 오래된 콘크리트 방파제 계단을 따라 해변 산책로로 올라가서 집으로 향한다. 집 위층과 아래층의 측면 개폐식 창문 모두 미풍이 드나들 수 있도록 열려 있지만 문은 굳게 잠겨 있고, 뜻밖에도 샐리는 없다. 역시 너무 일찍 도착한 걸까.

이 집 열쇠를 따로 받은 지는 꽤 되었지만 잠시 그냥 그늘진 현관에(와인병이 담긴 비닐봉지를 손에 든 채) 서 있는다. 사람들의 발길이 별로 닿지 않은 조용하고 쭉 뻗은 해변과 한없이 잔잔한 대서양, 회청색 하늘과 그 아래에서 가까운 곳을 오가는 돛배들, 여름 안개 속에서 파도타기에 한창인 사람들을 바라본다. 저멀리서 화물선 한 척이 북쪽 수평선을 향해 조금씩 움직이고 있다. 오래전에 이혼 후 이혼남 클럽 회원들과 함께 하룻밤 유람선을 빌려 타고 다니며 그라파*를 마시거나 매너스콴에서 민어 낚시를 하곤 했는데, 그 일대가 여기서 그리 멀지 않다. 진지하거나 낙천적이거나 적적해하던 그때의 친구들은 이제 제각각 흩어져버렸다. 대개는 재혼했고, 둘은 세상을 떠났으며, 둘은 아직 이 마을에 산다. 1983년을 돌이켜보면 우린 그렇게 한데 뭉쳐 한밤중 낚시여행을 다니며 불만과 슬픔을 더욱 단단히 억눌렀다. 이는 '존재의 시기'에서 중요한 훈련으로, 인생에 대해 결코 불평하지 않기로 결심했다면 시도해볼 만한 일이다.

모래투성이 콘크리트 보도 너머 해변에는 파라솔 밑에서 엄마들이 잠든 아기를 팔로 감싸 안고 모로 누워 곤히 자고 있다. 긴 주말 휴가를 맞아 반차 휴가를 낸 비서들은 투피스 수영복 차림으로 배를 깔고 나란히 엎드려 잡담을 나누고 윙크를 보내고 담배를 피운다. 형체만 보이는 작은 꼬마들은 맨발에 윗옷도 벗은 채 손으로 햇빛을 가리며 작은 파도 언저리를 알짱대고 개들은 꼬마들을 졸졸 쫓아다닌다. 구릿빛으로 그을린 몸매를 뽐내며 조깅하는 사람들, 그 뒤에서 부서지는 햇살 아래 파스텔빛 옷을 입고 어슬렁거리는 나이든 사람들도 보인다. 움직임이 거의 없는 공기와 파도의 한숨 속에서 사람들은 한가로이 움직이고 낮은 라디오 소음과 물소리가 사람들의 속삭임 위로 내려앉는

* 이탈리아에서 와인을 만들고 남은 포도 찌꺼기를 증류해 만든 술.

다. 그 안에 있는 뭔가가 마음을 건드리는 바람에 툭 눈물이 떨어질 뻔한다(정말 울지는 않았다). 내가 이곳에, 또는 근처에 왔었다는 게 새삼스럽게 느껴진다. 한때 무시무시한 고통 속에 찾았던 곳으로 이렇게 돌아와 그때처럼 이곳 공기를 다시 맡고 있다. 내 과거를 알려주는 것, 인정해주는 것은 아무것도 없다. 바다가 더욱 가까이 다가왔고 땅도 한층 가까이 다가선다.

무엇 때문에 목이 메는지 모르겠다. 이곳에 친숙해서일 수도 있고 이곳이 친숙하게 구는 것을 망설이며 뻣뻣하게 나와서일 수도 있다. 여기 '존재의 시기'에 유용한 주제이자 활동이 또하나 있다. 부동산업에도 훌륭한 교훈이다. 바로 장소를 신성시하지 말라는 것. 집, 해변, 고향, 한 소녀와 키스했던 길모퉁이, 행진에 참여해 걸었던 운동장, 7월의 어느 흐린 날 이혼을 확정지은 법원 건물. 하지만 그곳에는 당신의 흔적이 없다. 불어오는 바람은 당신이 그곳에 있었다거나, 단 한 번이라도 가본 적이 있다거나, 특히 중요하게는 당신이 이 세상에 존재했었다고 말해주지 않는다. 우리는 예전에 일어났던 사건들을 떠올리며 장소가 당연히 무언가를, 그러니까 앞서 말한 바 있는 승인을 줘야 한다고, 그래야 마땅하다고 생각한다. 우리가 무기력하게 가라앉다시피 할 때 생기를 되찾도록 따스하게 불을 지펴줘야 한다고 믿는다. 그러나 장소는 그렇게 하지 않는다. 당신이 뭔가를 필요로 할 때 장소는 절대 과거의 당신을 떠받들며 협조해주지 않는다. 오히려 대개 낙담시키기 마련이다. 마크햄 부부가 버몬트주와 뉴저지주에서 깨달았듯이 말이다. 그러니 다시 눈물을 삼키고 사소한 감상에 젖는 데 익숙해지는 게 최선이다. 우리를 기다리는 것이 무엇이든, 과거가 아니라 그것을 향해 묵묵히 나아가야 한다. 장소는 아무 의미도 없다.

시원하고 널따란 복도를 지나 층고가 높고 천장을 주석으로 마감한 그늘진 주방으로 들어간다. 마늘냄새와 과일냄새, 냉장고 냉매 냄새가 밀려온다. 나는 커다란 서브 제로 냉장고 문을 열고 가져온 와인을 넣어둔다. 주방문에 '커튼 콜' 로고가 찍힌 종이가 붙어 있고 이렇게 적혀 있다. "FB, 바닷물에라도 뛰어들어보든지 해. 여섯시에 올게. 재미있는 시간 보내기를. S." 어디에 가는지는 밝히지 않았다. 왜 'F'만 쓰지 않고 굳이 'B'까지 썼을까. 대기중인 다른 'F' 녀석이라도 있는 걸까.

잠깐 잠을 청하러 위층으로 올라간다. 매번 느끼는 바이지만 샐리의 집에서는 전에 우리 가족이 살았던 호빙 로드의 집이 떠오른다. 참나무 벽판을 댄 아래층의 많은 방들부터, 포켓 도어*와 굵은 체어 레일, 너무 두껍게 칠한 회반죽, 남아도는 저장고와 옷장, 어두침침한데다 흰곰팡이까지 피어 있는 뒤쪽 계단, 닳을 대로 닳아 미끌거리고 밟을 때마다 삐걱거리는 마룻바닥, 움푹 들어간 크라운 몰딩, 벽에 걸린 커다란 원형 장식, 문손잡이의 쇠장식, 지나간 시절의 유물 같은 가스등, 납유리, 장식조각이 새겨진 중심 기둥, 하인들만 들을 수 있도록(개처럼) 고안해 설치한 특이한 고무 꼭지 벨까지. 사실 샐리의 집은 지나간 옛 시대 방식으로 가족을 돌보기에 적당하다. 유지비를 감당할 수 있다면 은퇴 후에 생활하기에도 괜찮은 집이다.

하지만 나는 샐리의 집에만 가면 이상하게 불안해진다. 그야말로 비

* 밀면 벽으로 들어가게 돼 있는 미닫이문.

현실적이고 두렵기까지 한 미래의 환영이 찾아오기 때문이다. 이것은 내가 전에 살던 집을 견디지 못했던 또다른 이유이기도 하다. 희망에 부풀어 프랑스에서 돌아왔지만 내 집에서는 한숨도 눈을 붙이지 못했고, 어느 날 문득 흐리멍덩하고 숨막히게 나를 짓누르는, 그 배제당한 것 같은 느낌을 참을 수 없는 지경에 이르렀다. 집이 들려주는 무지막지한 거짓 약속, 즉 집안에 있는 물건들이 한결같은 모습으로 버티고 있듯이 우리 인생도 알아서 잘 흘러갈 것이라는 속삭임 역시 참을 수 없었다. (나는 그렇게 어리석지 않았다.) 이것이 내가 대대적으로 개보수를 한 앤의 집을 서둘러 사고 싶어한 이유였다. 깨끗한 석고보드와 미네소타주에서 생산한 새 채광창, 폴리우레탄 바닥, 단열창, 빈틈없는 알루미늄 외장재 등등 앤의 집에는 신성한 분위기가 없다. 평생 살아야 할 것 같은 집도 아니다. 그저 얼마간 편하게 지낼 수 있어야 한다는 주택 본연의 기능에 충실할 뿐이다. 그런데 기억상실증 환자처럼 이미 과거와 단절한 샐리는 나와 시각이 다르다. 샐리는 나보다 더 차분하고 지혜로우며 덜 극단적이다. 그녀에게 자기집이란 그저 편히 눈 붙일 수 있는 오래되고 근사한 거처, 활발한 인생을 꾸려가는 데 지장이 없는 믿음직한 무대인 것이다. 이런 기질을 길러온 샐리를 존경하지 않을 수 없다. 딱 내가 닮고 싶었던 모습이었기 때문이다.

나는 육중한 참나무 계단을 걸어올라가 집 전면부에 있는 침실로 곧장 들어선다. 갈색 커튼을 드리운 창문으로 미풍이 들어온다. 샐리는 자신이 집에 있든, 아니면 루게릭병을 앓는 환자들과 함께 〈카니발〉을 보러 뉴욕에 가 있든 내가 이 집에 오면 나만의 공간을 쓸 수 있어야 한다고 결론 내리기에 이르렀다. (그전에는 일단 해가 지면 내가 어디에서 자야 할지 고민할 필요가 없었다. 뒤쪽에 있는 샐리 방으로 가면 됐으니까.) 그리하여 해변과 애스버리 스트리트의 끄트머리가 내려다보이고 처마 그림자가 진 반쯤 다락 같은 이 작은 방이 내 공간으로 정해졌다. 하긴 안 그랬으면 이 방은 그냥 놀려뒀을 것이다. 갈색 깅엄 무늬 벽지에 고풍스러운 천장 팬, 남성적인 사냥 장면이지만 세련미가 깃든 그림, 참나무 화장대, 머리맡에 무지개 모양 놋쇠 장식이 달린 더블 침대, 텔레비전 장으로 쓰는 큰 옷장, 마호가니 빨래건조대를 갖췄고, 짙은 초록색과 황갈색으로 차분하게 꾸민 욕실이 딸려 있다. 깊게 아는 사이는 아니지만 호감이 가는 어떤 이(특히 남자)에게 내주기에 딱 좋은 공간이다.

나는 커튼을 치고 옷을 벗은 다음 시원한 푸른 페이즐리 무늬 시트 속으로 기어들어간다. 비에 젖어서인지 발이 아직도 축축하다. 침대맡 램프를 끄려는 순간, 탁자 위에 지난주에는 못 봤던 책 한 권이 보인다. 『미국의 민주주의』라는 낡은 붉은색 페이퍼백이다. 생명유지장치를 사용하는 사람이 아니라면 결코 권하고 싶지 않은 책이다. 책 바로 옆에는 해병대 상징인 닻과 지구, 닻줄 그림이 새겨진 금제 커프스단추 한 쌍이 놓여 있다. (오랜 기간은 아니지만) 내가 예전에 복무했던 곳이다. 단추 하나를 들어올려보니 보석처럼 적당히 기분좋은 무게가 손바닥을 누른다. 나는 팔꿈치에 기대고 누워 옛 기억을 더듬으며 그것이 정식 해병대 물품인지, 아니면 어느 늙은 해병이 타향에서 용맹을 떨쳤던 옛 시절을 기념하고자 '제작한' 장식인지 살펴본다.

그렇지만 누구의 단추이며 누구의 소매에 달릴 것인지, 내가 유심히 살펴보길 바라며 샐리가 놓아둔 것인지, 샐리가 간밤에 전화로 말했던 인생이 뒤죽박죽이라는 이야기와 관련이 있는지 궁금해하고 싶지는 않다. 샐리 콜드웰과 결혼을 했다면 관심을 가졌겠지만 난 샐리의 남편이 아니다. 혹시 금요일과 토요일에 쓰는 '내 방'이 화요일과 수요일에는 렉스 '너클스' 트루블러드 대령의 방으로 변신한다 해도 난 그저 우리가 길에서 마주치지 않기만 바랄 뿐이다. 샐리와 나 사이에서 이런 문제는 '자유방임' 영역이다. 이혼이 주는 교훈을 명심하고 살아왔다면 이런 무의미한 스트레스로부터 자유로워져야만 한다. 지금 편히 잠을 청하기 위해서라도 그래야 한다.

나는 토크빌이 쓴 그 낡은 『미국의 민주주의』 제2권을 재빨리 넘기며 누레진 표제지에 혹시 책 주인의 이름이 적혀 있진 않은지 밑줄을 그은 곳은 없는지 여백에 메모는 없는지 살펴본다(전혀 없었다). 이내 대학 시절에 해봤던 실험이 떠오른다. 침대에 누워서 적당한 눈높이로 책을 들어올린 다음 아무데나 펼치고 눈이 감기기 전에 몇 초나 읽을 수 있는지 테스트해보는 것이다. 어느 순간 책은 손에서 떨어지고 나는 꿈나라로 향하게 된다.

실험 시작. "민주주의적인 제도와 방식은 어떤 경로를 거쳐 임대료 인상과 임대 기간 단축에 영향을 미치는가?" 읽으며 잠들기에도 너무나 지루한 주제다. 바깥 해변에서 여자아이들이 재잘거리는 소리와 부드러운 파도 소리가 들려오고 잠을 부르는 온화한 바닷바람에 창문 커튼이 두둥실 부풀어오른다.

책 뒷부분을 손으로 훑다가 다시 한번 읽기를 시도해본다. "무엇이 거의 모든 미국인들로 하여금 공업화라는 소명을 따르게 하는가?" 무슨 말일까.

다시. "왜 미국에는 야심가들은 많은데 고결한 야심가는 드문가?" 이를 악물면 팔 초는 버틸 수 있을 것 같다. "미국에 온 여행자들이 가장 처음 인상을 받는 대목은 셀 수 없이 많은 이들이 자신의 본래 환경에서 벗어나려고 애쓴다는 점이다. 두번째로는 이렇게 야심이 만연한 사회에서 고결한 야심을 찾기가 힘들다는 점이다. 모든 미국인들이 신분 상승을 열망하지만 원대한 희망을 품거나 고결한 목표를 추구하는 미국인들은 거의 찾아보기 어렵다……"

책을 원래대로 해병대 커프스단추 옆에 내려놓고 누웠지만 잠이 오기는커녕 눈이 더 말똥해진다. 아이들 목소리가 들리더니 좀더 멀리 해변 모래사장 쪽에서 여자 목소리가 들려온다. "난 그렇게 이해하기 힘든 사람이 아냐. 당신은 대체 왜 그렇게 복잡해?" 당혹스러움이 묻어나지만 차분한 남자 목소리가 이어진다. "아냐," 남자가 말한다. "난 복잡하지 않아. 전혀, 정말이야." 두 사람은 계속 말을 이어갔지만 그 목소리는 뉴저지 해변을 감도는 햇살 속으로 희미하게 사라져간다.

바로 그때, 나는 힘없이 돌아가는 놋쇠 팬을 쳐다보다가 별안간 움찔하고 만다. 바윗덩이나 어떤 오싹한 그림자, 날카로운 물체가 나를 덮쳤다가 아슬아슬하게 비켜가기라도 한 것 같다. 고개가 오른쪽으로 홱 돌아가고 심장은 쿵, 쿵, 쿵, 쿵 요동친다. 꼭 같은 경험을 한 적이 있다. 어느 여름날 저녁 앤이 전화를 걸어 곧 찰리 오델과 결혼할 예정이고 아이들과 함께 딥리버로 갈 것이라고 선언했을 때다.

하지만 지금은 왜?

움찔하는 데도 종류가 여러 가지다. 우선 '사랑의 움찔함'이다. 뜨거운 섹스를 상상해보면 알 수 있다. 몸이 덜덜 떨리고 종종 동물같이 신음을 흘리다가 대개는 깊은 상실감이 소파 커버를 적신다. 그리고 '슬픔의 움찔함'이 있다. 새벽 다섯시에 곤히 자는데 전화벨이 울리더니 낯선 사람이 당신의 어머니나 장남이 '유감스럽게도' 사망했다고 알려줄 때 겪는 일이다. 보통 가슴에 구멍이 뻥 뚫리는 듯한 슬픔이 따라오는데 안도감과 비슷하지만 실은 그렇지 않다. '분노의 움찔함'도 있다. 이웃집에서 키우는 아일랜드산 사냥개 프린스 스털링이 몇 달 내내 밤이면 밤마다 다람쥐 그림자를 보고 짖어댄다고 가정해보자. 당신은 잠을 설치기 일쑤이고 거의 미칠 지경에 이른다. 그런데 어느 날 해질녘에 예기치 않게 마주친 그 사냥개 주인이 기껏 한다는 소리가, 고작 개가 짖어댈 뿐인데 너무 부풀려서 떠벌리는 것 아니냐는 타박이다. 예민해진 것 같으니 장미 향기를 맡아보라는 충고와 함께. 그 얼굴에 주먹을 날릴 때 움찔함이 따라오기 마련이니, '빌리 버드*'의 움찔함이라고 불러도 무방하다.

하지만 방금 내가 겪은 움찔함은 그 어느 경우와도 다르다. 마치 전극을 통해 목에 전류가 주입되기라도 한 것처럼 얼얼했고 가벼운 현기증이 남았다. 눈앞에 검은 점이 나타났고, 귀는 유리컵에 꽉 눌리기라도 한 듯 먹먹했다.

그때 해변의 소음이 느닷없이 다시 귀를 파고든다. 바닷물이 해변의 조약돌을 다정히 어루만지는 소리, 책을 탁 덮는 소리, 깃털 같은 웃음소리, 모래투성이 샌들을 바닥에 끄는 소리, 손바닥으로 누군가의 빨갛게 익은 부드러운 등을 찰싹 때리는 소리, 맞은 사람이 "우으으으

* 허먼 멜빌의 중편소설 제목. 주인공인 수병 빌리 버드는 선상 반란을 꾀한다는 누명을 쓰자 분에 못 이겨 주먹을 휘둘렀다가 고발자를 죽이고 만다.

으" 내지르는 외마디 비명 소리.

지금 내 머리를 가득 채운 생각은 ('격렬한 움찔함'의 결과) 내가 여기서 대체 뭘 하고 있는가 하는 이상한 호기심이다. 여기가 아닌 다른 곳에 있어야만 한다는 느낌이 뒤따른다. 하지만 어디로? 내가 으레 있을 곳이 아니라 진정 원하는 곳? 내게 더 잘 어울리는 곳? 단순히 즐거운 정도가 아니라 말 그대로 열광할 수 있는 곳? 삶의 기간과 조건과 한계가 이렇게까지 핵심이 되지 않는 곳이기는 할 것이다. 규칙이 게임 그 자체가 되지 않는 곳 말이다.

언젠가 이런 순간이 있었다. 나는 내 집이 아닌 어느 시원하고 근사한 집에서 발을 뻗고 누워 있었다. 깜박 잠이 들긴 했지만 나는 사랑스럽고 멋있고 호감이 가는 한 여자를 두근거리는 마음으로 기다리고 있었다. 당시 나는 내게 필요한 것을 여자에게 주고 싶어 안달했는데 여자 또한 그것을 필요로 했기 때문이었다. 그때는 정말이지 세상에서 최고로 행복한 기분이었다. 사실 '생기'라는 단어는 바로 그런 감정을 나타내려고 만들었을 것이다. 그 행복을 상황이 벌어지던 바로 그 순간에 인식했고, 누구도 겪어봤거나 앞으로 겪을 수 있는 일이 아니라고 확신했기에 흥분과 짜릿함은 더 커졌다. 그토록 행복한 기분을 나 혼자, 오로지 나 혼자서만 만끽할 수 있다니.

이제 지금 상황을 살펴보자면 모든 조건을 갖추고 있다. 적당한 햇살이 비치고 부드러운 바람이 불어온다. 샐리도 지금쯤 틀림없이 집에 돌아오고 있을 것이다. 어서 내게 달려와 침대에 몸을 던지기를, 내 마음에 이르는 열쇠를 찾아 다시 내 마음을 활짝 열어젖힐 수 있기를, 그래서 어젯밤에 찾아든 근심거리들을 모두 떠나보내기를 간절히(적어도 기꺼이) 바라면서.

하지만 단 하나, (나의) 의욕만이 사라져버렸다. 나는 여기서 흥분과 스릴을 맛보기는커녕 해변에서 들려오는 무의미한 말소리에 귀기울이며 누워 있다. 예전에 느꼈었고 또 느끼고 싶은 그 감정은 이제 사라지고 없다. 남아 있는 것이라고는 약간의 흔적과, 커다란 궁금증뿐이다. 그 감정은 어디로 갔을까. 다시 돌아오기는 할까. 즉, 그 감정은 무효가 되었다. 누군들 움찔하지 않겠는가?

'인생 속으로 실종'됐다고 할 만한 일이다. 전문 통신회사의 높은 양반들이나 과욕을 부리는 부모, 목재 도매회사의 소유주들이 흔히 겪는 일이지만 당사자들은 결코 깨닫지 못한다. 그런 상황에서는 모든 것이 똑같아 보이고 무엇도 그다지 중요하게 보이지 않는 지경에 이른다. 당신은 결코 죽지 않았지만 죽은 사람이나 다름없이 산다.

이런 무력하고 공허한 느낌을 쫓아내기 위해 나는 마치 야한 상상을 하는 고등학생처럼, 첫 '연애' 상대였던 소녀를 떠올리는 데 열중하며 문제를 해결해보려 마음을 다잡는다. 그러다보면 어느새 잠이 들 것이다. 그런데 첫경험은 기억나는 게 없다. 전문가들은 그 행위야말로 자전거 타기처럼 아무리 오랜 세월이 흘러도 결코 잊을 수 없는 법이라고 단언하겠지만 말이다. 그 기억은 기저귀를 차고 양로원 현관에 앉아 있을 때에도, 꾸벅꾸벅 졸고 있는 노인들 틈에서 점심식사가 나오기 전에 조금이라도 햇볕을 쬐어보겠다고 멍하니 앉아 있을 때에도 마음 한구석에 남아 있다는 것이다.

그나마 떠오른 게 갈색 머리에 창백한 피부의 여자아이 브렌다 패터슨이다. 나는 군사고등학교 동기와 함께 '골프나 치러' 가자고 패터슨을 설득해 버뮤다그래스 잔디가 깔린 미시시피주 키슬러 공군기지 골프장으로 데려갔다. 반은 간청하고 반은 졸라대고 나중에는 거의 협박하다시피 하여, 9번 홀 옆의 합판으로 만든 작고 냄새나는 남자 화장실에서 그 여자애가 바지를 내리게 했다. 나와 나의 친구 '모략꾼' 찰리는 답례로 똑같은 행동을 엄숙한 표정으로 해줬다(열네 살 때 일이라 다른 기억은 가물가물하다).

그때가 아니라면 몇 년 후 뉴욕 센트럴 철도회사가 관리하는 앤아버의 한 교각 밑에 있던 식물원의 시더 관목 아래에서 민디 레빈슨이 처음일지도 모르겠다. 엷게 퍼진 햇빛 속에서 내가 서로 바지를 반쯤만 내리고 한번 하자고 졸랐던 탓에 곧 우리의 여리고 부드러운 살은 가시와 나뭇가지투성이가 되었다. 민디는 그러자고는 했지만 지금 생각해보니 무덤덤했던 것 같다. 내가 끝까지 하긴 했는지도 잘 기억나지 않는다.

어느 순간 의미도 통하지 않는 일관성 없는 문장과 단어가 마음속으로 마구 밀려들어온다. 가끔 이러다가 잠이 드는데 현실에서 허튼 소리의 세계로 진입하는 아주 매력적인 과정이다(허튼소리를 말이 통하도록 재배열해야 한다는 압박감이 늘 어깨를 짓눌러서, 때로는 잠을 이루기 힘들 정도다). 마음속에서 떠도는 말들은 이러했다. 뒤죽박죽 벅아이주의 자전거 타는 사람들을 불태워봐…… 칵테일 드레스엔 자연계의 질서가 있어…… 자궁적출술 탄두에 대해서는 자신 있게 말할 수 있지(그렇지 않아?)…… 그 사람들한테 화법을 줘봐. 뒤로, 아니, 어서, 장기간은 너한테 별로야…… 악마는 디테일에 깃들어 있기 마련이야, 신일 수도 있고……

이번엔 잠들기가 쉽지 않다, 확실히. (이 말 조각들의 상관관계는 스토플러 박사나 좋아할 난제다. 나는 아니다.)

비록 자주는 아니지만, 이따금 내가 여전히 작가라면 얼마나 좋을까 생각해본다. 그렇게 많은 말들이 사람의 마음속으로 들어갔다가 창밖으로 달아나지만, 작가라면 아무리 형편없는 작가라 해도 훨씬 적게 잃어버리기 때문이다. 예를 들어 당신이 아내와 이혼한 상태라고 하자. 한 십이 년 전쯤으로 돌아가 처음으로 이혼 위기가 닥쳤을 때 당신 부부는 서로 너무 사랑한다고 또는 똑똑하다고 자부했기에, 아니면 둘 다 분별력이 좋은데다 일말의 품위를 지키려 노력했기에 헤어지지 않았다고 치자. 하지만 모든 것이 끝나버린 후, 당신은 진작 이혼했었어야 했다고 결론을 내린다. 이제 대체할 도리가 없는 놀랍고 멋진 무언가를 잃어버린데다, 그 결과 떨쳐버리기 힘들 것 같은 아련한 갈망에 사로잡혔다고 생각하기 때문이다. 이럴 때 당신이 작가라면 아직 미숙한 단편 작가라 해도, 그러한 사실을 쌓아놓을 공간을 갖춘 셈이니 늘 미련을 남기며 살지 않아도 된다. 글로 적어내려가기만 하면 된다. 아주 무시무시하고 애처로운 문장들을 존재하지 않는 인물(당신의 적을 살짝만 가공한 인물이면 더 좋다)의 대사로 달아줘서 비애를 끌어내는 것이다. 당신의 원한 장부는 사람들에게 즐거움을 주는 글로 바뀐다.

물론 그렇다고 어떤 기억이든 진정으로 지울 수 있다는 말은 아니다. 폴이 고통스럽게 더듬더듬 깨닫고 있듯이, 그것은 아무리 무심하다 해도 아무리 망각에 능하다 해도 솔 벨로처럼 탁월한 작가라 해도 불가능한 일이다. 하지만 당신이 썩거나 폭발할 지경에 이를 때까지 늘 그 기억을 끌어안고 다니지 않도록 당신 자신을 가르쳐야만 한다. (내 생각에 '존재의 시기'는 이런 적응 훈련을 하기에 안성맞춤이다.)

예를 들어보자. 나는 부모님이 자식이 나 하나뿐이어서 기쁨을 느끼셨을지 어떨지 전혀 걱정하지 않는다. 혹시 나 말고 또다른 자식을 원하셨을까 하고 신경쓰지도 않는다(기억에 기초한 근심은 멀쩡한 사람도 바보로 만들어버릴 수 있다). 이유는 간단하다. 이미 아이가 있지만 하나 더 낳으면 좋겠다고 생각하는 미시시피주 걸프코스트의 작고 사랑스러운 가족 이야기를 써봤기 때문이다. (바로 오늘처럼) 바람 부는 어느 무더운 날, 아이 엄마는 홀로 배를 타고 혼 아일랜드*에 도착한다. 섬에서 아이 엄마는 맨발로 모래 위를 걷다가 오래된 맥주캔 하나를 발견해 집어들고, 저멀리 본토를 한참 바라본다. 그러다 한 수녀가 곁에 있던 몸이 불편한 아이들에게 말해주는 이야기를 듣고 깨달음이 찾아온다. 이룰 수 없는 바를 소망하는 것은, 당신도 짐작하겠지만, 아는 사람 하나 없는 섬에서 오래된 맥주캔 하나를 집어드는 것과 마찬가지라는 것을. 지금 할일은 (기적을 울리고 있는) 배에 다시 올라, 아들과 남편에게 돌아가는 것이라는 것을. 배스 낚시를 마치고 곧 귀가해 저녁식사를 기다릴 아들과 남편은 그날 아침 자신들이 여자를 얼마나 깊이 사랑하고 있는지 말해주기까지 했다. 여자는 바로 그 말에 은둔자처럼 슬프고 외로워져 결국 배에 올랐지만……

이 이야기는 물론 내가 쓴 소설집에 실려 있다. 제목은 「바다에서의 기다림」이다. 하지만 십팔 년 전 글쓰기를 중단한 이후에는 불쾌하고 꺼림칙한 생각을 무마할 다른 방법을 찾아야 했다. (아예 무시하는 것도 한 방법이다.)

* 오스트레일리아 퀸즐랜드주에 있는 섬.

1969년에 결혼식을 올린 후 앤과 나는 뉴욕시에서 살았다. 나는 35번가에 있는 내 대리인의 사무실에서 신들린 듯 글을 써나갔고 그 소중한 원고를 밤마다 앤에게 보여줬지만 앤은 창가에 선 채 시무룩한 표정만 지었다. 내 글에서 뚜렷한 자신의 흔적이 전혀 보이지 않는다고 느꼈기 때문이었다. 자기를 닮은 인상적인 조연도, 자기처럼 키가 크고 구부정한 강인한 골프 선수도, 매춘부나 지루한 사람 같은 열등한 인물들을 신랄하고 날카롭게 쏘아붙여 제압하는 네덜란드계 여자도 등장하지 않았다. 나는 언짢아하는 앤에게 해명했다. 당신을 말로 요약할 수 있다면 실제보다 당신을 덜 복잡하게 만들어버리게 될 것이며 내가 이미 당신과 거리를 두고 살아왔다는 뜻이 된다고, 결국 당신을 내 인생의 추억이나 근심거리로 밀쳐두는 셈이 된다고 말이다(어쨌든 정말로 그렇게 되어버리고 말았지만, 방금 말한 이유 때문만은 아니며 그조차 완벽히 성공적이지 않았다). 거의 이십 년이 지난 지금에 와서 내가 거짓말을 하고 있다면 신이 벌을 내려도 달게 받을 수 있다.

실제로 나는 종종 앤에게 당신은 작품 속 등장인물이 되어 나를 돕는 대신, 도저히 사랑하지 않을 수 없는 매력을 발휘해 창작에 대한 나의 보잘것없는 노력을 극대화해주고 있다고 설명했다. 결국 이야기란 사랑과 열정처럼 보다 폭넓고 강렬하지만 달리 말로 표현할 길 없는 미스터리들을 글로 옮긴 것이라고, 그러니 당신은 나의 뮤즈라고 말이다. 어깨에 앉아 더 적절한 단어를 선택하도록 도와주고 내가 딱 맞는 말을 찾으면 킥킥 웃는 예쁘고 명랑한 여자 요정 뮤즈가 아니라, 나무상자—작가에게 상자란 단어다—와 물건을 잔뜩 끌어다 배에 난 구멍을 막지 못하면 순식간에 나를 바닥에 내팽개칠, 생사를 결정하는 그런 막강한 힘이라고. 작가한테는 단어가 바로 그 상자들이다. (나는 아직까지 이 힘의 대체재를 찾지 못했다. 그것이 최근에, 특히 오늘 여기서 나를 사로잡은 감정의 원인이라 하겠다.)

물론 미시간주 출신 네덜란드계답게 사실관계를 중시하는 앤은 나의 비밀이라고도 할 수 있는 고백을 마음에 들어하지 않았다. 내가 항상 쓸데없는 소리나 한다고 생각했을 뿐이다. 바로 지금 다시 이 문제를 터놓고 얘기한다 해도 결국 앤은 왜 내가 절대 자신에 대해 쓰지 않았는지 물을 것이다. 내 대답은 이렇다. 당신을 소모하고 싶지도, 말 속에 묶어두고 싶지도 않았다고. 당신을 한쪽으로 밀쳐두고 싶지 않았고, 어떻게 해도 실제보다 훨씬 부족한 사람으로 알려지게 될 '공간' 속으로 밀어넣고 싶지도 않았다고. (그래도 앤은 나를 믿으려 들지 않겠지만.)

꼬리에 꼬리를 무는 상념 속에 나는 어둑어둑한 방안에서 빛을 밀어내며 돌아가고 있는 천장 팬을 바라본다. 앤이 바라는 것은…… 혼 아일랜드…… 나의 라운드 힐 요정에게 신이 벌을 내린다면…… 이걸 불태워버리고……

저멀리 어디선가 발소리가 들리는 것 같더니 와인 코르크를 돌리는 나지막한 소리, 퐁 소리가 이어진다. 스토브의 금속제 상부에 숟가락을 부드럽게 올려놓는 소리, 내가 즐겨 듣는 라디오 뉴스 프로그램의 조용한 시그널뮤직 소리, 전화벨소리와 고마워하는 대답 소리, 이어 너그러운 웃음소리까지, 최근 들어 드물게 맛보는 달콤한 편안함이 집안에 울려퍼진다. 깜깜해질 때까지 가만히 누워 계속 듣고 싶다. 제발 그럴 수만 있다면.

무거운 걸음으로 계단을 내려와 칫솔질을 하고 얼굴을 닦았지만 몸을 제대로 가눌 수가 없다. 꿈을 꾸는 동안 부득부득 갈아버리기라도 한 듯 이도 잘 맞물리지 않는다(가슴 아프지만 이러다가는 결국 '잠자리용' 마우스가드를 쓰게 될 판이다).

바깥에는 땅거미가 내렸다. 전혀 잠을 잔 것 같지 않은데 몇 시간 동안 잠들었던 모양이다. 하지만 상쾌함 대신 피곤이 몰려온다. 꿈속에서 달리기경주라도 했는지 다리부터 사타구니까지 온통 찌뿌둥하고 쑤신다.

계단 난간 끄트머리 기둥에 다다르자 열려 있는 현관문 너머로 해변을 거니는 사람들의 어두운 실루엣, 그리고 저멀리 친숙한 석유굴착대의 불빛이 눈에 들어온다. 낮에는 해무 때문에 잘 보이지 않는 굴착대가 미세한 흰 불빛을 쏘아 다이아몬드처럼 어두운 동쪽 하늘을 베어내고 있다. 아까 봤던 화물선은 어디로 갔을까. 당연히 항구에 무사히 도착했겠지.

흐릿한 촛불 하나가 외로이 주방을 밝히고 있다. 거실에는 테드 홀리한의 집에서처럼 경보기기만 안전 상태를 뜻하는 초록색으로 깜박이고 있다. 보통 샐리는 불빛이 바깥으로 전혀 새어나가지 않도록 집안 전깃불을 모두 꺼두고 향초만 밝힌 뒤 맨발로 해변에 나간다. 나는 샐리의 이런 버릇을 거의 존경하는 정도에 이르렀다. 내가 무슨 생각을 하는지 꿰뚫어보는 듯한 곁눈질도 그런 버릇 중 하나다.

부엌에는 아무도 없었고 조리대의 미색 양초는 나를 위해 깜박이고 있다. 식탁에는 보랏빛 아이리스와 하얀 등꽃이 도자기 화병에 가지런히 꽂혀 있다. 녹색 도자기에 담긴 나비넥타이 모양의 차가운 파스타와 프랑스식 빵 한 덩이, 보냉 주머니에 넣어둔 라운드 힐 와인도 보인다. 포크는 두 개, 나이프도 두 개, 스푼과 접시도 두 개씩이었고 냅킨도 두 장이다.

나는 와인을 한 잔 따라 들고 현관으로 향한다.

"일어난 줄 몰랐어." 거실을 통과해 걸어오는 나를 보며 샐리가 말한다. 바깥으로 나가니 놀랍게도 이미 깜깜했고 해변은 텅 비어 있다. 이 분 사이에 한 시간이라도 지난 것 같다. "하루의 끝을 감상하는 중이야." 샐리가 말한다. "한 시간 전에 도착했는데 당신은 자고 있더라고." 샐리는 현관의 그림자 속에서 손을 뒤로 뻗으며 미소를 짓는다. 나는 문가에서 그 손을 맞잡고 어둠 속에서 하얗게 부서지는 파도를 잠시 바라본다. 괜한 호들갑을 삼가는 것은 우리의 암묵적인 '합의'다. 마치 본심을 넘어선 야단스러움이 한때 우리 세대를 궁지로 몰아넣지 않았느냐는 듯이. 나는 내심 샐리가 간밤에 느꼈던 기분으로 돌아가지는 않을지 걱정된다. 샐리는 꿈에서 내가 그리스도처럼 옥수수밭 위를 날아다녔다고 했고, 인생이 뒤죽박죽된 것 같다고 했다. 둘 다 나를 향한 불만을 담은 암호라는 것까지는 알았지만 마땅한 대답을 찾을 수 없었다. 어쨌든 무슨 말이든 해줘야 한다. "어젯밤에 깨워서 미안해. 기분이 너무 이상해서." 샐리는 이렇게 말하며 나무로 만든 커다란 흔들의자에 앉는다. 하얀 카프탄* 치마 양쪽이 길게 트여 있어 샐리의 긴 다리와 맨발이 드러난다. 샐리는 금발머리를 뒤로 모아 은색 머리핀으로 고정해뒀다. 피부는 해변 생활에 갈색으로 그을렸고 치아는 반짝거

* 터키나 아랍 사람들이 주로 입던 헐렁하고 소매가 긴 옷.

린다. 목욕용 오일의 달콤한 향이 공기 중에 촉촉하게 감돈다.

"설마 내가 코를 골진 않았겠지?"

"아니. 아니. 전혀 그러지 않았어. 이상적인 남편감이지. 당신이 곧 여행을 떠날 거고 한밤중에 역사책을 읽는다 해서 토크빌 책을 갖다놨는데 봤어? 내가 항상 좋아했던 사람이야."

"나도 좋아해." 거짓말이다.

그제야 샐리는 내게 시선을 돌린다. 좁은 얼굴형에 날렵한 코, 주근깨가 난 각진 턱까지 매끈한 이목구비다. 귀에는 가느다란 은색 귀고리를 했고, 팔에는 묵직한 터키석 팔찌를 걸쳤다. "앤에 대해 뭐라고 잠꼬대를 하긴 했어. 아내나 전 부인에 관해 이야기했거든." 샐리가 내 얼굴을 쳐다본 이유는 이것이었다. 토크빌을 좋아한다는 내 거짓말 때문이 아니라.

"꿈에서 기억나는 사람은 제때에 보험료를 안 낸 사람뿐인데. 그냥 죽는 게 나을지 고문받다가 죽는 게 나을지 고민한 것도 기억나는군."

"나라면 고민 안 해." 샐리는 둥근 잔을 양손으로 잡고 와인을 한 모금 마시더니 해변을 점령한 어둠에 시선을 고정한다. 뉴욕의 축축한 불빛이 반짝임이라고는 없는 밤하늘을 밝혀주고 있다. 저멀리 어딘가에서 차들이 경주라도 벌이는 모양이다. 타이어 굉음이 나더니 사이렌이 삑 울린다.

생각에 잠긴 샐리를 볼 때마다, 오래전에 떠나버린 월리를 떠올리는 게 아닐까 추측해본다. 월리는 이제 오존층 어딘가에서 저 싸늘한 별들 어딘가에서 떠돌고 있겠지만, 또 세상 사람들에게는 '사망자'이지만 (확실히) 샐리에게는 그렇지 않다. 샐리의 처지는 일반적인 의미의 이혼을 한 나와 더 흡사하다. 이혼한 사람들처럼 불확실하고 어정쩡한 끝맺음을 떠안고 살아야 하니까. 다른 일들마저 뜻대로 풀리지 않을 때는 삼키기 싫은 시큼한 고깃점을 씹는 것처럼 마음이 고달파지고 말이다.

가끔 이런 상상을 해본다. 어느 해질녘에 샐리는 여기 현관에 앉아 지금처럼 골똘히 생각에 잠겨 있다. 그런데 저기서 월리가 성큼성큼 걸어온다. 입은 활짝 웃고 있고 샐리가 기억하는 모습보다 좀더 팔자걸음으로 걷는다. 배허리가 더 푹신해졌고 눈빛은 천진해졌으며 얼굴은 더 둥그스름해졌지만 어쨌든 월리다. 벨링햄에서 플로리스트로 성공가도를 달리거나 남쪽 피킨에서 섬유공장 운영에 전념하다가 느닷없이 나타난 것이다. 영화를 보다가 문득 각성했을 수도 있고 페리를 타고 가거나, 선샤인 브리지를 건너다가 마음을 먹었을 수도 있다. 오래전 그날 아침 호프먼이스테이츠에서 이탈했던 그 여정으로 즉시 돌아가야겠다고 말이다. (나는 이 재회에 끼어들지 않는 편이 낫겠다.) 내 이야기에서 두 사람은 서로 껴안고 울고 주방에서 함께 저녁을 먹고 이탈리아산 와인을 들어부으면서 생각보다 대화가 쉽게 풀린다고 생각한다. 나중에 현관으로 돌아온 두 사람은 어둠 속에 앉아 서로 손을 잡고(안 잡아도 된다) 화기애애한 분위기를 이어간다. 촛불을 밝힌 위층 침실로 향할 기대감에 차서, 이 얼마나 이상야릇하면서도 참을 수 없이 흥분되는 일인가 생각한다. 그러다 어느 순간 퍼뜩 정신이 든다. 짧게 웃음을 터뜨리지만 불확실한 앞날 때문에 당혹스러움이 엄습한다. 친밀함은 점점 사라지고 분위기는 차갑게 식어버리고 마침내 참을 수 없는 지경에 이르자 두 사람은 그제야 깨닫는다. 헤어져 살았던 세월의 공백을 채울 말들이 충분하지 않다는 것을. 월리는(버트건 네

드건 상관없다) 피킨이나 태평양 연안 북서부 지역에 사는 새 아내 또는 오래된 아내와, 한창 자라고 있는 아이들에게 돌아가야겠다고 생각한다. 그리하여 자정이 지나자마자 윌리는 가버린다. 법적으로는 사망했지만 실제로는 그렇지 않은 이들이 향하기 마련인 저 망각의 길로(나와 샐리의 관계도 별반 다르지 않다, 나는 언제나 다시 나타나지만).

여기서 더 나가면 당연히 너무 성가시고 또 초라해진다. 결국 관련된 사람들 모두 텔레비전 프로그램에 우르르 몰려나올 것이다. 아이들, 아내들, 남자친구, 목사, 정신과의사까지 정장을 차려입고 불편한 소파에 앉아, 허옇게 분칠하고 관객석을 가득 채운 비곗덩이 여인들에게 각자 심경을 설명한다. 관객석 여인들은 일어나서, 자신이 한쪽 아내 입장이라고 가정하면서 "당연히 질투를 주체할 수 없지 않겠어요?" 라든지 "윌리가 진실을 말하고 있는지 누가 알겠어요……"라고 한마디하고 싶어할 것이다. 맞는 말, 맞는 말, 맞는 말이다. 하지만 누가 신경이나 쓸까?

바다 위 어딘가에서 느닷없이 밝고 눈부신 발사체가 나타난다. 우리 둘 다에게 보이지 않는 어느 보트에서 쏘아올린 것이다. 그것은 먹빛 하늘 위로 곡선을 그리며 날아가 펑 터지더니 분홍색과 초록색 불꽃을 내뿜으며 천지창조 날의 여명처럼 온 하늘을 환하게 밝힌다. 금방 사라지고 마는 밤의 정령처럼 폭죽은 쉬익 소리를 내며 몇 번 더 파바박 터진 후 점차 힘을 잃더니 시야에서 천천히 사라진다.

불꽃이 터질 때마다 해변에서 보이지 않는 사람들이 일제히 우우우우 아아아 탄성을 내지르며 박수를 보낸다. 사람들이 아직도 해변에 있다니 놀라운 일이다. 우리는 또 한번 폭죽이 휙, 펑 터지길 기다리지만 더는 아무 일도 일어나지 않는다. “아, 젠장.” 누군가가 아쉬움이 담긴 목소리로 말한다. “한 번이긴 했지만 좋았잖아.” 또다른 이가 말하자 다시 대답이 돌아온다. “한 번으로는 부족해.”

“올해 첫 독립기념일 폭죽이네.” 샐리가 쾌활하게 말한다. “폭죽놀이는 언제 봐도 흥분돼.” 샐리의 시선이 가닿은 곳에는 연기가 자욱하고 검은 하늘과 대비되는 푸른빛이 감돈다. 또다른 폭죽을 기다리기라도 하듯 우리는 자리에서 발을 떼지 않는다.

“미시시피주에서 살 때 어머니는 작은 폭죽을 사들였어.” 내가 말한다. “그 폭죽들을 당신 손으로 터뜨렸지. ‘귀여운 것들.’ 어머니는 그 폭죽들을 그렇게 불렀어.” 나는 여전히 잔을 손에 쥔 채 문틀에 기대서 있다. 마치 스틸 사진 속 영화배우처럼. 빈속에 와인을 두 모금 삼키자 가볍게 취기가 올라온다.

샐리는 못 미더워하는 눈초리로 나를 쳐다본다. “혹시 깊은 좌절감 속에 사셨던가? 어머님 말이야.”

“내가 알기론 그렇지 않아.”

“음. 하지만 활기를 찾기 위해 그랬다고 볼 수도 있을 거야.”

“그럴지도 모르지.” 솔직한 분들이었던 부모님을 샐리가 미심쩍은 눈으로 바라보자 마음이 불편해진다. 하지만 잠깐이라도 그런 시각에서 접근해본다면 나도 분명 지금까지의 인생을 설명할 수 있으리라. 이에 관해 소설을 써보는 것도 괜찮겠다.

“어린 시절 내가 일리노이주에서 살 때 우리 부모님은 새해 전날이면 꼭 크게 싸우셨어.” 샐리가 말한다. “매번 고함소리가 난무했고 물건이 날아다녔지. 그러다 밤이 깊으면 자동차 시동 소리가 들렸어. 당연히 두 분 다 술도 잔뜩 마셨고. 우리 자매들은 파인 레이크에서 벌어지는 폭죽놀이 때문에 그맘때면 아주 신이 나 있었어. 옷을 두껍게 입고 차를 타고 나가 차에서 폭죽놀이를 보고 싶어했지. 하지만 매번 부모님 중 한 분이 이미 차를 몰고 나간 후였어. 앞뜰에 서서 눈바람을 맞으며 뭐라도 보려고 했지만 시원찮았지. 우리가 뭘 봤다며 서로 얘기했던 것들은 사실 지어낸 게 대부분이었어. 그래서 폭죽놀이를 보면 어린애처럼 설레. 따지고 보면 참 바보 같지. 기만당하는 기분이 들 법도 한데 안 그러니까. 참, 그 버몬트주 사람들한테 집은 팔았어?"

"바람은 실컷 넣고 왔지." (제발 그랬기를.)

"당신은 그 방면에 참 수완이 좋은 것 같아, 그렇지? 아무도 집을 못 팔 때 당신만은 예외잖아." 샐리는 어깨에만 힘을 실어 흔들의자를 밀며 앞뒤로 움직인다. 육중한 의자가 현관 바닥을 긁어댄다.

"그렇게 어려운 일은 아니야. 낯선 사람들과 같이 차를 타고 다니다가 나중에는 통화만 하면 되니까."

"내 일과 비슷하네." 여전히 의자를 흔들며 샐리가 행복한 표정으로 말한다. 샐리의 일은 나보다 더 존경할 만하지만 더 슬픈 일이기도 하다. 나 같으면 그런 일 근처에는 얼씬도 않을 것이다. 불현듯 샐리에게 키스를 하고 싶어져 몸이 단다. 어깨든 허리든 어디라도 어루만지고 싶다. 따뜻한 밤공기 속에, 오일을 발라 매끈해진 살갗의 그 달콤한 냄새를 맡고 싶다. 나는 바닥을 쿵쿵 울리며 걸어가 심장박동을 귀로 확인하려는 덩치 큰 의사처럼 어색하게 몸을 기울여 샐리의 뺨과 목을 입술로 훑는다. 여기서 더 나아갈 수 있다면 더없이 행복하리라.

"그만, 그만해." 내가 샐리의 매혹적인 목덜미에 대고 숨을 내쉬며 촉촉한 어깨를 어루만지자 샐리가 장난스럽게 말한다. 볼을 따라 귀밑으로 금발이 한줌 늘어져 있다. 우아하고 섬세해 보이는 그 모습에 나는 늘 흥분이 일지만 어떻게 손을 대야 할지 몰라 머뭇거리기 일쑤다. 하지만 나의 애무에 샐리는 호의를 담아 내 팔목을 너무 강하지 않게 쥐더니 내 쪽으로 머리를 살짝 기울이는 정도로만 반응한다. 나는 빈 잔을 든 채 몸을 일으켜 해변을 멍하니 바라보다가 방금 전까지 샐리의 얘기를 들으며 서 있었던 문가로 되돌아온다. 내가 어떤 규칙을 위반했다는 생각이 얼핏 스치지만 그게 무엇인지는 알 수 없다. 자제해야 할 것들이 생각보다 많은지도 모르겠다.

지금 당장 남자답게 돌진해 사랑을 나누며 이 밤을 보내고 싶은 것은 아니다. 이미 사랑을 나누고 난 후라면 좋겠다. 즉 내가 이미 그것을 만족스럽게 해냈기를, 사랑을 나눈 뒤에 찾아오는 친밀하고 느슨한 편안함이 우리 사이에 부드럽게 감돌기를 바란다. 이 얄팍한 무효라는 감정에서 오늘 저녁을 어떻게든 구해내는 멋진 애인이 되고 싶다. 아까 잠들기 전에 나를 휘감은 게 바로 이 느낌이었다. 나는 그런 느낌이 우리 둘 사이에 끼어들지 못하게끔 지난 몇 달 동안 마술사들처럼 눈속임을 써왔다. 늘 좋은 아이디어를 마련해두려고 애썼고(폴을 비롯해 다른 사람들에게도 그랬지만), 인트레피드 해양항공우주박물관으로 당일치기 여행을 떠났고, 배츠토강에서 카누를 탔고, 게티즈버그전투 현장으로 주말여행을 갔으며, 내키지는 않았지만 샐리가 좋아하는 열기구도 탔다. 지난가을 버몬트주로 사흘 동안 다녀온 단풍놀이가 신통치 않았음은 말할 것도 없다. 버스며 위너베이고 캠핑카며 느릿느릿 기어가는 나들이 차량들 틈에 끼어 거의 이틀을 날린데다 물가는 바가

지 수준에 침대는 비좁고 음식도 형편없었다. (결국 우리는 일정을 하루 앞당겨 돌아왔는데 너무 피곤한 나머지 폭삭 늙어버린 느낌이었다. 샐리는 돌아오는 내내 잠만 잤을 정도니까. 애스버리 스트리트 초입에 샐리를 내려줄 때는 술 한잔 나누고픈 마음조차 들지 않았다.)

"나비넥타이 파스타를 만들어놨어." 내 키스 세례 때문에 한동안 침묵이 흐른 끝에, 샐리가 자신감 넘치는 목소리로 말한다. 우리 둘 다 아직은 이층으로 재미를 보러 올라갈 때가 아님을 깨달은 터였다. "좋아하는 요리 맞지? 파르팔리네 파스타 말이야."

"그럼, 가장 보기 좋아하는 음식이지." 내가 대답한다.

샐리는 미소를 짓더니 긴 다리를 다시 쭉 뻗는다. 발목에서 조그맣게 우두둑 소리가 났다. "아무래도 수술한 자리가 벌어지는 것 같아." 한쪽 다리가 조금 짧긴 하지만 샐리는 승부욕이 강한 공격적인 테니스 선수로, 남자도 거뜬히 물리칠 수 있는 실력자다.

"혹시 월리를 생각하던 중이었나?" 다른 이유가 있어 물은 것은 아니다. 그런 생각이 들었을 뿐이다.

"월리 콜드웰?" 처음 듣는 이름이라도 되는 듯 샐리가 되묻는다.

"그냥 그런 생각이 들었어. 여기서 당신을 바라보고 있자니."

"이름만 기억에 남아 있네. 너무 오래전 일이야." 믿기지는 않지만 중요한 문제는 아니다. "그 이름을 버려야만 했지. 그는 나를 떠났어, 그리고 아이들한테서도." 샐리가 풍성한 금발을 흔들며 말한다. 마치 어둠 속에 숨어 우리 대화에 끼워달라고 부탁하는 '족제비' 월리의 유령에게 퇴짜라도 놓는 것처럼. "내가 생각하고 있던 건 바로 당신이야. 오늘 티켓을 가지러 뉴욕에 다녀오는 동안에도 내내 당신 생각을 했지. 내가 돌아오면 여기 있을 당신을. 둘이서 뭘 할까, 당신이야말로 정말 다정한 사람이구나 이런 생각을 했어."

명심하라, 이는 좋은 징조가 아니다.

"다정한 사람이 되고 싶기야 하지." 샐리가 무슨 말을 하려고 했든 이로써 입막음을 하고 싶다. 안정적인 결혼생활을 하는 사람만이 불만 많은 염소처럼 뒤따르는 이 '하지만'이라는 단서 없이도 다정한 남자라는 말을 들을 수 있다. 안정적인 부부라면 얼마든지 다른 방식으로 말할 수 있다. "하지만 뭐?"

"하지만이라니? 그뿐이야." 샐리는 양쪽 무릎을 팔로 감싸안으며 길쭉한 맨발을 흔들의자 모서리에 올려놓는다. 기다란 몸이 의자를 타고 앞뒤로 흔들린다. "'하지만'이 꼭 들어가야 해?"

"나한테는 그 말이 나올 것 같아서." 아무래도 나는 염소 울음소리라도 내야 할 것 같다.

"'하지만'이라니? 그저 내가 당신을 좋아하는구나 생각하면서 운전했을 뿐이야. 그게 다야. 원한다면 더 피곤하게 대해줄 수도 있어."

"당신은 지금 그대로가 좋은걸." 내가 말한다. 어색한 미소가 한심한 입가를 따라 내 뜻과 상관없이 번지면서 양볼이 팽팽해진다.

샐리가 고개를 옆으로 돌려 현관의 어둠 속에 서 있는 나를 물끄러미 올려다본다. 굳은 얼굴이다. "그럼 다행이고."

나는 아무 말도 하지 않는다. 히죽 웃기만 할 뿐.

"왜 그런 식으로 웃어?" 샐리가 말한다. "당신 좀 이상해."

"글쎄, 나도 정말 모르겠네." 나는 볼을 손가락으로 쿡 찔러 문지르면서 옅게 굳은 미소를 보통의 시민다운 모습으로 되돌리려고 애쓴다.

샐리는 내 얼굴에서 숨어 있는 무언가를 찾아낼 수 있다는 듯 나를 곁눈질한다. 결코 목격한 적은 없지만 항상 거기 있으리라고 의심해온 그 무언가를 찾아내 확인해보고 싶다는 표정이다.

"독립기념일이 돌아올 때마다 이쯤에는 뭔가를 이룩했어야 한다고, 결정을 내렸어야 한다고 생각하게 돼." 샐리가 말한다. "아마 그게 어젯밤에 시달린 문제들 중 하나였을 거야. 너무 오랫동안 여름에 학기를 시작해서 그럴 수도 있고. 가을은 너무 늦은 것 같거든. 무엇에 늦었다는 건지도 모르겠지만."

나는 샐리의 말을 듣는 와중에도 좀더 제대로 된 단풍놀이를 구상하느라 바쁘다. 미시간주의 페토스키나 하버 스프링스, 샤를부아가 어떨까. 주말에 매키노 아일랜드에서 배를 타는 것도 괜찮다. (물론 모두 이미 앤과 해본 것들이다. 새로운 것은 없다.)

샐리는 양팔을 머리 위로 올려 두 손을 맞잡고 온몸을 비틀며 우아하게 요가 동작을 한다. 손목에 걸린 팔찌들이 댕그랑대며 팔뚝을 미끄러져 내려간다. 이런 상황, 이따금 찾아드는 이 침묵, 축 처져 사색에 잠기는 이 순간은, 문제의 몸통이 우리 가까이에 있다는 뜻이다. 부디 그것이 얼른 달아나주기를. "내가 당신을 지루하게 하나봐." 샐리가 말한다. 여전히 치켜들고 있는 팔에서 반짝 빛이 난다. 역시 샐리는 절대 만만한 상대가 아니다. 아름다운 자태다. 영리한 남자라면 이 여자를 사랑하는 법을 알겠지.

"아니, 그렇지 않아." 나는 왠지 우쭐한 기분이 되어 대답한다. (한랭전선이 앞쪽 끄트머리라도 지나가고 나면 해변에 있던 사람들은 일시에 안도하는 법이다.) "당신이 나를 좋아한다니 기분이 좋네. 정말이야." 다시 키스를 해야 할까. 이번에는 진짜 키스를?

"다른 여자들을 만나고 있지, 맞지?" 굽 없는 금빛 샌들에 발을 넣으며 샐리가 말한다.

"딱히 그렇진 않아."

"'딱히 그렇진 않아'라니 무슨 말이야?" 샐리는 바닥에 놓여 있던 와인잔을 집어든다. 내 귀에서 모기가 윙윙거린다. 이 주제에서 벗어나 얼른 집안으로 들어가고 싶다.

"그렇지 않다는 말이지. 그뿐이야. 다만 만나고 싶었던 사람이 내게 다가온다면,"—'만난다'고? 정말 싫어하는 단어다. '같이 잔다'거나 '관계를 한다' '한번 한다' '같이 뒹군다'는 말이 훨씬 낫다—"그럼 나로서도 나쁠 것은 없다는 거지."

"알았어." 샐리가 무뚝뚝하게 대꾸한다.

샐리가 무슨 생각으로 샌들에 발을 넣었는지는 모르겠지만 그사이에 마음을 바꾼 듯하다. 깊은 숨을 들이쉰 후 잠시 멈췄다가 다시 천천히 내뱉는 소리가 들려온다. 샐리는 와인잔의 둥근 바닥을 감싸쥐고 있다.

"당신이야말로 다른 남자를 만나는 것 같은데." 내 목소리에 힘이 들어간다. 커프스단추가 떠오른 것이다.

"물론이지." 샐리는 고개를 끄덕이더니, 현관의 계단 난간 너머 아득히 먼 어둠 속에 박힌 작은 노란 점들을 바라본다. 나는 다시 이혼남 클럽 회원들을 생각한다. 위로를 찾으려고 배로 몰려들었던 남자들, 인생과 파티, 시원한 레스토랑, 그렇게도 끼어들려고 안달했던 지난밤의 시시덕거림들을 떠올리면서, 알 수 없는 일이 가득한 육지를 애절하게 바라보던(바로 이 집을 봤을지도 모른다) 그들. 지금 나와 같은 상황을 누릴 수 있다고만 하면 우리 중 누구라도 바다에 뛰어들어 물으로 헤엄쳐 왔을 것이다. "다른 남자들을 만난다고 하니까 기분이 이상하네." 샐리가 조심스럽게 말한다. "그러고 있기는 하지만, 무슨 계획이 있는 건 아니거든." 내 착각일 수도 있지만, 놀랍게도 샐리는 눈가에서 눈물을 한 방울 훔쳐내더니 손가락으로 비벼 없앤다. 바로 이런 이유로 우린 현관에 남아 있다. 물론 난 샐리가 정말로 다른 남자들을 '만나고' 있을 줄은 몰랐다.

"뭘 기다리고 싶은 거야?" 너무나 진지한 목소리로 내가 묻는다.

"아, 모르겠어." 샐리는 코를 훌쩍인다. 다행히 더는 눈물을 보이지 않을 것 같다. "기다림은 나쁜 습관이야. 난 이미 겪어봤지. 기다리고 싶은 건 없는 것 같아." 샐리는 고개를 살짝 흔들면서 손가락 사이로 풍성한 금발을 쓸어넘긴다. 닻과 지구, 닻줄 그림에 대해 더 묻고 싶지만 지금은 때가 아닌 듯싶다. 늘 그렇듯이 내가 하는 일은 스스로 찾아내는 것이다. "그런 당신은 무슨 일이라도 일어나길 기다리고 있어?" 샐리가 다시 고개를 들어 나를 쳐다본다. 회의적인 눈초리다. 내가 뭐라고 대꾸하건 자신을 화나게 할 게 뻔하다고 생각하는 것이다. 아니면 속임수이거나, 어쩌면 어리석은 대답일지도 모른다고 생각한다.

"아니." 솔직한 척 말하려 했지만 지금 당장 그렇게는 안 될 것 같다. "무슨 일이 일어나든 안 일어나든 뭐가 다를지 모르겠어."

"그렇다면," 샐리가 말한다. "좋은 일이 생기리라 믿지도 않고, 결국 행운이 찾아올 거라고 믿지도 않는다면, 어디서 희망을 찾아야 하는 거지? 당신이 생각하는 멋진 미스터리란 뭐야?"

"멋진 미스터리란 지금 모습 그대로 얼마나 오랫동안 지속할 수 있는가 하는 거지. 난 그 정도면 됐어." '존재의 시기'야말로 가장 훌륭한 예다. 이런 내 견해에 질색한다는 점에서 샐리와 앤은 다를 바가 없다.

"오, 이런 세상에, 세상에!" 샐리는 고개를 젖혀 별이 보이지도 않는 현관 천장을 바라보더니 이상하게 새된 소리로 여자아이처럼 아하하 웃음을 터뜨린다. "내가 당신을 너무 과소평가했어. 좋아. 난…… 아니, 아무것도 아니야. 당신이 옳아. 백번 옳아."

"내가 틀려도 괜찮은데." 틀림없이 얼간이처럼 보이리라.

"좋아." 샐리는 신기한 사람을 다 본다는 듯 나를 쳐다보며 말한다. "틀렸다고 밝혀질 때까지 기다린다—황소 뿔을 잡는* 건 아니네, 프랭키, 안 그래?"

"난 애당초 사람들이 왜 황소 뿔을 잡는지 모르겠어. 위험하게 끝날 텐데." 날 '프랭키'로 부르면 기분이 별로다. 마치 남자도 여자도 아닌 여섯 살배기가 된 것 같다.

"내 말 좀 들어봐." 어느새 샐리는 빈정대고 있다. "진짜 그렇게 하겠다는 건 아니고 그냥 물어보는 건데." 어딘가에서 날아든 불빛에 샐리의 눈이 어둠 속에서 반짝 빛난다. 옆집에서 불을 켰나보다. 그 빛이 내게 아늑한 그 집으로 어서 들어오라고 속삭이는 듯하다. 나 역시 그곳에 마음이 끌린다. "누군가에게, 아니면 여자에게 사랑한다고 말하는 게 당신한테는 어떤 의미야?"

"그런 말을 해줄 사람이 나한테는 정말 없어." 불편한 질문이다.

"그런 사람이 생긴다면? 언젠가는 그렇게 되지 않겠어?" 샐리는 나

---

* '용감하게 정면돌파한다'는 뜻의 관용 표현.

를 다른 윤리의식이 지배하는 세상에서 온, 흥미롭기는 하지만 말이 안 통하는 방문객처럼 대하고 있다.

"신중하게 생각해봐야겠지."

"당신은 언제나 신중하잖아." 섈리는 내 인생에 대해 훤히 안다. 나란 사람은 가끔 까다롭게 구는 듯 보이지만 신중하지 못할 때가 더 많다는 것도. 이런 아이러니라니.

"평소보다 더 신중해져야지." 내가 대꾸한다.

"어쨌든 사랑한다고 말한다면 그건 당신한테 뭘 의미하지?" 섈리는 내 대답이, 나중에 그녀에게 중요한 뭔가를 의미하게 되리라고 믿고 있는지도 모르겠다. 왜 어떤 길을 선택했고 어떤 길은 왜 포기했는지 설명해주는 그런 대답. "그때는 살아남은 것만으로도 감사해야 했지"라든가 "이게 바로 내가 뉴저지주를 떠나 파고파고*로 가서 원주민들과 일하며 지내게 된 이유였어" 같은.

"글쎄," 내가 말한다. 섈리는 내게서 정직한 대답을 들을 자격이 있다. "잠정적인 선언이겠지. 말하자면 어떤 사람한테서 내가 정말 좋아하는 면을 보게 되면, 그런 면만 보고 상상 속 사람을 만들어 가까운 곳에 두고 싶은 마음이 아닐까."

"그게 한 사람을 사랑하는 것과 관련이 있나?" 섈리는 어느새 독실한 신앙인처럼 진지하다. 뭔가를 기대하는 눈빛으로 나를 뚫어지게 쳐다보고 있다.

"과거의 사랑은 그랬다고 해야겠지. 어쩌면 지금도. 너무 가혹하다고

---

* 태평양 폴리네시아에 있는 항구도시. 미국령 아메리칸사모아의 수도.

말할지 모르겠지만." (사실 나는 그렇게 가혹하다고 생각하지 않는다.)

"가혹하네." 샐리가 말한다. 캄캄한 바다에서 고기잡이배 한 척이 뱃고동을 울린다.

"과장하고 싶지 않았어." 내가 말한다. "막 이혼했을 때, 인생이 어떻게 흘러간다 해도 결코 불평하지 않겠다고 나 자신한테 약속했었지. 과장하지 않는 건 내가 불평할 게 없다는 확신을 얻는 한 방편이고." 오늘 아침 불쌍하고 바보 같은 조에게도 설명하려 애썼던 바이다. 결국 씨알도 먹히지 않았지만. (그런데 내가 절실히 원하는 바를 하루에 두 번이나 말하게 된 것은 무슨 의미일까?)

"당신도 사랑에 대한 그 가혹한 견해를 단념하도록 설득당할 날이 올 수도 있어, 안 그래? 아까 당신 생각이 틀려도 괜찮다고 했던 것도 그런 의미겠지." 샐리는 이렇게 말하더니 와인잔을 들고 자리에서 일어나 양옆으로 몸을 몇 번 비튼다. 한쪽 다리가 짧다고는 해도 거의 눈에 띄지 않는 차이다. 샐리의 키는 177센티미터다. 내 키와 거의 같다.

"그렇게 생각한 건 아닌데."

"하긴 생각을 바꾸기란 쉬운 일이 아니니까, 안 그래? 아마 특별한 계기가 필요하겠지." 샐리는 해변을 바라보고 있다. 누군가 막 불법으로 캠프파이어를 시작한 덕분에 해변의 밤이 따뜻하고 활기차 보인다. 하지만 불현듯 거북한 느낌이 엄습하고 빈틈없는 샐리에게 애정과 놀라움이 솟아난다. 나도 모르게 뒤로 다가가 샐리를 껴안아버렸고 아까보다 더 능숙하게 입맞춤을 하며 그녀를 어루만진다. 카프탄 아래 살갗에서 더는 촉촉함이 느껴지지 않는다. 카프탄 말고는 아무것도 걸치지 않은 것 같다. 나는 진한 달콤함에 휩싸인다. 하지만 샐리는 팔을 축 늘어뜨린 채 별다른 반응을 보이지 않는다. "최소한 당신은 어떻게 처음부터 다시 믿어야 할지 걱정할 필요가 없잖아. 하지만 죽음을 눈앞에 둔 내 고객들은 그런 말 따위는 결코 하지 않아. 그건 끔찍한 일이야. 그 사람들한테는 시간이 없으니까."

"믿음이란 건 시시한 거야." 나는 샐리에게서 팔을 풀지 않은 채 말한다. 나는 이런 순간들을 위해 살아간다. 예기치 않게 찾아오는 이 허망한 순간의 가짜 친밀함과 쾌락. 정말 멋진 일이다. 사실 샐리와 나는 아직 깊은 사이로 발전하지 못했다. 애석한 일이다.

"글쎄." 샐리는 일어서서 내 팔을 퉁명스럽게 밀어내더니 나를 돌아보지도 않고 문을 향해 걸어간다. 이제는 절뚝거리는 게 눈에 보인다. "믿음이 시시하다고? 아니, 그렇지 않아. 그렇지 않아야 하고."

"배가 너무 고픈데." 내가 말한다.

샐리가 안으로 들어가 방충망 문을 탁 닫는다. "그럼 들어와서 나비넥타이 파스타를 먹어. 먼길 가야 하잖아."

맨발로 걷는 소리가 복도 쪽으로 잦아든다. 홀로 남은 내게 휴일에 딱 어울리는 바비큐 냄새와 장작 연기가 스민 따듯한 바다 내음이 몰려온다. 옆집에서 라디오를 크게 틀더니 이내 소리를 낮춘다. 뉴브런즈윅의 이지 리스닝 계열 방송이다. 리자가 노래한다. 흐르는 음악을 따라 내 마음도 잠시 연기처럼 떠다닌다. "낭만적이지 않나요? 이 밤에 흐르는 음악…… 움직이는 그림자가 오래된 주문呪文을 쓰네요…… 미풍의 산들거림이 들려요…… 당신은 사랑이었어요…… 낭만적이지 않나요?"*

밝은 천장등이 비치는 둥근 참나무 식탁에서 저녁을 먹는다. 우리는 보랏빛 아이리스와 하얀 등꽃이 담긴 화병, 고리버들로 엮어 제철 콩을 수북이 담아둔 풍요의 뿔을 사이에 두고 앉아 이야기를 나눈다. 광범위한 주제를 오가며 열띤 대화를 나눴더니 머리가 어질어질하다. 사랑에 대한 우리 사이의 금기를 시시콜콜 따지고 들었던 아까의 심각한 토론과 무기력함만 기억에 담고 떠나게 될 것 같던 조짐은, 바닷바람에 흩어진 장작 연기처럼 사라져버렸다. (조금 전에 도착한 경찰은 폭죽을 터뜨린 사람들이 해변의 주인은 신이라고 불평을 늘어놓자 곧바로 체포해버렸다.)

촛불에 비친 샐리의 얼굴에는 생기가 흐른다. 푸른 눈은 촉촉하게 빛나고, 수려한 얼굴은 볕에 그을린 매끈한 살결을 뽐낸다. 우리는 포크로 파스타를 찍어 먹으면서 미처 못 봤지만 구미가 당기는 영화에 대해 수다를 떨었다(나는 〈문스트럭〉과 〈월 스트리트〉를, 샐리는 〈태양의 제국〉과 〈죽은 자들〉을 꼽았다). 또 바짝 마른 중서부 지역에 비가 내려 해갈이 됐으니 콩 시장이 충격에 빠질지도 모르겠다고 걱정한다. 나는 마크햄 부부와 매클라우드 부부 때문에 겪고 있는 문제도 들려준다. 대화가 어쩌다보니 자기 정원에 침입한 사람을 총으로 쏘아 죽인 흑인 칼럼니스트에 대한 이야기로 흘러간다. 샐리가 자기도 여기 사우스 맨톨로킹 해변에서 때때로 손가방에 권총을 넣고 다닌다고 고백한다. 결국 그 총이 자기를 죽이는 데나 사용될 것 같다고 토로하면서 말이다. 나는 폴에 대해서도 잠깐 이야기한다. 아들이 불을 그리 좋

* 미국 팝송 〈낭만적이지 않나요〉의 가사.

아하지 않는다는 것, 동물을 학대하지 않는다는 것, 내가 아는 한 이불에 오줌을 싸지도 않는다는 것, 그리고 가을이 되면 아들과 함께 살고 싶다는 내 소망까지도.

이어 나는 (이상한 강박이 들어) 부동산 시장을 화제로 올린다. 두 해 전에는 미국 전역에 쇼핑센터가 2036개나 지어졌지만 대형 프로젝트가 대거 중단되면서 지금은 그 수가 '확 주저앉았다'고 말이다. 부동산 시장 상황에 비하면 대선은 새 발의 피나 마찬가지라고 말하자 샐리는 독립 200주년이었던 해의 이자율을 기억해냈다(8.75퍼센트였다). 나는 그때 내가 서른한 살이었고 호빙 로드에 살고 있었다고 일러준다. 샐리가 스펀지케이크에 올릴 저지 블루베리를 키르슈*와 섞는 동안, 나는 내 할아버지 이야기로 화제를 돌린다. 우리 대화가 너무 가까운 과거로 향하지 않게 손을 쓴 것이다. 할아버지는 도박 빚으로 아이오와주에 있던 가족 농장을 잃고 밤이 이슥해서 집에 돌아오셨다. 부엌으로 가서 베리 한 사발을 다 드신 할아버지는 현관으로 걸어나와 총구 앞에 서서 방아쇠를 당겼다.

하지만 식사하는 내내 우리가 서로 한참 동안 팽팽한 시선을 주고받고 있다는 게 느껴졌다. 샐리는 프렌치 프레스로 커피를 내리면서 나를 힐끗힐끗 곁눈질한다. 서로 더 잘 알게 되었고 가까워지긴 했지만 내가 정신 나간 듯 보일 만큼 기행을 반복하니 걱정된다는 듯이 말이다. 내가 갑자기 벌떡 일어나 형편없는 라틴어로 셰익스피어 작품을 암송하거나 쉭쉭 방귀를 뀌며 〈양키 노래〉**라도 흉내내려 들까봐 불안

* 버찌를 증류한 브랜디.

** 미국 독립전쟁 때 널리 불린 곡.

한가보다.

그러나 열시가 가까워지자 우리는 새 촛불을 밝히고 윈저체어에 몸을 기댄다. 커피를 마저 마신 다음 다시 라운드 힐을 마시기 시작한다. 샐리가 풍성한 머리카락을 뒤로 묶어올리고 나서부터 우리는 각자 자아상을 말하기 시작한다(나는 나 자신을 코믹 캐릭터로 생각한다고 말했고, 샐리는 자기가 '조력자'라면서도 가끔은 '음험하고 냉혹하기 짝이 없는 방해꾼'이라고 했는데, 나는 그녀에게서 그런 기미를 전혀 보지 못했다). 샐리는 내가 괴짜 성직자로 보인다고 말했는데, 상상만 해도 정말 끔찍하다. 성직자들이야말로 세상에서 가장 자의식이 떨어지고 무지한데다 우유부단하고 외톨이에 좌절감으로 가득찬 부류이기 때문이다(정치인이 그다음이다). 나는 샐리의 평가를 흘려듣자고 마음먹는다. 알고 보면 샐리가 선의를 감추고 건넨 말일 수도 있다고 생각한다. 나 역시 조력자 부류라는 뜻으로 말이다. 가능하다면야 나도 그런 사람이 되고 싶다. 나는 샐리에게 이렇게 말해준다. 당신은 뛰어난 미모에 사고방식도 건강한 사람이라고. 조금 전 내가 설명했던 대로 매력적이고 단단한 사람이라고. 진심이다(내가 성직자 같다는 말에 아직 충격이 가시지 않았지만). 우리의 대화는 이런 강렬한 느낌이 어쩌면 사랑보다 더 중요할 수 있다는 데까지 나아간다. 나는 최근에 아주 좋은 시간을 보내고 있다고 말하면서(사실도 아닌데 대체 왜 그런 말을 했을까) '존재의 시기'를 언급한다. '존재의 시기'에 대해서는 맥락이 다르긴 했지만 전에도 샐리에게 말한 바 있다. 나는 언젠가는 인생의 이 시기를 제대로 기억하기 힘들어질 것—샐리는 예외지만—이라는 데 동의한다. 그리고 때때로 나 자신이 애정의 손길과는 동떨어진 사람이라고 느낀다는 것도. 하지만 걱정할 필요는 없다고 말한다. 그게 바로 인간다움이니까. 그리고 이렇게 덧붙인다. 젊은이들이 지금 아는 것보다 더 많은 것을 망각한, 무뚝뚝한 노인이 되고 싶다고, 뉴저지부동산협회 '원로'로 인생의 마지막을 보낼 수 있다면 좋겠다고. (폴몰 담배와 귓구멍 털만 빼면 오토 슈원델이다.) 샐리는 기억에 남을 뭔가를 성취하길 바란다고 말해준다. 미소를 띠고 나를 바라보는 얼굴에서 자신감이 묻어난다. 해병대 커프스단추가 머리를 스친다. 그게 기억에 남을 무엇과 관련이 있는지 물어볼까. 앤의 이름을 슬쩍 흘려보면 어떨까. 스스럼없이 앤을 거론하면, 앤의 존재를 부담스러워할 필요가 없다는 걸 보여줄 수 있을 테니까. 하지만 나는 둘 다 포기해버리고 만다.

샐리는 좀더 진지한 어조로 말을 이어간다. 턱을 숙이고 있어 목이 살짝 잠긴 듯하다. 전에도 이 목소리를 들은 적이 있다. 오늘처럼 노란 불빛이 반짝이고, 여름의 열기는 어느덧 사라지고, 방충망에 내려앉은 벌레들만 이따금 울어대던 어느 아름다운 밤이었다. 샐리는 목소리만으로도 할말을 다 하는 듯했다. "우리 둘 다 곧바로 기분이 좋아질 수 있는 일을 생각해봐. 너그러움과 욕망으로 저녁을 마무리할 수 있는 그런 일." 내 목소리는 분명 참나무 통처럼 웅웅 울렸겠지.

아랫배에서 익숙한 불안이 가시지 않는다(샐리도 마찬가지일 것이다). 우리는 어떤 생각을 떨쳐버리지 못하고 초조해하며 상대가 먼저 그것을 시인하기를 기다린다. 달콤하게 한숨짓는 욕망을 한구석으로 제쳐두게 하는 중대한 생각. 그게 뭐냐면. 우리 둘 다 제 나름의 이유로 더는 서로 만나지 않기로 결심했다는 것이다. (아니, '결심했다'는 표현은 적절치 않다. '받아들였다'거나 '인정했다' '이의를 제기했다'가 더 맞는다.) 우리 사이에는 모든 것이 넉넉하다. 평생토록 위안과 기타 다른 것들을 얻기에 충분할 정도로. 하지만 어찌됐든 그걸로는 부족하다. 그러니 이런 현실을 인정하고 나면 둘 사이에는 할말이 거의 남지 않는다(할말이 있을까?). 장기적으로든 단기적으로든, 우리 사이는 이제 그리 중요하지 않은 것 같다. 이런 사실을 우리 둘 다 잘 알고 있다. 앞서 말한 샐리의 잠긴 목소리를 보면 알 수 있듯이. 샐리는 재확인까지 해준다. "자기, 이제 떠날 시간이야." 샐리는 깜빡이는 촛불 너머에서 환히 웃고 있다. 우리가 자랑스럽다는 듯이, 어쩌면 우리에게 자랑스럽다는 듯이. (대체 무엇이?) 샐리는 한참 전부터 터키석 팔찌를 벗어 테이블 위에 포개두고 우리가 이야기를 하는 동안 손으로 이리저리 움직였다. 위자 보드게임*이라도 하는 것처럼. 내가 자리에서 일어서자 샐리는 팔찌를 다시 팔목에 채운다. "폴 문제가 잘 해결되면 좋겠어." 샐리가 미소 띤 얼굴로 말한다.

거실 시계를 보니 열시 삼십분이다. 나는 가까운 곳에 시계가 있는지 찾는 것처럼 두리번거렸지만 사실 한 시간 전부터 정확한 시간을 알고 있었다.

"그래," 내가 말한다. "그러면 좋겠네." 나는 기지개를 켜고 하품을 한다.

샐리는 어느새 일어나 식탁 옆에 서 있다. 손가락으로 식탁의 나뭇결을 더듬으면서 여전히 웃고 있다. 나를 흔들림 없이 지켜봐주는 최고의 지지자 같은 미소다. "커피 한잔 더 줄까?"

---

* 유령에게 질문을 던지며 대화할 수 있는 게임판. 유령이 대답을 하면 질문자의 손이 게임판의 알파벳 위로 움직인다고 한다.

"아니, 자면서 운전하는 게 더 낫거든." 나는 맥없이 웃는다.

발걸음을 옮겨 그대로 거실을 걸어나가면서, 여전히 초록빛이 깜박이는 경보기기를 지나친다. 지금은 빨간 불빛으로 바뀌는 게 어울릴 텐데.

샐리는 3미터쯤 뒤에서 빠르지 않은 걸음으로 따라온다. 맨발이라 절뚝거림이 두드러진다. 샐리는 집밖으로 나서는 나를 말리지 않는다.

"자, 그럼." 내가 몸을 돌리자 샐리는 2.5미터 정도 떨어진 곳에 서 있다. 여전히 미소 띤 얼굴이다. 하지만 난 웃지 않는다. 방충망 문까지 걸어가는 동안, 샐리가 권하면 기꺼이 더 머물겠다고 마음먹었다. 아쉬운 이별과 혹시 일어날지도 모를 재고再考의 밤을 보내고, 아침 일찍 일어나 커피를 마신 후 코네티컷주로 갈 준비가 돼 있었다. 나는 눈을 감고 짐짓 비틀비틀 걸어본다. 이렇게 말하듯이. 이봐, 생각보다 더 졸린걸. 이대로 차를 몰다간 나나 다른 사람한테 큰일을 저지르겠어. 하지만 무언가 일어나리라고 기대하기에는 너무나 오래 기다렸다. 무슨 일이 일어난다 해도 샐리가 넵튠에 있는 캐벗 로지에 전화를 걸어 숙박 예약을 하는 게 고작일 것이다. 그러면 내가 쓰던 방으로 돌아가지도 못한다. 매물로 나온 집을 고객과 한 바퀴 돌고 현관문에 명함 한 장 달랑 놓고 떠나는 것과 다를 바 없다.

"와줘서 정말 기뻤어." 샐리가 말한다. 나는 혹시라도 샐리가 "거기 놓고 나가세요"라고 말하며 나를 밀어낼까봐 두려웠다. 몇 달 전 순수한 마음으로 열고 들어왔던 바로 그 문 바깥으로. 그렇다면 월리보다 박대당하는 셈이다.

하지만 샐리는 그러지 않는다. 내게 다가와 팔꿈치 위쪽 반소매를 붙들고—우리는 눈높이가 비슷하다—한쪽 볼에 진하게 키스를 한다. 별다른 의도라고는 없다. 샐리는 촛불 하나도 끄지 못할 만큼 가늘게 숨을 내쉬더니 입을 연다. "잘 가."

"잘 있어." 샐리의 매혹적인 속삭임을 흉내내려 애쓰며 내가 말한다. 어쩌면 환영 인사로 해석할 수도 있지 않을까. 심장이 쿵쿵 뛴다.

하지만 난 이미 끝났다. 문밖으로 나와 계단을 내려간다. 희미한 바비큐 냄새를 맡으며 모래투성이 해변 콘크리트 보도를 따라 걷다가, 역시 모래투성이인 계단을 내려가 환히 불을 밝힌 애스버리 스트리트로 향한다. 애스버리 스트리트와 잇닿은 오션 애비뉴에는 연인들이 장사진을 이루고 있다. 나는 크라운 빅토리아로 기어들어가 시동을 걸면서 혹시 내 차 뒤편에 있는 양쪽 자동차의 검은 그림자 속에 누군가 숨어 있진 않은지 두리번거린다. 그자가 있다면 카키색 반바지를 입었을 것이고, 내 차가 사라질 때까지 기다렸다가 방금 내가 걸어온 길을 따라 샐리의 집으로 갈 것이다. 그리고 내가 머물던 자리를 차지하겠지. 샐리의 집에서도, 마음에서도.

하지만 숨어 있는 사람은 보이지 않는다. 내 차가 서 있는 한 열의 저 끝에서 고양이 한 마리가 달려온다. 어느 집의 현관 전등이 애스버리 스트리트를 비춘다. 대부분의 집이 불을 밝혔고, 텔레비전은 부드럽게 웅웅거린다. 여기에는 아무것도 없다. 의심할 만한 것도, 생각해볼 것도, 일초라도 더 나를 붙잡아둘 그 무엇도. 나는 운전대를 돌려 일단 후진을 한 다음 차창 밖 텅 빈 풍경을 잠시 바라본다. 그러고는 차를 출발시킨다.

6

잉크처럼 새까만 해변을 따라, 바다 내음으로 가득한 무익한 어둠 속을 달리며 나는 잠을 쫓으려 차창을 활짝 열어둔다. 나는 가든 스테이트 공원도로를 달려 레드 뱅크, 매터완, 치즈퀘이크, 래리턴강 위로 가파르게 뻗은 다리, 침침하게 불을 밝힌 우드브리지를 차례로 통과한다.

도로는 당연히 이미 만원이다. 어떤 미국인들은 여름에는 밤에만 나들이를 떠난다. '엔진에 무리가 덜 간다'는 이유로, '경찰이 거의 안 나타난다'는 이유로, '주유소 기름값이 더 싸진다'는 이유로. 11번 출구 부근 인터체인지는 붉은 후미등을 켠 차량들로 붐빈다. 유홀* 트럭, 트레일러, 배달 트럭, 스테이션왜건, 견인차, 대형 승용차 등이 도로를

* 이삿짐 차량 렌트회사.

꽉 채우고 있다. 운전자들은 저마다 너무 가고 싶어 아침까지 기다릴 수 없었던 곳으로 향하는 중이다. 배링턴의 새집, 휴일을 맞아 빌린 멤프레마고그 호수 근처 펜션, 자기보다 더 성공한 형제와 어색하나마 가족 모임을 열기로 한 화이트페이스산 별장 등등. 다들 칭얼대며 우는 아이들을 태우고, 차 지붕에는 아기 침대를 고정해놓았다. 앞 범퍼에는 비상용품 가방을 매달아놓았다. 가족들 모두 안전벨트를 너무 꽉 매서 숨도 제대로 못 쉬고 있다.

시기도 좀 그렇다. 매월 이맘때에는 임대 계약이 만료되고 새 계약이 체결되며 지불 마감 기한이 다가오기 마련이니까. 요금소 앞에 늘어선 차들의 창문 너머로 운전대를 잡고 있는 사람들이 보인다. 하나같이 인상을 찌푸리고 있다. 온갖 걱정이 드러나는 얼굴이다. 수표는 제대로 처리됐을까, 집에 남은 식구가 경찰을 부르진 않았을까, 가구가 없어졌다고, 누가 자물쇠를 망가뜨렸고 차고에 무단침입했다고 피해 사실을 진술하고 있진 않을까, 조용한 교외 도로에서 빠져나올 때 누군가가 자동차 번호를 적어뒀을 수 있겠지 등등. 휴일이 축제 기분을 내는 날만은 아닌 것이다.

당연히 경찰도 투입된다. 요금소를 통과해 카터렛 방향, 한창 가동 중인 정유소와 대형 냉각조가 있는 엘리자베스 방향으로 차를 출발시키고 보니 저 앞에서 파란 경광등이 사방을 비추고 있다. 아까 마신 라운드 힐 한 잔이 과했는지, 어른거리는 불빛 속에 표지판이 잘 보이지 않아 눈을 가늘게 뜬다. **길이 왼쪽으로 합쳐집니다.** 인부들이 대낮처럼 밝은 조명 아래에서 도로를 포장하고 있다. 우리가 낸 도로세를 여기서도 쓰고 있는 것이다.

사실 샐리와 함께 남아 있는 편이 더 현명했을 것이다. 문을 걸어 잠그고, 경보기기를 작동시키고, 스러져가는 사랑을 구하기 위해 새로운 전략을 펼쳐봤다면. 왜냐하면 이제야 비로소 나는 확신을 얻었기 때문이다. 한 시간 전에 어떤 마음을 먹었다 해도 결코 그대로 일이 진행되지 않는다는 확신을. 딱 잘라 말하기는 어렵지만 인생에서 대단히 중요한 어느 시기를 지나면(즉 내 나이쯤 되면) 우리가 내리는 결정들은 대부분 산산조각나기 마련이다. 결국 뭐든 손쉬운 쪽이나 가장 끌리는 방향을 택하게 된다. (사실 이 둘은 종종 섞여 있고, 말썽도 많이 빚는다.) 동시에 원칙이나 규율에 따라 무엇이든 통제할 수 있다고 믿는 것도 점점 어려워진다. 다들 그렇게 할 수 있는 것처럼 말하고 또 실제로 죽어라 애를 쓰긴 하지만. 뉴어크공항을 지나칠 무렵 나는 생각한다. 내가 그만큼 간절히 청했다면 샐리는 틀림없이 모든 일을 접어두고 나와 함께 왔을 거라고. (앤이 어떻게 나올지가 또다른 문제였겠지만.) 분명 폴은 아무 문제 없다고 생각했을 것이다. 샐리와 폴은 나를 빼놓고 둘만의 비밀을 공유하는 사이가 됐을지도 모른다. 우리 셋에게 어떤 일이 일어났을지 누군들 알겠는가? 적어도 지금처럼 자동차들이 뒤엉킨 터널에 외롭게 갇혀 있지는 않았을 것이다. 대체 어느 주의 어떤 모텔에 붙어 있는지도 모를 빈방으로 향하는 이 행렬 틈에 말이다.

내 일상생활에서 한 가지 중요한 사실은 내가 상당히 유연성을 누리며 산다는 것이다. 내 일정과 행선지가 대체로는 중요하지 않다는 뜻이다. 그 가엾은 클레어 데베인이 페전트 메도에서 운명의 세시에 불운에 휩쓸려갔을 때, 사람들은 순식간에 놀람과 비탄에 빠져 너도나도 사랑과 존경, 애틋함을 표하며 눈물을 쏟아냈다. 곳곳에서 애도가 이어졌다. 클레어가 목숨을 잃자마자 그녀를 알던 모든 사람들에게 떠들썩하게 부고가 전해진 것이다. 하지만 내 경우는 다르다. 나는 언제든 아침에 일어나서 보통 때 하던 일을 보통 때처럼 해나갈 수 있지만, 트렌턴으로 차를 몰고 가서 편의점을 털거나 청부살인을 저지를 수도 있다. 그런 다음 캐나다 앨버타주 카리부 산간으로 들어가 벌거벗고 늪으로 걸어들어간다고 해도, 아무도 내 신변의 이상을 알아차리지 못할 것이다. 어쩌면 내가 사라졌다는 사실조차 모를 테고. 내 주검이 눈에 띄는 데는 며칠이, 몇 주가 걸릴 수도 있다. (내가 존재하지 않았다는 뜻은 아니다, 그만큼 존재하지 않았을 뿐.) 그러니 설사 내가 내일 코네티컷주에 아들을 데리러 가지 않거나 뒤늦게 팀의 빈자리를 채울 사람으로 샐리를 데려가는 도발을 한다 해도, 아니 심지어 뚱뚱한 서커스 단원이나 혀를 날름거리는 코브라를 대동하고 나타난다 해도 나를 주목하는 사람들은 별로 없으리라. 모든 사람들은 자신들의 사적인 자유와 유연함에 더 연연하기 마련이니까. 게다가 내가 페르 세* 그리 사람들의 눈에 잘 띄는 편도 아니니까. (물론 여기에는 내 바람도 섞여 있다. 느긋한 독신생활, 그것이야말로 '존재의 시기'에 들어선 내가 바라는 바이다. 비록 자유방임주의와 독립이 똑같지는 않지만.)

하지만 샐리에 관한 한, 오늘밤 일은 내게 책임이 있다. 나는 다른 일에서는 성공적으로 적응해가고 있지만, 제대로 원하는 법을 배우려면 아직 멀었기 때문이다. 샐리와 하루 이상 붙어 있을 때면, 즉 그린 산맥을 오르거나 게티즈버그 격전지에 있는 콜로니얼모텔 스위트룸에

* per se. 라틴어로 '원래' '본질적으로'.

서 아늑한 시간을 보내거나, 바로 오늘밤처럼 그저 석유굴착대라든가 대서양을 오가는 저인망어선의 불빛을 물끄러미 바라볼 때면, 항상 자문해본다. '나는 왜 당신을 사랑하지 않을까?' 그러면 곧장 그녀에게, 또 나 자신에게도 미안한 마음이 들면서 쓰라림과 냉소에 빠져버린다. 아니면 바로 오늘 저녁처럼, 상처받은 마음을 숨기면서(그래도 가장 내밀한 감정만큼 깊숙이 파묻지는 않고) 겉으로는 신사적으로 행동하는 것이다.

하지만 샐리와의 관계에서 신경쓰이는 것은 따로 있다. 샐리는 여전히 내 모든 것을 관리하려 드는 앤과 다르다. 앤은 단지 서로 생존해 있고 돌이킬 수 없는 과거를 공유하고 있다는 이유로 그렇게 한다. 샐리는 무엇을 관리하려 들거나 미루어 짐작하지 않는다. 조금이라도 그 비슷한 일은 절대 하지 않을 사람이다(단 그녀도 인정했듯이, 나를 좋아한다는 사실만은 예외다). 이와 달리 부부 사이에서는, 가혹하지만 어느덧 익숙해지는 어떤 두려움이 자라난다. 시간이 지나면 결국 나는 전혀 남지 않고, 오직 상대와 화학적으로 결합된 나만 남으리라는 두려움. 그런데 샐리와 나 사이에서는 그저 나만 존재한다. 영원히. 나는 앞으로도 우리 사이에서 내 일에 홀로 책임을 지게 될 것이다. 여차하면 기댈 푸근한 '화학적 결합'이나 흥분되는 공감은 존재하지 않는다. 오직 나와 나의 행동, 그녀와 그녀의 행동이 있고, 그것들의 집합이 있을 뿐. 다른 것은 없다. 당연히 이쪽이 훨씬 두렵다.

이것이 바로 우리 둘이 어두운 현관에 앉아 함께 느꼈던 감정의 근원이다. 우리는 무언가 일어나거나 바뀌기를 기다리고 있었던 게 아니다. 공허한 듯 형식적으로 보였던 우리 둘의 행동과 감정은, 사실 공허

하지도, 형식적이지도 않았다. 우리는 있는 그대로 행동했고 감정에 솔직했던 것이다. 그러니 절대, 무효하다고 할 수 없다. 그 느낌을 받았을 때 우리는, 단지 그곳에 있었을 뿐이다. 홀로, 그리고 함께. 잘못된 점은 전혀 없었다. 우리 '관계'가 '존재의 시기'를 서로 공유할 뿐이라고 해도 좋다.

당연히 나의 할일은 결단을 내리고 '앞으로 나아가는' 것이다. 내가 샐리의 어떤 점을 좋아하는지(너무나도 많다) 분명히 이해하고, 그럴 가치가 있다면 그게 뭐든 인정하고 받아들이면서. "나는 왜 당신을 사랑하지 않을까?"라는 질문은 더 낫게, 대답이 가능한 쪽으로 바꿔야 한다. "어떻게 하면 당신을 사랑할 수 있을까?"라는 질문으로. 성공한다면 아마도 내 인생은, 만약 내가 행복한 결혼생활을 충분히 오래 지속했다면 그것이 나를 데려다줄 수도 있었던 어느 지점으로 이럭저럭 복귀하게 될 것이다.

16W 출구로 나온 나는 자이언츠 스타디움을 지나 해컨색강을 건넌다. 주유를 하고 화장실에도 들를 겸 빈스 롬바디* 휴게소로 향한다. 커피를 한잔하며 머리도 식히고 메시지도 확인할 생각이다.

빈스 휴게소는 콜로니얼 윌리엄스버그**를 축소해놓은 듯한 붉은 벽돌 건물이다. 휴게소 주차장에는 이 한밤중에도 자동차들이 바삐 드나든다. 승용차, 관광버스, 캠핑카, 픽업트럭 등등, 고속도로에서부터 나를 피곤하게 했던 차들이다. 주변에는 갈매기가 점점이 날아다니고,

* 미국의 전설적인 미식축구 감독 이름.

** 영국 식민지 시대의 풍경을 재현해놓은 버지니아주의 마을.

오렌지색 전등이 어슴푸레하게 길을 비추고 있다. 차에서 내린 승객과 운전자들은 기저귀 가방이나 보온병, 차 안에 있던 휴지통을 꺼내 들고 멍하니 걸음을 옮긴다. 아마 로이 로저스 햄버거나 자이언츠 기념품, 우스꽝스러운 콘돔 생각에 정신이 팔려 있을 것이다. 그러면서도 사람들은 빈스 롬바디를 기리는 전시 공간을 흘끔거린다. '막강한 여섯 블록'*으로 활약했던 영광의 시절부터 죽을 각오로 임했던 그린베이 패커스 팀 감독 시절, 이후 원로로서(여전히 자부심이 중요했던 그때) 재기를 준비하던 레드스킨스의 감독 시절을 보여주는 수집품들이 거기에 모여 있다. 빈스는 물론 뉴욕 브루클린에서 태어났지만 뉴저지주 잉글우드의 세인트세실리아고등학교에서 감독 경력을 시작했다. 빈스의 이름을 딴 휴게소가 이곳에 세워진 것은 그 때문이다. (스포츠 기사를 쓰다보면 이런 사실까지 알게 된다.)

주유기 앞이 한산해졌길래 나는 기름부터 채운 다음 구석진 곳으로 차를 몰아 장거리 운행 트럭과 공회전중인 버스들 틈에 주차를 한다. 주차구역을 가로질러 로비로 걸어가니 크리스마스 시즌의 백화점처럼 혼잡하긴 하지만 이상하게 (새벽 네시 라스베이거스의 구식 카지노처럼) 활기가 부족해 보인다. 어둑한 비디오게임장에서는 윙윙 시끄러운 소리가 나고, 로이 로저스 햄버거와 네이선스 페이머스 핫도그 앞에는 사람들이 장사진을 치고 있다. 초조한 듯 음식을 집어먹으며 돌아다니거나 종이 쓰레기로 뒤덮인 플라스틱 테이블에 둘러앉아 말다툼을 벌이는 가족들도 보인다. 어디서도 독립기념일이 연상되지는 않는다.

* 포덤대학교 미식축구팀 선수로 뛰었던 롬바디와, 팀에서 함께 활약한 뛰어난 공격수들을 이르는 별명.

동굴같이 컴컴한 남자 화장실로 들어가 소변기 앞에 선다. 일을 보자마자 물이 자동으로 내려온다. 빈스의 사진은 어디에도 걸려 있지 않은 게 휴게소 이름과 잘 맞는다. 로이 로저스 햄버거의 '커피 전용' 계산대에서 종이컵 커피를 받아들고 공중전화 구역으로 향했지만 역시나 스무 명쯤 되는 트럭 운전수들이 이미 진을 치고 있다. 한결같이 격자무늬 셔츠를 입고 커다란 지갑에 체인을 매달아 들고 있는 운전수들은 손가락으로 한쪽 귀를 틀어막은 채 비좁은 금속 칸막이 안으로 몸을 숙이고 시차가 나는 곳에 있는 누군가를 향해 떠들고 있다.

그중 한 사람이 막 은밀한 섹스를 끝낸 사람처럼 청바지를 추스르며 걸어나가자 나는 자리를 잡고 메시지를 확인한다. 오후 세시 이후로 확인을 못했으니 거의 아홉 시간이 지난 셈이다. (수화기에는 트럭 운전수의 불쾌한 온기에, 남자 화장실에 비치돼 있던 라임 콜로뉴 향까지 배어 있다. 여자들이 적응하려면 고역을 치를 만한 냄새다.)

첫번째 메시지는(무려 열 개 중에서!) 칼 베미시다. "프랭크, 나야. 아까 말한 프리토 밴디토* 놈들이 방금 다녀갔어. 번호판은 CEY 146, 혹시 날 죽일지 모르니까 적어놔. 그런데 또다른 멕시코 놈이 와서 뒷자리에 앉았어. 경찰에는 전화해놨어. 뭐, 걱정할 건 없어." 딸깍.

두번째 메시지는 조 마크햄이 다시 한번 남긴 것이다. "이봐요, 배스컴. 젠장. 259-6834. 전화주시오. 지역번호는 609. 오늘밤은 여기에 있을 거요." 딸깍.

세번째 메시지에는 수화기를 놓는 소리만 녹음돼 있다. 보나마나 조

* 프리토스 콘칩 광고를 위해 제작된 만화 캐릭터. 멕시코풍 모자를 쓰고 사람들에게서 프리토스 콘칩을 빼앗고 다닌다.

다. 분통이 터져 말문이 막힌 모양이다.

네번째 메시지는 폴이다. 무슨 일인지 아주 흥분한 것 같다. "사장님? 여보세요, 사장님?" 뉴욕주 로체스터 억양을 흉내냈을 테지만 어딘지 어설프다. 누군가 낄낄대는 소리도 섞여 있다. "같이 잘 사람이 필요하면 암탉 꽁무니 앞에서 죽치고 있어봐!"* 이어 더 크게 낄낄대는 소리. 폴의 여자친구인 문제아 스테퍼니 데리더일 것이다. 아니면 늘 오빠와 한통속인 클래리사 배스컴이거나. "알았어, 알았어. 조금만 기다려." 폴이 낯선 연기를 시작한다. 썩 좋은 신호는 아니다. "이런 벌레 같은 놈, 기생충! 이 몸은 렉션 박사다. 휴 G. 렉션 박사."** 네놈의 검사 결과를 알려주려고 전화했지. 별로 좋은 소식은 아냐. 종양학은 개체발생을 개괄하는 학문이지." 폴은 자기도 무슨 뜻인지 모르는 말을 지껄이고 있다. "멍, 멍, 멍, 멍, 멍." 이건 물론 아주 나쁜 징조다. 두 아이는 신나게 낄낄대고 있지만, 전화기에서 잔돈 떨어지는 소리가 들린다. "다음은 블랙 포레스트 케이크입니다. 하지만 나는 토르테를 먹을 거예요. 제바아아아알 멍, 멍, 멍, 멍, 멍. 두 개 부탁해요, 두우 개, 의사 선생." 수화기를 떨어뜨리는 소리가 들린다. 전화기 앞을 떠났는지 낄낄거리는 소리도 점차 멀어진다. 나는 아이들이 돌아와주기를 기다리고 기다리고 또 기다린다(마치 아이들이 지금도 그곳에 있고, 내가 폴과 통화라도 할 수 있는 것처럼, 이 메시지가 몇 시간 전에 녹음됐다는 걸 잊은 것처럼). 하지만 아이들은 오지 않았고 메시지는 끊어진다. 고약한 전화다. 머릿속이 하얘지는 것 같다.

---

* 동사 lay가 '자다'와 '알을 낳다'를 둘 다 뜻할 수 있는 것을 이용한 농담.

** Hugh G. Rection. '크게 발기된'이라는 뜻의 huge erection과 비슷하게 들린다.

다섯번째 메시지는 앤이다(사무적이고 힘이 들어간, 꼭 파이프를 제대로 손보지 못한 배관공에게 말하는 듯한 목소리다). "프랭크, 전화 줘. 알았지? 내 개인 번호로 전화해. 203-526-1689. 중요한 일이야. 그럼." 딸깍.

여섯번째 메시지도 역시 앤이다. "프랭크, 전화달라니까? 오늘밤에 시간 나는 대로 전화 좀 줘. 526-1689로." 딸깍.

일곱번째 메시지는 또다시 전화 끊는 소리다.

여덟번째 메시지는 조 마크햄. "지금 버몬트주로 돌아가고 있소. 빌어먹을, 이 개자식아! 얼간이 새끼야! 당신 정말……" 철컥! 좋아, 귀찮은 인간이 사라졌군.

아홉번째 메시지도 조다(놀라워라). "버몬트주로 가는 길이오. 메시지 좀 들으라고!" 철컥.

열번째 메시지는 샐리다. "안녕." 생각에 잠긴 듯한 긴 침묵. 이어 한숨소리. "오늘밤 당신에게 더 잘해줬어야 했는데. 난 그저…… 나도 잘 모르겠어." 침묵. 한숨. "하지만…… 미안해. 당신이 여기 남았다면 좋았을 텐데. 정말이야. 그럼 얼마나 좋을까…… 어…… 그래. 집에 도착하면 전화해. 내가 당신을 보러 갈 수도 있고. 그럼." 철컥.

마지막 메시지만 빼면 밤 열한시 오십분에 듣기에는 심란한 것들뿐이다.

나는 앤에게 전화를 걸었고 앤은 바로 전화를 받았다.

"무슨 일이야?" 부러 잔뜩 걱정하는 투로 내가 묻는다.

"미안해." 앤이 말한다. 별로 미안해하지 않는 말투지만. "도저히 감당이 안 되는 날이었어. 폴이 폭발했거든. 그래서 당신이 일찍 와서 폴을 데려가면 어떨까 했어. 지금은 좀 진정됐어. 어디야?"

"빈스 롬바디."

"펜스 뭐라고?"

"고속도로 휴게소 말이야." 앤도 여기에 들른 적이 있다. 물론 몇 년 전이지만. "두 시간이면 갈 수 있어." 내가 말한다. "무슨 일이었던 거야?"

"보트 창고에서 찰리하고 한바탕했어. 찰리의 보트에 광택제를 어떻게 칠할지 티격태격하다가 노걸이로 찰리의 턱을 쳤지 뭐야. 그럴 의도는 아니었겠지만 어쨌든 찰리를 쓰러뜨렸어. 찰리는 거의 정신을 잃었고."

"괜찮아?"

"괜찮아, 뼈도 부러지지 않았고."

"아니, 폴 말이야."

잠시 침묵이 흐른다. "응." 앤이 말한다. "폴은 괜찮아. 잠시 사라지긴 했지만 아홉시쯤 돌아왔어. 법원의 외출금지 명령을 어긴 셈이지. 혹시 폴이 당신한테 전화했어?"

"메시지를 남겼더군." 개 짖는 소리나 히스테릭한 웃음까지 말해줄 필요는 없다. (위대해진다는 것은 오해를 받는 것이다.)

"제정신이긴 했어?"

"그냥 좀 흥분한 것 같았어. 스테퍼니와 같이 있는 것 같더라고." 앤과 나는 스테퍼니에 대해서는 한뜻이다. 둘은 서로 몹쓸 영향만 준다고. 우리가 볼 때 스테퍼니의 부모는 딸을 여자군사고등학교—테네시주에 있었던 것 같다—에 보내는 편이 좋을 것 같다.

"아주 난리도 아니었어. 폴이 왜 그랬는지 정말 모르겠어." 얼음을 넣은 음료수를 한 모금 마시는 소리가 들린다. 앤은 코네티컷주로 이사한 후로 마시는 술을 바꿨다. 원래 (나와 결혼했을 때는) 버번위스키였지만 지금은 보드카 김릿이다. 분명 찰리 오델이 잘 만드는 칵테일이겠지. 최근 들어 앤의 마음을 읽는 게 훨씬 어려워졌다. 내 생각에는 그게 이혼이라는 것의 요체다. 하지만 폴이 왜 하필 이때 그랬는지 따져보자면, 나는 사람이 '폭발하는' 데에는 언제든 타당한 이유가 한 트럭쯤 있다고 설명하겠다. 폴 같은 아이라면 더더욱. 사실 우리가 다들 더 자주 그러지 않는 게 이상할 정도다.

"클래리사는 어때?"

"괜찮아. 폴 방에서 같이 잠들었어. 자기가 오빠를 보살펴야 한다나 뭐라나."

"여자애가 남자애보다 철이 빨리 들기 마련이지. 찰리는? 광택제는 잘 칠했대?"

"엄청 부어올랐어. 아무튼 미안해. 지금은 괜찮아. 폴을 어디어디에 데려갈 거야?"

"야구 명예의 전당하고 농구 명예의 전당." 갑자기 내 계획이 너무 어리석게 느껴진다. "내가 폴한테 전화하는 게 좋을까?" 코네티컷주의 십대답게 폴도 자기 전화기를 따로 쓴다.

"그냥 예정대로 폴을 데려가줘." 앤은 빨리 통화를 끝내고 싶어서 안절부절못한다.

"당신은 잘 지내?" 몇 주째 앤을 보지 못했다는 사실이 문득 떠오른다. 아주 긴 기간은 아니지만, 길다면 또 길다. 그게 마음에 걸려 어쩐지 불안해진다.

"응, 괜찮아." 앤이 피곤한 목소리로 말한다. 더 개인적인 사정까지 말하고 싶지 않은 듯하다.

"보트는 자주 타고 있어? 아침 안개도 보고?"

"왜 그런 식으로 묻는 거야?"

"나도 모르겠어." 정말이다. "그냥 그래야 마음이 편해서."

침묵이 찾아온다. 비디오게임장과 로이 로저스 햄버거의 소음이 나를 덮쳐온다. 격자무늬 셔츠에 청바지를 입고 큰 지갑을 찬 어느 곱슬머리 트럭 운전수가 로비 중간쯤에서 차례를 기다리고 있다. 업무 서류처럼 보이는 종이 뭉치를 쥔 운전수는 도끼눈을 뜨고 나를 노려본다. 내가 자기 개인 전화기라도 쓰고 있다는 듯이.

"진실을 말해줘." 나는 앤에게 말한다. 이유는 전혀 모르겠지만, 내 목소리가 내 귀에는 퍽 다정하게 들린다. 앤에게도 똑같은 다정함을 요구하고 싶다.

하지만 지금 앤이 어떤 표정을 짓고 있을지는 훤히 보인다. 일단 눈을 감았다 뜨면서 전혀 다른 방향을 바라본다. 턱을 치켜들고 천장을 응시한다. 건축학적으로 독특하고 아름다운 방의 래커를 칠한 천장. 앙다문 입술은 가느다란 선으로 남아 완고함이 느껴진다. 사실 앤이 눈앞에 없어서 기쁘다. 그런 표정을 볼 때마다 할말이 쏙 들어갔기 때문이다. 수업을 빼먹고 놀다 온 학생처럼 말이다. "당신이 무슨 뜻으로 그러든 상관없어." 앤이 얼음처럼 차가운 목소리로 말한다. "우리 지금 친구들끼리의 대화를 하는 게 아니잖아. 필요한 얘기니까 하는 거라고."

"혹시 나한테 중요하게 할말은 없는지 궁금했어. 아니면 재밌는 일이나 진지한 얘깃거리라도. 그게 다야. 다른 의도는 전혀 없다고.” 실은 폴이 알려준 앤과 찰리의 언쟁이 궁금해서 떠본 것이다. 결코 순수한 의도라고는 할 수 없었다.

앤이 더는 아무 말도 하지 않길래 나는 조심스럽게 말을 건넨다. “당신이 재미있어할 만한 얘기를 해줄게.”

“진지한 얘기는 아니고?” 앤이 비꼬듯이 말한다.

“어……” 나는 어떤 말이 튀어나올지, 어떤 믿음을 지지하거나 부정하게 될지, 어떤 삶의 조건을 면밀히 따져볼 것인지도 모른 채 일단 입을 뗀 것이었다. 이는 두려운 경험이다. 하지만 누구나 이런 일을 겪는다. 자기가 어떻게 말하는지 지켜보는 것 말이다. (화법, 화법, 화법.)

하마터면 이렇게 말할 뻔했다. “얼마 후에 나 결혼해.” 하지만 ‘얼’에서 말을 멈추는 바람에 ‘어’ 하고 뜸들이는 소리로 들리고 만다. 그래도 정말 그렇게 말하고 싶긴 했다. 중요한 얘기를 꺼낸다는 듯한 인상을 줄 수 있으니까. 내가 더이상 말하지 않은 이유는 (그게 사실이 아니라는 점을 빼면) 하나다. 뱉은 말을 수습하느라 가상의 후속 사건과 충격적인 반전을 계속 지어내야 할 게 뻔하기 때문이다. 덫에서 빠져나오겠답시고 말이다. 게다가 안 그래도 나를 미심쩍어하는 아이들에게 한심하게 보일 위험마저 감수해야 한다.

촌뜨기 같은 트럭 운전수가 계속 나를 노려본다. 큰 키에 엉덩이가 위로 올라붙은 이 남자는 광대뼈가 움푹 들어갔고, 단춧구멍 같은 눈은 퀭해 보인다. 이 운전수도 라임 콜로뉴 애호가일지 모른다. 손목의 시곗줄은 금도금한 고리들을 연결해 만든 것이다. 남자는 시계판을 가리키더니 입 모양으로 지금 늦었다고 말한다. 나는 아무렇게나 입술을 움직여 대꾸해준 뒤 나와 다른 사람들을 갈라놓는 작고 퀴퀴한 칸막이로 몸을 돌린다.

"아직 안 끊었지?" 앤이 짜증스럽게 말한다.

"어, 그래." 느닷없이 심장이 내려앉는다. 쿵. 나는 아직 마시지 않은 커피가 담긴 컵을 바라보며 덧붙인다. "생각중이었어." 여전히 당혹스러움이 가시지 않는다(술기운이 남아서 그럴 수도 있다). "이혼할 때 당신은 모든 게 변할 거라고, 많은 걸 떨쳐낼 수 있다고 생각했겠지. 하지만 당신은 망할 것들을 떨쳐내지 못했어. 오히려 더 많이 떠안게 됐지, 화물선처럼. 그런 식으로 당신은 자기 성격의 한계를 알게 되는 거야. 할 수 없는 것과 하지 않으려는 게 어떻게 다른지도. 거기에 당신이 약간 냉소적이라는 사실도 깨닫겠지."

"무슨 말을 하는지 전혀 모르겠어. 혹시 취했어?"

"그럴지도 몰라. 하지만 내가 한 말은 다 진실이야." 심장이 둥둥 뛴다. 오른쪽 눈도 덩달아 파르르 떨린다. 내가 나 자신을 공포로 밀어넣은 것이다.

"그래, 그렇다고 해둬." 앤이 말한다.

"당신은 과거에 결혼한 적이 있다는 느낌이 들어?" 나는 관처럼 비좁은 칸막이 안으로 어깨를 더 깊숙이 밀어넣는다. 그러면 주위가 더 조용해질 것처럼.

"과거에 결혼했었다는 느낌 따위 없어." 앤이 더 짜증을 부리며 대답한다. "난 실제로 결혼했었어. 아주 오래전에. 당신하고 말이야."

"칠 년 전, 18일에." 내가 대꾸한다. 등줄기에 얼음물 벼락이 쏟아진 듯하다. 내가 정말로 앤과 대화하고 있다는 자각이 든다. 평소—그녀와 대화를 하지 않고 있거나, 녹음된 앤의 메시지를 듣거나, 혼자 앤을 마음에 품는 것—보다 더 그런 느낌이 든다. 앤에게 이 느낌이 얼마나 특별한지 들려주고 싶은 충동이 인다. 다시 내게 돌아오라는 구애를 담아서. 하지만 그다음에는? 그때 엄청난 소음이 터진다. 화들짝 놀라 몸이 튀어오르는 바람에 신발이 벗겨질 정도다. 쿵-쿵-쿵-딩-동-댕! 콰아아아아아앙! 저 마굴 같은 비디오게임장에서 누군가 어마어마한 잭팟을 터뜨린 모양이다. 다른 게임기 앞에 있던, 마약이라도 했는지 유령처럼 퀭한 몰골의 십대 아이들이 구경을 하러 몰려간다. "그날부터 나는 전과는 다르게 느끼기 시작했어." 소음들 사이로 내가 말한다.

"그게 무슨 말이야?" 앤이 묻는다. "결혼했다는 게 어떤 느낌인지 더이상 느낄 수 없다는 뜻이야?"

"응, 비슷해."

"그건 당신이 지금 결혼을 하지 않아서 그래. 결혼을 하라고. 그럼 둘 다 마음이 편할 거야."

"늙은 찰리와 결혼하니 좋은가보네? 응?" 곧 결혼한다고 말해버리지 않은 게 다행이다. 그랬다면 이 말을 못했겠지.

"그래, 좋아. 그런데 찰리는 늙은 사람이 아냐. 당신이 상관할 바도 아니고. 그러니 그 문제에 대해서는 묻지 마. 내가 대답을 안 해준다고 해서 그게 당신한테 무슨 의미가 있다고 생각하지도 말고." 다시 침묵이 흐른다. 앤의 유리잔에 얼음이 부딪히는 소리, 이어 단단한 곳에 잔을 탁 내려놓는 소리. "내 인생은 내 영역이야." 앤은 한 모금을 삼킨 후 말을 잇는다. "내가 말할 수 없다는 뜻이 아냐. 말하지 않겠다는 뜻이야. 우리 사이에 의논할 주제라고는 전혀 없어. 그저 단어만 주고받을 뿐이야. 당신은 세상에서 가장 냉소적인 사람일 테니까."

"아니었으면 좋겠네." 내가 대답한다. 내 뜻과 다르게 얼굴에 바보스러운 미소를 떠올리면서.

"프랭크, 다시 소설이나 써봐. 너무 일찍 그만뒀잖아." 앤이 어디에서 통화를 하는 건지 서랍을 열었다 닫는 소리가 들린다. 내 마음에는 일말의 기대감이 피어오른다. "모든 사람들한테서 당신이 듣고 싶은 말을 들을 수 있을 거야. 그럼 만사가 완벽하게 돌아가지 않겠어? 어쨌든 당신한테는 말이야. 단 그런 일이 현실에서는 일어나지 않는다는 점만 빼고. 뭐, 당신은 그것도 좋아하겠지만."

"그게 내가 원하는 바라고 생각해?" 하긴 오늘 비슷한 생각을 하며 샐리의 집에서 잠들었었지.

"당신은 그저 만사가 완벽해 보이기를 원하잖아. 모든 사람이 즐거워 보이기를 원하고. 그리고 실제로 그런 것과 그렇게 보이는 걸 같다고 생각하려 하잖아. 그건 남을 즐겁게 해줄 수 있는 일을 비겁한 행위로 만들어버리는 거라고. 하긴 새삼스러운 일도 아닌데 내가 왜 신경쓰는지 모르겠네."

"내가 신경쓰게 만들었지." 이 말은 '존재의 시기'에 대해 정면으로 기습공격을 한 것이다.

"진실을 말해달라고 아까 그랬었지? 이게 분명한 진실이야."

"그럴듯하긴 해. 좋아, 그만하면 된 것 같아."

"이만 자야겠어. 응? 오늘 난 정말 진이 다 빠졌다고. 당신과 말싸움하기 싫어."

"우린 말싸움을 하는 게 아냐." 다시 서랍이 열렸다 닫히는 소리가 들린다. 내 뒤편 기념품 판매 구역에서 한 사내가 소리를 지른다. "맥주 마시려고 차를 세워버렸어!" 숨넘어가게 웃는 소리가 뒤따른다.

"프랭크, 당신 말은 다 따옴표 속에 들어 있는 것 같아. 야무지게 미더운 말이 없다고. 당신과 이야기하면 당신 대본대로 흘러가는 느낌이야. 내 대사까지 당신이 쓰는 것 같다고. 너무 끔찍하지 않아? 아니, 슬프지 않아?"

"당신이 마음에 들어한다면 다르겠지."

"아, 이런……" 앤은 말을 잇지 못한다. 캄캄한 창밖으로 번쩍하는 섬광이라도 본 듯, 눈부시게 환한 그 빛에 이끌려 잠시 넋을 잃은 듯. "그럴지도 모르지." 앤은 놀란 기색이 역력하다. "너무 졸려. 이만 끊어야겠어. 당신 때문에 지친 것 같아." 앤이 수년 동안 나에게 건넨 가장 친근한 말이다! (어째서 앤이 그렇게 말했는지는 나도 전혀 모른다.) 하지만 앤이 슬프다고 여기는 것보다 더욱 슬픈 사실은, 그 말을 듣고도 내가 해줄 말이 전혀 없다는 것, 앤을 위해 대사를 써주려야 써줄 말이 없다는 것이다. 가까이, 다만 한발짝이라도 그 사람에게 가까이 다가가는 것, 그것이 바로 이야기하기의 또다른 형태이기 때문이다.

"내일 오전에 갈게." 내가 밝은 목소리로 말한다.

"좋아, 좋아." 앤이 말한다. "그래줘, 여보." (말실수가 분명하다.) "폴이 당신을 보면 좋아할 거야." 작별인사를 건네기도 전에 앤은 전화를 끊어버린다.

많은 여행객들이 어느새 빈스 휴게소를 떠나 다시 어둠 속으로 사라졌다. 다들 졸음운전으로 경찰에게 잡힐 염려 없이 몇 시간은 충분히 운전할 수 있을 것이다. 나를 쏘아보던 격자무늬 셔츠 운전수는 역시 격자무늬 셔츠(이 녹색 셔츠는 화물차 휴게소에서만 구할 수 있는 게 틀림없다)를 입은 다른 운전수와 이야기를 하고 있다. 거대한 몸집에 뱃집도 거대하고 머리를 박박 깎은 그 운전수는 붉은 멜빵으로도 모자라 로데오 챔피언이나 찰 듯한 은색과 황금색 대형 벨트로 청바지를 사타구니 위쪽으로 한껏 추켜올리고 있다. 그래봤자 그곳 크기는 보잘것없을 게 뻔하다. 둘은 나를 혐오스럽다는 듯이 쳐다보며 고개를 젓는다. 분명 그들의 용건은 나보다 훨씬 더 긴한 일이었겠지. 서편 북쪽의 17번 국도 주유소에서 영업하는 단골 창녀 중 오늘은 누가 있는지 900번*으로 전화해 확인해야 했을 테니. 그자들은 틀림없이 공화당 지지자일 것이다. 전화하고 있던 사람들 가운데 내가 가장 만만해 보였을 테고.

앤 때문에 혼란스러운 이 와중에도 나는 마크햄 부부에게 연락하기로 한다. 조는 버몬트주로 가는 중이라고 했지만 그 부부는 즉 멍한 표정으로 HBO 드라마나 보고 있을 게 뻔하다. 아일랜드 폰드에서 그렇게도 해보고 싶었지만 할 수 없었던 일이니까.

한참 신호음이 들리더니 막 잠에서 깬 듯한 여자가 전화를 받는다. 슬리피홀로의 발음이 '슬리퍼리 올리브'처럼 들린다.

"그 사람들, 떠났을 거예요." 여자는 눈이 부신 듯 힘겹게 말한다. "아홉시쯤 차에 짐 싣는 걸 본 것 같거든요. 한번 연결은 해보죠."

조가 즉시 전화를 받는다.

---

* 유료 음성정보서비스에 쓰이는 전화번호.

"안녕하세요, 프랭크 배스컴입니다." 나는 활기차게 인사한다. "연락이 늦어 죄송합니다. 가족 문제로 도저히 빠져나올 수가 없었어요." (내 아들이 새아빠를 노걸이로 때리고 포메라니안처럼 멍멍 짖어댔는데, 그게 결국 우리 모두를 멀어지게 만들었죠.)

"여보, 이자가 누구일 것 같아?" 조가 필리스에게 의기양양하게 말한다. 필리스는 분명 조 옆에서 텔레비전 화면의 음침한 불빛을 받으며 앉아 있을 것이다. 프링글스를 우적우적 해치우면서. 수화기 너머에서 종이 땡 울리더니 스페인어로 시끄럽게 떠드는 소리가 들린다. 멕시코에서 열린 권투경기를 보고 있는 게 분명하다. 그래서 조가 더 호전적으로 나오나보다. "우리는 여기를 뜬다고 말했던 것 같은데요?"

"혹시 아직 출발 전일까봐 전화했습니다. 질문하실 게 있다면 답해드리려고요. 결정을 내리셨을지 모르겠군요. 지금이 곤란하시면 내일 오전에 전화드리죠." 조가 내 자동응답기에 대고 개자식이니 얼간이니 욕을 퍼부었다는 사실은 무시하기로 한다.

"우린 이미 다른 중개인을 구했는데." 조가 경멸스럽다는 듯이 말한다.

"저는 최선을 다해 집을 보여드렸습니다. 어쨌든 훌리한의 집은 진지하게 고려해볼 가치가 있다고 말씀드리고 싶네요. 다른 부동산 회사에서 끼어들기라도 하면 머뭇거리는 사이에 놓쳐버릴지도 모릅니다. 생각이 있으시다면 바로 구매의사를 밝히시는 게 좋겠지요."

"당신 혼자 신났군." 조가 코웃음을 친다. 잔 두 개에 술을 따르는 소리가 들린다. "자, 마셔." 조가 거칠게 말한다. 필리스에게 하는 말이다.

"내가 말해볼게요." 필리스다.

"통화해서 뭐하려고? 나한테 말해, 대신 전해줄 테니." 수화기가 조의 턱수염을 긁는 소리가 들린다. "우린 권투경기를 보고 있습니다. 지금 마지막 라운드니까 끝나면 바로 떠날 겁니다." 새 중개인 얘기는 벌써 잊었나보다.

"전 그저 확인차 전화드렸을 뿐입니다. 메시지를 들으니 상당히 격앙되신 것 같아서요."

"다 지난 일이지. 내일이면 새 중개인을 만날 거니까. 여섯 시간 전이었다면 제안서를 넣었겠지. 이젠 됐어."

"어쩌면 지금 시점에서 다른 중개인과 상의하는 것도 좋은 방법이겠군요." 내가 말한다. 조가 더 열받기를 바라면서.

"그렇게 말해주니 나도 마음이 편해지는군."

"혹시 그래도 제가 필요하시면 번호는 아실 테니 연락주십시오."

"알지. 영, 영, 영, 영, 영, 영, 영."

"지역번호는 609입니다. 부인께도 안부 전해주세요."

"여보, 배스컴 씨가 당신한테 안부 전해달래." 여전히 경멸조다.

필리스의 목소리가 들린다. "전화기 이리 줘봐요."

"'안'으로 시작해서 돼로 끝나는 말이 뭐지?" 조는 돼를 돼애애애로 늘어지게 말했다. 비버 밸리에 사는 얼간이처럼.

"그렇게까지 말할 필요는 없잖아요." 필리스가 말했다. "그 사람도 최선을 다했다고요."

"뭐? 이자가 바보 멍청이라고?" 조는 송화기를 막는 시늉만 한 것 같다. 조가 나를 뭐라고 불렀는지 똑똑히 들렸지만 나는 못 들은 척한다. 반대로 조는 내키는 대로 지껄이면서 시치미를 뚝 뗀다. 그래봤자 시간이 어느 정도 흐르면 나는 조 따위는 눈곱만큼도 신경쓰지 않게 될 것이다. 뭐 이미 그만큼 시간이 흘렀는지도 모르겠지만.

마크햄 부부의 상황은 오늘 오전 내가 예상했던 바와 거의 들어맞는다. 부부는 자신들에 대한 인식과 관련된 고된 시련의 시기로 들어섰고 갈피를 잡지 못한 채로 그 시기를 마치게 될 것이다. 두 사람은 뭔가 결정을 내릴 때까지 안갯속에서 헤매게 될 것이다. 나는 그 결정이 나온 후에 얘기를 나누고 싶었다. 하지만 결국 그들이 여전히 방황하고 있을 때 전화를 한 셈이 되었다. 둘은 결단력 있는 것처럼 보였을 뿐이다. 내가 내일까지 기다렸다면 둘 다 꼼짝 못하고 결정을 내릴 준비가 되어 있었을 것이다. 이 부부만이 아니라 우리 모두 같은 교훈을 얻을 수 있다(우리가 성숙한 인간이라는 증거다). 고함을 지르고, 가구를 부수고, 술을 마시고, 자기 차를 망가뜨리고, 임시로 묵는 형편없는 방의 유리벽을 주먹에 피가 날 때까지 쳐봐도 상황을 근본부터 바꿀 수는 없다. 그동안 피하고 싶어했던 그 결정을 내리는 수밖에 없다. 그것도 하필 그동안 이를 갈았던 방향으로. 그래서 분노가 폭발해 어쩔 줄 모르게 될 것이다.

달리 말하자면 이렇다. 선택의 폭은 제한적이다. 하지만 마크햄 부부는 이를 이해하지 못한다. 그 후진 버몬트주에서, 딸기를 따고 사슴을 쫓아다니고 전통 방식대로 손수 옷을 지어 입으면서 너무 오래 산 탓에 말이다. 어떤 면에서 나는 애초 예상보다 폭넓은 서비스를 부부에게 제공한 셈이다. 무료로 현실을 진단해줬으니까.

"프랭크?" 어느새 필리스가 전화기를 넘겨받는다. 모텔의 가구가 뭔가에 부딪히고 긁히는 소리가 들린다. 조가 가구를 모조리 차에 싣고 있기라도 한 것처럼.

"네, 접니다." 대답을 하긴 했지만 나는 샐리에게 전화를 해야겠다고 생각중이다. 어쩌면 오전 비행기를 타고 브래들리로 오도록 샐리를 설득할 수 있을지 모른다. 그럼 폴과 농구 명예의 전당으로 가는 길에 합류해 쿠퍼스타운으로 갈 수 있다. 새로운 차원의 가족을 꾸려서 말이다. 이혼한 아빠와, 다른 주에 살면서 정신적 질풍노도를 겪고 있는 아들, 아빠의 여자친구가 된 과부. 아빠는 여자친구에게 애정과 모호한 감정을 동시에 느낀다. 그 여자와 결혼할 수도 있고 영원히 다시 만나지 않을 수도 있다. 어쨌든 폴은 이를 아빠 나이에 맞는 자연스러운 일로 여기겠지.

"이제 조와 나는 이 문제를 좀더 진지하게 생각하기 시작했어요." 필리스가 말한다. 옷장 안에 갇혀 있거나 큰 바위 사이에 끼어 억지로 쥐어짜내는 듯한 목소리다. 할머니 옷 같은 분홍빛 가운 차림에 팔짱을 끼고 있을 필리스가 떠오른다. 어쩌면 에어컨 바람에 익숙하지 않아 양말을 신고 있을지도 모른다.

"잘됐군요." 빙, 빙, 비잉 빙. 아이들이 오락실에 있는 '사무라이 쇼다운' 게임기에서 실컷 점수를 올리고 있는 모양이다. 빈스 휴게소는 스포츠 성지의 일부라기보다는 소도시의 쇼핑몰에 더 가깝다.

"신경써주셨는데 이렇게 돼서 유감이에요." 필리스가 말한다. 자신을 옥죄고 있는 무언가에서 풀려나려고 애쓰듯이. 조와 팔씨름이라도 하는 걸까.

"이 일이 원래 그런걸요." 나는 쾌활하게 대답한다. 필리스는 분명 부동산중개인을 바꾸게 된 복잡한 사정을 말하려 들 것이다. 하지만 나는 필리스의 장황한 설명을 기꺼이 들어줄 준비가 되어 있다. 말을 마치자마자 절망에 빠질 사람은 다름 아닌 필리스 자신일 테니까. 마크햄 부부처럼 바보 같은 고객들이 저지르는 최악의 선택은, 자기들 마음대로 행동하는 것이다. 나 같은 전문가에게 일을 맡기고 따르면 더 쉽고 안전하고 편하게 거래를 할 수 있는데 말이다. 전문가는 항상 검증된 관례에 따라 조언을 해주니까. "올바른 결정을 내렸다고 느끼신다면야 괜찮습니다." 나는 여전히 샐리가 나를 만나러 오는 상상을 하고 있다. 들뜬 마음으로 여행가방을 들고 소형 비행기에 탑승하는 샐리가 눈앞에 선명히 그려진다.

"프랭크, 조는 자동차 진입로에 서서 지역 방송국 기자와 인터뷰하는 자기 모습이 눈에 선하대요." 필리스가 쭈뼛쭈뼛 말한다. "자기는 그런 처지가 되고 싶지 않대요. 훌리한의 집에서 말이에요." 자기 자신을 바라보고 그것을 좋아하도록 배우는 방법에 대해 내가 조에게 말해줬던 게 틀림없다. 내 이론을 마치 자기 머리에서 나온 양 필리스에게 써먹은 걸 보니 말이다. 조는 어느새 방에서 나가고 없는 듯하다.

"무엇에 대해 인터뷰한다는 거죠?" 내가 묻는다.

"그건 중요하지 않아요, 프랭크. 우리가 처한 상황이 전반적으로 문제라는 거죠."

황금색과 녹색으로 치장한 커다란 버스가 오렌지색 조명을 밝힌 주차구역 입구로 들어서고 있다. 버스 옆면에는 부드럽게 곡선을 이루는 화려한 글씨로 유레카라고 적혀 있다. 가든 스테이트를 지나 샐리의 집으로 달리는 동안 똑같은 버스를 몇 번 봤다. 대개 그 버스는 곤드레만드레 취한 캐나다 사람들을 태우고 애틀랜틱시티의 트럼프 캐슬 카지노로 향한다. 이들은 새벽 한시에 도착해 사십팔 시간 동안 쉬지 않고 도박을 한 후(식사는 그 자리에서 모두 해결한다) 때가 되면 서둘러 버스에 올라타 트루아리비에르*에 도착할 때까지 내내 잠만 잔다. 월요일 오후 시간부터 일할 수 있게 도착하는 일정이다. 그런 걸 재미라고 생각하는 사람도 있는 것이다. 그 사람들이 우르르 몰려오기 전에 어서 휴게소를 떠나고 싶어진다.

그런데 분위기를 보아하니 어쩐지 필리스가 조를 설득한 것 같다. 거래를 파국으로 몰고 간 장본인은, 심술궂고 인색하며 타협할 줄 모르는 조 자신이라고 확신하도록 말이다. "우리도 느낀 게 많아요, 프랭크." 필리스가 나지막이 말한다. "조만큼이나 나도 크게 깨달았죠. 나쁜 경기에 끌려다녀서는 안 된다는 것 말이에요."

"무슨 경기를 말씀하시는 거죠?"

"주택 경기 말이에요. 지금은 적당한 집이 없지만 나중에는 사정이 나아질 수 있겠죠."

"맞아요, 강에 가서 같은 곳에 두 번이나 빠질 리는 없겠죠." 내가 심드렁하게 대꾸한다. "그런데 새 학기에는 어디에 머무실지 궁금하네요."

"아하," 필리스가 생각이 있다는 듯 말을 받는다. "혹시 최악의 상황이 닥치면 조는 직장 근처에 독신자 숙소를 알아보고 나는 잠시 아일랜드 폰드에서 지낼 생각이에요. 그럼 소냐는 친구들과 함께 학교에

* 캐나다 퀘벡주에 있는 도시.

다닐 수 있겠죠. 새로 만난 관계자에게도 얘기해둘 생각이에요." 필리스는 분명 중개인이 아니라 '관계자'라고 했다. 이전에는 그렇게 말한 적이 없었다. 아마도 이전의 자기 자신으로, 더 필사적이지만 더 계산적인 사람으로 되돌아가겠다는 뜻을 드러낸 게 아닐까(드문 경우는 아니다).

"흠, 아주 괜찮은 생각 같군요." 내가 말한다.

"정말 그렇게 생각해요?" 툭 던지듯 되묻는 필리스의 목소리에서 두려움이 있는 그대로 드러난다. "조는 당신이 보여준 집에서는 어떤 중요한 일도 일어나지 않았을 거라는 느낌을 받았대요. 난 잘 모르겠지만."

"그게 무슨 말이죠?" 내가 묻는다. 유명인사의 암살 사건을 말하는 건가? 다락방 창문에서 망원경으로 새로운 태양계를 발견하는 그런 걸 말하는 걸까?

"그러니까 조는 우리가 버몬트주를 떠난다면 중요한 사건들이 있었던 곳으로 가야 한다는 거죠. 어떤 식으로든 우리를 성장시켜줄 그런 사건들 말이에요. 당신이 소개해준 집에서는 그런 느낌을 받지 못했대요. 당신 집들에는 다른 사람들이 더 잘 맞지 않을까 싶어요."

"제 집이 아닙니다, 필리스. 다른 사람의 집이에요. 난 그저 그 집을 팔 뿐이죠. 많은 분들이 제가 판 집에서 잘 지내고 있습니다."

"잘 알아요." 필리스가 침울하게 대꾸한다. "그래도 제 말뜻은 아시겠죠."

"글쎄요." 조가 중요한 사건을 들먹인다는 것은 얼마 전에 그가 손가락만 걸어두었던 승인을 다시 거둬버렸다는 뜻이다. 뭐 딱히 신경쓰진 않는다. 조가 머낼러펀 근처에 작은 숙소를 임대한다면, 그리고 필리스가 아일랜드 폰드의 대안 공예학교에서 '의미 있는' 일을 구하고 새로운 '종이공예 모임'에 가입해 입은 걸걸해도 정신적으로 힘이 되어줄 친구들을 얻는다면, 소냐 역시 린던 아카데미에서 마음에 맞는 친구들을 사귄다면, 마크햄 부부가 지금까지 누린 결혼생활은 추수감사절 무렵이면 끝장난다고 봐야 한다. 이게 문제의 핵심이다(부동산에 관한 결정을 내리면 이처럼 심오한 문제가 뒤따르기 마련이다). 상대의 사정 때문에 말도 안 되는 상황을 참더라도 함께 사는 게 가치 있는 일일까, 따로 떨어져 지내는 편이 더 나을까? "필리스, 집을 볼 때 우리는 자신이 어떤 사람인지 제대로 시험해볼 수 있습니다." 내가 말한다(필리스가 결코 듣고 싶지 않았던 말일 것이다).

"흑인 동네에 있는 당신 집도 보고 싶었어요. 세를 주는 집이요. 하지만 조는 별로 내키지 않아 하더라고요."

"필리스, 저는 지금 고속도로 휴게소 공중전화로 통화하고 있습니다. 트럭이 덮치기 전에 서둘러 끊어야겠어요. 하여간 이 동네 임대 시장은 요즘 별로 좋지 않습니다. 곧 알게 되시겠지만." 고개를 돌려 캐나다인 무리를 훑어보니 대부분 버뮤다 바지를 입고 주차구역을 서성이며 낄낄대고 있다. 화장실에 가거나 기름진 음식을 밀어넣고 있는 이들이 있는가 하면 빈스의 트로피를 시큰둥하게 쳐다보는 이들도 있다. 잠시 후 이들은 사십팔 시간 연속 게임을 시작하기 전에 마지막으로 눈을 붙일 것이다.

"프랭크, 뭐라고 말해야 할지 모르겠네요." 유리로 만든 뭔가가 쓰러지면서 와장창 깨지는 소리가 들려온다. "오, 이런." 필리스가 말한다. "참, 새로 만난 분은 해덤의 중개인이 아니에요. 이 여자분은 이스트 브런즈윅에 주력한대요." 이스트 브런즈윅은 뉴저지주 중부에 있다. 들판의 관목이 시들어가는 풍경이 영스타운의 교외지역과 비슷한 곳이다. 스킵 맥퍼슨이 그곳에서 새벽 아이스하키 경기를 한다.

"흠, 해덤과는 사뭇 다른 느낌이 드실 겁니다." (영스타운 같은 느낌이겠지.)

"처음부터 다시 시작해야겠네요, 그렇죠?" 필리스는 당혹스러움을 감추지 못한다.

"글쎄요, 그곳에서라면 아마 조도 자신이 더 나은 사람이라고 느낄 수 있을 겁니다. 새로 시작한다고 생각하실 필요는 없어요. 다 좋은 집을 찾는 과정의 일부니까요."

"프랭크, 우리에게 어떤 일이 일어날 것 같나요?"

어느새 캐나다인들이 로비로 몰려오고 있다. 남녀 할 것 없이 팔꿈치로 서로 쿡쿡 치며 하키 팬들처럼 낄낄 웃고 있다. 건장하고 행복하게 안정적인 삶을 누리는 백인들. 절대 끼니를 거르는 법이 없고 별일이 없으면 옷을 차려입지 않는 사람들이다. 두세 명씩 남자끼리 여자끼리 짝을 지은 캐나다인들은 콧노래를 부르며 화장실의 금속제 짝문을 밀고 들어간다. (내 생각에, 모든 면을 종합해볼 때 최고의 아메리카인은 바로 캐나다인이다. 캐나다는 미국의 좋은 점은 다 가지고 있으면서 단점은 하나도 닮지 않았다. 요람에서 무덤까지 책임지는 의료체계와 미국에 한참 못 미치는 살인사건 발생률까지 고려하면 나도 캐나다로 이사갈까 고민이 될 정도다. 매력적인 은퇴 생활은 여기가 아니라 북위 49도 너머에서 기다린다.)

"프랭크, 제 말 들리나요?"

"네, 아주 크게 잘 들립니다." 마지막으로 지나간 캐나다 여자들은 각자 지갑을 든 채 여자 화장실로 사라지더니 곧바로 수다를 늘어놓기 시작한다. 이런 바보 같은 남자들을 낚아서 얼마나 '행운'이냐고. "당신과 조는 행복에 대해 지나치게 깊이 생각하는 것 같아요. 새 중개인과 다니다가 반쯤 마음에 드는 집이 나타나면 바로 사버리세요. 그 집에서 행복하게 살려고 노력하시면 됩니다. 너무 어렵게 생각하지 말아요."

"수술 때문에 괜히 우울해져서 그런가봐요." 필리스가 말한다. "우리는 운이 아주 좋은 사람들이라고 생각해요. 다른 젊은 사람들은 집을 살 형편도 못 되니까요."

"나이들어서도 그런 사람들이 있죠." 나는 필리스가 어떻게 자신과 조가 젊은 사람들 축에 든다고 생각하는 건지 의아해진다. "이만 끊어야겠군요." 내가 말한다.

"아들은 어때요? 호치킨병이었나 뇌손상이었나 어떤 병을 앓는다고 하지 않았나요?"

"나아지고 있습니다, 부인." 오늘 오후까지는 그랬지. "괜찮은 녀석이에요. 안부 물어봐주셔서 감사합니다."

"조한테도 지금은 많은 보살핌이 필요해요." 필리스는 나를 계속 전화기에 붙들어놓으려 한다. (화장실에 있던 여자들 중 몇몇이 인디언처럼 괴성을 지르고 이에 나머지 여자들도 따라서 소리를 질러댄다. 이어 화장실 문 한 짝이 쾅 닫히는 소리가 나고 남자 화장실에 있던 남자들 중 한 명이 소리친다. "이것들이…… 젠장.") "프랭크, 우리 관계는 좀 변하고 있어요. 둘 모두 재혼이라면 내면에 다른 사람을 받아들이는 게 결코 쉽지 않거든요."

"초혼인 사람들에게도 쉬운 일은 아닙니다." 나는 조바심을 내며 대답한다. 필리스는 할말이 있어 말을 빙빙 돌리고 있는 것 같다. 무슨 용건이길래? 전에 어떤 고객은—교회사를 연구하는 교수의 아내이자 세 아이의 엄마인데, 자폐아였던 한 아이를 속박 벨트로 차 안에 가둬둔 상태였다—벨 미드에 있는 대형 단층주택의 매끈한 바닥에서 함께 신나게 즐겨보지 않겠느냐고 제안했다. 남편은 그 집을 좋아했지만 그 부인이 원해서 한번 더 보러 간 참이었다. 집의 평면도로 볼 때 '통풍'이 제대로 될지 의심스럽다는 게 이유였다. 부동산 문제가 완전히 다른 문제로 변하는 경우다. 부동산 일을 하다보면 이런 성적인 문제에 엮이지 않기가 어렵다. 좁은 장소에 단둘이 있을 때가 많기 때문이다(자동차 앞좌석도 그렇고 특히 빈집이 그런 유혹을 부른다). 그럴 때면 마음이 약해지거나 분위기에 끌려가기 쉽다. 바둑판무늬처럼, 같은 일이 반복된다. 양배추 선반 옆에서 예상치 못한 짜릿한 눈길을 주고받기도 하고 뜨거운 한여름 주차장에서, 또는 판유리 창을 사이에 두고서 머뭇머뭇 미묘하게 눈을 맞추기도 한다. 심지어 배우자가 주변에 있는데도 그런다. 나도 지난 삼 년 반 동안 모범 시민답게 처신하지 못했던 적이 몇 번 있긴 하다. 하지만 이런 아슬아슬한 모험에 뛰어들었다가는 자칫 면허를 박탈당하고 지역사회에서 악의에 찬 조롱을 듣게 될 수도 있다. 나는 더는 그런 위험을 감수할 생각이 없다. 한때는 그랬는지 모르지만.

그런데도, 나도 모르게 필리스의 육덕진 몸매를 그려본다. 분홍색 피튜니아 무늬 가운 대신 맨살 위에 아슬아슬한 슬립만 걸친 모습으로. 필리스는 스카치위스키 한 잔을 손에 든 채 말을 하다가 블라인드 너머로 흐릿한 조명이 비치는 모텔 주차장을 쳐다본다. 폴리네시아인 피가 반쯤 섞인, 모텔 사장의 열여덟 살 난 아들인 몸보가 보인다. 웃통을 벗어 울룩불룩한 근육을 드러낸 몸보는 쓰레기 자루를 끌고 키다란 쓰레기통으로 간다. 오줌 흘리개 조가 부루퉁하게 볼일을 보고 있는 화장실 벽 너머다. 나는 오늘 두 번이나 '이런 식'으로 필리스를 상상했다. 그녀의 건강이 좋지 않음을 알면서도. 어쨌든 나는 의문스럽다. 대체 왜?

"혼자 사시나요?" 필리스가 묻는다.

"그건 왜 물으시죠?"

"당신이 동성애자일지도 모른다고 조가 말한 적이 있거든요. 그냥 궁금해서요."

"아닙니다. 해진 매듭이죠.* 아들이 그러더군요." 내심 당황스럽다. 두 시간 만에 성직자에서 바보 멍청이가 됐다가 지금은 동성애자로 의심받고 있다. 아무래도 내 의사전달 능력에 문제가 있는 것 같다. 라운드 시작을 알리는 종이 땡 울린다. 조가 다시 멕시코 권투경기 방송을 틀어놓은 모양이다.

"어," 필리스가 속삭이듯이 말한다. "그저 프랭크 당신이 가는 곳이라면 따라가고 싶다고 잠깐 생각했어요. 그것도 괜찮지 않을까 싶어서."

"저와 같이 있으면 재미없으실 겁니다. 그건 분명히 약속드릴 수 있

* A frayed knot. '유감이지만 아니다(afraid not)'라는 말과 발음이 같은 것을 이용한 미국의 오래된 농담.

어요."

"오, 잠시 정신이 나갔나봐요. 내가 미쳤나봐요." 필리스도 저 캐나다인들과 함께 버스에 탈 수 있다면 좋을 텐데. "당신은 정말 얘기를 잘 들어주는 사람이에요. 아마 하시는 일에 큰 도움이 될 거예요."

"가끔은요. 항상 그렇진 않습니다."

"너무 겸손하시네요."

"두 분께 행운이 함께하길 바랍니다." 내가 말한다.

"그럼, 또 봐요. 당신은 좋은 사람이에요. 고마워요."

딸깍.

나를 쏘아보던 트럭 운전수들은 어느새 떠나고 없다. 잠시 후 양쪽 화장실에서 캐나다인들이 나온다. 손은 젖어 있고 코도 깨끗이 풀고 나온 것 같다. 얼굴에는 물을 한번 끼얹었고 머리에도 물을 묻혀 빗질을 했다. 셔츠 자락은 일단은 바지 안쪽으로 집어넣었다. 캐나다인들은 안에서 무슨 지저분한 비밀을 떠들다 왔는지 신나게 웃더니 이내로이 로저스 햄버거로 걸어간다. 가게 유리문 바깥에서는, 그들을 태우고 온 빼빼 마른 체구에 유니폼을 입은 버스 운전사가 담배를 피우며 열대야 속 망중한을 보내고 있다. 운전사는 부스에 주저앉아 있는 나와 눈이 마주치자, 마치 우리가 잘 아는 사이인 양 고개를 끄덕이더니 담배꽁초를 내던지고 어딘가로 사라져버린다.

나는 샐리의 전화번호를 꾹꾹 누른다. 저녁식사 때 일을 찬찬히 곱씹어보진 않았지만, 샐리에 관해서는 아무래도 내가 잘못된 결정을 내린 것 같다. 그곳에 남아 내 방식대로 구애를 하며 위기를 돌파했어야 했다. 제 뜻을 제대로 전할 줄 아는 남자라면 그랬을 것이다. (물론 이 결정이 더 잘못된 것으로 판명날지도 모른다. 이렇게 피곤한데다 반쯤 취해서 초조해하고 말도 꼬이는 상황이라면. 하지만 아예 아무 결정도 못 내리느니 악수라도 두는 편이 나을 때가 있다.)

내게 남긴 메시지로 미뤄볼 때 샐리의 마음도 분명 나와 같을 것이다. 어서 차를 돌려 샐리의 집으로 가서, 오래된 부부처럼 함께 침대에서 뒹굴다 잠들고 싶다. 날이 밝으면 샐리를 데리고 여행을 떠나는 거다. 제대로 원하는 법을 배우고, 신나는 시간을 보내고, 고집만 피우는 사람에서 그만 벗어나는 거다. 지미 호파*를 쓰레기장에서 찾아내고 실종된 당신의 쌍둥이 형제 노버트가 그레이트폴스의 어느 거리에 살고 있는지 말해줄 영험한 점쟁이 마흔 명한테 물어봐도, 나한테 샐리 콜드웰보다 더 '좋은 조건'을 알려주지는 못할 것이다. (물론 '존재의 시기'에 나타나는 아주 기본적인 역설을 염두에 둬야 한다. 막 물위로 떠오른다고 느낄 때 실제로는 더 깊은 물속으로 걸어들어가고 있을지도 모른다는 것.)

"이런, 바보 멍청아." 어느 캐나다인이 욕을 내뱉는다. 나는 샐리 전화기의 신호음만 듣고 또 듣고 있다.

나는 재빨리 다음 결정을 내린다. 이렇게 메시지를 남길 작정이다. 당장이라도 붕 날아갔어야 했는데 당신이 어디에 있는지 알 수 없다고, 하지만 당장 파이퍼 커맨치 경비행기를 빌릴 준비가 되어 있다고, 당신이 그 비행기를 타고 스프링필드로 올 수 있게 하겠다고, 나와 폴은

* 전미운수노조 위원장을 맡았던 노동운동 지도자. 1975년에 행방불명됐다.

점심시간에 맞춰 거기서 기다리겠다고. 붕 붕.

하지만 샐리가 보안에 신경쓰며 주의를 다른 곳으로 돌리기 위해 달콤한 목소리로 녹음해둔 메시지—"안녕하세요! 지금은 전화를 받을 수 없습니다. 하지만 당신의 메시지는 소중하답니다"—대신 신호음만 계속 들려온다. 휘장을 두른 샐리의 커다란 침대 옆에 놓인 테이블 위에서 전화기가 요란하게 울리는 장면을 그려본다. 상상 속에서 그 침대는 깔끔하게 정돈돼 있지만 텅 비어 있다. 나는 거듭거듭 번호를 누르며 계속 상상에 빠진다. 샐리는 샤워를 하다가 뛰어왔거나, 맨톨로킹 해변에서 생각에 잠겨 한밤의 산책을 하다가 막 들어온 참이다. 불편한 다리도 아랑곳하지 않고 한달음에 이층으로 뛰어온다. 전화한 사람이 나이길 기대하며. 정말로 내 전화다. 하지만 내게는 신호음만 들릴 뿐이다.

네이선스 핫도그에서 핫도그를 지나치게 익혔는지 메스꺼운 냄새가 로비를 지나 여기까지 밀려온다. "넌 인성도 하수구 같은 놈이야." 캐나다인으로 보이는 한 여자가 줄에 서 있던 남자들 중 한 명에게 소리친다.

"그래? 그러는 넌? 네 인성은 수술실 같아. 내가 네 남편인 줄 알아?"

"아직은 아니지." 다른 남자가 낄낄거린다.

낙심천만했지만 나는 떠날 채비를 한다. 로비를 거쳐 곧장 밖으로 나온다. 무너키와 너틀리에서 온 것 같은 깡마른 남자애 몇몇이 모털 컴뱃과 드럭 워 게임기 쪽으로 빠져나간다. 제대로 한판 해보겠다는 기세다. 막 도착해 눈에 피로가 담뿍 담긴 여행객들이 앞문으로 들어온다. 이들은 그저 쉬고 싶은 생각에 빈스의 트로피에는 눈길조차 주지 않는다. 늦은 밤에 구경하기엔 무리이긴 하다. 클래리사에게 여기서 뭐라도 사다줘야 할 텐데 마땅한 게 없다. 시시한 미식축구 기념품이나 뉴저지주 유료 고속도로의 사계절을 담은 엽서뿐이다(내일 다른 걸 찾아봐야겠다). 나는 실내의 에어컨 바람을 등지고 나와 유레카 버스의 운전사 곁을 지나간다. 빈 버스에 한쪽 다리를 기대고 있는 운전사는 어느 새 어둠 속에 꼼짝 않고 서 있는 하얀 갈매기들에게 둘러싸인다.

고속도로에는 여전히 자동차 불빛이 가득하다. 대시보드 액정에 떠오른 시간은 열두시 사십분. 어느새 하루가 지나 7월 2일이다. 어서 잠자리에 들고 싶은 마음이 간절하다. 모든 일정이 착착 맞아떨어진다면 나머지 하루 동안 고생깨나 해야 할 테니까. 순조롭게 풀리지는 않을 것 같다. 어차피 늦게 출발하기도 했고, 내 여행에 진보와 격려가 있기를 바라는 작은 징표로, 나는 일단 컨스티튜션*주 어딘가에 피곤한 몸을 누이고 쉬기로 한다.

하지만 도로 상황이 걸림돌이다. 공사 때문에 속도제한 구역이 이어지더니 진입로가 좁아지면서 **작업중** 안내판이 나타난다. 왼쪽 차선이 공사중이다. 무의식중에 해안 전역이 폭발할지도 모른다는 강한 예감이 든다. 그래서인지 오늘밤 이후 뉴저지주에 남아 있다가는 분명 죽기라도 할 것처럼 모든 차량들이 이 어둠 속에서 점점 더 맹렬하고 미친 듯이 필사적으로 빠져나가고 있다.

---

* 코네티컷주의 속칭.

고속도로가 끝나는 18 E&W 출구 부근에 다다르니, 전후좌우 할 것 없이 조지 워싱턴 다리 사방으로 자동차가 그득그득 들어차 있다. 고속도로 전광판은 피로에 전 운전자들에게 충고한다. **정체 지속 예상, 우회로를 이용하시오.** 하지만 제대로 된 조언이라면 이래야 하지 않을까? **비상수단을 찾아서 집으로 돌아가시오.** 크로스 브롱크스 고속도로 위로 자동차들이 가도 가도 끝없이 늘어서 있을 광경이 눈에 선하다(나도 그 행렬에 끼어 지옥같이 붐비던 도심의 휑한 풍경을 메스꺼워하며 내려다보겠지). 허치 공원도로에서는 교통사고로 부상자가 속출하고, 요금소 앞에서는 아까보다 더 긴 줄에 발이 묶일 게 뻔하다. 모텔들은 하나같이 침침한 네온사인으로 **만실**을 알린다. 여기서 올드 세이브룩*까지는 물론이고 더 멀리 있는 숙소들도 마찬가지다. 결국 나는 모기가 극성을 부리는 휴게소에 차를 세우고 뒷좌석에서 잠을 청하는 신세가 될 것이다. (최악의 경우) 빈스 휴게소에서부터 따라온 난폭한 십대들이 나를 꼼짝 못하게 묶어두고 강도짓을 저지른 다음 목숨까지 빼앗을지도 모른다. 내 주검은 코네티컷주 대리엔의 야산에 아무도 모르게 까마귀밥으로 버려지겠지.

형편없는 조언이긴 했지만, 나는 우회로를 찾기로 한다.

엄밀히 따지자면 진정한 우회로란 없다. 그저 또다른 길이 있을 뿐이다. 더 길고, 더 찾기 어려운 길, 구제불능 바보나 갈 법한, 동쪽으로 가기 위해 서쪽으로 향하는 길. 나는 80번 도로로 향한다. 동쪽으로 몰려가는 어마어마한 자동차 물결 속에서, 서쪽 해컨색으로 차를 몬다.

---

* 코네티컷주의 도시.

17번 도로를 타고 패러머스를 지나 (다시!) 가든 스테이트 북쪽으로 달린다. 기이하게도 이쪽은 차가 거의 보이지 않는다. 리버 에지와 오러델, 웨스트우드, 뉴욕주 방면 요금소 두 군데를 차례로 지나 동쪽으로 달린다. 뉴욕주 나이액과 태펀 지, (한때 칼 베미시가 살았던) 태리타운을 지나자 드디어 동쪽으로 향하던 길이 북쪽으로 열린다. 먼 옛날 헨리 허드슨* 앞에 펼쳐졌을 그 길처럼.

기분좋은 여름밤에 조지 워싱턴 다리에서 삼십 분만 달리면 그리니치의 비싸고 아담한 호텔방에서 강물 위로 떠오르는 달을 감상할 수 있다. 그러나 오늘 나는 한 시간 십오 분을 달려 아직도 카토나 남쪽을 헤매고 있을 뿐이다. 순식간에 눈이 감기고 쑤시다가 도로변 배수로며 구덩이에서 허깨비가 튀어나온다. 갑작스러운 졸음의 습격에 나는 르망**에서 운전중에 심장마비를 일으킨 레이서처럼 운전대를 꽉 움켜쥔다. 그냥 포기하고 샛길에 차를 댄 다음 쓰러져 자고 싶은 충동을 몇 번이나 물리친다. 플레전트빌이나 발할라 교외에서 밤의 괴한들이 나를 덮친다 해도 될 대로 되라는 심정이다. 내 자동차는 꼼짝없이 붙잡힐 테고 놈들은 쇠지레로 트렁크를 따서 짐과 부동산 팻말을 여기저기 내팽개치겠지. 내 지갑은 에어 조던을 신은 그 정체 모를 놈들 차지가 될 것이다.

하지만 고지가 너무 가깝다. 287번 국도변의 크고 안전하고 믿을 만한 숙소에 묵을 생각은 접는다. 684번 국도변이나 거기서 32킬로미터

* 영국 항해가. 17세기 초 지금의 뉴저지주와 뉴욕주 사이로 흐르는 강과 지금의 캐나다 중동부에서 북극해로 이어지는 만을 발견해 각각 허드슨강과 허드슨만이라 이름 붙였다.
** 프랑스 북서부의 도시. 자동차 경기 대회로 유명하다.

떨어진 댄버리(사실상 모텔 도시인데다 밤샘 영업하는 주류판매점도 하나 있다)에서 크고 안전하고 믿을 만한 곳을 찾지도 않기로 한다. 미국자동차협회 지도책을 펼쳐 코네티컷주로 가는 가장 빠른 경로를 확인해본다. 나는 소밀 리버 공원도로(그 소박한 이름을 생각만 해도 졸음이 몰려온다*)를 타고 북쪽으로 차를 돌린 후 카토나 방면으로 향한다.

달리다보니 **코네티컷**이라고 쓴 작은 나무 팻말이 하나 보인다. 하마터면 그냥 지나칠 뻔했다. 방향을 가리키는 화살표는 손으로 직접 그린 것이었다. 마치 1930년대에서 막 건너온 것처럼. 나는 화살표대로 뉴욕 35 지점으로 차를 몬다. 좁고 구불구불하고 돌담을 두른, 그 너머로는 숲이 펼쳐진 샛길을 전조등 불빛으로 흡입하듯이 달린다. 리지필드까지는 19킬로미터쯤 될 것 같다(지도에서는 멀어 보이는 거리가 실제로는 그보다 짧다). 딱 십 분 후, 아름답고 목가적인 풍광을 자랑하는 그 조용한 마을에 도착한다. 어느새 주 경계를 넘어서고 만 것이다.

나는 조심스럽게 운전해 마을을 지나면서 혹시 경찰이나 모텔이 없는지 유심히 살핀다. 가로등의 창백한 황화바륨 불빛 아래로 보았을 뿐이지만 리지필드는 뉴저지의 해덤을 연상시킨다. 평생 리지필드에서만 살아온 사람이 아니라면 그렇게 느낄 것이다. 리지필드가 해덤보다 부촌이라는 게 차이일 뿐. 숲이 우거진 남쪽 끝에 이르자 비좁은 영국식 번화가가 나타나더니 고급 저택가로 이어진다. 히코리나무가 그늘을 드리우고 싱싱한 잔디가 자라는 이곳에는 다양한 건축양식으로 지은 호사스러운 집들이 자리잡고 있다. 집집마다 일류 보안장치가 작

* '소밀(Sawmill)'은 제재소라는 뜻.

동중이다. 튜더양식을 따라 지붕널을 인 옛스러운 업무지구로 들어가니 상점들(대형 부동산 사무실, 클래식 자동차 진열 매장, 일본 음식점, 낚시 가게, 와인과 기타 주류 상점, 마음의 양식 서점 등)이 보였다. 마을 중심에는 전쟁 추모 공원이 있고, 그 옆으로 커다란 개신교 예배당과 이제는 법률사무소로 변신한 저택이 두어 채 보인다. 라이온스 클럽은 수요일에, 키와니스 클럽은 목요일에 회합을 한다. 움푹 패고 구불구불한 작은 거리들이 이어진다. 수수한 동네지만 나무가 줄지어 서 있어 아주 근사하다. 소로에는 볼디, 푸딩, 토디 힐, 스칼렛 오크, 재스퍼 같은 이름들이 붙어 있다. 크로스 브롱크스 고속도로 이남에 사는 사람 누구나 여기로 이사오고 싶어할 것이다. 비용을 감당할 수만 있다면.

그런데 새벽 두시 십구분에 마을에 들어오면, '마을'인 것을 알아차리기도 전에 지나쳐버리게 된다. 마을을 가로질러 순식간에 7번 국도로 나오는 바람에, 멈출 곳도 물어볼 곳도 만나지 못하고, 친근한 모텔 간판 하나 못 찾게 되는 것이다. 불 꺼진 모텔 한 쌍(르샤토모텔과 르페리고르모텔)만 보일 뿐이다. 모텔 식당에서 어떤 남자가 비서와 마주앉아 프랑스식 바닷가재구이를 게걸스레 먹어치우거나, 근처 명문학교에 다니는 아들을 데리고 송아지 요리라든가 베이크드 알래스카* 를 먹고 있을지도 모르지만. 혹시 빈방이 있을까 기대하지는 마라. 리지필드 마을은 주민들을 대접하는 데만 신경쓸 뿐 뜨내기를 좋아하지 않는다. 그러니 내게는 그야말로 쓸모없는 장소인 것이다.

* 아이스크림과 케이크 위에 머랭을 올려 살짝 구운 디저트.

피로와 실망감이 밀려온다. 어쩔 수 없이 좌회전 신호에 7번 국도로 차를 돌린다. 댄버리에나 가는 수밖에. 124킬로미터는 더 달려야 할 테고 가봤자 불 꺼진 모텔 주차장은 시동 꺼진 차들로 터져나가고 있겠지만. 애초부터 판단을 잘못했다. 그냥 샐리 집에 눌러앉았다면, 태리타운에서라도 멈췄더라면 이 고생을 하지 않아도 됐을 텐데.

그런데 리지필드 경계를 막 벗어나 7번 국도가 코네티컷주의 어두운 덤불숲 속으로 뻗어나갈 무렵, 낙담 속에 차를 몰던 내 눈에 가늘게 떨리는 붉은 네온사인이 보인다. 더는 기대하지 않았던 그 이름. **모텔.** 아래쪽에 더 흐릿하게 빛나는 작은 글자들을 보니 눈이 번쩍 뜨인다. **빈방 있음.** 나는 모텔을 향해 미사일처럼 튀어간다.

하지만 반달 모양 주차장으로 들어서보니(이름이 시브리즈*모텔이다, 근처에는 미풍을 내보낼 바다가 전혀 없는데도 말이다) 작은 소동이 벌어지고 있다. 투숙객들은 목욕가운을 걸치거나 슬리퍼에 티셔츠 차림인 채로 몰려나와 있다. 주 경찰이 꽤 많이 출동했고, 새파란 경광등 불빛이 여기저기서 돌고 있다. 흰 바탕에 오렌지색을 칠한 커다란 구급차는 경광등을 번쩍이며 뒷문을 열어둔 채 서 있다. 사람을 실으려는 듯하다. 불빛이 쏟아지는 모텔 주차장의 광경이 느리게 돌아가는 영화의 한 장면 같다(내가 바라던 장면은 아니다). 차를 돌려 그냥 나가버리고만 싶다. 그러면 아무도 나를 죽이지 않길 빌면서 자동차 시트에나 쓰러져 자야겠지만.

경찰은 주차장 한쪽 끝, 죽 늘어선 객실 중 제일 끝 방 앞에서만 움

---

* Sea Breeze. '바다에서 불어오는 미풍'이라는 뜻.

직이고 있기에 나는 주차장의 다른쪽 모퉁이에 차를 세운다. 모텔 관리실에는 불이 들어와 있고, 창문 너머로 카운터가 보인다. 이 소란에서 비켜난 방을 얻을 수 있다면 잠시나마 눈을 붙일 수 있을 것 같다.

관리실은 에어컨을 열심히 돌리고 있긴 하지만, 빨간 천으로 가린 뒷방에서 음식을 만드는지 코를 찌르는 냄새가 풍겨나와 공기가 답답하다. 홀쭉한 체구에 둔하게 생긴 인도계 직원이 카운터 뒤쪽 책상에서 눈을 깜빡이며 나를 올려다본다. 전화기에 대고 내 모국어가 아닌 것만은 확실한 언어를 맹렬하게 쏟아내던 직원은 지체 없이 숙박 카드 묶음에서 한 장을 꺼내 카운터 유리판 위로 내민다. 카운터에는 펜 하나가 작은 체인에 매달려 있다. 유리판 아래에는 손글씨로 적은 단호한 어조의 숙박 규칙 안내문이 깔려 있다. 애완동물 동반 금지, 유료 통화 금지, 취사 금지, 일 단위 요금 부과, 투숙 인원 엄수, 상행위 금지(내게는 해당 사항이 없다).

깃이 더러워진 흰색 반소매 셔츠에 검은색 슬랙스를 입은 직원은 계속 떠드는 중이다. 내가 숙박 카드를 작성해 비자카드와 함께 건네줄 때는 흥분해서 고함까지 질러댄다. 그러더니 마침내 수화기를 내려놓고, 목청을 가다듬으며 내 숙박 카드에 자신의 볼펜으로 무언가를 갈겨쓰기 시작한다. 내 용건은 다른 투숙객과 전혀 다를 게 없으니 둘 사이에 따로 할말은 없다.

"저쪽에 무슨 일이 일어난 거죠?" 내가 묻는다. 모든 상황이 다 끝났으니 전혀 걱정할 필요가 없다는 대답을 기대하면서. 리지필드의 아버지들을 위해 경찰에서 특별훈련을 하는 건지도 모른다.

"걱정 마세요." 직원이 신경질적으로 대답한다. 누구든 걱정에 휩싸이게 할 말투다. “이젠 다 해결됐어요.”

직원은 내 비자카드를 기계에 긁고 나를 힐끗 쳐다본다. 그의 얼굴에 웃음기라고는 없다. 그저 피곤한 듯 한숨을 쉬더니 52.8달러가 승인되었음을 말해줄 녹색 숫자가 찍히기만 기다린다.

“무슨 일인데요?” 내가 태연한 척 다시 묻는다.

또 한숨. “그저 모른 척하는 게 상책이에요.” 이 사람은 숙박료와 체크아웃 시간을 답하는 데만 익숙한가보다. 자세히 보니 목이 마치 여자처럼 길고 가는데 입 주위로는 남성적인 콧수염을 기르고 있다. 신뢰가 가는 인상은 아니다.

“그냥 궁금해서요.” 내가 말한다. “저기에 가볼 생각은 없어요.” 나는 창문으로 고개를 돌려 아직도 어둠 속을 어지럽게 비추고 있는 경찰차와 구급차 불빛을 바라본다. 7번 국도변에 차를 세우고 지켜보는 몇몇 사람들의 얼굴도 번쩍이는 불빛에 드러나 보인다. 챙 넓은 카우보이모자를 쓴 코네티컷주 경찰관 두 명이 팔짱을 끼고 순찰차 옆에서 이야기를 하고 있다. 경찰답게 공정해 보이면서도 몸에 딱 맞는 빳빳한 유니폼 덕분에 강건하고 엄격해 보인다.

“저기서 누가 강도를 당했나봅니다.” 직원이 내게서 프랭크 배스컴이라는 서명을 받기 위해 카드 영수증을 건네며 말한다. 그때 작달막한 키에 허리는 잘록하고 머리칼이 굵은 여자가 뒷방 문간 천을 들추고 나타난다. 붉은색과 검은색이 섞인 사리를 걸쳤고 무언가 재촉하는 표정이다. 그녀는 직원에게 몇 마디를 수군거린 후 곧 사라진다. 나는 직감적으로 여자가 내선전화를 이용해, 직원이 아까 통화하던 상대와 이야기를 나눴다는 걸 알아차린다. 상대가 다시 직원을 바꿔달라고 말한 듯하다. 어쩌면 카라치*에 사는 친척이 바깥일로 한바탕 역정을 내려는지도 모른다.

"무슨 일이 일어난 거죠?" 점선 위에 서명을 하며 내가 묻는다.

"모르겠어요." 직원은 고개를 내저으며 내 서명을 카드와 대조한 뒤 얇은 고객용 영수증을 떼어낸다. 조금 전 왔다 간 여자는 신경도 쓰지 않는 눈치다. 분명 그 여자가 그 지독한 냄새를 풍기는 음식을 만들고 있었겠지. "숙박 예약을 받는 중이었죠. 그런데 갑자기 소동이 일어났지 뭡니까. 무슨 일이 벌어졌는지 직접 보진 못했어요."

"다친 사람이라도 있나요?" 직원이 들고 있는 비자카드 영수증을 바라보며 내가 재차 질문한다. 서명을 하지 말걸.

"그럴지도 모르죠. 자세히는 모르겠어요." 직원은 카드와 영수증, 방 열쇠를 건넨다. "나가실 때 열쇠 보증금 받아가세요. 퇴실은 오전 열시입니다."

"알았습니다." 나는 힘없이 미소 지으면서 대답한다. 그냥 댄버리로 가버릴까.

"방은 저쪽 끝입니다, 아셨죠?" 직원이 내가 배정받기를 원했던 방 쪽을 가리킨다. 작고 가지런한 이를 드러낸 채 형식적인 미소를 지어 보이면서. 그러더니 반팔 옷을 입어 몸이 얼어붙은 지경일 텐데도 곧바로 전화기를 집어들고 그 알아들을 수 없는 말로 떠들기 시작한다. 반팔옷을 입어 몸이 얼어붙을 지경일 텐데도. 내가 우르두어 한두 마디를 알아듣고 중요한 정보라도 주워들을까봐 걱정하는 것처럼 목소

* 파키스탄의 도시.

리는 아까보다 한층 낮아졌다.

나는 뒤돌아서서 주차장을 바라본다. 밤공기는 전자기 소음에 들뜬 것 같다. 다른 투숙객들은 느릿느릿 방으로 돌아가기 시작했지만, 경찰 무전기는 계속 지지직거렸고 벌레들이 달라붙은 붉은 **모텔** 네온사인도 웅웅 소리를 낸다. 경찰차와 구급차, 도로변에 멈춰 선 자동차들까지 가세해 저주파 소음을 내보내고 있다. 이 소동이 근처 스컹크를 깨웠는지 불빛 너머 나무 사이에서 스컹크 특유의 지독한 냄새가 피어오른다. 나는 여기서 멀지 않은 곳에 있을 폴을 생각한다. 이 아빠와는 달리 편히 잠들어 있기를.

나란히 늘어선 모텔 방문들 중 가장 끝에 있는 문이 열려 있다. 눈이 아플 만큼 강하게 불을 밝힌 실내에서 몇몇 그림자가 이리저리 움직인다. 방문 바로 앞에는 파란색 투톤 컬러의 쉐비 서버번 자동차가 한 대 서 있고 지역 경찰관 몇 명이 차를 둘러싸고 있다. 차문 다섯 개가 모두 열렸고 내부 조명도 켜진 상태다. 쉐비는 후미에 보스턴 웨일러 보트 한 대를 매달고 있다. 보트 내부는 자전거, 수상스키, 끈으로 묶어 둔 정원용 가구, 스쿠버 탱크, 나무로 만든 개집 등 온갖 여가용 장비들로 가득하다. 경찰관들은 손전등으로 보트 내부를 여기저기 비추며 살핀다. 자동차 뒤창에는 곁눈질하는 커다란 벅스 버니 그림이 흡착판으로 붙어 있다.

"이제 안전한 곳은 어디에도 없군." 갑자기 들려온 굵직한 남자 목소리에 놀라서 나는 펄쩍 뛰어오를 뻔했다. 재빨리 주위를 둘러보니 메이플라워 이삿짐센터의 녹색 유니폼을 입은 덩치 큰 흑인이 내 뒤에서 거칠게 숨을 내쉬고 있다. 남자는 겨드랑이에 소형 서류가방을 끼고 있고, 가슴 주머니 위쪽에는 메이플라워라고 쓰인 빨간색 글자 아래로 탱크스라는 이름이 노란 타원 안에 박음질돼 있다. 남자도 나와 같은 장면을 보고 있었던 것이다.

우리는 내가 주차해놓은 크라운 빅토리아 바로 뒤에 서 있다. 남자를 돌아보니 그가 몰고 온 메이플라워 트럭도 함께 보인다. 트럭은 7번 국도변의 제철 농산물 노점 구역에 서 있고, 이 시간에 노점은 당연히 닫힌 상태다.

"무슨 일이 일어난 거죠?" 내가 묻는다.

"애들이 저 서버번 차 주인의 방에 침입해서 강도짓을 했다네요. 거기다 그 사람을 죽이기까지 했대요. 두 놈 다 저기 붙잡혀 있어요." 남자가 한쪽을 가리키며 말한다. "바로 저 경찰차 안에. 당장 누가 가서 저놈들 머리통을 깨부수고 끝장을 내야 하는데." 탱크스 씨(성일까, 이름일까, 아니면 별명?)가 다시 거칠게 숨을 몰아쉰다. 그는 미식축구 최전방 공격수처럼 얼굴이 둥글넙데데하고 콧구멍은 커다랗고 눈은 푹 꺼져 거의 보이지도 않는다. 엉덩이와 허벅지를 간신히 끼워넣은 듯한 녹색 유니폼 반바지는 우스꽝스럽기 짝이 없고, 유니폼의 일부인 무릎까지 올라오는 검은 나일론 양말 탓에 스테이크 토막처럼 두툼한 장딴지가 더욱 두드러진다. 키는 나보다 머리 하나만큼 작지만, 그가 장식장이나 어매나 냉장고 신제품을 끌어안고 계단을 한 번에 여러 칸씩 오르내리는 모습을 떠올리기란 전혀 어렵지 않다.

주 경찰관으로 보이는 두 사람이 헤드라이트를 끄지 않은 채 모텔 주차장 정중앙에 멈춰 있는 경찰차를 지키고 서 있다. 어둠 속에서도 뒤창을 통해 얼굴이 허연 범인과 또다른 범인이 보인다. 둘 중 하나는 분명 앳된 소년의 얼굴이다. 둘 모두 앞쪽으로 몸을 숙이고 있는 것으로 보아 수갑을 차고 있는 듯하다. 둘 다 아무 말 없이 경찰을 바라보고 있는 것 같다. 이쪽에서 좀더 잘 보이는 쪽에 앉은 소년이 자신을 가리키는 탱크스 씨를 쳐다보며 싱긋 미소를 보낸다.

그 두 소년의 얼굴을 보자마자 나는 뱃속에서 선풍기라도 돌아가는 것처럼 갑자기 머리가 어지럽다. 다시 움찔함을 겪지 않을까 걱정되긴 하지만 그런 일은 일어나지 않는다. "저애들이 범인인 줄 경찰이 어떻게 알았죠?"

"달아났거든요. 그래서 알았겠죠." 탱크스 씨가 자신 있게 말한다. "나는 7번 국도로 나가던 중이었어요. 그런데 경찰차들이 내 쪽으로 마구 달려오더군요. 3킬로미터쯤 쫓아가서 저놈들을 체포했다고 해요. 보닛 위에서 놈들을 결박했다더라고요. 다 해서 오 분도 안 걸렸답니다. 경찰관이 말해줬죠." 탱크스 씨가 또 한번 거칠게 숨을 내쉰다. 이삿짐 포장용 천에서 밴 듯한 냄새, 가죽냄새 같은 근사한 향이 뒤섞여 트럭 운전사 특유의 진한 체취가 풍긴다. "놈들은 브리지포트*에서 왔답니다." 그가 포트를 폿으로 발음하며 말을 잇는다. "젠장, 사람을 죽이기 위해 사람을 죽였다고요."

"당한 사람들은 어디에서 왔나요?" 내가 묻는다.

"아마 유타주일 겁니다." 그는 잠시 침묵하다가 다시 입을 연다. "저 작은 보트를 끌고요."

바로 그때 붉은 셔츠를 입은 남자 구급대원 두 사람이 모텔 문간에

* 코네티컷주의 항구도시.

나타난다. 그들은 접이식 금속 들것을 들고 바깥의 어둠 속으로 모습을 드러낸다. 들것 위에는 골프채 한 세트쯤 든 것처럼 보이는 길다란 검정 비닐백이 끈으로 고정돼 있다. 안에 든 시체 때문에 비닐은 울퉁불퉁하다. 잠시 후 왜소하고 목이 굵은 백인 남자가 얇은 파란색 꽃무늬 옷을 입은 금발 여자를 데리고 나온다. 험악한 인상의 백인 남자는 흰 반소매 셔츠에 타이 차림이고, 권총을 차고 목에는 줄에 배지를 매달아 걸고 있다. 남자가 여자의 위쪽 팔뚝을 붙들고 있으니 언뜻 체포하는 것처럼 보이기도 한다. 형사와 여자는 경찰차를 향해 빠르게 걸어가고, 이에 대기하던 경찰이 차 뒷문을 열어 조금 전에 미소를 지었던 소년을 밖으로 끌어내려 한다. 그러나 형사가 뭐라고 소리치자 경찰은 소년을 차 안에 그대로 두고 옆으로 비켜선다. 또다른 경찰이 손전등을 켜서 주변을 밝힌다.

형사는 여자에게 열린 차문 쪽으로 오라고 손짓한다. 여자는 침착하게 경찰차로 다가간다. 경찰 한 명이 안에 탄 소년의 얼굴 가까이에 손전등을 비춘다. 내가 서 있는 곳에서 봐도 소년의 피부는 유령처럼 창백하고 또 축축해 보인다. 양쪽 옆머리는 거의 숱이 보이지 않을 정도로 바짝 깎았지만 뒷머리는 길게 남겨둔 모습이다. 소년은 볼 테면 보라는 듯 손전등 불빛을 빤히 바라본다.

여자는 소년을 아주 잠깐 동안만 쳐다보더니 곧 고개를 돌린다. 소년이 뭐라고 말을 하지만—입술을 움직이는 게 보인다—여자는 형사에게만 말을 건넨다. 잠시 후 형사와 꽃무늬 옷 여자는 서둘러 방으로 돌아간다. 두 사람이 떠나자 차를 지키고 있던 경찰들이 냉큼 뒷문을 닫고 앞좌석에 올라탄다. 경찰들은 사이렌을 요란하게 왱왱 울리며 퍼런 불빛을 번쩍하더니 차를—내 차와 같은 크라운 빅토리아다—천천히 앞으로 몬다. 경찰차가 엔진 소음을 한 번 내고, 7번 국도로 쌩 달려가 북쪽으로 사라진다. 사이렌소리는 계속 들려오는데 경찰차는 더이상 보이지 않는다.

"선생은 어디까지 갑니까?" 탱크스 씨가 걸걸한 목소리로 묻는다. 그러더니 스피어민트 껌 두 개를 조심스럽게 까서 커다란 입속으로 탁 털어넣는다. 서류가방은 계속 단단히 붙잡고 있다.

"딥리버로 갑니다." 방금 목격한 장면에 얼떨떨해진 내가 들릴락 말락 하게 대답한다. "아들을 데리러 가는 길이죠." 뱃속 울렁거림은 어느새 가라앉았다.

7번 국도변에 모여 있던 사람들은 제 갈 길을 떠난다. 뒷문을 닫고 내부 조명도 끈 구급차는 모텔 문가에서 조심스럽게 후진하더니 역시 경찰차가 사라진 방향으로 멀어져간다. 아마 댄버리로 갈 것이다. 구급차는 은색과 붉은색 경광등을 번쩍이며 떠나면서도 사이렌은 울리지 않는다.

"그래서 아들을 데리고 어디로 가는데요?" 탱크스 씨는 껌 종이를 손으로 우그러뜨리고 껌을 질겅질겅 씹어댄다. 그의 오른손 약지를 보니 다이아몬드와 금이 박힌 커다란 반지를 끼고 있다. 커다란 몸집에 맞게 자기가 직접 디자인했거나 슈퍼볼 경기에서 우승해 받았을 만한 반지다.

"야구 명예의 전당에 갈 생각입니다." 나는 부드러운 눈길을 보내며 대답한다. "가보신 적 있나요?"

"아뇨." 그가 고개를 흔들자 입에서 달콤한 스피어민트 향이 진하게 풍겨나온다. 탱크스 씨의 까만 머리카락은 짧고 빽빽하지만 모든 부위에서 골고루 자라고 있지는 않다. 검은 두피가 여기저기 드러난 탓에 내 짐작보다 더 들어 보인다. 아마 우리는 비슷한 나이일 것이다. "어느 분야에서 일하시죠?"

빈방 네온사인이 조용히 꺼지더니 이어 **모텔**의 불빛도 꺼진다. **없음** 글자만 남아 붉게 빛을 내며 웅웅대고 있다. 직원은 블라인드를 내려 관리실을 가리고 영업 종료 팻말을 내건다. 잠시 후 관리실의 불빛도 곧 꺼진다.

우리는 친구가 되려고 여기에 있는 게 아니다. 인생의 위험한 측면과 우리 존재의 불확실성을 우연히 둘이서 동시에 목격했을 뿐이다. 아니면 둘이 이곳에 함께 서 있을 이유가 없다.

"부동산입니다." 내가 대답한다. "뉴저지주 해덤에서요. 여기서 차로 약 두 시간 반이 걸리는 곳이죠."

"부자들이 사는 동네군요." 탱크스 씨가 여전히 껌을 짝짝 씹으며 말한다.

"네, 부자도 있긴 합니다." 내가 말한다. "하지만 저처럼 그저 부동산을 팔기만 하는 사람도 있죠. 어디에 사십니까?"

"이혼했어요. 거의 저 트럭에서 생활하죠." 탱크스 씨가 칠흑 같은 커다란 얼굴을 트럭 쪽으로 돌리며 말한다.

어둠 속에 탱크스 씨의 초대형 트레일러가 서 있다. 호쾌한 황색 바다와 나란히 녹색으로 호쾌한 메이플라워호*를 그려넣은 트럭이다. 내가 리지필드 인근에서 목격한 가장 애국적인 장면이다. 나는 탱크스

* 1620년에 영국에서 미국으로 첫 이민을 간 청교도들이 타고 간 배의 이름.

씨가 트레일러의 최첨단 수면실에서 아늑한 시간을 보내고, (무슨 이유 때문인지는 모르겠지만) 붉은색 실크 파자마를 입고, 이어폰으로 앨 히블러의 CD를 듣고, 〈플레이보이〉나 〈스미스소니언〉을 탐독하고, 시내에서 사온 미식가들의 샌드위치를 소형 전자레인지에 데워 우걱우걱 씹어먹는 장면을 떠올린다. 나보다 전혀 못하지 않은 생활이다. 마크햄 부부도 교외에 집을 사는 대신 이런 대형 트럭을 구입하는 방안을 고려해볼 만하다. "그 생활도 그리 나쁠 것 같진 않군요." 내가 말한다.

"이젠 지겨워요. 좁아서 말이죠." 탱크스 씨는 못해도 130킬로그램은 나갈 만한 덩치다. "알람브라*에 내 집이 한 채 있답니다."

"그럼 부인도 그곳에 살고 계신가요?"

"아뇨." 탱크스 씨가 목소리를 가다듬는다. "내 가구만 거기 그대로 있어요. 그리워질 때마다 한 번씩 찾아가죠."

살인이 일어났던 불 켜진 방을 쳐다보니 경찰 모자를 거꾸로 돌려쓴 지역 경찰들이 서버번의 문을 닫아두고 방안으로 들어가 이리저리 둘러보면서 조용히 이야기하는 모습이 보인다. 탱크스 씨와 나는 이제 마지막으로 남은 사람들이 된다. 분명 새벽 세시가 다 되었을 것이다. 침대로 기어들어가 자고 싶지만 탱크스 씨만 혼자 남겨두고 가려니 왠지 찜찜하다.

"뭐 하나만 물어봅시다." 여전히 우람한 팔뚝 아래에 서류가방을 꼭 끼고 있는 탱크스 씨가 근엄하게 껌을 씹으며 말한다. "부동산업에 발

---

* 캘리포니아주에 있는 도시.

을 들였다 하니 말인데." (이 일을 한 지 몇 주도 안 된 사람을 대하는 듯한 말투다.) 그는 내 얼굴을 쳐다보지 않는다. 내 직업을 거론하려니 쑥스러워졌는지도 모른다. "내 집을 팔 생각이 있거든요." 그가 어둠 속을 노려보며 말한다.

"알람브라에 있는 집 말인가요?"

"네." 그가 그 큰 콧구멍으로 다시 크게 숨을 내쉰다.

"캘리포니아의 부동산 가치는 여전히 탄탄하다고 들었습니다. 궁금하신 점이 이게 맞는지 모르겠지만."

"1976년에 구입한 집이죠." 다시 큰 한숨.

"그럼 지금도 꽤 상태가 좋겠군요." 내가 왜 이렇게 말했는지 나도 모르겠다. 알람브라에 가본 적도 없고 그 지역의 세금 체계, 인종 분포, 경제나 시장 상황도 모르면서 말이다. 알람브라에 있다는 탱크스 씨의 집을 보러 가는 것보다 알람브라궁전*에 가는 게 더 빠를지도 모른다.

"제가 궁금한 건," 탱크스 씨가 커다란 손으로 얼굴을 닦으며 말한다. "이 지역으로 이사오는 건 어떨까 해서요."

"리지필드로요?" 썩 어울리는 조합은 아니다.

"이쪽 지역이라면 어디든 상관없습니다."

"혹시 여기에 친구나 가족이 있나요?"

"아뇨."

"그럼 메이플라워 본사라도 있나요?"

그는 고개를 젓는다. "회사는 제가 어디 살든 신경 안 씁니다. 차만

* 스페인의 그라나다에 있는 이슬람 왕국의 궁전.

몰아주면 되니까요."

나는 호기심이 일어 탱크스 씨의 얼굴을 들여다본다. "여기가 마음에 드시나요?" 여기란 델마버반도*에서 이스트포트, 그리고 델라웨어 협곡에서 블록 아일랜드에 이르는 해안을 말한다.

"아주 맘에 들지요." 그가 미심쩍은 듯 눈을 가늘게 뜬다. 내가 자신을 비웃고 있다는 낌새를 챘다는 듯이.

하지만 나는 비웃고 있는 게 아니다! 오히려 그가 뭘 말하고 싶어하는지 아주 잘 이해했다(고 생각한다). 만약 그가 평범한 대답을 했다면, 즉 팬지 숙모가 여기 브루클린에 살고 있다거나, 형제인 셔먼이 트렌턴에 살고 있다거나, 아니면 메이플라워사 관리직으로 승진했는데 본사가 메릴랜드주의 프레더릭이나 매사추세츠주의 에이어에 있어 가까운 곳으로 옮겨야 한다고 대답했다면 충분히 말이 된다. 하지만 인간적인 측면에서는 훨씬 관심이 떨어졌을 것이다. 내 판단이 그르지 않다면, 그의 질문은 훨씬 더 주술적이고 신비한 성격을 띠고 있으며, 우발성이라는 개념과 밀접하게 엮여 있다(러스트 벨트** 경제 상황이나 하트퍼드-워터버리 광역권의 주택 시세 하락과 관련된 문제가 아니라는 뜻이다).

그의 질문은 우리 대다수가 오직 말없는 자아와 대화를 나눌 때나 떠올리는 주제를 담고 있다. 이런 주제에 대해 올바른 답을 찾을 수만

---

* 미 동부 해안의 델라웨어주 대부분 지역과 메릴랜드주, 버지니아주 일부를 포함하는 반도를 이르는 말.

** '녹슨 지역'이라는 뜻으로, 1980년대에 제조업이 쇠퇴하면서 침체를 겪은 미국 북동부와 오대호 연안, 중서부 지역의 전통적 공업지대를 이르는 말.

있다면, 사 년 전 내가 프랑스에서 돌아올 때 흠뻑 젖어들었던 감정, 동시성과 관련된 그런 강렬한 감정을 되살릴 수 있으리라. 즉 모든 것이 당신을 화려하게 비추는 듯한 느낌, 저멀리 미지의 우주에서 발하는 따뜻하고 보이지 않는 별빛이 당신의 모든 일을 주관하고, 그 빛이 당신이 가닿고 싶다고 생각하는 바로 그곳으로—충실히 따르기만 한다면—인도해주리라는 그런 느낌. 기독교인들은 이 빛을 더 확고하게 그릴 수 있으리라. 자이나교도 마찬가지다. 아이스댄서, 난폭한 말을 타는 기수, 그리프 카운슬러*도 그러할 것이다. 탱크스 씨는 답답한 현실에서 벗어나 더 나은 무언가를 찾고 싶어하는 많은 사람들이 그러듯, 자신이 무엇을 해야 하는지 알고 싶어한다. 그야말로 심오한 질문이 아닐 수 없다.

나는 이런 작은 별들이 길을 찾도록 정성껏 돕고 싶다. 물론 미친놈이나 악덕 브로커나 여러 인종과 즐기기 좋아하는 동성애자로 오해받지 않도록 유의하면서. 아주 넓은 의미에서, 이러한 도움을 주는 것은 부동산 전문가의 핵심 사명이다.

나는 팔짱을 끼고 몸을 옆으로 기울이며 내 크라운 빅토리아의 뒷범퍼에 허벅지를 기대고 선다. 잠시 뜸을 들인 후 내가 말한다. "궁금해하시는 게 뭔지 정확히 알겠습니다."

"그게 뭔데요?" 탱크스 씨가 의심스럽다는 투로 묻는다.

"어디로 가야 하는지 고민하고 계시죠?" 나는 가능한 한 공격적으로 보이지 않도록, 악덕 브로커로 보이지 않도록, 동성애자로 보이지

* 임종을 앞둔 환자와 가족이 느끼는 공포, 상실감을 완화해주는 활동을 하는 사람.

않도록 주의하며 말한다.

"네, 하지만 그건 정말 중요하지 않아요." 탱크스 씨는 자기가 꺼낸 화제를 쑥스러워하면서 말한다. "좋아요." 그가 말을 잇는다. 여전히 관심을 보이는 눈치다. "어딘가 다른 곳에 정착하고 싶어요. 알겠어요? 이웃들처럼 말이죠."

"살 집을 말씀하시는 겁니까?" 나는 도움을 주고 싶다는 어조로, 전문가다운 위엄을 실어 말한다. "아니면 그저 가구를 들여놓을 곳을 찾으시는 건가요?"

"내가 살 곳이죠." 탱크스 씨가 말한다. 하늘을 바라보고 고개를 끄덕이면서, 마치 미래를 상상하듯이. "마음에 들기만 한다면 전에 살았던 곳이라도 굳이 꺼리진 않을 겁니다. 아시겠습니까?"

"네, 그런 것 같네요." 내가 말한다. '완벽하게 이해한다'는 뜻으로 한 말이다.

"이스트코스트*는 참 편안한 느낌을 줘요." 탱크스 씨는 이렇게 말하더니 무슨 소리라도 들었는지 주변을 휙 둘러본다. 누군가 트레일러 옆면을 뜯어내고 들어가 텔레비전을 훔쳐갈까봐 걱정하는 걸까. 하지만 사람은 전혀 보이지 않는다.

"어디서 자라셨나요?" 내가 묻는다.

그는 내게서 고개를 돌린 채 계속 트럭을 주시한다. "미시간주에서요. 부친은 미시간주 북부에서 척추지압사로 일했죠. 예전에는 그런 일을 하는 흑인들이 많지 않았는데 말이죠."

* 미국 동부 해안.

"그랬겠죠. 그곳을 사랑하십니까?"

"그럼요. 사랑하다마다."

내가 울버린*에 산 적이 있다든가 같은 일을 겪었을지 모르겠다든가 하는 것까지 주절거릴 필요는 없다. 이혼 경험부터가 그렇다. 어찌됐든 이혼에 대한 나의 상념은 그와 다를 테니까.

"그럼 그곳으로 돌아가 집을 사는 게 어떻습니까? 아니면 아예 짓던가요. 제가 볼 때는 그게 가장 쉬운 방법 같은데요?"

탱크스 씨가 고개를 돌리더니 나를 경계하듯 바라본다. 마치 내가 그의 지능을 언급하기라도 한 것처럼. "전처가 그곳에 있어요. 그래서 싫어요."

"자녀가 있으신가요?"

"아뇨. 그래서 명예의 전당에도 못 가본 것 아니겠습니까." 그의 커다란 눈썹이 아래로 처진다. (하긴 자녀가 있다 해도 무슨 상관이란 말인가.)

"음, 한 가지만 말씀드리죠." 나는 여전히 탱크스 씨를 돕고 싶다. 그래서 앞으로 무엇을 할지 고민중인 그에게 몇 가지 유용한 정보를 알려줄 생각이다. 나는 내심 초조하다. 내가 그의 심경을 얼마나 구체적으로 이해하고 있는지 그가 몰라줄 것만 같다. 나 자신도 한때 그와 똑같은 심정이었다는 사실도. 내가 정말 제대로 이해했다는 점을 전하는 데 실패하는 것보다 더 실망스러운 일은 없다. "이거 하나만큼은 꼭 말씀드리고 싶네요." 나는 다시 입을 뗀다. "요즘 저는 집을 팔러 다니

* 미시간주의 속칭.

고 있죠. 저는 저 아래쪽 괜찮은 동네에 살아요. 곧 시세가 오르지 않을까 예상하고 있습니다. 이자율도 연말, 아니 그전에라도 오르리라 생각해요."

"그쪽은 아주 부자 동네죠. 한번 가본 적이 있어요. 어느 농구선수의 모친이 그 동네에 있는 커다란 집으로 이사할 때 짐을 날랐거든요. 일 년 뒤에 다른 곳으로 이사갈 때도 다시 도와드렸고요."

"맞습니다, 시세가 저렴한 곳은 아닙니다. 하지만 이렇게 말씀드리고 싶군요. 대다수 전문가들은 매입 주택의 가격이 세전 연소득의 2.5배에 해당하면 현실적이고 적정한 부채라고 말합니다. 전 그런 집들을 알고 있어요. 그러니까 해덤에 말입니다." 바로 마크햄 부부에게 보여줬던 집들이다. 비록 순식간에 외면당하고 말았지만. "25만 달러 선이죠. 시간이 지나면 매물이 계속 나올 겁니다. 그리고 장기적으로 누가 당선되든, 즉 듀카키스든 부시든 잭슨이든 상관없이"—지금이 기회다—"뉴저지주의 주택 시세는 계속 고점에 머물러 있으리라 생각해요."

"아하." 탱크스 씨의 반응에 내가 악덕 브로커가 된 듯한 느낌이다(사실 모든 부동산중개인이 악덕한 것인지도 모르겠다).

물론 나 혼자 생각이지만, 내가 그럭저럭 견디고 살 만한 동네의 집을 당신에게 판다면 나는 당신에게 큰 도움을 준 셈이 된다. 노력했지만 괜찮은 집을 물색해주지 못했다면 당신은 자신이 더 나은 집을 원한다는 견해를 얻게 된다(그런 견해를 감당할 재력이 되어야겠지만). 거기에 더해서 나는 자기가 들어왔다고 다른 사람들은 못 들어오게 도개교를 올려버리는 태도를 싫어한다. 탱크스 씨는 이런 일을 경험한 적이 있을 것이다. 나는 모두에게 동등한 권리와 자유를 제시하고자 한다. 그게 뉴저지주 땅을 공짜 도넛처럼 나눠준다는 뜻이 된대도 상관없다. 어차피 우리는 사십 년 후면 더이상 이 세상 사람이 아니다.

다시 말해 난 결코 부끄럽지 않다(아니 그럴 수가 없다). 그의 경제적 상황이 허락하는 한 탱크스 씨는 클리블랜드 스트리트의 훌륭한 일원이 되어 따뜻하게 환영받을 것이다(물론 트럭은 잘 숨겨야 한다). 그리고 내가 그에게 그 동네를 권하지 않는다고 해서 이득 보는 사람이 있는 것도 아니다.

"부동산 일을 하면 가장 안 좋은 점이 뭐죠?" 그가 시브리즈모텔 위 저 먼 곳을 바라보며 묻는다. 높이 떠오른 달은 울퉁불퉁한 표면을 드러낸 채 부연 달무리를 두르고 있다. 지금 탱크스 씨는 아직 뉴저지주에서 집을 살 준비가 안 되어 있다고 신호를 보내는 것이다. 물론 나는 전혀 개의치 않는다. 어쩌면 그는 누구한테나 이런 말을 건네는 버릇, 그러니까 더 나은 어떤 곳에서 지내고 싶다면서 서글픈 표정으로 제 '사정'을 털어놓는 버릇이 있을 수도 있다. 다른 사람과 달리 내가 구체적인 장소와 방법을 거론하자 당황했는지도 모른다. 그는 다른 사람들을 이리저리 데려다주는 자신의 인생에 만족스러워할 수도 있다.

"아, 제 이름은 프랭크 배스컴입니다." 나는 탱크스 씨의 우람한 녹색 배 앞으로 손을 내민다. 반갑다는 의미로, 그리고 작별을 고하는 의미로. 그는 내 손가락만 건성으로 쥐고 가볍게 흔들 뿐이다. 탱크스 씨의 생김새만 보면 빈스가 바트 스타나 퍼지 서스턴과 함께 보낸 영광의 시절에 미식축구 가드로 활약했을 것 같지만 악수는 사교계에 막 발을 들인 아가씨처럼 조신하다.

"탱크스라고 합니다." 그뿐이다.

"사실 나쁜 면이 있는지 잘 모르겠군요." 나는 부동산 일에 관한 탱크스 씨의 질문으로 되돌아가 대답한다. 그런데 갑자기 극심한 피로가 몰려 오면서 졸음이 쏟아진다. 잠시 한숨을 돌리고 나서 말을 이어간다. "저는 일에 싫증이 날 때면 신경쓰지 않으려고 노력하면서 집에서 책을 읽거나 하죠. 하지만 굳이 안 좋은 점을 말해보라고 한다면, 고객들이 오해를 한다는 겁니다. 자신이 좋아하지도 않는 집을 내가 팔려고 한다거나 아니면 자신이 좋아하든 싫어하든 내가 신경도 쓰지 않는다고 말이에요. 물론 결코 사실이 아닙니다." 나는 손을 얼굴 위로 들어올려 감기는 눈꺼풀을 붙잡는다.

"오해받길 싫어하는 성격이군요, 그렇죠?" 탱크스 씨는 재미있다는 표정이다. 그가 목구멍 깊은 곳에서 나는 이상한 소리로 껄껄 웃어대자 나는 다소 계면쩍어진다.

"그런가봅니다. 뭐, 아닐 수도 있고요."

"나는 그런 사람들은 죄다 사기꾼이라고 생각했어요." 탱크스 씨는 마치 내가 아닌 다른 누군가에게, 다른 무엇에 대해 말하는 투다. "중고차 딜러와 비슷한데 집을 판다는 것만 다르죠. 상조보험사도 그렇고. 뭐 어떤 사람들을 말하는지 아시겠죠?"

"네, 당신처럼 생각하는 사람들도 있겠죠." 이렇게 대꾸하고 보니 우리 두 사람이 내 자동차에서 60센티미터도 떨어지지 않은 곳에 서 있다는 데 생각이 미친다. 트렁크 안에는 부동산에 세워두는 팻말이나 가격 제안서, 계약금 영수증, 중개계약 서류, 전망 보고서, **가격 할인, 죄송합니다, 팔렸습니다** 같은 스티커들이 가득하다. 탱크스 씨한테는 다 사기치는 도구로 보이겠지. "정말로 오해를 피하려고 가장 신경씁니다. 제가 싫어하는 일은 다른 사람에게도 강요하지 않죠. 부동산에 관해서는요." 하지만 이 말은 내 입에서 제대로 나오지도 않는다(너무 피곤하다).

"흠." 탱크스 씨의 반응은 그뿐이다. 난데없는 소동을 함께 목격한 우리가 함께 어울린 시간도 어느새 파할 때가 되었다.

바로 그때, 경찰 조사가 모두 끝났는지 우리가 지켜보고 있던 모텔 끝 불 켜진 방에서 제복 차림 지역 경찰관 둘과 아까 그 인상이 험악한 형사, 여자 경찰 한 명이 걸어나온다. 여자 경찰은 죽은 이의 아내로 보이는, 그 푸른색 꽃무늬 옷을 입은 젊은 여자의 팔을 부축해 나오고, 부축을 받는 여자는 다른 쪽 손으로 아주 어린 금발 여자아이의 조그마한 손을 붙잡고 있다. 아이는 불안한 듯 어둠 속을 두리번거리다 방금 나온 모텔방을 돌아본다. 그러더니 무슨 기억이 떠올랐는지 휙 고개를 돌리고서 서버번 자동차 유리창에 붙어 있는 벅스 버니 그림을 올려다본다. 머리를 쭉 빼고 곁눈질하는 그림이다. 아이는 귀여운 노란 반바지와 하얀 양말, 테니스 운동화, 그리고 붉은색 하트가 과녁처럼 그려진 핑크색 풀오버 차림이고 약간 안짱걸음을 걷는다. 주위를 다시 둘러봐도 아는 얼굴이 보이지 않자 아이는 이번엔 탱크스 씨를 빤히 쳐다본다. 엄마 손을 잡고 주차장을 가로질러 경찰 표지가 없는 자동차까지 가는 동안에도. 그 차가 모녀를 코네티컷주의 다른 어느 마을로, 끔찍하고 지독한 일이 일어나지 않은 곳으로 데려다줄 것이다. 그곳에서, 오늘밤 잠이 들겠지.

모녀는 방문을 열어둔 채, 보트 안의 물건도 그대로 두고 떠난다. 이대로 두면 도난당할 우려가 있으므로 누군가 이를 챙겨서 보관해야 하지 않을까 하는 생각이 든다. (1984년이었다면 살해당한 사람이 내가 사랑하는 이였더라도 이런 걱정에 시달려 한밤중에 깨어났을 것이다.)

젊은 여자는 어두운 차 안으로 들어가기 전에 그 모텔방과, 서버번 자동차, 시브리즈모텔을 차례로 돌아본다. 왼편에 있는 탱크스 씨와 나까지도. 그녀에게 우리는 일종의 동행이다. 갑작스럽게 슬픔과 혼란과 상실을 혼자서, 또 한꺼번에 떠안은 이를 멀리서나마 측은한 마음으로 지켜보는 동행. 여자가 고개를 들자 그 앳된 얼굴에 떠오른 놀라움이 불빛 아래 고스란히 드러난다. 새로운 세계에서 만나는 첫번째 냄새, 첫번째 빛인 셈이다. 다시 말해 여자는 두 시간 전의 세계와 단절돼 새로운 세계로 들어가는 중이다. 그 세계에서는 신중함이야말로 가장 중요하고 긴밀한 과제이리라. (여자의 얼굴에 나타난 표정은 그녀의 남편을 죽인 소년과 별로 다르지 않다.) 여자를 위해 나도 해줄 수 있는 일이 있으리라. 한마디 말이나 눈길 같은 것 말이다. 하지만 이런 위로는 그때뿐이다. 반면 신중함이야 말로 지금 그녀에게 필요한 자질이며 이는 점점 분명해질 것이다. 젊은 나이에 신중함을 교훈으로 새기는 게 꼭 최악은 아닐 것이다.

여자의 얼굴이 경찰차 안으로 사라진다. 문이 쿵 닫히고, 삼십 초도 안 되어 모든 게 사라져버린다. 소년들을 태운 페어필드 카운티 보안관의 경찰차는 요란한 빛을 뿌리고 웅웅대며 떠나고, 여자 경찰이 동행한 아무 표지 없는 경찰차는 그 반대인 구급차가 사라진 방향으로 달려간다. 경찰차가 숲속 저멀리 자취를 감춘 후 다시 사이렌소리가 울린다. 그들은 오늘밤 다시 돌아오지 않을 것이다.

"저 사람들 보험료는 다 냈을 거예요." 탱크스 씨가 말한다. "모르몬 교도거든요. 그 사람들은 체납 같은 건 안 하죠. 아무것도 그냥 흘려보내는 사람들이 아니라 이겁니다." 그는 우람한 팔뚝의 손목시계를 들여다본다. 지금이 몇시인지는 그에게 아무 의미도 없다. 그 가족이 모르몬교라는 사실은 어떻게 알았는지 모르겠다. "낚시하는 동안 모르몬교도가 샌드위치를 훔쳐가지 못하게 하는 방법을 압니까?"

"아뇨." 농담을 하기엔 어색한 시간이 아닌가.

"다른 모르몬교도와 함께 가면 됩니다." 탱크스 씨는 다시 흠하고 숨을 깊이 몰아쉰다. 이것이 해결 불가능한 문제를 해결하는 그만의 방식인가보다.

하지만 나는 이삿짐 트럭을 운전하는 그의 직업에 대해 묻고 싶다. 우리 부동산중개인들을 주행계나 조작하는 자동차 영업사원이나 사기꾼 장례업자의 사촌쯤으로 취급했으니까. 부동산 일을 하다보면 그와 같은 운전사들에 대한 험담을 수도 없이 듣는다. 이삿짐 업계의 말썽꾼들이라는 것이다. 하지만 확신하건대 정작 그는 자신의 직업에 대해 특별한 견해를 갖고 있지 않을 것이다. 혹시 탱크스 씨가 자기 자신에 대해 분석하기를 거듭해왔다면 정말 놀랄 일이다. 그는 틀림없이 자동차 운전석에서 하는 일에 몰두할 때 가장 기쁨을 느끼는 사람이다. 그런 점에서 그는 어떤 버몬트주 사람과 비슷하다.

시브리즈모텔 뒤편으로 우거진 나무들 틈에서 개 짖는 소리가 들려온다. 스컹크를 보고 짖는 걸까. 어디선가 희미하지만 전화벨소리도 들려온다. 내 바람과 달리, 탱크스 씨와는 많은 것을 공유하지 못했다. 안타깝지만 우린 서로 잘 안 맞는 사람들인지도 모른다.

"이제 자러 가야겠군요." 방금 떠오른 생각인 듯 내가 말한다. 작별을 기대하는 미소를 흘려보지만 통하지 않는다. 미소는 표면에 얼핏 스치는 데 그친다.

"오해받는 것과 오해받지 않는 것에 대해 얘기해봅시다." 우리가 조금 전 나눴던 대화를 탱크스 씨는 여태 염두에 두고 있었다(놀라워라).

"그래요." 뭐가 그렇다는 건지도 모르면서 내가 대꾸한다.

"언젠가 내가 뉴저지주에 가서 당신을 통해 큰 집을 한 채 살지도 모르잖습니까?" 그가 짐짓 거들먹거리며 말한다. 나는 내 방을 향해 조금씩 걸음을 옮긴다.

"저도 좋죠. 멋진 만남이 되겠군요."

"트럭을 주차시켜도 아무 말 없을 부자 동네가 있답니까?"

"그런 동네를 찾으려면 시간이 좀 걸리겠죠." 내가 말한다. "하지만 방법이야 찾으면 있지 않겠습니까?" 켄들 파크에 있는 창고도 괜찮겠다.

"방법이 있을 거라고요?" 탱크스 씨는 하품을 늘어지게 하더니 눈을 감는다. 커다랗고 북슬북슬한 머리를 뒤로 젖혀 달빛을 받으며.

"그럼요. 알람브라에서는 트럭을 어디에 주차하셨죠?"

그는 고개를 돌려 이미 제법 멀리 걸어간 나를 쳐다본다. "뉴저지주의 당신 동네에도 흑인이 있습니까?"

"그야 천지에 깔려 있죠." 내가 대꾸했다.

탱크스 씨는 나를 찬찬히 바라본다. 졸음이 쏟아지는 이 와중에도 내가 내뱉은 말이 너무나 후회스럽다. 하지만 그 말을 주워담을 방법은 없다. 나는 걸음을 멈춘다. 시브리즈모텔의 통로에 한 발을 걸친 채 세상과 운명에 망연한 시선을 던지면서.

"거기서 괜히 눈총이나 받는 외톨이가 되긴 싫으니까요, 알겠습니까?" 탱크스 씨는 잠깐이나마 쓸쓸한 알람브라와 어둡고 추운 미시간주에서 멀리 멀리 떨어진 뉴저지주에 정착하는 것에 대해 진지하게 고민하는 듯하다.

"분명 그곳에서 행복하게 지내실 수 있을 겁니다." 내가 부드럽게 말한다.

"아무래도 당신에게 연락해야겠군요." 탱크스 씨가 말한다. 그도 자기 방으로 걸어간다. 뛸 듯이 경쾌한 걸음걸이로. 그의 맥주통 같은 다리는 녹색 반바지를 비틀며 움직이지만 무릎 부근은 거의 붙어 있다시피 한다. 걷는 일이 그에게는 결코 쉽지 않은 동작인 것처럼. 커다란 팔을 흔들며 걷는데도 겨드랑이에 낀 서류가방은 떨어지지 않는다.

"기대하겠습니다." 그에게 명함을 건네야 한다. 혹시라도 늦은 시간에 뉴저지주를 방문해 주차할 곳을 못 찾거나 도움이 필요할 때 연락할 수 있도록 말이다. 하지만 그는 이미 열쇠로 방문을 열고 들어가는 중이다. 그가 묵는 방은 사건 현장에서 세번째 방이다. 방에는 불이 켜져 있다. 내가 소리쳐 불러 명함을 주거나 작별인사든 뭐든 말을 건넬 틈도 없이, 그는 방안으로 들어가 재빨리 문을 닫는다.

시브리즈모텔 더블룸에 들어간 나는 에어컨 세기를 중간 정도로 맞추고 불을 끈 다음 재빨리 침대에 누워 얼른 잠들기를 기도한다. 십 분째, 아니 한 시간째 도저히 졸음을 참을 수 없는 지경이었다. 하지만 샐리에게 전화해야 하지 않을까 하는 생각 때문에 쉽게 잠들지 못한다(긴히 할말이 있는데 새벽 세시 삼십분이 대수겠는가). 하지만 여기서 전화를 하려면 카운터의 파키스탄인 직원을 거쳐야 하는데 다들 이미 잠든 지 오래다.

폴이 걱정돼 속이 끓는다. 오늘 들어 처음은 아니지만 휴게소에서 앤과 통화한 후로는 처음이다. 망상과 현실세계의 고뇌에 포위당한 채, 그리고 법정 출두라는, 기존의 부모 자식 관계에서 한 단계 도약할 통과의례를 앞두고서. 나는 폴이 지금보다 더 나아지기를 바란다. 노걸이로 다른 사람의 머리를 때리거나, 경솔하게 콘돔을 훔치다 경비원과 몸싸움을 벌이거나, 십 년 전에 죽은 개를 아직도 그리워하거나, 개 짖는 소리를 내지 않기를 바란다. 스토플러 박사는 (무례하게도) 이렇게 말했다. 폴은, 우리가 바라던 그애의 모습을 잃어버린 것에 슬퍼하고 있을지도 모른다고. 하지만 나는 우리가 머릿속에 그려놓은 아이가 어떤 모습인지, 어떤 모습이었는지도 모르겠다(물론 죽은 큰아들의 모습이 아니라면 말이다, 정말로 큰아들 모습을 그리지도 않지만). 내 소망은 한결같았다. 만날 때마다 달라지는 아들의 모습을 그게 뭐든 하나로 단단히 만드는 것. 시간제 부모인 내가 제대로 해내기에는 역부족이었는지도 모른다. 그러니 앞으로 폴에게 더 잘해줘야 한다. 나만이 줄 수 있는 무언가가 지금 아들에게 필요하다고(그게 사실이 아닐지라도) 생각해야 한다. 그런 마음으로, 내가 해줄 수 있다 싶은 것이라면 뭐든지 일단 시도해봐야 한다.

잠에 조금씩 젖어들기 시작하지만 잠과 의식의 경계에서 서성일 뿐 진짜 숙면은 아니다. 그런데도, 죽음이 너무 가깝게 느껴졌던 탓인지 클레어에 대한 꿈을 꾼다. 내게 반쯤은 뮤즈였던 클레어. 그녀가 우리 사무실에 온 지 넉 달이 지났을 무렵 우리는 달콤한 겨울 로맨스를 시작했다. 하지만 클레어가 기품 있고 나이든 흑인 변호사를 만나면서 우리 사이는 석 달 만에 끝나고 말았다. 그 변호사는 클레어에게 완벽한 남자였고, 나의 작은 열정은 그녀에게 짐이 되었다.

크고 촉촉한 갈색 눈동자, 다소 두툼하지만 허벅지 근육까지 탄탄한 짧은 다리 등 클레어는 그야말로 완벽한 아름다움을 자랑하는 여자였다. 거기에 새하얀 치아와 붉은 립스틱을 바른 입술이 매력적이라서 클레어는 최대한 자주 미소를 지었다(행복하지 않을 때조차). 스펠먼 여자대학교 재학 시절 룸메이트와 함께 출전했던 미스 블랙 아메리카 대회에서 처음 배웠다는, 머랭처럼 매끄럽게 바깥쪽으로 컬을 낸 머리는 밤새 뜨겁게 사랑을 나눈 후에도 흐트러지지 않았다. 자신감에 찬 높은 목소리로는, 살짝 혀 짧은 소리를 섞어 마치 노래를 부르듯 앨라배마주 억양을 발음했다. 타이트한 모직 스커트 아래 팬티스타킹을 신고 파스텔톤 캐시미어 스웨터를 즐겨 입었는데, 새까만 피부가 더욱 돋보였다. 그 매혹적인 살을 볼 때마다 나는 어서 그녀와 단둘이 있고 싶어 안절부절못했다. (클레어의 옷차림과 행동은, 내가 걸프 파인스 군사고등학교를 다니던 1960년대에 빌럭시*에서 알고 지내던 백인 소녀들과 흡사했다. 그 달콤한 추억 덕분에 클레어의 모든 것이 내게는 너무나 낯익고 친근했다.)

시골의 엄격한 기독교 집안에서 자란 클레어는 우리 둘의 관계를 다른 사람들에게 결코 알리고 싶어하지 않았다. 반면 나는 별로 개의치 않는 편이었다. 아이 딸린 스물다섯 살짜리 흑인 여자한테 반해 정신 못 차리는 마흔두 살의 백인 이혼남이 되었는데도 말이다(직업윤리도 있고, 작은 동네라 말이 많은 것을 고려하면 그 모든 일을 피하

---

* 미시시피주 남동부에 위치한 도시.

는 게 나았을 수도 있다. 물론 나는 그러지 않았다). 내게는 잔디가 자라는 것처럼 너무도 자연스러운 일이었기에 나는 내 감정을 한껏 즐겼다. 마치 오랜만에 나간 고등학교 동창회에서, 어릴 때는 전혀 눈길을 못 끌던 여학생이 내가 꿈에 그리던 아름다운 여자가 되어 나타난 것 같다고나 할까. 게다가 그렇게 생각하는 사람은 여전히 나 혼자뿐이라 운좋게 사랑을 독차지한 그런 기분이었다.

그렇지만 클레어는 우리가 함께 있으면 '징조'(앨라배마식으로는 불길한 기운을 뜻했다)가 생긴다고 믿었다. 나는 그래서 우리 관계에 더욱 짜릿함과 흥분을 느꼈지만, 클레어는 우리 관계에 분명 뭔가 잘못된 게 있다며 불안해했고 전남편 버넬이나 탤러디가에 사는 어머니가 알아채지 못하기를 간절히 바랐다. 이런 이유로 우리는 밀회를 가질 때마다 주위를 살펴야 했다. 클레어는 밤을 틈타 자신의 시빅 승용차를 끌고 클리블랜드 스트리트에 있는 내 집 차고로 들어온 다음 뒷문을 통해 몰래 집으로 들어왔다. 공공장소에서 비밀스럽게 손을 잡고 입을 맞추려다보니 하이츠타운에 있는 하워드 존슨 레스토랑이나 트렌턴의 레드 랍스터 식당, 야들리의 엠버스 식당 같은 정신없고 김새는 곳에서 저녁 데이트를 해야 했다. 보는 눈을 신경쓰지 않아도 되는 아주 편안한 곳들이긴 해서 클레어는 마음놓고 취할 때까지 퍼지 네이블*을 들이켰다. 그런 후에야 우리는 어두운 차 안으로 미끄러져들어가 입술이 얼얼할 때까지, 사지가 흐느적거릴 때까지 서로 엉켜 뒹굴었다.

구름이 끼고 바람 부는 일요일이 되면 우리는 클레어의 아이들과 함

* 칵테일의 한 종류.

께 델라웨어주로 가서 배 끄는 길을 따라 걸으며 상쾌하지만 그렇다고 뛰어나다고 할 수는 없는 강가 풍경을 감상했다. 인생의 이런저런 풍파를 겪어온 여느 부부들처럼. 아마 뉴호프에 있는 애플비스 레스토랑에서 우리를 봤거나 마주보고 앉았던 사람들, 혹은 요거트가게에서 우리 뒤에 줄을 섰던 사람들은 어떤 사회적 역경도 잘 헤쳐왔으리라 짐작되는 한 부부의 침착한 모습을 보고 상대적으로 자신들에 대해, 나아가 전반적인 모든 삶에 대해 감사하고 기뻐했을 것이다. 나는 우리가 자유주의적인 백인 미국인들이 그토록 바라는 복합적인 인종 결합의 좋은 예가 된다고, 그래서 아주 기분좋고 또 신이 난다고 클레어에게 말했다. 하지만 우리에게 쏟아지는 타인들의 시선을 싫어했던 클레어는 이런 나의 태도를 좋아하지 않았다. 그녀는 감미로운 탤러디가식 혀짤배기 소리로 "눈에 띈다"고 말했다. 그리고 바로 그 (결코 사소하지 않은) 이유 때문에 우리는 축복된 만남을 더 지속해나갈 수 없었는지도 모른다.

물론 우리 관계에서 인종문제는 공식적으로 중대한 결함이 아니었다. 클레어는 인종문제 대신 나이 차이를 거론하면서 이것이야말로 우리의 미래를 지속 불가능하게 만드는 문제라고 주장했다. 사실 나도 가끔은 어쩔 수 없이 최악의 미래를 떠올려보기도 했다. 우리는 우리 자신을 단막극에 나오는 주인공처럼 여겼다. 그 단막극에서 나는 나이를 먹긴 했지만 성적 매력을 가진 백인 교수였다. 성공했다고 할 수도 있지만 따분한 이전의 삶을 과감히 버리고 남아 있는 생산적인 시기를 한 사립대학에서(혹은 한 학생을 위해) '무언가'에 전념하며 보내는 인물이었다. 한편 클레어는 아름답고 똑똑하고 언변이 좋고 약간 순진하면서도 적극적인, 또 대단히 성실한 여학생이었다. 클레어는 숭고하나

가망은 없어 보이는 어떤 이상을 우리 둘이 공유할 수 있음을 깨닫고, 그저 한 인간에 대한 연민을 느껴 내 곁에 머물면서 사적이고 열정적인, 그러나 (내 나이 때문에) 미래가 없는 사랑에 빠지는 역할을 맡았다. 삭막한 프랜차이즈 식당에서 나이든 남자와 함께 앉아 생선튀김이나 팬케이크를 먹으면서도 자신을 아는 모든 사람에게 불순한 연애 따위는 꿈도 꿔본 적 없다고 가장하는 그런 여학생 말이다. (하지만 속아 넘어가는 사람은 아무도 없었다. 클레어의 장례식을 치른 다음날, 섁스 머피가 불편한 윙크와 함께 내게 알려줬듯이.)

우리 관계에 대한 클레어의 생각은 아주 단호하고 간단하고 또 솔직했다. 클레어는 우리의 연애 덕분에 자신이 곤란한 상황을 버텨내고 있다고 생각하긴 했다. 클레어는 수중에 돈은 달랑달랑하고, 감정 상태는 엉망이고, 해덤에 아는 사람이라고는 전혀 없으며, 너무 자존심이 강해 앨라배마주로 돌아가지도 못하는 처지였다. 하지만 동시에 클레어는 사실 우리는 서로 우스꽝스러울 만큼 어울리지 않는다고, 그래서 오래가지 못하리라고 생각했다. (스토플러 박사는 내면의 뭔가를 치유하고 싶었던 클레어가 백인인 나를 이용했다고 말할지도 모르겠다.) 반면 내 입장에서 보자면, 클레어의 요구대로 영원이라는 환상은 그만 포기하더라도, 클레어는 나의 독신생활을 수백 가지 다양한 방식으로 더 흥미롭고 즐겁게, 또 매혹적일 만큼 이국적으로 수놓았던 연인이었다. 마음 깊숙한 데서 존경심을 불러일으켰던 존재이자, 내가 평정심을 유지하며 부동산 일을 해나가고 아이들 없이 지낼 수 있도록 도와준 은인이기도 했다.

"대학에 다닐 때였어요." 언젠가 클레어가 평소처럼 톤이 높으면서도 단조롭고 사랑스러운 목소리로 이렇게 말을 꺼냈다(저녁 무렵이었고 나와 클레어는 전처가 살던 집의 어느 침실에서 벌거벗고 누워 있었다). "나랑 친구들은 나이든 백인 남자와 만나고 돌아다니는 걸 신나게 비우우웃고 또 비웃었죠. 뚱뚱한 은행장이나 거물 정치인 같은 백인 남자들 말이에요. 어떻게 보면 아주 잔인한 농담이었어요. '나이든 바보 같은 백인'과 결혼하면 이런저런 일이 너에게 일어날 거라는 식이었거든요. 그 백인 남자는 아마도 새 자동차나 유럽 여행을 선물하려 들겠죠. 그럼 우린 그 선물을 받아내기 위해 어떤 식으로든 남자를 속여야 할 테고. 여자들이란 다 그렇잖아요."

"조금은." 말은 그렇게 했지만, 또 내게도 딸이 있었지만 난 여자들에 대해 몰랐다. 단 내 딸이 자라면 아마 클레어 같은 사람이 될 거라고 생각하긴 했다. 매력적이고 모든 일에 확신을 가지며, 타당한 근거 위에서 기본적으로 의심을 해보는 습관을 가진 사람. "우리 같은 나이든 백인 남자들이 대체 뭐가 잘못된 거지?"

"오, 당신도 잘 아시면서." 클레어는 양 팔꿈치로 머리를 받치더니 이렇게 말했다. 마치 내가 방금 뭍에 올라온 사람이라 가르칠 게 너무 많다는 듯이. "아주 지루한 사람들이잖아요. 백인들은 지루해요. 뭐, 당신은 아주 심하진 않지만."

"나는 이 세상에서 오래 살아남으면 살아남을수록 흥미로운 사람이 된다고 보는데." 나이든 백인 남자를 옹호할 다른 말이 없을까 생각하며 내가 말했다. "그래서 당신이 나를 싫어하지 않고 점점 더 좋아하게 되는 거지. 아마 나 없이는 못 살걸?"

"아니, 당신이 틀렸어요." 그렇게 말하면서 클레어는 분명 지금까지는 그리 평탄하지 않았지만, 내가 전에 말한 것처럼, 이제 상승곡선을 타기 시작한 자신의 인생을 생각하고 있었을 것이다. 사실 클레어는 나만 생각하며 지내는 그런 여자와는 거리가 멀었다. 우리가 알고 지낸 기간을 통틀어 클레어가 내 자녀나 과거에 대해 물었던 건 채 다섯 번이 안 될 것이다. (나도 이런 클레어의 태도에 전혀 신경쓰지 않았다. 왜냐하면 자칫 개인적인 견해를 약간이라도 피력했다간 그녀가 이미 예상했던 결과를 초래할지도 몰랐기 때문에.)

"우리가 점점 흥미로운 사람이 되지 않았다면 인생에서 견뎌야 하는 지루한 일들에 지쳐 아예 인생을 포기했을걸." 나는 어느새 이 논쟁을 즐기고 있었다.

"우리 침례교도들은 그렇지 않아요." 클레어가 말했다. 팔을 뻗어 내 가슴을 껴안고 단단한 턱을 내 갈비뼈 부근에 밀착시키면서. "이름이 뭐더라? 맞아, 아리스토텔레스는 오늘 수업을 취소했어요. 자기 목소리를 듣는 데 진저리가 나서 더이상 말하기 싫어졌거든요."

"난 당신에게 가르칠 게 전혀 없어." 평소처럼 즐기면서 내가 말했다.

"그건 일리 있네요." 클레어가 말했다. "난 당신에게 오래도록 흥미를 안겨주지 못할 거예요. 당신은 지루함을 느낄 거예요. 처음에는 나한테서, 다음에는 당신 자신한테서. 그럼 나는 당장 떠날 거예요."

클레어의 공언은 그뒤 실제 일어난 일과 그리 다르지 않았다.

3월의 어느 아침, 나는 그날 오후에 있을 주택 소개용 가격 제안서를 쓰려고 평소처럼 일찍 사무실에 나왔다. 클레어는 당시 수강하던 부동산 자격증 수업이 거의 끝나가던 터라 책상에 앉아 공부를 하고 있었다. 평소 사무실에서는 개인적인 대화를 피하던 클레어가 그날은 내가 도착하자마자 자리에서 일어나 내 책상이 있는 창가로 다가왔다. 클레어는 복숭아 색으로 색을 맞춘 스커트와 스웨터에 빨간 하이힐 차림이었다. 내 앞에 선 클레어는 그주에 변호사인 맥스위니라는 남자를 만났다고, 그와 '데이트'를 시작하기로 결심했으니 나와는 '데이트'를 그만둬야겠다고 사무적인 어조로 말했다.

너무나 당황스러웠다. 우선 클레어가 너무 딱 잘라 말하는 바람에 놀랐고, 앞으로 내 생활이 얼마나 우울해질까 생각하니 참으로 암담해졌다. 하지만 나는 진작부터 예상했었다는 듯이(물론 전혀 아니다) 미소 지으며 고개를 끄덕여줬고, 옳은 선택을 한 것 같다고도 말해줬다. 계속 억지 미소를 지으며 말한 탓에 나중에는 볼이 얼얼해질 정도였다.

클레어는 내 문제를 자기 어머니에게 말했고 어머니는 곧바로 (클레어에 의하면 아주 '거친' 말을 동원해) 가능한 한 내게서 멀리 떨어지라고(나이 때문은 아니리라고 확신한다) 말했다고 한다. 아무리 밤이 외로워도, 해덤을 떠나야 한다 해도, 일자리를 새로 찾아야 한다 해도. 좋은 약은 입에 쓰다지만 지독히도 씁쓸한 말이었다. 그러지 않아도 나는 우리가 잠시라도 함께할 수 있어 다행이라고 생각하면서 점잖게 물러나 클레어의 행복을 빌어주었을 텐데. 나는 어쨌든 우리는 그저 오랜 세월 동안 남자와 여자가 서로에게, 또 서로를 위해 해왔던 그런 행동을 했을 뿐 다른 일은 전혀 없지 않았느냐고 말해주었다. 분명 이 말이 클레어를 화나게 만든 것 같았다. (그녀는 논쟁적인 대화에 숙련되어 있지 않았다.) 나는 결국 입을 다물어버렸고, 얼빠진 놈처럼 히죽히죽 웃어주기만 했다. (추측건대) 그것이 작별인사 대신이었다.

내가 왜 제대로 항변하지 못했는지 지금도 정확한 이유를 잘 모르겠다. 너무나 황망했고 마음이 아팠는데도 말이다. 나는 복잡하기만 한 앞날의 시나리오 즉, 그대로 된다면 인생이 더없이 고달파지는, 하지만 우리 둘 사이의 생소함과 비현실성 자체가 진실하고 영원한 사랑을 완성하는 데 필요한 마지막 요소임을 증명할 수 있는 그런 시나리오를 그려보며 이후 며칠을 보냈다. 클레어는 인습에 굴복해 오직 용감하고 깨우친 자들만이 누릴 수 있는 영광스러운 승리를 놓쳐버린 셈이었다. 하지만 부인할 수 없는 또하나의 사실은 내가 꿈꾸었던 영원한 사랑이라는 목가가, 실은 클레어와 함께하는 게 절대 불가능한 일이었기 때문에 가능했었다는 점이다. 그렇다면 결국 클레어란 여자는 내가 고안해낸 멜로드라마, 즉 '존재의 시기'에만 잠깐 등장하는 조연 배우 그 이상은 결코 아닌 것이다(자랑할 만한 일은 아니지만 클레어의 짧은 인생에서 내가 조연으로 그친 것과 크게 다르지 않다).

갑작스럽게 이별을 고한 후 클레어는 자기 책상으로 돌아가 다시 부동산 공부에 열중했다. 그렇게 완전히 달라진 상황에서도 우리는 각자 책상에 앉아 한 시간 반을 통째로 일만 하며 보냈다! 이후 동료들이 사무실에 왔다가 어딘가로 사라지는 동안 우리는 웃거나 심지어 농담까지 하면서 다른 동료들과 대화를 나눴다. 나는 클레어에게 은행 저당물에 관한 내용을 물어보기도 했고 클레어는 잘나가는 사무실에서 흔히 볼 수 있는 장면처럼 침착하면서도 활기차게 대답해주었다. 물론 그러는 동안 둘 모두 중요한 얘기는 일절 하지 않았다. 마침내 제안서를 완성한 나는 몇몇 고객과 통화를 하고 낱말풀이를 하거나 편지를 쓰기도 하다가 코트를 입고 사무실을 몇 분 동안 돌아다녔다. 이어 색스 머피와 실없는 농담을 주고받다가 사무실에서 나와 커피 스폿 카페로 내려갔지만 다시 사무실에 들어가지는 않았다. 그러는 동안 클레어는 (내 추측으로는) 성직자처럼 오직 자기 일에만 몰두했다. 그리고 우리는 그렇게 끝난 셈이다.

맥스위니 변호사와 클레어는 얼마 안 가 마을의 촉망받는 멋진 흑인 커플이 되었다. (클레어는 직장에서 나를 지나치게 사무적으로 대했다. 물론 사무실은 내가 그녀를 볼 수 있는 유일한 장소였다.) 그들이 속한 흑인 세계에서는 매력적인 이성이 다이아몬드처럼 귀했으므로 사람들 모두 그 커플이 서로 알게 된 것은 행운이라고 입을 모았다. 하지만 서둘러 결혼하려던 두 사람은 예상됐던 장애물에 가로막혔다. 먼저 맥스위니의 욕심 많은 자녀들이 클레어의 나이와 재정 상황을 거론하며 한바탕 소동을 벌였다(맥스위니는 나와 비슷한 연배였으므로 당연히 돈이 많았다). 클레어의 전남편 버넬은 캐노가 파크에서 11조 헌장을 들먹이며 이혼 판결에 항소를 하려 했다. 얼마 후 앨라배마주 모빌에 있던 클레어의 할머니가 돌아가셨고 클레어의 어머니는 엉치뼈를 다쳤으며 남동생은 감옥에 들어갔다. 모두 인생을 갉아먹고 고단하게 만드는 사건들이었다. 그렇지만 결국에는 다 잘 풀렸을 일이고 둘은 해석이 나뉠 여지 없이 명료하게 혼전계약서를 작성하고 결혼을 할 수 있었을 것이다. 즉 클레어는 맥스위니가 크롬웰 레인에 소유한 후기 빅토리아 양식의 커다란 저택으로 들어갈 수 있었을 것이다. 그래서 정원도 가지고, 혼다 시빅보다 멋진 차도 가질 수 있었을 것이다. 클레어의 두 아이는 백인 아이들과 함께 등교하는 것을 좋아하게 됐을 것이며 결국에는 백인 아이들과의 차이를 잊을 수 있었을 것이다. 클레어는 콘도를 팔면서 점점 더 유능한 직원이 되었을 것이다. 맥스위니의 자녀들도 클레어가 자신감이 좀 지나치다는 것 빼고는 솔직한데다 심성이 선함을 인정하고, 돈이나 챙기려는 사기꾼이라며 변호사까지 고용해 공격하려던 계획을 접었을 것이다. 어느 정도 시간이 지나면 클레어와 맥스위니는 한적한 교외에 살면서 그리 많지 않은 사람들을 정기적으로 저녁에 초대하고, 그보다도 더 적은 수의 친구들과 깊은 우정을 나누었을 것이다. 클레어와 맥스위니는 대다수 사람들이 그 비법을 알 수 있다면 돈이라도 갖다 바치겠다고 할 만한 방식으로 상대와 시간을 보내며 살아갔을 것이다. 물론 대다수 사람들에게는 도저히 거부할 수 없는 기회가 너무 많이 찾아오기에 그런 방식을 택할 수 없지만.

클레어는 이 모든 가능성을 뒤로하고, 어느 봄날 오후 순전히 업무차 페전트 메도에 갔다가 여기 모텔의 15호실에서 살해돼 시체 운반용 자루에 실려나간 모르몬교도 여행자처럼 결국 죽음을 맞았다.

그리고 아직 살아 있는 나는 이렇게 침대에 누워 페더스 에어컨의 인공적인 바람을 맞으며 클레어에 대한 추억과, 또 오늘밤 일로 우울해진 마음을 달래고 있다. 앞서 자세히 말했듯이 살인사건이 벌어진 오늘밤 현장 부근에 있던 탱크스 씨와 나는 그저 어정쩡하게 한곳으로 비켜서서 꼼짝도 못하고 나란히 서 있기만 했다. 우리는 중요한 대화를 나누지 못했고, 기운을 북돋워줄 어떤 말도 해주지 못했고, 필요한 도움을 주지도 못했고, 안녕이라고 인사도 건네지 못했고, 서로의 날개를 어루만져주지도 못했다. 한 사람이 이 세상을 하직하는 슬픈 장면을 지켜보느라 미래에 대한 희망 역시 얘기하지 못했다. 그럴 수만 있었다면 지금보다 마음이 훨씬 가벼웠으련만.

죽음에 어느 정도 익숙하다고 자부해왔지만 정말이지 지금은 죽음이 너무나 가까이에 있고, 너무나 쉽게 일어날 수 있고, 또 너무나 치명적이고 의미심장하다. 두려워서 어찌해야 할지를 모르겠다. 하지만 몇 시간이 지나면 아들과 함께 또다른 세계로 떠나야 한다. 그곳은 희망적이고 긍정적이며 무효라는 게 존재하지 않는 세계다. 나는 그러한 세계를 향해 나아가야 한다. 오로지 언어와 나 자신에 대한 믿음을 무기로 삼아서. 검은 시체 자루, 혹은 잃어버린 사랑에 대한 잃어버린 추억처럼 극적이고 설득력 있는 것들과는 멀리 떨어진 채로.

곧 인생을 하직할 사람처럼 다시 가슴이 쿵쿵쿵 뛰기 시작한다. 할 수만 있다면 당장 자리에서 일어나 불을 켜고 누군가에게 전화를 걸었을 것이다. 딱딱하고 작은 수화기를 향해 이렇게 소리쳤을 것이다. "괜찮아. 난 도망쳤어. 위험했지. 정말이야. 하지만 날 어쩌지는 못했어. 그 숨결을 코로 맡았고 어둠 속에서 빛나던 그 빨간 눈을 봤어. 그 기분 나쁘게 축축한 손이 나를 건드렸지. 하지만 난 해냈어. 살아남았다고. 그러니 기다려줘. 날 기다려줘. 이제 할일이 얼마 남지 않았어." 하지만 아무도 없다. 여기, 아니 그 어떤 곳에도 이 말을 들어줄 사람은 아무도 없다. 안타깝다, 참으로 안타깝다, 참으로, 참으로.

7

오전 여덟시. 일이 빠르게 돌아간다.

나는 시브리즈모텔에서 나와 탱크스 씨의 피터빌트 트럭으로 향한다. 그리고 커다란 앞유리창의 와이퍼 밑에 내 명함을 끼워놓는다. 명함 뒤쪽에는 집 전화번호와 함께 이런 메모를 남긴다. "만나서 반가웠습니다. 언제든 연락주세요. 프랭크 배스컴." (판매 기술은 판매를 상상하는 데서 시작된다.) 호기심에 조수석 쪽을 흘낏 쳐다보니 황금색 목줄을 맨 노란 고양이 한 마리가 〈리더스 다이제스트〉 잡지 더미 위에 앉아서 유령이라도 만난 것처럼 나를 뚫어지게 쳐다보고 있다. (시브리즈모텔은 애완동물을 받지 않는다. 탱크스 씨는 규칙을 엄수하는 사람임이 분명하다.) 명함을 끼워놓고 내려오다보니 운전석 문에 화려한 빨간색 글씨로 적어놓은 글자가 눈에 들어왔다. "시릴." 탱크스 씨는 연구해볼 만한 사람이다.

주차장에 열쇠를 놔두러 (열쇠 보증금은 단념하고) 다시 돌아오니 보스턴 웨일러 보트에 연결되어 있던 서버번 자동차가 보이지 않는다. 범죄 현장인 15호실 주변에는 노란색 경찰 저지선이 설치되어 있다. 그제야 내가 간밤에 이에 관한 꿈을 꿨다는 것을 깨닫는다. 봉쇄된 방, 민소매 셔츠를 입은 작지만 단단한 체격의 백인 남자들이 어둠 속에서 차를 견인하며 외치는 소리. "뒤를 봐, 뒤." 곧이어 사슬소리와 이를 감는 소리, 커다란 모터 소리, 그리고 "좋아, 좋아, 좋아"라고 외치는 소리.

오전 여덟시 사십오분, 흐리멍덩한 눈으로 호리빌*의 프렌들리 카페에 들러 커피를 마시며 지도를 살펴본다. 양키 익스프레스웨이를 타고 워터베리와 메리던, 미들타운—건축가인 찰리는 이곳의 웨슬리언대학 부교수로 재직하며 어떤 기둥이 이오니아양식이고 어떤 게 도리아양식인지 학생들에게 '가르치고' 있다—을 거쳐 딥리버에 이르는 코스를 선택한다. 어젯밤에는 해안을 따라 이어진 95번 국도를 이용해 노워크를 거쳐 딥리버로 갈까 생각이 들기도 한다. 하지만 안전하고 정상적으로 휴일을 즐기려고 나온 수억 명쯤 되는 미국인들 틈에 끼어 차 안에서 시간을 다 보낼 게 뻔하다.

프렌들리 카페에서 나는 경로를 정한 뒤 〈노워크 아워〉 신문을 살펴본다. 한밤중에 일어난 일이긴 했지만 혹시 그 비극적인 사건이 실렸을까 궁금해서다. 하지만 내가 알아낸 사실은 이런 것들뿐이다. 오하

---

* 코네티컷주에 있는 지명.

이오주 출신의 웨슬리언대학교 수석 졸업생 액시스 샐리가 향년 87세로 오하이오주에서 세상을 떠났다는 것, 마르티나가 크리스*를 세 세트 만에 눌렀다는 것, 일리노이주의 수문학자들이 미시간호의 물을 가뭄에 시달리는 미시시피주 주요 지역으로 끌어오기로 결정했다는 것, 경제가 '신기록'을 세울 정도로 호황기에 접어들었다고 부시 부통령이 선언했다는 것(마치 부시가 거짓말쟁이라고 확인이라도 해주듯, 바로 옆 기사에서는 뮤추얼 펀드와 양도성 예금 가치가 떨어지고 있으며 공장 수주와 항공기 주문 수요도 하향세라고 말하고 있다. 모두 멍청한 듀카키스가 억지로라도 쟁점화해야 할 '이익과 손해가 달린' 쟁점들이다. 그러지 않으면 그는 참패할지도 모른다).

나는 커피값을 치른 후 로비 공중전화로 메시지를 확인한다. 음성메시지는 (다행히) 하나도 없다. 이어 샐리에게 나와 만날 수 있는 지점으로 전세기를 예약해주겠다 말하려고 전화를 걸었지만, 받지 않는다. 녹음된 인사 메시지도 없다. 극심한 복통이 밀려온다. 누군가가 내장을 끈으로 묶어 아래로 홱 당기기라도 한 것처럼.

통증을 참으며 걱정스러운 마음으로 칼 베미시에게 전화를 건다. 처음에는 가게 전화번호를 눌렀다가 근무시간이 아니란 걸 깨닫고, 램버트빌에 있는 칼의 독신자 숙소로 전화를 건다. 신호음이 단 두 번 울린 후에 칼이 전화를 받는다.

"여긴 아무 문제 없네, 프랭크." 위험한 멕시코 사람들에 대해 묻자 칼은 이렇게 말한다. "어젯밤에 내가 전화했어야 했는데. 대신 경찰에

* 각각 테니스 선수인 마르티나 나브라틸로바와 크리스 에버트.

게 연락했지. 정말 무슨 일이 벌어지는 줄 알았거든. 다행히 아무 일 없었네. 그 자식들은 나타나지 않았어."

"계속 위험한 상태에 있으니 걱정되는군요." 카페 손님들이 나를 밀치며 지나간다. 사람들이 출입하며 활짝 열린 문 사이로 더운 공기가 훅 끼친다.

"따로 준비해둔 게 있다네." 칼이 말한다.

"따로 준비요? 그게 뭔데요?"

"12구경 산탄총." 칼은 우쭐대며 말하더니 악마처럼 낄낄 웃기 시작한다. "아주 위험한 물건 말이야."

무기는 처음 듣는 얘기다. 나는 불안해진다, 아니 사실 심히 걱정될 정도다. "루트비어를 파는 가게에 그런 무기를 두는 건 좋은 생각 같진 않아요." 칼은 루트비어 가게나 노점이라고 부르는 걸 좋아하지 않지만 어쩔 수 없다. 노점이 아니면 대체 뭔가? 사무실?

"술에 취해서 위생모가 벗겨나간 채 버치비어 냉장고 뒤에 고개를 처박고 있는 것보다 이편이 나은 것 같아. 내가 잘못 생각하고 있는지도 모르지만." 칼이 태연하게 말한다.

"이런, 칼."

"너무 걱정 말게. 밤 열시 전에는 꺼내지 않을 테니."

"경찰도 그 사실을 알고 있나요?"

"하하, 경찰이 판매상을 알려줬는걸. 스카치 플레인스에서 샀어." 칼이 외치다시피 말했다. "괜히 말했나보군. 자넨 예민한 겁쟁이인데 말이야."

"아닌 게 아니라 정말 걱정됩니다." 사실이다. "혹시라도 당신이 죽으면 안 되죠. 내가 직접 맥주를 손님한테 날라야 할지도 모르니까요. 불법무기를 쓰다가 변을 당하면 보험회사도 돈을 지급하지 않을 거예요. 어쩌면 고소까지 당할지 모르죠."

"자네는 그냥 아들과 휴가나 잘 즐기고 오게. 아파치 요새는 내가 잘 지킬게. 오전에 할일이 있어서 통화는 이만해야겠어. 지금 여기에 나만 있는 게 아니거든."

칼을 설득하기란 불가능한 것 같다. 나도 어서 통화를 끝내고 싶다. "조금이라도 이상한 일이 생기면 메시지 남겨줘요, 알았죠?" 칼이 내 말을 잘 알아들었는지 의문이다.

"오늘은 오전 내내 나랑 연락하기 힘들걸세." 칼은 어색하게 껄껄 웃더니 전화를 끊어버린다.

나는 곧장 샐리에게 한번 더 전화를 건다. 혹시 크루아상이나 〈데일리 아르고너트〉 잡지를 사러 나갔다 집에 다시 돌아왔을지도 모르지 않나. 하지만 역시 아무도 받지 않는다.

내가 마지막으로 전화한 사람은 테드 훌리한이다. 일이 어떻게 진행되고 있는지 알려주려고 전화를 걸었지만 우리 회사의 '배타적' 권리를 상기시켜주려는 의도도 있다. 고객에게 전화하는 일은 사실 내 업무 중 가장 만족스러운 한 부분이다. 부동산은 인간의 영혼과 거의 관계가 없다고 했던 롤리 먼거의 말은 옳았다. 그의 말에 따르면 업무상 필요한 전화는 결과적으로 재미있는 탁구 게임과 다를 바 없게 되는 것이다. "테드, 프랭크 배스컴입니다. 별일 없으신가요?"

"다 좋소, 프랭크." 어제보다 힘이 떨어진 목소리지만 그의 말대로 기분은 좋은 듯하다. 아마 미세하게 누출된 가스 덕분에 더할 나위 없는 행복감을 만끽하고 있는지도 모른다.

"고객이 하루 정도 생각할 시간을 달라고 하더군요. 당신 집이 무척 인상적이었나봅니다. 하지만 다른 집들도 많이 봤기 때문에 최종 결정을 내리려면 시간이 필요하다고 했어요. 제 생각으로는 제가 마지막으로 보여준 집을 사야 한다고 보지만요. 그 집이 바로 당신 집이죠."

"좋군," 테드가 말한다. "좋소."

"혹시 집을 보러 온 사람들이 있었나요?" 아주 중요한 질문이다.

"어제 몇 명 왔었소. 당신 일행이 가고 난 바로 직후에 말이오." 어느 정도 예상은 했지만 어쨌든 안 좋은 소식이다.

"테드, 당신 집의 매매 중개에 관해서는 우리 회사가 배타적 권리를 갖고 있다는 걸 상기시켜드리고 싶군요. 마크햄 부부가 안심하고 있는 이유도 그 때문입니다. 우선권이 있으니 차분히 생각해도 된다고 알고 있어요. 사전에 그렇게 약속하고 일을 진행하지 않았습니까."

"어, 난 잘 모르겠소, 프랭크." 테드가 어물어물 말한다. 줄리 루키넌이 혹시 테드 훌리한이 계약을 머뭇거릴까봐 배타적 권리 조항을 별것 아닌 듯 말하고 그냥 서명을 받았을 가능성도 있다. 아니면 테드의 집이 이미 '유망한' 매물로 꽤 알려졌으니 위임계약이 파기될 경우에 대비해 그 바이 앤드 라지 부동산이나 다른 부동산 회사가 일찌감치 관여하고 있었는지도 모르고. 이런 경우라면 문제를 법정으로 끌고 가는 수밖에 없어 모든 게 엉망진창이 되고 만다. 결코 하고 싶지 않지만 어쩔 수 없이 그저 결승점을 향해 내달리는 전략을 짜야 한다. 마지막 세번째로, 테드가 부정직하고 비뚤어진 사람이라 자기집에서 진실을 말하지 않았을 가능성을 생각해볼 수 있다. 그러니까 고환암에 관한 고백도 사실은 연극의 일부일 수 있다는 얘기다. (이런 일은 이제 별로 놀랍지도 않다.)

"보세요, 테드." 내가 말한다. "녹색과 회색 바탕의 계약서를 꺼내서 혹시 '배타적'이라는 문구가 없는지 살펴보세요. 전 지금 코네티컷주에 있어서 당장 확인할 수 없습니다만 화요일에 바로 이 문제를 살펴보겠습니다."

"그곳은 어떻소?" 정말 한가한 소리다.

"덥죠."

"마운트 톰에 있소?"

"아뇨. 여긴 호리빌입니다. 테드, 더이상 다른 사람들에게 집을 보여주지 마세요, 부탁합니다. 그래야 일이 법정까지 가지 않아요. 우리 고객은 가격을 제안할 우선권이 있습니다." 물론 그 고객이 이미 숱한 집을 거쳐왔다든가 더 나은 매물을 기대하며 황량하고 별 볼일 없는 이스트 브런즈윅을 돌아다니기 시작했다는 말은 하지 않았다.

"알겠소." 테드가 활기차게 대답한다.

"다행입니다. 되도록 빨리 만나러 갈게요."

"어제 당신이 떠난 후 집을 보러 왔던 사람이 오늘 아침에 가격 제안을 하겠다고 말하더군."

"만약 그렇다 해도, 테드," 내가 경고하듯이 말한다. "우리 고객에게 우선권이 있다는 걸 기억해주세요. 서면으로 약속한 내용입니다." 아니, 그래야만 한다. 물론 부동산 업계에서 '내일 아침에 바로' 하겠다는 건 구매자도 판매자도 흔히 하는 헛소리다. 그런데 일반적으로 볼 때 이런 '약속'을 쉽게 입에 올리는 사람들은(보통 구매자다) 자신이 중요한 인물로 여겨지는 게 좋아서 그런 말을 해놓고 오후 다섯시 전에 다 잊어버린다. 그저 괜찮은 가격 제안이 오리라는 예상만으로도 다들 기분이 좋아지지 않겠느냐는 착각에 빠지기도 한다. 그러나 좋은 조건을 명시해 구체적으로 작성한 제안서만이 실제로 모두를 기분좋게 해줄 수 있다. 그러므로 그러한 제안이 나오기 전까지는 누구든 괜히 흥분할 이유가 전혀 없는 것이다(판매자가 초조해한다 해도 손해볼 사람이 없긴 하다).

"프랭크, 요즘 이상한 기분이 든다오." 테드가 바보처럼 들뜬 목소리로 말한다.

"어떤 기분인데요?" 창밖을 바라보니 프렌들리 카페 주차장에 도착한 밴 한 대가 지적 장애아들로 보이는 아이들을 대거 쏟아낸다. 구강구조가 이상한 아이, 눈이 사시인 여자아이, 남자인지 여자인지 알아보기 힘든 통통한 다운증후군 아이…… 여덟 명쯤 되는 아이들이 뜨거운 주차장에 모여서 웅성웅성 떠들고 있다. 아이들은 색색깔 고무줄 바지에 스니커즈 운동화, 앞판에 **예일**이라고 적힌 진파랑 티셔츠 차림이다. 인솔자로 보이는 체격이 좋은 두 여자 대학생도 나타났다. 갈색 반바지에 멜빵을 달고 흰색 풀오버 스웨터를 맞춰 입은 두 사람은 수구를 하러 오벌린대학에 가는 평범한 여대생처럼 보인다. 두 여학생이 차문을 잠그는 동안 아이들은 사방을 두리번거린다.

"글쎄, 어느새 내가 다른 사람들에게 집 보여주기를 즐기고 있더란 말이오." 테드는 두서없이 계속 떠들고 있다. "왔던 사람들 모두 내 집을 아주 좋아했소. 수전과 내가 여기서 잘 살아왔다고 생각하는 것 같기도 하고. 참 기분이 좋더군. 처음에는 내 생활이 침해당하는 것 같아

꺼림칙하고 슬플 줄 알았는데 말이오. 무슨 말인지 알겠소?"

"아, 네." 테드에 대한 관심이 급속히 식어가고 있다. 테드가 부동산 사기꾼일 가능성이 짙다는 생각을 품게 되어 그렇다. "그건 당신이 이사할 때가 됐다는 말입니다. 햇살이 비치는 앨버커키로 말이죠." (고환을 잘라내 박제할 때가 됐다는 뜻이기도 하다.)

"내 아들은 투손에서 외과의로 일하고 있소. 9월에 수술할 예정이라오."

"아, 그렇군요." (앨버커키가 아니라 투손이었다.) 햇볕에 다리가 잘 그을린 수구선수 스타일의 두 여자 대학생은 재잘거리는 아이들을 인솔해 출입문으로 걸어오고 있다. 아이들은 하나같이 짐을 가득 들었고 역시 하나같이 미식축구 선수처럼 턱끈으로 매는 플라스틱 안전 헬멧을 쓰고 있다. "테드, 일단 확인차 전화해봤습니다. 어제 어떻게 지내셨나 궁금해서요. 저희 회사의 '배타적' 권리에 유의해주시길 부탁드립니다. 그건 아주 중요한 규정이거든요."

"알았소, 알았어." 테드가 경쾌하게 말한다. "전화줘서 고맙소." 하얀 머리, 부드러운 손, 프레드 워링처럼 보조개가 들어간 흐릿하게 잘생긴 얼굴…… 나는 뒤쪽 창가에 걸려 있던 사진 액자 속의 테드를 떠올린다. 사진 속 테드는 평화로운 교도소로부터 자신을 오랫동안 지켜온 대나무 벽을 경탄에 차서 바라보고 있다. 그 사진을 떠올리자 테드의 매물에 대해 내가 잘못 판단했나 불안해진다. 마크햄 부부와 긴밀하게 연락을 취했어야 했을까? 하지만 당시 나의 본능적인 직감은 그렇지 않았다. "프랭크, 만약 암 치료에 성공하면 나도 부동산 일을 한번 해봐야겠소. 자질이 있는 것 같거든. 당신 생각은 어떻소?"

"가능하고말고요. 하지만 자질이 필요한 일은 아니에요. 작가가 되는 것과 비슷하다고나 할까요. 할일이 전혀 없는 사람은 뭔가 해야 할 일을 찾아내는 법이죠. 이제 그만 끊어야겠어요. 아들을 데리러 가는 길이거든요."

"알겠소." 테드가 말했다. "어서 가요. 또 연락합시다."

"알겠습니다." 난 힘없이 대답했고 우리의 통화도 끝난다.

아이들은 어느새 유리문 근처에 모여들었고 미소 띤 인솔자들이 그 틈을 헤집고 나온다. 다운증후군 아이 하나가 문고리를 확 낚아채더니 잔뜩 찌푸린 제 얼굴을 유리창에 바짝 갖다댄다. 아이는 유리에 비친 자기 얼굴을 쳐다본다. 다른 아이들은 여전히 사방을 둘러보며 떠들기 바쁘다.

인솔자 한 명이 문을 열어젖히자 내 쪽으로 뜨거운 공기가 몰려온다. 창에 얼굴을 대고 있던 다운증후군 아이가 인솔자를 노려보며 고함을 질러댄다. 나머지 아이들은 두번째 문을 향해 서둘러 몰려가며 내 옆을 지나간다.

"이런," 키 큰 여자 대학생이 활짝 미소 지으며 내게 말한다. "죄송합니다, 아이들을 다루기가 조금 힘들어서요." 그러고는 예일대학교 티셔츠를 입은 아이들 틈으로 들어간다. 그 여대생이 입은 셔츠의 가슴 부분에는 선홍색 방패 위에 챌린지스사*라고 적혀 있고, 그 아래에는 웬디라고 적혀 있다. 나는 그 학생이 지나가는 동안 격려의 미소를 보낸다.

* 사우스캐롤라이나주에 있는 약물중독자 구호단체.

창에 얼굴을 대고 있던 다운증후군 아이는 심하게 마모된데다 색깔도 우중충한 치아를 꽉 물면서 다시 고함을 지르고 통통한 팔을 들어올리며 주먹까지 쥔다. 나를 향해 그러는 듯하다. 아이를 내려다보며 미소를 짓다가 문득 궁금해진다. 오늘 하루는 어떻게 흘러갈까.

"당신을 좋아한다는 뜻이에요." 아이들 뒤를 따라오던 두번째 인솔자(명찰에 메건이라고 쓰여 있다)가 내게 말했다. 물론 선의의 거짓말이겠지. 아이들의 고함소리는 이런 뜻이다. "이 두 여자에게서 멀리 떨어져. 안 그러면 가만두지 않겠어." (인간은 사실 다 거기서 거기다.)

"나를 아는 것 같군요." 내가 메건에게 말한다.

"오, 그런 것 같네요." 햇볕 때문인지 얼굴에 주근깨가 나 있는 메건의 눈동자는 캐서린 플래어티 못지않게 강렬한 진갈색이다. "우리는 이 아이들을 잘 구별하지 못하지만 아이들은 멀리 떨어진 곳에서도 누가 누구인지 알아보죠. 여섯번째 감각을 갖고 있다고나 할까요." 메건의 미소는 자연스럽지만 오랫동안 깊은 인상을 남기는 미소는 아니다. 메건이 안으로 들어가면서 잠시 카페 안의 소음이 들려온다. 천천히 안쪽 문이 닫힌다. 나는 딥리버로 가는 마지막 구간을 달리기 위해 오전의 햇살 속으로 걸어들어간다.

오전 아홉시 오십분. 나는 따뜻한 아침햇살 속에 미들타운과 워터베리, 메리던을 향해 오르막길 내리막길을 달리며 중얼거린다. 늦었네, 늦었군, 늦었어. 코네티컷주의 147번 국도는 아일랜드의 멋진 산길처럼 싱싱한 초록빛으로 가득찬, 구불구불하고 유쾌한 도로다. 산울타리가 없다는 점만 다를 뿐이다. 아담한 저수지, 아늑한 작은 공원, 고등학교 운동부에게 최적인 소규모 스키장, 뒤쪽에 접시형 안테나를 달고 있는 튼튼한 목조주택들이 곳곳에 나타난다. 상당수 집들이 매물로 나와 있고 노란색 리본을 매달아둔 나무들이 많이 보인다. 어떤 미국인이 모처에 억울하게 감금돼 있는 걸까? 그가 누구인지 알 길은 없지만 어딘가에서 누군가가 그런 낭패를 겪고 있으리라고 생각하기란 어렵지 않다. 그게 아니라면 아마 저 리본들은 당사자 모두에게 완벽한 만족스러움을 던져주며 끝난, 그레나다 침공* 같은 작고 깔끔한 전투를 그리워하는 마음일지도 모른다. 애국심은 제한적인 것을 대상으로 작동할 때 더 효과적이다. 그리고 누군가의 엉덩이를 걷어차거나 그들의 자유를 빼앗을 때야말로 사람들은 자신이 새처럼 자유롭다고 느낀다.

뜻하지 않게 생각이 다시 가련한 마크햄 부부를 향해 달려간다. 분명 지금 두 사람은 굵은 허벅지에 콧소리를 내는 다른 부동산중개인을 따라다니며 어떤 음침한 막다른 길을 둘러보고 있을 것이다. 그 중개인은 쉴새없이 떠들어대며 부부의 사기를 떨어뜨릴 것이다. 전문가답지도 점잖지도 못한 나는 내심 이런 기대를 품고 있다. 하루가 저물 무렵 마크햄 부부가 나한테 전화해서 채러티 스트리트 212번지에 에누리 없이 총액을 제시하고 돌아가는 수밖에 없다는 걸 깨닫기를. 결국 마지막으로 본 지붕창을 올린 케이프코드식 주택을, 전 주인이 1984년에 무스조**로 이사가기 전 은행에 넘겨버려 지금껏 비어 있는, 슬래브로 덮은 꼴사나운 외양에 단열도 잘 안 되고 라돈 유출 위험이 있는데다 낙엽이 떨어지기 전에 급히 배수구를 수리해야 하는 그 집을 홧김

* 1983년 미국이 친미 정권을 세우기 위해 카리브해의 그레나다 내전에 개입했던 사건.
** 캐나다 서스캐처원주의 도시.

에 선택해버리기를.

이 화창하고 유쾌한 여름에 마크햄 부부가 왜 내 마음을 자꾸 어둡게 하는지 나도 잘 모르겠다. 굳이 이유를 찾자면 온갖 수를 다 써보고 온갖 장애물을 만나고 온갖 바보 같은 좌절을 겪고 난 지금, 내게 부활절 달걀의 이미지가 떠오르기 때문일 것이다. 내가 달걀 속을 알차게 채운 후 겉에 구멍을 뚫어 마크햄 부부의 눈에 대줬지만, 그들이 그 알찬 속을 영원히 보지 못하리라는 생각을 떨쳐버릴 수 없다. 그러면 마크햄 부부의 인생은 지금보다 더 곤란해질 것이다. 내 생각을 말하자면, 무언가 좋은 게 눈앞에 왔다면 그걸 차지할 수 있는 현명함도 갖춰야 한다.

몇 년 전, 그러니까 앤과 내가 새롭고 행복한 교외의 향기가 가득한 해덤으로 이사오기 전에 우리는 실용적이고 튼튼한 볼보 자동차를 사기로 마음먹었다. 내 어머니 소유였던 구형 크라이슬러 뉴포트를 타고 뉴욕 헤이스팅스-온-허드슨의 한 자동차 대리점에 간 우리는 잠재적 고객이 되어 턱을 긁거나 귀를 만지며 약 한 시간 반 동안 문이 다섯 개 달린 올리브색 볼보를 살펴봤다. 차의 거울 같은 표면을 매만지고 차 안으로 들어가 실용적인 좌석에 앉아 새 차의 냄새를 맡기도 하고 글러브 박스의 용량이라든가 예비 타이어를 고정해둘 수 있는 특이한 구조, 공구함 등을 확인하기도 했다. 우리는 운전석과 조수석에 나란히 앉아 자동차 대리점 앞에 뻗어 있는 도로를 바라보며 볼보의 새 주인이 되어 여기저기 누비고 다닐 우리 모습을 상상했다.

하지만 막판에 앤과 나는 그 차를 구입하지 않기로 결정했다. 그 이유를 누가 알겠는가? 우리는 젊었고, 매 순간 인생을 새로 발명하고 있었으며, 그때그때 변덕을 부리며 아니라고 했다가, 다음번에는 좋다고 하는 사람들이었다. 만약 그 볼보를 구입했더라면 지금도 여전히 몰고 다니면서 화분용 영양토나 식료품, 장작을 실어나르고 있을 것이다. 레드맨 클럽에 낚시하러 갈 때도 이용하고 있겠지. 그러나 당시 그 볼보는 우리에게 어울리지 않았다. 그뿐이었다. 이후 우리는 우리에게 어울리는 실제적인 미래가 있는 곳으로 차를 몰고 돌아왔으며 그 실제적인 미래란 바로 결혼, 부모가 되는 것, 스포츠 기사, 골프, 환호, 우울, 죽음, 도대체 종잡을 수 없는 불행, 이혼과 별거, 그리고 지금 여기에 다다르는 길고 고달픈 중간항로였다.

하지만 상실감이나 추억에 젖어 있다가 볼보를 보게 되면, 즉 아주 튼튼하고 날렵하며 최고의 안전성을 자랑하고, 어떤 충격에도 견딜 수 있는 엔진에 넓은 수납공간을 갖춘, 단순 명쾌한 최신 볼보를 보게 될 때면, 나는 종종 가슴이 아려온다. 만약 그렇게 했다면? 우리의 인생이 다른 방향으로…… 다시 말해 그 차가 우리를 어떤 방향으로 이끌었고, 그 과정의 상징으로 우리 곁에 남아 있다면? 다른 집, 다른 마을, 다른 수의 자녀들, 그리고 기타 등등. 우리는 더 나은 삶을 살 수 있었을까? 그런 일은 아주 작은 이유로도 얼마든지 일어날 수 있다. 더구나 이런 사소한 결정들이 지금까지 벌어진 많은 일들을 더 낫게 만들어주거나 심지어 재앙에서 구해줄 수도 있다고 한다면 매우 충격적이지 않을 수 없다. (그리 놀랄 일은 아니지만 나의 가장 큰 인간적인 결함인 동시에 장점을 들자면 그 무엇이든—결혼, 대화, 정부 등—항상 현재와 다른 모습을 상상할 수 있다는 것이다. 이런 자질 덕분에 일류 변호사, 일류 소설가, 일류 부동산중개인이 될 수도 있지만, 한편으로는 신뢰가 안 가고 그리 도덕적이지 못한 인간으로 전락할 위험도 있다.)

지금은 너무 깊이 생각하지 않는 편이 최선이다. 비록 그런 생각이 내 인생이 전환점이나 혹은 최소한 중요한 시기에 처해 있다고 생각되는 이 주말에 마크햄 부부가 자꾸 떠오르는 또다른 이유겠지만 말이다. 아마도 조와 필리스는 그런 상상력이 어떻게 작용할지 나만큼이나 잘 아는 탓에 두려움에 떨고 있을지 모른다. 볼보를 두고 그랬듯 그른 선택을 하는 것도 좋지 않지만, 괜히 미리 걱정하면서 이를 신중함이라고 자부하는 것은 더욱 안 좋다. 마크햄 부부가 이스트 브런즈윅을 돌아다니며 하고 있는 행동도, 바로 일도 벌이기 전에 걱정만 하는 그 지나친 신중함 탓이라고 나는 확신한다. 안 좋은 일은 언제든 일어날 수 있다. 그러니 데이비 크로킷의 모토를 어른용으로 약간 수정해 따르는 편이 훨씬, 정말이지 훨씬 낫다고 말하고 싶다. 당신이 완전히 틀리지 않았다는 걸 믿으라, 그리고 앞을 향해 나아가라.*

오전 열시 삼십분. 별 특색 없는 대학가 마을인 미들타운과 9번 국도를 지나치자 코네티컷주다운 풍경이 펼쳐지기 시작한다. 나는 곧 딥리버로 가는 지름길인 강 하류 지역을 통과한다(강에서는 휴일을 맞아 놀러 나온 사람들이 카누, 제트스키, 윈드서핑, 보트, 패러스키, 바다로 강하하는 스카이다이빙을 즐기는 데 열중해 있다).

앞서 찰리에 대해 언급할 때 몇 가지 거론한 바대로, 오늘 부디 찰리와 마주치지 않기를 간절히 바란다. 운이 좋으면 찰리는 안 보이는 곳

---

* 데이빗 크로킷은 19세기에 미국 민중의 영웅으로 추앙받은 정치가. '항상 당신이 옳다고 믿으라. 앞을 향해 나아가라'라는 말을 남겼다.

에서 아픈 턱을 치료하고 있거나, 요트를 칠하고 있거나, 수도관을 들여다보고 있거나, 스케치북에 그림을 그리고 있을지 모른다. 그러니까 죽치고 앉아 루미 카드게임을 하지 않거나, 눈가리개를 한 채 나비넥타이를 매는 시범을 보이고 있지 않을 때 돈 많은 아마추어 건축가들이 하기 마련인 모든 짓들 말이다.

앤은 내가 찰리를 증오하지는 않는다는 걸 잘 안다. 다만 나는 앤이 찰리에게 사랑한다고 말할 때마다 그 '사랑'에는 (로저 매리스*의 홈런왕 타이틀 뒤에 붙는 것처럼) 이전에 그 분야에서 더 훌륭한 성과가 있었다는 표시로 별표를 찍어야 한다고 믿고 있을 뿐이다. 마치 언젠가는 앤이 모든 걸 내버리고 인생의 마지막 긴 춤을 나와 함께, 오직 나하고만 함께 추게 될 거라 확신하기라도 하듯이(비록 현재 상황을 보면 우리 둘 다 이를 원하는 것 같진 않지만).

예전에 이곳을 방문할 때마다 거의 항상(우즈 홀의 연체동물 전시회와 메츠** 경기를 보고 블록 아일랜드에서는 바람을 맞으며 페리를 타는 등 아이들과 재미있는 시간을 보내기 위한 곳이었다) 나는 마치 울타리를 넘어 사유지에 침입한 다음 법망을 벗어나 유유히 사라지는 듯한 느낌을 받곤 했다. 앤은 내가 지어낸 감정일 뿐이라고 말하지만 그래서 뭐가 달라진단 말인가? 지금도 여전히 그런 느낌을 받고 있는데.

나와 달리 모든 것은 변하기 마련이라고 생각하는 찰리는, '품위'를 신뢰하고, 혼자 있을 땐 '기준'과 '진정성'을 고민하고, '그냥 애'와 '진짜 남자'를 구분할 줄 알며 '고찰'할 수 있는 남자라고 한다. 그러

* 미국 야구선수. 단일시즌 최다 홈런왕 기록을 보유했다.

** 미국 프로야구팀 뉴욕 메츠.

나 (내 사건이지만) 김이 잔뜩 낀 올드 라임 컨트리클럽의 라커룸 거울 앞에 서서 자기 성기를 쳐다보며 좀더 컸으면 좋았을 텐데 하고 아쉬워하는 사람, 아마 직사각형 유리 거울이 비율을 왜곡하지 않았다면 자기 물건이 더 커 보였을 거라고 생각하다가 결국에는 엄격한 눈으로 보면 모든 남자의 그것은 작아 보이기 마련이라고 멋대로 결론을 내리는 사람, 그런 절대적인 기준에 비춰볼 때 자신은 키가 큰 편이므로 거울에 비치는 그것도 눈에 보이는 것보다 더 크다고 믿어버리는 사람, 찰리는 그런 사람이다.

어느 날 저녁, 찰리의 집이 자리한 언덕 밑에 같이 서 있던 우리는 발밑에 깔린 자갈을 밟으며 그의 보트 창고 근처로 걸어갔다. 창고 너머로는 연못이 하나 있었는데 분홍색 장미가 주위에 빽빽했고 니사나무가 장벽처럼 코네티컷강과 연못을 분리하고 있었다. 찰리가 입을 열었다. "프랭크, 셰익스피어는 분명 똑똑하기 이를 데 없는 사람입니다." 찰리의 억세 보이는 커다란 손에는 멕시코풍 수제 잔이 들려 있었는데 그 안에 담겨 있던 독한 보드카 김릿은 한 방울도 남아 있지 않았다. (찰리는 내게 술을 권하지 않았다. 나는 그날 바로 떠날 예정이었기 때문이다.) "올해 들어 그의 모든 작품을 다 읽었죠. 역사적으로 보면 작가들은 16세기 수준에서 그리 많이 진보하지 못한 것 같아요. 셰익스피어는 그 누구보다 인간의 약점을 잘 간파한 사람이었죠. 그리고 그걸 연민에 차서 바라봤어요." 찰리는 그렇게 말하더니 나를 쳐다봤다. 입술 뒤에서 혀를 굴리고, 눈을 껌벅거리면서. "그게 바로 위대한 작가의 자질 아닐까요? 인간의 약점에 대한 연민 말입니다."

"모르겠군요. 한 번도 생각해본 적이 없어서요." 내가 대꾸했다. 조용히, 얼마간은 심술궂게. 찰리는 한때 꽤 괜찮은 단편을 썼던 작가가 결국 부동산이나 팔고 있다는 사실을 의아하게 여겼고 나도 그런 찰리의 생각을 이미 알고 있었다. 또 내가 앤이 살던 집에서 산다는 사실에 나름대로 생각이 있겠지만 난 결코 궁금해하지 않았다(분명 편견으로 가득차 있을 테니까).

"그렇군요, 그럼 당신의 의견은 어떻죠?" 찰리는 회색 눈썹을 찡그리면서 그 커다란 코를 킁킁거렸다. 마치 오직 자신만이(어쩌면 자신의 친구들만이) 감지할 수 있는 저녁 안개 속 복잡미묘한 꽃향기를 들이마시기라도 하는 것처럼. 찰리는 양말도 없이 보트 슈즈를 신고, 카키색 반바지에 티셔츠, 내가 약 삼십 년 전에 제이 프레스사의 한 카탈로그에서 본 기억이 나는 두꺼운 파란색 집업 스웨터(당시 나는 과연 이 스웨터를 살 사람이 있을지 궁금해했다)를 입고 있었다. 물론 그는 그레이하운드처럼 건강하고 나이에 비해 대가라 할 만큼 스쿼시 실력도 뛰어났다.

"문학이 진보와 관련 있다고는 생각하지 않아요." 나는 불쾌하다는 듯이 대꾸했다(난 내 말이 옳다고 생각한다). "문학은 절대적인 의미에서의 선善과 관련이 있다고 봅니다. 더 나은 뭔가가 아니라요." 나는 히스테릭한 웃음으로 내 생각을 강조하고 싶었다.

"그렇군요. 아주 희망적인 견해예요." 찰리가 긴 귓불을 매만지며 아래를 쳐다봤다. 마치 내가 했던 말을 시각적으로 보고 있기라도 한 것처럼 고개를 끄덕이면서. 그의 빽빽한 흰머리가 사위어가는 햇빛을 받아 반짝거렸다. "정말 희망적인 견해예요." 근엄한 목소리로 찰리가 다시 말했다.

"나는 되도록 희망적으로 생각하려는 사람이죠." 말은 이렇게 했지만 나는 망명자가 된 것처럼 암담한 심정이었다.

"그렇다면 말이죠," 찰리가 말했다. "당신과 내가 친구가 될 수 있다고 봅니까?" 고개를 반쯤 든 찰리가 금속테 안경 너머로 나를 쳐다봤다. 찰리가 말하는 '친구'란 품위를 갖춘 남자들이 꿈꾸는, 그러니까 힌두교에서 말하는 열반의 경지처럼 고귀한 것들 중에서도 가장 고귀한 인간의 조건임을 나는 알고 있었다. 내 인생에서 그때만큼 친구 사귀는 게 싫어졌던 때가 없었다.

"아뇨." 내가 무뚝뚝하게 대답했다.

"왜요? 왜 그렇게 생각하죠?"

"왜냐하면 우리의 공통점은 내 전처뿐이니까요. 시간이 지나면 당신은 내 전처를 두고 나와 토론을 해도 괜찮다고 생각하겠지만 그건 나를 엿 먹이는 짓이죠."

찰리는 한 손으로는 여전히 귓불을 만지고, 다른 한 손으로는 잔을 들고 있었다. "그럴지도 모르겠군요." 찰리가 조심스럽게 고개를 끄덕였다. "사랑하는 사람에게서도 도저히 이해할 수 없는 면을 발견할 때가 있기 마련이죠, 안 그렇습니까? 그럴 때 우리는 누구에게 물어봐야만 해요. 그런 점에서는 당신이 최적의 상대죠. 앤은 결코 간단히 이해할 수 있는 사람이 아니거든요. 물론 당신이 더 잘 알고 있겠지만."

찰리는 이미 전처에 대한 토론을 시작했다. "글쎄요," 내가 말했다. "모르는 것 같네요."

"나처럼 당신도 다시 한번 시도해보지 그래요? 이번엔 잘될지도 모르잖아요." 찰리는 또다시 나를 유심히 쳐다보며 고개를 끄덕였다.

"젠장, 남의 일에 신경쓰지 말고 당신 일이나 똑바로 하쇼." 그렇게 쏘아붙이며 나는 찰리를 노려봤다. (아이들이 목격하지 않기를 바라면서) 그가 몇 살이든, 신체조건이 나보다 뛰어나든 말든 간에 한 대 세게 갈겨주고 싶었다. 그때 갑자기 연못이 한기를 내뿜기라도 한 것처럼 추위가 들고 팔뚝에 털이 곤두섰다. 5월 말이었다. 코네티컷강의 은빛 풍광을 배경으로 작은 집들에서 불빛이 새어나오기 시작했고 어디선가 보트의 벨소리도 들려왔다. 그 순간 내가 느낀 것은 찰리를 마구 때리고픈 분노가 아니었다. 슬픔과 외로움, 상실감, 비참, 그리고 무력감이었다. 점잖게 화를 내기도 싫을 만큼의 관심도 생기지 않는 어떤 사람 옆에서 말이다.

"그런데 말이죠." 찰리가 말했다. 나처럼 한기를 느꼈는지 스웨터 지퍼를 목 끝까지 올리고 소맷자락도 끌어당기면서. "프랭크, 당신에게는 신뢰가 가지 않는 무언가가 있어요. 건축가와 부동산중개인은 공통점이 그리 많지 않을지도 모르죠. 당신은 그렇지 않다고 생각할지도 모르지만." 찰리가 나를 주의깊게 쳐다보며 말했다. 혹시 내가 별안간 울부짖으며 튀어올라 목을 내려치지 않을까 걱정이라도 하는 것처럼.

"상관없어요." 내가 말했다. "내가 당신 입장이라 해도 나를 믿지 않았을 테니까."

찰리는 들고 있던 잔을 얼음이 쏟아지든 말든 잔디 위에 조용히 던진 후 이렇게 말했다. "프랭크, 반음 높게 연주하거나 반음 낮게 연주하더라도 서로 장단은 맞출 수 있잖아요." 찰리는 실망한 듯했다. 아니, 당황한 듯했다. 말을 마친 찰리는 울퉁불퉁한 자갈길을 걸어 자신의 보트 창고로 향했다. "하지만 모든 걸 얻을 순 없습니다." 찰리는 어둠 속으로 사라지면서 마치 연극무대에서 독백을 하듯이 중얼거렸다. 나는 가만히 지켜보기만 했다. 그가 길을 다 내려가 창고 문을 열고 들어가서 다시 문을 닫는 것을(분명 찰리는 창고에서 마땅히 할일도 없었을 것이다). 찰리가 사라지자 나는 그의 집 근처에 주차해둔 내 차로 가 아이들을 기다렸고 곧 나타난 아이들과 함께 행복한 시간을 보냈다.

내가 지금 서둘러 달리고 있는 딥리버는 아늑하고 온화한 남부 뉴잉글랜드 특유의 양면성이 고스란히 드러나는 곳이다. 녹음이 우거지고 통행로가 깨끗이 청소된 지역에는 우리처럼 평범한 사람들이 멍청한 회중교도들, 점잖은 로마가톨릭 신자들과 어울려 산다. 반면 고사리가 활짝 피고 참피나무가 몰려 있는 강 쪽으로 내려오면 나머지 절반의 주민들이 어떻게 사는지 전혀 관심 없이 커다란 집을 지어 은둔하듯 자기만족에 빠져 살아가는 부자들이 나타난다. 여기 사는 사람들의 면면을 보자면 뉴헤이븐의 법학 교수나 하트퍼드와 스프링필드의 돈 밝히는 사기꾼 변호사, 뉴욕 출신의 돈 많은 연금 생활자 등등이다. 이들은 그레타 식료품점, 더 플라워 배스킷 꽃가게, 에디블 킹덤 미트 정육점과 리쿼드 타임 리커스 주류판매점 등을 밝은 표정으로 순회한 뒤(드물게는 보디 아티스트리 타투점이나 어덜트 뉴즈 앤드 비디오 대여점, 또는 프렌들리 로너 전당포에 들른 후) 개 사료와 판세타*, 메스키트**, 근대, 신선한 튤립, 술을 로버 자동차에 한가득 싣고 집으로 돌아간다.

---

* 베이컨과 유사한 훈제 햄.

** 음식을 굽는 불을 피울 때 흔히 사용하는 남미산 나무.

모두 저녁 칵테일파티를 위한 재료들이다. 파티에서는 양 다릿살을 구워 먹고 한 시간 정도 즐겁게 대화를 나누다 시원한 공기가 감도는 침실로 돌아가 안개를 머금은 잔잔한 강바람을 느끼며 잠에 든다. 아이들이(아니면 전처가) 살기에 그리 좋은 장소로 느껴지진 않는다.

독립기념일이라고 거창한 행사를 준비하지는 않는 분위기인지, 가로등에는 깃발 몇 개만 축 늘어져 있다. 소방서 앞쪽 진입도로에는 독립기념일을 맞아 어느 고등학교에서 주관하는 '프리덤 세차장' 행사가 그럭저럭 활기차게 벌어지고 있는 중이고, 트루 밸류 철물점에서는 갈퀴와 괭이 같은 장비를 진열해놓고 판촉에 열을 올린다. 몇몇 점포에서는 캐나다 놈들과의 연관성을 표시하는 의미로 단풍잎이 그려진 깃발을 성조기 옆에 내걸었는데 이들은 1757년에 있었던 몽칼름* 부대의 활약 덕택에 목숨을 구할 수 있었던 불운한 백인들의 후손으로, 캐나다 달러를 내더라도 흔쾌히 받는 사람들이다. 눈을 돌려보니 도나스 커트 & 컬 미용실 유리창에 붙은 광고문구가 눈에 들어온다. "머리를 다듬을 시간인가요?" 이런 풍경을 통해 딥리버가 말하고자 하는 바는 간단하다. '우리의 오랜 정착 역사(1635년부터 시작됐다) 덕분에 진정한, 그리고 복합적인 독립정신은 이미 이곳에서 일상적으로 행해지고 있다. 아주 조용히. 그러니 너무 많은 것을 기대하지 말라.'

나는 강 쪽으로 방향을 돌려 나무가 우거진 T자형 도로, 셀던 넥 레인 도로를 타고 가다가 월계수가 빽빽이 늘어선 브레이너드 세틀먼트 하우스 웨이를 지나, 미국산 호랑가시나무와 히코리나무가 자라는 스

---

* 1700년대 중반 퀘벡 지역에서 일어난 영국과 프랑스의 식민지 쟁탈 전쟁에서 활약한 프랑스 장군.

왈로 레인으로 들어선다. 눈에 잘 띄지 않지만 바로 이 길에 앤과 찰리, 내 아이들의 우편함이 단풍나무로 만든 작은 기둥에 걸려 있다. 기둥에는 짙푸른 글씨로 이렇게 쓰여 있다. **동산**. 옆으로는 거친 자갈이 깔린 자동차 진입로가 이름을 알 수 없는 나무숲 사이로 뻗어 있어 감히 접근하기 어려운 분위기를 낸다. 방문객을 별로 반기지 않는 집 같은 분위기를 풍기는 것이다. 꼭 이런 식으로 말하는 것 같다. '사람이 사는 곳. 하지만 당신은 모르는 사람임.'

바람을 맞으며 마을을 통과해 부자들이 사는 교외지역으로 향하는 동안 나는 관자놀이 뒤쪽 머리가 꽉 조여오는 불쾌한 느낌이 든다. 목은 뻣뻣해지고 흉부의 세포조직이 확장되는 기분이 들어 금방이라도 트림이나 구역질을 할 것 같다. 숨이라도 제대로 쉬려면 입을 벌리고 있어야만 할 것 같다. 간밤에 잠을 설치기도 했고 샐리의 집에서 술도 많이 마신 터다. 더구나 내내 장거리를 운전해왔다. 아들에 대해 생각할 시간이 거의 없을 만큼 마크햄 부부와 매클라우드 부부, 테드 훌리한, 칼 베미시를 걱정하는 데 소중한 시간을 쏟아부으면서 말이다.

무엇보다 가장 날카롭기 그지없는 진실은 이혼 후 더 나은 삶을 살고 있는 전처를 내가 곧 방문하려 한다는 것이다. 나는 고아나 다름없는 내 아이들이 멋들어진 생활 속, 넓은 잔디 위에서 즐겁게 뛰노는 모습을 보게 될 것이다. 자칫 해변에 처박아 묶어놓고 게 먹이로 만들어버리고 싶은 찰리 오델이라도 만나면 모욕적이고 참기 힘든 대화를 나눠야 할지도 모른다. 그렇게 된다면 누구라도 뇌에 '종기'가 생기고 만성 흉부 부종을 얻고 말 것이다. 그보다 훨씬 나쁜 증상이 생긴다 해도 놀랍지 않다.

우편함 아래쪽 가장자리를 보니 전에는 보지 못했던 작은 표지판이 하나 붙어 있다. 그 표지판에는 와인처럼 붉은 바탕색에 우편함 색과 같은 초록색으로 이렇게 쓰여 있다. **이곳은 새들의 쉼터입니다. 존중해주세요. 우리의 미래를 보호해주세요.** 칼이 이 표지판을 봤다면 최소한 코네티컷주의 이 동네에서는 비레오 새가 안전하게 지낼 수 있다는 사실에 매우 기뻐했을 것이다.

그런데 공교롭게도 그 우편함 바로 아래, 즉 낙엽과 잡초가 자라는 땅바닥에 찌르레기로 보이는 새 한 마리가 누워 있다. 이미 죽어버렸는지 눈은 꽉 감겼고 뻣뻣한 날개는 개미떼로 덮인 상태다. 나는 차창 아래로 그 새를 쳐다보며 당황할 수밖에 없다. 새는 죽는다. 우리 모두 이 사실을 안다. 새도 심장발작, 뇌종양, 빈혈을 겪을 수 있고 불운이나 삶의 쓴맛을 볼 수도 있다. 그리고 우리 인간처럼 결국에는 죽는다. 아무도 새들을 노리지 않고 오히려 모두가 새들의 날갯짓에 감탄하게 되는 이런 보호구역 내에서도 말이다.

하지만 어째서 여기에? 어째서 새의 안식처라는 표지판 바로 아래에? 이건 이상하다. 머리에 불쾌한 통증이 밀려오는 와중에도 나는 문득 내 아들이 그랬을 것이라는 확신이 든다(아버지의 본능이다). 동물학대는 유년기를 비정상적으로 보내고 있다는 경고 신호 중 하나다. 즉 폴이 양아버지의 집과 양아버지 찰리, 시원한 풀밭, 아침 안개, 요트, 클레이 코트, 태양 전지판 등 자신의 통제권 밖에 있는 모든 것들에 대해 정서적 마찰이라는 게릴라전을 시작했다는 뜻이다. (아들만 탓할 생각은 없다.)

나는 아무 죄 없는 새를 죽여 불길한 징조처럼 우편함 근처에 버려놓는 짓을 납득하는 사람이 아니다. 도저히 받아들일 수 없는 상황에 나는 두려움마저 느끼고 있다. 이곳의 생활방식에 나는 되도록 관여하고 싶지 않다. 또한 나는 30그램만큼 간섭하면 치료를 450그램만큼 방해할 수 있다는 말을 믿는다. 그래서 나는 일단 근처에 차를 세운 뒤 차문을 열고 뜨거운 열기 속으로 걸어내려간다. 여전히 두통이 가시지 않았지만 힘겹게 머리를 숙여 생명의 기운이 사라진 그 작은 깃털을, 개미들이 득실거리는 사체의 날개 끝부분을 잡아올린다. 저멀리 뻗어 있는 스왈로 레인을 한번 힐끗 쳐다보고 근처 덤불 속으로 마른 쇠똥을 던지듯 새를 휙 내던진다. 사체는 덤불 속으로 소리도 없이 사라진다. 이로써 아들은 어쩌면 이후에 맞게 될지도 모를 곤혹스러운 사태 하나를 해결할 수 있게 된다(내 바람이지만). 물론 그런 곤혹스러운 사태가 이미 한두 가지가 아닌 것 같긴 하다.

나도 모르게 태곳적 습관대로 손가락을 코에 대고 킁킁 냄새를 맡는다. 죽음의 냄새가 배었다면 어딘가(9번 국도의 세브론 주유소 따위)로 가서 손을 씻어야 하기 때문이다. 하지만 바로 그때 작은 진파랑색 자동차(내가 보기에 유고 차* 같다) 한 대가 나를 가로막으려는 듯 차 옆에 서 있는 내게로 다가와 멈춰 선다. 차문에는 은색 문자들과 경찰 방패 그림이 그려져 있고 그림 안에는 **아가지즈 보안대**라고 전사 인쇄가 되어 있다. (이게 난데없이 어디서 나타났단 말인가?)

내가 숲으로 도망칠까봐 우려했는지 호리호리하고 금발머리에 파란색 제복을 입은 남자가 재빨리 차에서 내린다. 남자는 일단 내리고 나

* 1980년대에 유고슬라비아의 자동차가 미국으로 매우 낮은 가격에 수출되었다.

서는 나를 바라보며 차문 뒤에 서 있기만 할 뿐이다. 얼굴에는 미국인이라면 누구나 알 만한 기묘하면서도 차가운 미소가 어려 있다. 경계와 오만, 권위를 담은 미소, 외부인들은 문제를 일으키기 마련이라는 의미를 담은 미소다. 그 남자는 나를 우편함에서 우편물을 훔치려는 도둑으로 생각했을지 모른다. 예를 들어 레게음악 CD 열 개 증정, 아이다호산 특상 스테이크 판매, 고액 베팅 갬블러에게 특전 같은 홍보물을 말이다.

나는 손가락을 내리고(불행히도 야생동물의 죽음을 알리는 냄새가 풍겨나온다) 고개를 꼿꼿이 든다. "안녕하십니까." 내가 과장되게 쾌활한 목소리로 인사한다.

"안녕하세요!" 젊은 보안대원도 인사를 건네면서 이유는 모르겠지만 조용히 고개도 끄덕거린다. "거기서 뭘 하고 계시죠?"

나는 보안대원을 똑바로 쳐다보며 이렇게 말한다. "여기 사는 오델 씨네에 가는 길입니다. 장거리 운전을 해서 다리 좀 펴려고 차를 세웠죠."

"아, 그러셔야죠." 보안대원의 대답 아래로 차가운 무관심이 엿보인다. 날카로운 시선으로 나를 보고 있는 이 남자는 홀쭉하긴 해도 틀림없이 치명상을 입힐 수 있는 무술을 배웠을 것이다. 무기는 보이지 않았지만, 소형 마이크를 차고 있으니 어깨 쪽으로 조금만 머리를 돌리면 다른 곳에 있는 동료와 통화할 수 있을 것이다. "친구분이 오델 씨라고 하셨죠, 네?" 명랑한 목소리로 보안대원이 묻는다.

"그렇습니다."

"실례지만 조금 전에 저 나무 위로 뭘 던지셨죠?"

"새입니다. 새였어요. 죽은 새였죠."

"그렇군요." 마치 죽은 새를 볼 수 있다는 듯 보안대원은 내가 새를 버린 곳을 바라봤지만 당연히 볼 수 없을 것이다. "그 새는 어디서 나셨죠?"

"사이드미러에 부딪힌 것 같아요. 문을 열고서야 알았죠. 찌르레기더군요."

"무슨 새라고요?" (심문을 하는 동안 내 진술이 달라지리라 믿는 모양이다.)

"찌르레기." 내 대답이 유머러스한 반응을 불러일으키지 않을까 기대해보지만 현실은 그렇지 않다.

"여기는 야생동물 보호구역입니다. 사냥을 하면 안 돼요."

"사냥한 게 아닙니다. 사이드미러에 매달고 가지 않으려고 치웠을 뿐입니다. 그러는 편이 좋을 것 같아서요. 저곳이라면 큰 문제 없을 겁니다." 나는 내가 말한 지점을 쳐다본다.

"어디서 오셨죠?" 보안대원은 내 차에 붙은 파란색과 담황색으로 반짝이는 뉴저지 번호판을 힐끗 쳐다보고는 다시 나를 바라본다. 만약 내가 애리조나주 오라클이나 미네소타주 인터내셔널 폴스에서 왔다고 대답한다면 즉각 지원을 요청하리라.

"뉴저지주 해덤에서 왔습니다." 나는 어떤 식으로든 당신에게 도움을 줄 수 있어 기쁘고, 사무실에 돌아가는 대로 이 훌륭한 근무 태도를 칭찬하는 편지를 당신 상관에게 쓰겠다는 뉘앙스를 담아 말한다.

"성함은요?"

"배스컴." 나는 속으로 아무 짓도 하지 않았다고 뇌까린다. (거짓말을 하긴 했지만) 그저 다른 사람들을 대신해 죽은 새를 덤불 속에 던져놓기만 했을 뿐이다. "프랭크 배스컴입니다." 열린 차창을 통해 밖으로 새어나온 시원한 공기가 나를 감싼다.

"좋습니다, 배스컴 씨. 운전면허증을 보고 싶군요. 보고 나면 여기서 사라져드리지요." 젊은 보안대원이 말한다. 마치 이렇게 말하는 게 표준이며 그래서 이런 식으로 말하는 게 너무 좋다는 듯이.

"그러시죠." 나는 재빨리 지갑을 꺼내 부동산중개인 자격증, 레드맨 클럽 멤버십 카드, 그리고 메이즈 앤드 블루 클럽 동문 카드 사이에 꽂혀 있는 면허증을 뽑는다.

"이쪽으로 와서 제 차의 보닛 위에 면허증을 올려놔주시겠습니까?" 어깨 위 소형 마이크를 손으로 다시 고정시키며 보안대원이 말한다. "올려놓고 뒤로 물러나시면 제가 가서 보도록 하죠. 확인 후 제가 보닛 위에 다시 올려두면 그때 찾아가세요, 알았죠?"

"굉장하군요. 그런데 너무 귀찮지 않나요? 제가 직접 드릴 수도 있는데."

나는 땅딸막한 차체 위에 스프링 모양 쌍방향 안테나가 달려 있는 유고 차를 향해 걸어간다. 하지만 보안대원은 신경질적으로 이렇게 말한다. "다가오지 마세요, 배스컴 씨. 면허증을 보여주지 않을 거라면." 그는 어깨 위 마이크를 다시 쳐다본다. "그냥 서 있어요. 나는 코네티컷주 경찰을 바로 호출할 수 있습니다. 그럼 경찰에 이 사건에 대해 설명해야 할 겁니다." 어느새 금발 젊은이의 겉치레 미소는 사라지고, 명백한 무죄를 명백한 유죄로 해석하기로 작정한 듯한 불길하며 경찰다운 냉혹한 태도가 드러난다. 아마 저자는 지금 배스컴의 스펠링이 어떻게 되는지 고민하고 있을 것이다. 배스컴은 어느 모로 보나 유대인식 이름이기 때문이다. 보안대원은 뉴저지주에 득실거리는 유대인, 스페인계 미국인, 흑인, 이슬람교도, 공산주의자 등을 모아놓고 몇 가지 가르침을 줘야 한다고 생각하고 있을 것이다. 보안대원의 손은 차창 아래와 그의 등 사이 어딘가를 향하고 있다. 아마 무기를 숨겨놓은 곳이리라. (난 이런 사태를 야기할 의도가 없었다. 그저 면허증을 건네주려 했을 뿐이다.)

"사건이랄 것도 없습니다." 나는 다시 미소를 보낸 다음 그의 차로 다가가 면허증을 헤드라이트 위에 올려놓는다. "자, 당신 말대로 했어요." 나는 몇 발짝 뒤로 물러난다.

보안대원은 내가 열 걸음 정도 물러설 때까지 기다렸다가 조심스럽게 다가와 면허증을 낚아챈다. 파란색 유니폼의 셔츠 주머니에 달린 황금색 명찰에는 에릭이라고 쓰여 있다. 셔츠와 바지 외에 신발도 경찰들이 주로 신는 밑창이 두껍고 크레이프 고무로 만든 신발을 신었으며 가슴에는 작고 붉은 아스콧 넥타이*를 매고 있다. 외모에 비해 나이가 좀 들었다는 사실도 알 수 있다. 언뜻 보면 스물두 살로 보이지만 아마 서른다섯은 됐을 것이다. 짐작건대 지역 경찰에 여러 차례 응시했으나 심리 테스트 결과에 기복이 심해 번번이 떨어졌을 게 틀림없다. 하지만 약간 떨어져서 보면 어떤 부모라도 돈이 얼마가 들든 다트머스대학에 보내 공부시키고 싶어할 만큼 사랑스러운 젊은이였다.

에릭은 열려 있는 차문 뒤로 걸어가 사진과 나를 비교하면서 내 면허증을 꼼꼼히 살펴본다. 이제 보니 창백한 입술 주변에는 히틀러 유

---

* 폭이 넓은 넥타이 종류 중 하나.

젠트 단원 같은 콧수염을 기르고 있었고 손등에는 해골이거나 해골 위에 똬리를 튼 뱀인 것 같은 문신을 그려넣었다(분명 보디 아티스트리 타투점에서 했을 것이다). 오른쪽 귓불에는 아주 작은 금귀고리를 하고 있다. 딥리버에는 썩 어울리지 않는 모습이다.

에릭은 면허증을 뒤집어서도 살펴봤는데 분명 내가 장기기증 서약을 했는지 알아보기 위해서였을 것이다(난 하지 않았다). 보닛에 내 면허증을 다시 올려놓은 에릭은 열린 차문 쪽으로, 즉 안전한 장소로 되돌아간다. 그가 여전히 총을 들고 있는지는 알 수 없다.

"이제 그만 가셔도 좋습니다." 아까처럼 쾌활한 미소를 지어 보이며 에릭이 말한다. 내 면허증에서 뭘 알아냈을까. 내가 연쇄살인범이 아니라는 증거를 면허증에서 찾아낼 수는 없을 텐데. "외지인들이 자주 차를 몰고 나타나서요. 이곳 주민들이 정말 싫어하죠. 그래서 저희가 순찰을 도는 겁니다." 에릭이 따뜻한 미소를 지어 보인다. 이제 우린 친구가 됐다.

"나도 그런 건 싫어합니다." 나는 지갑을 열어 면허증을 원래 있던 자리에 끼워넣는다. 혹시 에릭이 죽은 새의 악취를 맡았을까?

"여기에 이상한 사람들이 얼마나 많이 출몰하는지 알면 아마 놀라실 겁니다. 95번 국도에서 나와 이 주변을 돌아다니는 거죠."

"충분히 이해합니다." 내가 말한다. "전부 이해할 수 있어요." 며칠 동안 감옥에 갇혀 있다가 방금 뜨거운 햇살 아래 나온 사람처럼 갑자기 기운이 없어진다.

"특히 휴일에는 더 심하죠." 에릭이 사회학자처럼 말한다. "독립기념일에는 더욱 그렇고요. 이상한 놈들이 전국에서 다 모여든다니까요.

뉴욕주, 뉴저지주, 펜실베이니아주 같은 데서 말입니다." 에릭이 고개를 젓는다. 그에 따르면 방금 언급한 곳들은 미친 사람들이 가장 많이 사는 지역인 셈이다. "오델 씨와는 오랜 친구이십니까?" 여전히 안전한 차문 뒤에 서서 에릭이 묻는다. "제가 아주 좋아하는 분이거든요."

"아닙니다." 나는 내 차로 돌아온다. 아직도 차 안에서는 서늘한 공기가 쏟아져나오지만 나는 더욱 무기력해질 뿐이다.

"그럼 일 때문에 오셨겠군요." 에릭이 말한다. "혹시 건축가이신가요?"

"아닙니다, 내 전처가 오델 씨와 재혼했죠. 저는 지금 아들을 데리러 가는 중입니다. 함께 여행을 가려고요. 아주 좋은 생각 같죠?" 순간 에릭을 공격하고픈 충동이 인다.

"이런, 아주 심각한 일인데요?" 에릭이 여전히 열린 차문 뒤에 선 채로 나를 보며 말한다. 지금쯤이면 그도 이미 나에 대해 어느 정도 파악했을 것이다. 나는 품위 없고 가망 없는 임무를 수행해야 하는 패배자요 불쌍한 사람이다. 여기에 자주 출몰한다는 이상한 사람들보다 흥미로울 게 없는 사람. 물론 나 같은 사람도 수류탄 따위를 들고 다니며 이곳을 아수라장으로 만들어버릴 수 있지만.

"그렇게 심각한 일은 아닙니다." 에릭을 쳐다보며 잠시 말을 멈췄다가 다시 입을 뗀다. "제가 좋아하는 일이죠."

"아드님이 폴인가요?" 에릭이 귀고리를 집게손가락으로 만지작거리며 묻는다. 뭔가를 잘 알고 있다는 암시다.

"그렇습니다. 폴을 아시나요?"

"아, 그럼요." 에릭이 능글맞게 웃는다. "모두들 폴을 잘 알죠."

"모두? 그게 무슨 뜻이죠?" 내가 눈살을 찌푸리는 것이 느껴진다.

"다들 폴을 겪어봤으니까요." 에릭은 어느새 타고 온 유고 차 안으로 허리를 숙이는 중이다.

"폴은 당신에게 어떤 문제도 일으키지 않았을 텐데요." 하지만 문제를 일으킨 적이 있을 것이다. 앞으로도 그럴 테고. 에릭은 폴이 놀림감으로 삼을 만큼 멍청하니까.

에릭이 운전석에 들어가 앉아버려서 그가 하는 말은 잘 들리지 않는다. 내가 듣게 할 의도는 없이 어떤 건방진 말을 하고 있는지도 모른다. 아니면 어깨에 달린 소형 마이크로 교신을 하고 있을 수도 있다. 에릭은 차를 돌려 진입로 밖으로 나간다.

운전석에 앉아 있는 에릭을 향해 달려가 창문에 대고 사악하고 기분 나쁜 욕설을 퍼부으며 악을 쓰고 싶다. 하지만 전처의 집 앞 진입로에서 체포당할 수는 없다. 에릭에게 그저 손을 흔들어줄 수밖에 없다. 에릭도 같이 손을 흔들어준다. "좋은 하루 보내십시오." 에릭은 형식적이고 딱딱한 인사를 건넨 후 스왈로 레인 위를 천천히 달리기 시작하고, 마침내 시야에서 완전히 사라진다.

졸린 눈으로 오델의 저택에 들어서는 길에 처음으로 마주친 생물체는 클래리사다. 클래리사는 집에서 아래쪽으로 제법 떨어져 있는 연못 위쪽의 넓은 잔디밭에서 노란 공으로 테더볼*을 치고 있다. 차 안에서 지켜보니 혼자서 열심히 공을 치는 모습이 꼭 한 마리 참새 같다.

---

* 기둥에 매단 공을 라켓으로 치고 받는 게임.

나는 혼자서 폴을 찾아봐야겠다고 마음먹고 집 뒤편에 차를 세운 다음(집 앞은 잔디밭과 공기, 연못, 일출, 그리고 내 생각이지만 모든 지식에 이르는 길을 향해 있다) 덥지만 활기찬 아침 공기 속으로 지친 몸과 발을 내디뎠다.

찰리의 집은 멋진 외관을 자랑한다. 흐린 푸른색 지붕널에 흰색 테두리가 들어간 박공지붕, 그리고 창틀 없이 높다랗게 난 창문, 거기에 세 면을 빙 둘러 나 있는 커다랗고 멋진 출입구까지. 그 커다란 출입구는 하얀 계단을 통해 아래쪽 잔디밭으로 이어진다. 전에 찰리와 내가 셰익스피어에 대해 토론하면서 우리 둘 다 상대방을 믿지 않는다고 결론 내렸던 그곳이다.

나는 (내 클리오 스트리트 집의 다 말라붙은 수국과 달리) 자주색 꽃을 활짝 피운 수국 덤불을 헤치며 힘겹게 앞으로 걸어간다. 그늘도 없는 잔디밭을 지나려니 다리에 힘이 풀린다. 머리가 어질어질하고 눈꺼풀도 무겁게 감기지만 그 와중에도 누가 나를 제일 먼저 보게 될지 궁금해 (결코 점잖다고 할 수 없는 자세로) 주변을 두리번거린다. 그런데 영원히 불명예로 남겠지만, 오빠와 함께 여행을 가지 못하는 클래리사를 달래줄 사랑과 평화의 상징, 즉 선물을 깜빡했다는 사실이 기억난다. 지금 알록달록한 빈스 롬바디 땀 흡수 밴드나 영감을 주는 빈스의 하프타임 명언집을 손에 쥘 수만 있다면 뭐든 하련만. 아마 두고두고 농담거리로 삼는 선물이 됐을 텐데. 머리가 계속 어지럽다.

어느 틈에 누군가 다가온 걸 알아챈 클래리사가 공치기를 멈추고 고개를 돌린다. 클래리사는 눈 위에 손그늘을 만들어 내 쪽을 바라보더니 팔을 흔든다. 하지만 아빠를 제대로 알아본 건 아닐 것이다. 그저 아빠가 맞기를, 오빠에 대해 이것저것 캐묻는 사복경찰이 아니기를 바라고 있을 테지.

나 역시 손을 흔들지만 무슨 이유에서인지 다리가 절뚝거린다. 마치 전쟁 때문에 사랑하는 가족과 떨어져 지내는 동안 다치고 너무나 변해버린 참전 군인처럼. 하지만 클래리사는 내가 이상하다는 걸 눈치채지 못할 것이다. 나를 자주 보진 못하지만(최근 들어서는 한 달에 한 번씩만 봤다) 클래리사에게 나는 시간의 흐름과는 무관한 인물이나 마찬가지라 평소와 다른 점을 전혀 발견하지 못할 테니까. 안대를 했든, 의수를 했든, 치아를 모조리 갈았든 간에 클래리사에게는 아무런 의미도 없다.

"아빠, 안녕, 안녕, 안녕!" 아빠를 알아본 클래리사가 노래하듯 큰 소리로 외친다. 시력이 안 좋은 클래리사는 먼 곳을 잘 못 보고 도수 높은 콘택트렌즈를 끼고 다닌다. 하지만 그동안 불편한 기색을 보인 적은 없었다. 맨발로 마른 잔디를 밟으며 달려온 클래리사는 안 그래도 욱신거리는 내 목을 힘차게 껴안는다. 딸이 이렇게 펄쩍 뛰어들 때마다 만만치 않은 충격에 내 입에서는 신음소리가 절로 흘러나온다.

"소식을 듣자마자 한달음에 달려왔어." (우리의 짧은 역할극에서 나는 언제나 무시무시한 위급상황에 맞춰 도착하는 사람이다. 클래리사와 나는 책임감 있는 어른이고 폴과 전처는 도움이 필요한 변덕스러운 아이들이다.) 나는 여전히 몸이 흔들거렸지만 클래리사와 만난 기쁨에 심장이 고동치기 시작한다. 지끈지끈하던 두통도 어느새 감쪽같이 사라진다.

"오빠는 엄마랑 안에 있어요. 아마 준비하면서 싸우고 있을 거예요."

파란 스피도* 수영복 위에 다홍색 반바지를 입은 클래리사는 예상대로 있는 힘껏 나를 껴안고, 나는 그런 딸을 번쩍 들어 테더볼을 다루듯 빙빙 돌리다가 딸의 다리가 풀릴 때쯤 잔디 위에 살짝 내려놓는다. 클래리사에게서 좋은 냄새가 난다. 축축한 냄새에 몇 시간 전에 뿌려 지금은 희미해진 소녀용 향수가 섞인 듯한 냄새다. 우리 위쪽으로는 폴이 찰리를 때렸다는 보트 창고가 있고 연못 주변에는 분홍빛 개망초와 야생 칼라가 무성하다. 더 위로 올라가면 니사나무숲이 한결같이 자리를 지키고 있고, 여기서 보이진 않지만 펠리컨떼가 천천히 우아하게 하늘을 향해 날아오르는 강이 흐른다.

"집주인은 어디 있지?" 나는 테더볼이 매달려 있는 기둥에 등을 대고 털썩 주저앉으며 클래리사에게 묻는다. 클래리사의 가는 다리는 햇볕에 그을린 모습이고 금빛 솜털이 반짝이고 있다. 우윳빛 맨발은 상처 하나 없이 매끈하다. 클래리사는 엎드려서 손으로 턱을 괴더니 콘택트렌즈를 낀 눈으로 나를 빤히 바라본다. 작은 코, 푸른 눈, 엄마보다 더 도드라진 광대뼈. 내 얼굴을 예쁘게 바꿔놓은 모습이다. 반면 폴은, 네덜란드 사람처럼 이마가 넓고 머릿결이 거친 엄마를 많이 닮은 편이다.

"자기 작업실에서 일하고 있어요." 클래리사가 뭔가를 안다는 표정으로 정색하며 말한다. 비극도 드물고 찬양할 만한 위대한 승리도 드문 세계, 모든 것이 괜찮게 그럭저럭 돌아가는 세계. 이것이 클래리사가 보는 인생이다. 그런 면에서 클래리사와 나는 우리 가족 중 인생관

---

* 호주의 수영복 브랜드.

이 가장 비슷한 한 쌍이다.

여기서는 절반쯤만 보이는 찰리의 작업실은, 잔디와 경계를 맞댄 채 연못 근처까지 늘어선 짙푸른 활엽수 너머에 있다. 반짝반짝 빛나는 양철 지붕과 좁은 통로를 지탱하고 있는 사이프러스나무 재질의 지주가 눈에 들어온다. (찰리와 그의 룸메이트가 1944년 대학교 1학년 시절에 장난삼아 만들었다는 건물이지만 찰리는 '늘 그런 식으로 짓고 싶었다'고 말한다.)

"여기 날씨는 어때?" 내가 묻는다. 찰리의 소재를 확인하고 나니 마음이 놓인다.

"좋아요." 클래리사가 건성으로 대답한다. 테더볼을 하다 와서 그런지 클래리사의 관자놀이에서 땀이 흘러내린다. 나도 등이 땀에 푹 젖은 지 오래다.

"오빠는?"

"이상해요. 하지만 괜찮아요." 클래리사는 배를 깔고 엎드린 자세 그대로 연약한 목을 빙 돌린다. 아마 무용 수업이나 체육 수업에 배운 동작이겠지만 의미하는 바는 분명하다. 클래리사는 폴의 단짝 친구라는 뜻이다. 둘 사이는 나와 클래리사 사이보다 더 친밀하다. 더 나은 부모를 만났더라면 달랐을 수도 있겠지만, 어쨌든 지금은 그렇다. 마냥 간과해서는 안 될 사실이다.

"엄마도 괜찮아?"

클래리사는 목을 돌리다 말고 내가 불쾌한 주제라도 꺼냈다는 듯 코를 찡그리더니 바닥에 드러누워 하늘을 바라본다. "엄마는 더 안 좋아요." 클래리사의 얼굴에 걱정이 떠오르지만 별로 진지해 보이지는 않는다.

"뭐보다 더 안 좋다는 거지?"

"아빠보다 더!" 클래리사가 놀란 척 눈을 치켜뜬다. "엄마와 찰리 아저씨는 이번주에 울부짖었어요. 지난주에도, 지지난주에도." 잘못 나온 말이 아니라면 '울부짖었다'는 것은 몹시 다퉜다는 의미다. "흠, 흠, 흠." 아는 게 더 있지만 얘기하지 않겠다는 듯 클래리사가 소리를 낸다. 물론 나도 클래리사를 닦달할 생각은 없다. 더 듣는 게 있다면 궁금증이야 풀리겠지만, 이혼을 확정한 후에 우리는 서로 캐내려 들지 않는 것을 중요한 규칙으로 삼았으니까.

나는 풀 한 포기를 뽑아 엄지손가락으로 잡고는 목관악기를 연주하듯 입에 갖다댄다. 다소 탁하고 매끄럽지도 않은 소리지만 얼추 소프라노 색소폰 비슷하게 들린다. 까마득한 옛날에 익힌 기술이다.

"아빠, 〈집시의 길〉이나 〈미국에서 태어나〉도 불 수 있어요?" 클래리사가 자리를 잡고 앉는다.

"이게 아빠가 풀로 연주할 수 있는 전부야." 나는 두 손을 클래리사의 무릎에 갖다댄다. 딸의 무릎은 차갑고 야위었지만 부드럽다. 혹시 클래리사가 죽은 찌르레기 냄새를 맡았을까. "아빠는 너를 사랑한단다." 내가 말한다. "오빠만 여행에 데려가서 미안해. 셋이었다면 더 좋았을 텐데."

"지금은 오빠가 더 급해요." 클래리사는 이렇게 말한 후 풀 한줌을 뽑아 자기 무릎을 덮고 있는 내 손등에 올려놓는다. "난 오빠보다 정서적으로 더 철들었잖아요. 조만간 생리도 할 텐데요." 클래리사는 심각한 표정으로 나를 쳐다보다가 입술을 움찍거리더니 눈동자를 가운데로 모으며 우스꽝스러운 표정을 짓는다.

"그래, 알려줘서 고맙구나." 심장이 쿵쾅거리고 갑자기 눈이 뜨거워지며 불쾌하게 축축해진다. 눈물 탓은 아니다. 이마를 타고 눈으로 흘러내린 땀 때문이다. "클래리사는 지금 몇 살이지? 서른일곱? 서른여덟?"

"서른열둘." 클래리사가 풀잎으로 내 관절을 가볍게 찌르며 말한다.

"좋아, 그 나이면 충분해. 더이상 나이 먹을 필요 없어. 딱 좋아."

"찰리 아저씨는 부시를 안대요." 클래리사가 얼굴을 찡그리며 말한다. "알고 있었어요?" 중요한 일이라는 듯 클래리사는 파란 눈을 치켜뜬다. 딸에게는 매우 중요한 문제다. 비록 찰리가 다른 모든 것을 용서받는 데 성공했다 하더라도 방금 딸이 한 말이 사실로 밝혀지면 만사가 수포로 돌아갈 것이다. 내 딸은 제 아빠처럼 뉴딜 정책을 옹호하는 민주당 지지자인데다 대다수 공화당 지지자들, 특히 부시 부통령은 언급할 가치조차 없는 바보 멍청이라고 생각하기 때문이다.

"들어본 적은 없지만 아는 사이일 수도 있지." 죽음의 냄새를 지우기 위해 두 손가락을 잔디에 문지르며 내가 말한다.

"찰리 아저씨는 돈과 전통, 힘을 지켜주는 당을 좋아하는 거예요." 클래리사가 말한다. 아이가 너무 건방진 생각을 하고 있다. 하지만 클래리사가 생활비 걱정 없이 테더볼을 치고 발레와 바이올린을 배우러 다닐 수 있는 것은 찰리가 가진 그 전통과 힘 덕분이다. 클래리사는 제 아빠처럼 전통이고 힘이고 아무것도 없는 정당을 지지한다.

"그건 아저씨 권리니까." 내가 맥없이 덧붙인다. "정말이야." 실은 폴에게 얻어맞았다는 찰리의 뺨이 궁금해 참을 수 없지만.

클래리사는 자기가 뽑은 풀을 뚫어지게 쳐다본다. 분명 자신이 왜 찰리에게 어떤 권리를 부여해줘야 하는지 의아해하고 있으리라. "얘야," 내가 근엄하게 말한다. "혹시 폴 오빠에 대해 해줄 말 없니? 큰 비밀을 말해달라는 게 아냐. 아주 가벼운 비밀만 말해주면 돼. 그리고 당연히 그 비밀은 어떤 일이 있어도 꼭 지켜줄게." 나는 농담조로 말하려 애쓴다. 비밀 정보를 알려주려면 동지 의식이 필요할 테니까.

클래리사는 빽빽하게 자란 잔디를 조용히 바라보다가 머리를 돌려 찰리의 집을 힐끗 쳐다본다. 꽃이 활짝 핀 덤불과 하얀 현관, 계단이 있는 집. 지붕에서 가장 높은 뾰족한 끝 부분에는 깃대가 설치되어 있다. 그 깃대에 꽂힌 작은 성조기가 미풍에 흔들리며 부스럭거린다.

"아빠, 슬퍼요?" 나는 클래리사의 눈부신 금발머리에서 나비넥타이 모양의 붉은 리본을 발견한다. 처음 보는 리본이다. 나는 감탄을 담아 클래리사를 바라본다. 방금 클래리사가 내게 던진 질문도 그랬고, 그 리본 때문에 잠깐이나마 클래리사 역시 사생활을 가진 한 사람으로 보였기 때문이다.

"아니, 슬프지 않아. 우리 딸이 오빠랑 아빠랑 같이 쿠퍼스타운에 못 가는 걸 빼면 말이야. 그런데 우리 딸한테 줄 선물을 깜박하고 말았단다. 사실은 그게 제일 슬퍼."

"카폰 갖고 있어요?" 잘못을 꾸짖듯 클래리사가 눈을 치켜뜨며 말한다.

"아니."

"호출기는요?"

"그것도 없어." 나는 클래리사에게 미소를 지어 보인다. 잘 알지 않느냐는 뜻으로.

"그럼 어떻게 연락해요?" 나를 흘겨보는 클래리사의 표정은 마치 백 살 먹은 노인 같다.

"그렇게 전화가 많이 오진 않는 것 같구나. 네가 아빠한테 메시지를 남길 때도 있지만 그렇게 자주는 아니잖니."

"알아요."

"오빠 이야기, 아직 대답 안 했지? 그저 좋은 아빠 노릇을 하고 싶어서 부탁하는 거란다."

"오빠 문제는 모두 스트레스와 관련 있어요." 클래리사가 공식적인 답변을 읊듯이 말한다. 그러고는 파릇한 잔디와 이미 말라버린 잔디를 다시 한 움큼 집어서 책상다리를 하고 앉은 내 치노 바지 끝단에 흩뿌린다.

"무슨 스트레스를 받고 있다는 거지?"

"몰라요."

"그게 네가 내린 가장 정확한 진단이니?"

"네."

"우리 클래리사는? 스트레스 때문에 힘들거나 하지 않아?"

"아뇨." 입술을 동그랗게 오므리며 클래리사가 말한다. "혹시 나도 힘들 때가 있다면 그건 나중일 거예요."

"누가 그렇게 말해줬어?"

"텔레비전에서요." 클래리사는 진지한 눈빛으로 나를 쳐다본다. 텔레비전도 도움이 될 때가 있다고 말하려는 것처럼.

하늘 높은 곳 어딘가에서 매 한 마리가 울어댄다. 물수리인지도 모르겠다. 고개를 들어 둘러보지만 작은 새 한 마리도 보이지 않는다.

"스트레스를 받는 오빠를 위해 아빠가 어떻게 하면 될까?" 나는 클래리사가 멋진 대답을 들려주기를 신께 빌어본다. 그러면 오늘 하루가 저물기 전에 당장 실천하고 말겠다. 어디선가 또다른 소음이 들려오지만 매 소리는 아니다. 뭔가가 떨어져서 나는 소리거나 문을 쾅 닫는 소리 같기도 하고 창문이나 서랍을 닫는 소리 같기도 하다. 고개를 들어 보니 앤이 현관 난간 근처에 서서 잔디밭에 앉아 있는 나와 클래리사를 바라보고 있다. 앤은 방금 나온 것 같지만, 내가 부녀간 대화를 얼른 끝내고 내 볼일을 보기를 바라는 눈치다. 나는 아무 말썽도 원하지 않는 전남편처럼 아무 문제 없다는 뜻으로 손을 흔들어 보이지만 기분이 썩 좋지는 않다. "저기 엄마가 나왔구나."

클래리사가 현관 쪽을 바라보며 말한다. "그러네요, 엄마 안녕."

"이제 그만 일어나야겠어요, 아빠." 그 순간 나는 클래리사가 오빠에 대한 오래되고 명예로운 의리를 지키기 위해 오빠를 도울 수 있는 그 어떤 말도 하지 않으리란 걸 깨닫는다. 클래리사는 오빠를 사랑한다고 말하면서도 자기가 아빠에게 남부끄러운 비밀을 털어놓을까봐 두려운 것이다. 못난 부모 때문에 아이들이 점점 눈치만 늘고 있다.

"아빠가 딥리버에 온다면 오빠는 더 행복해할 거예요. 아니면 올드세이브룩에라도." 단어 하나하나를 말할 때마다 클래리사는 힘에 겨운 듯 고개를 끄덕인다. (부모는 사이가 틀어질 수도 있고, 사랑이 식을 수도 있고, 이혼할 수도 있고, 다른 사람과 재혼할 수도 있고, 멀리 이사갈 수도 있다. 그리고 아이들은 이런 일들 중 대부분은 참을 만해한다. 부모 중 한 사람이 다른 한 사람의 뒤를 노예처럼 쫓아다닌다면 말이다.)

1984년에 앤이 이곳으로 이사온 후 나는 한때 힘든 시간을 보냈다. 사립탐정처럼 여기 언덕과 시냇가를 마구 뒤지고 다녔는가 하면 중학교 주차장이 어디에 있는지 확인했고, 외진 곳이나 빈민가가 어디에 있는지 살피고 다닌데다 상가와 스케이트장, 피나스트 슈퍼마켓, 버거킹 위치까지 파악해뒀다. 혹시 아이들이 나와 함께 하루나 오후를 보내게 될 경우에 대비해 같이 가볼 만한 곳들을 눈으로 익혀두기 위해서였다. 심지어 에식스에 있는 한 콘도의 가격을 알아보기도 했다. 콘도를 초라하지만 작은 정보 수집 초소로 삼아 아이들과 항상 '접촉'하면서 변함없는 부성애를 보여주기 위해서였다.

하지만 정말 콘도를 샀다면 더 비참한 기분에 젖었을 것이다. 콘도에서 혼자 외롭게 일어난다면! 그것도 에식스에서! 그렇게 아이들을 초조히 기다리다가 정작 아이들을 만나면 어디로 데려갈 것인가? 내 콘도로? 아이들을 보낸 후에는 잔뜩 인상을 쓰고 금요일까지 정신없이 일하다가 주말이 다가오면 또 외롭고 비참한 기분에 시달려야 한단 말인가? 주위를 둘러보면 이런 부모들이 있다. (말들은 이미 오래전에 마구간에서 도망쳐버렸는데도) 자신이 선하고 충실한 양육자임을 증명할 수 있다면 눈 하나 깜박하지 않고 그런 식으로 행동하며 자신과 가까운 사람들의 삶을 희생시키려 드는 사람들.

하지만 나는 그런 부류가 아니다. 딥리버까지 왔다갔다하느라 아이들을 자주 보지는 못하지만, 나는 이를 기꺼이 감수해왔다. 해덤에서 내 생활에도 충실해야만 (불확실하긴 해도) 혹시 아이들과 함께 살아야 하는 상황이 닥쳤을 때 아이들이 해덤에 쉽게 적응할 수 있도록 도울 수 있기 때문이다. 내가 있어서는 안 될 곳에 머문다면 다들 나를 미워할 것이므로 내 정신건강에도 그게 더 유익하다. 물론 최선의 해결책은 아니다. 아이들이 너무나 보고 싶기 때문이다. 하지만 완벽한 바보가 되느니 덜 완벽한 아빠가 되는 편이 낫다.

콘도에 들어가는 편을 택한다 해도 결국 시간이 지나면 아이들은 성장하고 어딘가로 떠나버린다. 앤과 찰리는 이혼하게 될 것이고 나는 (최악의 경우) 시세가 떨어져 팔 수도 없는 콘도에서 오도 가도 못하게 될 것이다. 결국 돈을 아끼고 채무를 변제하기 위해 클리블랜드 스트리트의 집을 팔고 에식스의 콘도로 이사와야 할 것이며 그리하여 오래된 코듀로이 바지 두 벌과 카디건 한 벌, 허시파피 신발로만 버티면서 혼자 텔레비전이나 보며 소일하는 쓸쓸한 노년을 맞게 될지도 모른다. 어쩌면 생계를 위해 작은 서점에서 일해야 할 수도 있고 그러다 찰리와 마주칠 수도 있다. 힘겹게 비틀비틀 걸어와 책을 주문하지만 결코 나를 알아보지 못하는 말년의 찰리와 말이다.

그런 일들은 정말로 일어날 수 있다! 실제로 우리 부동산중개인들은 이런 경우 어떻게 하면 좋을지 자주 상담 요청을 받는다. 다행히 광기가 잦아들어 나는 한곳에 계속 살고 있고, 내가 있어야 할 곳도 잘 안다. 바로 뉴저지주 해덤이다.

"우리 딸," 나는 딸에게 다정히 말을 건넨다. "아빠가 여기서 살면 엄마가 절대 좋아하지 않을 거야. 너랑 오빠도 아빠를 만나고 다니느라 친구들과 멀어질지 모르고. 어떤 변화는 더 안 좋은 결과를 부를 수도 있단다."

"알아요." 클래리사가 무뚝뚝하게 대답한다. 앤은 폴이 나와 함께 살게 될지도 모른다는 사실을 아직 클래리사에게 얘기하지 않은 게 분명하다. 그러니 클래리사의 의견이 어떤지는 알 수 없다. 어쩌면 클래리사는 오빠와 헤어져야 한다는 사실은 생각하지 못한 채 이를 환영할지도 모른다. 내가 딸의 입장이라도 그럴 수 있으리라.

클래리사는 잔뜩 못마땅한 표정으로 노란 머리칼에 손을 가져가더니 달고 있던 붉은 리본을 빼서 아무렇지도 않은 표정으로 내게 내민다. "이건 내가 아빠한테 주는 선물이에요. 아빠는 나의 리본이 되어도 좋아요."*

"정인과 리본은 다른 거야." 내가 말한다. 작은 리본을 받아 손에 꽉 쥐면서. "철자가 다르거든."

"응, 알아요. 그래도 이번엔 괜찮아요."

"고맙구나." 클래리사에게 아빠의 사랑을 담은 선물을 주지 못했다는 사실에 다시 한번 슬퍼진다.

클래리사는 맨발로 자리에서 일어나 엉덩이를 툭 털더니 갈기가 헝클어진 작은 암사자처럼 고개를 흔들며 아래를 내려다본다. 나 역시 테더볼 기둥에 기댄 채 클래리사를 따라 일어선다. 현관 쪽을 쳐다보지만 아무도 없다. 나도 모르게 내 입술에 미소가 어린다. 나는 한 손은 딸의 여윈 어깨를, 다른 한 손은 용기의 징표인 붉은 리본을 꽉 움켜쥔 채 딸과 함께 너른 언덕 위를 걸어간다.

"미시시피주에서 살 때 아버지와 여행해본 적이 한 번이라도 있었

---

* '정인(情人)이 되어도 좋아요'를 잘못 말한 것이다. 영어에서는 '정인(beau)'과 '리본(bow)'의 발음이 같다.

어?" 앤은 이렇게 묻긴 했지만 큰 관심은 없어 보인다. 우리는 현관에서 서로 마주보고 앉아 있다. 들쭉날쭉한 나무들 너머로 코네티컷강이 보이고 그 강 위로 작고 멋진 배들이 햇빛을 받으며 한가롭게 항해를 즐기고 있다. 바람이 배들을 하트퍼드로 밀어내지만 그리 강한 바람은 아닌지 돛대는 흔들림 없이 자리를 지키고 있다. 어떤 배들은 밀려오는 조수를 타고 상당한 거리를 움직이기도 한다.

"그럼. 가끔 플로리다주에 갔었어. 한번은 노퍽*에 갔다가 돌아오는 길에 디즈멀 습지**에 들르기도 했지." 앤도 아는 사실이지만 지금은 잊은 것이다.

"거기는 정말 황량해?"

"그럼." 나는 앤을 향해 친한 동료처럼 미소를 보낸다. 이제 우리는 그런 사이가 됐으니까.

"아버지랑은 늘 돈독했어?" 발아래 펼쳐진 잔디를 바라보며 앤이 묻는다.

"응, 그랬지. 어머니가 간섭하거나 끼어드는 성격이 아니라서 별일 없이 잘 지냈어. 안 그랬다면 셋이서 이런저런 일로 시끄러웠을지 모르지."

"그래, 여자는 그저 남자의 인생을 망치는 데서 즐거움을 느끼는 법이니까."

우리는 비싸 보이는 화사한 수련 잎 무늬 방석들이 놓인 커다란 녹

---

* 버지니아주의 항만도시.

** 버지니아주 남동부와 노스캐롤라이나주 북동부 일대에 형성된 습지. 디즈멀(dismal)은 '황량한'이라는 의미다.

색 고리버들 의자에 자리잡고 앉는다. 앤이 예스러운 호박색 유리 피처에 아이스티를 담아왔다. 클래리사가 우릴 위해 만들어준 것이다. 클래리사는 피처에 어린 물기를 문질러 웃는 얼굴을 그려놓았다. 무릎 높이 테이블 위에는 차와 유리잔, 백랍으로 만든 작은 얼음통이 놓여 있다. 우리 둘은 폴을 기다리고 있지만 정작 주인공 폴은 늦잠을 자고 일어나 이제야 느릿느릿 옷을 갈아입는 모양이다. (어쨌든 어젯밤 빈스 휴게소에서 애틋한 분위기로 통화를 마치며 느낀 따뜻함도 더이상 찾을 수 없다.)

앤이 운동선수처럼 짧게 자른 머리카락을 손가락으로 찬찬히 빗어 넘긴다. 안쪽에 숨어 있던 금발이 밖으로 드러나자 그녀가 더욱 아름다워 보인다. 앤은 흰색 골프웨어 반바지에 값비싸 보이는 짙은 회갈색 민소매 상의 차림이다. 헐렁한 상의 밖으로 가슴이 슬쩍 드러나서 신비감을 자극한다. 햇볕에 그을린 다리는 양말을 신지 않고 술 달린 신발을 신고 있어서 그런지 더 길고 튼튼해 보인다. 잔잔한 성적 자극이 나를 휘감아, 오늘 느낄 수 있으리라 기대했던 것 이상으로 내가 살아 있다는 사실이 기쁘기만 하다. 작년부터 눈치챈 바이지만 앤의 아름다운 엉덩이는 약간 더 커진 듯하고 무릎과 위팔에도 살이 좀더 오르고 부드러워졌다. 앤에게서 늘 볼 수 있었던(하지만 나는 결코 좋아하지 않았던) 소녀다운 모습이 어느 틈엔가 사라지기 시작하더니, 내가 경탄해 마지않는 건강하고 성적인 매력이, 부드러운 여성미가 자리잡기 시작했다. (적당한 기회가 생기면 나의 이런 호감을 앤에게 말해줄지도 모른다. 하지만 찰리에게서 선물로 받은 듯한 화려한 금반지를 보란듯이 끼고 있는 앤을 보니 이런 내 생각이 얼마나 우스꽝스러워지던지.)

앤이 안에서 기다리라고 권하지도 않았지만 나 역시 유리로 둘러싸인 그 불쾌한 '거실'에 앉아 있고 싶은 생각은 추호도 없다. 지금 앉은 자리에서 길고 반투명한 유리창을 통해 거실이 살짝 들여다보인다. 찰리는 거실에 커다란 옛날 망원경을 설치해놨다. 망원경에는 놋쇠 손잡이를 비롯해 여러 보조장비가 달려 있고, 눈금과 여러 가지 달 모양이 표시되어 있다. 원하기만 하면 런던탑이라도 집안에 가져다놓을 수 있을 것이다. 거실에는 유령처럼 으스스한 흰색 그랜드피아노와 미술품처럼 생긴 악보대도 있는데 분명 추운 겨울 저녁마다 찰리를 기분좋게 해주려고 앤과 클래리사가 멘델스존의 곡을 듀엣으로 쳤겠지. 생각만 해도 짜증이 난다.

사실을 말하자면, 한번은 그 거실에서 아이들을 기다리며 거의 한 시간을 혼자 보낸 적이 있다(그날 나는 아이들과 함께 사우스 해들리* 에 있는 어도魚道를 보러 갈 예정이었다). 커피 테이블에 놓여 있던 책들(『전통적인 골프 홀』『에로틱한 묘지 예술』『항해』)을 훑어보던 나는 우연히 코네티컷주 뉴런던의 한 여성 병원에서 발행한 분홍색 전단지를 집어들었다가 거의 공황 상태에 빠졌다. 놀랍게도 '당신의 성관계 능력을 끌어올리는 법'에 관한 워크숍 광고였던 것이다. 그러니 비록 데이트 상대를 기다리느라 그 집 부모와 시시한 잡담을 나눠야 하는 고등학생 같은 기분이 들더라도 그저 바깥에 머물러 있는 면이 더 신중한 처사다.

앤은 어젯밤에 실제로 그런 것과 그렇게 보이는 걸 같다고 생각하지

* 매사추세츠주에 있는 소도시.

않느냐고(그 둘이 같았던 적도 있지만 지금은 아니다) 내게 말했던 통화에서 이미 폴이 저지른 일을 알려줬다. 하지만 오늘 다시 앤의 설명을 들어보니 상황은 짐작했던 것보다 심각하다. 폴은 노걸이로 찰리를 때리기만 한 게 아니었다. 내가 들어가지 않으려고 버티는 저기 거실에서, 다친 찰리가 지켜보는 가운데 엄마 앤을 향해 저 '바보 천치 같은' 아저씨와 헤어질 '필요'가 있다고 말했다는 것이다. 이어 폴은 눈물을 뿌리며 밖으로 뛰쳐나가 운전면허도 없으면서 엄마의 메르세데스 왜건 자동차를 몰고 나갔다고 한다. 과속으로 달리던 폴은 결국 스왈로 레인의 곡선 구간을 돌다가 (당연히 변호사인) 한 이웃의 소유지에 있던 이백 년 된 마가목과 충돌하는 사고를 냈다. 폴은 운전대에 머리를 부딪힌데다 에어백이 터질 때 귀까지 다치는 바람에 올드 세이브룩의 응급실에서 몇 바늘을 꿰맸다. 사고 직후에 아까 내가 만났던 그 에릭이란 보안대원이 현장에 도착했고 (나를 다뤘던 것과 비슷한 방식으로) 나중에 폴을 집까지 데려왔다. 경찰에 연락하지는 않았다. 폴은 다시 어딘가로 달아났다가 해가 지고 한참이 지난 후에야 집으로 돌아왔다(앤은 폴의 방에서 개 짖는 소리를 듣고 아들이 돌아온 걸 알았다).

당연히 앤은 스토플러 박사에게 전화를 걸었지만 스토플러 박사는 과거의 기억이 사람의 뇌에서 행동을 담당하는 영역에 어떤 영향을 끼치는지에 대해서는 의학적으로 알려진 바가 거의 없다고 차분히 대답했다. 즉 기억과 뇌가 처음부터 일체 상태로 작동하는 것인지, 원래 하나였던 게 두 부분으로 나뉘어 작동하는 것인지, 아니면 (자동차의 클러치처럼) 서로 독립적인 존재지만 어쨌든 조화를 이루며 작동하는 것인지 분명치 않다고 했다. 그러면서도 복잡한 가정사는 아이들의 정신

건강에 문제를 일으킬 수 있는 해악적 요소가 틀림없다고 했다. 폴의 경우 형의 죽음, 부모의 이혼, 친부의 부재에 사춘기가 채 끝나기도 전에 두 가정의 삶을 경험하고 있으니 이러한 조건에 해당한다고 말했다(폴에게는 계부 찰리 오델까지 있지 않은가).

스토플러 박사는 그러면서도 폴이 와나피 캠프에 가기 전, 그러니까 5월에 검진한 바로는 폴에게서 자존감 저하나 자살 충동, 신경학적인 기능장애 등을 발견할 수 없었다고 인정했다. 다시 말해 (그때는) 특별히 '반항적인' 모습을 찾아볼 수 없었고 지능검사에서도 별문제가 없었으며 그 어떤 행동장애 징후(불을 지르거나 새를 죽이는 등) 역시 보이지 않았다는 것이다. 스토플러 박사의 종합적인 진단은 다음과 같았다. "폴은 타인에게 진정으로 연민을 느끼며 다른 사람 입장에서 생각할 줄 아는 세심한 성격을 지니고 있음." 물론 스토플러 박사는 상황은 하룻밤 사이에도 바뀔 수 있다며 폴이 앞서 말한 문제들 중 일부, 혹은 전부를 언제든 드러낼 수 있다고 덧붙였다. 폴이 자신의 장점인 타인에 대한 연민 역시 아무렇지 않게 내팽개쳐버릴지 모른다고 했다.

"정말이지 폴 때문에 미쳐버릴 지경이야." 이렇게 말하며 자리에서 일어난 앤은 아까 내가 처음으로 그녀를 발견했던 그 현관 난간 너머로 몸을 돌려 반짝이며 흘러가는 강물 저편의 푸른 초목 사이로 햇빛을 반사하는 작고 하얀 집들을 물끄러미 바라본다. 나는 다시 호감 어린 시선으로 앤을 몰래 쳐다본다. 여성미가 흐르면서도 건강미가 돋보이는 모습이다. 지금 보니 앤의 입술이 수술이라도 받았는지 이전보다 더 '도톰해진' 것 같다. (이런 성형수술은 부자 동네에서는 새 주방기기를 사는 것처럼 유행이다.) 앤은 튼튼하게 근육이 잡힌 한쪽 종아리 뒤쪽을 다른 쪽 신발 끄트머리로 잠깐 문지르고는 한숨을 내쉰다. "이런 난리를 눈앞에서 겪지 않아도 되다니 당신은 참 행운아야." 한동안 말없이 난간 너머를 응시하던 앤이 마침내 정적을 깨고 말한다.

나는 대꾸하지 않기로 마음먹는다. 내가 왜 행운아인지 따지고 들었다간 '그런 것/그렇게 보이는 것'에 관한 논쟁을 다시 벌여야 할지 모른다. 그러다 결국 겁쟁이나 거짓말쟁이, 혹은 그보다 더 나쁜 놈이라는 소리를 듣게 될지도 모른다. 나는 코를 한번 킁킁거린다. 손가락에서는 아직도 죽은 찌르레기 냄새가 난다.

입을 꾹 다문 채 수련 잎 방석 위에 어딘가 불편하게 앉아 있는 나를 돌아보며 앤이 말한다.

"스토플러 박사를 보러 가겠어?"

"환자 신분으로?" 내가 눈을 껌벅거린다.

"공동 양육자 신분으로." 앤이 말한다. "거기에 환자 신분으로."

"난 뉴헤이븐 거주자가 아냐." 내가 말했다. "정신과의사들도 정말 싫고. 그자들은 누구든 다른 사람과 똑같이 만들어버리려 들지."

"당신은 그렇게 될 걱정은 없는 사람이잖아." 앤이 참을성 없는 누이처럼 나를 쏘아보며 말한다. "당신과 내가, 아니 폴까지 셋이 면담을 해보면 문제를 해결할 수 있을지도 모르잖아. 그뿐이야."

"그렇게 원한다면 찰리와 함께 가봐. 그자도 해결할 문제가 있지 않겠어? 그 사람 역시 공동 양육자잖아, 안 그래?"

"그이도 갈 거야. 내가 부탁하면."

나는 반투명 거울 유리창 너머로, 거실에 유령처럼 버티고 선 피아노와 미색으로 통일한 모서리가 각진 최신식 가구들을 바라본다. 가구들은 편안한 분위기를 자아내면서도 한편으로는 흥미로운 공간을 연출할 수 있도록 파스텔 빛으로 칠한 긴 벽 앞에 섬세하게 배치돼 있다. 거울 유리창에는 푸른 하늘과 잔디밭, 보트 창고의 지붕선, 저 먼 곳에 있는 나무의 실루엣이 반사되어 한눈에 들어온다. 그야말로 지루하디 지루한 미국적 풍경이지만 앤은 어떤 이유에서인지 재혼 후 여기에 정착했다. 어서 저 잔디밭으로 내려가고 싶다. 그 잔디 위에 주저앉아 아들을 기다리고 싶다. 앤이 스토플러 박사 얘기를 꺼냈지만 그자를 만나 내 약점을 조사하게 만들 생각은 전혀 없다. 어쨌든 지금까지 내 인생을 끌어온 것은 바로 그 약점이니까.

유리창 너머로 클래리사의 작은 몸이 불쑥 나타나더니 왼쪽에서 오른쪽 어딘가로 뛰어간다. 달려가던 클래리사는 앤과 나—말다툼하고 있는 부모—를 쳐다보더니 우리 중 한 쪽, 혹은 둘 모두에게 날렵하고 멋진 동작으로 마치 거수경례를 하듯 가운뎃손가락을 들어 보인다. 우리가 자기를 못 볼 거라고 생각하는 것 같다. 그러고는 문을 지나 집안 어딘가로 사라진다.

"스토플러 박사를 방문하는 문제는 좀 생각해볼게." 내가 말한다. "하지만 그 환경요법이란 게 정말 괜찮은 치료법인지는 여전히 미심쩍어."

앤의 입술 끝이 살짝 올라간다. 내 말을 부정적으로 생각한다는 표시다. "아이들을 자기발견의 한 방법으로 생각해보는 건 어때? 아이들을 통해 당신의 관심사를 발견하게 되면 지금보다는 애들한테 좀더 신경쓸지도 모르잖아?" 앤은 내가 부모 노릇에 그리 열의가 없다고 생각하는 모양이다. 하지만 내 생각에 나는 최선을 다하고 있다.

"그럴지도 모르지." 그러나 한번 생각해보라. 매주 두려움에 가득차

서 두려움으로 가득한 뉴헤이븐에 가야 한다면? 거기서 피곤함과 두려움을 없애기 위해 오스트리아 출신 어느 정신과의사가 만들었다는 값비싸고 두려움으로 가득한 오십오 분짜리 치료를 받아가며 메아 쿨파*! 메아 쿨파!를 외쳐야 한다면? 정말이지 심리적 도피 기제를 작동시킬 법한 일 아닌가.

사실 앤은 나와 최근의 내 삶에 대해 매우 불확실한 추정만 하고 있다. 앤은 부동산 일에 대해, 또 내가 왜 부동산 일을 좋아하는지에 대해 결코 진지하게 생각해본 적이 없다. 부동산 일이라는 게 실제로 무슨 일을 하는 거라고 생각하지 않는 것이다. 또 아이들이 어쩌다 전해준 나의 사생활 말고는 그 무엇도 아는 게 없다. 내가 어떤 여행을 하고 다니는지도, 무슨 책을 읽고 있는지도. 앤에게 나라는 존재는 점점 더 흐릿하게 인식되고 있다. 적십자 단체에 가입해 먼 곳의 굶주린 이들을 위해 인생을 바치는 게 아니라면 미시간주 출신답게 겉으로 드러난 사실만을 중시하는 앤의 오래된 사고방식을 고려할 때, 내가 하는 일은 부정적으로만 비칠 게 확실하다(물론 봉사활동이 나쁜 선택은 아니지만 그래봐야 내가 앤에게 다른 인상을 주긴 힘들 것이다). 앤이 볼 때 나라는 사람은, 모든 중요한 부분을 살펴볼 때, 이혼을 확정하던 당시보다 전혀 나아진 점이 없는 사람이다. 반면 자신은 커다란 진전을 이뤘다고 생각할 테지.

하지만 사실 여기에 크게 신경이 쓰이진 않는다. 자세한 상황을 모르기 때문에 앤은 상황을 더 알고자 열망하게 될 것이고 그렇게 애쓰

---

* mea culpa. 라틴어로 '내 탓이오'.

는 와중에 간접적으로 나를 열망하게 될 테니까(내 판단에는 그렇다). 이렇게 보면 부재라는 개념은 절실한 공허를 창조해내는 동시에 그것을 채워주기도 한다.

그러나 상황이 긍정적이지만은 않다. 이혼을 하면 항상 전 배우자가 나에 대해 어떻게 생각하는지, 내가 내린 결정을 어떻게 평가하는지(아무튼 뭐든 결정을 내리긴 한다고 평가한다면), 전 배우자의 태도에 질투가 섞여 있는지, 만족스러워하는지, 무시하는지, 지독히 경멸하는지, 그저 무관심한지 (적어도 내 경우는 괴로울 정도로 집요하게) 궁금해하면서 지내야 한다. 이런 상황에서 삶은 그야말로 끔찍하게 변하거나 이전 배우자의 견해에 대한 자신의 견해에 '종속'돼버릴 수 있다. 옷가게에서 아직 살지 말지 결정하지 못했지만 점원이 괜찮게 생각하는 듯한 눈치가 보이면 살 생각인 큰 격자무늬 정장을 입어보고 거울을 통해 보이는 점원의 얼굴에 감탄의 기색이 있는지 살피는 것과 같다. 나는 앤이 나에 대해 이런 견해를 갖기를 바란다. 과거의 불행했던 결합을 딛고 활력을 찾았으며 인생의 곤혹스러운 딜레마에 직면해 건전한 선택을 한데다 멋진 해결책까지 발견한 사람. 그게 아니라면 앤이 차라리 나에 대해 잘 모른 채 사는 게 낫다.

이혼 후 많은 힘겨운 생각들에 시달리는 가운데, 이에 대처할 진정한 묘책은 자신을 냉소적으로 바라보지 않는 태도, 낙담하지 않는 태도라 할 수 있다. 당신은 한편으로는 과거의 당신에 대해, 또 한편으로는 미래의 당신에 대해 강박적이라 할 만큼 사소한 견해에 사로잡혀 있다. 그래서 자신을 모순적이고 보잘것없는 사람으로 여기기 쉬우며, 때로는 자신이 대체 누구인지 인지하는 것이 거의 불가능해진다. 자기 자신을 인지하지 않으면 안 되는데도 말이다. 사실 작가들은 이런 상황을 누구보다 잘 견뎌낼 수 있다. 작가들은 이 세상의 거의 모든 것—모오오오든 것—들이 '견해'가 아니라 단어로 이루어져 있음을 잘 알고 있기 때문이다. 그리고 단어는, 마음에 들지 않으면 얼마든지 바꿀 수 있다. (어젯밤 빈스 롬바디 휴게소에서 통화할 때 우리 사이에는 단어만 존재한다고 했던 앤의 말과 크게 다르지 않다.)

앤은 튼튼하고 매력적인 갈색 무릎을 한쪽은 난간 위에 걸치고 다른 한쪽은 허공에서 하릴없이 흔들어대고 있다. 강 위를 달리며 나무들로부터 멀어지는 요트를 쳐다보던 앤은 나를 향해 시선을 돌리더니 우울한 목소리로 이렇게 말한다. "미안해, 어디 간다고 했지? 어제 듣긴 했는데 잊어버렸어."

"오전에는 스프링필드에 갈 거야." 화제의 중심이 내게서 멀어져 다행이라고 생각하면서 나는 쾌활한 목소리로 재빨리 대답한다. 화제의 중심이 내게서 멀어져 다행이라고 생각하면서. "농구 명예의 전당에 가서 '스포츠 점심' 메뉴로 식사를 하고 밤에는 쿠퍼스타운으로 갈 생각이야." 나중에 샐리 콜드웰이 합류할지도 모른다는 말은 물론 할 필요가 없다. "내일 오전에는 야구 명예의 전당에 들를 거고. 아마 여섯 시쯤에는 돌아올 수 있을 거야." 나는 미소를 지어 보인다. 걱정하지 말고 마음 푹 놓으라는 뜻으로.

"폴이 그렇게 농구를 좋아하진 않을 텐데, 안 그래?" 이 말을 할 때 앤은 서글픈 목소리다.

"폴은 당신이 생각하는 것 이상으로 많은 것들을 알고 있어. 이번 여행으로 부자간의 특별한 경험도 하게 될 테고." 내 말이 허풍이 아님을 보여주려고 웃음기를 지우며 말한다.

"힘들어하는 아들에게 아버지로서 해줄 수 있는 괜찮은 말은 생각해봤어?" 앤은 이렇게 말하며 나를 흘낏 쳐다보더니 찰리와 똑같은 동작으로 귓불을 어루만진다.

하지만 나는 여행을 하며 폴에게 들려줄 말을 앤에게 알려주고 싶은 마음은 없다. 제삼자의 별 가치도 없는 회의주의 때문에 가치 있는 목적이 쉽게 깨져버릴 위험이 있기 때문이다. 앤은 안 그래도 연약해 보이기만 하는 그 가치 있는 목적, 특히 나의 목적을 지지해줄 마음이 아니니까.

"내 견해는 뭐랄까 일종의 조력자의 견해라고 할 수 있지." 내가 희망을 품고 말한다. "내가 볼 때 폴은 자기 자신에 대한 괜찮은 개념을 찾는 데 문제를 겪고 있어." 그리고 조심스럽게 말을 잇는다. "더 나은 개념을 보여줘서 그애가 지금 매달리고 있지만 그닥 성공적으로 보이진 않는 개념에 너무 집착하지 않게 해주고 싶어. 신경쓰지 않고 계속 놔두면 안 좋은 태도가 굳어질 위험이 있잖아. 그러니까 이건 위기관리의 문제야. 다시 말해 폴은 익숙하고 편해 보이지만 결코 바람직하지는 않은 현재의 개념을 버리고 더 나은 개념을 선택하는 모험을 시도해야 해. 쉽지 않은 일이지." 다시 미소를 지으려 했지만 진심을 보여주려고 너무 열을 올리며 말했는지 입술이 마분지처럼 말라버린다. 아이스티를 한 모금 삼켜보니 레몬과 민트, 계피에 뭔지 모를 온갖 성분이 한데 섞여 아이들이 좋아할 달콤한 맛이 난다. 그러나 내게는 최악의 맛이다. 클래리사가 피처에 손가락으로 그려둔 웃는 얼굴이 열기에 흘러내려 핼러윈 데이의 호박 초롱처럼 일그러진다.

"당신이 그애한테 위기관리에 대해 조언하기에 적당하다고 생각해?" 앤은 그렇게 말하고는 문득 이상한 소리라도 들은 것처럼 강 쪽으로 고개를 돌린다. 강가에서 일어난 물비린내 섞인 바람이 예상치 않게 온갖 소리와 냄새를 몰고 왔기 때문이리라.

"내가 그렇게 재주가 없는 사람은 아냐." 내가 말한다.

"글쎄." 앤은 여전히 강 쪽으로 고개를 돌리고 있다. "다른 건 몰라도 위기관리 쪽은 아냐. 난 그렇게 생각해."

이번에는 낯선 소리가 내 귀에도 들린다. 가까운 곳에서 나는 소리다. 나는 현관 난간 부근에 서서 혹시 폴이 오지 않나 싶어 잔디 너머를 바라봤지만 폴 대신 활엽수 구역 왼쪽 가장자리에 자리한 찰리의 작업실만 눈에 들어온다. 알려진 대로 원래 뉴잉글랜드 지역 선원들의 예배당이었던 그 작업실은 사이프러스나무로 만든 말뚝 위에 지어져 연못 표면으로부터 약 3미터 정도 솟아 있으며 연못가와는 작은 길로 연결되어 있다. 뾰족한 형태의 높고 커다란 창문이 인상적이며 오랜 세월이 흘러 페인트칠이 벗겨진 탓에 판자의 이음새 부분은 본래 색깔을 그대로 드러내고 있다. 양철 지붕은 정오에 가까워 뜨거워진 햇빛을 반사하며 반짝거린다.

잠시 후 작업실 뒤쪽 테라스에서 찰리가 모습을 드러낸다(다행히도 아주 조그맣게 보인다). 아마 아직도 붓기가 안 빠져 얼얼한 턱을 달래다가 나왔을 것이다. 아니면 빅 스카이*에 지을 어느 부유한 신경외과 의사의 스키 별장이나 카보 카토체**의 스노클링 별장을 구상하는 데 골

---

* 몬태나주의 스키 휴양지.

** 멕시코 유카탄반도 북쪽 끝에 위치해 양쪽으로 카리브해와 멕시코만을 끼고 있다.

몰하다가 머리를 식히려고 시원한 바깥바람을 찾아 잠깐 나왔는지도 모른다. 찰리는 카키색 반바지에 햇볕에 그을린 가슴이 드러나는 은색 상의 차림이다. 찰리는 안에서 가지고 나온 접시 비슷한 물체를 나무 의자 옆에 마련된 낮은 탁자 위에 올려놓는다. 문득 거실에 비치된 커다란 망원경을 가져와 노걸이에 맞아 찰리 얼굴에 생긴 흠집을 샅샅이 구경하고 싶어진다. 그야말로 구미 당기는 일이 아닌가. (당신의 전처가 당신과 재결합하는 대신 새로운 남자와 결혼하기로 결심한 이유를 이해하기란 결코 쉽지 않다.)

하지만 지금은 앤과 폴에 대해 이야기하고 싶다. 폴이 해덤에 내려와 나와 함께 살 수 있는 가능성에 대해 말이다. 그렇게만 된다면 주말과 휴일에만 제한적으로 아버지 노릇을 하는 이 상황에서 벗어날 수 있다. 물론 그 변화가 몰고 올 모든 가능성, 즉 아들과 함께 살면서 내가 마주하게 될 새로운 소음과 냄새, 시간과 사생활과 위생 문제에 대한 새로운 걱정거리들, 내 순간순간의 일상과 자유에 대한 새로운 인식, 거기에 항상 아들을 엄격히 감시하는 등 (그동안 할 수 없었던, 하지만 간절히 바랐던) 전통적인 아버지 구실을 해내는 한 남자로 복귀하는 것 등등에 대해서는 아직 깊이 생각해본 적이 없다. (앤과 찰리가 벌였다는 말다툼에 대해서도 자세히 듣고 싶지만 사실 내가 관여할 바는 아니다. 나중에 사실무근으로 밝혀질 수도 있고 말이다. 클래리사와 폴이 모두를 혼란스럽게 하려고 장난을 쳤을지도 모르니까.)

하지만 난 말하지 못한다. 아니, 앤 때문에 자제했다고 말하는 편이 정확하다. (어쩌면 이것이 이혼의 또다른 목표일 수 있다. 상황이 좋게 돌아갈 때는 갖다버렸던 자제심을 다시 복귀시키는 것 말이다.) 하긴 어젯밤처럼 덜 논쟁적인 얘기—골칫거리 마크햄 부부와 매클라우드 부부, 상승중인 이자율, 선거, 가장 잊지 못할 인물인 탱크스 씨와 그의 트럭, 황금색 목줄을 찬 고양이, 그 고양이가 앉아 있던 〈리더스 다이제스트〉 더미 등 내 '존재의 시기'를 아주 화려하게 만들어준 모든 일상들—를 나누는 편이 분위기상 더 나을 수 있다.

그런데 앤이 정말로 뜬금없는 말을 불쑥 내뱉는다. 무엇과도 관련이 없는 듯하지만 실은 모든 것과 관련된 말이다. "전 배우자 노릇도 쉬운 일이 아니지? 응? 커다란 계획에서 우린 아무 쓸모도 없는 존재야. 그게 뭐든 일을 진전시키는 데 도움이 안 돼. 우린 어디에도 소속되지 못하고 정처 없이 떠돌 뿐이지. 심지어 어딘가에 소속돼 있을 때에도." 앤은 손등으로 코를 문지른 다음 코를 훌쩍거린다. 앤은 마치 육신을 벗어나 강 위를 떠도는 우리의 유령을 보면서 그 유령이 어디론가 사라져버리기를 바라는 사람처럼 말했다.

"우리가 언제든 할 수 있는 일이 하나 있어." 내가 말한다. 앤은 화를 낼 때가 아니면 내 이름을 부르는 법이 거의 없다. 그래서 나는 대꾸를 할 때면, 앤의 혼잣말을 엿듣다가 불쑥 끼어들어 앤을 깜짝 놀라게 하는 듯한 느낌이 들기도 한다.

"그게 뭔데?" 앤이 못 미덥다는 듯이 나를 쳐다보며 묻는다. 앤의 짙은 눈썹이 꿈틀거리고 다리도 보일락 말락 움찔한다.

"우리 둘이 다시 결혼하는 거야." 내가 말한다. "당연한 말이지만." (그렇다고 그게 필연적이라는 뜻은 아니다.) "작년에 난 세 커플에게 집을 팔았지"—사실은 두 커플이다—"세 커플 모두 한때 결혼했다가 이혼했고 그후 다른 사람과 재혼했다가 또 이혼한 다음 마침내 원래의 진정한 사랑과 재결합했어. 무언가를 말할 수 있으면 그 무언가를 할 수도 있는 법이야."

"방금 그 말은 당신 묘비에 새겨주는 편이 낫겠네." 앤이 특유의 혐오스러워하는 표정을 지으며 말한다. "그게 바로 당신이 살아온 인생이니까. 당신은 다음에 무슨 말을 해야 할지 몰라. 그러니 뭐가 좋은 생각인지도 모르지. 칠 년 전에 당신과 결혼생활을 유지하는 게 좋은 생각이 아니었는데, 지금이라고 해서 왜 그게 더 나은 생각이 될 수 있겠어? 당신은 그때보다 조금도 나아지지 않았는데." (검증된 바는 없다.) "아니, 오히려 더 나빠졌을 가능성이 크지."

"어쨌든 당신은 행복한 결혼생활을 하고 있잖아?" 담담하게 말했지만 나는 내 묘비명을 결정할 '특별한 사람'이 누구일지 궁금해진다. 그 사람이 나라면 더할 나위 없이 좋은 일이다.

앤은 맨발과 맨가슴을 드러낸 채 작업실로 성큼성큼 돌아가는 찰리를 뚫어지게 쳐다본다. 보아하니 미소 수프가 다 됐는지 살펴본 후 스웨덴식 미니 냉장고 안에 들어 있는 간장과 셜롯을 꺼내러 가는 게 분명하다. 찰리는 고개를 앞으로 빼고 어깨를 움츠린 채 걸어간다. 자세 탓인지 전체적으로—이제 예순한 살일 뿐인데도—깜짝 놀랄 만큼 나이가 들어 보였고 뜻밖에도 나는 갑자기 그가 측은하게 느껴진다. 전혀 예상치도 못했고 결코 원하지 않았으며 현명하지도 못한 일이다. 하긴 그 나이에 노걸이로 얼굴을 정통으로 맞으면 젊은 사람보다 후유증이 더 클 테지.

"내가 찰리와 결혼했다는 사실을 후회해야 한다고 생각하나본데. 하지만 난 후회하지 않아. 전혀." 앤이 신경질적으로 발을 구르며 말한다. "찰리는 당신보다 훨씬 나은 사람이야"—이건 더 검증되지 않은 사실이다—"당신은 못 믿겠지. 그이를 전혀 모르니까. 그이는 심지어 당신을 좋게 보고 있어. 아이들과도 친구처럼 지내려고 노력해. 우리가 아이들을 보통 이상으로 잘 키운 것 같다고 말한 적도 있고." (찰리의 딸이 소설가인 걸 보면 말할 필요도 없는 얘기다.) "나한테 정말 잘해줘. 나한테 진실을 말하고. 내게 언제나 충실하려고 노력한다고." 나는 그럴 리 없다고 확신하지만 내가 틀릴 수도 있다. 그런 사람도 있을 수 있으니까. 난 찰리가 말했다는 진실이 궁금해진다. 틀림없이 자기만족적인 공화당 찬양 발언이겠지. 절약이 돈 버는 길이다, 저가에 사서 고가에 팔아라 등등. 측은지심은 어느새 저멀리 날아가버린다.

나는 앤에게 말한다. "찰리가 나를 높이 평가한다니 놀랄 일이네." (찰리가 그럴 리 없다.) "서로 좋은 친구가 되는 것도 괜찮겠네. 찰리가 한번 제안해온 적이 있거든. 난 어쩔 수 없이 거절했지만."

앤은 방해꾼 관객을 무시하는 위대한 배우처럼 나를 본 체 만 체하며 고개만 세차게 저었다.

"오 년 전 우리가 함께 살던 해덤 시절을 기억해? 우리 사이에 그 끔찍한 협의가 있어서 당신이 아주 즐기고 다녔던 그때 말이야. 당신은 텍사스주 출신 얼간이 여자랑 시시덕대면서 놀아났지. 그래서 난 〈페니세이버〉 신문에 광고를 냈어. 여기 말동무할 남자를 찾는 여자가 있다고. 난 당신이 원하는 대로 살게 해주려고 지루해 죽을 가능성과 강간당할 가능성을 감수한 거라고."

앤이 〈페니세이버〉 어쩌고 얘기를 하는 건 이번이 처음도 아니고, 비키 아서놀트는 얼간이와는 거리가 멀다. "우린 언제든 재결합할 수 있었어." 내가 말한다. "나도 그때 힘든 시간을 보냈어. 잘 생각해봐, 나와 이혼하기로 결심한 건 당신이야. 우린 다시 예전으로 돌아갈 수 있었어. 우리한테 일어났던 그 일들 대신 다른 일들이 일어날 수 있었다고." 어쩌면 앤은 내가 성인이 되어 겪은 가장 적응하기 힘들었던 변화가 꼭 일어났어야만 하는 일은 아니었다고, (내가 신통력이 있었다면) 피할 수 있었다고 말해주려는지도 모른다. 하지만 그런 말은 누구에게든 최악의 뉴스가 아닐 수 없다. 앤이 조금이라도 이와 비슷한 말을 내뱉는다면 나는 당장이라도 앤을 때려눕히고 말 것이다.

"당신과 결혼생활을 지속하고 싶지 않았어." 강도가 다소 약해지긴 했지만 여전히 고개를 저으며 앤이 말한다. "난 떠나야만 했어, 그게 다야. 당신, 왜 우리가 이혼했는지 알고는 있어?" 앤이 잠깐 나를 쳐다보며 묻는다. 그 표정은 불편하게도 샐리의 표정과 닮아 있다. 나는 지나간 과거에 대해 이러쿵저러쿵하기보다는 미래, 아니 현재에 대해서라도 앤과 얘기하고 싶다. 그게 더 마음 편한 일이다. 하지만 경솔하게도 결혼이라는 메스꺼운 문제를—적어도 결혼이라는 단어를—먼저 꺼낸 건 내 잘못이다.

"사실대로 말하지." 나는 앤의 질문에 공정하고 정직하게 대답해야겠다고 마음먹는다. "우린 아들을 잃었고 그 충격에서 벗어나려고 노력했지만 그러질 못했어. 나는 한동안 집을 떠나 여자들을 만나기도 했고. 당신은 그런 나를 떠나보내고 싶어 이혼을 요구했던 거지." 문득 우리 인생의 힘들었던 한 부분을 너무 쉽게 요약해버린 건 아닌가 싶어 앤의 얼굴을 힐끔 쳐다본다. "내가 틀렸을 수도 있지만."

머릿속에서 내 말을 정리해보려는 듯 앤이 고개를 끄덕이며 신중한 어조로 말한다. "그래, 난 당신을 떠났어. 왜냐하면 당신을 좋아하지 않았기 때문이지. 그리고 내가 당신을 좋아하지 않았던 이유는 당신을 신뢰하지 않았기 때문이야. 단 한 번이라도 내게 진실을 말한 적이 있기는 해?" 온전한 진실을? 앤은 내 쪽으로 눈길도 돌리지 않은 채 자신의 맨허벅지를 톡톡 두드린다. 이것이 바로 앤 인생의 영원한 주제다. 진실을 향한 탐구, 우연성이라는 힘에 의한 진실의 패배 말이다. (그런데 앤에게 그 우연한 일은 대개 자신이 아닌 타인 때문에 일어난다.)

"진실이라니, 어떤 진실?" 내가 묻는다.

"어떤 거든." 딱딱한 표정으로 앤이 말한다.

"난 당신을 사랑한다고 말했어. 그건 진실이었어. 난 이혼을 원치 않는다고 말했어. 그것도 진실이었어. 그 밖에 또 뭐가 있지?"

"당신이 인정하지 않았던 중요한 것들이 있어. 하지만 지금 말해봐야 무슨 소용 있겠어." 자기 말에 스스로 수긍하는 것처럼 앤이 고개를 끄덕이며 말한다. 앤의 목소리에서 예상치 못한 슬픔과 얼마간의 후회가 묻어나는 것 같아 가슴이 쿵쾅거리고 목이 멘다. 나는 더럽게 길게 느껴진 잠깐 동안 아무 말도 하지 못한다. (이건 정말 큰 실수다. 지금 앤은 심란하고 낙담한 상태인데 나는 아무 대답도 할 수가 없다.)

"사실," 이윽고 정신을 추스른 앤이 입을 뗀다. 아주 부드럽고 신중한 목소리다. "나는 우리가 서로에게 내내 진실하지 못한 부분이 있다는 걸 오래전부터, 정말 오래전부터 알고 있었어. 하지만 괜찮았어, 왜냐하면 어쨌든 진실해지려고 노력했으니까. 하지만 갑자기 희망이 없다는 사실을, 당신에게 진실은 정말이지 존재하지 않았다는 사실을 깨달았어. 나는 항상 당신에게 진실했는데도."

앤은 다른 사람은 자신보다 더 행복하다고, 나와는 달리 다른 남편들은 아내를 더 사랑하고 더 친밀하게 대한다고, 영원히 또 계속해서 믿고 있다. 우리는 아니었지만, 그런 경우는 그리 드문 일이 아닐지 모른다. 하지만 나는 이토록 뒤늦게 우리 과거에 대한 최종 판단에 이르게 되었다. 왜 사랑에 실패했는가, 왜 인생이 산산조각나서 이 꼴이 돼버렸는가. 결국 누가 비난을 받아야 마땅한가. 바로 나, 프랭크 배스컴이다. (왜 지금에야 깨달았는지는 모르겠다. 솔직히 말해 앤이 정확히 무슨 얘기를 하는지도 모르겠다.) 그런데도 앤을 위로하고 싶은 마음에 문득 앤의 무릎에 손을 갖다대고 싶어지고 실제로 그렇게 한다. 나는 앤에게 위로가 되길 바라며 앤의 무릎에 손을 갖다댄다. 내가 어떻게 그렇게 할 수 있었는지는 오직 신만이 아시리라.

"좀더 구체적으로 말해주지 않겠어?" 내가 부드럽게 묻는다. "여자들 때문에 그래? 아니면 내가 생각했던 그 무엇 때문에? 혹은 내가 생각한다고 당신이 생각했던 그 무엇 때문에?"

"구체적으로 말할 수 있는 그런 게 아니었어." 앤은 힘겹게 대답을 하고는 잠시 침묵하더니 이렇게 말한다. "그냥 당신이 하고 있는 부동산 일에 대해서나 얘기하자, 응? 잘해나가고 있다면서?" 앤은 사람을 평가하는 듯한 유쾌하지 않은 눈빛으로 나를 바라본다. 하지만 그 부드러운 무릎 위에 놓여 있는 내 뜨뜻하고 끈끈한 손을 구태여 치우려 들지는 않는다. "난 마음이 진실한 사람을 원했어, 그게 전부야. 당신은 그렇지 못했고."

"빌어먹을, 나도 진실한 마음이 있어." 갑자기 충격을 받은 내가 말한다. "나는 과거보다 더 나아졌어. 사람은 더 나아질 수 있단 말이야.

내가 바뀐 걸 당신은 어차피 모르겠지만."

"난 깨달았어." 앤이 내 말에는 신경도 안 쓰며 말했다. "당신은 결코 내 옆에 없었다는 걸. 랠프가 죽기 전 오랫동안. 그후에도 마찬가지였고."

"하지만 난 당신을 사랑했어." 내가 버럭 화를 내며 말한다. "난 계속 당신 남편이길 원했어. 그것 말고 대체 당신은 무슨 진실을 원했다는 거지? 그 밖에 난 당신에게 해줄 어떤 말도 없었어. 그게 바로 진실이었다고. 젠장, 누구든 타인에 대해서는 모르는 부분이 더 많은 법이야. 오히려 모르는 편이 더 나을 때도 있지. 물론 그런 부분이 뭔지 안다는 소리는 아니야. 그런 부분은 당신한테도 많고 그런 건 별로 중요하지도 않다고. 또 내가 당신 옆에 있지 않았다면 대체 어디에 있었다는 거지?"

"몰라. 지금도 당신 마음이 어디 있는지 모르겠어. 뭐, 해덤의 어디겠지만. 난 모든 일이 확실하고 분명하길 원했었다고."

"나도 진실한 마음이 있다니까." 나는 소리쳤다. 앤의 무릎에 얹은 손을 들어 그 무릎을 한 대 때려주고픈 충동이 인다. "당신은 오직 세밀한 부분만 중시하는 사람이야. 하지만 그 세밀한 부분들이 정확히 옳지 않다면 인생은 엉망이 되고 말아. 당신은 존재하지도 않는 것들을 만들어놓고는 그것들로부터 거부당할까봐 걱정하고 있어. 정작 정말로 존재하는 것들은 놓치면서 말이야. 그게 바로 당신이야, 알아? 어떤 진실은 말로 표현되지 않을 수도 있어. 어쩌면 당신이 가장 원하지 않는 게 진실일지 몰라. 어쩌면 당신은 그저 믿음이나 자존감, 그런 게 손톱만큼도 없는 여자일 수도 있다고."

위로할 마음이 사라진 나는 앤의 무릎에서 손을 뗀다.

"우리가 이런 얘기를 나눌 필요는 없는 것 같아. 그만하자."

"당신이 먼저 시작했잖아! 마치 권위 있는 전문가라도 되는 것처럼 어젯밤에 내게 그런 것과 그렇게 보이는 것에 관해 말하지 않았어? 당신은 다른 뭔가를 원했고 그게 다야. 당신은 현실에 존재하지 않는 그 뭔가를 원했다고." 물론 우리가 이런 얘기를 할 필요가 없다는 앤의 말은 옳다. 휴일이 시작되는 바로 이 순간 틀림없이 전국 어느 곳에서 어떤 두 사람이든 전부터 다툼을 벌이곤 했던 이 주제로 언쟁을 하고 있을 테니까. 우리 둘하고만 관계있는 얘기는 전혀 아니다. 어떤 의미에서, 우리는 함께로는 아예 존재하지 않는지도 모른다.

나는 기다란 현관과 너른 잔디밭 위에 지은 푸른빛 커다란 주택, 내가 잃어버린 듯한 아이 두 명이 갇혀 있을 반짝이는 유리창을 둘러본다. 찰리는 작업실 현관으로 다시 나오지 않는다. 앤과 내가 말소리도 들리지 않는 저 위에서 언쟁을 벌이는 와중에 찰리가 밝은 햇살 아래서 태연히 점심을 즐길 것이라는 예상은 완전히 틀린 것 같다. 난 그에 대해 아는 바가 아무것도 없다. 그에게 좀더 친절하게 대해야 할지도 모르겠다.

앤은 아무 말 없이 다시 고개를 젓는다. 이어 자신을 진정시키며 턱을 치켜들고 관자놀이에서 뒤통수 쪽으로 머리를 쓸어올리던 앤은 뭔가를 발견했는지 반투명 거울 유리창을 휙 돌아본다. 마침내 아들 폴이 나타난 것이다.

"미안해." 내가 말한다. "우리가 같이 지낼 때 내가 당신을 너무 힘들게 했어. 그럴 줄 알았다면 당신과 결혼할 생각은 아예 안 했을 거야. 아마 당신이 옳을지도 몰라. 난 그렇게 보이게 하는 것에만 신경쓰며 살아왔어. 그게 내 문제야."

"난 당신이 내가 생각하는 것처럼 생각할 줄 알았어." 앤이 나직하게 말한다. "그런데 내 착각이었나봐."

"난 노력했어. 하지만 더 노력했어야 했어. 난 항상 당신을 사랑했어."

"어떤 것들은 시간이 흘러도 치유가 안 돼, 그렇지 않아?" 앤이 말한다.

"그래." 내가 말한다. "그래, 시간이 흘러도."

진실로, 그리고 최종적으로 우리의 대화는 그렇게 끝이 난다.

"왜 그런 표정을 짓고 있어요?" 폴이 앤과 나를 보며 묻는다. 히죽히죽 웃으며 현관으로 다가온 폴은 내가 어젯밤 리지필드에서 본 그 살인자 아이와 아주 비슷해 보인다. 사형 판결을 받을 만큼 중죄를 저질렀던 그 소년과 말이다. 안색은 창백하지만 놀랄 정도로 살이 붙고 키가 자란 모습이다. 엄마 앤을 닮은 눈썹은 어른처럼 짙어졌다. 어른들의 말에 쉽게 속아넘어가던 한 달 전의 그 조그마한 아이가 아니다. 해덤 집에서 비둘기를 기르던 그 아이가 더이상 아니다. (어떻게 이토록 순식간에 변할 수 있단 말인가?) 최근에 머리를 옆은 짧고 위는 솟아오르게 깎아놔서(좀 바보처럼 보여서 별로 마음에 들지는 않는다) 상처 난 귀의 피 묻은 붕대가 그대로 드러나 보인다. 안 맞는 새 신발을 신은 것처럼 어정쩡하게 발을 끌며 어깨는 구부정하게 움츠리고 안짱다리로 슬슬 걸어오는 모습에서, 눈에 보이는 건 뭐든 깔보고 부정하는 듯한 인상이 풍긴다(말할 필요도 없이 스트레스 후유증 때문일 것이다). 폴은 어느새 말없이 서 있는 우리 두 사람 앞까지 온다. "옷을 입다가 괜찮은 동음이의어를 하나 생각해냈어요." 폴이 능청스럽게 말한다. 우리 둘 다한테 말하는 건지 아닌지는 불확실하다. "'더 꽉 들어찬'이랑 '별똥별'이요. 그 둘은 같은 뜻이잖아요."* 폴은 그러더니 씩 웃어 보였다. 지금은 우리가 싫어하는 태도만 골라서 보여주고 싶다는 듯이. 마치 지능검사를 엉망으로 치렀거나 곧 그럴 작정인 사람처럼 보이려는 듯이.

"네 얘기를 하고 있었단다." 내가 말한다. 연대감을 표시하기 위해 폴과 나만 아는 렉션 박사 얘기를 꺼내고 싶지만 그러지 못한다. 폴의 갑작스러운 변화가 충격으로 다가왔기 때문이다.

앤은—폴과 나를 완전히 무시하는 태도로—폴에게 바로 다가서더니 골프선수답게 억센 그 엄지와 집게손가락으로 폴의 턱을 잡고 머리를 돌려 상처가 난 귀를 들여다본다. (폴의 키는 엄마와 거의 비슷할 정도다.) 폴의 손에는 운동선수들이 들고 다니는 커다란 운동가방이 들려 있다. 가방 옆면에는 하얀 스텐실로 패러마운트 픽처스—당신의 정상에 도달하라라고 쓰여 있다(영화 스튜디오에서 전문 기술자로 일한다는 스테퍼니의 계부에게서 얻었을 것이다). 위아래로 찬찬히 살펴보니 폴은 검은색과 붉은색이 섞여 있고 양옆으로 은색 번개 무늬가 그려진 낡은 리복 운동화를 신고, 길고 헐렁한 검정 반바지에 푸른색 긴 티셔츠를 입고 있다. 티셔츠 전면에는 새빨간 쉐보레 콜베트 스포츠카 그림이 그려져 있고 그 아래에는 행복은 혼자일 때 가능하다라고 쓰여 있

---

* '더 꽉 들어찬(meatier)과 '별똥별(meteor)'의 발음을 이용한 말장난.

다. 어떤 아이인지 알아차리기는 쉽지만, 어디에서고, 특히 우리집에서 만나기에는 꺼림칙한 아이의 모습이다.

앤은 다정한 목소리로 폴에게 필요한 건 다 챙겼는지(다 챙겼다고 했다), 돈은 갖고 있는지(갖고 있다), 펜 기차역에서 만나기로 한 장소를 알고 있는지(알고 있다), 또 기분이 어떤지(대답이 없다) 묻는다. 폴은 눈을 치켜뜨며 나를 쳐다보더니 입 가장자리를 옴짝거린다. 어쨌든 이제 우리는 엄마에게 대항하는 한패가 되지 않았냐는 듯이. (그렇지 않다.)

앤이 갑자기 이렇게 말한다. "그 옷은 마음에 안 들지만 어쨌든 차 안에서 기다리렴. 난 네 아빠와 좀더 할말이 있어."

폴은 엄마가 아빠에게 무슨 말을 할지 다 안다는 듯 경멸어린 표정으로 입술을 삐죽거린다. 어느새 이 아이는 비꼬는 게 천성이 돼버린 것이다. 하지만 어떻게? 언제?

"귀는 왜 그렇게 된 거니?" 다 알고 있으면서도 내가 묻는다.

"벌줬어요." 폴이 말한다. "내가 싫어하는 말을 들었거든요." 폴의 어투는 기계적이고 또 단조롭다. 나는 폴을 방금 나온 집안으로 떠밀어 집 뒤쪽 차를 세워둔 곳으로 가도록 한다. 폴은 곧 사라진다.

"폴을 조심스럽게 잘 대해줬으면 좋겠어." 앤이 말한다. "법정에 출두하는 화요일까지 무사히 보내줘야 해." 앤은 나를 폴처럼 집안을 통과해 뒤쪽으로 나가도록 데려가려 하지만, 앤의 불길한 집, 아름답지만 사악한 기운이 느껴지고 겉은 세련되었지만 속은 차가운 그 집과 나는 전혀 관련이 없기에 허드렛일을 하는 일꾼처럼 익숙하게 앤보다

앞장서서 잔디밭으로 이어지는 계단을 내려가(어쩐 일인지 자꾸 발이 절뚝거린다) 잔디밭을 가로질러 자갈이 깔린 자동차 진입로로 향한다. "걸핏하면 사고인 것 같아서." 나를 뒤따르던 앤이 조용히 말한다. "폴이 사고당하는 꿈을 꾸기도 했고."

푸른 수풀이 우거지고 보랏빛 수국이 강렬한 향을 내뿜으며 만발한 곳에 이르자 나는 이렇게 말한다. "내 꿈은 항상 여섯시 뉴스 같아. 항상 남들에게 무슨 일이 일어나지." 아까 앤에게서 느낀 성적 흥분은 사라진 지 오래다.

"당신 꿈은 상관없어." 앤이 주머니에 손을 찔러넣은 채로 말한다. "내가 꾼 꿈이 중요하니까."

사고라니 생각조차 하기 싫다. "애가 살이 좀 쪘던데. 신경안정제나 뭐 그런 약을 복용해서 그런가?"

폴과 클래리사는 이미 내 차 부근에서 뭔가 이야기를 하는 중이다. 폴보다 키가 작은 클래리사는 폴의 왼쪽 손목을 양손으로 잡고 자기 머리 위로 들어올리려 하지만 여동생다운 장난에 폴은 전혀 호응하지 않는다. "어서!" 클래리사가 말한다. "오빠!"

"약 때문은 아냐. 한창 자라고 있을 뿐이지." 앤이 말한다. 자갈밭 건너편에 차량 다섯 대를 수용할 수 있게 지은 튼튼한 차고는, 스쿼시 라켓처럼 생긴 작은 구리 풍향계를 비롯해 부속품 하나하나가 모두 이 집과 어울려 보인다. 창문 두 개가 열려 있어 안을 들여다보니 코네티컷주 번호판을 단 메르세데스 자동차 두 대가 나란히 전면 주차되어 있다. 폴이 몰고 나갔다던 스테이션왜건은 어디에 있는지 궁금해진다. "스토플러 박사는 폴이 외동의 특성을 보여주고 있대. 어떻게 보면 슬픈 일이지."

"나도 외동이었어. 그리고 그게 좋았고."

"폴은 외동이 아니잖아." 앤은 나를 무시하고 있다. 사실 무시하지 않을 이유도 없다. "스토플러 박사가 그러는데 최근 사건에 대해 너무 많이 말하지 말래. 불안감을 키울 수 있다고."

"그렇겠지." 아동기에 관한 나만의 독설을 한바탕 퍼붓고 오늘의 대화를 마무리할까 생각도 든다. 현재를 사는 것에 대한 비트겐슈타인*의 영원불멸한 이론 어쩌고저쩌고를 꺼내볼까. 하지만 그래봤자 득 될 게 전혀 없을 것 같아 이내 마음을 접는다. 모든 배는 사나운 조류를 만나기 마련이며, 아이들은 이를 누구보다 잘 안다. "왜 저렇게 갑자기 삐뚤어졌는지 혹시 이유를 알아?"

앤은 고개를 젓는다. 그러더니 왼손으로 자신의 오른손 팔목을 붙잡고 비틀며 나를 향해 씁쓸한 미소를 짓고 이렇게 말한다. "당신과 나 때문이지. 그것 말고 다른 이유가 있겠어?"

"난 좀더 구체적인 답을 듣고 싶은 거야."

"그래, 잘됐네." 이번엔 다른 손목을 마찬가지로 비틀며 앤이 말한다. "당신은 더 구체적인 대답을 생각해낼 수 있을 거야."

"내 묘비에 그렇게 새길까봐. '그는 더 구체적인 대답을 원했다.'"

"이제 이 얘기는 그만하자, 응? 우린 예일 클럽**에 가 있을 테니까 혹시 필요하면 그쪽으로 전화해." 앤은 콧잔등을 찡그리며 나를 쳐다

---

* 철학자 비트겐슈타인은 8남매 중 막내로 태어났는데 첫째, 둘째, 셋째 형 모두 자살했다. 작가는 폴의 형인 랠프의 죽음과 관련해 이를 언급한 것으로 보인다.

** 예일대 동문들만 가입할 수 있는 클럽. 클럽하우스가 뉴욕에 있다.

보더니 어깨를 약간 움츠린다. 사실 앤도 내게 그렇게 심하게 굴 생각은 없었을 것이다.

수국 속에 서 있는 앤이 몹시 아름다워 보인다. 오늘 들어 처음 그렇게 느끼는 것이다. 깊게 숨을 들이쉬고 이제야 마음이 열리는 게 느껴진다. 해덤에 살던 시절 하루도 빠짐없이 매 순간 앤을 바라봤던 그 따뜻한 시선으로 다시 앤을 응시해본다. 지금이야말로 더 나은 미래를 위해 앤에게 키스하기에, 앤이 자신은 백혈병으로 죽어가고 있다고 고백하기에, 아니면 반대로 내가 백혈병으로 죽어가고 있다고 털어놓기에 완벽한 순간이다. 하지만 그런 일은 일어나지 않는다. 앤은 그저 든든한 미소만 지어 보일 뿐이다. 나에게는 진작 실망해서 기대도 안 한다는 미소, 필요하다면 어떤 거짓말이라도 들어줄 용의가 있다는 미소다.

"둘이서 좋은 시간 보내고 와." 앤이 말한다. "신경써서 돌봐주고."

"폴은 내 아들이야." 바보 같은 말이다.

"오, 알아. 당신을 많이 닮았으니까." 앤은 이렇게 말하더니 뒤돌아 뜰로 내려간다. 아마 남편과 점심을 함께하기 위해 그 길로 저 멀리까지 걸어가 연못에 다다를 것이다.

(2권으로 이어집니다)

문학동네 세계문학전집 발간에 부쳐

세계문학은 국민문학 혹은 지역문학을 떠나 존재하는 문학이 아니지만 그것들의 총합도 아니다. 세계문학이라는 용어에는 그 나름의 언어와 전통을 갖고 있는 국민문학이나 지역문학의 존재를 인정하면서 그것을 넘어서는 문학의 보편적 질서에 대한 관념이 새겨져 있다. 그 용어를 처음 고안한 19세기 유럽인들은 유럽문학을 중심으로 그 질서를 구축했지만 풍부한 국민문학의 전통을 가지고 있는 현대의 문학 강국들은 나름의 방식으로 세계문학을 이해하면서 정전(正典)의 목록을 작성하고 또 수정한다.

한국에서도 세계문학 관념은 우리 사회와 문화의 변화 속에서 거듭 수정돼왔다. 어느 시기에는 제국 일본의 교양주의를 반영한 세계문학 관념이, 어느 시기에는 제3세계 민족주의에 동조한 세계문학 관념이 출현했고, 그러한 관념을 실천한 전집물이 출판됐다. 21세기 한국에 새로운 세계문학전집이 필요하다는 것은 명백하다. 우리의 지성과 감성의 기준에 부합하는 세계문학을 다시 구상할 때가 되었다.

문학동네 세계문학전집은 범세계적으로 통용되는 고전에 대한 상식을 존중하면서도 지난 반세기 동안 해외 주요 언어권에서 창작과 연구의 진전에 따라 일어난 정전의 변동을 고려하여 편성되었다. 그래서 불멸의 명작은 물론 동시대 세계의 중요한 정치·문화적 실천에 영감을 준 새로운 작품들을 두루 포함시켰다.

창립 이후 지금까지 한국문학 및 번역문학 출판에서 가장 전문적이고 생산적인 그룹을 대표해온 문학동네가 그간 축적한 문학 출판 경험을 바탕으로 새로운 세계문학전집을 펴낸다. 인류가 무지와 몽매의 어둠 속을 방황하면서도 끝내 길을 잃지 않은 것은 세계문학사의 하늘에 떠 있는 빛나는 별들이 길잡이가 되어주었기 때문이다. 우리가 자부심과 사명감 속에서 그리게 될 이 새로운 별자리가 독자들의 관심과 애정에 힘입어 우리 모두의 뿌듯한 자산이 되기를 소망한다.

문학동네 세계문학전집 편집위원
민은경, 박유하, 변현태, 송병선, 이재룡, 홍길표, 남진우, 황종연

지은이 **리처드 포드**

1944년 미국 미시시피주 잭슨에서 태어났다. 미시간주립대학에서 영문학을 공부하고 로스쿨에 잠깐 다니던 그는 소설 창작으로 방향을 돌려 캘리포니아대학에서 문학석사학위를 받았다. 1986년 『스포츠라이터』를 출간하며 작가로서의 입지를 굳혔고 『독립기념일』로 퓰리처상과 펜/포크너상을 수상했다. 그 외 대표작으로 『내 마음의 한 조각』『절대적인 행운』『와일드라이프』『지형』『캐나다』 등 장편소설과 『록 스프링』『여자에게 약한 남자』『수많은 죄』『빈티지 포드』 등 단편소설집이 있다.

옮긴이 **박영원**

고려대학교 영어영문학과를 졸업하고 전문번역가로 활동하고 있다. 옮긴 책으로 『팔코너』『존 치버의 일기』『스포츠라이터』『교수처럼 문학 읽기』『여유의 기술』『늑대인간』『마법살인』『하이퍼그라피아』『찰리 채, 열쇠 없는 집』 등이 있다.

세계문학전집 169
독립기념일 1

초판 인쇄 2018년 10월 12일
초판 발행 2018년 10월 19일

지은이 리처드 포드 | 옮긴이 박영원 | 펴낸이 염현숙

책임편집 정혜림 | 편집 여승주 오동규 이현정
디자인 김마리 유현아 | 저작권 한문숙 김지영
마케팅 정민호 정진아 함유지 김혜연 박지영 김수현 | 홍보 김희숙 김상만 이천희
제작 강신은 김동욱 임현식 | 제작처 영신사

펴낸곳 (주)문학동네
출판등록 1993년 10월 22일 제406-2003-000045호
주소 10881 경기도 파주시 회동길 210
전자우편 editor@munhak.com | 대표전화 031) 955-8888 | 팩스 031) 955-8855
문의전화 031) 955-3576(마케팅) 031) 955-8861(편집)
문학동네카페 http://cafe.naver.com/mhdn
문학동네트위터 http://twitter.com/munhakdongne
북클럽문학동네 http://bookclubmunhak.com

ISBN 978-89-546-5328-2 04840
978-89-546-0901-2 (세트)

www.munhak.com

1, 2, 3 안나 카레니나 레프 톨스토이 | 박형규 옮김
4 판탈레온과 특별봉사대 마리오 바르가스 요사 | 송병선 옮김
5 황금 물고기 르 클레지오 | 최수철 옮김
6 템페스트 윌리엄 셰익스피어 | 이경식 옮김
7 위대한 개츠비 F. 스콧 피츠제럴드 | 김영하 옮김
8 아름다운 애너벨 리 싸늘하게 죽다 오에 겐자부로 | 박유하 옮김
9, 10 파우스트 요한 볼프강 폰 괴테 | 이인웅 옮김
11 가면의 고백 미시마 유키오 | 양윤옥 옮김
12 킴 러디어드 키플링 | 하창수 옮김
13 나귀 가죽 오노레 드 발자크 | 이철의 옮김
14 피아노 치는 여자 엘프리데 옐리네크 | 이병애 옮김
15 1984 조지 오웰 | 김기혁 옮김
16 벤야멘타 하인학교 – 야콥 폰 군텐 이야기 로베르트 발저 | 홍길표 옮김
17, 18 적과 흑 스탕달 | 이규식 옮김
19, 20 휴먼 스테인 필립 로스 | 박범수 옮김
21 체스 이야기·낯선 여인의 편지 슈테판 츠바이크 | 김연수 옮김
22 왼손잡이 니콜라이 레스코프 | 이상훈 옮김
23 소송 프란츠 카프카 | 권혁준 옮김
24 마크롤 가비에로의 모험 알바로 무티스 | 송병선 옮김
25 파계 시마자키 도손 | 노영희 옮김
26 내 생명 앗아가주오 앙헬레스 마스트레타 | 강성식 옮김
27 여명 시도니가브리엘 콜레트 | 송기정 옮김
28 한때 흑인이었던 남자의 자서전 제임스 웰든 존슨 | 천승걸 옮김
29 슬픈 짐승 모니카 마론 | 김미선 옮김
30 피로 물든 방 앤절라 카터 | 이귀우 옮김
31 숨그네 헤르타 뮐러 | 박경희 옮김
32 우리 시대의 영웅 미하일 레르몬토프 | 김연경 옮김
33, 34 실낙원 존 밀턴 | 조신권 옮김
35 복낙원 존 밀턴 | 조신권 옮김
36 포로기 오오카 쇼헤이 | 허호 옮김
37 동물농장·파리와 런던의 따라지 인생 조지 오웰 | 김기혁 옮김
38 루이 랑베르 오노레 드 발자크 | 송기정 옮김
39 코틀로반 안드레이 플라토노프 | 김철균 옮김
40 어두운 상점들의 거리 파트릭 모디아노 | 김화영 옮김
41 순교자 김은국 | 도정일 옮김
42 젊은 베르테르의 슬픔 요한 볼프강 폰 괴테 | 안장혁 옮김
43 더블린 사람들 제임스 조이스 | 진선주 옮김
44 설득 제인 오스틴 | 원영선, 전신화 옮김
45 인공호흡 리카르도 피글리아 | 엄지영 옮김

46 정글북 러디어드 키플링 | 손향숙 옮김
47 외로운 남자 외젠 이오네스코 | 이재룡 옮김
48 에피 브리스트 테오도어 폰타네 | 한미희 옮김
49 둔황 이노우에 야스시 | 임용택 옮김
50 미크로메가스·캉디드 혹은 낙관주의 볼테르 | 이병애 옮김
51, 52 염소의 축제 마리오 바르가스 요사 | 송병선 옮김
53 고야산 스님·초롱불 노래 이즈미 교카 | 임태균 옮김
54 다니엘서 E. L. 닥터로 | 정상준 옮김
55 이날을 위한 우산 빌헬름 게나치노 | 박교진 옮김
56 톰 소여의 모험 마크 트웨인 | 강미경 옮김
57 카사노바의 귀향·꿈의 노벨레 아르투어 슈니츨러 | 모명숙 옮김
58 바보들을 위한 학교 사샤 소콜로프 | 권정임 옮김
59 어느 어릿광대의 견해 하인리히 뵐 | 신동도 옮김
60 웃는 늑대 쓰시마 유코 | 김훈아 옮김
61 팔코너 존 치버 | 박영원 옮김
62 한눈팔기 나쓰메 소세키 | 조영석 옮김
63, 64 톰 아저씨의 오두막 해리엇 비처 스토 | 이종인 옮김
65 아버지와 아들 이반 투르게네프 | 이항재 옮김
66 베니스의 상인 윌리엄 셰익스피어 | 이경식 옮김
67 해부학자 페데리코 안다아시 | 조구호 옮김
68 긴 이별을 위한 짧은 편지 페터 한트케 | 안장혁 옮김
69 호텔 뒤락 애니타 브루크너 | 김정 옮김
70 잔해 쥘리앵 그린 | 김종우 옮김
71 절망 블라디미르 나보코프 | 최종술 옮김
72 더버빌가의 테스 토머스 하디 | 유명숙 옮김
73 감상소설 미하일 조셴코 | 백용식 옮김
74 빙하와 어둠의 공포 크리스토프 란스마이어 | 진일상 옮김
75 쓰가루·석별·옛날이야기 다자이 오사무 | 서재곤 옮김
76 이인 알베르 카뮈 | 이기언 옮김
77 달려라, 토끼 존 업다이크 | 정영목 옮김
78 몰락하는 자 토마스 베른하르트 | 박인원 옮김
79, 80 한밤의 아이들 살만 루슈디 | 김진준 옮김
81 죽은 군대의 장군 이스마일 카다레 | 이창실 옮김
82 페레이라가 주장하다 안토니오 타부키 | 이승수 옮김
83, 84 목로주점 에밀 졸라 | 박명숙 옮김
85 아베 일족 모리 오가이 | 권태민 옮김
86 폭풍의 언덕 에밀리 브론테 | 김정아 옮김
87, 88 늦여름 아달베르트 슈티프터 | 박종대 옮김
89 클레브 공작부인 라파예트 부인 | 류재화 옮김

90 P세대 빅토르 펠레빈 | 박혜경 옮김

91 노인과 바다 어니스트 헤밍웨이 | 이인규 옮김

92 물방울 메도루마 슌 | 유은경 옮김

93 도깨비불 피에르 드리외라로셸 | 이재룡 옮김

94 프랑켄슈타인 메리 셸리 | 김선형 옮김

95 래그타임 E. L. 닥터로 | 최용준 옮김

96 캔터빌의 유령 오스카 와일드 | 김미나 옮김

97 만(卍)·시게모토 소장의 어머니 다니자키 준이치로 | 김춘미, 이호철 옮김

98 맨해튼 트랜스퍼 존 더스패서스 | 박경희 옮김

99 단순한 열정 아니 에르노 | 최정수 옮김

100 열세 걸음 모옌 | 임홍빈 옮김

101 데미안 헤르만 헤세 | 안인희 옮김

102 수레바퀴 아래서 헤르만 헤세 | 한미희 옮김

103 소리와 분노 윌리엄 포크너 | 공진호 옮김

104 곰 윌리엄 포크너 | 민은영 옮김

105 롤리타 블라디미르 나보코프 | 김진준 옮김

106, 107 부활 레프 톨스토이 | 백승무 옮김

108, 109 모래그릇 마쓰모토 세이초 | 이병진 옮김

110 은둔자 막심 고리키 | 이강은 옮김

111 불타버린 지도 아베 고보 | 이영미 옮김

112 말라볼리아가의 사람들 조반니 베르가 | 김운찬 옮김

113 디어 라이프 앨리스 먼로 | 정연희 옮김

114 돈 카를로스 프리드리히 실러 | 안인희 옮김

115 인간 짐승 에밀 졸라 | 이철의 옮김

116 빌러비드 토니 모리슨 | 최인자 옮김

117, 118 미국의 목가 필립 로스 | 정영목 옮김

119 대성당 레이먼드 카버 | 김연수 옮김

120 나나 에밀 졸라 | 김치수 옮김

121, 122 제르미날 에밀 졸라 | 박명숙 옮김

123 현기증. 감정들 W. G. 제발트 | 배수아 옮김

124 강 동쪽의 기담 나가이 가후 | 정병호 옮김

125 붉은 밤의 도시들 윌리엄 버로스 | 박인찬 옮김

126 수고양이 무어의 인생관 E. T. A. 호프만 | 박은경 옮김

127 맘브루 R. H. 모레노 두란 | 송병선 옮김

128 익사 오에 겐자부로 | 박유하 옮김

129 땅의 혜택 크누트 함순 | 안미란 옮김

130 불안의 책 페르난두 페소아 | 오진영 옮김

131, 132 사랑과 어둠의 이야기 아모스 오즈 | 최창모 옮김

133 페스트 알베르 카뮈 | 유호식 옮김

134 다마세누 몬테이루의 잃어버린 머리 안토니오 타부키 | 이현경 옮김
135 작은 것들의 신 아룬다티 로이 | 박찬원 옮김
136 시스터 캐리 시어도어 드라이저 | 송은주 옮김
137 고독한 산책자의 몽상 장자크 루소 | 문경자 옮김
138 용의자의 야간열차 다와다 요코 | 이영미 옮김
139 세기아의 고백 알프레드 드 뮈세 | 김미성 옮김
140 햄릿 윌리엄 셰익스피어 | 이경식 옮김
141 카산드라 크리스타 볼프 | 한미희 옮김
142 이 글을 읽는 사람에게 영원한 저주를 마누엘 푸익 | 송병선 옮김
143 마음 나쓰메 소세키 | 유은경 옮김
144 바다 존 밴빌 | 정영목 옮김
145, 146, 147, 148 전쟁과 평화 레프 톨스토이 | 박형규 옮김
149 세 가지 이야기 귀스타브 플로베르 | 고봉만 옮김
150 제5도살장 커트 보니것 | 정영목 옮김
151 알렉시·은총의 일격 마르그리트 유르스나르 | 윤진 옮김
152 말라 온다 알베르토 푸겟 | 엄지영 옮김
153 아르세니예프의 인생 이반 부닌 | 이항재 옮김
154 오만과 편견 제인 오스틴 | 류경희 옮김
155 돈 에밀 졸라 | 유기환 옮김
156 젊은 예술가의 초상 제임스 조이스 | 진선주 옮김
157, 158, 159 카라마조프가의 형제들 표도르 도스토옙스키 | 김희숙 옮김
160 진 브로디 선생의 전성기 뮤리얼 스파크 | 서정은 옮김
161 13인당 이야기 오노레 드 발자크 | 송기정 옮김
162 하지 무라트 레프 톨스토이 | 박형규 옮김
163 희망 앙드레 말로 | 김웅권 옮김
164 임멘 호수·백마의 기사·프시케 테오도어 슈토름 | 배정희 옮김
165 밤은 부드러워라 F. 스콧 피츠제럴드 | 정영목 옮김
166 야간비행 앙투안 드 생텍쥐페리 | 용경식 옮김
167 나이트우드 주나 반스 | 이예원 옮김
168 소년들 앙리 드 몽테를랑 | 유정애 옮김 (근간)
169, 170 독립기념일 리처드 포드 | 박영원 옮김

● 문학동네 세계문학전집은 계속 출간됩니다